MAEVE HARAN
Schokoladenküsse

Buch

Sie muss ein Findelkind sein, das ist die einzige Erklärung, die die junge Londonerin Maddy dafür hat, dass ihre Mutter und ihre Schwester Belinda zarte kleine Blondinen sind. Sie selbst hingegen ist groß und dunkelhaarig und ist außerdem mit der Figur einer üppigen Botticelli-Venus gesegnet. Doch ihre Figur ist nicht Maddys einziges Problem: Wo sie geht und steht, scheint sie das Chaos anzuziehen. Zwar scheint ihr Verlobter, der Autohändler Chris ganz begeistert von ihren Misserfolgen zu sein. Aber Chris ist, bei aller Liebe, doch ein wenig ein Langweiler – etwas Solides zum Heiraten eben. Maddy aber wünscht sich mehr, nämlich eine Karriere als Fotografin. Da erhält sie einen Job als Assistentin in einer Fotoagentur. Doch hat auch dieses Glück einen Haken. Ausgerechnet der bekannte Fotograf Patrick Jamieson ist ein Klient in Maddys Agentur. Und es gibt kaum einen Menschen auf der Welt, mit dem Maddy bei jeder Gelegenheit besser, häufiger und lauter streitet als mit diesem fotografischen Ekelpaket. Leider ist Maddy ihm noch einen großen Gefallen schuldig, und deswegen kann sie auch kaum nein sagen, als Patrick sie bittet, für einen Artikel in einer Gartenzeitschrift fast nackt zwischen Karotten und Auberginen zu posieren. Maddy stimmt zu, obwohl der Mann offensichtlich unter ernsthafter Geschmacksverirrung leidet und völlig übersehen hat, dass Maddys üppige Rundungen weit entfernt sind von den gängigen Schönheitsidealen. Niemals hätte Maddy erwartet, dass diese Bilder der »Venus im Gemüse« in ganz London – und in ihrem Familien- und Freundeskreis – derartig Furore machen. Das wäre kein Problem, würde Maddy nicht inmitten des ganzen Chaos, bei dem ihr nur Patrick mit viel Verständnis beiseite steht, völlig neue und ziemlich hinreißende Seiten an ihrem Fotografen entdecken ...

Autorin

Maeve Haran lebt mit ihrem Mann und drei Kindern in London. Ihre Biographie könnte einem ihrer Romane entstammen, denn Maeve Haran hat es geschafft, Karriere und Familie unter einen Hut zu bringen: Nach dem Jura-Studium wurde sie eine erfolgreiche TV-Produzentin, gab diese Laufbahn jedoch für ihre schriftstellerische Karriere auf. Inzwischen haben sich ihre Romane allein in Deutschland über zweieinhalb Millionen mal verkauft.

Außerdem von Maeve Haran lieferbar:

Die Scheidungsdiät (35187) – Schwanger macht lustig (35199) – Und sonntags aufs Land (35399) – Zwei Schwiegermütter und ein Baby (35713) – Liebling, vergiß die Socken nicht (35660) – Alles ist nicht genug (35516) – Ich fang noch mal von vorne an (43584)

Maeve Haran
Schokoladenküsse

Roman

Übersetzt von Eva Malsch

blanvalet

Die Originalausgabe erschien 2005 unter dem Titel
»Luscious«.

FSC
Mix
Produktgruppe aus vorbildlich
bewirtschafteten Wäldern und
anderen kontrollierten Herkünften

Zert.-Nr. SGS-COC-1940
www.fsc.org
© 1996 Forest Stewardship Council

Verlagsgruppe Random House FSC-DEU-0100
Das für dieses Buch verwendete FSC-zertifizierte Papier
Holmen Book Cream liefert Holmen Paper, Hallstavik, Schweden.

Sonderausgabe Februar 2009 bei Blanvalet, einem
Unternehmen der Verlagsgruppe Random House GmbH, München.
Copyright © der Originalausgabe 2005 by Maeve Haran
Copyright © der deutschsprachigen Ausgabe 2005 by Blanvalet
Verlag in der Verlagsgruppe Random House GmbH
Umschlaggestaltung: HildenDesign, München
Umschlagmotiv: © mauritius images / bilderlounge
HK· Herstellung: wag
Druck und Einband: GGP Media GmbH, Pößneck
Printed in Germany
ISBN 978-442-37181-5

www.blanvalet.de

1

»Mmm...«

Mit geschlossenen Augen ließ Maddy ihre Geschmacksknospen vom fabelhaften intensiven Schokoladenaroma des Cadbury's Flake verführen und ihre Sinne berauschen.

»Mmmmmmm«, wiederholte sie. Lasziv umschlossen ihre Lippen den gerippten Schokoriegel, als wäre er...

»Maddy!«, durchbrach ein Schrei ihren Tagtraum. Das war Shirley, ihre Kollegin im Fotogeschäft FabSnaps, in dem sie arbeitete. »Deine Freundin Jude war am Telefon. In fünf Minuten ist sie hier, hat sie gesagt.«

Verdammt, Maddy hatte ganz vergessen, dass Jude herkommen würde, um sie loszueisen und mit ihr nach einem Brautkleid Ausschau zu halten. Ob sie in der richtigen Stimmung für die Beurteilung eines Brautkleids war, wusste sie nicht. Im April würde sie heiraten, und sie musste streng Diät halten. Unglücklicherweise bildeten Maddy und eine Diät unüberbrückbare Gegensätze. Wäre es der Wunsch des lieben Gottes gewesen, auf seiner Welt nur schlanke Menschen zu sehen, hätte er weder HobNob-Biskuits noch McDonald's-Fritten erfunden – und Cadbury's Flakes schon gar nicht.

Seufzend wickelte sie den Schokoriegel wieder ein und steckte ihn in die Tasche ihrer engen Jeans. Sie war so glücklich über die Größe 42 gewesen. Dank des großzügig mit dem Denim verwobenen Lycra-Anteils passte Maddy gerade noch hinein und konnte sich trotzdem bewegen.

»Jeans?«, hatte ihre Mutter bemerkt, als Maddy mit ihrer

neuen Errungenschaft nach Hause gekommen war. Damit wollte sie zweifellos andeuten: *Mit einem Arsch wie deinem?* Nicht, dass Mum das Wort »Arsch« jemals in den Mund nehmen würde. Sie war eine Meisterin diskreter Umschreibungen. Vielleicht »Kehrseite«. Oder »Hinterteil«. An einem Tag wilden Übermuts allerhöchstens »Gesäß«. Um diese Diskretion noch zu unterstreichen, besaß Maddys Mutter nicht einmal einen Arsch, ebenso wenig wie ihre Schwester Belinda. Die beiden waren zierliche Blondinen und extrem gepflegt, der Frauentyp, den man nur anschauen musste, um zu wissen, dass sie makellose, hübsche Unterhöschen trugen – was Maddy nicht immer von sich behaupten konnte.

Manchmal glaubte Maddy, sie sei nach ihrer Geburt vertauscht worden. Wie sonst hätte eine eins achtzig große, üppig proportionierte Person mit Zigeuneraugen und Oliventeint in eine Familie geraten können, zu der zart gebaute Blondinen gehörten? Jene entnervende Sorte von Frauen, die Verkäuferinnen fragten: »Entschuldigen Sie bitte, haben Sie das auch in Größe 34?« Zugegeben, Maddy kam nach ihrem Vater, allerdings eher geistig als körperlich. Ihre äußere Erscheinung war ihr ein Rätsel.

Ihr Verlobter Chris sagte immer, eines Tages würde eine Zigeunerschar ins vorstädtische Eastfield stürmen und Maddy für sich beanspruchen. Bis dahin würde sie eben weiterhin im FabSnaps jobben müssen.

In diesem Laden arbeitete sie sehr gern, obwohl ihre Mutter das für reine Zeitverschwendung hielt und dann stets auf Belindas glanzvolle Karriere als Balletttänzerin verwies, oder auf Alison, die grässliche Tochter der Nachbarin, die als Trainee in der Halifax Bank eine Managementausbildung absolvierte und einen Firmenwagen fahren durfte. Im Fotoladen herrschte eine nette, freundschaftliche Atmosphäre, und das einzige Konkurrenzdenken galt der Frage, wer um halb sechs am schnellsten zur Tür hinaus war.

Neben Cadbury's Flakes und ihrem Verlobten Chris gab es nur noch eins, was Maddy ganz besonders liebte – das Fotografieren. Sie hatte ziemlich ausgefallene Jobs angenommen – holländischen Studenten Englischunterricht gegeben (die diese Sprache besser beherrschten als sie selbst), am Ende des Piers den Passanten die Zukunft prophezeit (vielleicht das Zigeunerblut in ihren Adern) und im Outfit einer französischen Zofe die Gäste einer Weinbar namens »Lush and Luscious« bedient. Damals hatte sie auch einen Lehrgang in Fotografie am örtlichen Technical College absolviert.

Im FabSnaps genoss sie einen zusätzlichen Vorteil. Mr. Wingate, der Boss, mochte sie und erlaubte ihr, alle ihre Filme kostenlos zu entwickeln. Da sie viel fotografierte, machte das pro Woche mindestens zwanzig Pfund aus. Außerdem durfte sie mit seinem hochmodernen Digital-Developer experimentieren, und er stellte ihr seine romantische, antiquierte Dunkelkammer zur Verfügung, in der sie Schwarzweißfilme entwickelte.

»Maddy!«, kreischte Shirley wieder.

Hastig kehrte sie in den Laden zurück und sah nach den noch nicht erledigten Aufträgen. Eine der großen Entwicklungsmaschinen spuckte Fotos aus.

»He, Jude!«, begrüßte Maddy ihre Freundin auf die übliche Weise, und beide brachen in Lachen aus. »Das muss ich noch fertig machen. Der Kunde hat extra etwas mehr bezahlt, damit er seine Bilder in einer Stunde kriegt.«

Normalerweise schaute sie sich die Fotos kurz an, um die Qualität zu kontrollieren und sicherzugehen, dass sie nichts Obszönes oder Illegales zeigten. Während die Bilder durch die Maschine glitten, musste Maddy blinzeln. Lauter nackte Ärsche. Und als sie genauer hinschaute, grinste sie. Auf den Fotos prangte ein ganzes Rugbyteam ohne Hosen, und die Aufschrift ALLES GUTE ZUM GEBURTSTAG, ALTER

JUNGE zog sich über die Hinterbacken – oder »Gesäße«, wie es Maddys Mum ausdrücken würde. Im Allgemeinen weigerte sich FabSnaps, Fotos von nackten Tatsachen abzuziehen. Doch Maddy entschied, dass an diesen Bildern kein Mensch Anstoß nehmen könnte, es sei denn, sein Humor wäre chirurgisch entfernt worden.

»Nette Hintern«, kommentierte Jude.

»Hoffentlich teilt das Geburtstagskind deine Meinung.«

»Sehen Sie zu, dass Sie um zwei wieder da sind!«, rief Mr. Wingate. Maddy war eine tüchtige, gewissenhafte Angestellte, die oft genug auf ihre Mittagspause verzichtete, wenn es viel zu tun gab. Deshalb drückte er manchmal ein Auge zu.

»Danke, Mr. Wingate.« Sie steckte die Fotos in einen rot-weiß-blauen Umschlag. Diese Farbkomposition, vom britischen Unionjack inspiriert, hatte sich der Boss ausgedacht, um mit Patriotismus als Marketing-Waffe die größeren Rivalen aus dem Feld zu schlagen. »Bald wird der Kunde diese Bilder abholen. Um Punkt zwei komme ich zurück. Das verspreche ich Ihnen.«

Gleich um die Ecke lag das Geschäft, in das Jude sie führen wollte. Obwohl sich Wedding Belles nicht im schicken Knightsbridge oder in den angesagten Regionen von Soho befand, hatte die Boutique schon mehrere TV-Stars und Girly-DJs ausstaffiert. Einem Gerücht zufolge war sogar Madonna schon einmal hier gewesen.

»O Maddy!«, quietschte Jude und zeigte auf ein Kleid in der Auslage. »Darin würdest du sensationell aussehen! Chris würde schon einen Orgasmus kriegen, während er all die vielen Knöpfe öffnet.«

Mit zusammengekniffenen Augen musterte Maddy die hinreißende Kreation. Im Gegensatz zu ihr selbst war das Kleid schmal und elegant, aus elfenbeinfarbenem Satin, täuschend schlicht geschnitten, mit einer Reihe winziger Knöpfe am Rücken.

Gab es eine auch nur annähernd realistische Chance, dass sie da hineinkommen würde? Warum wurde eine Frau, sobald ihre Kleidergröße ein kleines bisschen über 42 hinausging, plötzlich in die Kategorie 46 bis 48 bugsiert?

»Warum gehen wir nicht rein und schauen's uns an?«, versuchte Jude sie zu umgarnen, wie Satan, der Eva einen Red Delicious hinhielt. »Ich meine – was hast du zu verlieren?«

»Meine Würde und meine ohnehin schon gefährdete Selbstachtung«, erwiderte Maddy und erinnerte sich an diverse Begegnungen mit arroganten Verkäuferinnen, die ihr das Gefühl gegeben hatten, man müsse eigens für sie einen Modeladen für Mammuts gründen. »Warum nicht, zum Teufel?« Verdammt wollte sie sein, wenn sie sich von dieser hochnäsigen Bande einschüchtern ließe.

Den Kopf hoch erhoben, versuchte sie ebenso stilvoll zu wirken wie das Kleid – ein schwieriges Unterfangen, weil sie ihre Stretch-Jeans und ihren vergammelten gestreiften Lieblingshut im Grunge-Look trug, der ihre widerspenstigen dunklen Haare bändigen sollte ... Wenigstens bin ich mit meinen eins achtundsiebzig nicht zu übersehen, dachte sie. Ihr Vater hatte stets betont (meist nach einer von Mums ätzenden Bemerkungen über Elefanten in Porzellanläden), Maddy verfüge zumindest über Ausstrahlung.

»Nun komm schon!« Jude stieß sie zur Tür. »Probier's an. Du musst es ja nicht kaufen.«

»Dazu werde ich mich wohl kaum durchringen«, murmelte Maddy, »weil ich noch nicht zu sparen angefangen habe.« *Oder mit der Slim-Fast-Diät*. Das fügte sie nur in Gedanken hinzu. In der Boutique herrschte eine beängstigend edle Atmosphäre. Das Dekor schrie geradezu nach Platin-Kreditkarten – dicke weiße Teppiche, schwere elfenbeinfarbene Seidenvorhänge, die von geflochtenen Schnüren zusammengehalten wurden, extravagante Seidenblumen in riesigen Vasen und ein kleines Tablett mit Espresso und

Fruchtsaft. Als Tüpfelchen auf dem i waren frische Rosenblütenblätter auf dem Boden verstreut. Maddy *spürte* geradezu, wie die VISA aus ihrer Brieftasche gelockt wurde. Was niemandem etwas nutzen würde, weil sie die Karte schon fast bis zum Limit belastet hatte.

Noch immer ließ sich keine einzige Verkäuferin blicken.

»Wie in einem Geisterladen«, wisperte Maddy. »Vielleicht wurde das Personal von der militanten Brigade alter Jungfern niedergeschossen.« Sie ging zur Auslage und inspizierte das traumhafte Kleid. »Typisch. Kein Etikett mit der Größe, kein Preisschild. Soll ich die Schaufensterpuppe würgen und ins Verhör nehmen?«

»Das wird nicht nötig sein.«

Schuldbewusst drehte sie sich zu einer Verkäuferin mit tintenschwarzem Haar um, die Stiefel mit überdimensionalen High Heels trug. Es lag Maddy auf der Zunge zu fragen, ob sie irrtümlich in einem Sex-Shop gelandet seien. Oder in einem Bestattungsinstitut mit einem Spezialangebot für Nekrophilie-Fans.

»Was ist bloß aus den mütterlichen Verkäuferinnen im knitterfreien blauen Trevira geworden?«, flüsterte sie Jude zu.

»Wahrscheinlich arbeiten die jetzt in den Ann-Summers-Läden.«

»Kann ich Ihnen irgendwie helfen? Oder wollen Sie sich *nur umschauen?*« Diese beiden letzten Wörter sprach die Verkäuferin so verächtlich aus, als handelte es sich um eine besonders perverse Sexualpraktik.

»Hier war's so still, dass wir dachten, Sie wären alle ermordet worden«, erklärte Maddy.

»Wegen des Shootings.«

»Mein Gott«, hauchte Jude, »also wurde tatsächlich jemand erschossen.«

Die Domina ignorierte sie. »Wegen des Foto-Shootings«, fuhr sie fort und wies in einen l-förmigen Nebenraum. Dort posierte eine Braut, ausstaffiert wie Britney Spears, wenn auch nicht ganz so raffiniert, in einem Wald aus silbernen Schirmen vor einer Kamera.

Sofort legte Maddy ihre Handtasche beiseite, holte ihren eigenen Fotoapparat hervor und knipste den Knipser.

»Keine Bange, das tut sie immer«, informierte Jude die Verkäuferin, »Fotografieren ist ihr Hobby.«

»Das ist Patrick Jamieson«, verkündete die Frau ehrfürchtig, »und er fotografiert sie für das *Bride & Groom Magazine*.«

Gleichmütig zuckte Jude die Achseln. »Von Patrick Lichfield habe ich schon gehört. Und von Patrick Sowieso, der damals Prinzessin Di...«

»Patrick Jamieson ist Weltklasse«, fiel ihr die Verkäuferin bissig ins Wort.

Auf Maddys Zunge lag die Frage: Was hat ihn dann nach Eastfield ins Wedding Belles verschlagen?

Selbst wenn Eastfield nur acht Meilen von der Londoner City entfernt lag, kam man sich hier manchmal vor wie auf einem anderen Planeten.

»Dieses glückliche Mädchen hat einen Wettbewerb gewonnen«, erläuterte die Verkäuferin, »und Patrick wird auch die Fotos bei der Hochzeit machen. Außerdem stellt er ein Album für das Brautpaar zusammen.«

»Sicher wird er auf seinen Superbildern nicht den Kopf des Bräutigams abschneiden«, meinte Jude, »oder einen Gast übersehen, der im Hintergrund kotzt – das ist auf der Hochzeit meiner Kusine Susan passiert.«

»Also, Ladys...« Die Frau taxierte die beiden Freundinnen von Kopf bis Fuß, um zu entscheiden, welche eher wie eine Braut aussah. »Was kann ich für Sie tun?«

»Das Brautkleid im Schaufenster.« Tapfer wappnete sich Maddy gegen die demütigende Mitteilung, das sei Größe 38. »Wir wüssten gern, welche Größe...«

»Das Catherine-Walker-Modell? Mal sehen...« Die Verkäuferin trippelte zur Auslage. »Tut mir *wirklich* Leid.« So wie die versnobte Kuh das sagte, klang es ganz anders. »Größe 40.« Bedeutungsvoll starrte sie Maddy an. »Versuchen Sie's bei Bride Plus in Palmer's Green. Und falls es da nicht klappt, in einem Kaufhaus. Manche führen auch Brautmoden.«

»Besten Dank.« Maddy richtete sich zu ihrer vollen Länge von eins achtundsiebzig auf. »Wenn es Ihnen nichts ausmacht, möchte ich das Kleid trotzdem anprobieren.« Das letzte Mal hatte sie bei ihrer Erstkommunion in Größe 40 gepasst. Aber sie wollte wenigstens *eine* Genugtuung genießen und die aufgeblasene Gans zwingen, ihre Schaufensterdekoration durcheinander zu bringen. Das würde sich unzweifelhaft lohnen. Außerdem würde sie ihr Brautkleid niemals in einem Discountladen kaufen.

»Los, Maddy, versuch's einfach mal«, wurde sie von Jude ermutigt.

Verstimmt holte die Verkäuferin das Kleid aus dem Schaufenster und trug es mit einer Ehrerbietung, wie man sie normalerweise nur dem Turiner Grabtuch Christi zollt, zur Umkleidekabine. »Läuten Sie, wenn Sie meine Hilfe brauchen«, sagte sie und hängte es an einen Haken.

Mit dem Kleid allein gelassen, fühlte sich Maddy plötzlich am Rande einer Panik. Sie, Madeleine Adams, würde wirklich und wahrhaftig heiraten. Und zwar Chris Stephens, in seiner großen griechischen Familie unter dem Namen Christos Stephanides bekannt, den sie seit den Tagen der Park-Street-Mittelschule kannte. Chris – attraktiv, der Mädchenschwarm in der neunten Schulklasse, allgemein beliebt. Ohne irgendwelche Qualifikationen war er von der Schule abgegangen und ins Autohaus seines Vaters eingestiegen, eifrig bestrebt, mit dem »richtigen Leben« zu beginnen. Chris, der einen brandneuen Mazda-Sportwagen fuhr. Chris, der Maddy amüsant und sexy fand und den es nicht im Mindesten störte, dass sie zweieinhalb Zentimeter größer war als er. Natürlich konnte ihre Mutter nicht fassen, dass Belinda immer noch Single war und nicht einmal einen Freund hatte, während ihre Schwester… Aber nach Mums Ansicht waren Männer nun mal dumm, angefangen bei ihrem eigenen.

Gavin, Maddys Vater, hatte ganz anders reagiert. »Wenn der Junge dich kriegt, kann er von Glück reden. Hoffentlich ist er es wert.«

Als sie in das Kleid stieg, spürte sie den glatten Kuss des Satins auf ihren Hüften und betrachtete die schimmernden Falten. Der Augenblick der Wahrheit lag noch vor ihr. Bestand auch nur die geringste Chance, dass es ihr gelingen würde, das Kleid anzuziehen?

»Soll ich dir helfen?«, rief Jude.

»Ja, bitte!«, schrie Maddy zurück und zog den Bauch ein, so gut sie es vermochte.

»Nun komm schon, Miss Scarlett!« Jude schlug ihren besten Mammy-Ton aus »Vom Winde verweht« an. »Halt dich fest und atme tief ein.«

Während Maddy so tief Luft holte, dass es ausgereicht hätte, um drei Meter tief zu tauchen, zog Jude die beiden Seiten des Kleids am Rücken zusammen. Glücklicherweise verdeckte die Knopfreihe einen Reißverschluss, und – o Wunder – er ließ sich bis ganz nach oben ziehen.

»Also, ich muss schon sagen, Miss Scarlett – du siehst so süß und hübsch aus, mein Lämmchen.«

Vor lauter Freude strahlte Maddy über das ganze Gesicht. Es gab keinen Spiegel in der Umkleidekabine, weil man von den Bräuten erwartete, in den Geschäftsraum zu treten – vor die Augen der Mütter und künftigen Schwiegermütter, die daraufhin entzückt aufstöhnten oder verstohlen kicherten.

Doch Maddy wusste es schon – dieses Kleid könnte das einzig Wahre sein. Darin fühlte sie sich wirklich »sensationell«.

»Willst du die Gotenkönigin herausfordern und zum Spiegel hinauslaufen, um dich in deiner ganzen Schönheit zu bewundern?«, fragte Jude. »Dann sollest du vielleicht deinen...«

Aber Maddy, nach ihrem Erfolg von unbändigem Selbstvertrauen erfüllt, ignorierte ihre Freundin und rauschte hinaus.

Verwirrt zuckte sie zurück, als sie einen Mann neben dem riesigen Spiegel entdeckte. Eine Kamera in der Hand, lehnte er lässig an der Wand und musterte sie.

Das Erste, was ihr auffiel, waren seine Augen – so blau wie die Farbe von Mundwasser. Nein, der Vergleich hinkte, denn dieses leuchtende Blau erinnerte einen eher an den Himmel über Griechenland. Sein Leinenanzug war total zerknittert, das dunkle Haar musste dringend geschnitten werden. Und seine nackten Füße steckten doch tatsächlich in Sandalen!

»Cooles Motiv«, sagte er erstaunlicherweise. »Stört es Sie, wenn ich...« Ohne eine Antwort abzuwarten, begann er zu knipsen. »Und die Braut trug Grunge...« Lachend ließ er die Kamera sinken.

Erst jetzt sah sich Maddy im Spiegel. Das Kleid war ein Traum. Aber – o Gott – sie trug immer noch ihren schäbigen gestreiften Hut. Feuerrot vor Verlegenheit riss sie ihn sich vom Kopf. Dabei bewegte sie sich etwas zu heftig. *Ratsch* – das Platzen der Naht hallte laut durch den stillen Raum – so gewaltig, als würde ein Bündel Fünfzig-Pfund-Noten entzweigerissen.

»Das wusste ich ja – mit Größe 40 haben Sie zu viel riskiert«, zischte die Verkäuferin und rannte zu ihr, um den Schaden abzuschätzen.

»O Scheiße, tut mir ehrlich Leid!«, platzte Maddy heraus. Beide inspizierten den langen Riss unter einem Arm.

»Mir auch«, versicherte die Frau in einem Tonfall, der sogar eine Flasche Bier unter Zimmertemperatur gekühlt hätte. »Wenn Sie ein Kleid beschmutzen oder zerreißen, müssen Sie's bedauerlicherweise kaufen.«

»Hören Sie...«, mischte sich Patrick ein, sobald er Maddys Miene sah.

»Wir müssen leider darauf bestehen, es ist eines unserer Geschäftsprinzipien, weil diese Kleider unglaublich wertvoll sind.«

Maddy erblasste. Wie teuer das Kleid war, wusste sie nicht. Abgesehen davon hatte sie bisher weder damit angefangen, Diät zu halten noch zu sparen. Beides wurde jetzt beinahe überlebenswichtig.

Endlich gehorchte ihr die Stimme wieder. »Wie viel kostet es?«

»Eintausendachthundert Pfund«, antwortete die Verkäuferin. »Inklusive Preisnachlass, weil das Modell im Schaufenster gezeigt wurde. Ich fürchte, Sie haben unser teuerstes Kleid zerfetzt.«

Plötzlich drückte Patrick Jamiesons Gesicht tiefes Mitgefühl aus, was Maddy nicht entging. »Ich nehme an, Sie wollen wirklich heiraten?«, fragte er. »Sie denken nicht nur daran?«

Unglücklich nickte sie und versuchte, sich nicht lächerlich zu machen, indem sie in Tränen ausbrach oder vor der Verkäuferin niederkniete und flehentlich darum bat, den Preis in Raten abstottern zu dürfen – am besten innerhalb der nächsten zwanzig Jahre. »Im April. Es ist das erste Kleid, das ich anprobiert habe.«

»Dann ist's ja nicht so schlimm.« Plötzlich lächelte er, und seine unglaublich blauen Augen wirkten seltsam tröstlich. »Schöne Frauen anzuschauen gehört zu meinem Job. Und ich verspreche Ihnen, Sie werden nichts finden, das Ihnen besser steht. Besonders ohne den Hut.«

»Dass ich ihn vom Kopf gerissen habe, war Ihre Schuld!«,

fauchte sie. »Hätten Sie nicht ohne meine Erlaubnis diese Fotos gemacht, wäre das nicht passiert.«

»Moment mal, das war ein fantastischer Schnappschuss.«

»Ich sah verdammt blöd aus. Und Sie haben mich nicht einmal gefragt.« Beim Anblick seiner Kamera wurde sie zumindest kurzfristig von der Sorge abgelenkt, wie sie das Kleid bezahlen sollte. »Ist das eine Leica?«

Er nickte.

»Nur eine Standardlinse?«

Patrick hob die Brauen, als hätte sie eine völlig unerwartete Frage gestellt, zum Beispiel nach seinen sexuellen Vorlieben. »Ja, ich reise lieber mit leichtem Gepäck, statt mich mit überflüssiger Ausrüstung zu belasten.«

»Benutzen Sie nicht einmal ein Stativ?«

»Nur wenn's unbedingt nötig ist. Ich möchte immer und überall die Möglichkeit haben, unvermutete Motive festzuhalten. So wie Sie mit Ihrem Hut. Fotografieren Sie auch?«

»Verzeihen Sie«, unterbrach die Verkäuferin das Gespräch. »Aber wir sind sehr beschäftigt. Wie wollen Sie das Kleid bezahlen?«

Mit meinem Körper, hätte Maddy beinahe erwidert. *Für zwanzig Pfund pro Mal.* Einer Ohnmacht nahe, fragte sie sich, ob Patrick Jamieson die kalte Angst in ihrem Blick sah.

»Soll der Schaden unsichtbar behoben werden?«, erkundigte sich die Frau.

Maddy zuckte zusammen. Ein zerrissenes Brautkleid wäre untragbar und astronomisch teuer. Andererseits – wenn's geflickt wurde, war's ein bisschen preiswerter.

»Wie viel würde das kosten?«

»Etwa hundert Pfund.«

»Wahrscheinlich habe ich keine Wahl...«

»Wenn Sie ein oder zwei Pfund abnehmen, ist alles okay«, versuchte Patrick sie zu trösten. Offenbar erriet er ihre Gedanken.

Aber sie hatte die Nase voll. Niemals würde ihr das verdammte Kleid passen, genauso wenig, wie sie es sich würde leisten können. Und es war seine Schuld, dass sie es kaufen musste. Sein Vorschlag, eine Diät zu machen, war das Letzte, was sie jetzt brauchen konnte.

»Warum verschwinden Sie nicht einfach?«

»Nun, ich meine«, fuhr er fort, als sei er an solche Reaktionen gewöhnt, »dass Sie wundervoll aussehen. Und Sie wissen das offensichtlich.«

Nein, das wusste sie *nicht*. Misstrauisch starrte sie ihn an.

»Ich meinte nur, dass Sie wegen des Kleids ein oder zwei Pfund loswerden sollten. Ansonsten finde ich, eine Frau sollte schon an den richtigen Stellen hübsche Kurven aufweisen.«

»Warum zum Teufel arbeiten Sie dann in der Modebranche?«, fuhr sie ihn unhöflich an. Immerhin war er für ihr Problem verantwortlich. »Da wird Magersucht doch geradezu propagiert. Oder haben Sie das noch nicht bemerkt?«

»Bitte, Maddy...«, bemühte sich Jude, die Wogen zu glätten. »Verzeihen Sie, Sir. In manchen Situationen neigt meine Freundin zu Temperamentsausbrüchen.«

»Freut mich zu hören.« Langsam verzogen sich seine Lippen zu einem Lächeln, das neue Röte in Maddys Wangen trieb.

Diese Unverschämtheit... »Seien Sie nicht so verdammt herablassend!«

»Wissen Sie, *was* bei Ihnen abnehmen müsste, liebe Maddy? Ihre Paranoia. Alles andere ist in Ordnung.« Dann drehte er sich zu der Verkäuferin um. »Vielen Dank, dass wir hier arbeiten durften. In der April-Ausgabe müssten die Fotos erscheinen.« Wieder zu Maddy gewandt, beteuerte er: »War wirklich nett, Sie kennen zu lernen. Hoffentlich feiern Sie eine schöne Hochzeit.« In seinen blauen Augen funkelte ein boshafter Glanz. »Es sei denn, der Bräutigam hält nichts von einem Dreier – Sie, er und die Paranoia.«

»Wie kann er es nur wagen?«, stieß Maddy hervor, während ihre Freundin in einen Seidenvorhang kicherte.

»Eine verpasste Gelegenheit«, sagte Jude zu Patrick Jamiesons Rücken, der sich in Richtung Ausgang entfernte. »Hättest du ihn doch gefragt, ob er deine Hochzeitsfotos machen will.«

»Soll das ein Witz sein? Weiß Gott, was der Mann kostet! Schon um dieses beschissene Kleid zu bezahlen, muss ich mich bis ins nächste Jahrtausend abrackern.« Maddy beobachtete, wie die Verkäuferin das Kleid zusammenfaltete. »So, jetzt habe ich eine Idee, Jude.« Hoffnungsvoll schlug sie vor: »Laufen wir einfach davon und vergessen das Kleid.«

»Klar, das wäre okay, wenn du nicht auf der anderen Straßenseite arbeiten würdest. Jemand könnte dich erkennen. Außerdem hat Patrick so oder so völlig Recht, du hast zauberhaft darin ausgesehen.«

»Da gibt's nur ein einziges kleines Problem. Wie zum Geier soll ich das Geld dafür zusammenkratzen? Mit meiner VISA Card bin ich schon fast ans Limit gegangen. Ich muss meinen Banker um einen Kredit bitten und dann fünf Jahre lang Überstunden machen.«

»Würden dir deine Eltern nicht helfen?«

»Seit Daddy in den Vorruhestand getreten ist – auf keinen Fall. Und Mum war schon immer sparsam. Weil das Haus kaum geheizt wird, behauptet Dad, in seinem kleinen Gewächshaus im Schrebergarten sei's viel wärmer.« Maddy hatte schon überlegt, ob ihre Mutter nur deshalb für Minustemperaturen sorgte, damit ihr Vater gar nicht daheim bleiben *wollte*. Wenn ja, war das ein hochwirksamer Schachzug gewesen. Ihr Vater hielt sich fast nie zu Hause auf. Stattdessen kümmerte er sich liebevoll um seinen Porree und die gigantischen Gartenkürbisse. Mit diesem Arrangement schienen beide sehr zufrieden.

Als Maddy und Jude die Umkleidekabine verließen, hatte

die Verkäuferin das Kleid in ein Meer aus weißem Seidenpapier gehüllt, mit Duftperlen bestreut und mit rosa Bändern umwunden. Jetzt legte sie es in eine Schachtel mit Goldprägung.

»Du meine Güte«, wisperte Maddy. »Kein Wunder, dass hier alles so teuer ist.«

»Also, das macht achtzehnhundert Pfund plus hundert für die Ausbesserungsarbeit.«

Maddy zögerte. Vielleicht konnte sie die nette Inderin in der Reinigung darum bitten. Doch sie bezweifelte, dass die Frau dieser diffizilen Aufgabe gewachsen wäre. Und so nickte sie.

»Gut. In zwei Wochen wäre das Kleid fertig. Wann findet die Hochzeit statt?« Bei dieser Frage schwang einstudierte Ehrfurcht in der Stimme der Verkäuferin mit.

»Am 8. April.« Irgendwie konnte Maddy noch immer nicht daran glauben.

Draußen auf dem Gehsteig nahm Jude sie in die Arme. »Dieser Patrick Sowieso hat völlig Recht. An deinem Hochzeitstag wirst du umwerfend aussehen.«

Kaum merklich runzelte Maddy die Stirn. Zu den Gründen, warum sie die Trauung fürchtete, zählte die Erwartung der Leute, die ihre äußere Erscheinung betraf. Bräute mussten zerbrechlich wirken. Und eine Braut durfte nicht größer sein als der Bräutigam, sonst war sie – wie Nicole Kidman neben Tom Cruise – selbstverständlich verpflichtet, flache Schuhe zu tragen. Wahrscheinlich würde *sie* Chris über die Schwelle schleppen müssen.

Maddy sah auf ihre Uhr. »Jetzt muss ich mich wieder an die Arbeit machen und anfangen, das Kleid abzubezahlen. Nach der letzten Rate werde ich so alt sein wie die gespenstische Miss Havisham in diesem Roman von Charles Dickens.«

Auf dem Rückweg zum FabSnaps rechnete sie sich aus,

wie viele Stunden sie für ihr Brautkleid würde arbeiten müssen. Was für eine deprimierende Kalkulation... Vielleicht würde Mr. Wingate ihr erlauben, in den Laden überzusiedeln und hinter der Theke zu schlafen.

Maddy eilte ins Geschäft und lächelte Pash Narinder an, einen Mitarbeiter, der gerade einen Kunden bediente. »Schlechte Neuigkeiten, Maddy«, zischte er. »Mr. Wingate sucht dich schon überall.«

Erstaunt schaute sie zu der Uhr hinauf, die hinter ihnen an die Wand projiziert wurde – Mr. Wingates neuestes Spielzeug. »Aber ich komme nur fünf Minuten zu spät. Shirley erledigt in der Mittagspause ihre Einkäufe für die ganze Woche...«

»Darum geht's nicht. Riesenärger wegen einiger Fotos, die du abgezogen hast. Von unbekleideten Gentlemen.« Sichtlich besorgt biss Pash auf seine Lippen.

»Das ist alles?« Erleichtert atmete Maddy auf. Gewiss, die Bilder waren ein bisschen vulgär, zeugten aber von gesundem Humor, und so hatte sie die Abzüge bedenkenlos gemacht. Sicher würde Mr. Wingate keinen Anstoß an ein paar entblößten Hinterteilen nehmen, oder? Sie holte tief Luft und fragte: »Und wo liegt das Problem?«

»Unglücklicherweise hast du die Fotos in den falschen Umschlag gesteckt. Den hat eine Dame abgeholt und ihn ihrer alten Mutter gegeben, die gerade ihren achtzigsten Geburtstag feierte. Nachdem sie einen kurzen Blick auf die Gentlemen geworfen hatte, hat sie einen Herzanfall erlitten.«

»O Gott! Doch nicht wirklich?«

»Doch, leider. Musste in die Notaufnahme gebracht werden. Großes Drama. Wäre beinah gestorben, sagt die Tochter.«

Nun wurde Maddy von ernsthafter Panik ergriffen. Um den Laden möglichst schnell zu verlassen und das verdammte

Kleid anzuprobieren, hätte sie beinahe eine 80-Jährige umgebracht.

»Da drüben steht ihre Tochter.« Pash zeigte auf einen 50-jährigen Drachen mit Kochtopf-Haarschnitt. »Sie ist immer noch wütend. Sie hat einen Reporter von der Lokalzeitung mitgebracht.«

»Heiliger Himmel...«

»Also, junge Dame...« Der Drachen rauschte zu Maddy. »Sie haben eine ganze Menge zu verantworten. Wie können Sie sich erdreisten, meiner Mutter Fotos von nackten Männern auszuhändigen? Dagegen müsste es ein Gesetz geben.«

»Oh, ich glaube, das gibt es«, bemerkte der Reporter hilfsbereit.

Maddy drehte sich um und sah ihren Boss auf sich zukommen. Normalerweise der sanftmütigste aller Männer, glich Mr. Wingate jetzt einem Ballon kurz vor der Explosion.

»Es tut mir furchtbar Leid, aber ich habe keine Ahnung, wie diese Fotos in den Umschlag Ihrer Mutter gelangt sind«, entschuldigte sie sich. Wie war es möglich, dass an einem einzigen Tag so viele schreckliche Dinge passierten?

»Für gewöhnlich arbeite ich sehr gewissenhaft. Und ich kann nur sagen – ich bedaure zutiefst, was Ihnen und Ihrer Familie zugestoßen ist. Wird sich Ihre Mutter erholen?«

»Vermutlich«, entgegnete der Drachen, »aber das verdankt sie ganz sicher nicht Ihnen.« Zu Mr. Wingate gewandt, fuhr die Frau fort: »Ich verlange eine schriftliche Entschuldigung.«

Wortlos führte er sie in sein Büro.

»Um bei den Tatsachen zu bleiben...« Zum ersten Mal lächelte der junge Reporter. »Nachdem sich die alte Dame einigermaßen von ihrem Schrecken erholt hatte, bat sie anscheinend um den Abzug eines der Fotos, das ihr am besten gefallen hat. Für diese Art von Humor hat die Tochter anscheinend nichts übrig.«

Maddy erwiderte das Lächeln. Sie war vielleicht pleite, aber wenigstens war sie keine Mörderin.

Doch das Schlimmste stand ihr noch bevor.

»Madeleine?«, rief Mr. Wingate, nachdem der Reporter und die Kundin den Laden verlassen hatten. Seine Stimme nahm einen harten Klang an, den Maddy zum ersten Mal hörte. »Hätten Sie ein paar Minuten Zeit?«

»Viel Glück.« Narinder faltete die Hände, als betete er. »Das werden Sie brauchen.«

Mr. Wingate führte sie in die Dunkelkammer. »Manchmal kann so ein Versehen vorkommen. Doch Sie hätten diese Fotos gar nicht erst entwickeln dürfen. Sie kennen unsere Geschäftsphilosophie bezüglich Nacktheit.«

»Tut mir ehrlich Leid, Mr. Wingate.«

Mr. Wingate betupfte die verschwitzte kahle Stelle auf seinem Oberkopf mit dem Tuch, mit dem sie Fotoabzüge reinigten. »Mir auch, Maddy. Ich mag Sie. Und nun ist FabSnaps durch Ihre Unachtsamkeit zum Gespött geworden. Morgen wird ein Artikel in der Lokalzeitung erscheinen, und wir müssen noch froh sein, wenn wir nicht vor Gericht landen.«

»Irgendwann macht jeder mal Fehler. Und unsere Umschläge wurden schon oft vertauscht…«

»Ja, nur – Bilder von fünfzehn Männern, die ihre Kehrseiten entblößen, sind bisher noch nie in die falschen Hände geraten. So schwer es mir auch fällt, mir bleibt nichts anderes übrig – ich fürchte, ich muss Ihnen kündigen.«

»Aber…«, begann Maddy. Was sie jetzt sagen würde, glich einem Schlag unter die Gürtellinie. Obwohl sie das wusste, rang sie sich dazu durch. »Gerade habe ich mein Brautkleid gekauft. Es kostet ein Vermögen. Deshalb wollte ich Sie fragen, ob ich Überstunden machen darf.«

»Vielleicht sollten Sie das Kleid zurückbringen. Sicher wird man in dem Geschäft Verständnis für Ihre Situation aufbringen.«

Sie glaubte zu spüren, wie Wellen kalter Angst über ihrem Kopf zusammenschlugen. Lautlos öffnete und schloss sie den Mund wie eine Ertrinkende.

»Kommen Sie, ich gebe Ihnen das restliche Gehalt aus der Kasse.« Mr. Wingate kehrte in den Laden zurück.

Mitfühlend beobachteten Pash, Theresa und Shirley die Ereignisse, obwohl sie sichtlich erleichtert waren, dass es nicht *sie* getroffen hatte.

Maddy ging nach hinten, um ihre Sachen zu holen. Als sie sich im Spiegel sah, nahm sie ihren gestreiften Grunge-Hut ab, und ihre üppige Mähne fiel herab wie verschütteter schwarzer Sirup. Das Beste an ihr, meinte ihr Vater. Im Gegensatz zu ihrem Gehirn.

Immer noch benommen, schüttelte sie Pash die Hand. Dann umarmte sie Theresa und Shirley.

»Ohne dich wird's hier viel langweiliger zugehen, Madeleine«, bemerkte Pash.

»Klar«, stimmte Theresa zu. »Maddy ist einmalig. Übrigens, hat die liebe alte Lady wirklich einen Abzug von diesen nackten Hintern verlangt?«

»Bye, Maddy«, seufzte Shirley. »Natürlich werden wir deine Fotos auch weiterhin entwickeln.«

Alle winkten ihr zu, und Maddys Kehle verengte sich. Mühsam kämpfte sie mit den Tränen. Wie schmerzlich sie die drei vermissen würde und die fantastische Gelegenheit, ihre eigenen Fotos kostenlos zu entwickeln. Und was sie am allerschlimmsten fand – wie zum Teufel sollte sie ihr Brautkleid bezahlen, wenn sie arbeitslos war?

2

Nachdem Maddy das FabSnaps verlassen hatte, musste sie erst einmal ihren Schock überwinden, und so setzte sie sich auf eine Bank in der Nähe des Clock Tower.

Vor zwei Stunden hatte ihr Leben noch sicher und vorhersehbar ausgesehen. Gewiss, sie hatte keine so grandiosen Erfolge vorzuweisen wie ihre Schwester Belinda oder die Tochter der Nachbarin Alison, die von der Halifax Bank. Doch sie war zufrieden mit ihrem Job und nicht bis zum Kragen bei VISA verschuldet gewesen. Jetzt hatte sie ihren Job verloren. Und sie stand mit fast zwei Tausendern in der Kreide.

Der Gedanke an Chris, der sie vielleicht aus dem schwarzen Abgrund ihrer Verzweiflung holen würde, munterte sie plötzlich auf. Immerhin besaß er das einzigartige Talent, alles in rosigem Licht zu sehen. Nur eine halbe Stunde in seiner Gesellschaft, und er hätte ihr eingeredet, die Kündigung bei FabSnaps sei ihre eigene Idee gewesen und sie müsse sich beglückwünschen, weil sie der alten Lady zu einem denkwürdigen Geburtstag verholfen hatte. Nicht zuletzt deswegen liebte sie ihn.

Leider gab es da ein Problem – er war nicht zu erreichen. Statt seiner Stimme drang der Anrufbeantworter des Autohauses aus dem Handy, der ihr mitteilte, ihr Anruf sei der Firma sehr wichtig. Offenbar nicht so wichtig, dass eine lebende, atmende Person an den Apparat gehen und mit ihr sprechen würde.

Maddy beschloss, keine Nachricht zu hinterlassen. *Ich brauche dich, weil du mich umarmen und mir sagen musst, dass alles okay ist, obwohl ich gerade gefeuert wurde...* Diese Art der Kommunikation war man im Stephens Motors, das Christos Stephanides Senior, Chris' Dad gehörte, nicht gewöhnt.

Also würde sie es ihrem Verlobten später erzählen müssen. In diesem Moment hielt ihr Bus an der Station. Sie stieg ein und wünschte, sie teilte immer noch eine Wohnung mit Jude. Vor sechs Monaten war sie wieder nach Hause gezogen, um für die Hochzeit zu sparen. Unglücklicherweise hatte das nicht viel genützt.

Der Bus hielt am Ende der Straße, in der sie wohnte, und sie ging die letzten paar Meter zu Fuß. Am Cherry Tree Drive sahen alle Häuser gleich aus – von der Baufirma »Manager-Residenzen« genannt. Bedauerlicherweise lebte in Maddys Elternhaus kein Manager. Ihr Vater hatte seinen Job gehasst und sich in den Vorruhestand begeben, sobald seine Töchter ihre Ausbildung beendet hatten und von daheim ausgezogen waren. Das hatte ihre Mutter ihm nie verziehen. Teilweise trug er selbst die Schuld daran, was Maddy inzwischen erkannt hatte. Statt gemeinsam mit Mum und dem Rest der »Fit-mit-fünfzig«-Brigade angenehmen Aktivitäten wie Golf oder Tennis zu frönen, war Gavin in seinem Kleingartenverein verschwunden. Allem Anschein nach bevorzugte er die Gesellschaft Gleichgesinnter, die vor dem wirklichen Leben flüchteten.

Verständlicherweise beschwor das gewisse Probleme herauf, denn Penny, Maddys Mutter, war die geborene Gesellschaftslöwin. Blond und elegant, in Faltenröcken und Blazern, glich sie einer Schulsprecherin in mittleren Jahren. Sie führte einen perfekten Haushalt. Um den beigen Teppichboden zu schonen, zwang sie ihre Familie, die Schuhe in der Diele stehen zu lassen, und ordnete sie nach der Größe (zu Maddys Leidwesen waren ihre die größten). Regelmäßig besuchte Penny ein Fitnessstudio, und sie besaß noch dieselbe Figur wie mit achtzehn. Ganz besonders freute sie sich, wenn Belinda für ihre Schwester gehalten wurde, was ziemlich oft geschah.

Als Maddy das Wohnzimmer betrat, schaltete ihre Mutter

gerade den Staubsauger ab. »Warum kommst du so früh heim? Du bist doch hoffentlich nicht krank?« Penny hasste Krankheiten. Während ihrer ganzen Kindheit hatte Maddy nur selten ein Aspirin schlucken dürfen. Nach Mums Meinung wurde man durch mangelndes Mitgefühl abgehärtet und konnte die Widrigkeiten des Lebens besser meistern.

»Ist Dad da?«, fragte Maddy. Unerfreuliche Dinge erzählte sie lieber ihrem Vater.

»Was glaubst denn *du*?«

»In der Laubenkolonie?«

»Wo sonst?«

Kein Wunder... Den Großteil seiner Zeit verbrachte er in seinem Schrebergarten am Rand von Wellstead Heath. In der Nähe des Cherry Tree Drive gab es ebenfalls Kleingartenanlagen. Doch zu Pennys nicht geringem Verdruss hatte sich ihr Ehemann für einen entschieden, der eine zwanzigminütige Autofahrt entfernt lag.

Angeblich hatte Wellstead Heath die *crème de la crème* der Schrebergärten zu bieten, das Ritz-Carlton der Gemüsezüchter, ein magisches Königreich, einen hauptsächlich maskulin geprägten Zufluchtsort, wo die Gentlemen aus den Vorstädten ihren stillen Frust mit preiswürdigen Porreestangen, überdimensionalen Kürbissen und glänzenden Gurken bekämpften. Während ihr Eheleben dahinsiechte, schwelgten die Schrebergärten in einer fast unanständigen Fruchtbarkeit.

»Vielleicht schau ich mal schnell bei ihm vorbei«, kündigte Maddy an.

»Jeden Moment wird deine Schwester nach Hause kommen.«

Maddy hörte helle Freude aus diesem Tonfall heraus, den sie Mums »Belinda-Stimme« nannte. Wahrscheinlich ahnte Penny gar nichts davon. Und sie würde es sicher für »blanken Unsinn« erklären, wenn man ihr sagte, dass sie jedes

Mal einen besonderen Ton anschlug, wenn sie ihre ältere Tochter erwähnte. Aber so war es nun mal.

In gewisser Weise konnte Maddy ihr das nicht verübeln. Belinda war wirklich vollkommen. Dächte der Allmächtige je darüber nach, welche Tochter Er im Lauf Seiner diversen Schöpfungen am besten hingekriegt hatte, müsste er Belinda wählen. Hübsch, blond, anmutig und klug, hatte sie immer ausgezeichnete Zeugnisse bekommen, war bei Lehrern und Schülern gleichermaßen beliebt gewesen, und nun brillierte sie als Balletttänzerin. Mit elf Jahren hatte sie ihre Eltern dazu überredet, das mühelos errungene Stipendium an einem Gymnasium abzulehnen und ihr den Besuch einer Ballettschule zu bezahlen. Das verlangte der ganzen Familie große Opfer ab. Trotzdem stellte niemand jemals die Frage, ob es sich lohnte. Belinda sollte Ballett tanzen, und damit basta. Oft genug hatte Penny erklärt: »Wenn man ein echtes Talent besitzt, muss man es nutzen. Da bleibt einem gar nichts anderes übrig.«

Maddy wünschte, ihre Mutter hätte nur ein oder zwei Mal auch die Begabung ihrer jüngeren Tochter anerkannt. Vielleicht konnte sie keine so spektakulären Fähigkeiten wie Belinda vorweisen. Doch ihr Lehrer am College hatte ihr immerhin ein beträchtliches Potenzial bescheinigt und ihr empfohlen, hart daran zu arbeiten.

Unglücklicherweise interessierte sich Penny kein bisschen für dieses Talent. Über Maddys Absicht informiert, einen Kurs in Fotografie zu belegen, hatte ihre Mutter nur eine Augenbraue gehoben, als wäre das ein schlechter Witz. »Solange du's selber bezahlst... Du bist über einundzwanzig.« Eines Tages erschien eines von Maddys Fotos, das ihren Dad mit einem Riesenkürbis zeigte, in der Lokalzeitung. Maddy hatte erwartet, Mum würde es ausschneiden und ans schwarze Brett in der Küche heften, neben Belindas Balletturkunden.

Letzten Endes war es Dad gewesen, der das Bild mit rebellischem Elan mitten aufs Brett geheftet hatte. Dort blieb es zwei Wochen. Nachdem es verschwunden war, hegte Maddy die törichte Hoffnung, ihre Mutter hätte es entfernt, um es so wie Belindas Urkunden in ein Klemmbrett zu stecken. Wenig später fand sie das Foto im Müll und weigerte sich zu weinen. Stattdessen hatte sie ihr Herz verschlossen. Okay, ihre Schwester wurde von Mum bevorzugt. Damit musste sie sich abfinden.

»Hi, Mum!« Belindas Stimme unterbrach Maddys Gedanken. Immer noch in Tanzkleidung, stürmte das Mädchen ins Zimmer. »Gerade habe ich die erste Runde überstanden!«

Belinda war bei einer Audition für einen Solopart gewesen, und davor hatte Penny ihr stundenlang beim Training zugeschaut.

»Oh, das wusste ich!« Durch Pennys liebevolle Worte schien warmer Honig zu fließen. Auch sie hatte eine Karriere beim Ballett angestrebt, war aber nicht gut genug gewesen.

Belinda stellte ihre Tasche ab. »Jetzt gehe ich in die Garage und übe noch ein bisschen.«

Da nur mehr ein Auto in der Doppelgarage stand, hatte Dad die andere Hälfte mit einem großen Spiegel ausgestattet, und Belinda benutzte sie als improvisiertes Studio.

»Trink zuerst eine Tasse Tee«, schlug ihre Mutter vor. Kurz danach kehrte sie mit drei Tassen und einer Platte voller Biskuits zurück, die weder sie selbst noch Belinda anrühren würden.

Warum war Maddy beim Programmieren der Selbstverleugnungsgene, über die zarte Blondinen in so reichem Maße verfügten, leer ausgegangen?

Um ihnen ihre Selbstkontrolle zu beweisen, ignorierte sie die Platte. Der Unterschied zu den beiden bestand nur darin, dass ihr die Existenz der Biskuits deutlich bewusst war, während ihre Mutter und ihre Schwester die Verlockung gar nicht zu bemerken schienen.

»Warum bist du schon so früh daheim?«, fragte Belinda. »Halbtagsarbeit im Fotolabor?«

»Genau genommen wurde ich gefeuert«, gestand Maddy.

»Wieso denn um alles in der Welt?«

»Weil ich Fotos vertauscht habe. Eine 80-jährige Lady bekam den Umschlag, in dem die Bilder eines Rugby-Teams mit entblößten Kehrseiten steckten, und erlitt einen leichten Herzanfall.«

»O Madeleine, um Himmels willen!«, jammerte Penny. »Kannst du den *gar nichts* richtig machen?«

»Was für ein Pech«, meinte Belinda mitfühlend. »Aber ich verstehe nicht, warum das ein Kündigungsgrund ist.«

»Normalerweise ist das auch keiner«, erwiderte Maddy. »In meinem Fall ging's um die nackten Tatsachen. Solche Fotos dürfen im FabSnaps nicht abgezogen werden.«

»Bei *deinem* Niveau dürfte es dir wenigstens nicht schwer fallen, einen neuen Job zu finden«, streute ihre Mutter Salz in die Wunde.

Maddy schluckte. »Heute ist es ziemlich kalt. Ich werde Dad eine Wärmflasche mitbringen.«

»Wie du willst«, schnaufte Penny. »Übrigens, was hält Chris von deiner Kündigung?«

Sie fand Chris nahezu perfekt und begriff nicht, wie er sich ausgerechnet in Maddy hatte verlieben können.

»Ich habe ihn noch nicht erreicht.«

Kurz danach verließen die beiden Schwestern das Wohnzimmer. Bevor Belinda zur Garage ging, drückte sie Maddys Arm und zeigte mit dem Kopf in Richtung der Mutter. »Hör nicht auf sie. So ist sie nun mal. Mit mir kommt sie besser zurecht, weil ich ihr ähnlich bin. Und du bist der Bohemien in unserer Familie. Das solltest du genießen.«

Maddy umarmte sie und musste sich beherrschen, um nicht zurückzuschrecken. Unter dem Trikot fühlte sich Belindas Körper wie Haut und Knochen an. Wann war sie so dünn geworden?

»Würdest du Dad liebe Grüße von mir ausrichten? Und sag ihm, ich werde ihn bald mit einem verdammten Kürbis verwechseln, wenn er nicht öfter daheim bleibt.«

»Okay.« Maddy lachte. »Ich werde es ihm ausrichten.«

Natürlich traf Bel den Nagel auf den Kopf. Wäre Dad ein Workaholic, der eine multinationale Firma leitete, würde er sich gewiss nicht öfter zu Hause aufhalten.

Um den Schrebergarten zu erreichen, musste sie den Bus nehmen und dann ein Stück zu Fuß gehen.

Sie folgte dem schmalen Weg, der an der Laubenkolonie entlangführte, und trat dabei nach welken Blättern. Es war ein wunderschöner Tag Anfang September, mit einem blauen Himmel, so hell, dass es in den Augen schmerzte. Was immer im Leben auch schief laufen mochte – an einem solchen Tag konnte man unmöglich Trübsal blasen.

Schließlich stand sie vor dem kleinen, von Ranken überwucherten Eisengatter. Sie besaß einen eigenen Schlüssel, und jedes Mal, wenn sie die Tür öffnete, spürte sie einen wohligen Schauer. Dahinter lag ein verborgener Schatz, ein geheimer Ort, beinahe außerhalb von Zeit und Raum. Einen Teil der Magie machte die besondere Gegend aus, denn rings um die paar Hektar im Gemeindebesitz lagen die Prachtvillen von Ölscheichs und Popstars. Und auf diesem kleinen Fleckchen Erde frönten ganz gewöhnliche Menschen ihrer Leidenschaft für alles, was grünte und blühte.

Maddy wanderte an hohen Sonnenblumen vorbei, die sogar ihren Scheitel überragten. In der heißen Nachmittagssonne wippten ihre riesigen gelbschwarzen Köpfe. Obwohl der September begonnen hatte, brütete eine Hitzewelle über London.

Im nächsten Schrebergarten standen üppige Sträucher. Daran hingen überdimensionale Himbeeren, die beinahe aussahen wie Pflaumen, glänzende rote Johannisbeeren, dicke Loganbeeren und saftige frühsommerliche Brombeeren. Unfähig, der Versuchung zu widerstehen, stopfte sie gierig einige Beeren in ihren Mund. Dabei fühlte sie sich wieder wie das kleine Mädchen, das mit seinem Vater auf Beerensuche in den Wald gegangen und mit leeren Händen heimgekommen war. Unterwegs hatten sie die ganze Ernte aufgegessen.

Nun bahnte sie sich einen Weg durch ein Miniatur-Labyrinth, dieser Irrgarten war die Freude und der Stolz seines Schöpfers Maurice, einem von Dads Spießgesellen. Und dann gelangte sie in ihren Lieblingsgarten, den Dennis gepachtet hatte. Auch er gehörte zu Gavins engstem Kreis.

An drei Seiten hatte er Hecken um seinen Schrebergarten gepflanzt und ein sonniges Eckchen geschaffen, in dem Porree, Pastinaken und Winterkohl in wohl geordneten Reihen gediehen. Zucchinipflanzen mit ihren leuchtend gelben Blüten rankten sich wie lange, blumengeschmückte Schlangen an einer Hecke entlang. Am anderen Ende hatte Dennis eine hölzerne Bank gebaut, mit einer Sitzfläche aus gewelltem Plastik. Da konnte er ein Sonnenbad nehmen und beobachten, wie seine Sämlinge wuchsen. Hinter der Bank verjagte die eleganteste Londoner Vogelscheuche in Frack und Zylinder gefiederte Eindringlinge.

Nachdem Maddy um die Ecke gebogen war, blieb sie wie angewurzelt stehen und staunte über einen merkwürdigen Anblick. Gavin und seine beiden Kumpel Dennis und Maurice – von der Mutter kollektiv als »Steckrüben« bezeichnet – saßen in Klappstühlen im Kreis und starrten vor sich hin. Irgendwie sahen sie aus, als wären sie soeben Zeugen eines grauenvollen Verkehrsunfalls geworden und hätten einen Schock erlitten.

Aus einem Impuls heraus duckte sie sich hinter einen Brombeerstrauch, zog ihre Kamera aus der Tasche – eine alte Nikon, eher schlicht wie alle vernünftigen Kameras und ihr ganzer Stolz. Um sie zu kaufen, hatte sie zwei Jahre lang die widerlichen Nachbarskinder als Babysitter betreut. In der Welt professioneller Fotografie mochten die Digitalkameras allmählich die Oberhand bekommen. Doch Maddy liebte noch immer die Magie konventioneller Filme.

Blitzschnell knipste sie die Gruppe – erfreut, weil sie ihren Lieblings-Schwarzweiß-35-mm-Film in der Kamera hatte.

»Hi, Dad!«, unterbrach sie die intensive Konzentration der drei Männer. Sichtlich erfreut über die Ankunft seiner Tochter, lächelte er und sprang auf.

Schon oft hatte Maddy den Eindruck gewonnen, ihr Vater müsse ein paar Gänge runterschalten, wann immer er aufstand.

Seine rastlose Energie erinnerte sie an einen Kastenteufel, der ständig darauf wartete, emporzuschnellen. Ihre Größe hatte sie von ihm geerbt. Doch er war dünn wie ein Pfeifenreiniger, mit klaren Augen, die in heller Begeisterung für zahllose, meistens unpraktische Dinge erstrahlten. Früher hatte er schönes, dichtes Haar besessen, jetzt wurde es allmählich schütter. Ein unschuldiges Flair umgab ihn, die Aura eines Pfadfinder-Gruppenführers, der eine Mission zu erfüllen hat. Das wusste Maddy besonders zu schätzen. Sie liebte ihn. Und was sie am allerbesten fand – er erwiderte ihre Gefühle.

»Großer Gott, was ist denn passiert?«, fragte sie. Dennis und Maurice starrten immer noch düster vor sich hin.

»Stell dir vor, Dennis' Lauch ist eingegangen«, antwortete Gavin. »Dieser wunderbare Lauch, den er bei der Landwirtschaftsausstellung präsentieren wollte.«

»Eingegangen?«

»Irgendein Witzbold hat ihn mit Ammoniak besprüht.«

Als sie Dennis' tragische Miene bemerkte, musste sie ihren Lachreiz unterdrücken.

»Völlig ruiniert«, klagte Dennis und hielt Maddy eine welke, verfärbte Porreestange hin.

»Tut mir Leid, Dennis.«

Wehmütig seufzte er. »Maurice meint, das ist der Preis des Erfolgs.«

»Da hat er völlig Recht«, stimmte Maddy ernsthaft zu. »Deine Lauchstangen sind die besten weit und breit. Kein Wunder, dass sie Neid erregen.«

»Jedenfalls«, bemühte sich Gavin seinen Freund zu trösten, »müssten wir versuchen, die Dinge auch von der heiteren Seite zu sehen.«

»Was soll mich denn erheitern? Die liebevolle Fürsorge eines ganzen Jahres vergeudet... Diesen Porree habe ich aus winzigen Samen großgezogen. Über jede einzelne Stange habe ich eine Rolle Klopapier gestülpt, um die Schnecken fern zu halten.« Melodramatisch hielt Dennis inne. »Sogar gesprochen habe ich mit ihnen.«

»Nun ja...« Gavin tätschelte seine Schulter, eifrig bestrebt, die Tragödie nicht zu bagatellisieren. »Aber die Sonne scheint, und Maddy ist da...« Erst jetzt fiel ihm diese ungewöhnliche Tatsache auf, und er unterbrach sich. »Musst du nicht arbeiten? Hast du deinen freien Tag?«

»O Dad...« Ihre Stimme zitterte ein wenig. »Mr. Wingate hat mich heute Mittag gefeuert.«

»Tut mir furchtbar Leid, Liebes.« Gavin legte einen Arm um ihre Schultern. »So ein Narr!«

»Und was noch viel schlimmer ist – kurz davor habe ich ein unglaublich teures Brautkleid gekauft. Und jetzt weiß ich nicht, wie ich's bezahlen soll.«

»Hm...«, murmelte er und streichelte ihr Haar. Von plötzlicher Zärtlichkeit erfüllt, erkannte sie, dass sie größer war als er. Das war ihr nie zuvor aufgefallen. »Dafür haben deine

Mutter und ich ein bisschen Geld zur Seite gelegt. Wie viel kostet denn dein Traumkleid?«

Das wagte sie ihm nicht zu gestehen. Ihr Vater lebte in einer anderen Welt. Wahrscheinlich hatte er zweitausend Pfund für die ganze Hochzeit gespart, nicht bloß für das Kleid.

»Sicher findest du bald einen neuen Job, Mädchen.« Dennis blickte von seinem Miniatur-Schlachtfeld auf. »Und wir werden dir bei der Suche helfen«, fügte er hinzu und stieß Maurice mit einer langen, welken Lauchstange an. »Nicht wahr, Gav?«

Unwillkürlich lächelte Maddy, zutiefst gerührt über die Anteilnahme der drei Gartenfreunde – obwohl sie ebenso wenig hoffen durften, einen guten Job für sie zu finden, wie jemals die Identität des Porreemörders herauszufinden.

»Moment mal!«, rief ihr Vater und versuchte seine Missbilligung zu verbergen, als quietschende Autoreifen die friedliche Stille des abgeschiedenen Paradieses durchbrachen. »Ich glaube, da kommt dein junger Mann. In dieser Gegend fährt niemand anderes so.«

Atemlos rannte Maddy an den Schrebergärten vorbei, zu der schmalen Straße. Helle Freude auf das Wiedersehen erwärmte ihr Herz. Gerade hatte Chris seinen gelben Mazda-Sportwagen abgestellt, mit zwei Rädern im Gras am Straßenrand. Die gelbe Linie, die ein absolutes Halteverbot anzeigte, ignorierte er ebenso wie das große Parkverbotsschild. Ohne die Tür zu öffnen, sprang er aus dem Auto.

Er trug immer noch den korrekten Büroanzug. Doch er sah sogar in Jeans und Polohemd attraktiv aus. Vielleicht, dachte Maddy manchmal, hing das damit zusammen, dass seine Mutter Olimpia ihm jeden Tag nicht nur eins, sondern zwei saubere Hemden hinlegte – eins für die Arbeit, ein anderes für den Feierabend.

»Hi, Baby.« In seinen dunklen Augen glühte die Sorge

eines Odysseus, der den Horizont absucht. Sein griechisches Erbe schlummerte stets dicht unter der Oberfläche. Vermutlich würde er sich unter den schlitzohrigen Geschäftemachern in den Cafés von Piräus heimischer fühlen als in Palmer's Green. »Warum hast du dich nicht auf dem Anrufbeantworter gemeldet? Ich habe deine Handynummer im Display gesehen. Was ist los? Arbeitest du heute nicht bis abends?«

»Das würde ich tun«, klagte sie und warf sich an seine elegant verhüllte Brust. »Wenn ich noch einen Job hätte... Aber ich habe ein paar Fotos von halb nackten Männern in den falschen Umschlag gesteckt. Deshalb hat eine alte Lady einen Herzanfall bekommen. Und vorher habe ich ein sündhaft teures Brautkleid zerrissen, das ich jetzt bezahlen soll. Wovon denn bloß, wenn ich arbeitslos bin?«

»Beruhige dich.« Chris legte einen Arm um ihre Schultern. Dabei musste er ein wenig nach oben greifen, was weder sie noch ihn störte. Er hatte stets verkündet, sie sei wie eine griechische Göttin gebaut. Also passte sie großartig zu ihm, oder? »Maddy, Maddy, was soll ich nur mit dir machen?« Er küsste sie, ohne die »Steckrüben« zu beachten, die aus der Ferne interessiert zuschauten. »Dauernd passieren dir Dinge, die andere Leute nie erleben.«

»Ist das wahr?«

»Natürlich.« Chris drückte sie noch fester an sich. »Keine einzige Braut auf der Welt würde ihr Kleid zerreißen oder alte Damen mit den Fotos nackter Männer erschrecken. Vielleicht ist gerade das der Grund, warum ich dich liebe. Weil du alles so süß vermasselst.«

Maddy reckte ihr Kinn hoch, um zu protestieren. »Nicht *alles*. In vielen Dingen bin ich sehr gut...«

»Das weiß ich«, fiel er ihr grinsend ins Wort. »Mach dir keine Sorgen, du wirst was anderes finden. Der Job war ohnehin ziemlich mies.«

»O nein«, widersprach Maddy. »Okay – auf der Karriereleiter konnte ich nicht in Schwindel erregende Höhen klettern. Aber ich durfte meine Fotos kostenlos entwickeln. Und experimentieren, so viel ich wollte.«

»Vergiss es. Von jetzt an wirst du sowieso keine Zeit mehr für deine Schnappschüsse haben. Als meine Verlobte bist du vollauf beschäftigt.« Zärtlich küsste er ihre Nasenspitze. »Übrigens, Mum hat gesagt, du sollst zum Abendessen kommen. Sie will dir zeigen, wie sie ihre Dolmades zubereitet.«

Inzwischen waren sie zu den »Steckrüben« geschlendert, und Chris winkte ihnen fröhlich zu. »Schon irgendwelche Monster in diesem Jahr gezüchtet?«

Maurice hielt triumphierend einen obszön großen Kürbis hoch, was Maddy angesichts der Porree-Tragödie, die Dennis peinigte, etwas taktlos fand.

»Verdammt will ich sein!« Chris kniff Maddy in den Hintern. »Komm bloß nicht auf irgendwelche Ideen...« Und dann hatte er selber eine Idee. »Hör mal, warum arbeitest du nicht in unserem Ausstellungsraum? Dort gibt's sicher was zu tun, das dich *nicht* in Schwierigkeiten bringt.«

Lächelnd bezwang sie eine leichte Irritation. Sie wünschte, Chris würde sie etwas ernster nehmen. Und außerdem, so nett sie seine zahlreichen, lärmenden griechischen Verwandten auch fand – sie konnten auch ganz schön nerven. Zumindest einen Teil ihrer Unabhängigkeit wollte sie vor und nach der Hochzeit bewahren. »Das ist sehr freundlich von dir. Aber ich möchte mich erst mal umsehen. Und – ja, ich würde wirklich gern lernen, die Dolmades deiner Mum zu kochen.«

»Sie mag dich.« In Chris Augen ein gigantischer Pluspunkt, das wusste Maddy.

»Oh, ich mag sie auch.« Olimpia ähnelte ihrem Sohn. Redselig. Temperamentvoll. Von unerschöpflicher Energie erfüllt. »Sie ist ganz anders als meine Mum.«

»So schrecklich kommt mir deine Mum gar nicht vor.«
»Das sagst du nur, weil sie dich vergöttert.«
»Wie alle Frauen«, erwiderte er und grinste unverschämt. Dann wandte er sich zu ihrem Vater. »Auf Wiedersehen, Mr. Adams, ich nehme Maddy mit nach Hause.«
»Richtest du Mum aus, dass ich bei Chris esse?«, bat sie Gavin und gab ihm einen Abschiedskuss.«

Wortlos nickte er. Seit einiger Zeit benahm sich Penny unmöglich. Sie jammerte, weil sie täglich kochen musste, als wären alle anwesend, und wenn sie woanders aßen, beschwerte sie sich, sie würden daheim wie in einem Hotel ein und aus gehen. Sie war nicht immer so gewesen.

»Würden Sie mir einen dieser Kürbisse für meine Mum schenken?«, bat Chris. »Wenn er mit Hackfleisch gefüllt wird, schmeckt er sicher großartig.«

Die drei Männer starrten ihn entsetzt an, und Maurice runzelte die Stirn. »Die kann man nicht essen, mein Junge. Unsere Kürbisse sind für eine Ausstellung bestimmt.«

»Genau genommen schmecken sie wie Watte«, wisperte Maddy.

Auf dem Weg zum Auto schüttelte Chris den Kopf. »Was für eine Zeitverschwendung! Also, meinen Dad wirst du nie hier antreffen, bei diesen komischen alten Käuzen, die nutzloses Gemüse züchten.«

»Weil dein Dad sein ganzes Leben in diesen reinen Männer-Cafés verbringt, qualmt und Backgammon spielt?«

»Was ist denn daran so falsch?« Chris lachte. »Nach meiner Ansicht müssen wir Männer die Frauen schwängern und in die Küche verbannen.«

Maddy schob ihn auf Armeslänge von sich. »Jetzt machst du Witze, nicht wahr?«

»Natürlich, Baby«, bestätigte er und drückte sie gegen sein glänzendes gelbes Cabrio. »So gut müsstest du mich mittlerweile kennen.«

Da war sie sich nicht so sicher. »Übrigens, danke für das Stellenangebot. Aber ich würde mir gern einen Job suchen, bei dem ich mein Diplom in Fotografie verwerten kann.«

»Willst du wieder in einem Fotolabor arbeiten?«

Sie wusste, dass er nicht absichtlich so herablassend mit ihr sprach. Trotzdem klang es so.

»Scheint ein sympathischer Junge zu sein«, bemerkte Maurice, während Maddy und Chris davonfuhren. »Abgesehen von diesem Auto. Ein bisschen protzig, nicht wahr?«

»Nicht so angeberisch wie der Anzug«, meinte Dennis, der eine Grube aushob, um seine Lauchstangen anständig zu beerdigen.

»Er verkauft Autos«, erinnerte Gavin seine Freunde. »Dafür braucht er ein gewisses Image. Ich finde ihn recht nett. Hoffentlich hat er ein gutes Herz, denn Maddy ist ein ganz besonderes Mädchen.«

Auf der Fahrt zu Chris' Elternhaus wehte der Wind Maddys langes Haar in ihr Gesicht. Sie konnte es sich noch immer nicht verkneifen, sich zu wünschen, ein paar Bekannte würden sie in diesem Auto sehen. War das schrecklich unreif? Ja, sagte sie sich, aber was soll's, zum Teufel? Mindestens dreißig Ehejahre lagen vor ihr – genug Zeit, um erwachsen zu werden.

»Hi, Mum! Hi, Gran!«, schrie Chris, als er die Haustür öffnete.

Im Domizil der Stephanides musste Maddy immer an ein großes, weiches Sofa denken, nicht besonders geschmackvoll, aber so bequem, dass man kaum aufstehen konnte, wenn man einmal darin versunken war.

Die ganze Familie bewohnte eine riesige Villa in Eastfield, die Penny »schauderhaft« nennen würde. Doch insgeheim wäre sie neidisch auf den geräumigen Schnitt. In der Hälfte der Räume wurden die Böden immer noch von Linoleum bedeckt. Dafür prangte im Wohnzimmer ein sündhaft teurer, flauschiger weißer Teppich. Genauso willkürlich wirkte die Zusammenstellung des Mobiliars – moderne Stücke standen neben prunkvollen Lehnstühlen mit reich geschnitzten geschwungenen Beinen. Der Fernseher lief ununterbrochen, meist von allen ignoriert, sogar von den Kleinkindern, die zu diesen oder jenen Familienmitgliedern gehörten und unweigerlich am Boden spielten.

Normalerweise saß eine von Chris' Schwestern am großen Esstisch in einer Ecke des Wohnzimmers, löste Kreuzworträtsel oder las das *OK*-Magazin. Ein zahmer Hase, den Chris bei einer Spritztour mit einem Kunden im waldreichen Hertfordshire angefahren hatte, hoppelte umher, zum steten Ärger der Großmutter Ariadne. »Für einen Hasen wäre ein Schmortopf genau der richtige Platz«, pflegte Granny zu schimpfen, wenn sie wieder einmal über das Tier gestolpert war und mit Hilfe ihres Gehstocks das Gleichgewicht wiedererlangen musste. »Mit einem Thymianzweig im Hintern.«

Irgendwie wirkten die Katastrophen dieses Tages im lautstarken Überschwang des Stephanides-Heims nicht mehr so schlimm, und Maddy atmete auf.

Chris führte sie in die Küche. »He, Mum! Rate mal, was Maddy heute passiert ist! Sie hat ihren Job verloren. Ausgerechnet jetzt, wo sie für ihr Brautkleid spart! Ich habe ihr gesagt, sie soll bei uns arbeiten. Am besten stellt sie sich in den Ausstellungsraum und begrüßt die Kunden, wie das Mädchen drüben bei Bahnet Motors.«

»Pah!«, schnaufte seine Großmutter und drohte dem Hasen mit ihrem Stock. »So wie sie aufgetakelt ist, würde sie die Leute nur abschrecken.« Chris' Gran hielt den Kleidungsstil seiner Verlobten für äußerst bizarr.

»Hör nicht auf sie, Maddy«, wisperte Olimpia, Chris' Mutter. »Nun werde ich dich in die Geheimnisse meiner Dolmades einweihen. Kümmere dich nicht um Granny Ariadne.

Leider glaubt sie immer noch, junge Frauen müssten Schürzen tragen und ihre Wäsche auf Steinen schrubben.« Während sie die Zutaten für ihre Dolmades auf dem Arbeitstisch bereitlegte, wies sie mit dem Kopf in Richtung ihres Ehemanns. »Ihr Jungs könnt ins Kafenion gehen. Um neun seid ihr wieder da, eh? Dann essen wir. Und bringt bloß nicht diesen George mit!«

Damit meinte sie einen hoffnungslosen Fall, den Chris seit der Schulzeit kannte und zu dem er treu hielt, obwohl der Mann in Olimpias Augen ein totaler Versager war.

Sie wandte sich wieder zu ihrem Arbeitstisch. »Zuerst nimmst du zwanzig Weinblätter ...«

»Wo bekommst du denn *Weinblätter*, hier in Eastfield?«, fragte Maddy fasziniert.

»Natürlich beim griechischen Gemüsehändler! Du suchst zehn große, besonders schöne aus und gibst sie in kochendes Wasser.«

»In zehn Gläser kochendes Wasser«, korrigierte Granny Ariadne.

Olimpia verdrehte die Augen. »Warum müssen es zehn Gläser sein?«

»Weil's nun mal so ist«, beharrte Ariadne. »Das weiß jede Närrin.«

»Also, du kochst die Weinblätter zehn Minuten lang in zehn Gläsern Wasser. Dann nimmst du sie heraus, legst sie auf den Tisch und bestreichst sie mit Fleisch und Reis.« Olimpia griff nach einer Schüssel, in der sie Hackfleisch mit Reis und Petersilie vermischt hatte.

Entschieden schüttelte Granny Ariadne den Kopf. »Keineswegs! Man nimmt ein Weinblatt in die Hand, gibt die Füllung hinein und rollt es zusammen. So!« Diesen Vorgang demonstrierte sie mit dem Geschick eines erfahrenen Hippies, der einhändig einen Joint dreht.

»Gut«, seufzte Olimpia, »offensichtlich musst du ein Weinblatt in die Hand nehmen...« Das glitschige Blatt rutschte ihr aus der Hand und fiel zu Boden. Eifrig stürzte sich der Hase darauf. »Dumme alte Schachtel«, flüstere sie Maddy zu, während die Großmutter das Tier aus der Küche scheuchte. »*Wie* du die Dolmades füllst, ist völlig egal.«

Lächelnd nickte Maddy. Sie mochte Chris' Mum wirklich sehr gern. »Übrigens, meine Kündigung war heute nicht die einzige Katastrophe«, vertraute sie ihr mit leiser Stimme an, damit die alte Dame nichts hörte. »Ich habe ein schrecklich teures Brautkleid anprobiert. Und dabei habe ich's irgendwie geschafft, eine Naht zum Platzen zu bringen.«

Doch Ariadne besaß schärfere Ohren, als sie beide vermuteten. Als Maddy Messer und Gabeln aus einer Schublade nahm, um sie auf den Esstisch zu legen, hörte sie Gran mit gesenkter Stimme zu Olimpia sagen: »Keine Ahnung, was Christos an diesem großen, tollpatschigen Mädchen findet, wo er doch Chrissie Papadopoulos hätte heiraten können... Noch eine lahme Ente, nehme ich an, so wie dieser George, den er sich nicht ausreden lässt. Von dem vermaledeiten Hasen ganz zu schweigen.«

Maddy ließ eine Gabel fallen. Hastig bückte sie sich und hob sie auf. Ihr Magen krampfte sich schmerzhaft zusammen. Brennend stieg ihr das Blut in die Wangen. Sie hatte oft genug überlegt, warum Chris so viel Zeit mit George verbrachte, einem fetten, unmotivierten Typen ohne jeden Charme. Wurde sie von Chris' Familie genauso beurteilt? Ein weiteres nutzloses Anhängsel, für das er sorgen musste?

Entschlossen legte sie die Gabel auf den Tisch und wandte sich zu Ariadne. »Besten Dank für Ihre griechischen Weisheiten, Mrs. Stephanides. Aber ich fürchte, Sie schätzen mich völlig falsch ein. Auch wenn ich gerade meinen Job verloren und mein Brautkleid zerrissen habe – ich bin *kein* armseliger Tollpatsch, der ihre Verachtung verdient.« Dann packte sie ihre Handtasche und rannte zur Haustür.

3

»Du bist aber früh zurück!«, rief Belinda aus der Garage. »Wolltest du nicht bei Chris' Familie lernen, wie man eine brave kleine griechische Hausfrau wird?«

»Zum Teufel mit diesen blöden Dolmades, die können sie sich sonst wohin stopfen!« Seufzend lehnte sich Maddy an die Ballettstange und beobachtete ihre Schwester. Tatsächlich – Belinda hatte stark abgenommen. Während sie ihre Übungen absolvierte, traten die Wangenknochen und Schlüsselbeine noch deutlicher hervor. Sogar Ally McBeal sähe neben ihr übergewichtig aus.

»Eigentlich dachte ich, man stopft die Dolmades mit irgendwas voll«, witzelte Belinda.

»Sehr komisch. Und warum trainierst du immer noch? Warst du die ganze Zeit hier? Seit ich weggegangen bin?«

»Heute habe ich nur die erste Runde geschafft. Den richtigen Test muss ich nächste Woche bestehen.« Belinda lächelte Maddy an. »Und diese Mädchen sind alle so verdammt fit und dünn. Am ganzen Corps de Ballet gibt's kein einziges überflüssiges Gramm Fleisch.«

»Bel…«, begann Maddy, voller Sorge um den Zustand ihrer Schwester. »Bist du sicher, dass du's nicht übertreibst? Du siehst aus, als hättest du schon einige Pfunde verloren.«

»Hoffentlich! Tänzerinnen können gar nicht zu mager sein. Wenn sie hungrig sind, essen sie Zahnpasta.« Belinda versuchte wieder zu lächeln. »Schmeckt auf jeden Fall besser als Mums Küche. Und warum bist du schon daheim?«

»Mach dir deshalb keine Sorgen. Nur eine kleine Auseinandersetzung mit des Teufels Großmutter. Chris' Granny findet, ich wäre nicht gut genug für ihn. Anscheinend hätte er eine fabelhafte Chance nutzen und Chrissie Papadopoulos heiraten sollen.«

»Sicher hat sie grässliche Zähne und futtert von morgens bis abends Taramosalata, diese grauenhafte griechische Fischrogen-Sauce.«

»Ehrlich gesagt, sie ist sehr hübsch.«

»Nun, er bevorzugt *dich*.«

»Seine Verwandtschaft glaubt, es wäre dasselbe wie bei seinem humpelnden Hasen und seinem unfähigen Freund George. Nach Meinung dieser alten Hexe hat Chris eine Vorliebe für lahme Enten.«

»Dann beweise ihnen, dass du ein Schwan bist!«, sagte Belinda. »Immerhin ist Chris eine fantastische Partie.«

»Fang du nicht auch noch damit an! Das gibt mir seine ganze Familie deutlich genug zu verstehen. Ich müsste dankbar sein und vor ihm niederknien und beteuern: ›O Chris, ich bin deiner nicht wert!‹«

»Quatsch. Übrigens, da ist was, das dich vielleicht aufheitern wird.« Belinda zeigte auf einen großen Karton in einer Ecke der Garage. »Das hat ein Bote geliefert. Hat's irgendwas mit deinen Fotos zu tun?«

Erstaunt inspizierte Maddy die Schachtel. Sie erwartete nichts, und der Karton gab keinerlei Hinweise auf seinen Inhalt. Darauf stand nur »Miss Madeleine Adams« und ihre Adresse.

»Los, schau rein!« Belinda wühlte im Werkzeugkasten ihres Vaters und holte einen Schraubenzieher hervor, damit Maddy die Klebebänder durchtrennen konnte. »Bevor ich vor Neugier sterbe.«

In der Schachtel lagen mehrere Schichten fliederfarbenes Seidenpapier, eine extravagante Verschwendung, und darunter kam ein kleinerer Karton zum Vorschein. Maddy nahm ihn heraus und öffnete ihn. Als sie weiteres Seidenpapier entfernte, diesmal in Weiß, regneten Duftperlen auf den Boden der Garage und enthüllten das traumhafte Catherine-Walker-Brautkleid, das sie ruiniert hatte.

»Mein Gott, Mads, einfach umwerfend!« Bewunderung und Ehrfurcht dämpften Belindas Stimme.

»Aber ich hab's heute Morgen zerrissen. Und die Verkäuferin sagte, es wäre frühestens in einer Woche geflickt! Außerdem habe ich's noch gar nicht bezahlt, ja, nicht mal eine Anzahlung geleistet.«

»Vielleicht hat Chris das alles arrangiert«, meinte Belinda. »Er muss diese Frau angerufen und gesagt haben, dass der Schaden sofort behoben und das Kleid zu dir geschickt werden muss, damit du deine Kündigung besser verkraftest.« Erfolglos versuchte sie, ihren Neid zu verbergen. »Was für ein verdammt glückliches Mädchen du bist!«

Nun bereute Maddy zutiefst, dass sie aus Chris' Haus gestürmt und seine Granny beleidigt hatte, mochte sie eine Hexe sein oder nicht, wo er ihr doch eine so unglaubliche Freude bereitet hatte. Natürlich würde sie ihm nicht erlauben, das Kleid zu bezahlen. Jeden einzelnen Penny würde sie zurückerstatten. Aber allein schon der Gedanke... Wie lieb von ihm...

Und dann entdeckte Belinda die kleine Karte zwischen den glänzenden Falten des Kleids und griff danach, während Maddy sich freudig und erwartungsvoll auf ihre Lippen biss und sich fragte, wie die Nachricht wohl lauten würde.

»Moment mal!« Verblüfft runzelte Belinda die hübsche Stirn. »Ist das irgendein Missverständnis? Da steht: ›Sie hatten völlig Recht, Maddy, alles war meine Schuld. *Bride & Groom* hat die Rechnung beglichen. Sicher werden Sie wunderschön in diesem Kleid aussehen. Und vergessen Sie nicht, Ihre Paranoia daheim zu lassen. Mit freundlichen Grüßen, Patrick Jamieson.«

Abrupt klappte Maddys Kinnlade nach unten.

Patrick Jamieson hatte Wedding Belles tatsächlich dazu überredet, ihr Kleid im Rekordtempo zu nähen, und sogar die Zeitschrift veranlasst, alles zu bezahlen! Vielleicht war das in der Glamourwelt der Modefotografen ganz normal. Doch ihr erschien es wie das achte Weltwunder.

Nachdem sie ihre Verwirrung überwunden hatte, empfand sie Dankbarkeit und Erleichterung. Jetzt musste sie die Unsumme von fast zweitausend Pfund nicht mehr bezahlen. Dann erinnerte sie sich an die Paranoia, die er in seinem Brief erwähnte. Gewiss – er ging sehr großzügig mit dem Geld anderer Leute um, aber er war auch wahnsinnig unhöflich. Außerdem, wenn *Bride & Groom* die Kosten übernahm, schnitt er sich nicht ins eigene Fleisch, und es fiel ihm leicht, den edlen Wohltäter zu spielen.

Entgeistert starrte Belinda ihre Schwester an. »Warte mal kurz, dann war's gar nicht Chris. Wer zum Teufel ist Patrick Jamieson? Und wieso um alles in der Welt hat er dein Brautkleid bezahlt?«

»Das ist ein Fotograf. Er hat mich in diesem Kleid fotografiert, ohne zu fragen, ob ich einverstanden sei. Darüber habe ich mich so erschreckt, dass ich es zerrissen habe.«

»Dann bist du gar nicht aus den Nähten geplatzt, wie Mum gesagt hat?«

»Nein. Das Kleid hat mir perfekt gepasst.«

Natürlich musste sie ihrer Schwester nicht die ganze Wahrheit sagen, dass Jude sie praktisch mit einem Schuhlöffel hineingezwängt und dass sie ein Kleid, das ein paar Nummern zu klein gewesen war, nur anprobiert hatte, um die Verkäuferin zu ärgern.

Wenigstens war Maddy fair genug, um Patrick Jamiesons Großherzigkeit anzuerkennen. Aus welchen Beweggründen auch immer, er hatte ihr praktisch das Leben gerettet. Nun musste sie ihm schreiben und sich bedanken, auch wenn ihr die Stichelei über ihre Paranoia ganz gewaltig gegen den Strich ging.

Am nächsten Morgen fand sie es ziemlich seltsam, um sieben Uhr die Augen zu öffnen und *nicht* ins FabSnaps zu gehen. Ihre Mutter stand um sechs auf, weil sie das immer tat und schon immer getan hatte. Danach erwachte Belinda und joggte einmal um den Block, bevor sie in der Garage ihre morgendlichen Dehnungsübungen absolvierte.

Maddy lag im Bett, und die quälende Sorge um ihre Schwester durchdrang ihr Gehirn wie Kopfschmerzen in einem überheizten Raum.

Bevor ihr Vater zum Schrebergarten fuhr, kam er in ihr Zimmer und setzte sich zu ihr auf die Bettkante, so wie früher, als sie noch ein kleines Mädchen gewesen war. Sie fand es seltsam tröstlich. Jene bedingungslose Liebe, die ihr so wichtig gewesen war, hatte ihr immer nur ihr Vater geschenkt, nicht ihre Mutter. »Nun, was machst du heute? Willst du dir ein paar weitere griechische Sitten und Gebräuche aneignen?«

»Nein, ich suche einen Job. Ich kann nicht hier wohnen und dir und Mum auch noch auf der Tasche liegen. Obwohl ich mich nicht mit Alison messen kann, die's zur Management-Anwärterin bei der Halifax Bank gebracht hat, mit Auto und Pensionsansprüchen, so wie's Mum gefallen würde, aber ich bin kein Parasit.«

»Kein Mensch hat dich jemals so genannt.« Liebevoll strich er ihr eine dichte dunkle Haarsträhne aus dem Gesicht.

»Bis jetzt nicht. Aber morgen wird Mum ganz sicher solche Kommentare abgeben.«

»Komm doch mit in den Schrebergarten und hilf mir. Ich möchte meine Spargelbeete neu anlegen. Glaub mir, körperliche Arbeit tut der Seele richtig gut.«

»Danke, Dad, ich schaue später vorbei.« Maddy liebte die Laubenkolonie fast ebenso wie ihr Vater. Doch an diesem Tag hatte sie einiges zu tun. »Ich will in die Bibliothek und die Design-Zeitschriften nach Stellenangeboten durchblättern.«

»Okay. Bis dann, Liebes. Und vergiss nicht – obwohl du mich um ein paar Zentimeter überragst, bist du immer noch mein kleines Mädchen.«

»Danke, Dad.« Also war's ihm aufgefallen. Plötzlich brannten Tränen in ihren Augen. Ihr Vater war der einzige Mensch, der ihr das Gefühl gab, sie wäre klein und zierlich.

Zwischen dem Rathaus und dem Clock Tower eingezwängt, lag die Eastfield Library keine zwei Gehminuten vom FabSnaps entfernt, gegenüber von Wedding Belles. Da Maddy weder den Angestellten der Boutique noch Mr. Wingate begegnen wollte, ging sie eine Seitenstraße hinunter und betrat die Bibliothek durch den Hintereingang.

Die Magazine *Design Weekly, Advertising Week* und *Photographers' World* wurden in der Eastfield Library nur selten verlangt, und die Bibliothekarin verkündete wortreich, so etwas existiere hier gar nicht. Schließlich musste Maddy die Zeitschriften kaufen. Die nächsten Stunden verbrachte sie damit, ihren Lebenslauf aufzupeppen und unzählige Bewerbungen auf dem alten Amstrad-Computer ihres Vaters zu tippen.

Erschöpft von all der Mühe und bestrebt, sich außer Reichweite ihrer Mutter zu bringen, bevor sie noch zusammen mit dem übrigen nutzlosen Mobiliar poliert wurde, lieh sie sich Belindas Fahrrad aus und fuhr zu den Schrebergärten hinaus.

Es war einer jener wundervollen Nachmittage, die nur ein englischer Herbst zu bieten hat, und Maddys Lebensgeister erwachten wieder, sobald sie die Vorstadt Eastfield verließ und die schöne Wildnis von Wellstead erreichte, wo die *crème de la crème* wohnte.

Seltsamerweise wuchsen immer mehr Bäume zu beiden Seiten der Straßen, und das Gras am Straßenrand leuchtete grüner, je näher sie in Richtung Wellstead Heath an London herankam. Nur steinreiche Leute konnten in einer Gegend leben, die so ländlich und idyllisch wirkte, obwohl sie höchstens zwanzig Autominuten vom Oxford Circus entfernt lag. Während sie überlegte, wie viel diese Häuser wohl kosten mochten, schwang wenige Meter weiter vorn die Tür eines falsch geparkten Autos auf.

In letzter Sekunde bremste sie. »Warum zum Teufel stellen Sie Ihre verdammte Karre hier ab?«, schrie sie. »Haben Sie das Schild nicht gesehen?«

»Doch, das habe ich«, erwiderte eine ruhige Stimme. »Ich wollte nur kurz halten, um mein Garagentor zu öffnen.« Maddys Gesicht nahm die Farbe der preisgekrönten Tomaten an, die ihr Vater gezüchtet hatte. Direkt vor ihr stand Patrick Jamieson, lässig an die Tür eines alten Saab-Cabrios gelehnt.

»*Wohnen* Sie hier?« Maddy versuchte ihr ungläubiges Staunen zu verbergen.

»Tut mir Leid, ja.« Er zeigte über seine Schulter, und Maddy musterte eine etwa drei Meter hohe Mauer, die bedrohlich alt und halb verfallen aussah, von dunkelrotem wildem Wein überwuchert. Zwischen den Ranken war eine Tür eingelassen, wie der Spiegel, durch den Alice im Wunderland geht. »Nur ein Cottage mit einem Studio dahinter«, fügte Patrick hinzu.

Nur? Sie konnte sich nur zu gut ausmalen, was »nur ein Cottage« in dieser Straße kostete. »Ich wollte Ihnen schreiben und mich für das Kleid bedanken – das war sehr freundlich von Ihnen.«

»Danken Sie nicht mir, sondern *Bride & Groom*.«

Sie atmete erleichtert auf, weil er so beiläufig abtat, was ihre Zukunft gerettet hatte. Offenbar lebten sie in völlig verschiedenen Welten. Sollte sie ihm gestehen, dass seine Hilfsbereitschaft doppelt willkommen gewesen war, weil sie ihren Job verloren hatte? Nein, nur weil er nett war, brauchte sie ihn nicht mit ihren Problemen zu belasten.

Nachdem er den Wagen in die Garage gefahren hatte, kehrte er zu Maddy zurück. »Kommen Sie doch auf eine Tasse Tee mit hinein«, lud er sie ein. »Das Haus ist sehenswert.«

Mit einem riesigen Eisenschlüssel, der Maddy an das Geisterhaus in einem Horrorfilm erinnerte, sperrte er die Tür auf.

Das Cottage lag am Ende eines gewundenen, von Lavendelsträuchern gesäumten Wegs. Es sah genau wie ein Cottage aus einem Kindermärchen aus, erbaut aus grauen Ziegeln, mit gewundenen Barley-Twist-Schornsteinen und geschnitzten, gotischen Fensterrahmen.

»Wieso steht ein solches Haus mitten in London?«, fragte Maddy verblüfft.

»Es gibt sechs davon«, erklärte Patrick. »Die Lady, die das Herrschaftshaus am Heath bewohnte, hat sie für ihre Dienstboten bauen lassen. Drinnen sind sie eher bescheiden ausgestattet.«

»Klar.« Maddy zog die Brauen hoch. »Ich komme mir beinahe wie Rotkäppchen vor.«

»Dann sollten Sie lieber nicht vom rechten Weg abkommen«, meinte er grinsend.

»Eigentlich dachte ich, Sie würden mir nur eine Tasse Tee anbieten.«

Dieser Einwand wurde ignoriert. »Haben Sie sich nicht ein bisschen zu weit von Ihren Jagdgründen entfernt? Ich dachte, Sie wohnten in einer dieser gottverlassenen Vorstädte.«

»Stimmt.« Maddy beschloss, die Spöttelei zu überhören. »Aber mein Vater hat einen Schrebergarten in Wellstead gepachtet, gleich um die Ecke, und ich möchte ihm bei der Arbeit helfen.«

»Was für ein glücklicher Mann! Das würde mir auch gefallen. Wenn ich Zeit dafür hätte…«

Verwundert blinzelte sie. Durfte sie ihren Ohren trauen? Sehnte sich Patrick Jamieson, der Jetset-Fotograf, insgeheim nach der Zucht überdimensionaler Pastinaken und erstklassiger Lauchstangen?

»Lachen Sie nicht!«, mahnte er. »Immer wieder beobachte ich die Leute in ihren kleinen Gärten und beneide sie. Die haben sich ihre eigene kleine Welt geschaffen. Frieden. Stille. Keine Sorgen.«

»Keine Frauen«, ergänzte Maddy.

»Was zweifellos ein Segen wäre...« Ob er das ernst meinte oder nicht, konnte Maddy nicht feststellen. »Aber es stimmt nicht. Da drüben habe ich schon viele Gärtnerinnen gesehen.«

»Oh, dann hat mein Dad das bisher verschwiegen. Wahrscheinlich fürchtet er, meine Mutter würde ihm nachspionieren, wenn sie davon erfährt...« Etwas schüchtern fragte sie: »Könnte ich vielleicht Ihr Studio sehen, Mr. Jamieson?«

»Natürlich. Sie fotografieren auch, nicht wahr?«

»Ein bisschen.« Die Wangen feuerrot, stellte Maddy ihr Fahrrad am Straßenrand ab und wünschte, sie hätte einem Experten nicht so viel über sich selbst verraten.

Das Studio lag hinter dem Cottage, mit großen Fenstern an einer Seite. Drinnen sah Maddy kahle weiße Wände und gigantische Papierrollen in verschiedenen Farben, die als Hintergründe benutzt wurden. An den Fenstern hingen hölzerne Jalousien, damit Patrick das Licht regulieren konnte. Es gab nur einen einzigen Stuhl, so ähnlich wie jener, den Christine Keeler auf dem berühmten Aktfoto okkupiert hatte.

Hinter dem Studio befand sich ein kleiner Hof mit weiß getünchten Mauern. »Da arbeite ich manchmal«, sagte Patrick, »wegen der äußerst vorteilhaften privaten Atmosphäre. Hier habe ich einmal einen ganzen Kalender geknipst, weil die Verlagsleitung glaubte, sie wäre pleite, und das Shooting auf Barbados abgeblasen hatte. Glücklicherweise war das Wetter traumhaft. Sie wären überrascht, wie viel man mit zwölf schönen Mädchen und ein paar Requisiten anfangen kann«, bemerkte er grinsend. »Nachdem der Kalender erschienen war, wurde ich sogar gefragt, an welchem Urlaubsort ich die Fotos gemacht hätte.«

Maddy blickte sich um. »Sie haben hier nirgendwo eines ihrer Fotos hängen? Ich hätte gedacht, dass Sie Ihre Lieblingsfotos rahmen lassen.«

Entschieden schüttelte er den Kopf. »Diesen Quatsch hasse ich wie die Pest. Ich brauche keinen Tempel für mein Ego. Lieber schaue ich die Arbeiten anderer Leute an.« Er schloss die Tür des Studios ab, und sie kehrten ins Cottage zurück. »Wenn man mit Fotos leben will, muss man sich die allerbesten aussuchen.« Lächelnd zeigte er in den Korridor und ins Treppenhaus. An weißen Wänden reihten sich Schwarzweißfotos aneinander, dicht an dicht. Walker Evans, Man Ray, Weegee, Cecil Beaton, Tina Modotti, Richard Avedon.

»Wow.« Maddy hoffte, sie führte sich nicht wie eine schwärmerische Leserin von *Photography Today* auf. »Unglaublich. Sind das Originale?«

»Nein.« Patrick lachte, und seine blauen Augen schienen den ehrfürchtigen Unterton in ihrer Stimme zu verspotten. »Diese Bilder habe ich mir übers Internet besorgt. Für je fünfundzwanzig Pfund – die Serie Masters of Modern Perspective.«

Unbehaglich schluckte sie. Lachte er sie aus?

Obwohl sie sich in ihrem Fotokurs nur begrenzte Kenntnisse angeeignet hatte, glaubte sie, eine eklatante Unterlassungssünde zu entdecken. »Aber Sie haben keinen Cartier-Bresson!«

Der triumphierende Klang ihrer Beschuldigung amüsierte ihn offensichtlich. Statt zu antworten, schloss er die Tür und enthüllte einen Teil der Wand, wo drei Drucke hingen. Maddys Atem stockte. Hingerissen starrte sie auf ihre drei absoluten Lieblingsbilder – spanische Kinder, die auf einer Baustelle spielten, durch ein Loch in der Mauer aufgenommen; einen fröhlichen kleinen Jungen, der in Paris zwei riesige Weinflaschen schleppte; und schließlich zwei rundliche französische Paare, die in Unterwäsche am Ufer der Marne saßen und ein Picknick genossen.

»Oh, ich liebe diese Fotos!«, jubelte sie. »Wie er den Rotwein erwischt hat, der ins Glas gegossen wird... Irgendwie hat man das Gefühl, man müsste nur sein eigenes Glas hinhalten und würde auch was bekommen...« Unsicher verstummte sie, weil sie fürchtete, er fände ihre Interpretation schrecklich naiv.

»Obwohl der Wein mittlerweile fünfundsechzig Jahre alt wäre.« Patrick lachte wieder.

Machte er sich über sie lustig? Patrick versank in Schweigen, als würde die Perfektion des Fotos jede weitere Konversation verhindern.

»Ich muss jetzt gehen«, sagte Maddy schließlich.

»Aber Sie haben den Tee noch nicht getrunken, den ich Ihnen angeboten habe.«

»Danke – vielleicht nächstes Mal. Sie sind bestimmt sehr beschäftigt.«

Patrick beobachtete, wie sie zu ihrer Jacke und der Handtasche griff. Doch er traf keine Anstalten, ihr zu helfen.

»Haben Sie jemals daran gedacht zu modeln?«, fragte er unvermittelt.

Diesmal war es offensichtlich, er machte sich über sie lustig. Mit hochrotem Gesicht fauchte sie ihn an: »Meinen Sie, für einen Katalog für Übergrößen?«

Darauf gab er keine Antwort. »Sie sind groß genug. Und Sie haben etwas an sich. Wie Ihre Haut schimmert... Und manchmal sehe ich einen wilden Ausdruck in Ihren Augen, der könnte umwerfend wirken.«

»Davon abgesehen, dass ich Größe 44 statt 36 trage.«

»Zufällig sind üppige Models gefragt – der Sophie-Dahl-Effekt.«

»Ehrlich gesagt«, entgegnete Maddy und bemühte sich, möglichst angewidert die Stirn zu runzeln, »was Schlimmeres kann ich mir gar nicht vorstellen.«

Patrick grinste nur und zuckte die Achseln.

Zögernd blieb sie stehen. Sollte sie ihm erzählen, womit sie ihren Lebensunterhalt verdienen wollte, und ihn um einen Rat bitten? Vermutlich wäre das zu unbescheiden, nachdem er ihr bereits einen so großen Gefallen erwiesen hatte. »Ich gehe jetzt lieber.«

»Okay. Klopfen Sie, wenn Sie nächstes Mal vorbeikommen. Und viel Spaß beim Buddeln.«

Sie stieg auf ihr Fahrrad, überquerte die schmale Straße gegenüber von Patricks Garage und folgte dem Weg zur Laubenkolonie. Hatte er die Aufforderung, wieder mal vorbeizukommen, ernst gemeint? Oder war das nur die Londoner Masche, einen peinlichen Abschied zu vermeiden, wie der Vorschlag: *Gehen wir irgendwann mal zusammen essen...?*

Auf der Fahrt nach Heath kam sie an etwa hundert Schrebergärten vorbei – manche tadellos gepflegt, andere ein bisschen verwildert und ein paar skandalös vernachlässigt, was die ordnungsliebenden Pächter maßlos ärgerte. Maddy bewunderte ein großes Beet voller Margariten, die dem normalen Rhythmus der Natur zu widerstehen und bis in den Herbst hinein zu überleben suchten.

Einige Minuten später traf sie Dennis und Maurice in einem erbitterten Streit an, der sich um einen großen Haufen Zwiebeln drehte.

Entschlossen schüttelte Dennis den Kopf. »Sieht nach Fäule aus.«

»Fäule!« Maurice starrte seinen Kumpel an, als hätte der ihn soeben beschuldigt, an einer ansteckenden Gonorrhöe zu leiden. »Meine Zwiebeln haben keine Fäule!

»Schau dir das an!«, beharrte Dennis. »Wie in Öl getränkt. Klassische Symptome. Die musst du wegwerfen.«

»Aber die sind für die Landwirtschaftsausstellung bestimmt.«

»Jetzt nicht mehr.«

»Vielleicht Sabotage«, bemerkte Maddy. »Erst Dennis' Porree, jetzt deine Zwiebeln, Maurice.«

Ehrfürchtig wandten sich die beiden zu ihr, als wäre sie Moses im Angesicht des brennenden Dornbuschs.

»Klar, sie hat Recht, Dennis!«

»Warum bewacht ihr eure Gärten nicht, bis die Ausstellung vorbei ist?«, schlug sie vor.

»Wir könnten in Terrys Hütte übernachten«, sagte Maurice.

»Und Schlafsäcke mitbringen.«

Eifrig wie kleine Jungs, die einen Pfadfinderausflug vorbereiten, schmiedeten sie ihre Pläne.

Erst jetzt fiel ihr auf, dass ihr Vater nicht da war. »Ist Dad nach Hause gefahren?«

Dennis und Maurice wechselten einen eigenartigen Blick.

»Nicht direkt nach Hause«, antwortete Dennis ausweichend.

»Wohin denn sonst?«

»Nun ja – er ist zu Iris' Garten am Ende der Reihe gegangen. Sie legt gerade einen Teich an, und dein Dad hilft ihr dabei.«

»Oh.« Maddy war überrascht, weil ihr Vater dieses Projekt nicht erwähnt hatte. Normalerweise weihte er sie in alle seine Aktivitäten ein. »Und wer ist Iris?«

Wieder wurde ein seltsamer Blick gewechselt.

»Also«, begann Dennis, »Iris ist neu hier. Man erzählt sich, sie habe ein großes Haus ganz in der Nähe. Und sie käme hierher, um sich von irgendwas zu befreien.«

Wütend presste Maddy die Lippen zusammen. Jetzt hasste

sie diese Frau. Wusste sie denn nicht, das die Laubenkolonie für Leute reserviert war, die *keine* großen Häuser inmitten luxuriöser Gärten besaßen?

»Da hinten sitzt sie im Schatten und liest Romane?«

»Mit einer Flasche Wein im Eiskübel.«

»Ganz allein.« Maurice zwinkerte Maddy zu.

»Bis jetzt«, ergänzte Dennis. »Übrigens, wenn du einen Job suchst – das habe ich für dich aufgehoben, Maddy.« Er hielt ihr die aktuellen Ausgaben des *Eastfield Echo* und des *Evening Standard* hin. »Darin wollte ich gerade meine Cox-Äpfel für die Lagerung einwickeln, als ich die Stellenanzeigen gesehen habe. Bestimmt kannst du mehr mit den Zeitungen anfangen als ich.«

»Danke, Dennis«, erwiderte Maddy gerührt, »das ist wirklich nett von dir. Und jetzt gehe ich und rette meinen Dad.«

»Wenn er gerettet werden will.« Maurice und Dennis sahen aus wie zwei Zwerge, die soeben herausgefunden hatten, dass Schneewittchen Übles im Schilde führte.

Die Zeitungen unter einem Arm, winkte sie ihnen zum Abschied zu und schlenderte zum anderen Ende der Schrebergärten. Dabei überflog sie die Inserate.

Als sie fröhliches Gelächter hörte, duckte sie sich hinter einem hohen Brombeerstrauch. Ihr Vater, mit nacktem Oberkörper, stützte sich auf einen Spaten und schien Witze zu reißen. Neben ihm, im Schatten eines kleinen Sonnenschirms, saß eine exotische, etwa 50-jährige Frau mit schwarzem Haar und ziemlich viel Kajal um die Augen in einem Liegestuhl aus Teakholz. Sie trug eine indianisch bestickte Bluse und weite Hosen. Lächelnd prostete sie Gavin mit einem Weinglas zu.

Auch er griff nach einem Glas. Nicht zu fassen, dachte Maddy. Ihr Vater, der sich nur selten ein halbes Bier gönnte, lachte und trank mit einer fremden Frau! Um vier Uhr nachmittags!

»Hallo, Dad«, grüßte Maddy betont beiläufig. »Scheint, du bist beschäftigt... Möchtest du mich deiner Freundin nicht vorstellen?«

Viel zu gut gelaunt, um auch nur die geringste Verlegenheit zu zeigen, wandte er sich zu ihr. »Iris, das ist meine Tochter Madeleine«, verkündete er ohne erkennbare Schuldgefühle. »Maddy – meine Freundin Iris. Wir legen gerade einen Seerosenteich an.«

Wen meinst du mit »wir«, Bleichgesicht?, fühlte sich Maddy versucht zu fragen. Iris erweckte nicht den Eindruck, als würde sie sich ihre Hände jemals mit Erde beschmutzen.

»Dabei schwebt uns eine Mini-Version von Monets Teich bei Giverny vor«, fuhr Gavin fort.

»An dem hat er sein Leben lang gearbeitet, und dabei wäre er fast Pleite gegangen«, stieß Maddy hervor. Sie wusste, wie missbilligend ihre Stimme klang, konnte aber nichts dagegen machen, weil sie immer noch unter Schock stand.

»Aber, aber, Maddy.« Völlig unbefangen begann ihr Vater wieder zu lachen. »Pass bloß auf, sonst redest du eines Tages noch genau wie deine Mutter.« Bei diesen Worten warf er einen bedeutungsvollen Blick in Iris' Richtung.

»Also, dann fahre ich wieder nach Hause«, murmelte Maddy und hatte immer noch keine Ahnung, was sie von dieser Begegnung halten sollte.

Seit Jahren bemühte sich Penny nicht im Mindesten, die Enttäuschung über ihren Ehemann zu verbergen. Ihre ganze Liebe und Energie investierte sie in ihre ältere Tochter, in Belindas Traum von einer Karriere am Balletthimmel. Anfangs, nachdem Gavin in den Vorruhestand gegangen war, hatte er vital und motiviert gewirkt – wie ein Mann, der von einer schweren Last befreit endlich das Leben genießen wollte. Doch dann hatte er irgendwie sein Ziel aus den Augen verloren und sich immer mehr in seinen Schrebergarten zurückgezogen. Aber soweit sich Maddy zurückerinnern konnte, hatte er noch nie so unbekümmert gewirkt wie an diesem Tag. Wie ein Junge, der sich in ein großes Abenteuer stürzte.

Während sie nach Eastfield zurückradelte, empfand sie zum ersten Mal, seit sie denken konnte, Mitleid mit ihrer Mutter. Sicher ahnte Mum nichts von ihrer exotischen Rivalin. Wenn Penny überhaupt an so etwas dachte, woran Maddy zweifelte, würde sie annehmen, das Herz ihres Ehemanns gehörte Pastinaken und saftigen Früchten.

Aber vielleicht ziehe ich die falschen Schlüsse, überlegte Maddy, und der Seerosenteich à la Monet ist ein ganz unschuldiges Projekt… Sollte sie daheim andeuten, Dad würde sich vernachlässigt fühlen? Die Reaktion ihrer Mutter sah sie mühelos voraus. *Tatsächlich? Nun, dann sind wir schon zu zweit, nicht wahr?*

Also konnte sie nur hoffen, dass Dads Beziehung zu Iris ein vorübergehendes Geplänkel war, nichts mehr als ein kleiner Flirt, der die Atmosphäre in den Kleingärten ein bisschen belebte.

Vor ihrem geistigen Auge erschien das glückstrahlende Gesicht ihres Vaters. Und wenige Sekunden später dachte sie an Chris. Seit dem Zwischenfall in der Küche seiner Mutter hatte sie ihn nicht mehr gesehen, und plötzlich erkannte sie, wie sehr sie ihn vermisste.

Sie musste ihn wirklich anrufen und sich entschuldigen, weil sie so unhöflich zu seiner Großmutter gewesen war. Zu ihrem Leidwesen hatte sie ihr Handy zu Hause vergessen. An diesem Tag hatte er sich noch nicht bei Maddy gemeldet. Wahrscheinlich ärgerte er sich über ihr Benehmen. Sie wusste, welch großen Wert er auf seine Familie legte. Schließlich war sie auch deswegen gestern Abend dort hingegangen, um zu lernen, wie man die verdammten Dolmades füllte.

Sobald sie zu Hause ankam, lief sie zum Telefon und wählte Chris' Nummer.

»Hallo, Baby!«, dröhnte seine überschwängliche Stimme

in ihr Ohr. »Was war denn gestern los mit dir? Wie ich höre, hast du der Matriarchin des Hauses Stephanides andeutungsweise erklärt, wohin sie sich ihre Weinblätter stecken soll.«

Maddy kicherte, zumindest teilweise vor Erleichterung. O ja, sie liebte ihn tatsächlich.

»Das hast du gut gemacht, Baby – dieser alten Schachtel, die sich in alles einmischt, die Meinung zu geigen. Damit wird sie Mum eines Tages noch in den Wahnsinn treiben. Wie wär's mit einem gemütlichen Dinner heute Abend?«

»Solange es keine Dolmades gibt...«

»Nein, nichts von diesem griechischen Zeug. Gehen wir indisch essen. Um sieben hole ich dich ab. Ich liebe dich.«

»Und ich liebe dich...« Erst jetzt merkte sie, dass Belinda ins Wohnzimmer gekommen war, und legte auf. Sollte sie ihr von Dad und Iris erzählen? Lieber nicht, entschied sie, als sie das blasse Gesicht ihrer Schwester musterte. »Du siehst erschöpft aus, Bel. Hast du den ganzen Tag trainiert?«

»Fang du bloß nicht auch noch so an wie Mum! Natürlich muss ich trainieren. Morgen werden die Solistinnen ausgesucht. Nur für Nebenrollen. Aber damit ragt man immerhin aus dem Corps heraus.«

»Und du glaubst, du könntest so eine Rolle kriegen?«

»Das hoffe ich, verdammt noch mal. Heute habe ich den Part vier Stunden lang geprobt.« Belinda zog einen Ballettschuh aus und zeigte Maddy ihren blutenden großen Zeh.

»Um Himmels willen, mit dieser Wunde kannst du unmöglich Spitze tanzen.«

»Das tun Tänzerinnen dauernd. Außerdem habe ich eine Wundersalbe. Keine Sorge, es wird schon klappen.«

Maddy entschied endgültig, dass dieser Zeitpunkt völlig ungeeignet war, um ihre Sorgen über die ehelichen Schwierigkeiten der Eltern zu erwähnen. Stattdessen setzte sie sich hin und schlug die Lokalzeitung auf, bevor sie sich den Stellenangeboten in den Abendblättern widmen würde.

Sie liebte Lokalzeitungen, weil sie nicht so deprimierend wirkten wie die überregionalen. Genüsslich las sie die merkwürdigen, verrückten Geschichten über Computerprogrammierer, die ihre Brust für wohltätige Zwecke rasieren ließen, über Polizisten, die sich als Weihnachtsmänner verkleideten, oder kampflustige, mit ihren Tapferkeitsmedaillen fotografierte Rentner, die Einbrecher mit Sicherheitsnadeln und unbeugsamer Blitzkrieg-Einstellung verscheucht hatten.

Nach ihrer Lektüre des halben Nachrichtenteils kreischte sie: »Oh, verdammte Scheiße!«

»Was ist los?« Belinda blickte von ihrem Fuß auf, den sie sorgsam massierte.

»Ein Bericht über die alte Lady, die den Herzanfall bekommen hat.« Sogar ein Foto der Frau prangte in der Zeitung, mit der Überschrift: RENTNERIN MIT NACKTEN HINTERTEILEN GESCHOCKT. In allen Einzelheiten berichtete der Reporter, wie sie vor Schreck fast gestorben wäre. Dass sie um den Abzug eines der Fotos gebeten hatte, wurde verschwiegen.

»Na und?« Belinda wandte sich wieder zu ihrer Salbe. »Nur eine Eintagsfliege. Bald werden's alle vergessen haben, solange du sie nicht daran erinnerst.«

»Ja, sicher hast du Recht.« Maddy legte die Zeitung beiseite. Wenn sie sich beeilte, würde sie noch baden können, bevor Chris sie abholte.

Als Maddy das Zimmer verlassen hatte, griff Belinda nach dem *Echo*, blätterte darin, bis sie den Artikel über die alte Dame fand, und schnitt ihn aus. Darüber würde sich Chris ganz bestimmt amüsieren.

Eine Zeit lang lauschte sie, bis Maddys Schritte auf der Treppe verhallten. Mum war noch nicht von ihrem Kurs für fortgeschrittene Schneiderinnen zurückgekehrt.

Auf nackten Sohlen schlich Belinda in die Küche. An diesem Morgen hatte ihre Mutter eingekauft, und der Kühlschrank war gut gefüllt. Mit Bedacht suchte sie einiges aus, was man nicht vermissen würde – einen Happen harten Cheddar, zwei Joghurts, die sie in ihre Kehle schüttete, ohne einen Löffel zu nehmen, ein Stück von dem Käsekuchen, den Mum am Vortag zum Dessert serviert hatte, eine Scheibe Schweinefleischpastete aus einer Sechserpackung. Hastig stopfte sie alles in ihren Mund. Dass sie Schweinefleischpastete hasste, störte sie nicht. Ein wildes Glücksgefühl erfasste sie. So viel konnte sie essen und trotzdem dünn genug für die Audition bleiben.

Das war *wahre* Stärke.

Maddy lag in der Badewanne und inspizierte ihre fuchsienrot lackierten Zehennägel. Unter dem Badewasser schimmerte ihre goldbraune Haut, und die vollen Brüste ragten wie vulkanische Inseln heraus. So fand sie ihren Körper gar nicht übel, sogar sexy. Zu schade, dass sie aufstehen musste...

Könnte sie ihr Leben im Liegen verbringen, würde sie viel besser aussehen. Scharenweise würden sich die Männer in sie verlieben. Gab es Berufe, die man in der Horizontalen ausübte? Da fiel ihr nur ein einziger ein.

Sie stieg aus der Wanne, trocknete sich ab und beschloss, ihr Make-up im Schlafzimmer aufzutragen, weil der Spiegel im Bad beschlagen war.

Zehn Minuten später merkte sie, dass sie ihre Wimperntusche im Badezimmer vergessen hatte, und ging zurück, um sie zu holen. Doch die Tür war geschlossen.

Belinda musste da drin sein, denn Mum war noch nicht daheim. Als Maddy ihre Schwester bitten wollte, ihr die Wimperntusche zu geben, hörte sie ein unverkennbares Geräusch.

Offensichtlich übergab sich Belinda, unter heftigem Würgen. Einige Sekunden lang herrschte Stille, dann fing es wieder an.

»Bist du okay, Bel?« Bestürzt stieß Maddy die Tür auf. Ihre Schwester kniete vor der Toilette, zwei Finger im Hals, und zwang sich zu erbrechen.

Plötzlich ergab alles einen Sinn – Belindas formlose Kleidung, die Besessenheit, mit der sie ihren mageren Körper kultivierte und die zweifellos über die normalen, an eine Balletttänzerin gestellten Anforderungen hinausging. Und jetzt erinnerte sich Maddy auch an den intensiven Geruch des Luftreinigers, der das Bad seit Monaten erfüllte. Zutiefst erschüttert stand sie auf der Schwelle.

»Bitte, geh weg!«, rief Belinda mit messerscharfer Stimme. »Würdest du mir ein bisschen Privatsphäre gönnen? Oder ist das in diesem Haus zu viel verlangt?«

Maddy schloss die Tür. Was um alles in der Welt sollte sie tun? Ihre Mutter informieren? Mit Belinda reden und ihr erklären, dass sie professionelle Hilfe brauchte? Die eine Möglichkeit war ebenso problematisch wie die andere. Denn sie kannte die beängstigende Willenskraft ihrer Schwester. Und sie wusste, wie beharrlich sich Mum weigerte, irgendwelche unangenehmen Dinge in ihrem Leben zu akzeptieren.

4

»Du bist erstaunlich still heute Abend«, bemerkte Chris, während sie die endlos lange Speisekarte im Raj Royale studierten. »Normalerweise hättest du längst mit dem Kellner geschwatzt, nach seiner Familie in der alten Heimat gefragt und die Namen seiner drei Vettern in Delhi erfahren.«

Maddy versuchte über seine gutmütige Hänselei zu lächeln. Natürlich hatte er Recht. Für gewöhnlich war sie viel redseliger. Aber sie wusste nicht, ob sie ihm von Belindas Schwierigkeiten erzählen sollte. Im Grunde sehnte sie sich sogar danach. Als sie an diesem Abend das Haus verlassen hatte, war ihr Vater noch nicht heimgekommen. Und sie fand es sinnlos, mit ihrer Mutter zu sprechen. Wenn es ihr auch wie ein Verrat an ihrer Schwester erschien – mit irgendjemandem musste sie ihren Kummer teilen, und Chris war immerhin ihr Verlobter.

»Vorhin ist was Schreckliches passiert.«

»Hat dein Hamster endlich das Zeitliche gesegnet?«

»Nein, dem geht's ausgezeichnet. Belinda hat sich im Bad übergeben.«

»Verdammt! Glaubst du, sie kriegt ein Baby?«

Jetzt fiel ihr das Lächeln schon leichter. Typisch Mann, solche Schlüsse zu ziehen... »In gewisser Weise wäre das sogar besser.«

»Gibt's für eine ledige Balletttänzerin was Schlimmeres als einen runden Bauch? Kannst du dir einen schwangeren sterbenden Schwan vorstellen? In Bels Welt müssen andere Umstände ungefähr so beliebt sein wie verfaulte Heringe.«

»Ich bin mir sicher, dass sie nicht schwanger ist – nun ja, ziemlich sicher.«

»Und was steckt dahinter? Ein besonders schwerer Fall von Montezumas Rache?«

»Was so furchtbar war, Chris – sie hat es absichtlich getan.«

»Warum denn *das*?«

»Weil sie nicht zunehmen will. Wahrscheinlich zwingt sie sich schon seit Monaten zum Erbrechen. Und ich hab's nie gemerkt. Sie wird immer dünner. Man kann schon beinahe durch sie hindurchschauen.«

»Vielleicht solltest du auch mal...«, begann er grinsend. Dann sah er ihre wütende Miene und entschuldigte sich. »Verzeih mir, Liebes, das war taktlos. Also vermutest du, sie leidet an dieser Krankheit, die Prinzessin Di hatte?«

»Bulimie. Ja. Und ich weiß nicht, was ich machen soll.«

»Offenbar braucht sie Hilfe. Arme Bel. Kaum zu glauben, wo sie ohnehin schon so zierlich ist...« Chris ahnte die Grube, die er sich gerade selber grub, und verstummte.

»Meinst du, es hätte die falsche Schwester erwischt?«

»Hör mal, das war ein Scherz! Wo ist dein Humor geblieben, Mads?«

Sie bemühte sich, die Situation von der komischen Seite zu betrachten und auf dem Teppich zu bleiben. »Okay«, sagte sie, als der Kellner mit seinem Notizblock an den Tisch trat. »Um dich zu bestrafen, nehme ich ein Huhn-Korma mit Pilau-Reis, ein Nan-Brot und ein paar Zwiebel-Bhajis. Du zahlst.«

Nachdem sie das Essen bestellt hatten, griff Chris nach Maddys Hand. »Sicher macht dir auch die Kündigung zu schaffen. Warum lehnst du mein Angebot ab? Komm zu uns und arbeite im Ausstellungsraum. Dort wirst du lauter fröhliche Mädchen treffen.«

»Danke, das ist sehr nett von dir. Aber inzwischen weiß ich, was ich wirklich will.«

»Und das wäre?« Erleichtert, weil sie zur Normalität zurückgekehrt war, hörte er nur mit halbem Ohr zu.

Maddy wühlte in ihrer Handtasche, bis sie fand, was sie suchte – eine schwarzweiße Ansichtskarte mit Eselsohren. »Solche Fotos will ich machen«, verkündete sie mit der gleichen Begeisterung, die sie beim Anblick von Patrick Jamiesons Wandschmuck verspürt hatte.

Verständnislos studierte ihr Verlobter Cartier-Bressons berühmte Aufnahme von den dicken Bauersleuten, die am Ufer der Marne picknickten. »Die sehen ziemlich übergewichtig aus. Was ist so besonders dran? Sogar mein Dad hätte das knipsen können.«

»Aber dieses Foto ist sensationell«, betonte Maddy. »Schau doch, wie Cartier-Bresson den Wein, der ins Glas geschüttet wird, auf seinen Film gebannt hat – wie sich die Angelruten im Wasser spiegeln. Und wie er das Licht in diesem speziellen Moment eingefangen hat ...« Dann sah sie Chris' Gesicht und unterbrach sich.

»Falls es dich interessiert, was ich davon halte – total überspannt. Vergiss deinen Cartier-Bresson. Trinken wir noch ein Bier.«

Gleichzeitig mit dem Bier wurden die Speisen serviert – Huhn-Korma in Joghurt-Sahne-Sauce, mit gerösteten Mandel- und Kokosnussflocken, Duftreis und Nan-Brot, dazu die Beilagen Zwiebel-Bhajis und Knoblauchspinat. Maddy häufte ihren Teller voll.

Auf der anderen Seite des Tisches bediente sich Chris und ergötzte sie mit einer detaillierten Geschichte über den Triumph seines Vaters, der einen lukrativen Vertrag für Firmenwagen an Land gezogen hatte. Das köstliche Essen, das er dabei verschlang, nahm er gar nicht wahr. Liebevoll beobachtete sie ihn und erkannte, dass das, was sie tatsächlich von ihm unterschied, nichts mit Cartier-Bresson zu tun hatte. Es gab zwei Arten von Menschen auf der Welt. Die einen wussten, was auf ihrer Gabel steckte, die anderen nicht. Maddy zählte zur ersten Kategorie und Chris ganz eindeutig zu zweiten.

Als sie aufstanden, um das Restaurant zu verlassen, kam Nish, der Sohn des Besitzers, zu ihnen. Schon seit Jahren verstand er sich sehr gut mit Chris. Beide waren Söhne von Ausländern, die nach London gezogen waren, um hier ein besseres Leben zu führen, und beide stiegen in rasantem Tempo auf der Karriereleiter nach oben.

»Ich überlege mir gerade, ob ich meinen fahrbaren Untersatz wechseln soll«, verkündete Nish.

»Oh. Und was schwebt dir vor?«

»Vielleicht ein neuer Mercedes.«

»Davon kannst du nur träumen. Um dir so was zu leisten, musst du noch eine ganze Menge Currys verkaufen. Wie wär's mit einem neuen Scheibenwischer für deinen alten Schlitten?«

»Das krieg ich schon hin. Wart's nur ab!« Nish runzelte die Stirn und mimte den zutiefst Gekränkten. »Bald werde ich einen funkelnagelneuen SL 600 fahren, während du dich immer noch mit Secondhand-Astras abgibst, Kumpel!«

»Sicher nicht«, protestierte Chris. »Viel zu protzig. Verdammtes Immigranten-Auto.«

Und dann brachen die beiden Immigranten in schallendes Gelächter aus.

»Ich mag Nish«, erklärte Chris, während er mit Maddy ins Auto stieg.

»Ja, ein netter Junge. Und George? Warum magst du George?«

»Keine Ahnung. In der Schule mochte ihn niemand außer mir. Er ist so groß und tolpatschig. Dauernd wirft er irgendwas um. Er braucht jemanden, der sich um ihn kümmert.« Plötzlich drückte er Maddys Hand und grinste sie an. »Ein bisschen wie du.«

Darauf gab sie keine Antwort, aber sie bemühte sich, das Grinsen zu erwidern.

»Und wann soll's mit deiner Fotografiererei losgehen?«

»Ich suche einen Job. Morgen fange ich an.«

Doch da gab's ein Problem – sie wusste nicht, *wo* sie anfangen sollte.

Am nächsten Morgen erwachte sie zur gewohnten Zeit. Belinda trainierte bereits in der Garage. Dies war ihr großer Tag, wie sich Maddy entsann, der Tag, an dem sie für den Solopart vortanzen würde. Wenn sie die Rolle bekam, würde sie vielleicht etwas mehr Selbstvertrauen gewinnen und müsste sich nicht mehr krank hungern.

Maddy sprang aus dem Bett. Unwillkürlich schaute sie in den Spiegel und dachte: Hm – heute siehst du ziemlich dünn aus. Verdammt, was für eine lächerliche Welt! Eine Schwester litt an Bulimie, die andere würde am liebsten zu den Weight Watchers gehen. Warum konnten nicht alle Menschen die gleiche Figur haben, zu einer perfekten Größe 38 geklont? Dann müsste sich niemand mehr um sein Image sorgen.

Als sie nach ihren Kleidern griff, fiel es ihr wieder ein – sie hatte keinen Job mehr. Also sank sie ins Bett zurück und zog sich die Decke über den Kopf. Welch ein Segen, sie konnte noch zwei Stunden schlafen.

Doch dann hörte sie, wie sich ihre Mutter von Bel verabschiedete. Das müsste sie auch tun. Also schlug sie die Decke zurück und eilte nach unten.

»Viel Glück bei der Audition, Bel! Ich würde dir ›Hals- und Beinbruch‹ wünschen. Aber vielleicht ist es keine so gute Idee, das zu einer Tänzerin zu sagen.«

Belinda winkte ihr zu. Wie üblich trug sie mehrere wallende Gewänder übereinander, in gedämpften Farben. Aber an diesem Tag hatte sie das lange blonde Haar ausnahmsweise zu einem adretten dicken Zopf geflochten und mit einer schwarzen Schleife zusammengebunden. Maddy sah, wie die Sehnen an ihrem Hals hervortraten.

»Bitte, lieber Gott, gib ihr die Rolle«, murmelte sie auf dem Rückweg in die Küche wie ein Mantra.

Sollte sie ihrer Mutter irgendetwas sagen? Ihr Vater saß am Küchentisch und las die Zeitung. Vielleicht war dies der geeignete Moment, wenn beide anwesend waren. Penny sah entnervend hübsch und frisch aus, in einem pastellfarbenen Faltenrock und hellrosa Twinset. Obwohl es erst halb acht war, wirkte ihr Haar so makellos, als käme sie direkt vom Friseur.

»Hör mal, Mum...«, begann Maddy. »Ich weiß, das ist eine komische Frage. Aber hast du gemerkt, dass in letzter Zeit was aus dem Kühlschrank verschwunden ist?«

»Warum?« Penny räumte rings um ihren Mann den Tisch ab und glich einem Straßenkehrer, der seinen Besen an einem rücksichtslos geparkten Auto vorbeischwingt. »Leidest du an mitternächtlichen Fressattacken?«

»Penny!«, mahnte Gavin und blickte von seiner Zeitung auf. »Das war nicht nötig.«

»Um mich geht's nicht.« Maddy versuchte zu überspielen, wie gekränkt sie sich fühlte. »Sondern um Bel.«

»Sei nicht albern. Belinda würde sich niemals hemmungslos voll stopfen.« Sichtlich amüsiert über diesen idiotischen Gedanken, fuhr Penny fort: »Dieses ätherische, federleichte Geschöpf!«

»Um ehrlich zu sein – ich glaube, sie hat Bulimie.«

»Ach, um Himmels willen!«, zischte Penny. »Natürlich *nicht*. Wie unfair von dir, Madeleine! Nur weil du deinen Job verloren hast und dich wie eine Versagerin fühlst...«

»Das hat nichts damit zu tun«, fiel Maddy ihr ins Wort und wünschte, sie hätte das Thema nicht angeschnitten. Man konnte mit Mum einfach nicht vernünftig reden.

»Und wieso glaubst du, Bel hat diese – wie nennt man's – Bulimie?«, fragte Gavin.

»Weil ich gestern gehört habe, wie sie sich übergeben hat. Und das Bad roch stark nach Luftreiniger. Wahrscheinlich geht das schon seit Wochen so – oder monatelang. Deshalb habe ich mich gefragt, ob Mum vielleicht was aufgefallen ist.«

Abrupt wandte sich Penny ab. Erinnerte sie sich an etwas? Wenn ja, wollte sie es nicht mit Maddy und Gavin teilen. »Unsinn – deiner Schwester fehlt nichts...« Und dann fügte sie zusammenhanglos hinzu: »Zumindest räumt sie jeden Morgen ihr Schlafzimmer auf und weiß, wie man einen Job behält.«

Maddy biss sich auf die Lippen. Warum musste sie immer so gehässig zu ihr sein? »Ich wusste es – es ist reine Zeitverschwendung, mit dir zu reden. Bel könnte die ganze Familie mit einem Maschinengewehr niedermähen, und du würdest sie noch immer für vollkommen halten.«

»Mach dich nicht lächerlich!« Penny zog Gummihandschuhe an. Wie die Pastellfarben schimmerten – wie alles, was sie trug. »Mit Belinda ist alles in bester Ordnung.«

»Und mit mir natürlich nicht – mit deiner fetten, faulen Tochter, die einfach unfähig ist, mit einem anständigen Job ihren Lebensunterhalt zu verdienen...«

»Sei nicht so empfindlich...«

»Verdammt noch mal, ich bin nicht empfindlich!« Aber Maddy wusste es, jedes weitere Wort wäre sinnlos.

»Gehst du heute auf Arbeitssuche?«

Genau das hatte Maddy vor, und sie hätte am liebsten geschrien. »Nein, ich gehe wieder ins Bett. Dort ist eine träge Kuh wie ich am besten aufgehoben. Danach sehe ich ein bisschen fern, bevor ich den Inhalt des Kühlschranks verschlinge...«

»Du übertreibst immer ein bisschen.«

»So bin ich nun mal.«

»Hoffentlich weiß Chris, worauf er sich einlässt.«

»Wenn nicht, wirst du's ihm sicher erklären.«

»Hört endlich auf, ihr beiden!«, mischte sich Gavin ein. »Wenn du eine Beschäftigung brauchst, Maddy – komm mit mir in den Schrebergarten. Da könnte ich deine Hilfe sehr gut gebrauchen.«

Ihre Mutter hob die Brauen, als lägen ihr weitere Sticheleien auf der Zunge. Doch sie besann sich eines Besseren.

Während sich Maddy in ihrem Schlafzimmer anzog, öffnete sie das Fenster. Noch ein fabelhafter Tag. In diesem Jahr schien der Altweibersommer sehr lange zu dauern. Und plötzlich fand sie die Vorstellung, an der frischen Luft zu arbeiten und sogar Erdreich umzugraben, unwiderstehlich. Man behauptete doch, körperliche Bewegung sei besser als jede Diät, und Maddy hasste Diäten. Organisiertes Training verabscheute sie noch mehr. Vor allem Fitness-Studios. Diese endlosen Reihen von Masochisten auf Laufbändern und Hometrainern erinnerten sie an William Blakes »Jerusalem«. Dunkle satanische Trainingsräume...

Auf dem Rückweg könnte ich ein paar Fotomagazine kaufen, überlegte Maddy. Sie schlüpfte in einen formlosen alten Jogginganzug, kämmte ihr Haar nach hinten und schlang einen üppig gerüschten rosa Gummiring darum. Klar, der harmonierte nicht ganz mit ihrem Outfit. Aber wenn sie im Schrebergarten buddelte, durften ihr keine losen Strähnen ins Gesicht hängen. Sollte sie den Bus nehmen? Dann beschloss sie zu radeln, das war sicher besser für ihre Figur.

Als sie Wellstead Heath beinahe erreicht hatte, erinnerte sie sich, dass a) Patrick Jamieson in der Nähe wohnte und dass sie b) in ihrem abgetragenen Outfit fett aussah, mit einem Riesenarsch, der kaum auf den Fahrradsattel passte. Unglücklicherweise gab es nur diese eine Strecke, und die führte direkt an seinem Haus vorbei.

Wahrscheinlich fotografierte er sowieso gerade an irgendeinem ausländischen Strand ein Model mit Kleidergröße 34.

Maddy senkte den Kopf, zog die Kapuze ihrer Joggingjacke bis in die Stirn und trat wie eine Verrückte in die Pedale. Dem Himmel sei Dank, sie sauste unbehelligt an Patrick Jamiesons Haus vorbei.

In der Laubenkolonie angekommen, sah sie die »Steckrüben«, ihren Vater inklusive, auf Dennis' Bank sitzen und seine Spätsommer-Stangenbohnen bewundern.

»Hallo, Maddy-Schätzchen, was führt dich her?«, fragte Dennis. »Spürst du die Verlockung frischen Erdreichs? Da drüben findest du einen Spaten, wenn du einen brauchst.«

Ihr Vater stand auf und bot ihr seinen Platz an. »Gerade ist Dennis' Tee fertig geworden. Und Maurice hat eine kleine Überraschung für dich.«

»Was denn?« Sie setzte sich neben Maurice, der sommers wie winters die gleiche Kleidung trug, ein kariertes Hemd, eine gelbe Krawatte, ein Tweedjackett und eine hellbraune Filzkappe.

Da sie den Humor der »Steckrüben« kannte, bestand die Überraschung vermutlich aus einer Möhre, die wie ein Pimmel geformt war, oder aus einer Pastinake, die aussah, als hätte sie eine Geschlechtskrankheit.

»Da!« Errötend präsentierte ihr Maurice einen Zeitungsausschnitt. »Vom *Evening Standard*. Den wollte ich gerade zerreißen, um meine Kiste für die Zwiebelknollen auszukleiden. Und da habe ich die Stellenanzeige einer Fotoagentur gesehen. Ich dachte, das würde dich interessieren.« Sein Gesicht färbte sich noch dunkler.

Nie zuvor hatte Maddy eine so lange Rede aus seinem Mund gehört, und die Anstrengung war offenbar auch zu viel für ihn. Nachdem er ihr den Zeitungsausschnitt überreicht hatte, zog er sich in seinen Schuppen zurück. Offenbar gab es dort eine furchtbar dringende Arbeit zu erledigen.

Während Maddy das Inserat las, beschleunigte sich ihr Puls. Flash, eine bekannte Fotoagentur, suchte eine Assistentin für das Covent-Garden-Büro.

»Welche Voraussetzungen?«, fragte ihr Vater.

»›Assistentin für renommierte Fotoagentur gesucht. Voraussetzung: Kenntnisse fotografischer Techniken…‹«

»Nun, die hast du.«

»›Bereitschaft, hart zu arbeiten…‹«

»Was wahrscheinlich bedeutet, dass sie dich ausbeuten wollen«, grunzte Dennis. Früher hatte er der Gewerkschaft angehört.

»›Und eine flexible Einstellung…‹«

»Ganz eindeutig – die wollen dich schamlos ausnutzen«, warnte Dennis.

»Und das Gehalt, Liebes?«, erkundigte sich Gavin.

»Am Anfang neunzehntausend Pfund pro Jahr.«

»Nicht viel mehr, als du im FabSnaps gekriegt hast«, meinte er skeptisch. »Und der Weg ist viel weiter.«

»Ja, aber es wäre ein Anfang!« Maddy konnte es kaum erwarten, nach Hause zu fahren und eine Bewerbung zu schreiben. »Außerdem ist Flash ziemlich bekannt. Es ist bestimmt wahnsinnig interessant, für diese Agentur zu arbeiten. Offen gestanden – wenn ich den Job kriege, würde ich's sogar umsonst machen.«

»Das will ich nicht gehört haben«, murrte Dennis.

Sie rannte zu Maurices Schuppen und klopfte an die Tür. Eine Kelle in der Hand, ließ er sie eintreten.

Obwohl das Holzhäuschen inmitten der Schrebergärten stand, war es so sauber und ordentlich aufgeräumt wie ein Schauraum für »Schöner Wohnen«. An den Wänden standen Regale mit Werkzeugen und Ersatzteilen, sorgsam gestapelt neben Gläsern mit Roter Beete, Chutneys und Birnen, von Maurices Ehefrau eingekocht. Hinter ihm befand sich eine Vorrichtung aus alten Damenstrumpfhosen, die er erfunden hatte, um seine kleinen Blumentöpfe zu lagern.

»O Maurice!« Überschwänglich umarmte Maddy den alten Freund ihres Vaters. »Ich bin dir ja so dankbar! Wer weiß, vielleicht bist du meine gute Fee!«

Dann stürmte sie zu ihrem Fahrrad zurück. Vor lauter Aufregung hatte sie die Größe ihres Hinterns total vergessen. Aus der Ferne hörte sie das Gelächter der »Steckrüben«.

»Wenn du wirklich eine gute Fee bist, Maurice – willst du mir nicht auch ein paar Wünsche erfüllen?«, fragte Dennis. »Zum Beispiel könntest du den Honigpilz auf meinem Apfelbaum ermorden.«

»Oder die Raupeneier von meinem Kohl entfernen«, ergänzte Gavin.

»Moment, Moment!« Maurice schwenkte seine Kappe umher, als wollte er Sternenstaub verstreuen. »Leider habe ich meinen verdammten Zauberstab nicht dabei.«

Auf der Heimfahrt hielt Maddy im Zentrum von Eastfield. Was sie jetzt brauchte, war ein Internet-Café, damit sie sich die Website von Flash anschauen konnte. Aber so etwas hatte das hinterwäldlerische Eastfield nicht zu bieten. Dann erinnerte sie sich an Jude. Sicher gab es in der langweiligen Steuerberatungsfirma, für die ihre Freundin arbeitete, einen Internet-Anschluss, weil sie all die öden Websites über Steueränderungsgesetze und Kapitalgewinne einsehen mussten. Das einzige Problem war Maddys Outfit. Wenn sie die Kanzlei in ihrem schmuddeligen Jogginganzug betrat, würde sie kein vernünftiger Mensch für eine Klientin halten, die sich in Steuerangelegenheiten beraten lassen wollte. Oder vielleicht doch. Sie würde einfach einen exzentrischen Popstar mimen, dem auf dem Weg zum Fitness-Studio eingefallen war, dass er seine Steuererklärung schon längst hätte abschicken müssen. Und nun kam sie nur rasch vorbei, um sich eine Auskunft zu holen.

»Ach, du meine Güte!«, rief Jude bei Maddys Anblick. »Die Empfangsdame hat mich angerufen und gesagt, eine Frau sei auf dem Weg zu mir, die aussieht, als würde sie die Blumenkästen neu bepflanzen. Diese Person konntest nur du sein. Was machst du denn in diesem Aufzug?«

»Das ist eine lange Geschichte. Hör mal, ich brauche dringend eine halbe Stunde im Netz. Dürfte ich mich von hier aus einloggen?«

»Du hast Glück. Mein Boss ist gerade mit einem Klienten verschwunden. Worum geht's denn? Willst du Spielzeug für die Hochzeitsnacht bestellen, von dem Chris nichts wissen soll?«

»Ich muss schon froh sein, wenn er in unserer Hochzeitsnacht nach all dem Ouzo und der griechischen Tanzerei wach bleibt. Nein, ich möchte mich über eine Fotoagentur informieren«, erklärte Maddy und holte den Zeitungsausschnitt hervor. »Jude – ich werde mich um einen fantastischen Job bewerben.«

»Hm. Vermutlich sind Jobs in der Fotobranche so rar wie Goldstaub. Hoffentlich ist er nicht schon vergeben, und das Inserat ist nur Schau.«

»Herzlichen Dank für die nette Aufmunterung.«

Sie setzten sich an den Schreibtisch des Chefs, und Jude ging ins Internet. »Welche Adresse?«

»24 Meek Street, WC2.«

»Natürlich die Internet-Adresse, dumme Nuss.«

»Oh... Keine Ahnung. Versuch's mal mit www.Flash.com.«

Bingo. Die Website der Flash Photographic Agency mit einer Liste der Fotografen, die sie repräsentierte, und der wichtigsten Kunden und Abbildungen der bemerkenswertesten Fotos.

»Supercool – Covent Garden«, meinte Jude beeindruckt. »Genau richtig für einen Einkaufsbummel in der Mittagspause. Mal sehen, wer auf der Liste steht. Luke Witter. Nie gehört. Aber ich lese ja nur *OK* und *Accounting Weekly*. Michel Jensen – der Name kommt mir bekannt vor.« Interessiert ließ sie die Website weiterlaufen. »Wow! Schau mal, wen er fotografiert hat – Naomi Campbell und dieses dürre Model, das aussieht, als stünde es mit einem Fuß im Grab... Und Jonathan Weiner. Kein Wunder, den kenne sogar ich. Aber woher?« Mit gerunzelter Stirn erforschte sie ihr Gedächtnis. »Wahrscheinlich hat er fürs *OK* gearbeitet. Moment mal...« Sie griff unter den Schreibtisch in eine Box voller Magazine. »Nein, fürs *Accounting Weekly*.« Sie blätterte in der Zeitschrift und fand einen Artikel mit dem Titel »Meine erste Steuererklärung«. »›Der berühmte Fotograf Jonathan Weiner erinnert sich an seine Anfänge‹«, las sie vor, »›und erzählt *Accounting Weekly*, das Leben eines Fotografen bestünde nicht nur aus Erste-Klasse-Flügen und dem Shooting bildschöner unbekleideter Mädchen.‹« Hier... Sie drückte das Magazin in Maddys Hand. »Da siehst du sogar eins seiner Werke.«

Fasziniert studierte Maddy ein ausdrucksstarkes Foto von mehreren jungen Soldaten, vielleicht Bosniern. Die Gesichter bleich, verzerrt von panischem Entsetzen, hielten sie die Arme hoch, um zu kapitulieren.

»Warte mal...« Jude ließ die Website weiterlaufen. »Rat mal, wer noch auf der Liste steht.«

»Doch nicht...« Maddy spürte, wie ihr Herz schneller schlug.

»Genau, Patrick Jamieson.« Ihre Freundin klickte auf diesen Teil der Homepage. Dann las sie vor: »›Jamiesons Reputation basiert auf der ungewöhnlichen Bandbreite seiner Arbeit: Modefotografie, Reportagen, Kriegsberichterstattung.‹ Da ist ein Zitat von ihm. ›Ich genieße es, schöne Frauen und unvergessliche Landschaften zu fotografieren. Leider besteht die Welt nicht nur aus Schönheit.‹ Wow. Ziemlich genial, was?«

Maddy wühlte in ihrer Handtasche und versuchte zu überspielen, wie verwirrt sie war – nicht nur, weil Patrick Jamieson für Flash arbeitete. Dass man seine Arbeit so hoch schätzte, überwältigte sie noch viel mehr. »Nach meiner Ansicht klingt das etwas zu pompös. Weiner wird nicht zitiert, obwohl seine Fotos mindestens ebenso gut sind. Und Jamiesons Hochzeitsfotos für *Bride & Groom* werden gar nicht erwähnt.«

»Was soll das, Maddy!«, schimpfte Jude. »Vergiss nicht – er hat dir immerhin zwei Riesen erspart.«

»Weil er schuld an dem Desaster war. Außerdem, Jude...« Mit zusammengekniffenen Augen starrte Maddy den Bildschirm an. »Auf dieser Welt gibt's kein Brautkleid umsonst.«

Hätte sie bloß gewusst, wie Recht sie damit behalten sollte.

Den restlichen Nachmittag verbrachte sie zu Hause und gab ihrem Lebenslauf den letzten Schliff. Wie jedermann wusste, bewegten sich Lebensläufe immer auf dem schmalen Grat zwischen der Wahrheit und jenen ungeheuerlichen Lügen, die einen hinter Gitter bringen konnten.

Maddy schilderte ihre Ausbildung, erwähnte verantwortungsvolle Posten, die sie in der Schule übernommen hatte, musikalische Fähigkeiten und Aktivitäten außerhalb des Lehrplans. Damit füllte sie nur eine Viertelseite, weil sie sich im Lauf ihrer schulischen Karriere meistens an die Heizung gekuschelt und Romane gelesen hatte.

Kurzfristig spielte sie mit dem Gedanken, einfach zu behaupten, sie habe Fotos für die Schülerzeitung beigesteuert. Doch sie besann sich eines Besseren, denn das wäre eine dreiste Lüge, und die Leute von Flash könnten die Bilder sehen wollen oder etwas ähnlich Katastrophales verlangen.

Sie legte eine Kopie ihres College-Diploms bei und berichtete von ihren verschiedenen, eher seltsamen Jobs. Dass sie im Lush and Luscious gekellnert hatte, verschwieg sie.

Und dann stand sie vor der kniffligen Frage, die das Fab-Snaps betraf. Mit Angaben über ihre Tätigkeit in diesem Laden würde sie die geforderten »Kenntnisse fotografischer Techniken« beweisen, aber zugeben müssen, dass sie gefeuert worden war. Schließlich schrieb sie: »Einjährige Anstellung in einem Fotolabor in North London.« Vielleicht würde sie damit durchkommen.

Und dann musste sie ein noch heikleres Problem lösen. Sollte sie gestehen, dass sie sich nichts sehnlicher wünschte, als Fotografin zu werden, und ein paar ihrer eigenen Aufnahmen hinzufügen? Oder würde das die Flash-Leute sofort abschrecken?

Es gab nur einen einzigen Menschen, dem sie zutraute, diese schwierige Entscheidung zu treffen, nämlich ihren Vater. Und so schwang sie sich wieder aufs Fahrrad und hoffte, sie würde ihn noch in der Laubenkolonie erreichen und den Bewerbungsbrief abschicken können, bevor das Postamt schloss.

»Hallo, Fremdling!« Überrascht blickte Gavin von dem Unkraut auf, das er gerade jätete, und lächelte. »Wir haben uns erst heute Morgen gesehen. Langweilst du dich dermaßen zu Hause? Hier kannst du jederzeit mit anpacken. Mein Rücken bringt mich fast um.« Ächzend stand er auf und rieb sich das Kreuz.

»Morgen helfe ich dir«, versprach sie schuldbewusst. »Aber jetzt brauche ich deinen Rat.«

»Okay, es wird ohnehin Zeit für eine Teepause. Maurice, mein Junge, du bist dran. Setz den Wasserkessel auf.«

Maurice holte ein geschwärztes Gefäß aus seinem Schuppen, das den Eindruck machte, schon in beiden Weltkriegen benutzt worden zu sein, und stellte es auf den Primuskocher – mutmaßlich den letzten, der noch in Großbritannien existierte.

»Eben habe ich meine Bewerbung um den Job bei Flash geschrieben«, begann Maddy, »und in einem Punkt kann ich mich nicht entscheiden. Soll ich erwähnen, dass ich Fotografin werden will, und einige meiner Fotos beilegen?«

»Auf keinen Fall.« Maurice rollte einen gigantischen Schubkarren voller Pferdedung hinter einem Gebüsch hervor. »Sorg dich nicht, Maddy, das Zeug ist total vermodert und stinkt kaum. Weißt du, früher habe ich in einer Personalabteilung gearbeitet, bevor von ›Human Resources‹ und diesem ganzen Quatsch gefaselt wurde. Da gingen einem die Leute, die sich über ihren Status erheben wollten, ganz gewaltig auf den Wecker. Deshalb empfehle ich dir – sag nichts über deine Ambitionen. Sonst glauben sie in dieser Agentur, du würdest an Größenwahn leiden, und stellen ein Mädchen mit Realschulabschluss ein, das in der Mittagspause Groschenromane liest.«

»Was für ein Unsinn!« Erbost eilte Dennis aus seinem Schuppen. »Ich meine, Maddy sollte Initiative zeigen. Natürlich musst du diesen Leuten erzählen, welche Ziele du dir setzt, Liebes, und schick ihnen deine Fotos. Dann sehen sie, was in dir steckt. Dieser Haufen Pferdemist hat mehr Grips als Maurice. Findest du nicht auch, Gavin?«

Hastig rettete Maddys Vater den Kessel davor überzukochen und löschte die Flammen. »Also, ich denke, am besten wäre ein Kompromiss. Schick ihnen Fotos, Maddy, aber betone möglichst überzeugend, du würdest dir nichts drauf einbilden und dein Bestes geben, Überstunden machen, alles tun, was von dir verlangt wird, und hundertprozentig für den Job motiviert sein, so wie er ist.«

»Klar, das wird die Leute beruhigen.« Maurice zündete seine Pfeife an und paffte wie ein zorniger, Feuer speiender Drache.

»Und was glaubst du selber, Maddy?«, fragte Gavin. »Vielleicht sollest du deinem eigenen Instinkt folgen, nachdem wir drei weisen Affen uns nicht einigen können.«

»Wahrscheinlich werde ich deinen Rat befolgen, Daddy.« Grinsend wandte sie sich zu seinen beiden Freunden. »Aber es war wirklich hilfreich, mit euch allen drüber zu reden.«

Maurice zwinkerte ihr zu. »Und das bedeutet, dass sie tun wird, was sie von Anfang an vorhatte. Meistens bitten einen die Leute nur um Rat, weil sie sich vergewissern wollen, dass sie Recht haben.«

»Jetzt muss ich mich beeilen. Die Post schließt bald. Drückt mir die Daumen.«

»Wie ein Tornado, dein Mädchen, Gavin«, bemerkte Maurice. »Ständig stürmt sie irgendwohin.«

»Da.« Dennis nahm ein Blatt Papier von der Bank und reichte es Gavin. »Maddy hat die Stellenanzeige liegen lassen. Meinst du, die braucht sie?«

Gavin überflog das Inserat. Plötzlich stockte sein Atem,

denn er entdeckte das Datum des Einsendeschlusses am unteren Rand. All die Liebe zu seiner Tochter und die Sorge um ihr Wohl stiegen in ihm auf. Vor zwei Tagen... Sollte er sie darauf hinweisen?

5

Als Maddy das Postamt erreichte, leerte der Postbote gerade den Kasten.

»Noch ein Brief auf gut Glück?«, bat sie.

»Weil Sie's sind«, erwiderte er grinsend, obwohl er sie noch nie im Leben gesehen hatte.

Erst danach – kurz bevor sie zu Hause eintraf – erinnerte sie sich wieder an die Audition ihrer Schwester. Wenn Belinda gut gelaunt war, dröhnte Mozart in ohrenbetäubender Lautstärke aus ihrer Stereoanlage. Maddy öffnete die Haustür und lauschte. Außer den Töpfen, die in der Küche brodelten, hörte sie nichts. Ihre Mutter bestand darauf, jeden Abend um sieben Uhr eine komplette Mahlzeit zu servieren – egal, ob das gewünscht wurde oder nicht. Auf diese Art versuchte sie, die Familie zusammenzuhalten. Nach Maddys Ansicht wären ein bisschen Takt und Mitgefühl erfolgreicher als ein Braten oder Steaks mit zwei Sorten Gemüse.

Offensichtlich waren die Kartoffeln gar, und Maddy erlaubte sich, sie abzugießen und in den Backofen zu stellen, um sie warm zu halten. Damit tat sie sicher das Falsche. Aber sie würde genauso bissige Vorwürfe hören, wenn sie das Wasser verkochen und die Kartoffeln anbrennen ließe. Und wenn sie den Brokkoli jetzt vom Herd nahm, würde er sich wenigstens nicht gelb verfärben und so lange köcheln, dass man die ganze Nacht furzen müsste.

Sie lauschte wieder. Vielleicht hatte Belinda den ersehnten

Solopart bekommen und war ausgegangen, um zu feiern. Maddy zog ihre Schuhe aus und stellte sie in die ordentliche Reihe neben der Haustür, so wie ihre Mutter es gern hatte. Auf dem Weg zu ihrem Zimmer sah sie die geschlossene Tür des Bads. Als sie ein trockenes Schluchzen hörte, blieb sie erschrocken stehen. »Belinda?«, rief sie leise und presste ein Ohr an das Holz. »Alles in Ordnung? Brauchst du ein Glas Wasser oder sonst was?«

Ein paar Sekunden lang herrschte tiefe Stille. Dann schrie ihre Schwester: »Ich habe die Rolle nicht gekriegt. Okay?«

»O Bel, und du hast so hart gearbeitet!«

Mit geröteten Augen und blassem, verschwitztem Gesicht öffnete Belinda die Tür. Über ihre Wangen zogen sich dunkle, von Tränen verschmierte Mascaraspuren. Sie sah schrecklich aus. Zum ersten Mal bemerkte Maddy die seltsamen Zähne ihrer Schwester – fleckig und verfärbt, als wäre der Schmelz abgeblättert.

»Ich war einfach großartig«, stieß Belinda hervor, »und der Choreograph fand meine technischen Fähigkeiten fantastisch. Trotzdem habe ich die Rolle nicht bekommen. Willst du wissen, warum?«

Erschüttert hörte Maddy den tiefen Schmerz aus der zitternden Stimme heraus. Am liebsten hätte sie das Mädchen in die Arme genommen.

»Weil ich zu fett bin, hat er gesagt!«

»Fett? Du?« Maddy traute ihren Ohren nicht. »Obwohl du kaum ein Gramm Fleisch an den Knochen hast?«

»Außer auf meinem Hintern. Angeblich habe ich Zellulitis, und das Kostüm ist sehr offenherzig und sexy. Nichts für fette, hässliche alte Enten wie mich.«

»O Bel, es tut mir so Leid.«

»Schon gut. Zum ersten Mal in meinem Leben merke ich, wie es ist, wenn man sich fühlt wie du.«

Abrupt sanken Maddys tröstend ausgestreckte Arme hinab.

Wollte ihre Schwester sie mit voller Absicht kränken? Belinda rannte an ihr vorbei zu ihrem Zimmer. Welcher idiotische Sadist hat behauptet, ihr Hintern sei zu groß, fragte sich Maddy. Konnte er nicht sehen, dass sie nur noch Haut und Knochen war?

Doch sie ärgerte sich nicht nur über den dummen Choreographen, sondern auch über Mum. Eine Mutter müsste merken, wenn das Leben ihrer Kinder aus den Fugen geriet. Unglücklicherweise sah Penny ihre ältere Tochter immer noch als hübsches kleines Mädchen im Tutu, das in der Schule alle Examen mit Auszeichnung bestand. Was sie *nicht* sehen wollte, war eine verzweifelte Belinda.

»Was glaubst du, wann du eine Antwort auf deine Bewerbung kriegst?«, erkundigte sich Chris.

Seit Maddy den Brief an Flash geschickt hatte, waren fast zwei Wochen verstrichen. Fast zwei Wochen lang hatte sie jeden Morgen atemlos auf die Ankunft des Postboten gelauscht und war im Pyjama hinuntergelaufen. Jedes Mal hatte sie eine Enttäuschung erlebt.

Chris holte sie ab, um sie auf einen Drink auszuführen. Wie sie aus seinem Tonfall heraushörte, fand er, sie müsste die unrealistische Hoffnung auf diesen Job aufgeben und lieber gleich im Autohaus seines Vaters anfangen.

»Die Agentur muss sich jeden Moment melden«, erwiderte sie und versuchte, heitere Zuversicht auszustrahlen. »Vergessen wir's erst mal, okay?«

»Tut mir Leid, Mad.« Um sie zu küssen, musste er sich ein wenig hochrecken. »Hat meine Frage ein bisschen skeptisch geklungen?«

»Als hätte ich nicht die geringste Chance auf eine so tolle Stellung.«

»Verzeih mir, ich mach's wieder gut. Wie wär's mit einer Flasche Champagner in der Weinbar?«

Da verflog ihr Ärger. »Ich glaube, es gibt eine billigere Methode, mich zu versöhnen.«

»Nun ja...«, erwiderte Chris und grinste lasziv. »Wenn wir auf die Weinbar verzichten... Mein Freund Ozzie hat versprochen, er würde uns für eine Nacht seine Wohnung leihen. Soll ich ihn anrufen?«

»Eigentlich wollte ich dich bitten, auch meine Schwester einzuladen. Es muss ja nicht Champagner sein. Seit sie bei der Audition abgelehnt wurde, ist sie schrecklich deprimiert, und ich mache mir ernsthafte Sorgen um sie.«

»Oh, das hört sich ja nach einer Menge Spaß an.«

»Hör mal, Christos Stephanides – immer wieder erzählst du mir, das griechische Volk habe die christlichen Tugenden schon vor Jahrtausenden erfunden und sie seien später vom Christentum nur geklaut worden.«

»Stimmt«, bestätigte er und lachte. »Aber wir haben auch Babys am Ufer ausgesetzt.« Er gab ihr noch einen zärtlichen Kuss. »Natürlich kann sie mitkommen. Geh und frag sie.«

Sie lächelte ihn dankbar an. Wenn irgendjemand ihre Schwester aufheitern konnte, dann Chris. Immer wieder schäumte er vor lauter Fröhlichkeit über wie eine geschüttelte Bierflasche. Hoffentlich würde es ihr gelingen, Bel aus ihrem Schneckenhaus zu locken.

Doch Belinda erklärte sich erstaunlicherweise sofort bereit, mit ihnen auszugehen. »Ich ziehe mich nur rasch um.«

Als sie wieder im Wohnzimmer auftauchte, blinzelte Maddy verblüfft. In zwanzig Minuten hatte sich Bel von einer Balletttänzerin in ein Go-go-Girl verwandelt. Zu einem unglaublich kurzen schwarzen Minikleid trug sie Riemensandalen mit zehn Zentimeter hohen Absätzen. Ihr Haar, vom üblichen Zopf befreit, fiel ihr über die Schultern. Und die kränkliche wächserne Blässe, die Maddy vorhin noch so großen Kummer bereitet hatte, war unter Make-up und Rouge verschwunden. Nach Maddys Ansicht sah Bel aus wie ein Geburtstagsglückwunsch mit Striptease, den einschlägige Agenturen vermittelten.

Doch Chris fand offenbar Gefallen an Glückwünschen mit Striptease. »Keine Ahnung, warum du dich aufregst«, flüsterte er Maddy zu, während er die Beifahrertür aufhielt. »Sie sieht fantastisch aus.«

Was für ein Ärgernis Belinda manchmal ist, dachte Maddy. Genauso wie Mum gelingt es ihr immer, den Eindruck zu erwecken, *ich* hätte Probleme ...

»Willst du dich nicht auch umziehen, Maddy?«, fragte Chris und musterte ihren extravaganten Aufzug. Sie hatte ein Kleid im Stil der 40er-Jahre mit einer ausgebeulten Hose und einem breiten Lederarmband voller großer Türkise kombiniert. »*Das* willst du heute Abend tragen? Im Ernst?«

»Ja – im Ernst«, bestätigte sie irritiert. »Ich dachte, ich hätte ein gewisses Retro-Flair.«

Mit wachsendem Zorn beobachtete sie den Blick, den Belinda und Chris wechselten. *Besten Dank. Das ist also von Chris' Großzügigkeit zu halten. Nächstes Mal, liebste Belinda, setze ich dich am Ufer aus.*

Sie zwängten sich in Chris' Sportwagen. Selbstverständlich musste Belinda auf Maddys Knien sitzen, weil sie nur neunundachtzig Pfund wog.

»Also – wohin?«, fragte Chris. »Ins Finnegan's Wake?«

Dieses Irish Pub besuchten sie sehr oft. Dort hörte man ausgezeichnete Musik und traf fröhliche Leute. Trotzdem zögerte Maddy, denn sie konnte sich ihre Schwester nicht in der extrovertierten, vom Guinness beschwipsten Schar im Finnegan's Wake vorstellen.

»Gehen wir irgendwohin, wo was los ist«, entschied Belinda. »Ich will endlich einen draufmachen. Nur weil sich ein schwuler Choreograph einbildet, ich hätte Zellulitis, kann ich nicht bis in alle Ewigkeit Trübsal blasen, oder?«

Trotz des Wochentags war das Pub gerammelt voll und

von lautem Stimmengewirr erfüllt. Maddy erbot sich, die Drinks zu holen, während ihre Schwester und Chris einen freien Tisch suchten. Zu ihrer Verwunderung wünschte sich Belinda ein Bier. Normalerweise trank sie nur gelegentlich ein Gläschen Weißwein.

Während Maddy an der Bar wartete, schaute sie zu den beiden zurück. Belinda hatte Chris bisher immer wie einen Versicherungsvertreter behandelt, nicht wie ihren künftigen Schwager. So als versuchte er ihr ständig etwas zu verkaufen, das sie nicht wollte. Ihre eigenen Freunde bewegten sich ausschließlich in der Ballettwelt, und die meisten waren schwul. Von Heteros schien sie nicht viel zu halten. Und es gab kaum jemanden, der so betont heterosexuell wirkte wie Chris.

Da er ihre Einstellung zu ihm bemerkt hatte, war er ihr stets ziemlich distanziert begegnet. Doch an diesem Abend – vielleicht, weil sie gewisse Schwächen zeigte und sein Mitleid erregte – verstand er sich offensichtlich sehr gut mit ihr.

»Nun, ihr zwei«, fragte Belinda, als Maddy ein Tablett mit den Drinks auf den Tisch stellte, »was machen die Hochzeitspläne? Und was sollen wir armen Brautjungfern anziehen? Wie ich dich kenne, Maddy, irgendwas Züchtiges, Dezentes? Vielleicht Rostbraun? Mit scharlachrotem Pelzbesatz?« In der Tat, Belinda hatte sich restlos entspannt. Maddy überlegte, ob sie ihre Schwester auf ihren Schnurrbart aus Bierschaum hinweisen sollte. Besser nicht. Bel war so gut gelaunt.

»Eigentlich dachte ich an etwas Subtileres«, antwortete Maddy.

Belinda nahm wieder einen großen Schluck Bier.

»Weißt du, dass du einen Schnurrbart wie Charlie Chaplin hast?«, fragte Chris, zog sein Taschentuch hervor und reichte es ihr.

Statt in Wut zu geraten, was sicher geschehen wäre, hätte Maddy sie drauf aufmerksam gemacht, lächelte Belinda fast kokett. »Würdest du ihn wegwischen?«

Jeden Morgen rannte Maddy nach unten. Verzweifelt durchsuchte sie die Post und fand noch immer keinen Brief von Flash.

Ihr Vater ertrug es kaum noch, die bittere Enttäuschung in ihren Augen zu lesen. Sollte er erwähnen, dass sie den Einsendeschluss verpasst hatte? Besser nicht, er würde sie damit noch unglücklicher machen.

In der dritten Woche, als sie wieder einmal um halb neun die Treppe herunterrannte, entschied er: *Genug ist genug.*

»Maddy, mein Liebes, ich weiß, wie sehr du dir den Job wünschst. Aber ehrlich gesagt, inzwischen müsstest du was von dieser Agentur gehört haben. Willst du mich nicht in den Schrebergarten begleiten? Jetzt sind alle Kürbisse draußen, ein fantastischer Anblick. Du könntest sie fotografieren und ans *Echo* verkaufen.«

»Nein, danke, Dad. Es wäre immer noch möglich, dass Flash sich meldet. Es ist nicht einmal drei Wochen her. Und ich habe keine Absage bekommen.«

»Ich fürchte, du hast das Inserat nicht richtig gelesen, Liebling. Da stand, der Einsendeschluss ...«

Diesen Satz konnte Gavin nicht beenden, weil das Telefon läutete. Penny nahm den Hörer ab. »Für dich, Madeleine«, verkündete sie. »Die Assistentin einer gewissen Eva Zorit – oder so.«

Wer das sein mochte, wusste Maddy nicht. Sie ergriff den Hörer. »Hallo, hier ist Madeleine Adams.«

»Hi, Madeleine, ich arbeite für Eva Zoritska.«

»Wie, bitte?«

»Eva Zoritska leitet die Fotoagentur Flash.«

»Oh, mein Gott!«, japste Maddy und vergaß die professionelle Coolness, die sie an den Tag wollte, sollte Flash jemals Verbindung mit ihr aufnehmen. »Wie wundervoll, dass Sie anrufen.«

»Also, es geht um Folgendes.« Die Stimme des Mädchens

am anderen Ende der Leitung klang leicht belustigt. »Würden Sie morgen zu einem Vorstellungsgespräch vorbeikommen? Ja, das ist ziemlich kurzfristig. Aber Ihre Bewerbung ist etwas verspätet bei uns eingetroffen.«

»Machen Sie sich deshalb keine Sorgen.« Maddy versuchte nicht allzu verfügbar zu erscheinen. »Morgen? Das wäre okay.«

»Sagen wir, um elf Uhr dreißig? Kennen Sie die Adresse? 24 Meek Street. Gleich bei der Drury Lane.«

»Danke.« Vor lauter Aufregung sprang Maddy aufs Sofa. »Dann bis morgen.«

Jubelnd boxte sie in die Luft.

»Um Himmels willen, Madeleine!«, mahnte ihre Mutter. »Was um alles in der Welt treibst du denn? Gerade habe ich die Kissen zurechtgerückt.«

Maddy hob ein Kissen auf und küsste es. »Verzeih mir, Kissen, es ist nur... Morgen soll ich mich bei Flash vorstellen. Vielleicht kriege ich meinen Traumjob.«

»Oh, *das* ist es? Nun, hoffen wir, die Leute haben nicht davon gehört, was in dem Fotoladen passiert ist.«

Maddy redete sich ein, dass ihre Mutter nicht absichtlich Nadeln in die Seifenblasen ihrer Mitmenschen stach. Doch die Wirkung blieb ein und dieselbe.

Nachdenklich stieg sie vom Sofa und ordnete die Kissen. Was um alles in der Welt sollte sie anziehen? Ein solcher Termin verlangte einen schwarzen Hosenanzug, das spürte sie. Wenn sie bloß einen schwarzen Hosenanzug hätte... Großer Gott, die Meek Street lag beim Covent Garden. Dort liefen nur total coole, modebewusste Typen herum. Sie ahnte schon, dass die Angestellten einer renommierten Fotoagentur ihren speziellen Stil – Retro mit Secondhand oder Discount gemischt – wohl nicht goutieren würden.

Letzten Endes entschied sie sich für einen Kompromiss, einen ihrer schickeren Secondhand-Einkäufe – ein schlichtes schwarzes Kostüm aus den 50ern, aufgepeppt mit einem Spitzenjabot im New Romantic Look und schwarzen Stiefeletten. Dann steckte sie ihr widerspenstiges Haar mit einer Spange hoch, an der eine Rose im Frida-Kahlo-Stil prangte. Aber was auf Frida Kahlos Kopf in Mexico City fabelhaft funktioniert hatte, wirkte in Eastfield etwas seltsam. Ein letzter Blick in den Spiegel bestätigte den Verdacht – sie sah aus wie die Insassin einer geschlossenen Anstalt beim Freigang.

Mit fahrigen Fingern entfernte sie die Blume. Um etwas anderes anzuziehen, fehlte ihr leider die Zeit. Wie ihre Mutter zu behaupten pflegte, war Pünktlichkeit wichtiger als die äußere Erscheinung. Allerdings, fügte sie manchmal hinzu, nicht in Maddys Fall.

Glücklicherweise erschien der Bus schon bald am Ende ihrer Straße. Ein gutes Omen, dachte Maddy. In erstaunlich kurzer Zeit erreichte sie die U-Bahnstation. In der Tat, ein Wunder, denn die Pünktlichkeit des öffentlichen Nahverkehrs von Eastfield glich auch außerhalb der Rush-Hour jener von Irkutsk.

Als sie in der Meek Street ankam, war sie nicht nur pünktlich, sondern sogar zu früh. Sollte sie sich schon jetzt im Büro der Agentur melden? Auf der anderen Straßenseite entdeckte sie einen Prêt-à-Manger-Laden, und da gab's die besten Mandelcroissants des Universums. Noch ein gutes Omen, fand Maddy und eilte hinein. Vielleicht würde ein Mandelcroissant ihre Nerven besänftigen.

Sie setzte sich mit einer Tasse heißer Schokolade hin, biss in ihr Croissant und genoss die orgasmische Kombination von Puderzucker, zartem, knusprigem Teig und klebriger Mandelfüllung. Da merkte sie, dass das Mädchen neben ihr sie etwas gefragt hatte. Schuldbewusst vermutete sie, welches Thema behandelt werden sollte. *Wissen Sie, wie viele Kalorien da drin stecken?* Wäre Jude hier, hätte sie prompt die richtige Antwort parat.

»Wie, bitte?«, würgte Maddy hervor und verstreute Puderzucker auf ihrem schwarzen Rock. »Haben Sie was gesagt?«

Die junge Frau sah fantastisch aus, im dezenten Geradehabe-ich-die-Kunstakademie-absolviert-Look, mit dunklem, exakt geschnittenem Haar und einer Brille mit schwarzem Gestell. Schlimmer noch, sie strahlte jenes Selbstvertrauen aus, das Maddy niemals erreichen würde.

»Oh, ich wollte mich nur erkundigen, ob Sie auch zu diesem Vorstellungsgespräch gehen.« Das coole Mädchen trank einen kleinen Espresso und tunkte nicht einmal einen dieser winzigen Kekse hinein. »Vorhin sah ich Sie vor der Flash-Agentur stehen.«

»Ja.« Inzwischen war Maddy wieder zu Atem gekommen. »Um halb zwölf.«

»Ich bin schon in ein paar Minuten dran. Es wäre nicht ratsam, zu früh da aufzutauchen.«

»Sicher nicht«, stimmte Maddy zu, die geplant hatte, das Büro eine gute Viertelstunde vor ihrem Termin zu betreten.

»Erstklassige Agentur. Ich bewundere ihre Professionalität. Schon seit Jahren ist Luke Witter mein Held. Fast hätte ich meinem Bewerbungsschreiben einige meiner Fotos beigelegt, die von ihm beeinflusst wurden. Aber mein Tutor im Goldsmith's hat mich gerade noch rechtzeitig davor gewarnt. ›Sei nicht so dumm, Caroline. Die wollen nicht *deine* Arbeit sehen, du sollst *ihre* an den Mann bringen.‹«

Dumpf hämmerte Maddys Herz gegen die Rippen. Sie hatte der Agentur drei ihrer Fotos geschickt.

»Jetzt muss ich mich beeilen.« Caroline stand auf. »Hoffentlich wird das Gespräch nicht allzu unangenehm.«

Maddy kauerte auf ihrem Barhocker und starrte bedrückt auf die Straße hinaus. Natürlich wusste Carolines Tutor im Goldsmith's, wie es in der Fotobranche zuging. Also hatte Maddy genau das Falsche getan.

»Machen Sie sich nichts draus«, empfahl ihr eine Stimme zwei Plätze weiter. Verwirrt musterte Maddy eine alte Frau in einem voluminösen Mantel. Unter einem schäbigen Kopftuch ragte graues Kraushaar hervor. »Diesen Typ kenne ich. Während ich beim Theater war, ist er mir ständig über den Weg gelaufen. Wahrscheinlich hat das Mädchen versucht, Sie zu entmutigen. Lassen Sie sich das nicht gefallen. Viel Glück!« Die Frau trank den Rest ihres Cappuccinos und rutschte von ihrem Hocker. Fröhlich winkte sie dem jungen Mann hinter der Theke zu.

»Wer um alles in der Welt war denn das?«, fragte ihn Maddy.

»Wie sie heißt, weiß ich nicht. Eine alte Schauspielerin – sehr nette Lady.«

Aus irgendeinem Grund fühlte sich Maddy besser. Es war erst elf Uhr fünfzehn. Aber es störte sie plötzlich nicht mehr, zu früh bei Flash anzukommen.

Die Meek Street war eine kleine Fußgängerzone, an einem Ende von Pollern abgesperrt. Am anderen lag das Büro der Agentur.

So etwas hatte Maddy noch nie gesehen. Das ganze Erdgeschoss, das sie unsicher betrat, glich einem fast leeren weißen Zelt, mit großformatigen Fotos an den Wänden. Auf einer Plattform, die von der Decke herunterhing, stand der Tisch der Empfangsdame. Dadurch entstand der Eindruck, das Mädchen säße auf einer Wolke.

Maddy wagte sich zögernd ein paar Schritte weiter. Irgendwo musste doch ein normaler Büroalltag stattfinden.

»Hi!« Wunderbarerweise klang die Stimme, die in luftigen Höhen ertönte, sogar freundlich. »Sind Sie Madeleine? Ich bin Jade, die Rezeptionistin. Wir haben gestern telefoniert.« Ein rothaariges Mädchen in einem rosa Minirock tänzelte eine Wendeltreppe herab. »Blödes Arrangement, nicht wahr? Dauernd muss ich rauf- und runterhüpfen, wie ein Kastenteufel. Nehmen Sie Platz, und schenken Sie sich einen Kaffee ein. In etwa zehn Minuten können Sie reingehen.«

Nervös setzte sich Maddy auf ein grellrotes Sofa, das die beunruhigende Gestalt eines überdimensionalen Lippenpaars hatte, und studierte die Fotos an den Wänden – eine überraschende Mischung aus Mode, Porträts und der faszinierenden Aufnahme eines New Yorker Cops, der ein kleines Mädchen an der Hand hielt. Freudige Erregung stieg in ihr auf. Ja, das war die Welt, zu der sie gehören wollte.

Und dann öffnete sich eine Tür. Caroline kam heraus. Zuversichtlich lächelte sie, als hätte sie den Job bereits in der Tasche.

»Ein Kinderspiel«, flüsterte sie Maddy zu, nachdem sie die Tür geschlossen hatte. »Natürlich bin ich überqualifiziert, und das Gehalt ist lächerlich. Aber allzu lange bleibe ich ohnehin nicht hier. Das mache ich nur, um meinen Lebenslauf aufzubessern.«

Haben Sie das da drin erwähnt?, wollte Maddy fragen. Doch da schwang die Tür wieder auf. Offenbar war Caroline so großartig, dass man über gar nichts diskutieren musste, und Maddy wurde nur der Form halber empfangen.

»Hallo, ich bin Eva«, stellte sich eine große Blondine vor und stand auf. Sie sah wie ein Model aus. Doch das Gesicht zwischen dem dichten Haar voller Glanzlichter zeigte Spuren, die auf mindestens vierzig Lebensjahre hinwiesen. »Das ist Dorrit, unsere Büroleiterin, und da drüben...« Sie deutete auf einen Mann, der so laut in sein Handy schrie, dass Maddy den Namen nicht verstand. »Bitte, setzen Sie sich. Sie sind die letzte Bewerberin. Leider muss ich die Tür offen lassen, weil wir einen unglaublich wichtigen Anruf erwarten.« Eva sank auf einen Stuhl mit gerader Lehne und schlug die langen Beine übereinander. In dieser Pose glich sie der superschlanken Comicfigur Olive Oyl, Popeyes großer Liebe – »so kurvenreich wie ein Zahnstocher«. Maddy musste ein Lächeln unterdrücken. »Wo haben Sie Ihr Fotografie-Diplom gemacht?«

O Gott, sicher hatten alle Konkurrentinnen an renommierten Kunstakademien wie Goldsmith's oder Slade studiert. Maddy zwang sich, einen Rat ihres Vaters zu befolgen. Vergiss die anderen Leute. Sei einfach du selbst. »Am Eastfield Technical College«, antwortete Maddy so selbstbewusst wie nur möglich.

»Gut…« Dauerte die Pause ein paar Sekunden zu lange? »Das bedeutet also, dass sie den Unterschied zwischen Abzügen und Dias kennen, mit Negativen umgehen können und so weiter.«

»Ja.«

»Und Digitalaufnahmen? Heutzutage arbeiten wir sehr oft mit dieser Technik.«

»Darüber weiß ich Bescheid«, versicherte Maddy. »Mein ehemaliger Boss meinte, in fünf Jahren wird's keine Filme mehr geben.« Als sie Eva erschauern sah, fürchtete sie, dass sie etwas Falsches gesagt hatte. »So schlimm ist es nicht. Mit der Digital-Technologie lassen sich erstaunliche Effekte erzielen.«

Eva lachte. »Danke für den netten Trost. Aber man hält nun mal nicht viel von dieser Methode, wenn man die Ausstrahlung alter Filme liebt.«

»Okay«, meldete sich der namenlose Mann zu Wort. »Welchen Fotografen bewundern Sie ganz besonders?«

Maddy zauderte. Vielleicht wäre es ein schwerer Fehler, Cartier-Bresson zu sagen. Es könnte sentimental oder anmaßend klingen. Oder beides. Caroline hatte verkündet, einer der Flash-Fotografen habe sie entscheidend beeinflusst. Verzweifelt versuchte sich Maddy zu entsinnen, wen Flash vertrat. Von Patrick Jamieson abgesehen. Durch den Nebel ihrer Panik kam ihr der Artikel zu Hilfe, den Jude ihr gezeigt hatte – »Meine erste Steuererklärung«, zusammen mit einem wunderbaren Foto. »Nun…« Sie lächelte erleichtert. »Am besten gefallen mir die Arbeiten von Ihrem Fotografen Jonathan Weiner.«

Gedämpftes Kichern. Was hatte sie jetzt schon wieder verbrochen?

»Warum denn?«, fragte Eva sanft.

»Seine Aufnahmen vom Krieg in Bosnien haben mich tief erschüttert«, erklärte Maddy, »die einzigen Fotos, die mich dazu angeregt haben, über diese schrecklichen Kämpfe nachzudenken.«

Bildete sie sich das nur ein – oder wechselten Dorrit und Eva tatsächlich einen spöttischen Blick? Und warum wirkte der Mann, den sie ihr nicht richtig vorgestellt hatten, plötzlich so irritiert, hochrot im Gesicht?

»Und seine späteren Arbeiten?«, erkundigte sich Eva.

Unglücklicherweise hatte Maddy nur jenes eine Foto gesehen. Von neuer Angst erfasst, gestand sie: »Die kenne ich leider nicht so gut.«

»Vermutlich, weil er das Genre gewechselt hat. Nicht wahr, Jonathan?«

O Gott, das muss er sein, dachte Maddy. Geschieht mir recht. Warum musste ich diese Scheiße erzählen?

»Jetzt ist Jonathan auf Kinderporträts spezialisiert.« Eva tätschelte sein Knie. »Auf Bilder von reichen Kindern. Deshalb fällt's ihm etwas leichter, seine diversen Alimente zu zahlen – nachdem er eine ganze Menge Exfrauen gesammelt hat.«

Maddy überlegte, ob sie einfach aufstehen und gehen sollte. Doch Eva sprach weiter.

»Ich nehme an, Sie fotografieren auch, Madeleine?«

»Ja«, bestätigte Maddy und glaubte zu sterben. »Ein paar Bilder habe ich Ihnen geschickt – zusammen mit meiner Bewerbung.«

»Oh?« Ärgerlich runzelte Eva die Stirn. »Und wo sind sie? Um Himmels willen? Gibt's hier niemanden außer mir, der irgendwas *tut*?«

»Die Fotos liegen auf Jades Schreibtisch«, murmelte Dorrit. »Dort habe ich sie jedenfalls gesehen. Vor einer halben Stunde.«

Eva eilte hinaus. Vor ihrem Büro erklang ein heftiger Wortwechsel.

»Großer Gott, Eva!« Diese Stimme erkannte Maddy sofort. »Willst du wirklich noch eine Möchtegern-Fotografin einstellen? Die letzte war eine verdammte Katastrophe. Hör mal, wir brauchen eine Arbeitskraft, die sich um die Buchungen kümmert und nicht jedes Mal einen Schmollmund zieht, wenn sie aufgefordert wird, eine Büroklammer zu holen. Ist das zu viel verlangt?«

In Maddys Brust breitete sich eisige Kälte aus. Patrick Jamieson...

»Besten Dank für die Belehrung, Patrick«, entgegnete Eva in schneidendem Ton.

»Wahrscheinlich ist er wieder mal schlecht gelaunt«, meinte Jonathan boshaft und freute sich, weil ausnahmsweise Evas Liebling was auf den Deckel kriegte. »So führt er sich auf, seit Layla abgehauen ist.«

Maddy war so wütend über Patricks Benehmen, dass sie aus dem Büro stürmte und ihn zur Rede stellte. »Gerade habe ich mich gefragt, wie *Sie* Ihre erste Chance bekommen haben. Wurden Sie von jemandem gefördert, der Ihre Begabung und Ihre Ambitionen erkannt hat? Oder vielleicht...« Unglaublich, was sie da sagte – aber dieser Mann hatte irgendwas an sich, das sie aus der Fassung brachte. »Oder vielleicht war das gar kein Problem für Sie, weil Sie weder nennenswertes Talent noch Ehrgeiz hatten.«

Sichtlich schockiert starrte Eva sie an.

Mit langen Schritten kehrte Maddy ins Büro zurück.

»Danke, dass Sie mir Ihre Zeit geopfert haben...« Jetzt wollte sie nur noch eins – weg von hier, möglichst schnell. »Zu Ihrer Information – ich spiele niemals die Märtyrerin, wenn ich Büroklammern holen soll.«

Und dann entriss sie einem verdutzten Patrick Jamieson ihre Fotos. Ohne einen Blick zurückzuwerfen, stürmte sie aus dem Haus.

6

Wirklich und wahrhaftig, das hatte sie total verbockt.

Wie kann man nur so blöd sein, fragte sie sich. Erst eine idiotische Geschichte über ihre Begeisterung für Jonathan Weiner zu erfinden und dann Patrick Jamieson anzuschreien... Natürlich würde Eva eine »ideale« Mitarbeiterin in ihr sehen.

Herzlichen Glückwunsch, Mads, das hast du ganz toll gemacht, sagte sie sich, während sie zur U-Bahnstation zurücklief. Und was sollte das heißen, dass Patrick seit Laylas Verschwinden ständig schlecht gelaunt war? Trotz ihres Ärgers über sich selbst empfand sie einen geradezu Schwindel erregenden Zorn auf diesen Mann. Gewiss, es war eine großzügige Geste gewesen, ihr das Brautkleid zu schenken, wenn auch jemand anderer dafür bezahlt hatte. Aber vielleicht gehörte das einfach nur zu einem gewaltigen Egotrip. Jedenfalls kannte Maddy keinen arroganteren Menschen als Patrick Jamieson.

Am Charing Cross stieg sie nicht in die U-Bahn zu ihrer Busstation, sondern fuhr mit der Northern Line nach Wellstead Heath. Wenigstens war das Wetter schön, und sie wollte den Tag nicht vergeuden und in ihrem Schlafzimmer heulen. Sie kaufte ein Sandwich in einem Café und ging am Fitzdene Park entlang. Obwohl der Oktober bald beginnen würde, stand die Sonne hoch am Himmel und erzeugte tiefe Schatten. Die Insekten summten so laut wie im Hochsommer. Auf der hohen Ziegelmauer an einer Straßenseite gurrte eine dicke Taube so munter, als könnte sie sich immer noch auf die warme Jahreszeit freuen.

Dennis entdeckte Maddy zuerst. »Wie schick du heute aussiehst...« Zum Glück fragte er nicht, warum. »Komm, schau dir meine traumhaften Kürbisse an.« Er führte sie in seinen liebevoll gepflegten Schrebergarten, wo sechs oder sieben riesige orangegelbe Kürbisse wie fette Buddhas auf Quadraten aus grünem Linoleum saßen. »Diesen Tipp hat mir der Mann im Laden für Bodenbeläge gegeben. Der züchtet Gurken. Mit dem Linoleum schützt man sie vor Flecken.«

»Darf ich Fotos machen?«

»Nur zu.«

Maddy postierte den größten Kürbis, der sie an den runden Hocker im Salon ihrer Großmutter erinnerte, in der Mitte der Bildkomposition. »Würdest du dich mit gekreuzten Beinen dahinter setzen und die Hände falten? Das wird ein grandioses Foto – als würdet ihr beide beten, du und der Kürbis.«

»Was für ein verrücktes Mädchen du bist, Maddy! Wenn die Leute das sehen, werden sie munkeln, ich hätte nicht mehr alle Tassen im Schrank. Aber ausnahmsweise tu ich dir den Gefallen.«

Eifrig knipste sie drauflos, aus verschiedenen Blickwinkeln. Sie wusste, was für wundervolle Fotos sie schoss. Vielleicht würde das *Echo* eins kaufen. Die Leser liebten gigantisches Gemüse.

»Übrigens«, fragte sie nach der letzten Aufnahme, »hast du Dad irgendwo gesehen?«

»Oh...« Verlegen senkte Dennis den Kopf. »In letzter Zeit sehen wir Gavin nicht so oft.«

Maddy verstaute ihren kostbaren Fotoapparat in seiner Tasche. Offenbar verbrachte ihr Vater den Großteil seiner Zeit mit Iris.

»Hast du nicht erwähnt, Iris hätte ein großes Haus?«

»Scheint so. Ziemlich luxuriöse Villa, hat Maurice gesagt.«

»Warum hängt sie dann dauernd hier herum?«

»Danach solltest du deinen Vater fragen. Seinem Garten nützt's jedenfalls nichts. Im Möhrenbeet wuchern die Brennnesseln.«

Also musste es was Ernstes sein. Das las Maddy in Dennis' Augen.

»Ehrlich gesagt...« Maurice trat aus seinem Schuppen, den verrußten Wasserkessel in der Hand. »Wir glauben, der alte Gavin steckt ganz schön tief drin.« Unheilvoll fügte er hinzu: »Und das gilt nicht nur für den Seerosenteich.«

Maddy biss sich auf die Lippen. Maurice und Dennis würden niemals so reden, wenn es nicht schlimmer wäre, als sie gedacht hatte. »Oh, verdammt, arme Mum... Glaubt ihr, ich sollte mit ihm sprechen?«

Seufzend zuckte Maurice die Achseln. »Das haben wir schon versucht. Neuerdings interessiert er sich nicht einmal mehr für seine Zucchini.«

Damit war die Frage geklärt. Sie musste ihrem Vater ins Gewissen reden. Aber nicht an diesem Tag. Dazu fühlte sie sich nach dem Flop bei Flash zu schwach.

Auf der Heimfahrt saß sie im oberen Teil des Busses, ganz vorn so wie in der Kindheit – auf der Flucht vor den gemeinen Leuten im Hintergrund, die sie ausgelacht hatten, weil sie so groß und irgendwie seltsam gewesen war. Eins hatten sie ihr wenigstens beigebracht: Man musste an den eigenen Wert glauben, und man durfte sich nicht den Klischees anderer anpassen. Warum zum Teufel hatte sie im Büro der Agentur die aalglatte Caroline nachgeahmt?

An der nächsten Busstation stand ein riesiger Mann, ein winziges Baby im Arm, das er hingerissen anstarrte. Blitzschnell hielt Maddy ihre Kamera ans Fenster und drückte auf den Auslöser. Es war schwierig, für längere Zeit deprimiert zu bleiben, wenn es auf der Welt von wunderbaren Bildern wimmelte, die gleichsam Schlange standen, um fotografiert zu werden. Das Problem lag nur darin, wie man damit seinen Lebensunterhalt verdienen sollte.

Als sie zu Hause ankam, stand die Garagentür offen, und Belinda absolvierte zum Rhythmus ohrenbetäubender Rap-Klänge ihre Dehnungs-Übungen. Zu Maddys Erleichterung sah sie fast normal aus.

»Hi!«, rief Belinda und zog ihr Sweatshirt an. »Wie ist dein Vorstellungsgespräch gelaufen?«

Maddy bemerkte das verstohlene Lächeln ihrer Schwester nicht. »Grauenhaft! Ich habe mich unsterblich blamiert und einen der bekanntesten Flash-Fotografen beleidigt.«

»Tatsächlich? Interessante Methode, um einen Traumjob zu ergattern...«

»So könnte man's nennen. Eine andere Bezeichnung wäre ›beruflicher Selbstmord‹.«

Nachdem Belinda das Garagentor geschlossen hatte, wandte sie sich zu Maddy – unfähig, ihr Grinsen noch länger zu unterdrücken. »Umso erstaunlicher, dass es trotzdem funktioniert hat...«

»Nun ja, ich muss eben auf andere Weise Karriere machen... *Was* hast du gesagt?«

»Vor einer halben Stunde rief eine gewisse Dorrit an. Du sollst dich bei Flash melden, die wollen die Einzelheiten mit dir klären.«

»Verdammt noch mal!« Verblüfft umklammerte Maddy die Hand ihrer Schwester. Was war aus Caroline und den anderen Bewerberinnen geworden? »Du nimmst mich doch nicht auf den Arm?«

Belinda verdrehte die Augen und griff in die Tasche ihres Sweatshirts. »Da ist Klein-Dorrits Nummer.«

Atemlos rannte Maddy ins Haus und stürzte sich aufs Telefon. Als Dorrit erklärte, Flash würde ihr den Job tatsächlich anbieten, gab Maddy alle Versuche auf, cool zu wirken, und stieß einen schrillen Jubelschrei aus. »Oh, das ist fantastisch! Ich freue mich ja so! Von meiner Verblüffung ganz zu schweigen.«

Dorrit lachte. »Wahrscheinlich dachte Eva, wenn Sie sich nicht einmal von dem dreisten Patrick Jamieson einschüchtern lassen, könnten Sie auch unseren Kunden die Stirn bieten. Die sind manchmal unausstehlich. Aber ich glaube, Sie haben Eva wirklich beeindruckt. Sie hat gesagt, Sie würden sie an den Beginn ihrer eigenen Karriere erinnern.«

»Wann soll ich anfangen?«

»Möglichst bald.«

Diesmal spielte Maddy mit dem Gedanken, sie könnte für eine kleine Weile nicht zur Verfügung stehen. Doch sie beschloss, sich an ihre neue Regel zu halten – nie wieder Mist bauen. »Wäre Montag zu früh?«

»Montag wäre okay. Bis dann.«

Maddy wandte sich zu ihrer Schwester, die inzwischen noch breiter grinste als eine Wassermelonenscheibe. »Wow! Das ist so wunderbar! Einfach fabelhaft!«

»Freust du dich wirklich?«, witzelte Belinda.

»Ich muss sofort Chris anrufen.«

»Das habe ich schon erledigt.«

Leicht verstört zuckte Maddy zusammen. »So? Gut.«

»Um sieben kommt er her. Mit Champagner. Ich hielt das für eine nette Überraschung. Oder hast du was dagegen?«

Als Maddy die Angst aus der Stimme ihrer Schwester heraushörte und die plötzliche Blässe in dem schmalen Gesicht sah, verzieh sie ihr. Aber sie hätte Chris lieber selbst von ihrem Erfolg erzählt. »Nein, natürlich nicht. Jetzt werde ich erst mal ein langes Bad mit einem Glas Wein nehmen und dann anfangen, mich schön zu machen.«

»Ob wir *so viel* Zeit haben, weiß ich aber nicht«, wurde sie von Belinda gehänselt.

Erleichtert, weil ihre Schwester wieder etwas normaler wirkte, lachte Maddy. »Um dich für deine spitze Bemerkung zu bestrafen, werde ich das ganze heiße Wasser verbrauchen.«

Nach dem Bad schlüpfte sie in ihre Kleider, schmückte ihre Ohrläppchen mit überdimensionalen gläsernen Ringen und fragte sich, ob sie an der exzentrischen Schriftstellerin Edith Sitwell besser aussehen würden (ganz bestimmt). Dabei hörte sie das unnachahmliche Geräusch der Mazda-Reifen, die draußen im Kies knirschten. Chris' Ankunft hörte sich immer an wie eine Hubschrauberlandung, obwohl einfach nur ein Auto geparkt wurde.

Lächelnd rannte sie die Treppe hinab. Sie wusste, er würde sich mit ihr freuen, weil sie den Job bekommen hatte.

»Hallo, mein Engel!«, begrüßte er sie grinsend und verzichtete glücklicherweise auf den Versuch, sie hochzuheben und herumzuschwingen. Er war nicht nur etwas kleiner als sie, sondern wahrscheinlich auch ein paar Pfund leichter. »Wie ich erfahren habe, muss man dir gratulieren.«

»Ist das nicht fantastisch?« Maddy warf sich in seine Arme.

»Was ist fantastisch?« Ihr Vater war gerade erst aus der Laubenkolonie zurückgekehrt und wusste noch nichts von ihren Neuigkeiten.

»O Dad, ich habe den Job! Nächste Woche fange ich an!« Sie ließ Chris los und umarmte ihren Vater. »Ab Montag arbeite ich für diese Fotoagentur am Covent Garden. Das verdanke ich dir und den anderen ›Steckrüben‹. Hat Dennis dir erzählt, dass ich nach dem Vorstellungsgespräch bei euch draußen war?«

Seine schuldbewusste Miene entging ihr. »Nein. Aber ich war beschäftigt. Ich musste einen Zaun reparieren.«

»Weil ich so dringend Trost brauchte, bin ich nach Wellstead Heath gefahren. Komisch, ich dachte, ich hätte das Bewerbungsgespräch total vermasselt.«

»Offenbar hast du dich unterschätzt«, meinte Gavin sanft.

»Wie auch immer...« Chris begann die Champagnerflasche zu öffnen. »Trinken wir auf Maddy! Viel Glück im neuen Wirkungsbereich!«

In aller Eile holte sie ein Tablett mit Gläsern aus der Küche. »Wo ist Belinda?« Erstaunt sah sie sich um. »Übt sie schon wieder? Sie soll mit uns anstoßen. Vielleicht ist sie in der Garage.«

»Ich seh mal nach«, erbot sich Chris.

Aber sie war nicht in der Garage, und Maddy stieg die Treppe hinauf. Sie warf einen Blick in Belindas Schlafzimmer. Dort traf sie die Schwester nicht an. Und dann drang ein leises Wimmern aus dem Bad. Maddy legte ein Ohr an die Tür und erstarrte. Immer lauter klang das Weinen, immer schmerzlicher und verwandelte sich schließlich in einen heftigen Schluckauf – in ein wildes Schluchzen, das abgrundtiefe Verzweiflung bekundete.

Während Maddy noch überlegte, was sie tun sollte, ging plötzlich die Tür auf.

»Hi.« Verlegen errötete Maddy. »Wir wussten nicht, wo du steckst. Gerade hat Chris den Champagner entkorkt.«

»Sehr gut«, sagte Belinda. Von ihrem Kummer ließ sie sich nichts anmerken. »Ich komme gleich hinunter.«

Und so tranken sie alle auf Maddys neuen Job.

Mittlerweile hatte sich auch Penny dazugesellt. »Keine Ahnung, warum du dir unbedingt einen Job im Zentrum suchen musstest...« Diese Bemerkung konnte sie sich nicht verkneifen »Allein schon das Fahrgeld wird dich ein Vermögen kosten.«

»Diesen Job hat sie sich ausgesucht«, erwiderte Gavin, bevor Maddy antworten konnte, »weil's in Vorstädten wie

Eastfield nicht allzu viele international renommierte Fotoagenturen gibt. Ist dir das noch nicht aufgefallen, Penny?«

Verwundert schauten ihn alle an. Mit diesem ärgerlichen Unterton hatte er noch nie gesprochen. Normalerweise war er die personifizierte Sanftmut. Sogar der heilige Franz von Assisi würde verglichen mit Gavin aggressiv wirken. Seine Frau blinzelte, als hätte er sie ins Gesicht geschlagen. Dann kehrte sie ihm den Rücken zu. »Und was hält deine Mutter von Maddys neuem Job, Chris?«

Maddy runzelte erbost die Stirn. Warum musste ihre Mutter dauernd Unruhe stiften? Diese Kunst beherrschte sie so meisterhaft, dass sie glatt einen Orden dafür verdiente.

»Bisher hatte ich keine Gelegenheit, ihr davon zu erzählen. Aber ich nehme an, sie wird sich freuen. Oft genug hat sie gesagt, die Frauen müssten auch außerhalb ihres Haushalts arbeiten, um ihren Ehemännern zu entrinnen«, fügte er grinsend hinzu, und seine dunklen Augen funkelten. »Natürlich behauptet sie das meistens nur, um meine Gran zu ärgern. Nun, Maddy, gehen wir irgendwo essen? Wie ist's mit dir, Bel? Kommst du mit? Falls dich meine Meinung interessiert – du siehst ein bisschen verhärmt aus.«

»Nein, danke«, erwiderte Belinda hastig, »ich bin nicht hungrig.«

»Das bist du nie.«

Dankbar lächelte Maddy ihren Verlobten an. Er schien sich ernsthaft um ihre Schwester zu sorgen. Bevor sie ihre Jacke holte, las sie plötzliche Angst in den Augen ihrer Mutter, als sie Belinda beobachtete. Würde Penny endlich wahrhaben, was hier vorging?

Voller Tatendrang sprang Maddy am Montagmorgen aus dem Bett. Am Wochenende hatte sie eine Zeitkarte für die öffentlichen Verkehrsmittel gekauft und entschieden, was sie anziehen würde. Jude hatte ihr zu einem gemäßigten Stil geraten, denn sie fürchtete, nicht einmal Covent Garden würde einen völlig entfesselten Maddy-Adams-Look akzeptieren.

In der Küche traf sie ihren Vater, der ein Ei für sie kochte und eine Scheibe Toast röstete. »Dieses Ei darfst du nicht ablehnen. Eines von Maurices Hühnern hat es eigens für dich gelegt, um dir alles Gute zu wünschen. Und das ist ein Vollkorntoast. Ein ausgezeichnetes Mittel für die langsame Verbrennung von Kohlehydraten. Dadurch bekommst du zusätzliche Energien. Das habe ich in einer Zeitschrift beim Zahnarzt gelesen.« Liebevoll lächelte er sie an. »Außerdem schmeckt's köstlich.«

Maddy köpfte ihr Ei und legte eine Feder beiseite, die an der Schale klebte. »Mmmm – himmlisch! Vielen Dank, Dad.« Sie zögerte, denn sie wollte die Probleme ihrer Eltern nicht noch verschlimmern. »Alles in Ordnung?«

»Auf internationaler Ebene? Oder meinst du deinen getreuen Erzeuger?«

»Eigentlich dachte ich an dich *und* Mum. Weil Dennis gesagt hat...«

»Dennis ist ein alter Trottel«, unterbrach Gavin seine Tochter, »und er sollte sich nur um Dinge kümmern, mit denen er sich auskennt – zum Beispiel Lauchstangen und Gartenkürbisse.«

»Vielleicht solltest du das auch tun, Dad. Bevor Mum was erfährt.«

»Deiner Mutter ist es völlig egal, was ich mache«, entgegnete er in einem bitteren Ton, den sie zum ersten Mal hörte. »Vorausgesetzt, ich bezahle die Rechnungen und stehe ihr nicht im Weg.« Er beugte sich vor und küsste Maddys Scheitel. »Und genau das tue ich. Bist du bereit? An deinem ersten Arbeitstag fahre ich dich zur U-Bahn.«

Statt die coole weltgewandte Großstädterin ihrer Träume zu verkörpern, kam sie sich vor wie an ihrem ersten Schultag. Andererseits fühlte sie sich auch geliebt, und das fand sie viel wichtiger.

Sobald sie die U-Bahnstation am Covent Garden verließ, hob sich ihre Stimmung. Diesen Platz hatte sie schon immer geliebt. Früher waren sie mit der Familie oft hierher gefahren, um Weihnachtseinkäufe zu erledigen. Sie hatten Badeperlen bei Lush gekauft oder sich in die Weinbar im Freien gesetzt, den Straßenmusikanten gelauscht, die Mozart und Vivaldi spielten, um ihr Studium zu finanzieren.

Damals war Maddy eine Außenseiterin gewesen, ein Mädchen aus der Vorstadt, das für einen Tag die prickelnde Luft in der City geschnuppert hatte. Und jetzt gehörte sie endlich dazu.

Während sie einen Becher Milchkaffee bei Starbucks kaufte, wappnete sie ihre Seele gegen die lockende Versuchung der Croissants und Schokoladenkuchen, und vor allem gegen die traumhaften Biskuittörtchen mit dem Kristallzucker rings um die Ränder und den Haselnüssen in der Mitte. Die steckte ein heimtückischer Bäcker absichtlich hinein, um Schwächlinge zu quälen.

Dann holte sie tief Atem und ging zur Flash-Agentur. »Hi!«, rief Jade, die bereits an ihrer Rezeption in luftiger Höhe saß. »Lennie wird Sie in alles einweihen. Setzen Sie sich, ich rufe das Mädchen an.«

Maddy sank auf das grellrote Sofa, nippte an ihrem Kaffee und wartete.

Nach ein paar Minuten öffnete sich eine Tür, und eine zierliche Blondine in einer schwarzen Jeansjacke, einem Minirock und flippigen »Skechers«-Turnschuhen kam heraus. Ihr hochtoupiertes Haar war an den Wurzeln nachgedunkelt, und sie trug große Ohrgehänge aus Plastikblumen. »Hallo, ich bin Lennie«, stellte sie sich mit einem freundlichen Lächeln vor. »Eigentlich heiße ich Eleanor. Aber wie Sie sehen, bin ich nicht der Eleanor-Typ. Eleanors sind vornehme Jungfrauen, die in Elfenbeintürmen sitzen, voller Sehnsucht nach edlen Rittern, die sie herausholen sollen. Ich bin eher das Cash-and-Carry-Mädchen, das selber rausgeht, ein paar Ritter findet und mitnimmt. Übrigens, ich werde mich um Sie kümmern. Eva meint, ich müsste Sie dran hindern, schlechte Gewohnheiten zu kultivieren. Aber ich schwärme nun mal für schlechte Gewohnheiten. Begleiten Sie mich?« Nun merkte sie, dass Maddy die Ohrringe anstarrte. »Gefallen sie Ihnen? Gewissermaßen ein ironischer Kommentar zum Mary-Quant-Design, das die Leute in den 60ern getragen haben.« Lennie grinste. »Falls Sie glauben, das wären billige Plastikimitationen von Claire's Accessoires.«

»Okay.« Maddy stand auf, und beide lachten, denn sie war etwa dreißig Zentimeter größer als Lennie.

»Wie Laurel und Hardy. Kommen Sie, brechen wir zur großen Besichtigungstour auf. Allzu lange wird's nicht dauern.« Lennie stieß eine Tür auf, und Maddy folgte ihr im Sog eines Mini-Wirbelwinds.

Bewundernd schaute sich Maddy in einem großen, weiß getünchten Raum um. Alle Trennwände waren entfernt worden. Nur da und dort stützten Eisenpfeiler die Decke. Auf einem rauchgrau-lavendelblauen Teppichboden standen mehrere Schreibtische mit Stühlen in verschiedenen Leuchtfarben – Granatrot, Violett, Jadegrün, Pfauenblau, Fuchsienrot. Eine Glaswand an einem Ende schirmte einen Konferenztisch ab. Gegenüber gruppierten sich Sofas und Sessel in Rot, Violett und Blau so zwanglos wie in einem Wohnzimmer.

»Hier wenden wir unsere einzigartige Verkaufstaktik an«, erklärte Lennie. »Wir setzen den potenziellen Kunden auf ein Sofa, verwöhnen ihn mit Grey-Goose-Wodka und reden ihm ein, nur Jonathans oder Lukes oder Patricks Stil würde zu seiner Story passen.«

Was für eine fantastische Atmosphäre, dachte Maddy. Klare Linien, die Selbstbewusstsein bezeugten, aber nicht einschüchternd wirkten. So etwas gab es in ganz Eastfield nicht.

»Hübsch, nicht wahr?«, fuhr Lennie fort. »Eva hat keine Kosten gescheut und einen erstklassigen, progressiven Innenarchitekten engagiert, der das alles entworfen hat.«

Maddy nickte ehrfürchtig. »Wow – was mich nicht überrascht.«

»Danach hat sie ihn gefeuert und die gesamte Einrichtung bei IKEA gekauft. Typisch Eva. Sie trägt einen Givenchy-Mantel, aber ihre Unterhosen stammen vom Discount. Für Dinge, die man nicht sieht, verschwendet sie kein Geld. Weil sie ein Flüchtling ist, behauptet sie. In Wirklichkeit kommt sie aus Acton.«

Maddy blickte zu einer weißen Tafel hinauf, die fast eine ganze Wand einnahm.

»Da notieren wir unsere Aufträge. Ohne diese Tafel würden wir sterben. Die würden wir zuerst retten, wenn mal ein Feuer ausbricht. Mit ihrer Hilfe behalten wir im Auge, was genau jeder Fotograf während der nächsten fünf Jahre treibt, damit keiner doppelt gebucht wird. Vielleicht eine veraltete Technologie – aber sie funktioniert.«

»Wo sind denn alle? Ich dachte, um diese Zeit müsste das Büro gerammelt voll sein.«

»Offiziell fangen wir erst gegen zehn an. Vergessen Sie nicht – wegen des Zeitunterschieds zu den USA müssen manche Kollegen praktisch hier schlafen.« Nun trafen einige Mitarbeiter ein. »Sag Hi zu Madeleine, David.«

»Hi, Madeleine«, grüßte ein langes, extrem dünnes, junges Ausrufungszeichen, ganz in Schwarz gekleidet, mit mehr Piercings als ein Nadelkissen. Sein blond gefärbtes Haar war auf dem Oberkopf zu einer Spitze geformt, wie ein Miniatur-Wigwam. Über einem kleinen Ziegenbart steckte ein silberner Ziernagel im Kinn, zwei weitere funkelten über jeder

Augenbraue. Am liebsten hätte Maddy den Filzstift ergriffen, der an der weißen Tafel hing, und die einzelnen Schmuckstücke zusammengezählt.

»David ist unser Fashion-Experte«, teilte Lennie ihr mit, »bestens bekannt mit den Redaktionen aller britischen Hochglanzmagazine. Außerdem kümmert er sich um unsere Geschäfte mit den Amerikanern. Und das ist Colette, für unsere Deals mit den Tageszeitungen zuständig.« Sie zeigte auf eine Frau in mittleren Jahren, die gemütlich und tantenhaft wirkte – für Maddy ein tröstlicher Anblick. »Lassen Sie sich bloß nicht täuschen, Madeleine. Wenn sie auch wie das sprichwörtliche Hausmütterchen aussieht, sie ist taffer als wir alle zusammen.«

»Hi, Madeleine. Hören Sie nicht auf Lennie, ich bin so harmlos wie ein kleines Kätzchen.«

»Und nun mache ich Sie mit Natasha bekannt.« Lennie setzte sich auf den Schreibtisch einer knochendürren Brünetten, neben der sogar Belinda üppig wirken würde. »Madeleine – unsere neue Mitarbeiterin.«

Mit einem schwachen Lächeln nickte Natasha in Maddys Richtung. »Ich hole mir einen Espresso.«

»Das ist alles, was ihr über die Lippen kommt«, wisperte Lennie. »Außer Kräutertabletten und – aus irgendwelchen merkwürdigen Gründen – ab und zu eine Banane. Vielleicht weil sie sich ähnlich sehen.« Sie öffnete Natashas oberste Schreibtischschublade, die dem Laden eines Bio-Apothekers glich. »Vor einiger Zeit hat sie sich auf das Dasein einer Ex spezialisiert. Exmodel, Exfrau, Extrinkerin. Aber im Job ist sie verdammt gut – und ganz dick mit Patricks Ex Layla befreundet. Also passen Sie auf, was sie über ihn sagen, Madeleine. Natasha wird ihr alles brühwarm erzählen, wahrscheinlich schneller als das Internet.« Lennie schaute sich um. »Habe ich irgendwen vergessen? Jade kennen Sie schon. Und Dorrit war bei Ihrem Vorstellungsgespräch dabei, nicht wahr? Sie sorgt dafür, dass alles pünktlich abgewickelt wird. Und seien Sie versichert...« Sie warf ihr blondes Haar in den Nacken. »Das schafft sie.« Nun führte sie Maddy zu einem Schreibtisch unterhalb der Notiztafel. »Das ist Ihr Arbeitsplatz. Leider geht's hier manchmal ein bisschen laut zu. Wie auf dem Börsenparkett eines futuristischen Aktienmarkts. Ich glaube, Sie müssen Tick Tack lernen.«

»Was um alles in der Welt ist denn *das*?«

»Die Zeichensprache der Leute, die unsere Aufträge an Land ziehen. Holen wir uns eine Tasse Kaffee, und ich zeige Ihnen die Stilbücher unserer Fotografen. Meistens wissen die Bildredakteure genau, wen sie buchen wollen, und wenn diese Person nicht verfügbar ist, müssen wir ihnen jemand anderen verkaufen. Deshalb sollten Sie die Arbeiten aller unserer Fotografen kennen.«

»Wie viele vertreten Sie?«

»Etwa dreißig. Wir sind wirklich was Besonderes, weil wir nicht nur für Reportagen und Dokumentationen Fotos liefern, sondern auch für Mode – hauptsächlich, weil Eva früher Model war, und sie erträgt es einfach nicht, ihre Kontakte zu verschwenden.«

»Ich muss zugeben – sogar bei meinem aufregenden Vorstellungsgespräch sind mir ihre Wangenknochen aufgefallen. Wie Schisprungschanzen.«

»Nach Evas Ansicht läuft's in der Modelbranche und beim Film gleichermaßen. Wenn man nach dem fünfundzwanzigsten Geburtstag noch Arbeit haben will, ist man besser Produzent als Star. Also verließ sie den Catwalk und gründete Flash. Anfangs hat sie sich ganz auf Mode konzentriert, dann hat sie sich in Mick Hill, einen der erfolgreichsten Paparazzi, verliebt. Bedauerlicherweise hat er ihr das Herz gebrochen...«

»...aber natürlich repräsentiert sie ihn weiterhin«, mischte sich Colette ein, ihr Telefon unters Kinn geklemmt.

»Danach war Jim Fielding dran, der Sportfotograf«, fuhr Lennie fort. »Auch er hat ihr das Herz gebrochen.«

David grinste. »Zum Glück haben wir ihn immer noch unter Vertrag.«

»Und dann hat sie sich in Patrick Jamieson verknallt.«

»Tun wir das nicht alle?«, seufzte David träumerisch.

Verwirrt hielt Maddy die Luft an. Dass Patrick und Eva einmal liiert gewesen waren, hätte sie nie vermutet.

»Als er Layla kennen lernte, gab er Eva den Laufpass, und...«, begann David.

»Sagen Sie's nicht«, unterbrach ihn Maddy, »sie repräsentiert ihn nach wie vor.«

»Die Affäre mit Mike Skelton, für Nachrichten zuständig, dauerte fast ein ganzes Jahr.«

»Offenbar kümmert sich die Agentur ausschließlich um Evas Exfreunde.«

»Nicht ganz. Da wäre noch Patrick Benson, aber der kommt nur selten her. Er hat sich auf Gärten spezialisiert. Und es gibt noch ein paar andere...«

Plötzlich herrschte tiefe Stille im Büro. Maddy drehte sich erstaunt um und sah Eva auf der Schwelle stehen – in einem kurzen schwarzen Lederrock und einem schwarzen Pullover, der eine Schulter frei ließ. Über der anderen hing eine Fuchsstola.

Maddy spürte, wie ihr der Schweiß aus allen Poren brach. Noch bevor sie überhaupt zu arbeiten angefangen hatte, drohte ihr schon die Kündigung. Sogar nach *ihrem* Maßstab ein Rekord.

»Genau genommen vertritt Flash dreißig Fotografen«, erklärte Eva mit ruhiger Stimme. »Nicht einmal *ich* hätte mit allen ins Bett hüpfen können.«

Sekunden später entfalteten sich hektische Aktivitäten. David tippte eine Nummer in sein Telefon und begann, hastig zu schwatzen, Colette schrie eine bedauernswerte Sekretärin an, die ihr eine überregionale Zeitung bringen sollte. Und Lennie scheuchte Maddy davon, um ihr die Stilbücher der Fotografen und alles andere zu zeigen.

Nach der Besichtigungstour wusste Maddy ungefähr, wer wofür verantwortlich war. Sie setzte sich an ihren Schreibtisch, und weil es inzwischen fast ein Uhr geworden war, knurrte ihr Magen. »Lennie?«, fragte sie leise, sobald sie sich vergewissert hatte, dass alle anderen beschäftigt aussahen. »Wann machen wir Mittag?«

Im FabSnaps war die Mittagspause der Höhepunkt des Tages gewesen. Entweder nutzte man die Gelegenheit, um einzukaufen, oder man fiel über das Buffet im Pizza Hut her, an dem man für einen Fünfer essen konnte, so viel man wollte.

»*Mittag?*« Vier Gesichter wandten sich zu ihr, als hätte sie was Obszönes gesagt. »Bei Flash gibt's keine Pause«, erläuterte Lennie. »Es sei denn, jemand geht mit einem Kunden essen. Tagsüber nimmt David keinen Bissen zu sich. Natasha hält sich an ihre Bananendiät, Eva schwört auf Trennkost, die meistens aus kaltem Huhn besteht, und Colette bringt ihre Weight-Watchers-Nudeln in Plastikbehältern mit.« Nach einem kurzen Blick auf Maddys entsetzte Miene fügte sie hinzu: »Ab und zu esse ich was. Wollen wir rausgehen und Sandwiches holen?«

Im Prêt à Manger trafen sie die übliche lange Warteschlange an.

»Großer Gott, ich weiß nie, was ich nehmen soll«, stöhnte Lennie. »Oh, sehen Sie doch, endlich haben sie wieder Baguettes mit Mozzarella und Rucola. Und auf einem süßen Schildchen steht: ›Da bin ich wieder – weil du mich vermisst hast.‹ Wie nett... So eins kaufe ich, sonst ist's beleidigt.«

Maddy entschied sich für einen chinesischen Wrap mit

Hühnerfleisch. Sich von einem Sandwich emotional erpressen zu lassen fand sie etwas übertrieben. Außerdem suchte sie sich ein Stück Möhrenkuchen und ein Mandeltörtchen aus, falls sie sich am Nachmittag was zwischen die Zähne schieben musste.

Verblüfft runzelte Lennie die Stirn. »Kein Wunder, dass Sie so üppig gebaut sind! So viel isst David in einer ganzen Woche.«

»Essen Sie's hier, oder nehmen Sie's mit?«, fragte die Verkäuferin.

»Essen wir hier, Madeleine«, bestimmte Lennie. »Dabei erzählen Sie mir, wie Ihnen der erste Vormittag in der wunderbaren Flash-Welt gefallen hat.«

Als sie einen kleinen runden Tisch entdeckten, der soeben frei wurde, stürmten sie darauf zu und stießen beinahe die Leute um, die ihn besetzt hatten. In diesem Laden zur Mittagszeit einen Tisch zu bekommen war normalerweise unmöglich.

»Ich würde Sie gern was fragen...«, begann Maddy, nachdem sie sich gesetzt hatten.

»Geht's um unser Ablagesystem? Um die Honorare der Fotografen? Schießen Sie los, ich bin eine unerschöpfliche Quelle nützlicher Informationen.«

»Nun ja...« Maddy biss in ihren chinesischen Wrap und genoss den köstlichen scharfen Geschmack der Hoisin-Sauce. »Eigentlich wollte ich mich nach Patrick Jamieson erkundigen.«

»Aha!« Wissend zog Lennie die Brauen hoch. »Also sind Sie auch in den Bann unseres verrückten, bösen, gefährlichen Jungen geraten?«

»Ist er das?«

»Sagen wir mal, er hat ein ziemlich kompliziertes Gefühlsleben. Nach der Liaison mit Eva heiratete er Layla, ein Model – *das* Gesicht der 80er-Jahre. Sicher erinnern Sie sich an ihre leicht auseinander stehenden Zähne. Eine stürmische Romanze.

Nachdem sie sich bei einem Shooting kennen gelernt hatten, rannten sie davon, verschwanden für drei Monate und trieben alle unsere Mitarbeiter in den Wahnsinn – besonders Eva. Dann wurde Layla schwanger, brachte Scarlett zur Welt, und Patrick ließ sich aufs Standesamt schleppen. Niemand gab dieser Ehe eine Chance – zwei gewaltige Egos. Aber sie blieben immerhin elf Jahre zusammen. Erst vor zwei Jahren haben sie sich getrennt. Und jetzt kursiert das Gerücht, Layla würde ihn gern zurückerobern. Wie ich bereits erwähnt habe – sie ist Natashas Busenfreundin. Und ich warne Sie noch einmal. Wenn Sie vor Natasha über Patrick reden, hüten Sie Ihre Zunge.«

Maddy gab vor, ihren Wrap zu studieren. »Und was hält Patrick von einer Rückkehr zu Layla?«

»Oh, das verrät er nicht. Er geht in Pubs, wo sie ihn nicht finden kann, schaltet sein Handy aus und trinkt viel zu viel Whisky.«

»Wie stöbern Sie ihn auf, wenn ihn jemand engagieren möchte?«

Grinsend beugte sich Lennie vor. »Wissen Sie, dass manche Leute Spezialhandys für Gespräche mit ihren Liebsten benutzen? Diese Geheimnummern kennt sonst niemand.«

Maddy nickte. Davon hatte sie in der Zeitung gelesen. Hotlines für Liebespaare. Wenn man den Handy-Firmen glauben durfte, verkauften sich die Geräte großartig.

»So ein Handy verwendet Patrick nur für die Arbeit, und Layla hat die Nummer nicht.« Lennie schaute auf ihre Uhr. »Jetzt müssen wir zurückgehen. Normalerweise gibt's um diese Zeit viel zu tun, denn die Zeitungsredaktionen haben ihre Konferenzen beendet und entschieden, welche Storys sie bringen wollen.«

Auf dem kurzen Weg zu Flash beobachteten sie einen

Straßenmusiker, der tat, als wäre er ein silberner Roboter. Nur wenn man eine Münze in seinen Hut warf, erwachte er zum Leben.

»Der ist nicht echt«, informierte ein altkluger Fünfjähriger die Passanten. »Vorhin habe ich ihn aus diesem Lieferwagen steigen sehen.«

»Und ich wünschte, *du* wärst nicht echt«, murmelte der Musiker.

»Stellen Sie sich mal vor, Sie müssten den ganzen Tag still stehen und würden sich erst bewegen, wenn man Ihnen Geld gibt«, flüsterte Maddy.

»Wie ein Model«, meinte Lennie.

Ihre Prophezeiung erfüllte sich. Im Flash-Büro klingelten die Telefone, und die Leute schrien sich an. Ein dünnes, aber bildschönes junges Mädchen in einem grässlichen Nuttenfähnchen, mit einem glitzernden Cowboyhut, saß auf einem Sofa, seufzte geräuschvoll und blätterte in der *Vogue*.

»Dass Flash auch Models repräsentiert, wusste ich gar nicht«, sagte Maddy.

»Tun wir auch nicht«, erwiderte Lennie. »Aber die Modelagenturen schicken uns dauernd diese Mädchen, in der Hoffnung, sie würden den Fotografen auffallen. Die meisten sind um die fünfzehn, sprechen kein Wort Englisch und kommen aus der Ukraine. Dort schütten sie wahrscheinlich irgendetwas in die Schulmilch.«

Maddy setzte sich an ihren Schreibtisch. Während sie überlegte, was sie tun sollte, öffnete sich die Tür, und noch ein Mädchen trat ein – wahrscheinlich nicht viel älter als das Model und fast genauso groß. Aber damit endete die Ähnlichkeit. Das Mädchen auf dem Sofa strotzte nur so vor Selbstvertrauen, doch die neue Besucherin erweckte den Eindruck, sie würde sich am liebsten hinter einem Pfeiler verstecken. Außerdem war sie, im Gegensatz zu dem Model, etwas übergewichtig. Die Hände in den Ärmeln ihres

Hemds, brachte sie's irgendwie fertig, gleichzeitig an beiden Manschetten zu kauen. Dann bemerkte sie Maddys prüfenden Blick und errötete, versuchte zu lächeln und enthüllte eine Zahnspange. Armes Ding. Nur zu gut erinnerte sich Maddy an dieses Alter. Alle anderen Leute schienen wie Gazellen auszusehen, und man selber fühlte sich wie ein Elefant.

»Hallo, Scarlett!«, rief Colette. »Hast du heute keine Schule?«

»Nein, die Lehrer sind bei einer Fortbildung.«

»Suchst du deinen Dad?«

»Ja«, antwortete das Mädchen und stolperte beinahe über die eigenen Füße. »Aber er erwartet mich nicht. Wissen Sie, wo ich ihn finde?«

»Ist er nicht daheim?«

Scarlett schüttelte den Kopf. »Da war ich schon. Auf seinem Handy meldet er sich nicht.«

»Ich frag mal Eva«, erbot sich Colette. »Meistens weiß sie, wo Patrick steckt.«

Wie Maddy registrierte, erwähnte Colette das Spezialhandy nicht. Vielleicht fürchtete sie, Scarletts Mum könnte davon erfahren.

Colette verschwand in Evas Büro. Nach ein paar Minuten kam sie zurück. »Überraschung, Überraschung!«, verkündete sie strahlend. »Er sitzt im Slug and Sausage, isst eine Pastete und spielt eine Partie Poker.«

»Ganz zu schweigen von drei großen Whiskys.« Scarlett schüttelte resignierend den Kopf. »Was würde er nur ohne mich machen?«

Nachdem sie davongeeilt war, erschien Eva und lehnte sich an den Türrahmen. »Patrick Jamieson...«, begann sie nachdenklich. »Als ich ihn kennen lernte, war er ein junger George Best. Irisches schwarzes Haar, aquamarinblaue Augen. Jede Frau, die er wollte, konnte er haben.«

»Dich eingeschlossen«, murmelte David und grinste unschuldig.

Maddy fing Lennies Blick auf. »Wer ist George Best?«, wisperte sie.

»Ein toller Fußballer«, flüsterte Lennie. »Stürmer bei Manchester United. Ein bisschen wie Robby Williams mit langem Haar.«

Um Evas Lippen spielte ein träumerisches Lächeln. »Der beste Fußballer aller Zeiten...«

»Bis er den Alkohol entdeckte«, ergänzte Lennie.

»Ja«, stimmte Eva bissig zu. »Und wir müssen dafür sorgen, dass sich Patrick kein Beispiel an ihm nimmt.«

»Sperr einfach den Barschrank zu, Darling«, schlug David fast unhörbar vor.

Schockiert richtete sich Maddy auf. Deuteten sie an, Patrick Jamieson sei Alkoholiker?

»Vergesst es«, meldete sich Natasha erstaunlicherweise zu Wort. »Wenn ich einen richtigen Säufer sehe, erkenne ich ihn. Was den Fusel angeht, ist unser Patrick noch im Kindergarten. Er trinkt nur, wenn er sich langweilt. Und sobald er arbeitet, gibt er's wieder auf.«

»Mag sein«, fauchte Eva. »Aber irgendwann verlassen die Menschen den Kindergarten und gehen zur Schule.«

»Beruhige dich.« Lässig schüttelte Natasha den Kopf.

»Alles, was Patrick Jamieson braucht, ist eine nette Frau, zu der er gern nach Hause geht.«

»Und Layla glaubt, sie wäre das?«, fragte Eva in spöttischem Ton.

Maddy erinnerte sich an Patricks Haus. Dort hatte sie keine Spuren von einer Ehefrau oder einem Kind gesehen. »Sicher ist es schwierig, mit einem Mann verheiratet zu sein, der die Hälfte seines Lebens damit verbringt, schöne Frauen zu fotografieren.« Sie schaute zu dem großen Druck eines Patrick-Jamieson-Fotos hinauf, das hoch oben an der Wand hing und eine Mitleid erregende Kindfrau zeigte, mit absichtlich verschmierten großen Augen, in einer Rehlederkreation voller Federn und Perlen. Couture trifft Cheyenne, dachte Maddy.

Verächtlich schnaubte Lennie. »Wenn die Models zu sexy aussahen, hat Layla versucht, seine Termine abzublasen.«

»Was hat Patrick getan?«

»Anfangs war er wirklich lieb zu ihr. Er schlug ihr vor, sie sollte bei den Fotosessions zuschauen, wenn sie sich dann besser fühlen würde. Ein cleverer Schachzug, denn sie langweilte sich schon bald. Weil sie immer im Mittelpunkt der Aufmerksamkeit stehen will, hatte sie keine Lust, unbeachtet in einer Ecke zu sitzen, während alle um ein anderes Mädchen herumscharwenzelten. Noch dazu um eins, das fünfzehn Jahre jünger war als sie.«

»Und dann haben sie sich getrennt?«

»Patrick konnte Layla einfach nichts recht machen. Schließlich hatte er die Nase voll von der Mode und beschloss, was anderes zu machen.«

»Was denn?«

»Politische Nachrichten, Reisen, Features. Er hat sogar ein paar erstaunliche Kriegsfotos gemacht. Schauen Sie sich mal seine Mappe an, Madeleine. Das hat Layla noch viel mehr missfallen.«

»Warum? Weil er die ganze Zeit unterwegs war?« Sie konnte sich vorstellen, wie sehr seine Frau darunter gelitten haben musste.

»O nein«, entgegnete Lennie belustigt. »Das passte ihr sehr gut in den Kram. Aber es ging ums Geld. Große Kohle und Prestige gibt's nur in der Modebranche. Wenn man afghanische Flüchtlinge knipst, verdient man nicht viel.«

»Kein Wunder, dass er zu trinken angefangen hat. Wahrscheinlich ist er ohne Layla besser dran.«

In diesem Augenblick läutete Lennies Telefon, und sie meldete sich. Nach einem kurzen Gespräch legte sie auf und wandte sich wieder zu Maddy. »Ja. Aber Layla ist offensichtlich anderer Meinung. Mit nächtelangen Partys ist's vorbei. Jetzt wünschte sie sich Sicherheit, also Patricks Geld. Und Patricks Status. Und was Layla will...«

Am anderen Ende des Raums bekam David einen lauten Hustenanfall.

»Das kriegt sie?«

Schuldbewusst schauten sie zur Tür. Eine hoch gewachsene, elegante Frau mit todschick geschnittenem, glänzend braunem Haar hatte das Büro betreten. In ihrem Blick las Maddy den wilden Drang, irgendwen zu erwürgen.

»Oh, hallo, Layla.« Für ein paar Sekunden sank Lennies kecke Gestalt in sich zusammen, wie ein junges Hündchen, das einen Fußtritt fürchtet. »Suchst du Patrick?«

»Nein«, entgegnete Layla kühl, »und du musst mir auch gar nicht erzählen, wo er ist.«

Obwohl Maddy keine Modeexpertin war, wusste sogar sie, dass Laylas bodenlanger Lammfellmantel von Nicole Farhi stammte. Darunter trug sie eine helle Wollhose und ein weißes Kaschmirtop. Weiche Stiletto-Stiefel aus Wildleder und eine Prada-Tasche vervollständigten das Outfit. Offensichtlich pflegte die ehemalige Mrs. Jamieson nicht auf Schnäppchenjagd zu gehen.

»Ich suche Scarlett. Demnächst haben wir ein Mutter-Tochter-Shooting fürs *OK*-Magazin, und ich will ihr ein paar schicke Klamotten kaufen.« Lächelnd schaute sie in die Runde. »Zum Glück werden wir nicht von einem dieser Versager fotografiert, die ihr vertretet. Also? Weiß irgendjemand, wo Scarlett steckt?«

»Warum suchen Sie das Mädchen nicht, Maddy?«, schlug David mit einem engelsgleichen Lächeln vor. »Gleich um die Ecke, die erste Tür links. Diese Kneipe können Sie gar nicht übersehen.«

7

Einerseits war Maddy froh, der frostigen Atmosphäre zu entrinnen, andererseits verlegen, weil sie etwas so Persönliches erledigen und Patrick Jamieson belästigen sollte, dessen Exfrau die gemeinsame Tochter suchte.

Das Slug and Sausage gehörte zu jenen Pubs, die nicht wie Pubs aussahen. Da und dort lagen Zeitungen in hölzernen Haltern, auf Sofas und in Sesseln, mit abgewetztem braunem Leder bezogen, hatten sich einige Gäste niedergelassen, die entweder Bücher lasen oder welche schrieben.

Eigentlich ging Maddy lieber in Weinbars. Aber die Aura dieses Lokals, teils französisches Café, teils Gentlemen's Club aus den 40er-Jahren, gefiel ihr sofort. Scarlett und ihr Vater saßen einander in Lehnstühlen gegenüber, ein Kartenspiel zwischen sich auf dem Tisch. Neben Patricks Ellbogen stand ein halb leeres Whiskyglas.

Beinahe hätte Maddy den Anblick rührend gefunden, wäre sie wegen des Aufhebens, das der Mann um ihre Fotos gemacht hatte, nicht so wütend gewesen. Aber ohne jene Szene hätte sie den Job wahrscheinlich gar nicht bekommen.

»Ein Ass im Pokern«, bemerkte der Barkeeper, zu Patrick gewandt, »ist immer ein Hinweis auf ein vergeudetes Erwachsenenleben.«

»Terence, mein Lieber...« Patrick lächelte wölfisch. »Willst du andeuten, ich sei liederlich?«

»Eher schizophren. Halb Workaholic, halb verrückter Playboy.«

»Ah, und welche Hälfte ist mein wahres Ich? Los, Scarlett, du gibst.«

Dass ein Schulkind hier sitzen durfte, überraschte Maddy.

Vermutlich drückte der Wirt ein Auge zu, weil Patrick zu seinen besten Gästen zählte.

Scarlett gab jedem drei Karten, die beiden ersten jeweils verdeckt, die dritte aufgedeckt. Mit ihrer Dame übertrumpfte sie Patricks Zehner.

»Okay, wie viel setzt du?«, fragte er und nippte an seinem Drink.

Nachdem sie kurz überlegt hatte, legte sie fünf Streichhölzer auf den Tisch.

»Hmmm. Sehr schlau. Da halte ich mit.«

Scarlett gab jedem noch eine aufgedeckte Karte. Erstaunlich, wie selbstsicher und strahlend sie dasaß und mit ihrem Vater pokerte... Kein Vergleich zu dem scheuen, unbeholfenen Mädchen, das vorhin ins Flash-Büro gestolpert war.

Und dann sah er Maddy an der Theke stehen. »Hallo, was führt Sie hierher? Sie sehen nicht wie der Typ aus, der einen flüssigen Lunch zu schätzen weiß. Pokern Sie? Auf diese Runde kommt's an. Soll meine Tochter weitermachen oder passen?«

»Natürlich macht sie weiter.« Scarlett lächelte und legte noch drei Streichhölzer auf das Häufchen.

»Hmmm. Aber sie erhöht nicht.« Patrick musterte ihr Gesicht. »Was soll ich davon halten, Maddy? Blufft sie? Hör zu, Scarlett Mary, ich gehe höher.«

Sie spielten noch eine Runde. Fasziniert schaute Maddy zu. Daheim befasste sich niemand mit Karten, abgesehen von den Bridge-Abenden ihrer Mutter, und sie hatte noch nie ein Casino besucht.

Bei der letzten Runde erhöhte Scarlett den Einsatz, ohne eine Miene zu verziehen.

»Das riskierst du?«, fragte Patrick. »Tut mir Leid, junge Lady, ich habe einen Drilling.« Voller Schadenfreude deckte er seine Karten auf, und Maddy hätte ihn nur zu gern erdrosselt. Wie konnte er es nur genießen, seine eigene Tochter zu besiegen?

Triumphierend grinste Scarlett und blätterte ihre Karten

hin. »Und ich habe einen Straightflush. Acht, neun, zehn, Bube und Dame. Vielen Dank, lieber Gott.« Boshaft zwinkerte sie ihrem Vater zu, und Maddy ahnte, zu was für einem hübschen Mädchen sie sich eines Tages entwickeln würde.

Patrick schüttelte verwundert den Kopf. »Dieses Spiel habe ich dir nur beigebracht, um deine Mutter zu ärgern. Niemals hätte ich erwartet, du könntest jemals gegen mich gewinnen.« Er seufzte tief. »Nun, wenigstens kannst du mit diesen Fähigkeiten deinen Lebensunterhalt verdienen, wenn du deine Examen in den Sand setzt.« Zu Maddy gewandt, rief er: »Möchten Sie sich nicht zu uns setzen? Lassen Sie mich raten ... Trockener Weißwein? Oder eher einen Gespritzten?«

Errötend nickte sie und nahm am Tisch Platz. Das war tatsächlich ihr Lieblingsgetränk.

»Wenigstens kein Mineralwasser ohne alles. Ich ertrag's nicht, wenn Frauen dieses witzlose Zeug vorziehen, das noch weniger Alkohol enthält als eine Fanta.«

»Eigentlich bin ich gar nicht hergekommen, um was zu trinken.«

»Sehr vernünftiges Mädchen...« Patrick winkte dem Barkeeper und bat ihn um eine Weißweinschorle. »Und warum sind Sie hier? Schreiben Sie einen Roman? Lesen Sie die Zeitungen? Oder erholen Sie sich einfach nur vom Stress bei Flash?«

»Wohl kaum. Dass ist mein erster Arbeitstag. Offen gestanden – ich habe Sie gesucht.«

Strahlend lächelte er sie an. »Oh, ich mag Mädchen, die wissen, was sie wollen.«

»Hör zu flirten auf, Dad!«, stöhnte Scarlett. »Du benimmst dich wie ein alter Wüstling.«

»So?« Liebevoll zauste Patrick das Haar seiner Tochter. »O Maddy, sagen Sie's bloß nicht – Scarletts Mutter ist doch nicht etwa aufgekreuzt und hat Sie in diese Höhle das Lasters und der Mittelmäßigkeit geschickt ... Oder doch?«

»Verzeihung«, fiel ihm Terence, der Wirt und Barkeeper, ins Wort und stellte den Drink für Maddy auf den Tisch. »Mittelmäßigkeit? Das akzeptiere ich nicht.«

»So was Ähnliches«, beantwortete sie Patricks Frage und nippte an ihrem Glas. »Layla möchte mit Scarlett einkaufen gehen, bevor die beiden für ein Magazin fotografiert werden.«

»O nein...« Scarlett hielt entsetzt die Luft an. »Kannst du sie nicht daran hindern, Dad? Ich will mich nicht fotografieren lassen, weil ich so hässlich bin. Schau dir mein Haar an! Wie ein Heuhaufen!«

»Unsinn!«, widersprach Patrick und drückte besänftigend ihre Hand. »Du bist einfach nur eine ganz normale 15-Jährige. Eines Tages wirst du noch schöner werden als deine Mutter. Und wenn du dich weigerst, vor einer Kamera zu posieren – die Entscheidung liegt bei dir.«

Erleichtert und dankbar atmete sie auf. Maddys Groll gegen Patrick milderte sich ein bisschen. Mochte er auch junge Frauen beleidigen, die sich um Jobs bewarben – wenigstens war er sehr nett zu seiner Tochter. In seiner Nähe wirkte Scarlett wie ausgewechselt, kein riesiges, plumpes Unkraut, sondern eine hoch gewachsene Mohnblume.

»Hören Sie, bei unserer letzten Begegnung, Maddy...«, begann Patrick auf dem Weg zu Flash. »Mein Verhalten war unverzeihlich. Klar, das ist keine Entschuldigung – aber ich hatte keine Ahnung, dass es Ihre Fotos waren oder dass Sie sich wegen dieses Job vorgestellt haben.«

Maddy versuchte sich trotz seiner ungewöhnlichen blauen Augen an ihren berechtigten Ärger zu klammern, der erneut aufflammte. Verwandelte sich Mundwasserblau nach einer wilden Nacht manchmal in Mundwasserrot? Unbewusst lächelte sie.

»Was belustigt Sie denn?«

Verdammt wollte sie sein, wenn sie ihm das erzählte... Stattdessen ging sie in die Offensive. »Also hätten Sie's okay gefunden, eine andere Bewerberin zu beleidigen?«

»Nein, natürlich nicht... Ich habe die Beherrschung verloren, und das bedauere ich. Übrigens...« Inzwischen hatten sie das Bürogebäude fast erreicht. »Ihre Bilder gefallen mir.«

Zum zweiten Mal ließ ihr Zorn nach. »Tatsächlich?«, fragte sie fast schüchtern.

»O ja. Besonders das Foto von dem Vater und dem kleinen Jungen, die gemeinsam Reizwäsche kaufen. Für den Muttertag?«

»Vermutlich. Ich habe die beiden in den British Home Stores entdeckt. Während der Vater die BHs hochhielt, entschied das Kind, welchen sie kaufen würden. Das nahmen sie offenbar sehr ernst, und ich fand die Szene so komisch und rührend, dass ich sie knipsen musste.«

»Sie haben ein gutes Auge für besondere Motive. Daran sollten Sie auch weiterhin arbeiten.«

»Wenn ich nicht gerade Büroklammern hole?«

Patricks Antwort war ein schwaches Lächeln.

Als sie die Eingangshalle von Flash betraten, plauderte Layla gerade mit Jade, die in der ehemaligen Mrs. Jamieson eine Halbgöttin zu sehen schien.

»Ah, da bist du ja, Darling!«, flötete Layla und stürzte sich auf ihre Tochter. »Komm jetzt, unser Taxi wartet draußen.«

»Bitte, Mum!« Maddy hörte tiefe Verzweiflung aus Scarletts Stimme heraus. »Ich *hasse* sowas. Alle Kids werden Insekten in meinen Miu-Miu-Fummel stecken. Wie ein Freak werde ich aussehen.«

Vergeblich hoffte Maddy, die Mutter des Mädchens würde das bestreiten. Layla lächelte zuckersüß. »Sicher nicht, wenn dich das Expertenteam zurechtgemacht hat.«

Was bedeutete, dass Scarlett *jetzt* so aussah...

»Dad!«, flehte sie Patrick an.

»Layla«, er musste sich sichtlich zusammennehmen. »Es ist doch offensichtlich, dass sie das nicht *will*.«

»Das weiß ich. Aber für dieses Shooting wurden die besten Stylisten der ganzen Branche engagiert. Wenn Scarlett die Fotos sieht, wird das ihr Selbstvertrauen stärken, und vielleicht entschließt sie sich sogar, mit einer Diät anzufangen. Außerdem...« Laylas Stimme erinnerte Maddy an Honig, der über Beton floss. »Hast du vergessen, bei wem sie lebt? Bei mir, nicht bei dir. Und ich nehme an, du möchtest die vereinbarten Tage auch weiterhin mit ihr verbringen, nicht wahr?«

Statt zu antworten, umarmte er Scarlett und flüsterte ihr zu: »Wahrscheinlich sind die anderen Kids verzogene Bälger. Und du bist clever und amüsant und sehr, sehr liebenswert.«

»Oh, ich wünschte, auch die Jungs würden das denken.«

»Wart's nur ab. Eines Tages werden sie sagen: ›Wow! Wer ist denn *dieses* zauberhafte Baby?‹«

Skeptisch hob sie die Schultern. »Ich fürchte nur, sie werden Mum meinen.«

Mit vor der Brust verschränkten Armen sah Patrick seiner Ex und seiner Tochter nach. Irgendwie hatte Maddy das Gefühl, er würde Scarlett am liebsten zurückholen.

»So ein nettes Mädchen«, meinte sie leise.

Verwirrt starrte er sie an. Hatte er ihre Anwesenheit vergessen? »Ja, das ist sie. Und wie läuft Ihr erster Tag bei Flash? Nicht gerade weltbewegend, was?«

Wie sie lächelnd feststellte, schwang keine Spur von Herablassung in seiner Stimme mit, nur freundliche Anteilnahme, vielleicht sogar Dankbarkeit für ihre verständnisvolle Haltung.

»Seltsam, Maddy...« Den Kopf schief gelegt, musterte er sie abschätzend. »Erst jetzt merke ich, dass Sie überdurchschnittlich groß sind. Und dieser erstaunliche Schimmer auf

Ihrer Haut...«, fügte er hinzu und berührte ihren Arm – nicht, um einen Annäherungsversuch zu unternehmen, sondern beinahe ehrfürchtig, als wäre sie eine Statue in einem Museum. »Der Glanz der Jugend. Den dürfen Sie nicht vergeuden.«

Der ernsthafte Klang seiner Stimme beschwor die Illusion eines Philosophen herauf, der eine Schülerin belehrte, und Maddy musste lachen. »Warum sollte ich meine Jugend verschwenden?« Plötzlich genoss sie die Situation. »Das haben Sie wohl kaum getan.«

Patrick grinste anerkennend. »Deuten Sie an, ich wäre alt?«

»Nicht alt. In mittleren Jahren.«

Was er entgegnet hätte, erfuhr sie nicht. In diesem Moment riss Eva die Glastür ihres Büros auf und kreischte: »Okay. Hat hier irgendjemand schon mal dieses Wort mit sechs Buchstaben gehört? A-R-B-E-I-T! Komm, Patrick, ich muss was Wichtiges mit dir besprechen.«

Erst um halb acht erreichte Maddy die U-Bahnstation von Eastfield. Es wurde bereits dunkel. Als sie überlegte, ob sie auf den Bus warten oder zu Fuß gehen sollte, hielt ein vertrautes gelbes Cabrio am Straßenrand.

»Hi, Chris!«, begrüßte sie ihn, gerührt über seine Fürsorge. »Wieso wusstest du, wann ich hier ankommen würde?«

»Weil ich bei Flash angerufen habe und da ein Kerl namens Patrick gesagt hat, du seist um halb sieben weggegangen.«

Der Gedanke, dass Patrick mit ihrem Verlobten über sie gesprochen hatte, beschleunigte ihren Puls. Beinahe hätte sie betont, der »Kerl« sei vermutlich der berühmte Fotograf Jamieson. Aber dann würde Chris mit einiger Berechtigung glauben, sie wollte sich wichtig machen.

»Und wie war's in der glamourösen Welt prominenter Knipser?«

»Fantastisch. Wie am Drehort einer Seifenoper. Lichtjahre vom FabSnaps entfernt.«

»Also. Ich weiß ja nicht...« Er stieß die Beifahrertür auf, und Maddy stieg ein. »Dank dir hat sich auch FabSnaps in eine Seifenopernszenerie verwandelt.« Er hielt ihr den *Evening Echo* hin. »Schau dir mal die Seite sechs an.«

Aufgeregt blätterte Maddy in der Zeitung. Da – eine Fortsetzung der Story, die bereits erschienen war. Diesen neuen Artikel hatte man nur veröffentlicht, weil der Drachen – die Tochter der alten Lady – angekündigt hatte, er würde FabSnaps vielleicht doch noch verklagen.

»Am interessantesten ist der letzte Absatz.« Chris grinste von einem Ohr bis zum anderen. »Endlich bist du berühmt, Mads.« Er nahm ihr die Zeitung aus der Hand und las vor:

»Eigentümer des Fotolabors versicherte, seine Angestellten seien angewiesen, keine Fotos von nackten Körpern oder Körperteilen abzuziehen. Bedauerlicherweise habe seine Assistentin, Miss Madeleine Adams, gegen diese Regel verstoßen, und jetzt würde sie nicht mehr für ihn arbeiten.«

»Besten Dank für Ihre Loyalität, Mr. Wingate!«, spottete Maddy. »Wie nett Sie sich für mich eingesetzt haben!« Sie konnte nur hoffen, bei Flash las niemand das *Echo*. Während des Vorstellungsgesprächs hatte sie jenen Zwischenfall – den Grund, warum ihr gekündigt worden war – nicht erwähnt. »Macht's dir was aus, mich nach Hause zu fahren, Chris? Jetzt möchte ich so schnell wie möglich aus diesem unbequemen Kostüm raus – und in eine Jeans rein.«

»Ich dachte, du magst keine Jeans, weil du glaubst, dein Hintern würde darin so groß aussehen.«

»Nur typisch weibliche Paranoia. Fast jede Frau bildet sich ein, ihr Po wäre zu groß.«

»Keine Bange, Männer sind froh, wenn sie sich an hübschen Rundungen festhalten können.«

»Das will ich nicht gehört haben«, zischte sie.

Verständnislos starrte er sie an.

»Jetzt hättest du sagen müssen: ›Dein Hinterteil ist nicht zu groß, es ist perfekt.‹«

»Dein Hinterteil ist nicht zu groß«, wiederholte er gehorsam, »es ist perfekt, Maddy Adams.«

»Versuch, nächstes Mal selber drauf zu kommen.« Sie warf ihm eine Kusshand zu. »Wenigstens weiß ich jetzt, warum du so ein guter Verkäufer bist.«

»Wie auch immer, es würde dir nicht schaden, ein paar Pfund abzunehmen. Das hast du selber mehrmals verkündet.«

Weil er sich darauf konzentrierte, das Auto aus der Parklücke zu steuern, entging ihm ihr mörderischer Blick.

»Ob und wann ich eine Diät machen werde«, fauchte sie erbost, »entscheide ich *selber*.«

»Okay, okay. *Du* warst es, die das Kleid zerrissen hat. Manchmal muss man grausam sein, wenn man's gut mit jemandem meint.«

In solchen Momenten erinnerte er sie an ihre Mutter.

»Danke, dass du mich hergebracht hast«, sagte sie, als er vor ihrem Elternhaus hielt. »Vielleicht gehe ich nächstes Mal lieber zu Fuß, dann wird mein Hintern schneller abspecken.«

»Gute Idee«, meinte er und zwinkerte ihr zu. »Jetzt werde ich mit George Billiard spielen. Ich rufe dich morgen an.«

»Wenn *ich* solche Kommentare abgebe, ist's in Ordnung. Aber *du* darfst es nicht. Alles klar?«

Sie stieg aus, und er fuhr grinsend davon.

Inzwischen war ein kalter Wind aufgekommen. Zu ihrer Verblüffung stand die Garagentür sperrangelweit offen. Belinda trainierte wie verrückt. Eine Zeit lang schaute Maddy ihr zu.

»Hi, Bel!«, überschrie sie die dröhnenden Klänge von »In der Halle des Bergkönigs« aus Griegs »Peer Gynt«. »Es ist fast acht. Kommst du nicht ins Haus?« Von neuer Sorge erfüllt, beobachtete sie ihre Schwester, deren Eifer allmählich manische Züge annahm.

Nach einem letzten Sprung aus dem Kniegelenk heraus, schaltete Belinda die Musik ab. »Wie war's im neuen Job?«, fragte sie und schlüpfte in ihr Sweatshirt. Das war so groß, dass sie darin kindlicher denn je wirkte.

»Großartig, danke. Und du? Warst du heute im Theater?«

Belinda bückte sich und hob ihre Ballettschuhe auf. »Hab ich's noch nicht erzählt?« Sie bemühte sich um einen beiläufigen Ton. Aber Maddy bemerkte das Zittern in der leisen Stimme. »Die wollen mich nicht mehr haben.«

»O Bel, warum denn nicht? Du bist so eine wundervolle Tänzerin.«

»Anscheinend ist's ziemlich schwierig, mit mir zu arbeiten. Kein Teamgeist. Also wurde ich abserviert.« Das erzwungene Lächeln glitt von Belindas Gesicht wie eine Daunenfeder von einem weißen Kissen. Tief erschüttert über den Versuch, Fröhlichkeit auszustrahlen, wollte Maddy ihre Schwester umarmen. Doch Belinda hatte nie besonders viel von Zärtlichkeiten gehalten. »Wahrscheinlich liegt's an der Zellulitis. Wie ein Schwein in Lycra sehe ich aus.«

In plötzlicher Wut trat Maddy gegen die Garagentür. »Was für ein Quatsch! Wo du doch nur ein Strich in der Landschaft bist! Deine Taille würde in einen Serviettenring passen. Was soll dieser Unsinn eigentlich? Warum ist die ganze Welt so besessen von schlanken Figuren? Kommt es denn nicht auf das Wesen eines Menschen an?«

Seufzend zuckte Belinda die Achseln. »Sei nicht so naiv, Maddy. Was in deiner Seele vorgeht, interessiert niemanden, solange du gut aussiehst.«

Als sie das Licht ausschaltete, konnte sich Maddy nicht länger zurückhalten. Spontan nahm sie ihre Schwester in die Arme. »Glaub mir, Bel, du bist wunderbar. Das finden *alle*.«

Für ein paar Sekunden stand Belinda reglos da und ließ

sich festhalten. Dann schien sie in die qualvolle Realität zurückzukehren und schüttelte Maddys Arme ab. »Offenbar nicht wunderbar genug.« In ihrer Stimme schwang ein fremdartiger stählerner Klang mit. »Aber wart's nur ab, eines Tages werde ich mein Ziel erreichen.«

»Bist das du, Madeleine?«, rief ihre Mutter aus dem Hauseingang herüber. »Beeil dich, deine Freundin Judith ist am Telefon!«

Maddy tätschelte Belindas Schulter und rannte ins Haus. Jetzt war Jude genau die Medizin, die sie brauchte.

»Hi, Jude, wie geht's dir?«

»Bestens, vielen Dank.« Irgendwie brachte es Jude immer wieder fertig, überschäumende Lebensfreude auszustrahlen. »Hör mal, wir sitzen alle in der Weinbar. Gerade haben wir diesen Artikel im *Echo* gelesen. Sicher will die alte Schachtel nur Geld aus der blöden Affäre rausschinden. Komm doch zu uns! Oder sind wir Vorstädter dir zu nieder, seit du am Covent Garden arbeitest?«

»Versuch bloß nicht, mich von euch fern zu halten! In zwanzig Minuten bin ich da. Bestell mir schon mal einen Gespritzten.« Sie wandte sich zu ihrer Schwester, die ihr ins Haus gefolgt war. »Willst du mich begleiten? Jude wartet in der Weinbar, mit der ganzen Bande vom FabSnaps.«

»Nein, danke. Ich möchte nachher noch ein bisschen trainieren.«

»Du wirst noch völlig vom Fleisch fallen.«

Plötzlich begann Belinda am ganzen Körper zu zittern.

»Bist du okay, Bel?«

»Mir ist nur kalt. Die ganze Zeit scheine ich diese grässliche Kälte zu spüren.«

Sie blies in die Hände ihrer Schwester, die sich wie Eiszapfen anfühlten. »Vielleicht hast du dir irgendeinen Virus eingefangen. Geh doch ein bisschen früher ins Bett und nimm eine Wärmflasche mit.«

»Verdammt, ich will nicht zeitig ins Bett – mit einer Wärmflasche schon gar nicht!«, stieß Belinda hervor.

»Okay.« Nur widerstrebend verließ Maddy ihre Schwester. Heute Abend gab es anscheinend keine Möglichkeit, dass überhaupt irgendetwas passend war, was sie hätte sagen können. Bevor sie aus dem Haus ging, flüsterte sie ihrer Mutter zu: »Ich mache mir ernsthafte Sorgen um Bel. Hat sie erzählt, dass sie ihren Job verloren hat? Sie regt sich furchtbar darüber auf.«

»An Belindas Talent gibt es keinen Zweifel«, konstatierte Penny und rückte die ohnehin perfekt arrangierten Blumen auf dem Küchentisch zurecht. »Sicher werden sich die Theaterleute noch anders besinnen.«

»Oder sie sollte sich überlegen, das Ballett aufzugeben. Sonst macht sie sich womöglich ihr ganzes Leben kaputt.«

»Natürlich wird sie's nicht aufgeben. Sie tanzt, seit sie vier Jahre alt war.«

»Ist Dad da?«

Penny zuckte die Achseln. »Ist er jemals da?«

In Maddy stieß heißer Zorn gegen ihre Eltern auf. Weil die Mutter den Vater mit ihrer Herzenskälte aus seinem Heim trieb – und weil er sie niemals zur Rede stellte und sich einfach nur zurückzog. Belinda bräuchte beide so dringend, aber keiner wollte sich der Verantwortung stellen.

Als Maddy das Boozy Onion betrat, saßen Jude und die anderen dicht gedrängt in einer Nische. Nach dem Lärmpegel zu schließen, amüsierten sie sich schon seit Geschäftsschluss des FabSnaps um halb sechs. Das störte Maddy nicht. Ganz im Gegenteil, sie freute sich über die Gesellschaft normaler Menschen, die einfach nur ihren Spaß hatten.

»Da ist Maddy!« Leicht schwankend stand Shirley auf, um sie zu begrüßen. »Das Mädchen, das es mit Hängen und Würgen geschafft hat, auf der Karriereleiter emporzuklettern! Nun, wie ist es denn, wenn man für *richtige* Fotografen in der großen Stadt arbeitet?«

»Alles läuft super.« Automatisch griff Maddy nach einer Hand voll gesalzener Cashewnüsse. Doch auf halbem Weg zum Mund erstarrte ihre Hand, denn sie erinnerte sich an Chris' Bemerkung über ihren Hintern. »Wie viele Kalorien stecken da drin, Jude?« Ihre Freundin kannte sämtliche Kalorienwerte auswendig, vom Big Mac bis zum Rich-Tea-Biscuit.

»Nun, das entspricht etwa einem Esslöffel Schweineschmalz.«

»Igitt!« Hastig warf Maddy die Nüsse in die Schüssel zurück.

»Ja, aber die schmecken viel besser.«

»Und ein Bier?«

»Hundertsechzig.«

»Ein Glas Wein?«

»Trocken oder halbtrocken?«

»Zum Teufel damit!« Maddy schüttelte den Kopf. »Warum soll ich alles im Leben in Kalorien messen? Das ertrage ich nicht. Vielleicht konzentriere ich mich stattdessen lieber auf Sex.«

»Dann hast du ein anderes kleines Problem.« Shirley kicherte in ihr Bier. »Ausspucken oder schlucken? Das ist ziemlich kalorienreich – du weißt schon...«

»Danke, Jude«, fiel Maddy ihr mit schwacher Stimme ins Wort.

»Komm doch mit, wenn ich nächstes Mal zum Slimmers-Paradise-Treffen gehe«, schlug Jude vor. »Fragen wir die Gruppenleiterin, wie viel Kalorien das hat – du weißt schon. Das wird die Sitzung enorm beleben. Und Chris hätte sicher nichts dagegen.«

»Zur Hölle mit Chris!«, entschied Maddy fröhlich. »Und gib mir die Cashewnüsse. Wahrscheinlich bin ich nicht der richtige Typ fürs Schlankheitsparadies.«

Nachdem sie drei Wochen für Flash gearbeitet hatte, bat Eva sie in ihr Büro. »Nun, Madeleine, haben Sie den Bogen raus?«

Während der ersten Tage war Maddy von Lennie in den Job eingeführt worden. So gründlich wie möglich hatte sie sich über die verschiedenen Fähigkeiten und Ambitionen der einzelnen Fotografen informiert und ihre Bilder studiert. Jetzt wusste sie so einigermaßen, zu welchen Aufträgen sich Luke Witter eignete und wer ihn vertreten könnte, wenn er nicht verfügbar war. Solche Entscheidungen zu treffen gehörte zu den wichtigsten Aufgaben der Agentur.

Um Evas Frage ehrlich zu beantworten, müsste Maddy erwidern: *Mehr oder weniger.* Aber so etwas durfte man der Chefin nicht zumuten. Wie Maddy inzwischen gemerkt hatte, gefiel sich Eva in der Rolle des unerschütterlichen, allen Lebenslagen gewachsenen Profis. Natürlich erwartete sie von ihrem Personal, dass es ihr freudig nacheiferte.

»Ja, sicher«, behauptete Maddy und straffte die Schultern, als nähme sie an einer Militärparade teil. Diese Wirkung übte Eva nun mal auf ihre Untergebenen aus.

»Gut. Ich glaube nämlich, es wäre an der Zeit, Ihnen was Besonderes anzuvertrauen.«

»Ja, natürlich«, wiederholte Maddy. Wahrscheinlich würde sie Slimline-Sandwiches kaufen oder die Papiervorräte auffüllen müssen.

»Kennen Sie *Glorious Gardens?*«

»Ich war mal in einem Garten, den Kew und Rosemary Verey gestaltet haben, und der ist ziemlich glorios.«

»Nein, Madeleine, ich meine *Glorious Gardens*, die Gartenbeilage in der *Saturday's Daily World.*«

»Die kenne ich leider nicht, aber ich könnte rausgehen und eine Ausgabe kaufen.«

»Machen Sie sich deshalb keine Sorgen, hier habe ich eine«, erwiderte Eva und drückte sie Maddy in die Hand. »Sie müssen nur wissen, dass das eine anspruchsvolle, stilistisch erstklassige Hochglanzbeilage ist und jeden Samstag für die tolle Auflagenhöhe der Zeitung sorgt. Rufen Sie Nigel Mills an. Das ist der Redakteur, und der möchte einen unserer Fotografen engagieren.«

Wieder hinter ihrem Schreibtisch, starrte Maddy das Telefon an. Also hatte sie einen *richtigen* Job bekommen!

»Wie regle ich das Honorar?«, flüsterte sie Lennie zu. »Gibt's bei uns eine Pauschale, oder verdient jeder Fotograf was anderes?«

»Nun, das hängt von den Zeitungen und Magazinen ab – und von der Frage, wie scharf die Redakteure auf unsere Fotografen sind. In ihren Akten stehen Richtzahlen. Wenn Sie unsicher sind, wenden Sie sich an Eva. Sie hat ein fantastisches Gespür dafür, wie viel die Leute zahlen würden. Und diesen Betrag verdoppelt sie.«

Maddy studierte die Zeitungsbeilage, die vor ihr lag. Offensichtlich setzte *Glorious Gardens* voll und ganz auf den Neidfaktor. Diese Ausgabe enthielt das Foto eines saftig grünen Rasens, durchzogen von spektakulären Blumenrabatten, der von einer Luxusvilla zu einem Flussufer hin abfiel. Nur der Allmächtige mochte wissen, welche Leute genug Geld besaßen, um in solchen Häusern zu leben. Und die weitläufigen Parks... Daneben wirkten die Vorgärten in Eastfield wie grüne Taschentücher.

Okay. Maddy holte tief Atem. »Los geht's«, wisperte sie, wählte die Nummer, die Eva ihr gegeben hatte, und fragte nach Nigel Mills.

Die Sekretärin verband sie sofort mit ihrem Boss, dessen Stimme freundlich, aber ziemlich gehetzt klang. Vielleicht musste er in paar Minuten an einer ungemein wichtigen Besprechung teilnehmen. »Hallo... Tut mir Leid, dass es so wahnsinnig eilt. Aber wir haben gerade unsere Pläne für die Jubiläumsausgabe verworfen. Zu langweilig. Die County-Gemüsegärten, die einem das Gefühl geben, man könnte sie beim Versand bestellen, hängen uns zum Hals raus. Diesmal brauchen wir ein Cover, das Geschichte schreibt. Wenn's die Leute in Cheltenham sehen, sollen sie sich an ihrem Kaffee verschlucken.« Ohne Punkt und Komma fuhr er fort: »Und habe ich das schon erwähnt? Das Shooting muss unbedingt nächste Woche über die Bühne gehen. Wie ich gehört habe, repräsentieren Sie einen Fotografen namens Patrick...«

Nun war die Stimme am anderen Ende der Leitung unverständlich. Vermutlich wandte sich Nigel vom Telefon ab und fragte jemanden nach dem Zunamen des Fotografen. Maddy lauschte erstaunt und versuchte, sich Patrick Jamieson als Gartenfotograf vorzustellen, was ihr misslang. Aber vielleicht war gerade das der springende Punkt, und Nigel glaubte, jemand, der Fotos für Modezeitschriften und Reportagen fotografierte, würde ihn auch auf dem Gemüsegartensektor mit originellen Ideen beglücken.

»Bestimmt meinen Sie Patrick Jamieson«, meldete sie sich hilfsbereit. »Er wird besonders oft engagiert...«

Ehe Nigel Mills antworten konnte, fiel ihr Blick auf etwas, das ihr das Blut in die Wangen trieb, und sie bekam nicht mehr mit, was er ihr erzählte.

Irgendein Wichtigtuer hatte den Artikel im *Eastfield Echo* mehrfach fotokopiert und auf alle Schreibtische gelegt – jene Story, die Maddy die Schuld am Herzanfall der alten Dame gab. Diese Kopien musste sie verschwinden lassen, bevor sie Aufmerksamkeit erregten.

»Sehr gut, Mr. Mills«, sagte sie hastig. »Also entscheiden Sie sich für Patrick Jamieson. Soll ich Ihnen einen Vertrag schicken?«

»Ja, ausgezeichnet. Und ich maile Ihnen den Auftrag, okay?«

»Klingt fantastisch...« Maddy beugte sich zum Schreibtisch an ihrer Seite hinüber und nahm die Fotokopie an sich.

Nur in Gedanken fügte sie hinzu: Auch wenn ich bezweifle, dass er sich dafür interessieren wird...

Dann legte sie auf, schlenderte scheinbar gedankenverloren durch das Büro und sammelte die Kopien des Artikels ein, bevor ihn jemand las. Nur für Colette war sie nicht schnell genug.

»Oh, ich wusste es ja.« Triumphierend schwenkte Colette die Story durch die Luft. »Von irgendwoher kannte ich Ihren Namen.« Meine Mum wohnt in der Nähe von Eastfield und hat mir das Bild von den nackten Ärschen gezeigt. Jetzt hat sich rausgestellt, warum Sie hier arbeiten. In Eastfield ist's Ihnen zu heiß geworden.«

Maddy bemühte sich, das schallende Gelächter zu ignorieren, während sie Patricks Engagement auf der weißen Tafel notierte. Wer konnte nur so gemein sein, ihr das anzutun – wo sie ihren Job bei Flash doch erst vor drei Wochen angetreten hatte?

So würdevoll wie möglich schrieb sie »*Glorious Gardens*« hinter Patricks Namen. »Ausgabe über Gemüsegärten.«

»Herzlichen Glückwunsch, Madeleine!«, rief Natasha und lächelte entnervend. »Ihre erste Buchung! Noch dazu Patrick – darüber wird er sich freuen. Offensichtlich mag er Sie.«

Vergeblich suchte Maddy nach Worten.

Hatte Natasha den Artikel kopiert? Dass es David oder Lennie getan hatten, konnte Maddy nicht glauben. Colette war immer viel zu beschäftigt, um Zeitung zu lesen, geschweige denn, irgendwas zu fotokopieren. Und zu Evas Stil passte so etwas nicht, die würde Maddy einfach fragen.

»Wow, ein Gemüsegarten-Shooting!« David stieß einen Pfiff aus. »Hoffentlich handeln Sie ein üppiges Honorar für ihn aus, Maddy.«

»Ganz zu schweigen von kostenloser Pferdescheiße für ein ganzes Jahr«, warf Colette ein.

»Und einem gigantischen Gartenkürbis«, ergänzte David.

»Den hat er schon am Hals...«, kicherte Lennie. Plötzlich errötete sie und murmelte: »Zumindest hatte ich diesen Eindruck.«

»Armer Patrick!«, japste David, und sein dürrer Körper bebte vor Lachen wie ein aufziehbarer Spielzeughund. »Sicher kennt ihr das wichtigste Prinzip aller Fotografen – niemals mit Kindern, Tieren oder Gemüse arbeiten.«

8

»Was, Patrick Jamieson? Im Ernst?« Eva schüttelte ihre goldblonde Mähne. »Fotos für *Glorious Gardens*? Interessant. Nigel Mills will offenbar aufs Ganze gehen. Weiß er auch wirklich, was ihn das kosten wird, Madeleine?«

»Heute Morgen habe ich eine E-Mail bekommen, die den Auftrag bestätigt.«

»Gut. Dann wird Patrick sicher die ganze Branche aufmischen.« Ein Lächeln milderte Evas Rennpferdgesicht. »Nun sind Sie die Glückliche, die ihm von seiner grandiosen Chance erzählen darf.«

»Eva, er ist auf Gran Canaria«, wurde sie von David taktvoll erinnert. »Gianni Gemellis Nomaden-Look. Den knipsen sie in den Dünen. Weißt du noch?«

»Klar. Wann kommt er zurück.«

David warf einen Blick auf die weiße Tafel. »Am Freitag, nehme ich an. Aber du kennst ihn ja. Vielleicht hat er ein eigenes kleines Projekt geplant. Während die anderen in der Hotelbar der rauschenden Brandung trotzen, wird er womöglich abhauen und mit den Beduinen Schafbockhoden vertilgen.«

»Ich bin mir zwar nicht ganz sicher«, wandte Maddy ein,

»aber ich glaube, auf Gran Canaria haben sie keine Beduinen.«

»Was auch immer... Patrick wird irgendeinen gottverlassenen Ort aufstöbern, wo er was Sensationelles fotografieren kann. Das macht er immer. Eva, erinnerst du dich, wie er die Models mitgeschleppt hat?« David kicherte wie ein Schulmädchen. »Zwei international bekannte Supermodels, die nicht einmal für zehn Riesen aus dem Bett steigen, hat er einen griechischen Berg zu einem ausschließlich von Männern bewohnten Kloster hinaufgejagt. Dort posierten sie mit den Mönchen, und danach hat er sie wieder runtergeschickt.«

»Während Patrick, der Geniale, drei Tage im Kloster blieb, um mit seiner Seele zu kommunizieren«, entsann sich Eva.

»Und mit griechischem Fusel«, fügte Natasha hinzu.

»In Klöstern wird normalerweise kein Whisky serviert«, fauchte Eva. »Jedenfalls wollte ich ihn umbringen für diese Eskapade.«

»Bis du die Fotos gesehen hast«, betonte David. »Das Magazin brachte ein Klosterbild auf dem Cover, statt des Fotos, das sie ursprünglich ausgesucht hatten.«

»Ja, so ist Patrick nun mal – die schlimmste Nervensäge auf diesem Planeten. Aber verdammt talentiert.«

»Nun, du musst es ja wissen.« Viel sagend verdrehte David die Augen. »Immerhin hast du den Kerl mal geliebt.«

Eva zögerte. Sekundenlang erwartete Maddy, Eva würde explodieren oder ihn wütend anschreien.

Stattdessen ergriff sie einen Filzstift und schrieb in Davids Sparte auf der Notiztafel: »Am Freitag zurück. Hoffentlich.« Dann nickte sie lächelnd. »Vor langer Zeit. Wir alle hatten irgendwann unsere Patrick-Jamieson-Phase. Und die Glücklichen sind darüber hinweggekommen.« Zu David gewandt, schlug sie vor: »Willst du dich nicht deiner anspruchsvollen, lukrativen Katalogarbeit widmen?«

Maddy kehrte zu ihrem Schreibtisch zurück. Von Lennie hatte sie bereits erfahren, Eva und Patrick seien früher ein Paar gewesen. Doch das hatte so geklungen, als wäre er von der Hälfte aller Londoner Frauen ins Bett gezerrt worden.

Mit hektischen Aktivitäten verstrich der restliche Tag. Colette wurde plötzlich von verschiedenen Zeitungen bestürmt und bat Maddy um Hilfe. Dann verschwanden wichtige Dias, und Maddy musste sie stundenlang suchen.

Um die Mitte des Nachmittags fand sie endlich ein paar Minuten Zeit für sich selbst. Als sie gerade eine Tasse Tee aufbrühte, wurde sie erneut von Colette mit einer Aufgabe betraut. »Der Bildredakteur vom *Monitor* sucht verzweifelt interessante Ballettfotos. Würden Sie mal in Colin Browns Mappe nachsehen? Wenn mich nicht alles täuscht, hat er letztes Jahr irgendwas in der Richtung gemacht.«

Maddy trug ihre Teetasse in die Bibliothek und ging ans Werk. Schon seit einiger Zeit plante die Agentur, sämtliche Fotos zu digitalisieren und in einer Datenbank zu archivieren. Die Arbeiten daran waren jedoch noch nicht abgeschlossen. Darüber freute sich Maddy. Sie liebte es, Kontaktabzüge zu studieren, zu sehen, wie eine leicht veränderte Pose oder ein Trick des Lichts eine Aufnahme verändern konnten. Endlich fand sie Colin Browns Fotos und stieß einen enttäuschten Seufzer aus. Nur ein paar Schnappschüsse von Tänzerinnen, die sich mit Dehnungsübungen auf eine Aufführung vorbereiteten. Vielleicht hatte er die restlichen Bilder nach Hause mitgenommen.

»Verdammt!«, fluchte Colette, als Maddy ihr das magere Ergebnis ihrer Nachforschungen zeigte. »Gibt's wirklich nichts Spektakuläres? Gerade eben habe ich Stuart vom *Monitor* erzählt, wir hätten fantastisches Material.«

»Glauben Sie mir, ich habe überall nachgesehen. Was Besseres gibt's nicht.«

»Wo zum Teufel steckt das Zeug? Colin hebt's wahrscheinlich daheim auf. Aber er ist gerade in Südafrika, und seine Frau hasst ihn. Also wird sie nicht danach suchen. Nun muss ich Stuart wohl oder übel diese Bilder schicken, mit einer halbwegs plausiblen Entschuldigung. Heiliger Himmel, warum hat ein Fotograf einen Agenten, wenn er seine Bilder unter dem Kopfkissen versteckt?«

Es lag Maddy auf der Zunge zu verkünden, sie habe für ihr Diplom ein paar naturalistische Fotos von Tänzerinnen hinter der Bühne geknipst – kurz vor einer Aufführung in der National Ballet School, wo Bel trainiert hatte. Gerade noch rechtzeitig erinnerte sie sich an Patricks spöttischen Kommentar über »Möchtegern-Fotografinnen«, und sie beschloss, den Mund zu halten.

Sie setzte sich wieder an ihren Schreibtisch und wühlte in der obersten Schublade. Da lagen die Fotos, in dem Aktenordner mit ihrer gesamten Diplomarbeit. Wie gut sie waren, hatte sie ganz vergessen. Sie wollte die Mappe schließen. Doch da fiel ihr eine besonders ausdrucksvolle Aufnahme von einer jungen Ballerina auf, die an der Stange stand und offenbar ihre letzten psychischen Reserven mobilisierte – das Gesicht verzerrt vor Schmerz und wilder Entschlossenheit. Nichts auf dieser Welt würde sie am Tanzen hindern. Plötzlich stockte Maddys Atem. Das Mädchen auf dem Foto war Belinda.

Colette, wollte sie rufen und mit dem Foto zu ihr laufen. *Sehen Sie sich das an. Ist das nicht ein erstaunliches Bild? Wollen wir es Stuart nicht schicken?*

Unmöglich... Flash hatte sie als Assistentin eingestellt, nicht als Fotografin. Wenn sie schon nach so kurzer Zeit ihre eigene Arbeit anpries, würde sie in diesem Büro auf wenig Gegenliebe stoßen.

Und so steckte sie Colin Browns langweilige Aufnahmen in ein Kuvert und adressierte es an Stuart Jeffries, den Bildredakteur des *Monitors*. »Warten Sie – ich will lieber doch versuchen, mit Colins Frau zu reden«, seufzte Colette. »Vielleicht weiß sie, wo die anderen Bilder sind.« Sie suchte Colins Nummer aus ihrem Palm heraus und wählte sie. »Okay«, sagte sie zu Colins japanischer Ehefrau. »Vielen Dank, Sayuri, ich hab's kapiert. Wo er sich gerade rumtreibt, ist Ihnen scheißegal, und er kann verdammt noch mal zur Hölle fahren. Nochmals vielen Dank für Ihre Hilfe.« Erbost knallte sie den Hörer auf die Gabel. »Hat irgendjemand Colins Handynummer?«

»Da meldet er sich nie«, erklärte David. »Weil er Angst hat, es könnte Sayuri sein. Sogar in den entlegensten Gegenden auf unserem Globus spürt sie ihn auf, nur weil sie ihn zur Sau machen will.«

»Warten Sie bis morgen früh, bevor Sie die Fotos abschicken, Madeleine, okay?«, bat Colette. »Vielleicht taucht noch irgendwas auf.«

Auf der U-Bahnfahrt nach Hause überlegte Maddy, ob sie mit ihrer Schwester über das Foto reden sollte.

Das Wetter war schön, und sie nahm an, sie würde Belinda in der Garage finden. Seit Belinda ihren Job beim Ballettcorps verloren hatte, schien sie eifriger denn je zu trainieren. Scheinbar glaubte sie, mit der Entwicklung einer Ballettsucht die Stellung beim Theater zurückgewinnen zu können. An manchen Abenden, nachdem Maddy sich mit Chris getroffen hatte, ging sie etwas später ins Bett und hörte, wie Belinda in ihrem Schlafzimmer unermüdlich Sit-ups machte.

Doch die Garage war leer.

Als sie die Haustür aufschloss, lauschte sie auf die vertrauten klirrenden Geräusche aus der Küche. Stattdessen wurde sie von ungewöhnlicher Stille überrascht. Sie stellte ihre Tasche ab und schaute ins Wohnzimmer. Es war leer. Sie beschloss, in Belindas Schlafzimmer nachzusehen. Auf halber Höhe der Treppe hörte sie ein Handy klingeln, blieb stehen, um festzustellen, ob es ihres war. Abrupt verstummte das Geräusch, um von einem anderen, näheren abgelöst zu werden.

Ein Schluchzen.

Leise klopfte Maddy an die Badezimmertür. »Bist du okay, Bel?«

Sie hielt den Atem an, doch sie hörte nichts mehr. Ein paar Sekunden später öffnete ihre Schwester die Tür und wischte ihr Gesicht mit einem Handtuch ab. Sie sah erschreckend aus – bleich, verhärmt und verschwitzt, die Augen vom Weinen geschwollen.

»O Belinda...« Maddy streckte ihr eine Hand entgegen. »Sei doch vernünftig und geh zu einem Arzt! Ich merke doch, wie schlecht du drauf bist.«

»Warum kümmerst du dich nicht um deinen eigenen Kram?«, zischte Belinda aggressiv.

Bestürzt zuckte Maddy zusammen. Der wilde Zorn, der in Belindas Augen aufflammte, jagt ihr Angst ein. »Ich muss dir was erzählen...«, begann sie, in der Hoffnung, ihre Schwester auf andere Gedanken zu bringen. »Heute ist was Erstaunliches passiert. Der Bildredakteur vom *Monitor* hat uns um Fotos von Balletttänzerinnen gebeten. Und rate mal, was ich in meinem Ordner gefunden habe! Ein paar fabelhafte Bilder von dir, in der National Ballet School!«

Belinda biss auf ihre Lippen, offensichtlich bemüht, einen totalen Zusammenbruch zu verhindern. »Ja, ich erinnere mich an den Tag, an dem du da warst«, erwiderte sie wehmütig. »Ich sollte einen Solopart in der Nussknacker-Suite tanzen. Damals dachte ich allen Ernstes, ich wäre die nächste Darcey Bussell vom Royal Ballet.«

In ihrer Stimme schwang bittere Enttäuschung über das eigene Versagen mit, und Maddy wollte sie umarmen. Doch Bel wich hastig zurück.

Zum ersten Mal wurde Maddy bewusst, dass ihre Schwester, sich nicht berühren lassen wollte, damit niemand feststellte, wie dünn sie geworden war.

»Heute Abend solltest du nicht mehr trainieren«, flehte Maddy. »Gehen wir aus, trinken wir eine Flasche Wein. Ich rufe Chris an, und wir amüsieren uns. Glaub mir, er mag dich sehr gern.«

Doch Belinda hatte sich bereits abgewandt. »Tut mir Leid, Maddy, vielleicht ein andermal. Sorg dich nicht um mich. Ich bin okay. Nur beim Training habe ich das Gefühl, alles unter Kontrolle zu haben. Dann spüre ich, wie mein Körper auf meine Wünsche reagiert – wie er tut, was ich will.«

»Und was willst du?«, flüsterte Maddy, während ihre Schwester davonging. »Wirst du dich zu Tode hungern?« Ein eisiger Schauer rann ihr über den Rücken. Dieses Problem musste sie mit ihrem Vater besprechen, so schnell wie möglich. Vielleicht könnte er Belinda von ihren selbstzerstörerischen Aktivitäten abbringen.

Der Abend begann zu dämmern. Aber Gavin blieb oft bis zum Einbrauch der Dunkelheit in seinem Schrebergarten. Maddy rannte aus dem Haus, zu dem Fahrrad, das an der Seitenmauer lehnte. In zwanzig Minuten konnte sie Wellstead Heath erreichen.

Bei ihrer Ankunft steckte Maurice gerade seinen Schlüssel in das große Vorhängeschloss, das den Eingang zu diesem Teil der Laubenkolonie absperrte. »Hallo, Maddy. Ein bisschen spät für Fotos, nicht wahr? Aber wenn du noch ein bisschen wartest und Glück hast, laufen dir vielleicht die jungen Füchse über den Weg.«

»Danke für den guten Tipp, aber ich habe meine Kamera gar nicht dabei. Ich suche Dad.«

»Oh...« Maurice sah aus, als wäre er jetzt lieber in einem Kriegsgefangenenlager, als Maddys unangenehme Fragen zu beantworten. »Leider ist er nicht da.«

»Und wo ist er?«, seufzte Maddy ungeduldig.

»Nicht daheim?«

»Offensichtlich nicht, sonst wäre ich wohl kaum hier, oder?«

»Schon gut, ich hab's begriffen. Nun, äh...«

»Spuck's schon aus. Maurice, es ist wichtig. Du bist kein Freimaurer, der an den Daumen aufgehängt wird, wenn du deinen Schrebergartenkumpel verpfeifst.«

»Ehrlich gesagt, da mische ich mich nicht gern ein. Immerhin ist Gavin seit dreißig Jahren mein Freund.«

»Bitte, Maurice...«

»Wenn du's unbedingt wissen musst – vielleicht ist er bei Iris.«

»Dann würde er doch auf ihre Familie treffen, nicht wahr?«

»O nein, sie ist geschieden. Hat er das nicht erwähnt?«

Beklommen starrte Maddy vor sich hin. Sie hatte angenommen, Iris wäre eine Ehefrau und Mutter und würde den Schrebergarten nur nutzen, um dem Alltagstrott zu entfliehen.

»Ihre Kinder sind um die zwanzig«, fuhr Maurice fort. »Sie wohnen nicht mehr bei ihr. Deshalb findet sie's lächerlich, ganz allein in diesem riesigen Haus herumzusitzen.«

Die Stirn gerunzelt, überlegte Maddy, was sie nun tun sollte. Nach Hause zurückradeln? Oder ihren Vater im Haus dieser Frau zur Rede stellen?

»Würdest du mir Iris' Adresse geben, Maurice? Wenn ich dir hoch und heilig verspreche, dass ich nicht ausplaudern werde, woher ich sie habe?«

Er zögerte. Jetzt erinnerte er Maddy an ein armes Insekt, das an einem Fliegenfänger klebte.

»Wenn's nicht so wichtig wäre, würde ich dich nicht drum bitten, Maurice.«

»Du wirst ihm doch keine Szene machen?«

»Keine Bange.« Maddy wusste Bescheid über seine unglückliche Ehe. Darin musste der Reiz dieser Schrebergärten liegen, kleine Oasen des Glücks in einem Leben voll stiller Verzweiflung. »Ich werde mich sehr britisch benehmen. Das schwöre ich dir. Aber ich muss unbedingt mit Dad reden.«

»Also gut«, stimmte Maurice so widerwillig zu, als händigte er einem Feind die Pläne für das Trojanische Pferd aus. »Sie wohnt in der Mornington Road, ganz in der Nähe. Ein großes weißes Haus an der zweiten Querstraße. Das kannst du gar nicht übersehen. Es heißt Camelot.«

»Vielen Dank, Maurice.« Beruhigend lächelte sie ihm zu. »Am Wochenende komme ich vielleicht noch mal vorbei und fotografiere deine Zierkürbisse.«

Erleichtert atmete er auf, endlich wieder auf dem sicheren Terrain seiner Zuchterfolge. »Die sind schon ein bisschen verschrumpelt.« Nach einer kurzen Pause fügte er hinzu: »Viel Glück, meine Liebe.«

In der immer dichter werdenden Dämmerung radelte Maddy davon. Die erste Querstraße war die Lydington Road, dann erreichte sie die Mornington, eine breite, vornehme Avenue zwischen herrschaftlichen Häusern inmitten weitläufiger Gärten. Zu jeder Villa führten Zufahrten, auf denen Mercedes-Limousinen und Range Rover parkten. Wie viel diese Häuser kosteten, mochte nur der Himmel wissen. Nicht umsonst hieß diese Gegend Millionaire's Row.

Das allergrößte Haus war Camelot, ein Gemäuer im mittelalterlichen Stil. Maddys Mund wurde trocken, und ihr Puls begann zu rasen, als sie ihr Fahrrad am Straßenrand abstellte. Wie würde die Begegnung mit ihrem Vater verlaufen? Spielte er Sir Lancelot in der Burg Camelot, und war Iris seine Guinevière?

Von diesem Luxus würde sich Maddy nicht beeindrucken lassen. Entschlossen bot sie ihren ganzen Mut auf und läutete an der Tür.

9

Abgesehen vom Hallen der Türglocke durch das Haus herrschte tiefe Stille. Eine Zeit lang wartete sie, dann schellte sie wieder. Noch immer keine Reaktion. Nach zehn Minuten wollte sie die Hoffnung schon aufgeben. Stattdessen blickte sie sich um, um zu sehen, ob nicht irgendwelche Nachbarn – in diesem distinguierten Stadtteil wohl eher Chauffeure und philippinische Dienstmädchen – auf ihren Türschwellen standen und schwatzten. Da niemand zu sehen war, kniete sie nieder und spähte durch den Briefschlitz.

Im selben Moment ging die Tür auf und warf sie fast um.

Wütend über ihre eigene Dummheit, sprang sie auf. Statt ihren moralischen Vorteil zu nutzen und eine verbotene Affäre anzuprangern, wurde sie bei einer beschämenden Spionage ertappt.

»Hallo!«, grüßte eine freundliche Stimme. »Sie sind Maddy, nicht wahr? Suchen Sie Gav? Er ist leider nicht hier. Kommen Sie herein, unterhalten wir uns ein bisschen.«

Trotz ihrer überdurchschnittlichen Größe wurde Maddy von Iris um ein paar Zentimeter überragt. Unter der exotischen Kleidung zeichnete sich eine füllige Figur ab. Doch es waren energiegeladene Rundungen, die von Tatendrang zeugten und nicht abstoßend, sondern anziehend wirkten. Am Scheitel zeigte das verdächtig schwarze Haar weiße Wurzeln, und nicht einmal Tutanchamun hätte seine Augen mit so viel Kajal umrandet.

Wider Willen musste Maddy die Frau bewundern, die sich nicht im Mindesten bemühte, den Schein zu wahren, ganz im Gegensatz zu Mums Besessenheit von Konventionen. Fast hoffte sie, sie selbst würde eines Tages so sein wie Iris.

»Treten Sie doch ein, Maddy«, bat die Hausherrin mit heiserer, Gin getränkter Stimme. »Ich werde Ihnen nicht die Hand schütteln, weil ich gerade an einem Steinblock herumgefeilt habe und Sie mich vermutlich zum Teufel wünschen.«

Erstaunt über diese völlig unbritische Offenherzigkeit, blinzelte Maddy.

»Meine Mutter war Italienerin«, verkündete Iris, als hätte sie Maddys Gedanken gelesen. »Wann immer es meinen Interessen dient, benutze ich mein südländisches Temperament als Ausrede – meistens, um mein schlechtes Benehmen zu erklären. Möchten Sie was trinken? Ich habe mir gerade einen Gin Tonic genehmigt.«

Fünf Minuten später nahm Maddy in einem extravagant eingerichteten Wohnzimmer Platz. Zwischen spektakulären goldenen Sofas mit Klauenfüßen standen lebensgroße Staturen nubischer Sklaven, die Lampen hielten. Kleopatra, da war sich Maddy sicher, hätte sich hier bestimmt heimisch gefühlt. Trotz ihres Ärgers war Maddy unsicher, was sie jetzt tun sollte. Sie war hergekommen, um ihrem Vater ins Gewissen zu reden. Stattdessen saß sie jetzt hier, mit dieser... Person.

»Bevor wir unser Gespräch beginnen...« Zu Maddys Unbehagen sank Iris neben ihr in die Polster des Sofas. »... möchte ich Ihnen versichern, dass zwischen Ihrem Vater und mir nichts passiert ist.«

Maddy schnappte nach Luft und verlor beinahe die Fassung. »Meinen Sie – nichts außer der Tatsache, dass er dauernd mit Ihnen zusammen ist? Manche Leute würden Ihnen vorwerfen, das wäre schon eine ganze Menge.«

»Ja, da haben Sie Recht.« Wie konnte jemand, der so verschwenderisch mit Kajal umging, so sachlich reden – und gleichzeitig ohne ein Blatt vor den Mund zu nehmen? »Aber wir schlafen nicht miteinander. Wie ich gestehen muss, liegt das an Ihrem Vater, nicht an mir. Er ist ein Ehrenmann.«

»Wissen Sie«, sagte Maddy hastig, »meine Mutter ahnt nichts von seiner Beziehung, mag sie erotisch oder platonisch sein.«

Iris schaute sie aus etwas wässrig wirkenden, porzellanblauen Augen an. Früher mussten sie faszinierend geleuchtet haben. »Meinen Sie nicht, dass es genau darauf ankommt, Maddy? Wie kann Ihre Mutter mit einem so wundervollen, amüsanten, großzügigen Mann verheiratet sein, ohne zu merken, dass er einfach nur neben ihr her lebt?«

»Viele Paare in diesem Alter sind einander fremd geworden«, verteidigte Maddy die Ehe ihrer Eltern.

»Und? Finden Sie das gut?«, fragte Iris leise.

»Und Ihre Familie?«, erwiderte Maddy herausfordernd und schaute sich um. Dieses Haus am Rand von Wellstead Heath musste Millionen wert sein. »Was denkt Ihr Mann?«

»Oh, er hat sich schon vor Jahren scheiden lassen, weil ich eine hoffnungslose Hausfrau war. Eine grauenhafte Köchin. Zudem habe ich das Personal schlecht behandelt, und Äußerlichkeiten waren mir egal. Ich bin Bildhauerin. Für mich stand meine Kunst immer an erster Stelle. Ich wollte einfach nur ungestört in meinem Atelier arbeiten... Immerhin kann ich gut mit Blumen umgehen.« Iris wies auf ein bombastisches Arrangement aus roter Amaryllis und Efeu. »Schließlich hat er mich wegen der adretten kleinen Witwe eines hohen Beamten im Außenministerium verlassen. Offenbar wissen Diplomatenfrauen besser, wie man einen Haushalt führt.«

Iris' Hang zur Boheme entlockte Maddy beinahe ein Lächeln.

»Ist es schon lange her?«

»Ja, siebzehn Jahre. Ich habe Jack wirklich geliebt. Aber ich bin inzwischen darüber hinweggekommen.« Seltsamerweise schwang in Iris' Stimme nicht die geringste Spur von Bitterkeit mit.

»Und Ihre Kinder?«

Iris' kehliges Lachen klang fast ansteckend. »Ach, die haben mich praktisch abgeschrieben. Um gegen mein unkonventionelles Künstlerleben zu rebellieren, sind sie erzkonservativ geworden. Mein Sohn ist Unternehmensberater und meine Tochter Immobilienmaklerin. Ständig hält sie mir vor, wie wahnsinnig wertvoll diese Villa ist...« Ein fröhliches Lächeln, das Maddy unwillkürlich erwiderte, umspielte Iris' Lippen. »...und dass ich in einem kleinen Haus viel besser aufgehoben wäre. Da hätte ich's bequemer. Aber ich liebe Camelot. Wo würde ich denn ein Domizil mit separatem Atelier finden, wo ich ganz allein bin, und einen Garten, groß genug, um meine Skulpturen darin aufzustellen? Darauf möchte ich nicht verzichten. Ich habe ein Vermögen für die Ausbildung meiner Kinder ausgegeben, und ich finde, seit sie erwachsen sind, sollen sie für sich selber sorgen. Das habe ich ihnen klar und deutlich erklärt. Manchmal konnte ich mir nicht einmal einen Urlaub oder die Heizkosten leisten. O Gott, wie oft bin ich ins Heath gegangen, um Brennholz zu sammeln... Jetzt will ich endlich mal an mich denken.«

»Aber wenn Sie das alles hier haben – warum brauchen Sie dann auch noch einen Schrebergarten?«, fragte Maddy.

»Damit meine Kinder mich nicht finden.« In Iris' schwarz umrandeten Augen erschien ein boshaftes Funkeln. »Seit sich meine Tochter Eleanor – die Immobilienmaklerin – in den Kopf gesetzt hat, Camelot zu verkaufen, hat sie sich zu einer richtigen Nervensäge entwickelt. Unentwegt schleppt sie Interessenten an. Arabische Scheichs. Grässliche Fußballspieler. Einmal hat sie sogar einen Nachkommen des Schahs von Persien durchs Haus geführt, zumindest hat sie ihn so bezeichnet. Und deshalb bin ich tagsüber nur noch selten daheim. Aber jetzt haben wir lange genug über mich geredet.« Iris füllte Maddys Glas nach. »Warum sind Sie zu mir gekommen? Dafür muss es einen guten Grund geben.«

»Ja.« Ob es am Gin Tonic oder dem echten Mitgefühl in Iris' wässerig blauem Blick lag, wusste Maddy nicht. Jedenfalls verspürte sie das plötzliche Bedürfnis, der älteren Frau anzuvertrauen, was sie bedrückte.

Iris beugte sich vor und tätschelte Maddys Knie. »Wenn es Ihnen unangenehm ist, müssen Sie mir nichts erzählen.«

»Doch – das will ich... Es geht um meine Schwester Belinda, die hübsche Blondine, die in Größe 36 passt.«

»Armes Mädchen«, meinte Iris völlig unerwartet. »Welch ein Drama für Ihre Schwester, dass Sie so groß und schön sind!«

Mit diesen Worten brachte sie Maddy fast aus dem Konzept. »Also – sie ist Balletttänzerin, und sie war schon immer geradezu besessen vor lauter Ehrgeiz. Seit sie ihre ersten Ballettschuhe angezogen hat, wird sie von Mum eifrig ermutigt. Und Dad hat sogar die Garage umgebaut, damit Belinda trainieren konnte.«

»Für Sie muss das ein gewaltiges Ärgernis gewesen sein. Alles drehte sich nur um Belinda.«

»Ja, aber seit einiger Zeit läuft es nicht mehr so gut. Ein Choreograph hat bei einer Audition behauptet, sie sei zu dick, was einfach lachhaft ist. Und dann hat sie auch noch ihren Job verloren, und da ist sie ausgeflippt.«

»Ach, das Ballett – eine grausame Welt... Sobald man ein paar Gramm zunimmt, nicht ganz fit wirkt oder sich ein bisschen am Fuß verletzt – peng – schon ist's vorbei.«

»Das ist genau das, was meiner Schwester passiert ist. Aber sie verfügt über einen eisernen Willen. Nun hungert sie, damit sie wieder vom Ballettcorps engagiert wird, und rackert sich jeden Tag stundenlang in der Garage ab.«

»Mit Erfolg?«

»Nicht, dass ich wüsste. Jedenfalls zerstört sie sich selber, und ich habe wirklich Angst um sie.«

»Das tut mir Leid. Ist sie eine Perfektionistin?«

»In unserer Kindheit hat sie nicht nur ihr Zimmer immer fein säuberlich aufgeräumt, sondern auch meins und danach das Puppenhaus. Sie hat mich ausgeschimpft, wenn ich die Puppenbetten nicht gemacht hatte.«

»Allmählich kann ich mir ein Bild machen.«

»Für mich ist es ...« Maddy unterbrach sich. Warum zum Teufel erzählte sie das alles einer völlig fremden Frau, die sie eigentlich hassen müsste?

Iris schien ihre Bedenken zu verstehen. »Manchmal ist es leichter, mit jemandem zu reden, den man nicht kennt. Das belastet einen weniger. Arme Belinda ... Wahrscheinlich braucht sie die Hilfe von außen, weil ein Teil des Problems in der Familie liegt.«

»Ja, das stimmt. Meine Mutter will die Schwierigkeiten nicht wahrhaben. Und wenn sie sich eines Tages dazu aufrafft, wird sie Dad die Schuld geben.«

»Dann wollen wir hoffen, dass sie nichts von mir erfährt. Soll ich mit Ihrem Vater sprechen?«

»Okay.« Maddy stellte ihr Glas auf den Couchtisch und fühlte sich seltsam getröstet. »Nun muss ich Sie um Verzeihung bitten. Ich war so unfair ... Das alles hätte ich Ihnen nicht aufbürden dürfen.«

»Blödsinn.« Iris drückte ihre Hand. »Wer sagt denn, dass das Leben jemals fair ist?«

An der Tür blieb Maddy zögernd stehen. »Iris – was haben Sie mit Dad vor – oder er mit Ihnen?«

»Nichts.« Iris' Lächeln erinnerte sie an eine leidgeprüfte mittelalterliche Madonna. Nur der viele Kajal passte nicht ins Bild. »Wir lieben uns einfach nur.«

Zu Maddys Verblüffung saßen ihre Eltern in der Küche, als sie nach Hause kam. Von Belinda war nichts zu sehen. Aber einige gedämpfte Geräusche im Oberstock wiesen auf gymnastische Übungen hin.

»Trainiert sie schon wieder?« Gavin spähte zur Küchendecke hinauf. »Findet das Mädchen denn niemals ein Ende? Nicht einmal Margot Fonteyn kann so verdammt fit gewesen sein wie Bel.«

»Dad – Mum...«, begann Maddy. »Ich muss dringend mit euch reden.«

Erstaunt blickten beide auf.

»Du bist doch nicht etwa...« Mit einer dramatischen Geste verstummte Penny, nachdem sie einen Blick ihres Mannes aufgefangen hatte.

»...schwanger?«, vollendete er den Satz.

Beinahe wäre Maddy in Gelächter ausgebrochen. Sie setzte sich an den Küchentisch. »Nein. Um mich geht's nicht, sondern um Bel. Sie hat ihren Job im Ballettcorps verloren.«

»Das verstehe ich wirklich nicht«, entgegnete ihre Mutter entrüstet.

»Warum?«, fragte Gavin. »Ich dachte, sie wäre so erfolgreich.«

Maddy schüttelte den Kopf. »Offenbar hast du dich geirrt. Sie hat gesagt, sie sei zu dick.«

»*Dick!*«, wiederholte Penny in einem verächtlichen Ton, der bekunden sollte, Maddy faselte reinen Unsinn. Viel sagend musterte sie ihre ältere Tochter. »Wo sie doch nur aus Haut und Knochen besteht!«

»Ja, ich weiß, Mum. Im Gegensatz zu mir.«

Verwirrt zog Gavin die Brauen hoch. »Wieso trainiert sie dann immer noch wie eine Besessene?«

»Das gehört ja zu ihrem Problem. Wie gesagt, ich glaube wirklich, dass sie an Bulimie leidet. Wenn ich mir auch nicht sicher bin, ich finde, als Familie sollten wir was unternehmen.«

»Besten Dank, Maddy, das ist sehr nett von dir.« Die messerscharfe Stimme ließ alle zusammenzucken. Völlig unbemerkt hatte Belinda die Küche betreten. »Okay, ich habe keinen Job mehr. Aber deshalb gehe ich noch lange nicht auf dem Zahnfleisch. Und dein Gerede von meiner angeblichen Bulimie – vielleicht ist das Wunschdenken. Dir jedenfalls würde es nicht schaden, ein paar Pfunde loszuwerden.«

Maddy fühlte sich, als hätte Belinda ihr mitten ins Gesicht geschlagen. Wortlos verließ sie die Küche.

»Hör nicht auf sie, Liebes.« Ihr Vater war ihr gefolgt. »Nach meiner Ansicht hast du genau die richtige Figur. Und was Belinda betrifft – ich fürchte, du hast Recht. Wir müssen sie im Auge behalten.« Nach einer kurzen Pause räusperte er sich, den Blick gesenkt – wie ein schüchterner Schuljunge, der zum ersten Mal eine Disco besuchte. »Du warst bei Iris, nicht wahr?«

»Woher weißt du das?«

»Weil sie mich angerufen hat.« Er berührte seine Brusttasche. »Auf diese Weise bleiben wir in Verbindung. Per Handy.«

»Was wirst du tun, Dad?«

»Keine Ahnung. Abwarten, ob es das ist, von dem wir beide annehmen, dass es das ist. Nicht, dass ich persönlich irgendwelche Zweifel hätte.«

Nervös schaute Maddy durch die offene Küchentür. War es illoyal, dieses Thema zu erörtern? »Glaubst du, Mum ahnt etwas?«

Ihr Vater hob seufzend die Schultern. »Ich glaube, Penny verschwendet überhaupt keinen Gedanken an mich. Und wenn doch – sollte sie irgendwas ahnen, wird sie's höchstens lästig finden, dass das ihre Routine durcheinander bringt.«

Nein, Dad, das stimmt nicht, wollte Maddy protestieren. Sie liebt dich... Aber es war so schwierig festzustellen, wen ihre Mutter liebte. Abgesehen von Belinda – und möglicherweise dem Hund, den die Familie in Maddys Kindheit besessen hatte.

»Du wirst doch nicht einfach so verschwinden. Ich meine,

du wirst doch mit Mum sprechen, bevor du einen Entschluss fasst? Ihr eine Chance geben, dich zurückzugewinnen? Womöglich ist's nur eine Midlife-Crisis. Oder eine vorübergehende Verliebtheit.«

»Abgesehen davon, dass Iris und ich noch nie... du weißt schon... noch nie im Bett waren, fühlen wir uns unglaublich stark zueinander hingezogen.«

Maddy warf einen Blick zurück auf ihre Mutter. Gewiss, man hatte es nicht leicht mit ihr. Aber man musste ihre schwere Kindheit berücksichtigen. Der Vater hatte die Familie verlassen, als Penny noch ein kleines Kind gewesen war. Vielleicht konnte sie deshalb keinem Mann auf dieser Welt trauen. In manchen Fällen wurde ein solcher Kummer von einer Generation zur anderen weitervererbt.

Von Gefühlen überwältigt, seufzte Maddy und kehrte in die Küche zurück. »Gute Nacht, Mum. Ich gehe ins Bett.« Sie beugte sich hinab und küsste die Wange ihrer Mutter.

Überrascht hob Penny den Kopf. Dann wischte sie unbewusst ihre Wange ab. »Wozu denn *das*?«

»Nur um dir zu zeigen, dass ich dich lieb habe.«

Penny hob skeptisch die Brauen.

»Wahrscheinlich fühlt sich Maddy schuldig, weil du dich aufgeregt hast«, meinte Belinda. »Was für ein idiotischer Gedanke! Ausgerechnet *ich* soll Bulimie haben!«

Maddy biss auf ihre Lippen. *Okay, liebste Schwester, häng deinen Kopf über die Kloschüssel, so oft du willst. Darum werde ich mich nie wieder kümmern...*

Seltsam, dachte sie, während sie im Bett lag. Sie hatte stets geglaubt, sie wären eine ganz normale Familie. Benahmen sich alle normalen Familien so eigenartig?

»Wann kommt Patrick von diesem Nomaden-Trip auf Gran Canaria zurück, David?«, schrie Eva am nächsten Morgen. »Das Magazin *Fame* bekommt eine Krise, die brauchen ihn dringend.« Nach einer effektvollen Pause erklärte sie: »Weil er Belisha fotografieren soll.«

Belisha war ein Pop-Phänomen, eine Rap-Diva, britisch, schwarz und schön. In den internationalen Charts stand sie hoch oben. Deshalb konnte sie verlangen, was sie wollte.

»Sobald sie gehört hat, dass Paul Norton für die Fotos engagiert worden ist, bekam sie einen Mega-Anfall«, fuhr Eva fort. »Offenbar sah sie auf seinen letzten Fotos aus wie Oprah Winfrey vor ihrer Diät. Und jetzt besteht sie auf Patrick.«

David studierte die Termintafel. »Könnte klappen. Morgen müsste er wieder da sein. Soll ich ihn anrufen?«

»Natürlich wird er sich nicht weigern, Belisha zu knipsen, oder? Wenn ihr die Fotos gefallen, wird ihm das weitere Aufträge einbringen.«

Lässig zuckte David die Achseln. »Du kennst Patrick. Vermutlich wird er sagen, Belisha sei ihm zu zickig.«

»Aber *ich* bin sein Boss. Also kann ich ihm *befehlen*, die Session zu übernehmen, nicht wahr, Leute?«

Allgemeines Gelächter beantwortete die Frage.

An ihren Schreibtisch zurückgekehrt, versuchte Maddy ihre Ehrfurcht zu verdrängen. Vor ein paar Jahren hatte Belisha noch ihre Schlafzimmerwand geziert. Und jetzt arbeitete sie für eine Agentur, die den *echten* Star fotografieren ließ.

»Warum ist Belisha so scharf auf Patrick?«, flüsterte sie Lennie zu. »Wo sie doch jeden Fotografen haben könnte...«

»Weil er die Frauen ins rosigste Licht rückt – das kann er besser als jeder andere. Auf seinen Fotos wirken sie lebendiger, begehrenswerter. Außerdem scheint er sich den Teufel um den Ruhm weiblicher Stars zu scheren. Und das mögen sie seltsamerweise.«

Während Maddy ein paar Digitalbilder für einen Kunden auf ihren Computer herunterlud, hörte sie im Vorraum einen heftigen Wortwechsel. Sie blickte von ihrem Bildschirm auf und erblickte Scarlett, aufgetakelt wie eine Thai-Nutte – in einem grellroten chinesischen Kleid mit Seitenschlitz, das weder zu ihrem Alter noch zu ihrer rundlichen Figur passte.

»Wo ist mein Dad?«, fragte sie Jade, das Gesicht gerötet und verquollen. In einem Tränenstrom war schwarze Wimperntusche über ihre Wangen geronnen. »Bitte, suchen Sie meinen Dad!«

So behutsam wie möglich versuchte Jade, ihr zu erklären, Patrick sei aus beruflichen Gründen verreist und würde erst am Freitag zurückkehren.

»Dann rufe ich ihn an. Wissen Sie, in welchem Hotel er wohnt?« Offenbar war Scarlett geübt darin, ihren Vater in diversen Hotels rund um den Globus aufzuspüren.

»Gewiss, du kannst ihn anrufen, Darling«, erwiderte Jade. »Aber wieso läufst du wie eine missglückte Flittchenimitation aus China Town herum?«

»Wegen dieses blöden Mutter-Tochter-Shootings.« Scarlett begann wieder zu weinen. »Da waren noch andere Paare. Jedes musste einen Stil wählen. Und meine Mutter entschied sich für was Chinesisches. Weil sie so gern Cheongseide trägt. Dass ich in so einem Kleid wie eine Wurst in einem Strohhalm aussehe, interessierte sie nicht.«

Über diesen amüsanten Vergleich hätte Maddy gelacht, wäre sie nicht so erschüttert über den Kummer des armen Mädchens gewesen.

»Kann ich dir helfen?« Sie eilte in den Vorraum und gab Scarlett ein Papiertaschentuch. »Wenn du willst, versuche ich deinen Vater auf seinem Handy zu erreichen.«

»Würden Sie das tun?«, fragte Scarlett dankbar.

Bevor Maddy die Nummer wählen konnte, stürmte Layla herein, zurechtgemacht wie eine alternde Lucy Liu.

»Scarlett!«, kreischte sie. »Ist dir klar, dass in diesem Studio zwanzig Leute herumstehen, lauter Experten? Und alle warten auf dich, um dich zu fotografieren!«

»Für mich interessieren sie sich nicht!«, fauchte Scarlett. »Ich bin nur eine Requisite. Noch dazu eine lächerlich herausgeputzte. Aber ohne mich fällt das Mutter-Tochter-Thema ins Wasser. Was *ich* empfinde, ist dir völlig egal. Du willst nur deine flaue Karriere ankurbeln. Sogar mit einem Schäferhund im Transvestitenfummel würdest du posieren, um in die Schlagzeilen zu kommen.«

Im Büro hinter Maddys Rücken erklang Davids gedämpftes Glucksen.

»Da gehe ich nicht mehr hin«, verkündete Scarlett.

»Doch.« Laylas Stimme hätte einen Stahlblock durchschnitten.

»Du kannst mich nicht dazu zwingen.«

Erbost packte Layla das Handgelenk ihrer Tochter und verdrehte es.

»Aua!«, japste Scarlett.

Jetzt hatte Maddy die Nase voll. Ihre Schwester übergab sich unentwegt, weil ihr Oberschenkel von einem Quadratmillimeter Zellulitis verunziert wurde, und dieses arme Kind wurde ins Outfit einer chinesischen Nutte gesteckt, um die Eitelkeit seiner Mutter zu befriedigen. War denn die ganze Welt davon besessen, einem bestimmten Image zu entsprechen?

»Wenn du möchtest, bringe ich dich nach Hause«, schlug sie Scarlett vor. Mochte Eva sie feuern oder Patrick ihr vorwerfen, sie habe sich in seine Familienangelegenheiten eingemischt – sie entsann sich nur zu gut, wie demütigend es gewesen war, als ihre Mutter sie dazu getrieben hatte, hautenge Rüschenkleidchen anzuziehen.

»Das werden Sie *nicht* tun!«, zischte Layla.

»Bitte, Mrs. Jamieson.« Scarlett zuliebe bezwang Maddy ihre Wut. »Offenbar fühlt sich Ihre Tochter nicht wohl. In diesem Zustand kann sie sich nicht fotografieren lassen. Jeder würde merken, dass sie gezwungen wurde.«

Wie auf ein Stichwort begann Scarlett wieder zu schnüffeln.

»Also gut!« Widerwillig gab sich Layla geschlagen. »Aber dann müssten wir das Ganze abblasen. Unseretwegen werden sie keinen neuen Termin festsetzen.«

Erleichtert atmete Scarlett auf. »Vielen Dank«, wisperte sie in Maddys Ohr. »Auf diesen Fotos hätte ich wie ein Dildo auf zwei Beinen ausgesehen. In der Schule nennen sie mich ohnehin schon Freak.«

Maddy zwinkerte ihr zu. »Daran erinnere ich mich. Schulkinder können wahnsinnig charmant sein. Besonders Mädchen.«

In einer Wolke aus heller Wut und Calvin-Klein-Parfum rauschte Layla davon.

»O Gott!«, jammerte Scarlett plötzlich. »Ich habe meinen Wohnungsschlüssel daheim vergessen. Und der Portier tritt seinen Dienst erst um fünf an.«

»Keine Bange.« Maddy sah neue Tränen in den Augen des Teenagers glänzen. »Bleiben wir erst mal hier. Du kannst mir bei der Arbeit helfen und Berufserfahrung sammeln. Später wird sich das gut in deinem Lebenslauf machen.«

Voller Dankbarkeit lächelte Scarlett ihr zu. Zum ersten Mal bemerkte Maddy, dass das Mädchen die Augen seines Vaters geerbt hatte – ungewöhnlich leuchtendes Aquamarinblau. Eines Tages würde Scarlett die Schönheit ihrer Mutter weit übertreffen. Doch das war ihr nicht bewusst.

Sie erwies sich tatsächlich als große Hilfe, und es machte Spaß, mit ihr zusammenzuarbeiten. Nachdem sie das geschmacklose Seidenkleid mit Lennies Jogginganzug vertauscht hatte, vergaß man beinahe, dass sie erst fünfzehn war. Für ihr Alter wirkte sie unglaublich reif, und ihr schlagfertiger Humor erheiterte das ganze Büro.

»Passen Sie bloß auf, Maddy«, murmelte Colette. »Bald wird sie hier das Kommando übernehmen.«

An diesem Tag war es Maddys Aufgabe, den Lunch zu besorgen. Nicht, dass irgendjemand viel mehr bestellte als einen Apfel und Mineralwasser. Scarlett begleitete sie und entpuppte sich als lückenlose Informationsquelle, was Kalorien, Fett und Ballaststoffe betraf. Zu Maddys Überraschung wusste das Mädchen sogar, in welchen Mengen man jeden Tag sämtliche auf diesem Planeten bekannten Mineralstoffe und Spurenelemente zu sich nehmen sollte.

»Das hat mir meine Mum beigebracht. Bevor sie was isst, liest sie ganz genau, was auf der Packung steht. Und sie braucht immer stundenlang, um Lebensmittel einzukaufen.«

Die Freude wurde erst getrübt, als Eva von einem Lunch mit ein paar Kunden zurückkehrte. »Was macht Scarlett denn schon wieder hier?«, fragte sie Natasha.

»Oh, wusstest du das nicht?«, erwiderte Natasha bissig. »Maddy hat sie vor einem grausigen Schicksal gerettet. Nicht einmal der Tod wäre schlimmer gewesen. Ein Mutter-Tochter-Shooting fürs *Goss*. Jetzt ist Layla außer sich vor Wut. Ohne das Kind will man die Mutter nämlich auch nicht haben.«

Eva unterdrückte ein Grinsen. »Kann ich mir denken. Kommen Sie, Madeleine, ich muss mit Ihnen reden.«

Sobald sie das Chefbüro betreten hatten, erlosch Evas Lächeln.

»Hören Sie, Madeleine...« Dieser Tonfall erinnerte Maddy an ihre Mutter. »Sicher haben Sie's nur gut gemeint. Aber die Beziehung zwischen Layla und Patrick ist ziemlich kompliziert – keineswegs so eindeutig, wie sie aussieht. Ein paar Mal haben sie versucht, sich zu versöhnen. Und es steht uns wirklich nicht zu, uns da einzumischen.«

»An Patrick und Layla habe ich gar nicht gedacht«, entgegnete Maddy mit möglichst ruhiger Stimme. »Nur an ihre Tochter. Es war grausam von Layla, das Kind in dieses Nuttenkleid zu stecken und vor eine Kamera zu schleppen – obwohl sich Scarlett kein bisschen fotogen fühlte. Und natürlich fürchtete sie, man würde sie in der Schule dafür auslachen.«

»Madeleine«, sagte Eva nicht unfreundlich, »wir reden über Scarlet. Nicht über *Sie*.«

»Das weiß ich«, murmelte Maddy errötend.

»Warum haben Sie mich nicht um Rat gefragt, bevor Sie mit beiden Füßen ins Fettnäpfchen gesprungen sind?«

»Das wollte ich ja gerne tun. Sicher hätten Sie die Situation viel besser gemeistert als ich. Aber Sie waren nicht da.«

Eva seufzte. »Und wie kommt Scarlett nach Hause? Unglücklicherweise ist Patrick immer noch auf Gran Canaria.«

»Sie hat ihre Schlüssel vergessen. Und der Portier kommt erst um fünf.«

»Okay. Bringen Sie Scarlett lieber nicht heim. Bestellen Sie ein Taxi.«

Bevor sich Maddy zur Tür wandte, sah sie die Fotokopie des *Echo*-Artikels auf Evas ordentlich aufgeräumtem weißem Schreibtisch. Scheiße... Sie war sich sicher gewesen, fast alle Kopien eingesammelt zu haben. Nur Colette war ihr zuvorgekommen.

»Und – Maddy...« Schweren Herzens drehte sich Maddy zu Eva um.

»Allzu lange arbeiten Sie ja noch nicht für uns. Bitte, behalten Sie Ihre Emotionen in Zukunft unter Kontrolle, so ehrenwert sie auch sein mögen. Wenn Patrick Jamieson unsere Agentur verlässt, weil wir uns in sein Privatleben einmischen, wäre der Schaden irreparabel. Unterlassen Sie von jetzt an alle großzügigen Gesten, strengen Sie sich an, und lassen Sie uns nicht vergessen, warum wir Sie eingestellt haben. Alles klar?«

»Alles klar«, bestätigte Maddy und wünschte sich, zu den Menschen zu gehören, die in allen Lebenslagen den Mund halten konnten.

»Gut.«

»Vielen Dank, Eva. Übrigens, Scarlett hat mir heute geholfen und sich sogar sehr nützlich gemacht.«

»Ja, sie ist ein sehr nettes, hoch intelligentes Mädchen.« Eva lächelte schwach. »Bestellen Sie ihr kurz vor fünf ein Taxi. Hoffentlich dreht ihr Vater nicht durch, wenn er erfährt, was hier passiert ist. Wann kommt er doch gleich zurück?«

»Am Freitag.«

»Dann wird Layla auch hier aufkreuzen. Darauf können Sie Gift nehmen. Und sie wird den größten Stunk aller Zeiten machen.«

10

Während sich Maddy für die Arbeit ankleidete, musterte sie ihr Spiegelbild. Am Wochenende hatte sie im Mind-Laden eine grüne Samtjacke mit Mandarinkragen gekauft. Die Farbe stand ihr wirklich gut. Ausnahmsweise ließ sie ihr langes dunkles Haar in dichten Wellen auf die Schultern fallen, statt es mit einem Gummiring zusammenzubinden. Normalerweise benutzte sie nur einen Eyeliner, an den äußeren Augenwinkeln mit einem winzigen Strich nach oben gezogen. Das verlieh ihren Augen einen schrägen, fast dramatischen Look. Aber an diesem Morgen fügte sie noch einen auffallenden goldenen Lidschatten hinzu. *Bei der richtigen Beleuchtung sehe ich ein bisschen wie Catherine Zeta-Jones aus,* entschied sie.

Hängt all die Mühe vielleicht damit zusammen, dass heute Freitag ist und Patrick Jamieson von seiner Reise zurückkehren wird? fragte eine boshafte innere Stimme.

Keineswegs, entgegnete Maddy entrüstet. *Was für ein dummer Gedanke!*

Als sie ihr Ziel erreichte, wurde die Eingangstür von Flash

von einer silbernen Kameratasche aufgehalten. Im Empfangsraum türmte sich eine umfangreiche Kameraausrüstung. Aber vom Eigentümer dieser Sachen keine Spur ...

»Wo *bleibt* denn Patrick?«, fragte Eva ärgerlich. »Oh, das ist so *typisch* für diesen Kerl! Kreuzt hier auf, verschwindet wieder, hinterlässt ein Chaos, und wir sollen ihm nachlaufen. Er kann doch nicht einfach sein ganzes Zeug hier abladen und sich davonmachen!«

»Wahrscheinlich sitzt er im Slug and Sausage«, meinte David.

»Um neun Uhr morgens? Dann hat er ein größeres Problem, als ich dachte.«

»Da geht er hin, um zu pokern und Schinkensandwiches zu essen«, erklärte Colette und bahnte sich einen Weg durch die Beleuchtungsausrüstung. »Angeblich ist der Wirt der beste Pokerspieler Londons.«

»Ah, meine Liebe ...« Eva lächelte Maddy freundlich an. »Wären Sie so nett, Patrick zu holen? Ich muss dringend mit ihm reden.«

Ein paar Sekunden lang zögerte Maddy. Hatte Layla ihren Ex bereits kontaktiert und sich über ihr anmaßendes Benehmen beschwert?

Anscheinend war das Slug and Sausage geschlossen. Colette musste sich irren. Nachdem Maddy durchs Fenster gespäht hatte, hämmerte sie ein paar Mal gegen die Tür. Nichts geschah.

Als sie sich schon zum Gehen wenden wollte, öffnete Terence, der Wirt, die Tür. »Kann ich Ihnen helfen?«

»Hoffentlich. Ich suche Patrick Jamieson.«

»So was Ähnliches hab ich mir gedacht«, erwiderte er grinsend. »Wie einer dieser Beamten, die die Sperrzeiten kontrollieren wollen, sehen Sie nun wirklich nicht aus. Es sei denn, die treiben sich neuerdings in todschicken Fummeln herum. Okay, kommen Sie rein.«

Patrick kauerte auf einer Sesselkante, starrte auf seine Karten und verschlang einen Berg Schinkensandwiches. Zur Linken seines Ledersessels stand ein großes Whiskyglas.

Als er Maddys Blick auffing, mahnte er: »Schauen Sie mich nicht so vorwurfsvoll an. Ich habe sechsunddreißig Stunden ohne Pause durchgearbeitet. Das Glas ist von gestern. Oder vielleicht vorgestern.«

»Oh, ich verstehe. Dann ist ja alles in bester Ordnung.«

»Sind Sie im Auftrag meiner Exfrau hergekommen? Dieser besondere Stil eisiger Missbilligung ist nämlich ihre Spezialität.«

Unfähig, ein Lächeln zu unterdrücken, schüttelte Maddy den Kopf.

»So gefallen Sie mir schon besser. Jetzt weiß ich's – Sie gehören nicht zu Laylas Geheimagentinnen. Was kann ich für Sie tun?«

»Wenn ich Sie auch nur ungern störe – Eva hat mich gebeten, Sie in ihr Büro zu bringen. Offenbar geht's um wichtige Geschäfte.«

»Okay. Weil Sie's sind. In zehn Minuten.« Patrick biss in ein neues Sandwich und nahm einen Schluck Whisky. »Oder verlangen Sie, dass ich auf die wenigen Freuden verzichte, dir mir noch vergönnt sind?«

Maddy schnaufte etwas unelegant. »Ihre *wenigen* Freuden?«

»Vermutlich haben Sie ›Blow Up‹ gesehen, und deshalb glauben Sie, alle Fotografen würden ein Leben voll hemmungsloser Ausschweifungen führen. Blanker Unsinn.«

»Aha.«

»Ersparen Sie mir dieses überlegene Katzengrinsen. Obwohl Sie wegen Ihres attraktiven Aussehens damit ungeschoren davonkommen könnten.«

»Tut mir Leid«, entschuldigte sie sich und versuchte, ein unangemessenes Glücksgefühl zu verdrängen.

»Gar nichts tut Ihnen Leid.« Er leerte das Whiskyglas, dann faltete er seinen langen Körper auseinander, als er sich aus dem Sessel erhob.

Dabei erinnerte er Maddy an einen Regenschirm, der aufgespannt wird. Und genauso wie ein Schirm schien auch Patrick etwas Beschützendes an sich zu haben.

»Übrigens, ich glaube, ich muss mich bei Ihnen bedanken«, sagte er auf dem Weg zu Flash. »Scarlett hat mich auf dem Handy angerufen und mir erzählt, Sie hätten sie vor einem Shooting gerettet, das schlimmer als der Tod gewesen wäre.«

»Leider war Layla weniger begeistert davon, dass ich mich eingemischt hatte.«

»So benimmt sie sich seit der Scheidung immer wieder. Eigenartig – denn sie kann auch einigermaßen menschlich sein. Zumindest konnte sie's. Aber nach unserer Trennung hat sie sich in eine wahre Harpyie verwandelt. Manchmal sorge ich mich ernsthaft um Scarlett. Sie braucht den Einfluss beider Elternteile ...« Abrupt wechselte er das Thema. »Wie gefällt's Ihnen bei Flash? Gewöhnen Sie sich an all die Egos? Von Eva ganz zu schweigen. Hat sie Ihnen schon mal erlaubt, Aufträge zu bearbeiten?«

Inzwischen hatten sie den Eingang der Agentur fast erreicht.

»O ja«, antwortete Maddy. »Ich habe Sie gebucht, Mr. Jamieson. Für nächsten Freitag.«

»Tatsächlich?« Er hielt ihr die Tür auf und bedachte sie mit seinem gewinnenden Lächeln. »Was soll ich denn machen?«

Weil sie sich an die Verblüffung der Kollegen erinnerte, zauderte sie. »Nun ja – es ist ein eher ungewöhnlicher Job ...«

»So?« Patrick hob die Brauen. »Worum geht's?«

»Um die Samstagsbeilage der *Daily World* – ein anspruchsvolles Hochglanzheft.«

Misstrauisch starrte er sie an. »Warum habe ich das Gefühl, Sie verschweigen mir was?«

»Okay. Also – das ist eine Beilage für Gartenkultur. Was ganz Besonderes. Und jetzt will die Redaktion eine Jubiläumsausgabe für Gemüsegärten veröffentlichen...«

Noch bevor sie ihre Erklärung beendete, erkannte sie, warum die anderen so verblüfft reagiert hatten. Zweifellos war es äußerst seltsam, einem Fotografen wie Patrick einen solchen Auftrag zu erteilen.

»*Gemüsegärten...?*«, wiederholte er langsam, um dann zu verstummen. Zum ersten Mal während ihrer kurzen Bekanntschaft erlebte Maddy, dass ihm die Worte fehlten, wenn auch nur für ein paar Sekunden. »Die bringen eine Ausgabe über Gemüsegärten. Und dabei dachten sie selbstverständlich an mich.«

»Eh – nun...«, stammelte Maddy. »Es war ein bisschen merkwürdig, das gebe ich zu. Jedenfalls rief der Redakteur an und nannte Ihren Namen...«

Patrick blieb bei der Tür stehen und grinste breit, als wäre ihm soeben was Amüsantes eingefallen. »Vielleicht haben Sie nicht an den *zweiten* Patrick gedacht, den Flash unter Vertrag hat? Ich fotografiere unterernährte Models – gelegentlich auch echte Unterernährte, um meinen klaren Verstand zu bewahren und die Welt auf deren Leid hinzuweisen. Und der gute alte Patrick Benson macht wunderschöne Fotos von Gärten oder Tieren, insbesondere von Delfinen.«

»Oh, mein Gott.« Ihre Handflächen begannen zu schwitzen, und sie fühlte sich elend. Wie hatte sie nur einen so idiotischen Fehler machen können? Und dann erinnerte sie sich an Natashas Miene und ihre Bemerkung, Patrick würde Maddy mögen. Natürlich wusste sie von der Existenz der beiden Patricks, und ihr war sofort klar gewesen, dass Maddy den Falschen gebucht hatte. »Meinen Sie, der Redakteur wollte gar nicht Sie engagieren, sondern den anderen? Aber der steht nicht auf der Liste, die ich gekriegt habe...«

»Vor einer Weile hatte er eine Auseinandersetzung mit Eva, und sie haben sich noch nicht versöhnt. Aber Flash verschafft ihm immer noch Aufträge, auch wenn sie sich in Grenzen halten.«

»Hören Sie...« Maddy kam sich wie ein Mega-Schwachkopf vor. Nur *sie* war imstande gewesen, einen erstklassigen Modefotografen für ein Gemüse-Shooting zu buchen. »Sicher lag's am Wunsch des Redakteurs, eine Jubiläumsbeilage rauszubringen, die ›Geschichte schreiben‹ würde. So hat er sich ausgedrückt. Und deshalb dachte ich sofort an Sie...« Niemals würde sie den wahren Grund gestehen, warum sie Nigel Mills nicht zugehört hatte. Weil es so furchtbar wichtig gewesen war, die Fotokopien des *Echo*-Artikels über ihr Missgeschick im FabSnaps verschwinden zu lassen... »Es tut mir wirklich Leid. Gehen wir ins Büro. Ich werde sofort den anderen Patrick anrufen und für den Job buchen.«

»Falls er verfügbar ist. Hoffen wir's. Dann wären wir beide gerettet.«

Unglücklicherweise war er's nicht. Patrick Benson fotografierte wilde Blumen im Auftrag der peruanischen Regierung und würde erst in einigen Wochen nach England zurückkehren.

Und so musste sie Patrick Jamieson wohl oder übel von ihrem Misserfolg berichten und fühlte sich dümmer denn je.

»*Gemüse*«, murmelte er unheilvoll und schaute sich im Büro um. »Wer von euch weltgewandten Großstädtern versteht was von Gemüse?«

Lennie und David bekamen Lachkrämpfe. Achselzuckend blätterte Jade in einer Zeitschrift.

»Also, ich kenne die tiefgefrorenen Packungen, die ich in die Mikrowelle stecke«, verkündete Natasha.

Auch Colette war eine bittere Enttäuschung. »Dieses Zeug hasse ich, vor allem Kohl. So was esse ich nie.«

Patrick wandte sich zu Maddy. »Aber Sie schon, nicht wahr? Soviel ich mich entsinne, hat Ihr Vater einen Schrebergarten gepachtet. In der Nähe meines Studios. Sehr gut. Um den schrecklichen Schaden wieder gutzumachen, den Sie meinem internationalen Ruf zugefügt haben, werden Sie die Requisiten beschaffen. Jedes verdammte Gemüse will ich haben, von Kichererbsen über Kenia-Bohnen bis zu Süßkartoffeln. Wenn ich schon Gemüse knipsen muss, verlange ich alles im Überfluss, was Extravagantes, ein Exemplar von jedem Gemüse, das die Welt je gesehen hat – und wenn Sie in den Nine-Elms-Markt einbrechen müssen, um daranzukommen.«

»Okay.« Maddy versuchte ihr Entsetzen zu verbergen und fragte sich, wie sie seine Forderungen erfüllen sollte. Mit einem Sack Kartoffeln und ein paar Möhren würde er sich nicht begnügen.

»Am Freitag«, fuhr er fort. »Um neun muss das Zeug in meinem Studio sein. Zusammen mit Ihnen, Maddy. Sie werden die Anstandsdame spielen, weil man nie wissen kann, wozu gewisse unbeaufsichtigte Gemüsesorten fähig sind.«

»Aber vielleicht wird Eva...«, begann sie.

»Kümmern Sie sich nicht um Eva. Ich rede mit ihr. Und – Maddy...«

»Ja?«

»Wenn Sie jemanden buchen, der den Premierminister ablichten soll, vergewissern Sie sich, dass der Fotograf nicht auf Innenarchitektur spezialisiert ist.«

Am liebsten hätte sie ihn ermordet. Wie konnte er nur? Noch dazu vor ihren neuen Kollegen! Klar, sie hatte einen Fehler gemacht. Dafür ließ er sie büßen, und wenn sie nicht alles täuschte, schien er es in vollen Zügen zu genießen. Und *das* war nun wirklich nicht nötig.

An Sonntagen blieb Maddy für gewöhnlich sehr lange im Bett. Diesmal nicht, denn ein Sonntagvormittag bot ihr eine günstige Gelegenheit, alle »Steckrüben« zusammen anzutreffen und für ihre Zwecke einzuspannen.

»Fährst du heute zur Laubenkolonie?«, fragte sie ihren Vater. »Ich möchte dich und deine Freunde um einen Gefallen bitten.«

»Gut, komm mit mir.«

Dabei wollte sie auch die Chance nutzen, noch einmal mit ihrem Vater über Belinda zu reden.

Sobald sie in Gavins altem Vauxhall saßen, schnitt sie das Thema an.

»Dad, ich mache mir solche Sorgen um Bel. Unter den vielen Schichten ihrer diversen Klamotten ist sie kaum noch ein Strich in der Landschaft. Ich habe versucht, mit Mum zu sprechen. Aber du kennst sie ja. Wenn man ihren wundervollen Liebling kritisiert, hält sie's für eine persönliche Beleidigung und streitet alles ab.«

»Wie soll denn *ich* deiner Mutter Vernunft beibringen? Leider bin ich in ihrer Achtung rettungslos gesunken. Solange ich für einen großen Konzern gearbeitet habe, war sie überglücklich – all die Dinnerpartys und offiziellen Veranstaltungen... Das hat ihr viel mehr gegeben als mir. Und seit sie darauf verzichten muss, setzt sie ihre ganzen Hoffnungen in Bel.«

Plötzlich empfand Maddy tiefes Mitleid mit ihren Eltern, besonders mit ihrer Mutter. Was würde geschehen, wenn sie von Iris erfuhr?

»Hast du ihr jemals erklärt, warum du in den Ruhestand gegangen bist?«

»Nicht direkt. Sie glaubt, ich hätte es nur getan, um sie zu ärgern. Damals hängte sie sich noch enger an ihre ältere Tochter, fast als müsste Belindas Ballettkarriere sie für die Ehe mit einem Versager entschädigen.«

Bestürzt zuckte Maddy zusammen. »Und das hast du einfach so hingenommen, Dad? Genauso, wie sie deine Begeisterung für den Schrebergarten hinnimmt.«

»Nun, vielleicht funktioniert es auf britische Weise.«

»Nicht besonders gut. Bel ist krank, Mum will's nicht wahrhaben, und du triffst dich mit einer anderen Frau.«

Schuldbewusst seufzte Gavin und schwieg.

»Sprich dich endlich mit Mum aus! Du darfst den Kopf nicht länger in den Sand stecken.«

»Solche Konfrontationen habe ich schon immer gehasst«, gestand er und warf ihr einen kurzen Seitenblick zu.

»Wenn man Probleme verdrängt, verschwinden sie nicht. Nie bist du da. Und Bel braucht euch beide.«

Gavin umklammerte das Lenkrand, als wollte er sich gegen eine unangenehme Pflicht wappnen. »Okay, ich werde mit deiner Mutter über Bel reden.«

»Noch ist es nicht zu spät.«

»Sicher nicht.«

»Und für deine Ehe ist es auch noch nicht zu spät.«

»Mal sehen...«

Maddy wünschte, sie hätte ihren Vater etwas nachhaltiger überzeugt. Blicklos starrte sie aus dem Autofenster. Wie konnten sich Eheleute nur so auseinander leben? Mit Chris würde ihr das nicht passieren. Niemals würden sie eine Entfremdung akzeptieren und allen Schwierigkeiten ausweichen. So wie ihre Eltern.

Im Schrebergarten hatten Dennis und Maurice bereits den Wasserkessel aufgesetzt.

»Hallo, Gavin, wir kochen gerade Tee.« Dennis nickte Maddy zu. »Wie ich sehe, hast du Verstärkung mitgebracht, alter Junge. Planst du eine größere Aktion? Willst du irgendwas umgraben?« Skeptisch musterte er Maddys Outfit, in das sie hastig geschlüpft war – einen Secondhand-Rock aus

Satin, ein grünseidenes indisches Hemd und einen flauschigen Cardigan. Dann schüttelte er den Kopf. »So was würde ich bei der Gartenarbeit nicht tragen.«

Da er stets dasselbe gemusterte Vyela-Hemd, einen braunen Pullover und eine alte Kordhose anhatte, dazu eine zwanzig Jahre alte Mütze, war das keine weltbewegende Offenbarung.

»Eigentlich bin ich nicht gekommen, um mit euch in der Erde zu wühlen«, gestand Maddy, »sondern weil ich euch um einen Gefallen bitten möchte. Ich weiß, das klingt verrückt. Bis Freitag muss ich sämtliche Gemüsesorten aufspüren, die auf dieser Welt existieren.«

»Willst du eine dieser trendigen Diäten machen?«, fragte Maurice hilfsbereit. »Von dieser Kohlsuppendiät habe ich schon gehört. Übertreib's bloß nicht, Maddy.«

»Nein, ich werde *keine* Diät machen«, verkündete sie in entschiedenem Ton. »Einer der Fotografen, für die ich arbeite, soll ein Titelblatt knipsen. Dafür braucht er einen Riesenberg Gemüse – alles von langweiligen alten Pastinaken bis zu...«

»Verzeihung«, fiel Dennis ihr gekränkt ins Wort, »Pastinaken sind nicht langweilig.«

»Tut mir Leid. Also, alles von *gewöhnlichem* Gemüse...«

Zu ihrer Erleichterung erhob Dennis keinen Einspruch.

»...bis zu exotischem wie Kohlrabi und Butternüssen.«

»Und was will dieser Kerl damit machen?«, fragte Maurice argwöhnisch.

»Das weiß ich nicht genau. Aber er ist ziemlich berühmt. Also wird ihm irgendwas Künstlerisches vorschweben.«

»Auf diese Idee hätte er früher im Jahr kommen sollen. Da wäre die Auswahl größer gewesen.« Offenbar hielt Dennis nicht viel von international bekannten Fotografen und ihrem mangelnden Verständnis für den unabänderlichen Kalender der Gartenkultur. »Nun, wir könnten mit den anderen reden«, schlug er vor und zeigte auf die benachbarten Schrebergärten.

»Und mit dem Lebenshändler in Green Lanes«, ergänzte Maurice. »Der hat immer Jamswurzeln und Okraschoten und diese winzigen grünen Bananen, die wie Kinderfäustlinge aussehen.«

»Hör mal, Maurice, Bananen sind Früchte, kein Gemüse.«

»Auch Tomaten sind Früchte. Aber das hindert niemand daran, sie für Gemüse zu halten.« Maurice schenkte der Tatsache, dass Tomaten zur Familie der Früchte zählen, eine ganz besondere Aufmerksamkeit, die schon beinah an Besessenheit grenzte. Hin und wieder schrieb er an den *Daily Telegraf* Leserbriefe über dieses Thema, die zur Verblüffung seiner Frau sogar oft veröffentlicht wurden.

»Wenn ich's mir überlege – packt auch ein bisschen Obst dazu«, bat Maddy. »Nur zur Sicherheit.«

»Und wohin soll das ganze Gemüse gebracht werden?«, fragte Gavin.

»Ins Studio des Fotografen, ganz in der Nähe«, erklärte sie. »Lagert es erst mal in Dennis' Schuppen. Am Freitag könnte ich ein Taxi mieten, am besten einen Kombi, und alles abholen.«

»Okay.«

Dennis nickte Maurice zu, und sie schauten so entschlossen drein, als hätte man sie aufgefordert, ganz allein das besetzte Frankreich zu erobern. »Das machen wir.«

»Vielen Dank.« Beinahe hätte Maddy hinzugefügt: *Ich wusste ja, auf die »Steckrüben« kann man sich verlassen.* Gerade noch rechtzeitig fiel ihr ein, dass sie diesen Spitznamen vermutlich nicht besonders schätzten.

Am Freitagmorgen erwachte Maddy völlig erschöpft, nachdem sie die ganze Nacht von bösartigen Pastinaken und Killermöhren geträumt hatte. Daran war Patrick Jamieson schuld.

Nur weil sie eine Buchung ein bisschen vermasselt hatte, musste sie tonnenweise Gemüse in sein Studio schleppen. Beschäftigte er denn keinen Assistenten, der so was erledigen konnte? Mit trüben Augen spähte sie in den Spiegel. Nachdem sie nächtelang schlecht geschlafen hatte, waren ihre Augen verquollen, und ihr Haar, das sich niemals richtig bändigen ließ, glich dilettantisch geföhnten Medusalocken. Scheiße. Und was sollte sie anziehen? Was eignete sich für eine Situation, in der sie Gemüse arrangieren und gleichzeitig einer glanzvollen Foto-Session beiwohnen musste? Bei der Blumenkohlköpfe und Artischocken die Stars waren, nicht Pop-Größen wie Belisha oder Madonna?

Doch sie fand keine Zeit, sich darüber zu ärgern. In fünf Minuten würde das Taxi eintreffen. Also schlüpfte sie in die Unterwäsche vom Vortag, ein altes Sweatshirt mit Kapuze von FCUK und eine Jogginghose, die Jude als Werbegeschenk von der Fluglinie Virgin Atlantic bekommen hatte. Kein besonders schickes Ensemble, aber praktisch. Dann stopfte sie ihre grüne Samtjacke, den Satinrock und das indische Hemd in eine Plastiktüte. Sobald das Gemüse in Patricks Studio gelandet war, würde sie sich umziehen. Wenn die Leute von der *Daily-World*-Redaktion aufkreuzten, durfte sich eine Flash-Mitarbeiterin nicht in einem so schäbigen Aufzug präsentieren.

Glücklicherweise begleitete sie ihr Vater, um ihr zu helfen. Auch die anderen »Steckrüben« warteten vor Dennis' Schuppen, obwohl es erst acht war und eine bleiche Sonne auf die frostigen Beete der Stangenbohnen schien.

»Tausend Dank!«, begrüßte Maddy ihre alten Freunde. »Ohne euch würde ich's nicht schaffen.«

»Überraschung!« Fröhlich zwinkerte Maurice ihr zu und öffnete die Schuppentür.

Darin häuften sich Gemüse in einer so erstaunlichen Vielfalt, wie Maddy sie noch nie gesehen hatte. Manche Sorten kannte sie nicht einmal.

»Fantastisch!«, jubelte sie. Aber wie sollte sie das alles im Taxi verstauen?

Dankenswerterweise las Maurice ihre Gedanken. »Wir haben ein paar alte Düngersäcke in den anderen Schrebergärten gesammelt«, verkündete er und hielt ein Paket von etwa zwanzig Stück hoch. »Und Schubkarren. Damit transportieren wir das Gemüse zum Auto.«

Als das Werk vollbracht war, fand Maddy gerade noch Platz auf dem Beifahrersitz.

»Viel Glück!«, schrien die »Steckrüben«.

»Was soll ich nachher mit dem Gemüse machen?«, schrie Maddy zurück.

Ihr Vater lächelte. »Wirf alles in einen großen Suppentopf!«

Nun stand Maddy vor einem neuen Problem. Wie sollte sie das Zeug ohne den Beistand der »Steckrüben« in Patricks Studio transportieren? Der Taxifahrer warf nur einen kurzen Blick auf die Säcke und erinnerte sich, dass er in einer halben Stunde jemanden abholen musste.

Maddy läutete an Patricks Tür. Nichts. Sie läutete noch einmal. Ohne Erfolg. Musste sie auch noch die Schuld an einem falschen Termin auf sich nehmen – nicht nur am gottverdammten falschen Fotografen? Nein, das Shooting sollte eindeutig am Freitagmorgen stattfinden. Das hatte sie erst am Vortag mit Patrick besprochen.

»Scheiße«, murmelte sie. »Scheiße, Scheiße, Scheiße.« Nun würde ihr nichts anderes übrig bleiben, als die ganze Last allein aus dem Laderaum des Kombis zu heben.

Zwanzig Minuten später lag der letzte Beutel vor Patricks Schwelle, und Maddy dachte, sie würde jetzt entweder sterben oder sich freiwillig für einen Job in den sibirischen Salzminen melden. Sie läutete wieder an der Tür, dann hämmerte sie mit beiden Fäusten dagegen. Ein paar Minuten später erschien Patrick in der Tür, das lange dunkle Haar noch feucht von der Dusche. »Heiliger Himmel, was bedeutet das? Hat irgendjemand einen Partyservice engagiert?«

»Das ist Ihr Gemüse!«, fauchte Maddy. »Gerade habe ich's aus der Laubenkolonie geholt. Etwa zwei verdammte Tonnen! Während Sie sich mit Badedas eingeschäumt haben!«

»Mein Gott!« Patricks Grinsen erlosch. »Haben Sie das alles ganz allein getragen?«

»Aus dem Taxi bis hierher. Ja.«

»Warum haben Sie nicht geläutet? Dann hätten wir Ihnen geholfen.« Er trat beiseite, gab den Blick auf eine erstaunlich vielköpfige Schar frei, und Maddy begrub ihre Hoffnung, den schicken Leuten von der *Daily World* in einem ebenso schicken Outfit zu begegnen.

»Weil Ihre lausige Klingel nicht funktioniert!«, zischte sie und drückte mit aller Kraft darauf. Sofort erklang ein schriller Klingelton.

Sie stürmte an Patrick vorbei. Warum musste so was immer nur ihr passieren?

Im Studio stand eine längliche Plattform, mit grünem Samt verkleidet, umgeben von einer Scheinwerferbatterie und einem Wald aus reflektierenden Silberschirmen, die das Licht verstärken sollten. Diese Szenerie erinnerte Maddy vage an einen Altar für Menschenopfer.

Wie Recht sie damit hatte, ahnte sie noch nicht.

Patrick beauftragte die Crew, die Gemüsesäcke hereinzutragen. Widerstrebend gehorchten die Leute.

Sobald sie ihre Last mürrisch in Patricks Studio geworfen hatten, machte er sie mit Maddy bekannt. »Das ist Adrian, mein Assistent. Noddy, der Beleuchter. Suzanne Mayor von *Glorious Gardens*.« Auf der Treppe erklangen polternde Schritte, und Scarlett eilte herein. »Meine Tochter kennen Sie ja schon. Sie wollte uns unbedingt helfen. Also, Adrian…«

Er wandte sich zu seinem Assistenten. »Arrangieren wir das Gemüse. Bitte – keine zweideutigen Möhrenscherze!«

»Spielverderber!«, klagte Adrian, legte eine originell geformte Möhre beiseite und ergriff eine Lauchstange. »Kennt ihr die Story über Marie Looyd? Sie durfte nicht singen: ›Ich sitze zwischen den Möhren und Erbsen‹, weil das zu anzüglich war. Also änderte sie's in: ›Ich sitze zwischen Möhren und Lauchstangen.‹«

Gellendes Gelächter brach aus.

Nachdem Patrick mit Adrians Hilfe das Gemüse auf die Plattform gebracht hatte, machte er ein Polaroid. »Was halten Sie davon, Suzanne?«

Enthusiastisch nickte sie. »Ja, das gefällt mir. Ich liebe die Aura eines farbenfrohen Stilllebens. Natur in Hülle und Fülle. Grandioses Konzept.«

»Gut.« Patricks Mundwinkel zuckten, und Maddy merkte ihm an, dass es ihm schwer fiel, poetische Gefühle für Gemüse zu entwickeln. »Dann sind wir auf derselben Wellenlänge. Freut mich.« Er verschoss einen Film, dann trug er ein paar Gemüsesorten in den Patio. Zuerst legte er sie in einen Liegestuhl, dann auf die Hollywoodschaukel.

»Fabelhaft!«, schwärmte Suzanne. »Witzig und hintergründig, in postmodernem Stil. Genauso haben wir's uns vorgestellt.«

Maddy blinzelte erstaunt. Nie zuvor hatte sie den Eindruck gewonnen, Gemüse wäre postmodern.

Nach fast drei Stunden wandte sich Patrick wieder an Suzanne. »So, ich glaube, das war's. Morgen schicke ich Ihnen Kontaktabzüge.«

Suzanne starrte ihn verwundert an. Wahrscheinlich hatte sie den ganzen Tag für das Shooting eingeplant.

»Haben Sie noch nie mit Patrick gearbeitet?«, flüsterte Adrian ihr zu. »Für diese Spezialität ist er berühmt. Um einen solchen Auftrag zu erledigen, braucht er nur halb so lange wie andere Fotografen. Bei ihm gibt's kein großes Affentheater.«

Patrick schenkte ihr sein liebenswürdigstes Lächeln. »Zum Glück gibt es kein zickiges oder verkatertes Gemüse. Und es weigert sich auch nicht, zusammen mit anderem Gemüse fotografiert zu werden, weil das seine Eitelkeit kränken würde. Dadurch läuft's wie am Schnürchen.«

»Okay.« Suzanne schüttelte Hände und verteilte ihre Visitenkarten. Noch vor der Mittagszeit wurde sie in ein Taxi verfrachtet. Anscheinend war alles vorbei, und Maddy fragte: »Kann ich mich irgendwo umziehen, Patrick? Bis jetzt hatte ich noch keine Chance, dieses verdreckte Outfit einer Gemüseschlepperin loszuwerden.«

»Natürlich. Da drüben finden Sie das Bad. Aber Sie müssen sich nicht eigens anziehen. Da hängt ein Bademantel am Haken.«

Maddy schüttelte den Kopf und versuchte, klar zu denken. Was bildete sich der Mann eigentlich ein?

»Was meinen Sie?«, fragte sie verwirrt. »Warum soll ich mich nicht ankleiden?« War das ein unsittliches Angebot? Wohl kaum – in so beiläufiger Form, vor all den Leuten…

»Kommen Sie nicht auf dumme Gedanken.« Offenbar las Patrick die ihren, und Maddys Gesicht nahm die Farbe einer Tomate an. In strengem Ton fuhr er fort: »Hier geht's um meine Arbeit. Um sonst gar nichts. Erst mal wird sich Charis mit Ihren Haaren befassen.« Er zeigte auf eine geisterhafte junge Frau mit schwarzen Lippen, die vermutlich eben erst eingetroffen war, gefolgt von einem grazilen jungen Mann. »Fürs Make-up ist Myles zuständig«, fügte Patrick fast im selben Atemzug hinzu, ohne Maddys sichtliche Verblüffung zu beachten. Schon seit einer ganzen Weile öffnete und schloss sie den Mund wie ein Goldfisch, der an Sauerstoffmangel litt, oder was immer Goldfische zum Atmen brauchen. »Und Adrian, mein Assistent, übernimmt das Styling.«

In Maddys Gehirn nahm eine grausige Ahnung allmählich Gestalt an. »Was hat das alles mit mir zu tun?«

»Oh...« Patrick setzte eine unschuldige Miene auf. »Habe ich das nicht erwähnt? Von diesen beschissenen Stillleben-Fotos habe ich die Nase voll. Jetzt brauche ich was mit ein bisschen mehr Pep und Sex. Nämlich *Sie*.«

Wie eine Giftgaswolke stieg panisches Entsetzen in Maddy auf. »Mich?« Ihre Brust verengte sich, und sie glaubte, jeden Moment in Ohnmacht zu fallen. Vielleicht wäre das Schicksal, das Patrick ihr androhte, sogar vorzuziehen.

»Entschuldigt uns einen Augenblick.« Er packte Maddys Ellbogen und führte sie in sein Schlafzimmer. Nur vage nahm sie das breite Bett mit der weißen Decke wahr, die gigantischen Fotos an den Wänden.

»Warum ich?«, murmelte sie dumpf.

»Weil das alles Ihre Schuld ist. Sie haben mich da reingeritten. Und jetzt können Sie mich wieder rausholen.«

Charmant, aber unbarmherzig beharrte er auf seinem Standpunkt.

»Suzanne war ganz begeistert von den Stillleben-Bildern mit dem Gemüse.«

»Nur weil sie das Gemüse nicht mit *Ihnen* gesehen hat. Die Kunden freuen sich, wenn sie die Fotos kriegen, die sie verlangt haben. Dann sind sie vollauf zufrieden. Aber sie haben nicht viel Fantasie. Also gebe ich ihnen zuerst die Fotos, die sie sich wünschen, danach kriegen sie die Bilder, die sie wirklich verwenden werden. Wenn sie die sehen, erkennen sie glasklar, dass sie gar keine Wahl haben. Weil *meine* Ideen viel besser sind als ihre. Verstehen Sie das, Maddy?«

»Bitte, Patrick!«, jammerte sie in wachsender Angst. »Das ist doch albern. Warum *ich*? Wo ich doch so schrecklich aussehe! Haben Sie nicht gesagt, ich müsste abnehmen?« Flehend schaute sie in seine Augen. »Wollen Sie sich an mir rächen? Mich demütigen, weil ich Sie statt Patrick Benson gebucht habe?«

»So eine Gemeinheit trauen Sie mir zu? Nein, ich versuche nicht, Sie zu demütigen. Ganz im Gegenteil, auf meinen Fotos werden Sie wunderschön aussehen.«

Erst jetzt entdeckte sie Scarlett, die in einer Ecke stand. »Hör mal, Scarlett, du verstehst mich doch, nicht wahr? Du hasst es auch, fotografiert zu werden.«

»Weil ich nicht so hübsch bin wie Sie.«

»Ach, du meine Güte...« Maddy spürte, wie ihre Widerstandskraft rettungslos verebbte. »Warum engagieren Sie kein richtiges Model, Patrick?«

»Zu teuer. Außerdem brauche ich was anderes – ein knackiges Mädchen mit Formen, in die man reinbeißen will wie in einen reifen Pfirsich. Eine Zeit lang dachte ich an Tamara Browne. Aber als Natasha mich auf *Sie* hinwies, merkte ich, dass Sie genau die Richtige sind.«

»Was? Das hat Ihnen *Natasha* vorgeschlagen? Die wollte Sie nur verarschen – und mich lächerlich machen.«

»Dann wird sie vor Wut platzen. Glauben Sie mir, Maddy, Sie sind hinreißend. Ich bin ein erstklassiger Profi. Von solchen Dingen verstehe ich mehr als Sie. Warten Sie's ab.«

»Tun Sie's doch, Maddy!« Inzwischen hatte sie Scarletts Anwesenheit vergessen. »Für uns alle, die keine Größe 36 tragen!«, drängte das Mädchen aufgeregt. »Bald wirst du vor Neid erblassen, Kate Moss.«

»Oder dich totlachen.«

»Jetzt reicht's.« Von einer Sekunde auf die andere veränderte sich Patricks Benehmen, was Maddy nicht zum ersten Mal erlebte. »Ich verabscheue Frauen, die unter ihrer äußeren Erscheinung leiden. Und ich ärgere mich über Leute, die keine Komplimente hören wollen. Haben Sie sich als kleines Mädchen verkleidet?«

»Ständig.«

»Und die Kleider, die Sie jetzt tragen, sind wohl kaum dafür bestimmt, im Hintergrund zu verschwinden, oder?« Er zeigte auf die Sachen, die sie in den Händen hielt – den grünen Satinrock und das indische Seidenhemd. »Obwohl das in manchen Fällen besser wäre. Kommen Sie schon, Maddy, es wird Ihnen Spaß machen.«

Spaß?

»Aber...« Verzweifelt unternahm sie einen letzten Protestversuch, wie ein Mädchen, das seine Jungfräulichkeit vorschützte, um einen Vergewaltiger abzuschrecken. »Ich passe nur in Größe 44!«

»Vergessen Sie alle Kleidergrößen.« Ungeduldig schüttelte Patrick den Kopf. »Denken Sie in anderen, *üppigen* Kategorien! Sie sind eine schöne Frau. Eva vor dem Sündenfall. Venus, von Adonis vergöttert. Außerdem...« Er nahm ihr die Kleider aus der Hand und warf sie auf sein Bett. »Das sind Sie mir schuldig, Maddy Adams. Es ist Ihre Pflicht, dieses Shooting zu genießen. Nicht zuletzt, weil Sie der verknöcherten alten Natasha eins auswischen werden.«

11

Und was unglaublich komisch war – Maddy genoss das Shooting tatsächlich, zumindest die Vorbereitungen. Bald fühlte sie sich wie in einem teuren Schönheitssalon, wo sie kostenlos behandelt wurde. Charis und Myles waren wundervoll. Falls sie sich fragten, warum Patrick Jamieson ein Rubens- statt eines Giacometti-Models engagiert hatte, zeigten sie's nicht.

»Was für fabelhaftes, wahnsinnig dichtes Haar!«, lobte Myles.

Zweifellos ein Unterschied zur üblichen Bemerkung ihres

Friseurs: »Wer hat denn *das* geschnitten?«, in einem Ton geäußert, als hätte er soeben ein Kettensägen-Massaker entdeckt. Worauf sie stets wahrheitsgemäß zu antworten pflegte: »Das waren Sie.«

Charis wusch ihr das Haar mit einem Jasmin-Shampoo, das göttlich duftete. Beinahe glaubte Maddy, sie wäre in ein balinesisches Bad geraten, wo Blumen auf dem Wasser schwammen. Das sah sie immer wieder in Reiseprospekten, aber einen solchen Luxusurlaub konnte sie sich nicht leisten.

Nachdem Charis das Shampoo ausgespült hatte, verteilte sie eine ebenso himmlische Kokosnuss-Spülung darauf, dann besprühte sie's mit einem Präparat namens Fudge. Maddy kam sich allmählich wie ein besonders edles Dessert vor. Danach drehte Charis das Haar auf große Wickler. »Beinahe hätte ich zu wenige davon«, murmelte sie, »weil Ihr Haar so voll ist.«

Jetzt übernahm Myles das Kommando. »Fantastische Haut«, gratulierte er Maddy und entfernte ihr dilettantisches Make-up. »Sie sollten mal sehen, mit welchen Gesichtern wir uns normalerweise abplagen müssen.«

»Wirklich?« Maddy hielt sich eher für die Leserin diverser Klatschzeitschriften, nicht für eine der prominenten Persönlichkeiten, die darin abgebildet wurden.

»O ja. Allergien, weil sich manche Frauen von Vitamintabletten ernähren. Oder Pickel von heimlichen Schokolade-Orgien.« Maddys Hand stahl sich zu ihrer Schultertasche, in der einige Mars-Riegel steckten. »Und glauben Sie mir – sündhaft teure Drogen nützen dem Teint überhaupt nicht.« Sorgsam massierte er eine Feuchtigkeitscreme in ihre Schläfen. »Werden Sie leicht braun?«

»Sobald ich in die Sonne gehe.«

»Wie meine Mum. Beneidenswertes Mädchen...«

Maddy beschloss, den Hinweis auf seine Mutter zu vergessen und das Kompliment zu akzeptieren. Natürlich hatte Patrick Recht – Leute, die keine Komplimente hören wollten, waren ein Ärgernis.

Mit geschlossenen Augen überließ sie sich Myles' sanften Händen, die die Feuchtigkeitscreme jetzt auf ihrem Gesicht verrieben. Danach trug er mit einem winzigen Schwämmchen eine Grundierung auf. Mit einem Kosmetikum aus einer goldenen Hülle, das ziemlich kostspielig aussah, betupfte er die wenigen Flecken, die er fand.

»Touch Éxclat«, erklärte er, »brillant. Nicht dass Sie so was wirklich bräuchten, Sie Glückliche. Bei manchen Models, deren Namen ich erwähnen könnte, brauche ich eine ganze Tube.«

Um die Wimpern zu verdichten, bestäubte er sie mit Gesichtspuder, denn dadurch würden sie mehrere Schichten Mascara aufnehmen, ohne zusammenzukleben. Dann wählte er einen silbergrauen Lidschatten und betonte die Lidfalte mit metallischem Blaugrau.

»Ich ziehe nur Linien an Ihren unteren Lidern, das wirkt weicher als ein Eyeliner auf den oberen und nicht so sixtymäßig wie Kajal. Zum Schluss ein bisschen transparenter Puder...« Maddy spürte die zarten Küsse einer Quaste. »So, Mädchen. Nun dürfen Sie in den Spiegel schauen.«

Maddy richtete sich auf und inspizierte ihr Spiegelbild.

Sie sah traumhaft aus...

Langsam drehte sie den Kopf zur Seite. Ihre braunen Augen wirkten riesig. Exotisch schräg gestellt, verliehen sie ihr jenen verführerischen Komm-doch-mal-zu-mir-Look, den sie mit italienischen Filmdiven assoziierte.

»Wow! Wollen Sie nicht bei mir einziehen und mich jeden Morgen zurechtmachen?«

Myles lachte. »Das könnten Sie sich nicht leisten, meine Liebe. Sie sind wirklich ziemlich hübsch geworden. Aber warten Sie erst mal ab, bis Charis mit Ihnen fertig ist.«

Zwanzig Minuten später löste Charis den letzten Wickler aus Maddys Haar und bürstete es, bis es in glänzenden Wellen das Gesicht umrahmte. »Hmmm – zu brav...«, dachte sie laut und trat zurück, um ihr Werk zu begutachten. Dann griff sie mit allen Fingern in Maddys Locken und zerwühlte sie. »So ist's besser. Jetzt sehen Sie aus, als ob Sie gestern beim Friseur gewesen wären und die Nacht mit einem Sexgott verbracht hätten.«

»Als ob...« Seufzend betrachtete Maddy ihr Spiegelbild. »Wie kriegen Sie das bloß hin?«, fragte sie hingerissen.

»Berufsgeheimnis.«

»Nun sollten Sie aber gehen und sich fotografieren lassen«, schlug Myles grinsend vor. »Verschwenden Sie Ihre umwerfende Schönheit nicht an uns.«

Lächelnd eilte sie ins Studio und wartete auf Patricks Reaktion. Doch sie wurde enttäuscht, denn er beachtete sie kaum, während er sich auf die Beleuchtung konzentrierte.

Das grelle Licht jagte ihr neue Angst ein. Plötzlich fühlte sie sich lächerlich – das dicke Mädchen, das die Ballkönigin spielen wollte. »Patrick, ich glaube wirklich nicht...«

»Ersparen Sie mir den Quatsch, Maddy«, unterbrach er sie und wandte sich nicht einmal von seinem Scheinwerfer ab. »Wir dürfen keine Zeit verschwenden, alles ist bereit. Zieh ihr den Bademantel aus, Adrian.«

»Nein!« Entrüstet presste sie den Frotteestoff an ihre Brüste.

»Bitte, Maddy...« Er schüttelte den Kopf, und sie las Belustigung in seinen Augen, vielleicht auch einen Funken Verständnis.

»Hören Sie, das ist nicht komisch!«, warf sie ihm vor. Am liebsten wäre sie im Erdboden versunken.

»Tut mir Leid, aber Sie sehen wie eine Stummfilmheroine aus – der Typ, der sich eher ans Bahngleis fesseln als vom hartherzigen Vater einem Wüstling ausliefern lässt.«

»Und Sie sehen aus wie der Vater!«, beschuldigte sie ihn.

»Biest!«, schimpfte er und lachte. »Hören Sie – ich verspreche Ihnen, dass Sie einen respektablen Eindruck machen werden.«

»Was genau habe ich an?«

»Natürlich Möhren«, erwiderte er, als wäre das die offensichtlichste Erklärung von der Welt. »Zucchini. Schalotten. Stangensellerie. Okraschoten.«

»Und was trage ich *unter* den Zucchini und Auberginen?«

»Ihr Höschen, okay? Nun kommen Sie schon, Maddy, wir warten.«

Nach der Dusche hatte sie unter dem Bademantel ihren leicht angegrauten Slip angezogen. Für diese Vorsichtsmaßnahme war sie jetzt dankbar, auch wenn es ihr nur schwachen Trost spendete. »Sie könnten sich mit dem Gemüse zufrieden geben. Ohne mich! Suzanne war hellauf begeistert. Das hat sie gesagt.«

»Wenn sie *Ihre* Fotos sieht, wird sie sich anders besinnen. Sie werden die Göttin aller Gemüsegärten sein, die Venus von Milo aller Salatpflanzen, und die Gemüsehändler werden Sie anbeten. In sämtlichen Läden werden Sie unsterblichen Ruhm erlangen, umschwärmt von den *Glorious-Garden*-Lesern. Vielleicht gründen Sie sogar einen eigenen religiösen Kult.«

Trotz ihrer Nervosität musste sie kichern.

Um seinen Vorteil zu nutzen, hakte er sofort mit einer infamen Taktik nach. »Außerdem sind Sie schuld an allem. Erinnern Sie sich?«

»Das ist Erpressung.«

»Stimmt.«

»Ich ziehe mich nicht aus.«

»Keine Bange.« Patrick schenkte ihr ein dämonisches Lächeln. »Hier befinden Sie sich in der Obhut untadeliger Gentlemen.«

Widerstrebend trat Maddy ins Licht, Patricks Bademantel immer noch eng um ihren Körper gewickelt.

»Na also!«, rief er aufmunternd. »Sie sehen perfekt aus. Adrian, nimm ihr dieses Ding ab.«

Beharrlich umklammerte Maddy den Frotteestoff.

»Bitte, halten Sie sich nicht an diesem Bademantel fest wie eine Jungfrau bei einer Orgie.«

»Genauso fühle ich mich aber.«

»Denken Sie an Marilyn Monroe. Denken Sie an Sophie Dahl. Denken Sie an eine reife Frucht, die vor lauter Saft fast platzt.«

Maddy zog ihren rechten Arm aus dem Ärmel. »Vergleichen Sie mich mit einer Melone?«

»Ganz recht.« Patrick half ihr aus dem anderen Ärmel. »Kennen Sie das arabische Sprichwort? ›Ein Mann hat sein Vergnügen, eine Frau ihre Pflicht, und für die Ekstase gibt's eine Melone.‹«

»Besten Dank.« Maddy kniff die Augen zusammen. Nur Patrick, Adrian und Scarlett waren im Studio. Und wenn sie zu dick aussah? Ihre Titten waren okay, wenn sie einen Arm davor hielt. Aber ihr Bauch wölbte sich eindeutig nach vorn. Könnte sie doch weglaufen...

Sei nicht so feige, mahnte ihre innere Stimme.

Für dich ist's okay, konterte sie. *Du bist mein Super-Ego. Und Super-Egos haben keine Zellulitis.*

Es war dieses Wort, das sie aufbaute. Zum Teufel damit. So vielen Frauen verschaffte es Minderwertigkeitskomplexe und Selbsthass, obwohl sie in Wirklichkeit wundervoll aussahen. Auch der widerwärtige Choreograph hatte das Wort Zellulitis benutzt und Bel gezwungen, sich krank zu hungern. O nein, dachte Maddy. Verdammt wollte sie sein, wenn sie sich *davon* unterkriegen ließ.

Schließlich öffnete sie den Bademantel mit einer so dramatischen Geste, dass Patrick und Adrian zusammenzuckten.

Gerührt über ihren plötzlichen herausfordernden Trotz, bemerkte Patrick sanft: »Immer mit der Ruhe. Sie müssen nicht auf die Guillotine steigen. Verschränken Sie Ihre Arme. So...« Behutsam kreuzte er ihre Arme vor den Brüsten. Dann legte er Maddy auf den grünen Samt der Plattform zwischen mehrere Kissen, und Adrian arrangierte verschiedene Gemüsesorten rings um ihren Körper.

Ein paar Sekunden lang inspizierte Patrick die Szenerie. »Ein Apfel! Ich brauche einen Apfel!«

»Cox oder Granny Smith?«, fragte Adrian und wühlte in dem Chaos am Boden. Zum Glück hatten die »Steckrüben« Maddys Wunsch erfüllt und nicht nur Gemüse, sondern auch ein bisschen Obst eingepackt.

»Gib mir irgendeinen.« Patrick drückte den Apfel in Maddys Hand und schob ihren Arm nach hinten, so dass ihre Locken die Frucht halb verbargen. »Jetzt symbolisieren Sie Eva. Pure Verführung, die Erbsünde.«

»Moment mal...«, begann sie zu protestieren.

»Halten Sie den Mund, Maddy«, unterbrach er sie. »Wie eine Göttin werden Sie aussehen, das schwöre ich. Wenn nicht, dürfen Sie mich verklagen, okay?«

»So was behaupten alte Lüstlinge, wenn sie keinen Film in der Kamera haben«, murmelte sie.

Seine Lippen bebten kaum merklich. »Haben wir einen Film in der Kamera, Adrian?«

»O ja, Patrick«, antwortete Adrian ernsthaft. »Selbstverständlich.«

»Betrachten Sie's mal von *dieser* Seite«, empfahl ihr Patrick. »Die *Daily-World*-Redaktion versucht möglichst viele Zeitungen zu verkaufen. Wenn Sie nicht verführerisch wirken, wird das nicht klappen. Und wenn Sie nicht umwerfend aussehen, nimmt Nigel Mills eins der anderen Fotos fürs Titelbild der Beilage. Aber Sie *werden* traumhaft aussehen. Auf die Gefahr hin, dass ich mich wie Ihr Zahnarzt anhöre – entspannen Sie sich. Sie spielen nicht in ›Blow Up‹ mit, wissen Sie, und ich bin nicht David Hemmings, der auf Ihnen sitzt und schreit: ›Gib's mir, Baby!‹«

Darüber musste Maddy lachen, und dann merkte sie, dass er sie bereits fotografierte. Natürlich, die Leica hatte einen lautlosen Auslöser. Seltsam – als sie nicht mehr an das drohende Endprodukt seiner Bemühungen dachte, verflog ihre Scheu. Sie fühlte sich sogar ein bisschen erregt. Vielleicht hing das mit einer gewissen Eitelkeit zusammen, weil sie Patrick Jamiesons ungeteilte Aufmerksamkeit genoss. Er schien sie wundervoll zu finden. Und deshalb *fühlte* sie sich tatsächlich wundervoll. Trotz der sonderbaren Situation posierte sie wie ein Profi.

»Okay!«, rief Patrick. »Für all die Frauen da draußen, die *keine* Zaunlatten sind! Und für die Männer, die Kurven vorziehen, sowieso!« Er legte eine glänzende violette Aubergine auf ihren Bauch, wie ein neugeborenes Baby. Verwirrt blinzelte sie. »Versuchen Sie jetzt, den Apfel zu essen. Stellen Sie sich vor, Sie wären Eva und Sie hätten nie zuvor etwas so Himmlisches gekostet. Dass es falsch ist, wissen Sie. Aber was soll's? Dafür wird der Rest der Menschheit bezahlen!«

Maddy schaute in die Linse und malte sich aus, sie würde tatsächlich den ersten Apfel im Paradies verspeisen.

»Ja, genau!«, schrie Patrick. »Perfekt! Wenn die *Daily-World*-Leute ein anderes Foto aussuchen, sind sie gehirnamputiert.«

Blitzschnell verschoss er einen ganzen Film. Statt einen neuen einzulegen, ließ er sich von Adrian eine andere Kamera geben. Keine einzige Sekunde wollte er verschwenden, denn eine Pause könnte die Stimmung stören.

»So, das war's.« Patrick hob den Morgenmantel vom Boden auf und warf ihn Maddy zu. »Erstaunlich... Was immer es auch ist, Sie haben es.«

Heiße Freude erfüllte ihr Herz. »Und was ist *es*?«

Lässig zuckte er die Achseln. »Nun – Sie halten die Kamera nicht für eine feindliche Waffe, und Sie schauen in die Linse, als wäre sie ein Mensch. Sie ahnen ja nicht, wie schwer das manchen Models fällt. Und Sie scheinen die Aufmerksamkeit des Fotografen zu genießen. Dadurch entsteht eine gewisse Intimität, die mühelos rüberkommt.« Er half ihr in den Bademantel.

»Komisch – es hat wirklich Spaß gemacht.« Warum, verstand sie nicht. »Jetzt ziehe ich mich an. Und – Patrick, bleiben Sie bei der Fotografie. Vergessen Sie diesen kitschigen Mumpitz von Eva und dem Paradies.«

»Autsch, also lauert ein Biest unter der Schönheit? Noch ein paar Fotos, und Sie würden Voodoo-Nadeln in arglose Leute stechen.«

»Nur wenn sie's verdienen. Entschuldigen Sie mich jetzt? Ich möchte mich endlich anziehen.«

»Ach, ich weiß nicht recht...« Anerkennend starrte Patrick in ihren Ausschnitt. »In diesem Aufzug sehen Sie zauberhaft aus.«

»Ja, Sie waren fantastisch, Maddy«, stimmte Scarlett zu. »Vielleicht gibt's auch für mich noch Hoffnung...« Verlegen errötete sie. »Nicht, dass ich mich mit Ihnen vergleichen möchte – ich meine nur...« Weil sie erfolglos nach Worten suchte, verstummte sie.

»Schon gut, Scarlett«, versuchte Maddy sie zu beruhigen. »Ich weiß genau, was du meinst. Wäre ich jemals auf die Idee gekommen zu modeln, hätte ich mich bei einem Katalog für Übergrößen beworben.«

Nachdem sie sich im Badezimmer angekleidet hatte, kehrte sie ins Studio zurück. Myles, der Visagist, verteilte gefüllte Champagnergläser. »Wenn's gut gelaufen ist, macht Patrick immer eine Flasche auf.«

»Ist es denn wirklich gut gelaufen?« Maddy wusste, dass sie nach Komplimenten fischte. Aber ein Mädchen wurde nicht jeden Tag von erstklassigen Make-up-Gurus beglückwünscht.

Myles blies die Backen auf. »Sagen wir mal – von kleinen Pannen abgesehen... So was erleben wir immer wieder.«

»Zum Beispiel, wenn der Fotograf das ganze Konzept hasst«, ergänzte Charis.

»Vom Model ganz zu schweigen...«
»Weil das Mädchen unpünktlich ist...«
»Oder mit Drogen voll gepumpt...«
»Oder zu dünn...«
»Oder zu zickig.«
»Oder der Artdirector sich einmischt...«
»Und der Kunde das Ambiente hasst.«
»Und der Fotograf den Kunden hasst.«
Charis und Myles lachten schallend.

»Sparen Sie sich die Mühe.« Maddy ergriff einemMake-up-Entferner und goss ein paar Tropfen auf einen Wattepad. Dann hielt sie inne. Vielleicht wäre es ratsam, noch ein bisschen länger schön zu bleiben. »Ich lasse mir die Freude nicht verderben.«

»Genießen Sie's, solange es dauert.« Charis packte ihre Bürsten, Kämme und Lockenwickler ein. »Ich habe nämlich das Gefühl, dieses Titelblatt wird eine ganze Menge Aufsehen erregen.«

»Allerdings«, bestätigte eine Stimme hinter ihnen. Patrick Jamieson räumte gerade seine Kameras weg. »Von jetzt an werden alle kleinen Jungs ihren Spinat aufessen, und das verdanken die Mütter Ihnen, Maddy. Soll ich Sie nach Hause fahren?«

»Und das Gemüse?«

»Darum kümmert sich Adrian. Gemüse zu entsorgen – das gehört zu seinem Job, nicht wahr, Adrian? Da fällt mir ein – später muss ich bei noch Eva vorbeischauen. Sie wird wissen wollen, wie's geklappt hat.«

»O Gott, Eva...« Schuldbewusst runzelte Maddy die Stirn. »Sie glaubt, ich hätte nur das Shooting beobachtet.«

»Machen Sie sich wegen Eva keine Gedanken. Wenn sie die tollen Fotos sieht, wird sie sich freuen. Und über das Geld, das Sie ihr einbringen, noch viel mehr. Komm, Scarlett, unterwegs setze ich dich daheim ab. Nun, Miss Adams? Wo genau wohnen Sie?«

Zuerst ließen sie Scarlett vor der Wohnung ihrer Mutter in St. John's Wood aussteigen. Wenn Layla hier lebt, muss sie ziemlich üppige Alimente kriegen, dachte Maddy.

Zusammen mit Patrick begleitete sie Scarlett zur Haustür.

»Was willst du am Sonntag machen?«, fragte er seine Tochter.

»Da gibt's ein cooles neues kubanisches Restaurant. Salsa und alkoholfreie Cocktails.«

»Cocktails? Du bist erst fünfzehn.«

»*Alkoholfreie* Cocktails.« Scarlett grinste ihren Dad an.

»Großartig. Meinst du, die haben auch alkoholische?«

»Zweifellos. Glaubst du, Maddy kommt mit? Darüber würde ich mich wirklich freuen.«

Patrick schaute leicht verlegen drein – für ihn offensichtlich ein ungewohntes Gefühl. Wahrscheinlich würde er sich mit einem bildschönen Model verabreden. »Ich nehme an, Maddy möchte den Sonntag mit ihrem Verlobten verbringen und die Sitzordnung für die Hochzeitstafel besprechen – oder so was.«

»Oh, das hat meine Schwiegermutter alles schon geregelt«, erklärte Maddy. Und dann wurde sie feuerrot, weil das so klang, als hoffte sie, er würde sie am Sonntag in dieses kubanische Restaurant einladen. »Aber wir haben genug andere Dinge zu tun.«

»Das dachte ich mir. Also, bis Sonntag, Schätzchen.« Patrick umarmte seine Tochter.

Scarlett war, wie Maddy schon mehrmals festgestellt hatte, in Gesellschaft ihres Vaters wie verwandelt. Amüsant, schlagfertig und selbstbewusst. Umso unbehaglicher schien sie sich in der Nähe ihrer Mutter zu fühlen.

Welche schmerzliche Parallele zu ihrem eigenen Leben... Kein Wunder, dass sie Scarlett ins Herz geschlossen hatte.

»So ein nettes Kind, Patrick«, bemerkte sie, während sie weiterfuhren.

»Ist sie das?« Sie hörte ein Lächeln aus seiner Stimme heraus, so wie immer, wenn er seine Tochter erwähnte.

»Haben Sie jemals darüber nachgedacht, sich das Sorgerecht mit Layla zu teilen?« Zu spät erkannte sie, dass sie sich in sein Privatleben einmischte – was ihr nicht zustand. Etwas unsicher fügte sie hinzu: »Scarlett ist so gern mit Ihnen zusammen.«

Ein längeres Schweigen entstand, dann erwiderte er: »Das habe ich versucht. Aber Laylas Anwalt argumentierte, ich wäre zu oft verreist.«

»Könnten Sie nicht öfter hier arbeiten?«

»Darum bemühe ich mich. Das war einer der Gründe, warum ich mir Ihren verrückten Gemüse-Job aufgehalst habe.«

»Ah«, witzelte sie, »und ich dachte, Sie wären nur dazu bereit gewesen, weil Sie mich inmitten von lauter Möhren sehen wollten.«

»Ja, ein weiterer Anreiz...«

Erschrocken über sich selbst, starrte Maddy aus dem Autofenster. Worauf zum Teufel wollte sie hinaus?

Als sie eine halbe Stunde später in ihre Straße bogen, war sie froh, dass Freitag war. Am nächsten Morgen musste sie nicht zur Arbeit. Natürlich würde sie sich nicht den Kopf verdrehen lassen. Aber sie brauchte eine Atempause, weil sie versuchen musste, vor dem Montag in die Normalität zurückzufinden. Jeden Samstag veranstalteten die Stephanides ein großes Familienessen. Was würde Chris von dem Titelbild halten, das seine nackte Verlobte inmitten diverser Gemüsesorten zeigte? Würde er stolz auf sie sein? Eifersüchtig? Und wie mochte seine griechische Verwandtschaft reagieren? Vermutlich würden sie das Foto gar nicht sehen, weil sie sich nicht für Gärten interessierten. Chris' Dad hatte seinen ganzen Vorgarten pflastern lassen, und der sah jetzt durchaus angemessen wie der Vorhof einer Autowerkstatt aus. Und seine Mum hatte sich mit Blumenkästen gerächt, die griechischen Miniaturtempeln glichen. Aber sie würde wohl kaum in der Samstagsausgabe von *Glorious Gardens* blättern, um sich Anregungen zu holen.

Patrick trat vor Maddys Elternhaus auf die Bremse. »Und was machen die Hochzeitspläne?«

»Oh...« Bei der Erinnerung an das Brautkleid, das er ihr geschenkt hatte, errötete sie. »Bis jetzt gibt's keine Probleme.« Patrick beugte sich über sie hinweg, um die Beifahrertür zu öffnen. Zufällig streifte seine Hand ihre Knie, und sie zuckte zusammen, als hätte sie einen Stromschlag bekommen.

»Ein glücklicher Mann, Ihr Verlobter«, meinte er leise.

»Danke.« Hastig stieg sie aus. »Das werde ich ihm klar machen.«

Dann stand sie auf dem Gehsteig und beobachtete, wie Patrick den Wagen wendete. Hatte er mit ihr geflirtet? Nein, wahrscheinlich war's nur das übliche Geplänkel zwischen einem Fotografen und seinem Model gewesen. Immerhin gab es sehr viele Frauen in Patrick Jamiesons Leben.

Statt sofort ins Flash-Büro zu gehen, wie er es Maddy angekündigt hatte, entschloss sich Patrick zu einem kurzen Besuch im Slug and Sausage und parkte sein Auto in der Tiefgarage um die Ecke. Hier konnte er es bis zum nächsten Tag stehen lassen. Es war schon fast sechs, und im Pub drängten sich zahlreiche Leute, die nach der Arbeit was trinken wollten.

»Wie wär's mit einer Partie Poker?«, schlug der Wirt vor und zeigte auf den Ecktisch.

Patrick schüttelte den Kopf. »Nein, danke. Heute nicht. Gieß mir lieber einen Wodka ein – einen großen.«

»Ah, so ist das also...«

»Was zum Teufel meinst du, Terence?«

»Nur wenn du verliebt bist, trinkst du Wodka«, erwiderte der Wirt grinsend. »Wer ist es diesmal? Kann sie dich auf den rechten Weg führen? Eigentlich dürfte ich das einem meiner Stammgäste nicht sagen – aber da du außerdem ein guter Kumpel bist, riskier ich's. Solltest du im reifen Alter von siebenunddreißig nicht was Besseres zu tun haben, als deine Abende in einer Kneipe voller Spucke und Sägemehl zu verbringen?«

Patrick ignorierte die Frage und trank seinen Wodka in einem Zug. Dann zeigte er auf das Glas. »Noch einen, bitte.«

»Ach, du meine Güte!«, seufzte Terence. »Also hat's dich ernsthaft erwischt. Ist sie verheiratet?«

»So gut wie. Komm, ich hab's mir anderes überlegt. Pokern wir ein bisschen.«

»Wunderbar! Abgelenkt durch Amors Pfeil, wie du bist, müsste ich endlich mal gewinnen.«

»Freu dich nicht zu früh, Terry.« Patricks blaue Augen verengten sich, und sein Blick glich einem Laserstrahl.

Belinda hatte gerade ihr stundenlanges Training in der Garage beendet. Nun trat sie an ein Fenster im Wohnzimmer. Als sie die Spitzengardine beiseite zog, sah sie ihre Schwester, die einem Auto nachschaute.

Irgendetwas an Maddys Haltung erregte Belindas Aufmerksamkeit. Statt die Schultern wie üblich hängen zu lassen, hielt Maddy sich aufrecht – beinahe wie eine Balletttänzerin.

Jetzt drehte sie sich um, und Belindas Atem stockte. Dieses Mädchen mit kunstvollem Make-up und glänzenden Locken wies nur noch eine entfernte Ähnlichkeit mit ihrer Schwester auf.

Verträumt lächelte Maddy vor sich hin. Wollte sie ein kostbares Gefühl in ihrem Herzen verschließen, um es später hervorzuholen und sich daran zu freuen?

Als Belinda ihr zuwinkte, schien Maddy wie aus Trance zu erwachen und überrascht in ihr Zuhause und die Realität zurückzukehren.

Ein paar Minuten später kam sie ins Wohnzimmer. »Hi!«, rief sie, zögerte kurz, und Belinda hatte den Eindruck, sie würde ihr gleich etwas erzählen. Doch offensichtlich besann sich Maddy anders und umarmte ihre Schwester. »Wie geht's? Hast du wieder den ganzen Tag Pliés und Pirouetten geübt?«

Erbost versteifte sich Belinda. »Was soll ich denn sonst mit meiner verdammten Zeit anfangen?«

Maddy ließ sie los und biss sich auf die Lippen. »Wie wär's mit anderen Tanztruppen? Kannst du nicht an einer Audition teilnehmen?«

»Wozu? Wahrscheinlich bin ich schon zu alt.«

»Erst siebenundzwanzig ...«

»Für eine Ballettänzerin ist das alt.«

Maddy seufzte. Bewegte sich das Leben ihrer Schwester in einem unheilvollen Kreis? Weil sie einem Choreographen zu dick erschienen war, hatte sie ihren Job verloren? Jetzt war sie viel zu dünn. Und die Magerkeit ließ sie altern. Immer deutlicher traten die Adern an ihrem Hals hervor.

Bedrückt fragte sich Maddy, wie sie ihr helfen sollte. Dann fiel ihr etwas ein, und sie lächelte erleichtert. »Hör mal – morgen bin ich bei Chris' Familie zum Dinner eingeladen.

Komm doch mit! Sicher würden sich die Stephanides freuen. Sie sind so gastfreundlich. Und du könntest mich vor den Angriffen der Großmutter retten. Diese alte Hexe wird mich noch in den Wahnsinn treiben. Bitte, sag Ja!«

»Okay, ich begleite dich.« Belinda musterte sie aus schmalen Augen. »Aber wer zum Teufel ist Chris?«

Maddy schnappte nach Luft. Nur zu gut wusste sie, wie ihre Schwester das meinte. In den letzten Tagen hatte sie Chris kaum gesehen, weil sie mit den Vorbereitungen für den Fototermin beschäftigt gewesen war.

Am nächsten Abend wollte sie sich besonders schön machen. Sie nahm ihr einziges kleines Schwarzes aus dem Schrank und schlüpfte hinein. Zufrieden spähte sie in den Spiegel. Sehr hübsch – aber vielleicht ein bisschen zu elegant... Deshalb zog sie einen Cardigan aus rosa Mohair darüber, der an der Vorderseite mit winzigen Blumen bestickt war. Diese Kombination hatte sie nie zuvor ausprobiert, und sie fand, es betonte ihre Kurven auf ausgesprochen reizvolle Weise.

Ermutigt beschloss sie, die Eyeliner-Technik anzuwenden, die sie Myles abgeguckt hatte. Nach seiner Ansicht glich sie damit einem Starlet aus den 60er-Jahren.

Doch von einem Profi geschminkt zu werden und den flüssigen schwarzen Eyeliner mit eigener Hand zu applizieren – war zweierlei. Nach einigen vergeblichen Versuchen ähnelte sie eher einer Gestalt aus »Halloween II – Das Grauen kehrt zurück«. Nun, das musste genügen.

Auch Belinda hatte sich sehr sorgfältig gekleidet. Aber in den hübschen Rollkragenpullover und den weiten Rock hätte sie zweimal hineingepasst.

Bei ihrer Ankunft im Haus der Stephanides wurden sie stürmisch umarmt und geküsst.

»Olimpia«, stellte Maddy ihre Begleiterin vor, »das ist meine große Schwester Belinda.«

Verständlicherweise amüsierte sich Olimpia, weil das zierliche Geschöpf an Maddys Seite als »groß« bezeichnet wurde, und sie wechselte sogar ins Griechische, um ihrer Mutter den Witz zu erklären.

Maddy nutzte die allgemeine Heiterkeit, um Chris in die Eingangshalle zu ziehen. »Danke, dass du mir erlaubt hast, Bel mitzubringen«, wisperte sie. »Ich fürchte, es wird immer schlimmer mit ihr. Seit sie ihren Job verloren hat, isst sie fast gar nichts mehr. Beobachte sie doch beim Dinner. Ich weiß wirklich nicht mehr, was ich machen soll.«

»Wenn's jemanden gibt, der sie zum Essen bewegen kann, dann ist es meine Mutter«, versicherte er. »He, du siehst umwerfend aus.« Zärtlich küsste er ihren Hals und flüsterte: »Sollen wir deine Schwester später daheim absetzen und irgendwo rausfahren?«

Da beide noch bei den Eltern wohnten, vermochten sie ihrer Leidenschaft nur selten ungezügelt nachzugeben. Für Chris, der aus der Schule »Rums, bums, danke, Mädchen« kam, war das kein Problem. Eine schnelle Nummer im Auto und gelegentlich eine gemeinsame Nacht genügten ihm. Doch Maddy sehnte sich nach Romantik. Oder wenigstens nach einer Umgebung, wo sie beim Orgasmus nicht die Handbremse im Rücken spürte.

»Vielleicht«, erwiderte sie kokett. Warum wollten Frauen, wenn sie sich schön fühlten, ausgehen und gesehen werden? Und wieso kannten Männer nur einen einzigen Gedanken – sie ins Bett zu werfen, oder wie in diesem Fall auf die Kühlerhaube, und bis zur Bewusstlosigkeit zu bumsen...

»Ahem«, räusperte sich eine Stimme hinter ihnen. Chris' Dad.

»Oh, das vergaß ich zu erwähnen.« Irgendwie brachte Chris es fertig, verlegen dreinzuschauen. »Dad und ich gehen für eine halbe Stunde weg. Ist das okay?«

Mit der Zeit gewöhnte sich Maddy an diese Tradition.

Während die Griechinnen das Essen vorbereiteten, verschwanden die Griechen, um Ouzo zu trinken und Backgammon oder Billard zu spielen. Sie konnte sich vorstellen, wie schockiert die Kerle wären, wenn es eine Frau wagen würde, ins Allerheiligste dieser maskulinen Domäne einzudringen. »Ja, natürlich«, antwortete sie, »bis später.«

Erleichtert grinste Chris. »Mum will ohnehin mit dir über die Hochzeit reden.«

»Wie nett! Ich plaudere mit Olimpia über die Hochzeit, und du betrinkst dich und lochst den Ball ein. Glaub bloß nicht, das wird immer so laufen! Auch ich könnte Billard lernen. Und du, Weinblätter zu füllen.«

Nur zu deutlich verriet Chris' Miene, dass er das für höchst unwahrscheinlich hielt. »Ich liebe dich.«

Im weiblichen Herrschaftsgebiet hatten Olimpia und ihre Mutter Belinda veranlasst, mit ihnen auf dem Samtsofa Platz zu nehmen. Der Anblick erinnerte Maddy an einen schmalen Gedichtband, der zwischen zwei dicken Wörterbüchern eingeklemmt war.

Sie setzte sich ihnen gegenüber, neben das Gasfeuer, das effektvoll Kohlenglut imitierte. Im Haus der Stephanides herrschte eine ganz andere Atmosphäre als bei den Adams. Hier war jeder redselig und temperamentvoll. Dauernd unterbrachen und widersprachen sie einander. Sogar der Hund mischte sich ein. Maddys Eltern saßen zu beiden Seiten des Kamins in ihren Lehnstühlen, allerdings selten gleichzeitig. Die Stephanides kauerten auf den Kanten ihrer dunklen Polstermöbel, stets bereit, aufzuspringen und die neuesten Klatschgeschichten gestenreich zu untermalen. Meistens drehte sich der Tratsch um die ausgeflippten Kinder ihrer Freunde. Da in griechischen Kreisen nur wenige Scheidungen schlüpfrigen Gesprächsstoff lieferten, musste die nächste Generation fürs Amüsement sorgen.

»Also, Maddy...«, begann Olimpia, »inzwischen habe

ich alles geplant. Gott im Himmel, wie mühsam das war! Stell dir vor, wir würden Leute zusammensetzen, die kein Wort miteinander wechseln, weil sie einander vor vierzig Jahren beleidigt haben!«

»Vielen Dank, Olimpia. Sicher hast du alles großartig gemacht.«

»Willst du dir die Sitzordnung nicht anschauen? Am vorderen Tisch sitzt der engste Familienkreis – das Brautpaar, die Eltern, meine Mutter, deine Schwester, die Brautjungfern... Natürlich gehört praktisch jeder Gast zur Familie.«

Olimpia musterte ihre künftige Schwiegertochter. Sie kam ihr heute Abend irgendwie fremd vor. Maddy hatte ihre Frisur und ihr Make-up verändert und sah auf einmal völlig anders aus, viel glamouröser. Und sie schien ihre Größe zu genießen, statt sich dafür zu schämen. Hmmmm, dachte Olimpia, bisher habe ich sie immer für ein hässliches Entlein gehalten. Aber jetzt scheint sie ihre Flügel auszubreiten und sich in einen Schwan zu verwandeln. Vielleicht wegen der Hochzeit...

Dann fiel ihr Blick auf Maddys Schwester. Belinda erinnerte Olimpia an die Ballerina in der Spieldose, die sie in ihrer Kindheit besessen und heiß geliebt hatte. Wenn man sie geöffnet hatte, war eine Melodie aus »Schwanensee« erklungen. Und die kleine Ballerina hatte sich im Kreis gedreht.

Olimpia spürte die stählerne Kraft, die sich hinter Belindas zarter äußerer Erscheinung verbarg. Gleichzeitig wirkte die junge Frau jedoch auch zerbrechlich. Die Haut war fahl, die Augen irrten umher, fixierten nichts und niemanden. Gewiss kein hässliches Entlein, oder? Wie lautete die englische Bezeichnung doch gleich? Eine lahme Ente.

Nachdem sie die Sitzordnung durchgegangen waren, diskutierten sie zum zehnten Mal die Speisenfolge. Optimistisch versicherte Maddy, die englischen Gäste seien zwar nicht an Brathuhn und Biskuitgebäck mit Schlagsahne gewöhnt, doch sie würden Olimpias Spezialitäten bestimmt gern probieren. Schließlich öffnete sich die Haustür, die Männer kehrten zurück.

»Wird auch Zeit, verdammt noch mal!«, verkündete Granny Ariadne. Mit einem sanften Lächeln blickte sie in die Runde, als erwarte sie, dass man sie zum Gebrauch dieser englischen Redensart beglückwünschte.

Olimpia hatte ein Festessen für heimkehrende Helden vorbereitet, und es schmeckte köstlich. Zu einem Hühnchen, in einer Zitronensauce pochiert, servierte sie die berühmten Dolmades. Außerdem gab es gebratene Lammhaxen mit würzigen Bratkartoffeln und Tzatziki.

»Bitte!« Voller Stolz zeigte sie auf die reichlich gefüllten Platten. »Fangt an!«

Das ließen sich ihr Ehemann und ihr Sohn nicht zweimal sagen. Beide häuften ihre Teller voll, und Maddy folgte ihrem Beispiel.

Wohlwollend nickte Olimpia ihr zu. »Das weiß ich zu schätzen, wenn ein Mädchen einen gesunden Appetit entwickelt.«

Maddy errötete. Doch Olimpias Bemerkung war nicht ironisch, sondern aufrichtig gemeint. Nachdem sie stundenlang in der Küche gestanden hatte, würdigte die künftige Schwiegertochter das Ergebnis ihrer Mühe.

Wegen der winzigen Portion, die auf Granny Ariadnes Teller lag, sorgte sich Olimpia nicht. Alles nur Theater, das wusste sie. Vor dem Geschirrspülen würde ihre Mutter einen großen Teller mit den Resten füllen, alles genüsslich verspeisen und dabei ihren mangelnden Appetit beklagen.

Dann beobachtete Olimpia, wie Belinda ein Pitta-Brot in kleine Stücke brach, die sie auf ihrem Teller hin und her schob, um den Eindruck zu erwecken, sie würde essen.

Olimpia begegnete Maddys sorgenvollem Blick. Doch sie

sagte nichts. Nach einer Weile sprang Chris auf, ergriff Belindas Teller. Von jeder Platte nahm er einen Löffel, arrangierte die verschiedenen Speisen künstlerisch und garnierte sie mit einer Zitronenscheibe und ein paar Oliven, als wäre Belinda ein kleines Kind oder eine alte Frau, deren Gaumen man möglichst raffiniert reizen müsste. »Das wirst du jetzt essen, Bel«, befahl er. »Oder du verletzt die Gefühle meiner Mutter. Nicht wahr, Mum?«

Beim Klang seiner Stimme hob Olimpia den Kopf. Diesen Ton kannte sie. Der unverbesserliche Instinkt des Beschützers schwang darin mit. Oh, mein Gott, dachte sie, und die Lust an der Mahlzeit verging ihr. Schon wieder! Erst der Hase, den er angefahren hatte, dann ein Hamster mit einem gebrochenen Bein; sein Freund George, der mit niemandem außer Chris sprach; danach Maddy (kein einziges Mal hatte seine diskrete Mutter ihre Verwunderung bekundet, weil er dieses Mädchen der bildschönen Chrissie Papadopulos vorzog); und jetzt ihre halb verhungerte Schwester. Warum musste ihr Sohn ständig irgendwelche Geschöpfe retten?

Nur sekundenlang erwiderte sie seinen Blick. Nach außen hin war er so dreist und in seinem Inneren viel zu weich, um an sein eigenes Wohl zu denken.

Lächelnd zwinkerte er seiner Mutter zu. Damit schien er ihr zu bedeuten: *Ich weiß, ich bin ein Idiot. Aber das ist schon okay, Mum.* Sie wusste, sie musste die Liebe zu ihrem Sohn verbergen, ihre Angst um seine Zukunft. Vielleicht war er einfach nur ein guter Mensch. Und so zwinkerte sie zurück, dann eilte sie in die Küche, um die klebrigen, zuckersüßen griechischen Desserts zu holen.

Am nächsten Morgen wurde Maddy von ihrem klingelnden Handy geweckt. »Wie geht's dir, Fremdling?«

»Hi, Jude!« Tagelang hatte Maddy ihre Freundin nicht angerufen, und jetzt meldete sich ihr Gewissen. »Danke, mir geht's ganz ausgezeichnet. Und wie sieht's in der aufregenden Welt der Steuerberatung aus?«

»Gar nicht so übel. Vor kurzem ist ein neuer Auszubildender aufgekreuzt, der wie Robert Downey Jr. aussieht und mich zum Dinner ausführen will.«

»Wundervoll! Wann denn?«

»Nächste Woche. Deshalb gehe ich diese Woche ins Slimmers' Paradise, und ich habe mich gefragt, ob du dich immer noch in dein Brautkleid zwängen möchtest.«

Maddy zögerte. Ein oder zwei Mal hatte sie daran gedacht. Aber so wie Eliots J. Alfred Prufrock, der es nicht ertrug, sein Leben mit Kaffeelöffeln abzumessen, würde sie es nicht ertragen können, ihr Leben in Weight-Watchers-Punkten zu messen. Und schon gar nicht im Slimmers' Paradise.

»Jude...« Maddy konnte es kaum erwarten, ihrer Freundin vom Foto-Shooting zu erzählen. »Was gestern passiert ist, wirst du niemals erraten.«

»Du bist Johnny Depp über den Weg gelaufen, und er hat Jahrgangs-Krug aus deinem Schuh getrunken?«

»Wohl kaum, bei den Warzen an meinem großen Zeh...«

»Charmant. Prinz William hat dich zum Tontaubenschießen nach Windsor Castle eingeladen?«

»Natürlich nicht«, kicherte Maddy. »Ich bin doch Mitglied beim Tontaubenschutzverein.«

»Okay, gib mir einen Hinweis.«

»Ich habe mich ausgezogen – nun ja, fast – und für Patrick Jamieson posiert, umrahmt von Gemüse.«

»Wow! Will irgendjemand eine nackte Frau zwischen Möhren und dergleichen sehen, sofern er nicht Koch oder Gemüsefetischist ist?«

»Ja, die Leser der Gartenbeilage der *Daily World*. Der Redakteur wollte ein Cover haben, das so richtig ins Auge springt. Allerdings bin ich nicht sicher, ob er mit *mir* inmitten der diversen Gemüsesorten rechnet.«

»Mein Gott«, hauchte Jude, »du scheinst es ernst zu meinen. Ich dachte, du würdest als Assistentin bei Flash arbeiten. Gehört's zu diesem Job, dass du dich entblätterst? Und wie zum Teufel hat Patrick Jamieson dich dazu gebracht? Normalerweise ziehst du deine Klamotten nicht einmal im Ankleideraum eines Schwimmbads aus, obwohl nur Frauen drin sind.«

»Er hat mich erpresst. Weil ich eine Buchung vermasselt habe.«

»Um Himmels willen, schon wieder FabSnaps mit anderen Vorzeichen!«

»Keineswegs. Woher sollte ich denn wissen, dass Flash *zwei* Patricks unter Vertrag hat?«

»Vielleicht hättest du jemanden fragen sollen.«

»Dieser andere Patrick ist ein Mummelgreis, der nur alle zehn Jahre mal ein Foto schießt.«

»Und wenn, dann knipst er Gärten?«

»Genau. Aber wahrscheinlich wird das Möhrenbild niemals das Licht der Welt erblicken. Ich glaube, die Gartenkulturszene ist noch nicht reif für Patrick Jamieson.«

»Oder für Maddy Adams in ihrem ganzen Oben-ohne-Glanz. Weißt du was? Man kann eine Nutte zur Moral erziehen, aber niemals dazu zwingen, im Höschen zu posieren, umhüllt von lauter Gemüse.«

»Besten Dank, Judith.«

»Gern geschehen. Also? Kommst du mit ins Slimmers' Paradise?«

»Wenn ich das Kleid noch mal probiert habe, rufe ich dich an.« Maddy sprang aus dem Bett und öffnete den großen Plastiksack, der an der Tür hing. Wie Sahne aus einem silbernen Krug glitt das Kleid heraus. Sie hatte ganz vergessen, wie schön es war.

Vor der Hochzeit musste sie unbedingt noch ein schickes Höschen kaufen. Das hässliche graue, das sie beim Foto-

Shooting getragen hatte, würde sie auf keinen Fall anziehen. Sie öffnete den Reißverschluss und stieg in das Kleid. Wie um alles in der Welt sollte sie es ohne Judes Hilfe am Rücken zubekommen? Dann erinnerte sie sich an einen Tipp, den ihr die Mutter einmal gegeben hatte – Jimmy Youngs Haushaltsratschläge aus dem Radio. Sie steckte den dünnen Drahthaken eines Kleiderbügels in den Schieber des Reißverschlusses. Behutsam zog sie daran, und der Schieber rückte ein paar Zentimeter nach oben. Dann rührte er sich nicht mehr. Wenn sie das Kleid nicht noch einmal zerreißen wollte, musste sie ein paar Pfund abnehmen.

Als sie den Reißverschluss wieder aufmachte, schaute sie in den Spiegel. »Verdammt«, flüsterte sie. »Wie ich aussehe – einfach toll!«

Sorgsam verstaute sie das Kleid wieder in seiner Hülle. Dabei fiel ihr etwas anderes ein, das sie ihrer Freundin erzählen musste. Irgendjemand im Flash-Büro hatte sich die Mühe gemacht, den Artikel über ihr Missgeschick im Fab-Snaps zu kopieren und auf alle Schreibtische zu legen.

Wer das gewesen war, ahnte sie bereits.

12

Erst am Montagmorgen schlenderte Patrick ins Flash-Büro, in Begleitung Scarletts, die an diesem Vormittag keine Schule hatte.

»Hallo, Patrick!« Eva begrüßte ihn wie einen längst entschwundenen Liebhaber, was er ja im Grunde auch war.

Während Maddy angelegentlich die Post öffnete, fragte sie sich, wie die Chefin reagieren würde, wenn sie von der Foto-Session erfuhr.

»Nun, wie ist's am Freitag gelaufen?«, fragte Eva prompt.

»Großartig.«

»Konnte Maddy alle Requisiten beschaffen, die du gebraucht hast?«

»Ja«, erwiderte Patrick. Voller Unbehagen wich er Evas Blick aus. »Sie ist sehr hilfreich – und tüchtig gewesen.«

Maddy hielt den Atem an. Vielleicht würden sie ungeschoren davonkommen. Wenigstens vorerst...

»Und unter all dem Gemüse sah sie einfach sensationell aus«, ergänzte Scarlett eifrig. »Sophie Dahl muss sich in Acht nehmen, hat Dad gesagt.«

»Wie, bitte?« Durchdringend starrte Eva in Scarletts Augen. »Was meinst du? Wieso sah Madeleine sensationell aus? Sie sollte doch nur das Shooting organisieren.«

»Nun ja...« Patrick trat verlegen von einem Fuß auf den anderen und erinnerte Maddy an einen elegant zerzausten Stelzvogel. »Das wollte ich dir gerade erzählen... Laut Auftrag sollten wir doch was Revolutionäres auf die Beine stellen. Deshalb dachte ich, ein Model zwischen all dem Gemüse...«

»Und da hast du Madeleine kurzerhand umfunktioniert? Wie konntest du nur, Patrick? Sie ist *meine* Angestellte, nicht deine. Außerdem haben die *Daily-World*-Leute kein Wort von einem Model gesagt.«

Maddy schaute zu der knochendürren Natasha hinüber, die gerade Fotos auf ihren Computer herunterlud. Sie sah hoch konzentriert aus.

»Reg dich ab«, versuchte Patrick seine empörte Agentin zu beschwichtigen. »Sie haben auch die Fotos bekommen, die sie wollten. Warten wir ab, welche sie nehmen, bevor du mich wegen eines eklatanten Berufsvergehens feuerst?«

»Was hatte Madeleine unter dem Gemüse an?«, zischte Eva. »Sag bloß nicht, sie war nackt!«

»Nur halb nackt«, beteuerte Patrick. »Und sie sah so züchtig aus wie eine Novizin im Nonnenkloster. Dafür habe ich schon gesorgt.«

»Trotzdem war das unverantwortlich. Von Patrick Benson gar nicht zu reden. Der hat dir vorhin am Telefon bittere Rache geschworen und erklärt, die *Glorious-Gardens*-Redaktion habe in Wirklichkeit *ihn* engagieren wollen und du hättest das wissen müssen. Und dann hat er damit gedroht, Nigel Mills anzurufen und sich zu beschweren.«

»Jage mir keine Angst ein.« Patrick versuchte seinen Lachreiz zu bekämpfen. »Womöglich werde ich demnächst neben einer enthaupteten Gießkanne erwachen. Außerdem – hätte Benson den Auftrag übernommen und seine spezielle Magie entfaltet, sähe das Resultat so originell aus wie sein neuer Bildband.«

»Jedenfalls«, verteidigte Scarlett ihren Vater, »ist Dad viel berühmter als dieser Patrick Benson. Jede Redaktion würde *ihn* engagieren, wenn sie ein besonderes Cover braucht.«

»Danke.« Grinsend zauste er ihr Haar.

»Bitte, Patrick, sei endlich ernst, wenn du dazu überhaupt in der Lage bist!«, verlangte Eva in frostigem Ton. »Wissen die *Daily-World*-Leute, was du produziert hast?«

»Warum haben sie mich denn überhaupt für das verdammte Cover engagiert, wenn ihnen nicht was ganz Spezielles vorgeschwebt ist?«, argumentierte er. »Die wussten doch, dass ich mein Publikum gern schockiere.«

»Vielleicht wollten sie ursprünglich Patrick Benson buchen«, warf Natasha honigsüß sein.

»Wenn sie sich was Zahmes wünschen, können sie sich eins von den Gemüsefotos ohne Maddy aussuchen. Aber ich wette, das werden sie nicht tun.«

Maddy stellte sich das Gesicht ihrer Mutter vor, wenn sie hörte, ihre Tochter sei praktisch nackt auf dem Titel einer Samstagsbeilage zu sehen, die ihre Freundinnen vielleicht lasen.

Inständig hoffte sie, dass Patrick sich irrte.

»Am besten schickst du die Bilder sofort in die Redaktion,

entschied Eva. »Heute Morgen hat Nigel Mills schon angerufen und danach gefragt. Jade, bestell ein Taxi... Und denk dran, Patrick, morgen fliegst du für Scottish Tweed auf die Hebriden.«

»Scheiße...«, stöhnte er und wandte sich zu seiner Tochter. »Diese Woche schon! Das hatte ich ganz vergessen. Layla ist verreist, und Scarlett wohnt bei mir. Wir könnten nicht vielleicht...«

»Nein, Patrick, wir können die Location *nicht* nach London verlegen«, fiel Eva ihm ins Wort. »Der Eigentümer von Scottish Tweed ist schon auf der Insel, ein ziemlich schwieriger Typ. Und der Stil des Fotos steht bereits fest – er will eine Blondine auf einem von der Brandung umrauschten Felsen.«

»Allmächtiger!« Patrick presste seine Hände an die Schläfen. »Rette mich vor Kunden mit eigenen Ideen!«

Maddy bemerkte Scarletts Miene. Wie ein Hündchen, das ganz allein in der Tierhandlung zurückgelassen wird, dachte sie. »Ich könnte Scarlett für ein paar Tage bei mir aufnehmen«, erbot sie sich. »Wenn's ihr nichts ausmacht, dass ich sie nach Eastfield verfrachten müsste...«

»Wäre das möglich?«, seufzte Patrick erleichtert. »Sie mag Sie sehr gern. Nicht wahr, Scarly?«

»O ja.« Das Mädchen lächelte scheu. »Falls ich Ihnen nicht zur Last falle, Maddy... Sonst bleibe ich in Dads Haus. Ich bin schon fünfzehn, und ich würde mich auch allein zurechtfinden.«

»Nein, das kommt gar nicht in Frage«, erwiderte ihr Vater. »Ich organisiere ein Taxi, das sie von der Schule abholt und zu Ihnen bringt, Maddy. Geben Sie mir Ihre Telefonnummer? Dann werde ich mich mal melden.«

»Ja, natürlich.« Maddy diktierte ihm die Nummer, und er schrieb sie in sein Notizbuch.

»Ob das Layla gefallen wird, wenn Patrick seine Tochter

woanders in Pflege gibt...«, ätzte Natasha, nachdem er in eine ruhige Ecke gegangen war, um die Kontaktabzüge für die *Daily-World*-Redaktion noch einmal durchzusehen und in einen Umschlag zu schieben.

»Warum hast *du* nicht angeboten, dass Scarlett bei dir wohnen kann?«, fragte Colette. »Wo du doch Laylas Busenfreundin bist...«

Erschrocken rang Natasha nach Luft. »Ich wäre ja bereit dazu, aber ich kenne mich nicht so gut mit Teenagern aus.«

»Layla auch nicht, nach allem, was man so hört«, murmelte Colette in ihren Kaffee.

Als Patrick den Umschlag zum wartenden Taxi hinausbringen wollte, packte Eva ihn am Ärmel und zog ihn in ihr Büro. »Abgesehen von meinem Ärger, weil du *meine* Assistentin fotografiert hast – wieso um alles in der Welt musstest du dir ausgerechnet Madeleine aussuchen? Okay, sie ist hübsch, aber sie eignet sich wohl kaum zum Model.«

»Mit einem typischen Model hätte ich nichts anfangen können. Maddys üppige Rundungen waren geradezu ideal für das Gemüse-Thema, die personifizierte Fülle des Lebens. Und sie war wirklich brillant. Du wirst staunen.«

»Wie bist du überhaupt auf sie gekommen?«

»Das hat mir Natasha vorgeschlagen.« Patrick grinste. »Hat vermutlich darauf gehofft, Maddy würde sich blamieren. Aber sie hat das Gegenteil erreicht, weil dieses Mädchen ein Naturtalent ist.«

Evas Gesicht nahm etwas sanftere Züge an. »Jetzt weiß ich, warum Natasha so verkniffen dreingeschaut hat, als du sagtest, das Shooting sei großartig gelaufen. Nach ihrer Meinung müsste jeder, der über hundert Pfund wiegt, ermordet werden.«

Ohne zu ahnen, dass über sie diskutiert wurde, stürzte sich Maddy in die Arbeit, die am Freitag wegen des Foto-Shootings liegen geblieben war. Sie freute sich darauf, ein paar Tage mit Scarlett zusammenzuwohnen. Vielleicht würde das die angespannte Atmosphäre daheim ein bisschen lockern. Die heimliche Liaison ihres Vaters machte ihr ziemlich zu schaffen, ganz zu schweigen von Bels Verhaltensstörung, die ihre Mutter noch immer nicht zur Kenntnis nahm. Sollte sie Scarlett warnen und ihr erklären, dass das häusliche Leben der Familie Adams im Moment eher einer Bombe glich, die auf engstem Raum zu explodieren drohte?

Und dann fiel ihr ein, dass sie Mum noch anrufen musste. »Ist es dir recht, wenn Scarlett, die Tochter eines Fotografen, für ein oder zwei Tage zu uns zieht?«

»Wo soll sie denn *schlafen*?«, jammerte Penny im Ton einer Hausfrau, bei der sich in fünf Minuten ein ganzer Trupp Pfadfinder einquartieren würde.

»In meinem Zimmer, und ich lege mich auf den Futon in Dads altem Arbeitsraum. Allzu lange wird's nicht dauern, nur bis ihr Vater von einem Termin auf einer Hebrideninsel zurückkommt.«

»Was isst sie denn?« Wusste Penny nicht mehr, dass sie selbst zwei Töchter hatte?

»Das Gleiche wie wir, nehme ich an. Aber mach dir keine Sorgen, ich frage sie, und wir kaufen auf dem Heimweg irgendwas, das ihr schmeckt.«

»Nein, also – das ist nun wirklich nicht nötig.«

Es war ein Segen, dass Maddy sich um sechs Uhr nicht durch das Gedränge in der U-Bahnstation kämpfen musste. Stattdessen fuhr sie mit Scarlett in einem Taxi nach Eastfield.

Während sie die großen Einkaufszentren am Rand von North London passierten, fragte sich Maddy, was das Mädchen wohl von ihrem Zuhause halten würde. Zum Glück gab es in Eastfield, mochte es auch eine typische Vorstadt sein, eine Kirche, eine Hauptstraße und vage Überreste des Dorfs, das es einmal gewesen war.

»Oh, schauen Sie doch«, rief Scarlett aufgeregt und zeigte aus dem Seitenfenster des Taxis, »ein Fachwerk-McDonald's! Hier draußen ist alles so solide und gemütlich, eine Gegend, in der normale Menschen leben – keine Möchtegernmodels und Popstars wie in St. John's Wood.«

Maddy verbarg ihre Belustigung. Immerhin zählte St. John's Wood zu den Londoner In-Vierteln.

»Cool«, jubelte Scarlett beim Anblick des Adams-Hauses hinter der Ligusterhecke, mit einer echten Glocke an der Tür. »Wie das Puppenhaus, das ich mal hatte, als ich sieben war. Da wohnte sogar eine Barbie-Familie mit biegsamen Gliedern drin.«

In der kleinen Eingangshalle wurde Maddy von plötzlicher Angst erfasst. Was sollte sie Scarlett über Belinda erzählen? »Hi, Mum, da sind wir!«, rief sie.

Penny tauchte aus der Küche auf, eine Platte voller Ritz-Cräcker mit Cheddarkäsewürfeln und Gewürzgurkenscheiben in den Händen. »Hallo!«, grüßte sie ungewohnt liebenswürdig. »Du musst Scarlett sein. Möchtest du ein Kanapee?« Dass sie sich so viel Mühe gegeben hatte, offenbarte, wie selten sie Gäste hatte.

»Oh ...« Scarlett errötete verlegen und wirkte unbeholfener denn je. »Darf ich eins ohne Gurke haben?«

»Klar.« Maddys Vater schlenderte heran und entfernte den Gegenstand des Anstoßes von einem Cräcker. »Kommt doch ins Wohnzimmer, da sitzen Belinda und Chris.«

»Chris?« Aus unerklärlichen Gründen freute sich Maddy kein bisschen.

»Ja, er war so freundlich, Bel eine CD zu bringen. Irgendwas mit Yoga.«

»Yoga?«, wiederholte sie verblüfft. »Seit wann versteht er was davon? Es sei denn, es geht dabei um eine Meditationstechnik für gestresste Autoverkäufer. Aber Yoga? Auf dieser Welt gibt's keinen Menschen, der sich weniger dafür interessieren würde.«

»Offenbar hat seine Großmutter einen Kamillentee gebraut. Den hat er auch mitgebracht.«

»Ist Chris Ihr Verlobter, Maddy?«, flüsterte Scarlett.

»Ja. Komm, ich stelle dich ihm vor.«

»Heute Abend werde ich deiner Mutter bei den Vorbereitungen fürs Dinner helfen«, verkündete Gavin, und Maddy drückte dankbar seinen Arm. Anscheinend bemühte er sich, ein Familienmitglied zu mimen. »So viele Leute auf einmal«, murmelte er. »Wie in eurer Kindheit.«

Ja, das stimmt, dachte Maddy. Als wir noch klein waren, bevor Belindas Ballett alles andere verdrängt hat, haben wir oft Freunde eingeladen... Seit Monaten hatte Maddy ihre Eltern nicht mehr zusammen gesehen. Bestand doch noch Hoffnung für diese Ehe?

Lachend saß Belinda in einer Ecke des Sofas. Das klang so ungewohnt, dass sich Maddy beinahe in den Arm gekniffen hätte. Neben ihr kauerte Chris auf einem Hocker, den ihre Eltern vor Jahren aus einem Abenteuerurlaub in Marokko mitgebracht hatten, und nippte an einer Tasse Kamillentee.

Frisches Kräuteraroma stieg in Maddys Nase.

»Hi, Maddy!«, rief ihre Schwester. »Heute kommst du aber früh nach Hause. Chris hat mir ein grässliches Gebräu von seiner Granny mitgebracht.«

»Diesen betäubenden Duft habe ich schon von der Tür aus gerochen. Das ist übrigens Scarlett, die Tochter eines Kollegen. Scarlett, meine Schwester Belinda, mein Verlobter Chris. Wieso hat Granny Ariadne einen Tee für Bel gekocht?«

»Weil ich ihr erzählt habe, Bel würde an Schlafstörungen leiden.« Chris schenkte Maddy sein charmantestes Lächeln. »Da hat sie dieses Zeug aufgebrüht. Aber ich habe Bel gewarnt – Gran benutzt es auch, um ihre Haare zu färben. Davon kriegen sie diesen eigenartigen Gelbstich.«

Maddy bot Scarlett Platz an und setzte sich. »Dass du schlecht schläfst, wusste ich gar nicht, Bel.« Am liebsten hätte sie hinzugefügt: *Umso besser bin ich über deine Essstörung informiert.*

»Jedenfalls stimmt's«, erwiderte Belinda in herausforderndem Ton, als würde sie sich ärgern, weil ihre Schwester in anderer Hinsicht zu viel über sie wusste. Hatte sie Chris weisgemacht, dass Maddy maßlos übertrieb und all ihre Probleme gelöst wären, wenn sie nur besser schlafen könnte?

»Hat Ihre Gran vielleicht einen Zaubertrank, der mir helfen könnte, ein paar Pfund abzunehmen?«, fragte Scarlett. »Meine Mum würde ein Vermögen dafür zahlen. Sie sagt immer, ich erinnere sie an ein in eine Strumpfhose gezwängtes Rhinozeros.«

»Was für eine tolle Ma!«, meinte Chris und stieß einen leisen Pfiff aus. »Meine hält mich für vollkommen und Maddy für das glücklichste Mädchen der Welt.«

»Das dich nicht hoch genug schätzt«, ergänzte Maddy.

»Damit hat sie Recht, nicht wahr?«, warf Belinda ein.

Überrascht wandte sich Maddy zu ihrer Schwester.

»Nun, du beklagst dich doch dauernd, weil er im Billardsalon rumhängt oder Backgammon spielt.«

»Darüber würde sich jede Frau beschweren, die sich von einem Fußabstreifer unterscheidet.« Maddy beherrschte sich nur mühsam. Warum versuchte Belinda plötzlich, Chris gegen sie aufzuhetzen?

»Meine Gran meint, du würdest mich nicht richtig respektieren«, hänselte Chris sein Verlobte.

»Wenn dich irgendeine Frau *richtig* respektieren würde, wärst du unerträglich«, konterte sie. »Seit du auf der Welt bist, wirst du von deiner weiblichen Verwandtschaft vergöttert.«

»Stimmt«, gab er zu. »Wahrscheinlich habe ich mich daran gewöhnt.«

»Komm mit, Scarlett«, beendete Maddy die unerfreuliche Diskussion. »Ich will dir zeigen, wo du heute Nacht schläfst.«

»Wie schön!« Bewundernd schaute sich Scarlett in Maddys Zimmer um und sank auf ein fliederfarbenes Sofa. »Ich liebe Pastellfarben.« Nach einer kurzen Pause fragte sie: »Warum ist Ihre Schwester so eklig zu Ihnen?«

»Und warum ist's deine Mutter zu dir?«

»Wegen meines Vaters, behauptet sie. Hätte er sich nicht von ihr scheiden lassen, wäre alles in bester Ordnung.«

Bestürzt starrte Maddy das Mädchen an. »Findest du das auch?«

»Keine Ahnung. Jedenfalls war's viel lustiger, bevor er fortgegangen ist.«

Die Wehmut, die in Scarletts Stimme mitschwang, tat Maddy in der Seele weh. »Hat dein Dad dir geholfen, dich selber zu mögen?«

»O ja, das ist eins seiner nettesten Talente – er sorgt dafür, dass man sich selber mag. Deshalb sind all die Models ganz verrückt nach ihm. Sogar die schönsten Superstars fühlen sich manchmal unsicher, hat er gesagt.«

Sekundenlang wich Maddy dem Blick des Mädchens aus. Also war die Wirkung, die Patrick auf sie ausgeübt hatte, nichts Ungewöhnliches. Mit dieser Masche holte er das Beste aus *allen* Models raus. »Hoffst du, dass er zurückkommt?«

»Natürlich. Aber nicht so wie meine Mum. Die stellt jetzt regelmäßig sein Lieblingsbier in den Kühlschrank und kauft die Pasta-Sauce, die ihm am besten schmeckt.«

»Liebt sie ihn denn immer noch? Wann haben sie sich scheiden lassen?«

»Vor drei Jahren. Ja, ich nehme an, sie liebt ihn nach wie

vor. Außerdem ist sie sauer, weil sie nicht mehr zu Dinnerpartys eingeladen wird.«

Vor Maddys geistigem Auge erschien das Bild der glamourösen Layla. »Wieso wird sie nicht eingeladen? Das kann ich mir kaum vorstellen.«

»Dann sollten Sie mal hören, wie meine Mum über dieses Thema redet. Sie behauptet, die Leute meiden eine geschiedene Frau wie die Pest. Dauernd jammert sie über ihre Einsamkeit und beneidet Kellerratten, die wenigstens ein paar Fliegen zur Gesellschaft haben.«

»Aber sie ist so schön.«

»Das macht offensichtlich keinen Unterschied. Und nach Meinung meiner Mum sind Männer lieber mit jungen hässlichen Frauen zusammen als mit schönen alten.«

Zum ersten Mal in ihrer kurzen Bekanntschaft empfand Maddy ein gewisses Mitleid mit Layla. Eine Frau konnte ihren Kummer nicht einfach im Alkohol ertränken – wie Patrick. Nun, sie könnte schon, aber ihr würde man es nicht so verständnisvoll verzeihen wie einem Mann. »Und wie denkt dein Vater darüber?«

»Wenn's mich nicht gäbe, würde er keinen Gedanken daran verschwenden, zurückzukehren. Aber er liebt mich wirklich, das weiß ich, und deshalb hat er's nicht ausgeschlossen.«

»Also hängt alles von dir ab? Armes Mädchen, das muss dich schrecklich belasten. Glaubst du, die beiden könnten wieder glücklich miteinander werden?«

Nachdenklich starrte Scarlett vor sich hin. Es dauerte eine Weile, bis sie antwortete. »Vielleicht. Wenn Mum etwas mehr mit ihrem Leben anfangen würde. Jetzt hat sie einen Kurs in Kulturmanagement belegt. Aber ich weiß nicht, ob sie sich ernsthaft dafür interessiert. Sicher ist's nur ein weiterer Versuch, Dad zu beeindrucken und Schuldgefühle in ihm zu wecken, weil er eine so wunderbare Frau verlassen hat.«

Maddy biss auf ihre Lippen und versuchte, nicht zu lachen. Was für ein scharfsinniges Kind... »Scarlett, du bist erstaunlich.«

»Ja, ich weiß.« Ein strahlendes Lächeln verschönte ihr Gesicht. »Das erzählt mir mein Dad ununterbrochen.«

Sofort stieg Patrick Jamieson wieder in Maddys Achtung.

»Aber meistens fügt er hinzu, ich könnte ja gar nichts anderes sein, weil ich doch zur Hälfte von ihm abstamme.«

Für Maddy war Scarletts Besuch das reine Vergnügen. Am nächsten Morgen fuhren sie zusammen in die Londoner City, Scarlett ging zur Schule und machte ihre Hausaufgaben in der Bibliothek. Als Maddy das Büro verließ, kehrten sie zusammen nach Eastfield zurück.

»Warst du mit fünfzehn wirklich auch so groß und dick wie ich, Maddy?«, fragte Scarlett, während sie im Taxi saßen. Inzwischen waren sie zu einer vertraulicheren Anrede übergegangen.

»Noch viel größer und dicker«, erwiderte Maddy. »Und so wie deine Mum bei der grässlichen Foto-Session donnerte mich auch meine auf. Ich musste grauenhafte Rüschenkleider tragen, die gleichen wie Belinda, die aber nur halb so viel gewogen hat wie ich. Manchmal sahen wir aus wie ein und dasselbe Mädchen, vor und nach einer Abmagerungskur.«

»O Gott, du Ärmste! Wenigstens habe ich keine zart gebaute Schwester, mit der ich dauernd verglichen werde.«

Darüber dachte Maddy eine Zeit lang nach. »Weißt du, was seltsam ist? Belinda ist gertenschlank und trotzdem unglücklich über ihr Aussehen.«

Sehnsüchtig spähte Scarlett ins Schaufenster einer Konditorei, an der sie vorbeifuhren. »Zur Hölle mit unseren Figuren!«

»Genau«, bestätigte Maddy. »Wenn wir bloß nach unserem Verstand beurteilt würden! Sicher passt meiner perfekt in Größe 36.«

Scarlett lachte. »Und meiner in Größe 34. Seltsam – je kleiner, desto besser, wenn's um die Figur geht. Aber der Intelligenzquotient kann gar nicht groß genug sein.« Jetzt brachen beide in Gelächter aus, das im nächsten Moment von Scarletts klingelndem Handy unterbrochen wurde. »Hallo, Mum...« Während sie zuhörte, sanken ihre Schultern ein wenig nach vorn. »Übermorgen kommst du zurück?... Wann genau?... Bis dann. Ja, ich bin okay... Wirklich, es geht mir ganz ausgezeichnet.«

Viel zu schnell verstrichen die paar Tage, die Scarlett im Haus der Adams verbrachte. Am letzten Abend, vor dem Dinner, lagen sie auf Maddys Bett, mit Popcorn und Cola wie Teenager mit Übernachtungsbesuch.

»Ab morgen bist du wieder daheim«, seufzte Maddy.

»Daheim«, wiederholte Scarlett tonlos. »Was immer das bedeutet. Meine Mum will nur ein Zuhause haben, damit sie draus verschwinden kann.«

»Hast du nicht gesagt, sie würde sich über mangelnde Gesellschaft beklagen?«

»Oh, das gilt nur für Männer. Ihre Freundinnen trifft sie dafür umso öfter. Alle Ehemänner sind abgehauen, so wie Dad. Also müssen sie weder kochen noch andere langweilige Dinge erledigen. Um sich die Kinder vom Hals zu schaffen, engagieren sie Aupairmädchen. Aus diesem Alter bin ich, Gott sei Dank, heraus, und Mum kann mich allein lassen.«

»Wie furchtbar das klingt, Scarlett!«

»Wenigstens kann ich mir Pizza bestellen, wann immer ich Lust drauf habe.« Scarlett lächelte schmerzlich. »Wahrscheinlich bin ich deshalb so dick.« Ihre Augen verengten sich. »Über dieses Thema sollte man mal ein Forschungsprojekt starten. Gibt's einen direkten Zusammenhang zwischen der Scheidung eines Elternpaars und dem Körpergewicht ihrer Kinder?«

Mitfühlend drückte Maddy ihren Arm. »Du bist doch überhaupt nicht dick.«

»Klar, es liegt an der Pubertät. Wenn ich die hinter mir habe, wird's sicher besser. Außerdem – hey, die Persönlichkeit ist viel wichtiger. Leider vergisst man das, wenn einen die Jungs ›Fettwanst‹ nennen.«

»Weißt du was, Scarlett Jamieson? Du wirst mir sehr fehlen.«

Nach dem Abendessen wurden sie von Penny mit einem selbst gebackenen Abschiedskuchen überrascht. Maddy blinzelte ungläubig. So etwas tat ihre Mutter normalerweise nie. Offenbar hatte sie das junge Mädchen ins Herz geschlossen. Aber wen würde Scarlett *nicht* bezaubern? Ihre Mutter kümmerte sich nur um sie, wenn sie ein Accessoire für ein Mode-Shooting brauchte. Und wenn ihr Vater sie auch liebte, so fand er doch wenig Zeit für sie, weil er ständig verreisen musste. Eigentlich sollte man meinen, dies alles hätte Scarlett verbittert. Stattdessen war sie geistreich, charmant und ausgesprochen tapfer.

»Ein Stück Kuchen, Belinda?«, fragte Penny. »Den habe ich heute Morgen gebacken.«

Belinda schnitt eine Grimasse, als hätte man ihr wiederaufbereitetes Plutonium angeboten.

Wie üblich glänzte Gavin durch Abwesenheit. Suchend schaute sich Scarlett um. »Mr. Adams ist ziemlich oft weg, nicht wahr?«, bemerkte sie mit sanfter Stimme, ohne Maddys warnendes Kopfschütteln wahrzunehmen.

»Weil er in seinem Schrebergarten arbeitet«, erwiderte Maddy.

»Um acht Uhr abends? Im November?«

Penny starrte Scarlett wie eine Offenbarung an. »Da hast

du völlig Recht. Madeleine, deine Freundin trifft den Nagel auf den Kopf. Wo zum Teufel treibt sich dein Vater herum?«

Noch nie hatte Maddy ihre Mutter fluchen gehört, daher erzielte dieser eher milde Ausdruck einen größeren Effekt, als es eine derbe Obszönität je hätte tun können.

»Keine Ahnung, aber er hat sicher eine plausible Erklärung dafür.«

»Die soll er sich an den Hut stecken! Seit sechsundzwanzig Jahren nervt er mich mit plausiblen Erklärungen. Diesen Abend müsste er *hier* verbringen, Scarlett zuliebe. Und weißt du was, Madeleine?« Im triumphierenden Tonfall einer Sklavin, der man soeben ihre Freilassung mitgeteilt hatte, verkündete sie: »Jetzt fahre ich zu diesem gottverdammten Schrebergarten und hole ihn!«

Entschlossen eilte sie aus dem Zimmer.

»O Gott, hab ich was Falsches gesagt?« Scarlett war aus der Ehe ihrer Eltern unheilvolle Spannungen gewöhnt.

»Nein, nein«, beteuerte Maddy, »deine Schuld war's nicht. Irgendwann musste es mal passieren.«

»Aber die gute Scarlett hat's mit ihrem einzigartigen Taktgefühl beschleunigt?«

Maddy war bestürzt darüber, wie ungewöhnlich selbstkritisch für einen Teenager ihres Alters sich das Mädchen anhörte. Offenbar pflegte sich Scarlett für alle Katastrophen verantwortlich zu fühlen.

»Bitte, mach dir keine Sorgen, Scarly. Aber – es ist wohl besser, wenn ich Mum begleite.«

»Darf ich mitkommen? Ich habe so ein schlechtes Gewissen.«

»Okay, solange du im Auto bleibst.«

Penny kehrte ins Wohnzimmer zurück. Sie hatte sich umgezogen und sogar Lippenstift aufgelegt, als würde sie zu einer Party gehen.

Vielleicht der instinktive weibliche Wunsch, bei einer Konfrontation gut auszusehen, überlegte Maddy. Das erschien ihr fast unerträglich rührend, denn Penny benutzte nur selten Make-up.

Ein letztes Mal versuchte Maddy, ihre Mutter zurückzuhalten. »Sei doch vernünftig, Mum. Scarlett hat Recht, es ist viel zu dunkel, um im Schrebergarten zu arbeiten. Wahrscheinlich sitzt Dad mit Dennis und Maurice im Pub.«

Doch Penny ließ sich nicht von ihrem Plan abbringen. Sie glich einem Vulkan, der nach jahrelangem Schweigen endlich ausbrach. »Das werde ich ja sehen, wenn ich da bin.«

Auf der zwanzigminütigen Fahrt zur Laubenkolonie sprachen sie kein einziges Wort.

Zu Maddys maßloser Erleichterung brannte kein Licht in den Schrebergärten, und das Vorhängeschloss am Tor war versperrt. »Jetzt siehst du's, Mum. Kehren wir um.«

»Nein«, entschied Penny und wühlte in ihrer Handtasche. »Ich habe seinen Ersatzschlüssel.«

»Aber es ist stockdunkel. Sei nicht so albern, Mum.«

»Das da habe ich auch mitgenommen.« Penny zog eine große, schwere Taschenlampe hervor und knipste den grellen Lichtstrahl an.

Stumm und reglos saß Scarlett auf dem Rücksitz und fühlte sich elend. Pennys Verhalten erinnerte sie an ihre eigene Mutter. Einmal hatte ihr Vater ein besonders hübsches junges Model fotografiert. Layla hatte sich den ganzen Tag auf der Suche nach einem Beweis seiner Untreue an seine Fersen geheftet. Schließlich hatte sie ihn im Hotel Ritz aufgespürt und war in ein Schlafzimmer gestürmt, wo sie auf einen Haufen Beleuchter, Stylisten und Visagisten getroffen war. Statt mit dem Model im Bett zu liegen, hatte Patrick Fotos für eine Dessous-Werbung geschossen.

Maddy folgte ihrer Mutter den schmalen Gartenweg entlang. »Glaub mir, Mum, da ist kein Mensch.«

Davon ließ sich Penny letzten Endes überzeugen. Aber bevor sie kehrtmachte, entdeckte sie einen Zettel, der an Dennis' Schuppentür geheftet war. Ehe Maddy danach greifen konnte, riss Penny ihn herunter.

»Hi, Dennis«, lasen sie im Licht der Taschenlampe, »ich habe gekörnten Sand für Iris' Rasen bestellt. Wenn die Säcke zu mir geliefert werden, schick sie bitte in die Mornington Road 26. Gavin.«

Kalte Angst erfasste Maddys Herz. Was zum Geier sollte sie jetzt tun?

13

»Wusste ich's doch!« Voller Genugtuung hielt Penny den Zettel hoch. »Da ist eine andere Frau.«

»Was genau wusstest du denn, Mum?«, versuchte Maddy Zeit zu schinden. Vielleicht konnte sie die Situation irgendwie retten. »Dass Dad für den Garten einer Bekannten gekörnten Sand bestellt hat? Wohl kaum ein stichhaltiger Beweis für einen Ehebruch…«

»Man braucht nicht immer fleckige Laken, um herauszufinden, was los ist.«

Maddy senkte den Kopf. Natürlich musste ihre Mutter Verdacht geschöpft haben. Wenn man seit vielen Jahren verheiratet war, bemerkte man sogar in einer so schlechten Ehe, wie ihre Eltern sie führten, eine Änderung im Verhalten des anderen.

Bedrückt fragte sich Maddy, warum sie ihren Vater überhaupt schützte. Wäre es nicht besser für alle Beteiligten, wenn die Wahrheit ans Licht käme? Nein, nicht für alle. Sie schaute ihre Mutter an, die immer noch wild entschlossen war wie Budicca an der Spitze ihres streitbaren Heeres.

»Da fahren wir jetzt hin«, entschied Penny.

Zu Maddys Leidwesen konnte sie Iris nicht einmal warnen. Sie hatte zwar ihr Handy dabei, aber sie kannte die Telefonnummer nicht.

Wieder im Auto, beschwor sie ihre Mutter: »Hör mal, das halte ich für keine gute Idee. Wenn du dich irrst, wirst du dich unsterblich blamieren.«

»Nein, ich irre mich nicht. Noch nie in meinem Leben war ich mir einer Sache so sicher.«

Widerstrebend startete Maddy den Motor und fuhr am Fitzdene Park entlang.

Als sie in die breite, von Bäumen gesäumte Mornington Road bog, rief Scarlett: »Wow! Was für riesige Häuser!«

Maddy hielt vor der Nummer 26. »Soll ich zur Tür gehen und läuten?«

Das Schweigen im Wagen hatte sich plötzlich verändert, war eisig und anklagend geworden.

»Wie seltsam...«, meinte Penny schließlich. »Du musstest die Straße nicht einmal auf dem Stadtplan suchen. Und du wusstest auch, wo Nummer 26 liegt.«

Kalt und feucht umklammerten Maddys Hände das Lenkrad. Es dauerte eine Weile, bis sie sich ihrer Mutter zuwandte. »Ja, ich wusste Bescheid. Tut mir ehrlich Leid...«

»Wie lange dauert es schon?«

»Ein paar Monate, nehme ich an.«

»Hast du sie kennen gelernt?«

Hinter ihnen drückte sich Scarlett in die Ecke des Fonds und kämpfte mit den Tränen. Noch eine Ehe ging den Bach runter. Und es war ihre Schuld, dass Penny vom Betrug ihres Mannes erfahren hatte. *Gut gemacht, Scarly...*

»Ja, zufällig«, beantwortete Maddy die Frage ihrer Mutter.

»Wie ist sie? Offensichtlich reich...« Der bittere Unterton in Pennys Stimme schien die ganze Luft im Auto zu vergiften.

»Da bin ich mir nicht so sicher«, entgegnete Maddy. »Ich glaube, sie besitzt nur das Haus. Und das wollen ihre Kinder verkaufen, weil sie scharf aufs Geld sind.«

Zu spät merkte sie, wie das in Pennys Ohren klingen musste, als wüsste sie ziemlich viel über die Rivalin ihrer Mutter, was sie ihr verheimlicht hatte.

»Mum...« Beklommen ergriff sie Pennys Hand. »Wenn's dich ein bisschen tröstet – Dad hat mir erzählt, diese Beziehung sei rein platonisch. Die beiden haben nicht miteinander geschlafen. Und er will's auch nicht tun. Deinetwegen.«

»Wie rührend!«, fauchte ihre Mutter. »Mir zuliebe wehrt dein Vater die Avancen einer Millionärin ab. Und du wusstest es! Aber du hast den Mund gehalten, um die arme alte Penny zu schützen. Nun, dann lass es dir gesagt sein – ich brauche keinen Schutz! Und ich sage dir noch was – das wird dein Dad noch bereuen.«

Bevor Maddy sie daran hindern konnte, stieg Penny aus. Wütend lief sie zu Iris' imposanter Haustür.

Bitte, sei nicht da, Dad... Maddy zählte die Sekunden. Hoffentlich waren sie ausgegangen.

Stunden schienen zu verstreichen, ehe die Tür geöffnet wurde. Iris stand auf der Schwelle, in einem weinroten Kimono, mit baumelnden Ohrringen. »Hallo.« Mit der gleichen ruhigen Das-habe-ich-erwartet-Stimme hatte sie Maddy damals begrüßt. »Suchen Sie Gavin? Treten Sie doch ein.«

Ehe sie Zeit fand, die Tür zu schließen, sprang Maddy aus dem Wagen. »Komm, Scarlett! Vielleicht wirst du in der Halle bleiben müssen. Aber Mum braucht moralische Unterstützung, okay?«

Penny schien die Ankunft der beiden gar nicht wahrzunehmen. Während sie hinter der Hausherrin in die Halle ging, weigerte sie sich energisch, Ehrfurcht beim Anblick des luxuriösen Mobiliars zu empfinden.

»Da drin finden Sie ihn.« Iris blieb vor einer Tür stehen.

»Im Wohnzimmer. Tut mir Leid, dass es auf diese Art geschieht.«

Penny richtete sich zu ihrer vollen Größe auf. Auch wenn Maddy sie um mehrere Zentimeter überragte, hätte es in diesem Moment kaum jemand bemerkt. Die moralische Überlegenheit verlieh ihrer Mutter das Selbstvertrauen, das ihr normalerweise fehlte.

»Was Sie bedauern, interessiert mich nicht im Mindesten«, erwiderte sie frostig. »Ich möchte meinen Mann sprechen.«

»Am besten lasse ich Sie mit ihm allein.« Iris trat zur Seite, damit Penny und ihre Tochter den Raum betreten konnten. Taktvollerweise erwähnte sie nicht, dass sie Maddy bereits kannte.

»Nein, Iris«, protestierte Gavin in leisem, kummervollem Ton, »ich finde, du solltest dabei sein.«

Seufzend nickte Iris und folgte den beiden Frauen. An diesem Abend waren die weißen Wurzeln ihrer schwarzen Haare deutlich zu sehen und straften die jugendliche Wirkung der blauen, dunkel umrandeten Augen mit den dichten Mascara-Wimpern Lügen.

»Penny...«, begann Gavin. Irgendwie klang der Name falsch in der dramatischen Szene. Als wäre sie ein Schulmädchen aus Surrey, das noch auf Ponys ritt...

»Wage es bloß nicht, dich zu entschuldigen!« Das Gift in ihrer Stimme brachte ihn zum Schweigen. »Fast dreißig Jahre Ehe, und du besitzt nicht einmal genug Anstand, um mir von deiner Freundin zu erzählen!«, hielt sie ihm vor.

Hilflos schaute er Maddy an. Er war stets die liebevolle Bezugsperson in ihrem Leben gewesen, der starke Beschützer vor den Aggressionen und der Verachtung ihrer Mutter. Und jetzt kam er ihr so schwach vor.

»Du hast völlig Recht«, stimmte er zu, »aber, Penny, wir entfernen uns seit Jahren immer weiter voneinander. Wir sind zwar zusammengeblieben, aber trotzdem allein. Und du weißt das.«

»Mit diesem Unsinn willst du dich rechtfertigen?«, zischte Penny. »Wir führen kein anderes Leben als Millionen Ehepaare, und wir haben verschiedene Interessen, das ist alles. Denk mal an Dennis und Maurice, die sind genauso gut oder schlecht dran wie wir.«

»Abgesehen von einer wichtigen Tatsache – wenn sie nach Hause kommen, merken ihre Ehefrauen, dass sie da sind.«

»Und ich merke es nicht?«

»Nein, du nimmst meine Anwesenheit kaum zur Kenntnis. Oder du gibst mir das Gefühl, ich wäre ein Ärgernis. Vor allem, seit ich in den Vorruhestand getreten bin. Das war einer der Gründe, warum ich den Schrebergarten gepachtet habe – weil du mir das Gefühl gibst, mein Zuhause wäre eine Herberge, wo ich zwischen neun Uhr morgens und sechs Uhr abends nicht willkommen bin.«

»Ab und zu muss in diesem Zuhause sauber gemacht werden.«

»Nicht jeden Tag. Hör zu, Penny, wie ich's Maddy bereits erklärt habe...« Wütend starrte sie ihre Tochter an, und er erkannte zu spät, welchen Fehler er mit diesen Worten begangen hatte. »Ich respektiere unsere Ehe. Deshalb habe ich keinen Ehebruch verübt. Zwischen Iris und mir ist nichts Ungehöriges vorgefallen.«

»Aber ich wette, du *wolltest* in ihr Bett hüpfen«, stieß Penny hervor. »Wahrscheinlich hast du nur gewartet, weil du auf das alles hier scharf warst...« Mit einer weit ausholenden Geste wies sie auf die verschwenderische Einrichtung des Wohnzimmers. »Und so hältst du sie hin. In ihrem Alter wird sie wohl kaum einen anderen finden, der ihr geben kann, was sie sich wünscht. Ist das deine Strategie?«

»Um Himmels willen, Penny, wir lieben uns! Nur deinetwegen haben wir uns zurückgehalten!«

»*Meinetwegen?* Oh, lasst euch von mir nicht stören! Unsere Ehe ist so oder so vorbei. Und Sie?« Mit vor Wut verzerrtem Gesicht wandte sie sich an Iris. »Was sagt denn Ihr Mann dazu? Ich vermute, Sie haben einen, dem Sie dieses fabelhafte Haus verdanken. Was für ein armer Narr!«

»Er hat mich schon vor Jahren verlassen.«

»Kein Wunder! Wie eine vorbildliche Ehefrau sehen Sie wirklich nicht aus.«

»Offensichtlich bin ich keine gewesen«, bestätigte Iris sanft.

»Ich schon! Und deshalb ist das alles so unfair.«

»Bitte, Penny.« Mit ruhiger Würde meldete sich Gavin wieder zu Wort. »Unsere Ehe war pure Heuchelei. Wenn du ehrlich bist, musst du das auch zugeben. Verheiratet zu sein, das ist mehr als Kochen und Putzen und Waschen. Einer sollte für den anderen da sein. In der ersten Zeit, als wir die Mädchen bekamen, waren wir glücklich. Das bestreite ich nicht. Aber während der letzten Jahre schien es mich in deiner Welt kaum noch zu geben. Und was das Ehebett betrifft – da haben wir nicht…« Abrupt verstummte er, weil er sie nicht in Verlegenheit bringen wollte.

»Da haben wir nicht gerammelt wie die Karnickel«, vollendete Penny den Satz.

Erschrocken über diese derbe Ausdrucksweise, zuckte Maddy zusammen.

»Mach dir keine Gedanken mehr um mich, Gavin«, fügte ihre Mutter hinzu. »Ich fahre heim – oder zu dem Haus, das ich bis heute Abend lächerlicherweise für mein Heim gehalten habe. So kannst du dein Verlangen nach Herzenslust stillen – vielleicht auf diesem verdammten Sofa da drüben. Das wäre kein Ehebruch, weil unsere Ehe ohne jeden Zweifel beendet ist. Morgen kannst du deine Sachen holen. Am besten mietest du dir einen Lieferwagen. Es sei denn, Mylady beschäftigt einen Chauffeur.«

»Penny …«, versuchte er einzuwenden.

»Nein, Gavin, es gibt nichts mehr zu sagen. Kommst du, Madeleine?«

Maddy nickte. Beschwörend schaute sie ihren Vater an, um ihm zu bedeuten, sie habe seine Argumente verstanden, zumindest teilweise. Aber er war mit Iris zusammen, und ihre Mutter würde sie jetzt brauchen.

In der Halle saß Scarlett bleich und still auf einem wuchtigen Diwan mit Klauenfüßen.

»Das ist alles *meine* Schuld«, klagte sie, nachdem Maddy ihr erklärt hatte, dass sie ohne Gavin nach Hause fahren würden. »Wenn's Mum auch nie gesagt hat, ich weiß es – teilweise lag's an mir, dass Dad weggegangen ist. Wäre ich hübsch und schlank gewesen, ein Kind, das man überall vorzeigen kann, hätte er uns sicher nicht verlassen.«

»Unsinn!« Maddy schaute dem Rücken ihrer Mutter nach. Steif und unnachgiebig, voller Schmerz und Hass. »So geht's im Leben nicht zu. Was sich zwischen Erwachsenen abspielt, ist vielschichtiger. Außerdem sieht jeder Narr, dass dein Vater dich vergöttert. Er könnte gar nicht stolzer auf dich sein.«

»Glaubst du wirklich?« Wie ein Kind, das eine Straße überqueren will, griff Scarlett nach Maddys Hand.

»O ja, ich schwör's.«

Auf der Rückfahrt schwieg Penny beharrlich.

»Mum …« Als Maddy vor der Haustür den Motor ausgeschaltet hatte, versuchte sie ihre Mutter in den Arm zu nehmen. »Bel und ich lieben dich sehr. Das weißt du.«

»So?« Pennys Stimme schien aus weiter Ferne heranzudringen. »Weiß ich das? Liebe … Diesem Wort traue ich nicht mehr.« Sie wandte ihr blasses Gesicht Maddy zu. »Was für ein Pech, dass dies alles so kurz vor deiner Hochzeit passieren musste! Aber es wird das Fest nicht verderben. Das verspreche ich dir.«

Die Hochzeit. Daran hatte Maddy in letzter Zeit kaum noch gedacht, und jetzt regte sich ihr Gewissen. Wenn man seine Hochzeit nicht ernst nimmt, wird das der Ehe nicht gut tun, ermahnte sie sich. Eine Ehe kann scheitern, sogar nach dreißig Jahren.

Sie hatte Chris vernachlässigt, und das musste sie wieder gutmachen und wollte noch heute Abend damit beginnen.

Sobald Penny die Haustür hinter sich schloss, drohte sie zusammenzubrechen. »Sag Belinda Bescheid, Madeleine, dazu bin ich nicht mehr in der Lage. Ich gehe jetzt ins Bett.«

»Okay«, stimmte Maddy wehmütig zu. »Ich bringe dir eine Wärmflasche.«

»Danke. Und über ein neues Leben würde ich mich auch sehr freuen...«

Das war es. Die bittere Pille. Denn Dad würde ein neues Leben anfangen, aber welche Chancen hat Mum, in ihrem Alter?

Penny stieg die Treppe hinauf. Voller Mitleid schauten Maddy und Scarlett ihr nach. Dann läutete das Telefon, und sie zuckten zusammen.

Aber es war nicht Gavin, der anrief, um zu verkünden, er habe einen schrecklichen Fehler begangen und würde sofort nach Hause kommen. Stattdessen meldete sich Patrick Jamieson.

»Ihre Stimme klingt ein bisschen zittrig, Maddy.« Im Hintergrund rauschte der Hebriden-Wind. Trotzdem hörte sie den sorgenvollen Unterton aus seinen Worten heraus. »Meine zauberhafte Tochter treibt Sie doch nicht zur Verzweiflung?«

Plötzlich brach Scarlett, die dicht neben ihr stand, in Tränen aus.

»Nein, nein«, versicherte Maddy, »es geht um meine Eltern. Sie haben heute Abend beschlossen, sich zu trennen.

Nach dreißig Jahren Ehe... Und die arme Scarlett gibt sich die Schuld daran – wegen einer Frage, die sie gestellt hat.«

»Lassen Sie mich mit ihr reden?«

Maddy drückte ihr den Hörer in die Hand.

»Hallo, Dad, alles ist meine Schuld...« Sie begann zu schluchzen.

»Moment mal, Schätzchen. Warum sich Maddys Eltern trennen, weiß ich nicht. Aber eins steht fest. *Du kannst nichts dafür, okay?* Und es war auch nicht deine Schuld, dass die Ehe *deiner* Eltern gescheitert ist. In Ordnung? Du bist ein süßes, liebes, hilfsbereites Mädchen, ich kann's kaum erwarten, dich morgen wieder zu sehen.«

»Schon morgen?« Scarletts Laune besserte sich sichtlich. »Fabelhaft!«

»Nicht wahr? Und jetzt will ich noch mal mit unserer Freundin sprechen... Hallo, Maddy. Das mit Ihren Eltern tut mir ehrlich Leid. So etwas ist immer schrecklich.« In seiner Stimme schwang aufrichtiges Mitgefühl mit, und ihre Kehle verengte sich. »Aber die beiden haben immer noch Sie, und ihre Ehe war nicht vergebens, weil sie eine wunderbare, schöne Tochter bekommen haben.«

Maddy lächelte unter Tränen. »Wie das klingt – als würden Sie Scarlett trösten...«

»Wenn Ehen zerbrechen, fühlen wir uns alle wie Kinder. Wahrscheinlich geht's Ihren Eltern genauso, Maddy. Danke, dass Sie so nett zu Scarlett sind. Bis morgen.«

Nach dem Telefonat bereitete sie Wärmflaschen vor – für ihre Mutter, für Scarlett, Belinda und sich selbst. Die würde sie nach oben bringen und ihrer Schwester erzählen, was geschehen war. Doch zuerst wollte sie Chris anrufen.

Obwohl sie wusste, wie spät es schon war.

»Alles in Ordnung, Liebes?«

Olimpias Stimme hörte sich so an, als hätte sie bereits geschlafen, und Maddy hörte die typische Angst einer Einwanderin heraus, die mitten in der Nacht einen unerwarteten Anruf bekam.

»Ja, danke. Könnte ich Chris sprechen?«

Ein paar Minuten später kam er an den Apparat. »Hi, Baby. Ein bisschen spät, nicht wahr?«

»Ich musste einfach mir dir sprechen. Mum und Dad haben sich heute Abend getrennt, weil er mit einer anderen zusammen ist.«

»Verdammt! Ziemlich selbstsüchtig. So kurz vor unserer Hochzeit.«

»Deshalb habe ich über gewisse Dinge nachgedacht. Liebe. Treue. Du weißt schon...«

»Und?«

»Ich wollte einfach... Ich wollte dir nur sagen, wie sehr ich dich liebe, Chris.«

Da lachte er, offenbar erleichtert, weil es nichts Ernstes war. »Ich liebe dich auch, Baby. Wirklich. Gute Nacht.« Und dann fügte er hinzu: »Wie hat Bel es aufgenommen?«

»Sie weiß es noch gar nicht. Jetzt gehe ich zu ihr und werd's ihr erzählen.«

»Sei vorsichtig. Im Augenblick ist sie ein bisschen labil, nicht wahr?«

»O ja.« Maddy war gerührt und dankbar, weil sie einen Mann heiraten würde, der so einfühlsam war und die Probleme ihrer Schwester verstand. »Soll ich ihr liebe Grüße von dir ausrichten?«

Bevor er antwortete, entstand eine kaum merkliche Pause. »Ja – ja, warum nicht?«

Wie erwartet, reagierte Belinda mit einem Tränenstrom auf die traurige Neuigkeit, und Maddy tat ihr Bestes, um sie zu trösten.

»Ich werde dich wirklich vermissen«, gestand Maddy. Liebevoll umarmte sie Scarlett. Sie standen an der U-Bahnstation am Piccadilly Circus. In ein paar Minuten würde Scarlett nach Süden zur Schule fahren, und Maddy musste zum Covent Garden gehen.

»Aaah!«, meinte ein bärtiger Verkäufer der Obdachlosenzeitung *Big Issue* mit einem farbenfrohen Beany-Hut. »Was für ein erfreulicher Anblick – zwei Schwestern, die sich vertragen!«

Maddy und Scarlett lächelten sich an.

»Für mich war's einfach großartig, bei einer normalen Familie zu wohnen«, sagte Scarlett.

Beinahe hätte Maddy laut gelacht. Meinte Scarlett das ernst? Nach allem, was am vergangenen Abend geschehen war? Wie kurios musste Scarletts Leben verlaufen, wenn sie Maddys Familie für normal hielt – mit einer Schwester, die an Bulimie litt – mit Eltern, die einander ins Unglück stürzten?

Scarlett erriet ihre Gedanken. »Natürlich abgesehen davon, dass die Ehe deiner Eltern in die Brüche gegangen ist und sie sich nach dreißig Jahren trennen werden.«

»Ja – natürlich«, bestätigte Maddy, und beide begannen zu kichern. Schließlich brachen sie in schallendes Gelächter aus.

»Ich glaube, mein Dad mag dich deshalb so gern«, japste Scarlett, als sie wieder zu Atem kam, »weil du einen so trockenen Humor hast und weil du so gut mit einer verrückten 14-Jährigen auskommst.«

»Scarlett!«, mahnte Maddy.

»Schon gut, schon gut, mit einem bildschönen, total witzigen, ungewöhnlich scharfsinnigen 14-jährigen Mädchen.«

Maddy winkte ihr zum Abschied zu und wollte sich abwenden. Dann konnte sie sich allen guten Vorsätzen zum Trotz die Frage nicht verkneifen: »Mag dein Dad mich wirklich?«

»Und wie! Deshalb ist er doch die ganze Zeit so unhöflich zu dir. So was nennt man flirten. Das weiß ja sogar *ich*.«

Lachend schüttelte Maddy den Kopf. »Vielen Dank für den Tipp.« Manchmal hatte sie den Eindruck, Scarlett sei reifer als sie selbst.

An diesem Morgen gehörte sie zu den Ersten, die im Büro erschienen. Doch Evas Tür stand offen, und sie saß bereits an ihrem Schreibtisch. Natasha selbstverständlich auch. Niemals würde sie riskieren, *nach* der Chefin einzutreffen.

Maddy war wieder einmal beeindruckt davon, dass Natasha es schaffte, schon um neun Uhr morgens wie ein *Vogue*-Titelblatt auszusehen. Das kastanienbraune Haar glänzte, das Make-up war tadellos, der Lidstrich an den äußeren Augenwinkeln gleichmäßig nach oben gezogen. Wie üblich trug sie eins ihrer hundert pastellfarbenen Seidentops, die zu den hundert etwas derberen Tweedröcken passten. Im Haar saß eine schwarze Designer-Sonnenbrille. Verdammt, wie lange brauchte sie, um dermaßen perfekt auszusehen?

Amüsiert stellte Maddy sich vor, wie Natasha ihr Makeup schon am Vorabend auftrug, um wie eine Mumie auf dem Rücken zu schlafen, bestens vorbereitet für den nächsten Arbeitstag.

Als sie sich an ihren Schreibtisch setzte, kehrte die Erinnerung an die letzte Nacht zurück. Ihre Eltern hatten sich getrennt. Trotz des Mitleids mit ihrer betrogenen Mutter verstand sie, warum ihr Vater die Flucht ergriffen hatte. Und was noch viel schlimmer war – sie mochte Iris und wusste nur zu gut, welch niederträchtigen Verrat Penny darin sehen würde.

»Clever von Ihnen, das Balg aufzunehmen«, bemerkte Natasha. »Damit zeigen Sie ihm, was für eine großartige Stiefmutter Sie abgeben würden, obwohl Sie erst fünfundzwanzig sind.«

Zunächst verstand Maddy nicht, wovon Natasha sprach. »Meinen Sie Scarlett? Sie ist kein Balg, sondern ein ganz reizendes Mädchen. Und ich habe mich in ihrer Gesellschaft sehr wohl gefühlt.«

»Daran zweifle ich nicht. Vor allem, weil Scarletts Vater Ihnen so dankbar ist.«

»Hören Sie mal...« Erst jetzt erkannte Maddy, worauf Natasha hinauswollte. »Ich habe Scarlett nicht eingeladen, um ihren Vater zu beeindrucken.«

»Natürlich nicht«, gurrte Natasha.

Bevor Maddy die schwarze Sonnenbrille in Natashas Bobbi-Brown-Grundierung drücken konnte, unterbrach Eva das Gespräch. »Haben Sie einen Moment Zeit, Madeleine?«

Maddy griff nach ihrem Notizblock. Hoffentlich hatte Eva einen neuen Auftrag für sie. Inzwischen füllte sich das Büro. Jade stieg die Wendeltreppe zum Empfang hinauf, dann schlenderte David herein. Er sah aus, als wäre er überhaupt nicht im Bett gewesen.

»Was mir den Schlaf geraubt hat, werde ich nicht ausplaudern«, verkündete er und zwinkerte Maddy zu.

»Nein, tun Sie's nicht. So früh am Morgen will ich nichts über das Sexualleben anderer Leute erfahren.«

»Setzen Sie sich, Maddy.« Eva zeigte auf den Sessel vor ihrem Schreibtisch.

Allmählich begann Maddy, ihre Chefin zu bewundern. Es gefiel ihr, wie Eva die Garderobe einer berufstätigen Frau mit ihrem eigenen Stil mischte. Niemals trug sie Hosenanzüge, maskuline Jacketts oder irgendetwas, das auch nur entfernt an die Marke Jaeger erinnerte. Stattdessen wählte sie gut geschnittene Hosen oder Röcke und Cardigans von Edina Ronay, die schlichten Schick mit einer femininen Aura kombinierten.

»Also, Madeleine«, begann Eva, »ich möchte mit Ihnen über das Shooting am letzten Wochenende reden. Ich weiß, Patricks Charme kann die Vögel von den Bäumen herunterlocken. Aber nackt für dieses Bild zu posieren – selbst wenn's nur für ein Gartenmagazin ist – dafür werden Sie nicht bezahlt.«

»Bitte, verzeihen Sie mir, Eva. Das habe ich nur gemacht, weil ich...«

»...weil der Fotograf Sie unter Druck gesetzt hat. Ja, das kann ich mir sehr gut vorstellen. Aber warum haben Sie mitgemacht?«

Jetzt kam der Augenblick der Wahrheit. Sollte sie gestehen, die falsche Buchung habe ihr Gewissen geplagt? Wie konnte jemand, der bei halbwegs klarem Verstand war, nicht daran denken, dass der Redakteur eines Gartenmagazins niemals einen Fotografen wie Patrick Jamieson engagieren würde? »Ich fühlte mich verantwortlich. Wissen Sie, das war so, ich hatte nämlich nicht an den zweiten...«

Bevor sie weitersprechen konnte, erklangen Stimmen und Geräusche im Hauptbüro. Dann erschien Natasha in der Tür, das kantige Gesicht voller Bosheit, in der Hand den größten Blumenstrauß, den Maddy je gesehen hatte. »Soeben eingetroffen. Von Wild at Heart.« Während sie das Bukett bewunderte, knisterte das fliederfarbene und violette Seidenpapier diskret. »Ein Dutzend Grand-Prix-Rosen. Und lila Anemonen. Im November. Irgendjemand muss Sie leidenschaftlich lieben.«

Lächelnd stand Eva hinter ihrem Schreibtisch auf, den Ausdruck einer Katze, die sich auf einen besonderen Leckerbissen freut, im Gesicht. »Wie schön! Von wem...?«

»So sehr ich's auch bedauere...« Natasha schüttelte den Kopf, und der perfekte Pony-Haarschnitt funkelte im Halogenlicht. »Die sind nicht für dich, Eva, sondern für Maddy.«

Eva ließ ihre ausgestreckten Hände sinken und errötete ein wenig. »Los, Maddy, machen Sie die Karte auf. Noch länger können Natasha und ich die Spannung nicht ertragen.«

Mit zitternden Fingern holte Maddy das Kuvert zwischen den Rosenstielen hervor und öffnete es. Sie hatte nicht die leiseste Vorstellung, von wem der Strauß stammen könnte. Chris war nicht der Wild-at-Heart-Typ. Er ging lieber auf den Markt und kaufte »Irgendwas-für-zwei-Pfund«. Sie zog die kleine Karte hervor. Und dann wünschte sie inständig, sie wäre vernünftig genug gewesen, das in einer etwas privateren Umgebung zu tun. »Oh! Von Patrick.«

Verwirrt runzelte Eva die Stirn, und Natasha genoss Maddys Unbehagen.

»Warum schickt Patrick Jamieson Ihnen Blumen?«, fragte Eva kühl.

»Um sich zu bedanken, nehme ich an.«

»Für die letzte Nacht?«, fragte Natasha. »Wie süß und altmodisch! Anscheinend gibt es den Weihnachtsmann doch noch.«

»Nein«, fauchte Maddy, »nicht für die letzte Nacht! Weil seine Tochter bei mir gewohnt hat, während er in Schottland war. Und wenn Sie's unbedingt wissen müssen – die vergangene Nacht war kein bisschen romantisch.«

»Oh...« Natashas Stimme triefte vor geheucheltem Mitleid. »Aber trösten Sie sich. Es gibt immer ein Morgen. Vielleicht dankt er Ihnen im Voraus. Brauchen Sie eine Vase? Falls wir eine haben, die groß genug ist.«

»Nein, nicht nötig«, erwiderte Maddy und spürte, wie ihr brennende Zornesröte in die Wangen stieg. »Ich bringe die Blumen in die Küche. Heute Abend nehme ich sie mit nach Hause.«

»Dafür sollten Sie einen Schwerlaster bestellen«, schlug Natasha vor.

»Danke, Natasha«, betonte Eva mir scharfer Stimme. »Solltest du nicht Jonathans Porträt von den Sotheby-Schwestern an ihren Vater schicken?«

Ohne ein weiteres Wort nickte Natasha, entfernte sich und hinterließ ein Schweigen so tief wie das Meer.

»Madeleine...« Zögernd unterbrach sich Eva, denn dies

war eindeutig der falsche Moment für private Diskussionen. »Ich hoffe, Sie glauben nicht, dass ich mich einmischen möchte. Aber ich bin Ihre Chefin. So unglaublich aufregend Büroaffären auch sein können, sie schaden der Arbeitsmoral. Ganz zu schweigen von der Tatsache, dass es immer die Frau ist, der gekündigt wird – wie unfair das auch sein mag. Deshalb rate ich Ihnen, diesen Flirt mit Patrick im Keim zu ersticken.«

»Weder er noch ich...«, begann Maddy empört.

»Offenbar gefallen Sie ihm. Das nehme ich ihm nicht übel. Sie sind sexy und amüsant. Und jeder Mann würde Sie attraktiv finden, vor allem in unserer Branche, wo die meisten Mädchen nur aus Haut und Knochen bestehen. Dazu kommt noch Ihre Unschuld und Ihr schöner Pfirsichteint – Sie sind eine Versuchung auf zwei Beinen. Doch ich kenne Patrick. Und glauben Sie mir, er ist keine gute Partie. Das hat er selber gesagt. Also, zu Ihrem eigenen Wohl...«

Maddys Bewunderung für Eva verflog innerhalb von Minuten. Wie konnte diese Frau es wagen, sie wie einen unerfahrenen, liebeskranken Teenager zu behandeln? Das war unglaublich arrogant.

»Moment mal, Eva, dürfte ich etwas klarstellen? Zwischen Patrick Jamieson und mir ist nichts. Überhaupt nichts. Er hat mir einfach nur gedankt, weil seine Tochter bei mir gewohnt hat. Das ist alles. Okay? Um Himmels willen, in vier Monaten werde ich heiraten!«

»›Die Dame, wie mich dünkt, gelobt zu viel‹«, zitierte Natasha an ihrem Schreibtisch vor der offenen Tür. Offenbar wollte sie mit ihren Shakespeare-Kenntnissen prahlen.

»Wie schön«, antwortete Eva. »Eine Liaison mit Patrick halte ich wirklich für keine gute Idee.«

»Ich auch nicht!«, stieß Maddy hervor. »Und ich versichere Ihnen, mein Verlobter würde genauso denken!«

»Freut mich, dass wir uns einig sind.«

Während Maddy die Blumen in die Küche trug, musste sie mehrmals tief Luft holen. Im Hauptbüro schienen sich alle verdächtig intensiv auf ihre Arbeit zu konzentrieren. Besonders Natasha.

Sobald Maddy in der Küche verschwunden war, griff sie zum Telefon. »Layla, Liebes«, sagte sie, leise genug, so dass niemand zuhören konnte. »Du solltest jetzt möglichst bald eingreifen. Soeben hat er sich in ein neues Mädchen in unserem Büro verliebt. Sein üblicher Typ.« Bei ihren nächsten Worten erhob sie ihre Stimme ein wenig, in der Hoffnung, Maddy würde von der Küche aus zuhören. »Naiv. Aus der Vorstadt. Große Titten.«

14

Die einzige Methode, diesen Tag zu überstehen, bestand darin, das viel sagende Grinsen der Kollegen zu ignorieren und sich auf die Arbeit zu konzentrieren.

Soeben war eine Fotostrecke für das *Style Magazin* geliefert worden, und Maddy studierte sie aufmerksam. Statt einen Modefotografen zu engagieren, war die Redaktion auf die radikale Idee gekommen, den Auftrag einem Fotoreporter zu erteilen, die Ereignisse rund um den Catwalk festzuhalten.

So ähnlich wie mein angeblicher Missgriff, Patrick Jamieson für *Glorious Gardens* zu buchen, sagte sie sich triumphierend. Je länger sie darüber nachdachte, desto verzeihlicher fand sie ihren Fehler. Nigel Mills würde zweifellos originelle Fotos erhalten. Und das hatte er ihr zu verdanken.

Mit zusammengekniffenen Augen betrachtete sie die Bilder des Reporters. Darauf wirkten die Models nicht glamourös, sondern erbärmlich dünn, müde und verwundbar.

Irgendwie erinnerten sie Maddy an minderjährige thailändische Prostituierte. Was für ein Kontrast zu der glanzvollen Eleganz, die in der Fashion-Szene so gern propagiert wurde.

»Hey, die gefallen mir.« Verwirrt zuckte sie zusammen, als sie die vertraute Stimme hinter sich hörte. Patrick Jamieson beugte sich zu ihr herab. »Sehr effektvoll. Wer hat die gemacht?«

Maddy zwang sich zu einem freundlichen Lächeln. Verdammt, warum hatte sie seine Ankunft nicht bemerkt? »William Power, Evas Neuentdeckung. Normalerweise berichtet er über Arbeitskämpfe und Polizeirazzien.«

»So was hätte ich Mario Testino auch gar nicht zugetraut. Endlich mal jemand, der ein Auge fürs Wesentliche hat...« Patrick schaute sich im Büro um. »Haben Sie meine Blumen bekommen?«

»Ja...« Zu ihrem Leidwesen begannen ihre Wangen zu glühen. »Danke, sie sind wundervoll.«

»Und weil der Strauß so *wundervoll* ist, haben Sie ihn versteckt?«

»Nun – ich...«, stammelte Maddy.

Belustigt erklärte Lennie: »Sie hat ihn in die Küche gebracht.«

»Warum?« In Patricks leuchtend blauen Augen erschien ein gekränkter Ausdruck.

»Weil sie wegen der Blumen gehänselt wurde«, erwiderte Lennie und starrte Natasha durchdringend an.

»Wieso um alles in der Welt...?« Und dann begann Patrick schallend zu lachen. »Ah, jetzt versteh ich's! Ihr dachtet alle, ich hätte...«

»...mit Maddy gebumst«, ergänzte Lennie. »So ein riesiges Bukett kann nur zweierlei bedeuten. Erstens – danke für die tolle Nacht, zweitens – ich hab's mit einer anderen getrieben und fühle mich schuldig.«

»Und drittens«, fügte David hinzu und grinste dabei wie ein verkaterter Satyr, »ich *will* dich bumsen.«

»Danke für die Belehrung«, konterte Patrick. »Ich werde daran denken, wenn ich das nächste Mal einer Frau Blumen schicke.« Hinter seiner lässigen Haltung spürte Maddy echten Ärger. »Wie wär's denn mit folgender Bedeutung? ›Danke, dass Sie meine Tochter in Ihrem Haus aufgenommen und ihr geholfen haben, sich selber zu mögen, weil sich sonst nicht besonders viele Leute darum bemühen.‹« Herausfordernd schaute er zu Natasha hinüber. »Am allerwenigsten ihre Mutter.«

»Wahrscheinlich haben Scarlett und Maddy einiges gemeinsam«, bemerkte Natasha.

»Meinen Sie, weil wir zusammensitzen und über die McDonald's-Speisekarte oder die Größe unserer Ärsche diskutieren?«, fauchte Maddy und bewog sämtliche Mitarbeiter, die Hälse zu recken und herüberzuspähen. Zu Patrick gewandt, fuhr sie fort. »Natürlich habe ich ihnen *gesagt,* wie lächerlich ihre Vermutungen sind.«

»Daran habe ich auch gar nicht gezweifelt.« Patrick setzte sein charmantestes Lächeln auf. »Wo Sie doch bald heiraten! Und ich hoffe, Sie werden glücklich. Übrigens...« Nun senkte er seine Stimme. »Tut mir wirklich Leid, was mit Ihren Eltern passiert ist. Scarlett hat mir die Einzelheiten erzählt. Für Sie muss das ganz furchtbar sein, weil sie so lange verheiratet waren.«

»O ja, ist es.« Maddy wusste seine Anteilnahme zu schätzen. »Seltsamerweise bedauere ich meine Mutter, obwohl sie meinen Vater jahrelang schrecklich behandelt hat. Sie hat einfach nicht verstanden, wohin das führen musste.«

»Auch wenn Sie's nicht wirklich trösten wird ...« Diese intensive Bitterkeit, die in seinen Worte mitschwang, hörte sie zum ersten Mal. »Wahrscheinlich ist's für Ihren Vater genauso schwer. Ihre Mutter wird ihm vorgeworfen haben, er sei ein herzloser Bastard, der ihr die besten Jahre ihres Lebens gestohlen und ihr nichts dafür gegeben hat. Stattdessen amüsiert er sich jetzt mit einer anderen.«

»Ja...« Am liebsten hätte sie eine Hand gehoben und seine gerunzelte Stirn geglättet. »Das wird sie sicher tun.«

»Okay.« Patrick richtete sich auf. »Ich sollte jetzt besser gehen. Ich muss mich noch auf ein Shooting vorbereiten, das morgen stattfinden wird – das wird die Hölle: die glorreiche Belisha, Popdiva und mieses Biest. Die hat mich nur verlangt, weil sie auf meinen Fotos um zwanzig Pfund leichter aussieht.«

»So was könnte ich auch gebrauchen«, betonte Maddy.

»Oh, verzeihen Sie«, bat er verlegen. Offenbar hatte er keinen Gedanken an ihre Rundungen verschwendet. »Ich habe wirklich nicht gemeint...«

»Das weiß ich.«

»Übrigens...« Patrick schenkte ihr jenes unglaubliche Lächeln, das besagte, sie wären die beiden einzigen vernünftigen Menschen in einer verrückten Welt. »Ich bevorzuge die Lady so, wie sie ist.«

In diesem Moment läutete das Telefon. Dankbar griff sie danach. Der Feature-Redakteur einer Frauenzeitschrift brauchte das Foto eines jungen Mädchens auf der Schwelle des Erwachsenseins, und er glaubte, irgendwo hätte er eine solche Aufnahme von Jonathan Weiner gesehen. Würde Maddy ihm helfen können?

Sie seufzte. Wieder einmal ein komplizierter Auftrag...

Als sie den Hörer auflegte, hatte Patrick das Büro verlassen.

Sehr gut, dachte sie. So einen langweiligen, zeitraubenden Job konnte sie jetzt gut brauchen, um über den Kummer hinwegzukommen, den ihre Eltern ihr bereiteten.

Und dann fasste sie einen Entschluss. Heute Abend wollte sie sich mit Chris treffen. Auf dem Heimweg würde sie die neue Ausgabe von *Wedding Day* kaufen und anfangen, sich wie eine richtige Braut zu benehmen.

Bevor Patrick zu seinem Studio fuhr, ging er ins Slug and Sausage. Dort war es so gemütlich wie immer. Das Kaminfeuer loderte, verschiedene Charakterköpfe lasen Zeitungen in hölzernen Haltern, und ein alter Kauz starrte in sein Bier. An der Bar saßen zwei schicke junge Frauen mit Weißweingläsern. Nach jedem Schluck kicherten sie noch lauter.

So zuhause wie hier habe ich mich im Heim meines einstigen Familienlebens nie gefühlt, dachte Patrick wehmütig.

»Zwölf.« Terence, der Wirt und Barkeeper, zeigte auf die Uhr hinter der Theke. »Acht Glas für die Vormittagswache.«

»Wie, bitte?«, fragte Patrick entgeistert.

»Jetzt steht die Sonne offiziell über dem Nock. Ich war mal bei der Navy.«

»Ah...«, murmelte Patrick und nippte an dem Whisky, den Terence ihm eingeschenkt hatte.

»Hör auf, drüber nachzudenken«, schlug Terence vor. Sein langes, melancholisches Gesicht erinnerte Patrick immer wieder an einen dieser Hunde, die hinter den Heckscheiben mancher Autos hockten und mit den Köpfen wackelten. »Und *unternimm* was.«

»Hör mal, Terry, ich bin siebenunddreißig. Seit Jahren werde ich von bildschönen Models umringt. Die meisten sind frühzeitig von der Schule abgegangen und ziemlich ungebildet. Was immer ich verlange, sie würden es tun, wenn sie glauben, es würde auf den Fotos gut aussehen. Aber das langweilt mich zu Tode. Meine Ehe habe ich total vermasselt. Und dass ich morgen die begehrenswerteste Sängerin der westlichen Welt fotografieren werde, lässt mich kalt.«

»Du bettelst doch nicht um Mitleid, alter Junge? Was mir nämlich am besten an dir gefällt, ist, dass du weißt, was für ein Glückspilz du bist und wie beschissen wir anderen dahinvegetieren.«

Achselzuckend leerte Patrick sein Glas. »Okay, okay, du hast Recht. Erschieß mich, wenn ich zu jammern anfange.«

»Genau das werde ich tun, mein Lieber.«

»Macht's Ihnen was aus, wenn ich heute Abend pünktlich die Kurve kratze, Dorrit?«, fragte Maddy die Büroleiterin. »Meiner Mutter geht's nicht so gut. Mein Vater hat eine andere kennen gelernt und ist abgehauen.«

»Zum Teufel mit den Männern, lauter elende Schurken«, bemerkte Colette, ohne von dem Kontaktabzug aufzublicken, den sie mit einer Lupe inspizierte. »Einer wie der andere. Sogar die netteren... Natürlich dürfen Sie verschwinden. Übrigens, wie kommen Sie mit dem Foto von dem jungen Mädchen voran? Irgendwie habe ich das Gefühl, Patrick hätte mal so ein Bild gemacht. Keine Ahnung, wann.«

»Danke, ich habe ein paar Aufnahmen gefunden, die wir nehmen könnten. Morgen sehe ich noch einmal nach.«

In letzter Zeit war das Wetter schlecht geworden, und wegen der Kälte fühlte sich Maddy ausnahmsweise wohl in der überfüllten U-Bahn. Wie Sardinen aneinander gedrängt, schwankten die Fahrgäste hin und her, ein stummer Gospel-Chor. Ausnahmsweise bekam sie sogar gleich Anschluss an den Bus. Dankbar sprang Maddy hinein.

Seltsame Dinge schienen am Cherry Tree Drive vor sich zu gehen. Vor ihrem Elternhaus hatten sich mehrere Nachbarn versammelt, um irgendwas zu beobachten.

Maddy schnappte nach Luft. Trotz ihres zierlichen Körperbaus hatte Penny jedes Möbelstück, das sie mit ihrem Ehemann assoziierte, in den Vorgarten geschleppt. Auf dem kleinen Rasen türmten sich Stühle, Beistelltischchen, Gavins Schreibtisch, ein Mahagonischrank, sogar der große Esstisch aus Eichenholz, an dem seit Maddys Kindheit alle Familienmitglieder die Mahlzeiten gemeinsam eingenommen hatten. »Mum!«, schrie sie und begann zu laufen. »Um Himmels willen, was machst du?«

Jetzt entdeckte sie ihre Schwester inmitten des Publikums. Seufzend kam ihr Belinda entgegen. »Sie hat gesagt, sie will nichts behalten, was sie an Dad erinnert, und ganz von vorn anfangen.« Blass und zitternd schaute Belinda genauso erschüttert drein, wie Maddy sich fühlte. »Morgen fährt sie zu IKEA und sucht sich neue Möbel aus. Als Dad vorhin anrief, hat sie ihn aufgefordert, das ganze Zeug abzuholen.«

Maddy umarmte ihre Schwester. »Glaubst du, sie ist okay?« Fassungslos starrten sie ihre Mutter an, die offensichtlich Wonder Womans übermenschliche Kräfte entwickelt hatte.

»So!«, verkündete Penny zufrieden und wuchtete den letzten der Gegenstände, die sie gemeinsam mit Gavin besessen hatte, auf den Möbelberg. »Man muss sich von allem trennen, was einem die Vergangenheit vor Augen führt. Das haben sie im Fernsehen auch gesagt.«

»Gute Idee«, meinte Maddy. »Aber nicht unbedingt direkt am nächsten Tag.«

In ihrem Stimmungshoch ließ sich Penny nicht von diesem Einwand stören. »Kommt, gehen wir essen. Ich habe eurem Vater gesagt, wenn er das Zeug bis heute Abend nicht abholt, wird es der Hilfsorganisation Oxfam gespendet.«

»Weißt du was, Mum?«, begann Maddy diplomatisch. »Geh schon mal mit Bel voraus. Ich warte auf Dad und komme dann nach.«

Eine knappe halbe Stunde später fuhr ihr Vater in einem großen weißen Lieferwagen vor. Er schien über Nacht um Jahre gealtert. »Ich dachte, sie würde es nicht ernst meinen«, murmelte er. Während er die vertrauten Sachen betrachtete, die seine Ehe repräsentierten, hielt er seine Tränen nur mühsam zurück. Mit bebenden Händen ergriff er ein Stück Holz.

Maddy erkannte das Kopfteil des Ehebetts aus Mahagoni.
»Sie muss mich abgrundtief hassen. Vermutlich hat schon die ganze Zeit ein unglaublicher Zorn in ihr geschlummert, direkt unter der Oberfläche, wie die Lava in einem Vulkan.«

»Wenn das stimmt, Dad, hast du gestern nur die Lunte angezündet. Und das war wohl das Beste, was du tun konntest.«

»Ich wünschte nur, wie hätten uns freundschaftlich getrennt.«

»Mit Freundschaft hat die Liebe nicht viel zu tun.« Sie dachte an Scarlett, die immer noch unter der Scheidung ihrer Eltern litt. »Weil sie viel gefährlicher ist.«

»Ich hoffe, du findest mit Chris ein dauerhaftes Glück. Nicht so wie wir.«

»Nun, dreißig Jahre – das finde ich ziemlich dauerhaft«, erwiderte sie.

Dann half sie ihrem Vater, die Möbel in den Lieferwagen einzuladen. Bedrückt sah sie ihn davonfahren. All die Ehejahre, in ein weißes Vehikel gepackt... Wenigstens hatte er in Iris einen geliebten Menschen, zu dem er fliehen konnte.

Und plötzlich sehnte sie sich verzweifelt nach Chris. Sie wollte in seinen Armen liegen und ihn beteuern hören, *ihre* Ehe würde anders verlaufen, die Wärme seiner fest zusammengeschweißten Familie spüren. So lautstark und demonstrativ – welch ein Gegensatz zu ihrer eigenen Familie!

Sie eilte ins Haus und wählte die Nummer ihres Verlobten.

»Hallo, Chris.«

»Hi, Baby. Bist du okay?«

Seine Einfühlungsgabe überraschte Maddy und erfüllte sie mit tiefer Dankbarkeit. Allein schon am Klang ihrer Stimme hatte er erkannt, dass sie Trost brauchte.

»O Chris...« In ihrer Kehle stieg ein würgendes Schluchzen auf. »Es ist so schrecklich. Alles, was Mum an Dad er-

innert, hat sie ausrangiert. Sämtliche Möbel, jedes einzelne Stück, das sie gemeinsam gekauft haben, sogar den Esstisch. Gerade hat Dad alles abgeholt. Oh, es war so grauenhaft...«
Überwältigt von Gefühlen, konnte sie nicht weitersprechen.

»Ja, ich weiß«, sagte er sanft. »Bel hat mich vorhin angerufen. Auch sie ist ganz durcheinander.«

Also hatte ihre Schwester mit ihm gesprochen? Erstaunt zog Maddy die Brauen hoch. »Ich wünschte, du könntest herkommen. Aber ich habe Mum und Bel versprochen, mit ihnen essen zu gehen.«

»Treffen wir uns doch morgen nach der Arbeit. Dann werde ich dich mal ganz fest in den Arm nehmen.«

»Einverstanden. O Chris, ich liebe dich so...« Sie stellte sich seine starken, muskulösen Arme vor, das tiefe Mitleid in seinen dunkelbraunen Augen. Leidenschaftlich sehnte sie sich nach ihm.

»Und ich dich, Maddy. Ich hole dich am Covent Garden ab. In diesem Fall gibt Dad mir sicher etwas früher frei. Und wir gehen was trinken und reden über alles. Nur wir zwei.«

Maddy konnte es kaum erwarten.

Am nächsten Tag hatte sie alle Hände voll zu tun und erlebte die ereignisreichsten Stunden, seit sie für Flash arbeitete. Sie fand Patricks Foto von dem jungen Mädchen und schickte es per E-Mail an die Redaktion der Frauenzeitschrift. Danach nahm sie an einer Besprechung mit Eva und einigen Kollegen teil und überredete den widerstrebenden Bildredakteur der *Daily World*, William Power statt Colin Brown zu engagieren, an den er gewöhnt war. Colin war auf Reisen. Etwas später wurden die Kontaktabzüge des Porträts geliefert, das Jonathan Weiner vor kurzem von einer megaberühmten Rocklegende und ihrer angeblich liebevollen Verwandtschaft geknipst hatte. Bewundernd registrierte Maddy, wie gut es Jonathan gelungen war, den Eindruck eines normalen Familienlebens zu erwecken. Wo doch jeder wusste, dass der Rockstar kokste und Groupies nachstellte, die seltsamerweise seiner ältesten Tochter ähnlich sahen. Wenn Jonathan das nächste Mal ins Büro kam, musste sie ihm unbedingt gratulieren.

Als sich der Arbeitstag dem Ende neigte, war sie völlig erschöpft. Aber wenigstens hatte sie nicht an den Zerfall ihrer eigenen Familie gedacht.

Während sie zur U-Bahnstation ging, kam sie auf eine nette Idee. Sie beschloss, in der Charlotte Street ein paar griechische Leckerbissen für Chris' Mutter auszusuchen. Der schnellste Weg dorthin führte am Slug and Sausage vorbei. Sollte sie ein Flasche Wein da drin kaufen? Ja, warum nicht, entschied sie und verdrängte alle Gedanken an niedere Beweggründe.

Im Pub traf sie mehrere Gäste an, die sich nach der Arbeit einen Drink gönnten. Ein paar Mädchen aus der Werbeagentur neben dem Flash-Büro schwatzten mit schrillen Stimmen. Nach ihrer Verfassung zu schließen, saßen sie schon den ganzen Tag hier. Eine versuchte sogar, auf einen Tisch zu klettern und Cancan zu tanzen.

Gegen ihren Willen schaute Maddy in die Ecke hinüber, in der Patricks Stammtisch stand. Da war niemand. Natürlich, er hatte heute Belisha fotografiert.

»Kann ich Ihnen helfen?«, fragte der Wirt.

Nein, danke, wollte sie erwidern. Doch da bemerkte sie das schwache, spöttische Lächeln, das seine Lippen umspielte, und straffte die Schultern. »Ich hätte gern eine Flasche trockenen Weißwein, bitte.«

»Und nur ein Glas?«

»Das brauche ich nicht«, entgegnete sie kühl, »ich nehme den Wein zu einem Dinner bei Freunden mit.«

Terence nahm eine Flasche aus seinem Regal hinter der Theke.

»Dann sollten Sie Ihren Wein besser nicht hier kaufen«, empfahl ihr eine belustigte Stimme, die über ihrer Schulter erklang. Verwirrt fuhr sie herum.

»Im Oddbins kriegen Sie so eine Flasche für die Hälfte.« Patrick Jamieson grinste sie fröhlich an. »Haben Sie den Laden nebenan nicht bemerkt?«

»Oh – ich – nein...«, stotterte sie. »Übrigens – ich möchte noch ein Päckchen – eh...« Sie musterte die abgebildeten Snacks an der Wand hinter der Bar. »...Speckkrusten.«

»Terence, ein Päckchen Speckkrusten für die Lady.«

»Kommt sofort.«

»Also daher haben Sie Ihren göttlichen Pfirsich-Teint. Eine Diät aus Weißwein und Schweinekrusten. Das sollten Sie patentieren lassen«, fügte Patrick hinzu und grinste teuflisch. »In Beverly Hills würden Sie ein Vermögen damit machen können.«

Am liebsten hätte sie sich selber gegen das Schienbein getreten. Warum hatte sie sich bloß hierher gewagt?

»Danke«, murmelte sie, als Patrick ihr die Tür aufhielt.

»Hoffentlich genießen Sie Ihr Dinner im Freundeskreis.«

»Ganz bestimmt. Wie war Belisha?«

»Überraschend umgänglich. Schon auf dem ersten Film hatte ich alles, was ich brauchte. Aber ich musste noch sechs weitere verschießen, um ihrem Starstatus gerecht zu werden. Wenn *Sie* mal berühmt sind, werden Sie sich nicht so aufführen, Maddy. Oder?«

»Wohl kaum. Aber das werde ich vermutlich nie herausfinden.«

Mit langen Schritten eilte Maddy vom Covent Garden zur Charlotte Street und betrat das Ithaka, den sündteuren griechischen Delikatessenladen. Sie kaufte Dolmades, ein paar Boreks, diese himmlischen, mit Käse gefüllten dreieckigen Teigtaschen, würzige, in Öl und Knoblauch eingelegte Oliven und Baklava zum Nachtisch.

Sie war schon halb auf dem Rückweg zur U-Bahnstation, als ihr einfiel, dass Chris sie abholen wollte. Wie konnte sie nur so dumm sein. Nun musste sie ein Taxi nehmen, um rechtzeitig zum Covent Garden zurückzukommen.

Zehn Minuten später hielt das Taxi, und Maddy sah den Mazda ihres Verlobten direkt neben Patricks Saab-Cabrio parken. Zu ihrem Entsetzen probierte Chris gerade seine aufdringlichste Verkaufsmasche an dem arglosen Fotografen aus.

»Bitte, Chris...«, mischte sie sich verlegen ein, um ihn zu bremsen.

»Was für ein toller Schlitten das ist, sehen Sie ja«, fuhr er unbeirrt fort. »Wenn Sie wollen, beschaffe ich Ihnen ein günstiges Darlehen.« Mit einer knappen Geste zeigte er auf Patricks geliebten alten Saab. »Allzu viel werden Sie für diese Schrottlaube nicht mehr kriegen, aber...«

»Offensichtlich hast du Patrick Jamieson schon kennen gelernt«, unterbrach sie ihn etwas energischer.

»Ja, er hat meinen Mazda bewundert.«

»Chris meint, ich soll einen kaufen. Damit würde ich mein Image aufpolieren.« Patricks blaue Augen hielten Maddys Blick fest.

»Hoffentlich spricht er nicht aus Erfahrung.« Maddy stieg auf der Beifahrerseite in den Mazda. »Weil er nämlich immer noch sein Image zu verbessern sucht.«

»Da ist meine Visitenkarte.« Chris griff in seine Brieftasche. »Rufen Sie mich an, und ich mache Ihnen ein faires Angebot.«

»Vielleicht werde ich mich bei Ihnen melden.« Patrick beobachtete Maddy unverwandt. »Immerhin weise ich schon alle anderen Symptome einer beklagenswerten Midlife-Crisis auf.«

»Netter Typ«, meinte Chris und startete den Motor. »Aber was hat er da gefaselt? Wieso hängt ein Mazda mit einer Midlife-Crisis zusammen?«

»Keine Ahnung.« Maddy zwang sich, nicht über die Schulter in Patricks Richtung zu spähen.

»O Maddy, Darling!« Sobald Olimpia das heranbrausende Auto gehört hatte, war sie vor die Tür gelaufen. »Es tut mir ja so Leid, was mit deinen Eltern passiert ist! Der Heiligen Jungfrau sei Dank – Chris' Dad ist viel zu alt und zu fett, um anderen Weibern nachzustellen. Außerdem weiß er, dass ich ihm seinen – du weißt schon, was – abschneiden würde, wenn er's nur wagte. So wie diese amerikanische Lady.« Sie schien die Vorstellung zu genießen, denn sie brach in gellendes Gelächter aus.

Mütterlich nahm sie Maddy in ihre weichen Arme und drückte sie an ihren noch weicheren Busen.

So ähnlich muss es sich anfühlen, wenn man von einem Sofa umschlungen wird, dachte Maddy. Doch dann klammerte sie sich plötzlich wie eine Ertrinkende an Olimpia. »Verzeih mir«, flüsterte sie, und Olimpia ließ sie behutsam los. »Es hat mich wohl tiefer getroffen, als ich annahm.«

»Natürlich. Noch dazu so wenige Monate vor deiner Hochzeit.«

»Da...« Maddy packte die Delikatessen aus, die sie gekauft hatte. »Für dich. Aus dem Ithaka in der Charlotte Street.«

Während Olimpia und Granny Ariadne die Boreks und Oliven und Dolmades anrichteten, veranstalteten sie ein gewaltiges Theater, als breiteten sie Gold, Weihrauch und Myrrhe auf dem Tisch aus.

»Mama, koste mal eins von diesen teuren Dolmades, die Maddy aus der Stadt mitgebracht hat«, drängte Olimpia.

Mit gesenkten Lidern kaute die Großmutter so ehrfürchtig, als hätte sie eine Hostie bei der heiligen Kommunion empfangen. Nach einer Weile schlug sie die Augen wieder auf, die voller Bosheit funkelten. »Weißt du was, Olimpia? Zu bitter! *Meine* sind besser!«

»Keine Sorge, Maddy, deine Dolmades sind Spitze.« Chris zwinkerte seiner Verlobten zu. »Würden sie die von Gran übertreffen, müsste dich meine Familie hassen.«

Erleichtert, weil sie zufällig mal etwas richtig gemacht hatte, lachte Maddy. Würde sie die seltsame Etikette im Haus Stephanides jemals begreifen?

Nach dem Dinner setzten sie sich ins Wohnzimmer.

»Also…«, begann Granny Ariadne, zu Maddy gewandt. »Wen wirst du als *Koumbaros* auswählen?«

»Hat Chris dir das schon erklärt, Maddy?«, fragte Olimpia. »Du bestimmst ein paar Personen zu deinen *Koumbaros*. Im Unterschied zu den Brautjungfern sind sie eher Paten. Danach gehören sie zu deiner Verwandtschaft.« Sie klopfte an ihre Nase. »Und deshalb solltest du dir Leute aussuchen, die dir nützlich sein können.«

Maddy überlegte, wen sie nett genug fand, um ihm eine solche Ehre zu erweisen, und wer ihr gleichzeitig förderlich wäre. Ihr kam eine brillante Idee. Sie würde Eva um diesen Gefallen bitten. Dann kam ihr noch eine grandiose Idee. »Ist es zu spät, um eine zusätzliche Brautjungfer zu benennen, Olimpia? Außer meiner Schwester und Jude?«

»Nein, keineswegs.«

Maddy stellte sich Scarletts Freude vor, wenn sie ihr diesen Vorschlag machen würde.

»Nun…« Olimpia legte einen großen Notizblock auf den Couchtisch. Schon seit Wochen befürchtete sie, Maddy und Chris würden die Erledigung gewisser Dinge zu lange vor sich herschieben. »Besprechen wir die Sitzordnung. Am Tisch Nummer eins nehmen die Papadopoulos Platz…« Abrupt verstummte sie und schaute ihre künftige Schwiegertochter an. Für ein paar Sekunden verflog ihr übliches gebieterisches Selbstvertrauen. »Wo setzen wir deine Eltern hin? Sollen beide am Haupttisch sitzen?«

»Keine Ahnung«, seufzte Maddy. »In den nächsten Monaten kann alles Mögliche passieren.«

»Sie haben sich erst gestern getrennt, Mum«, betonte Chris. »Wer weiß, vielleicht sind sie im April wieder zusammen.«

Obwohl Maddy daran zweifelte, lächelte sie ihn dankbar an.

Olimpia nickte. »Okay. Hast du schon das Orchester gebucht, Christos?«

Schuldbewusst senkte Maddy den Kopf. Wie wenig es brauchte, um Olimpia glücklich zu machen. Jetzt schwelgte sie im Paradies der Hochzeitsvorbereitungen. Danach sehnte sie sich offenbar schon seit Monaten, und bisher war sie bei der Braut auf wenig Gegenliebe gestoßen.

Maddy mochte diese warmherzige Frau, die nie ein Blatt vor den Mund nahm, sehr gern. Selbst wenn sie ihren Sohn verwöhnte – im Gegensatz zu manchen griechischen Müttern hielt sie ihn wenigstens nicht für einen Gott.

»Und die Bettlaken?«, gackerte Granny Ariadne und richtete sich in ihrem Lieblingslehnstuhl auf. »Hängen wir sie nach der Hochzeitsnacht aus dem Fenster?«

»Um Himmels willen, Mama!«, stöhnte Olimpia. »Wir leben im London des einundzwanzigsten Jahrhunderts, nicht in einem gottverlassenen griechischen Dorf.«

»Jammerschade...«, murmelte die Großmutter in ihr Strickzeug.

»Benimm dich, Gran!« Liebevoll drohte ihr Chris mit dem Zeigefinger. »Das hast du nur gesagt, um Unruhe zu stiften. Wenn du deine Zunge nicht hütest, werden Maddy und ich noch vor der Hochzeit zusammen...«

Prompt ließ Ariadne eine Masche fallen. »Was ihr vermutlich schon getan habt...«

»Etwa zweimal in der Woche«, warf Chris' Dad ein, und Maddy errötete.

Wusste er von den Liebesspielen im Mazda? Nach der Hochzeit würden sie sich endlich den Luxus eines richtigen Betts gönnen.

Am späteren Abend fuhr Chris sie nach Hause. Bevor sie aus dem Auto stieg, beugte er sich herüber und küsste sie. »Tut mir Leid wegen der Laken. Gran ist eine bösartige alte Hexe. Heutzutage hält sich niemand mehr an diese alberne Sitte.«

»Was für ein Glück! Besonders in unserem Fall. Immerhin bin ich schon fünfundzwanzig.«

»Wollen wir irgendwohin fahren – du weißt schon – und parken?«

Maddy rümpfte die Nase. Am Anfang war es ja noch aufregend gewesen, wie das erste Gefummel in der Teenagerzeit, und sie hatte jedes Mal damit gerechnet, dass sich jemand an das Cabrio heranpirschte.

»Bald werden wir's ganz legal treiben«, hatte Chris versichert. »Im Ehebett.«

Insgeheim hoffte sie, wenn sie verheiratet wären, würde er im Bett etwas mehr Abenteuerlust beweisen. Sie wollte nicht schon vor der Hochzeit das Gefühl haben, sein gesamtes sexuelles Repertoire zu kennen. Mit dem Sex war es ähnlich wie mit dem Essen – man wollte möglichst viel davon, und nicht alles tat einem gut.

»Warten wir lieber, okay?«, erwiderte sie.

»Solange es nicht bis zu unserer Hochzeit dauert...«, murmelte er. Nachdem sie ausgestiegen war, knallte er die Beifahrertür zu, ohne Maddy zum Haus zu begleiten.

»Kann ich mal mit Ihnen sprechen, Madeleine?«, bat Eva in der nächsten Woche.

Heftig hämmerte Maddys Herz, als sie sich am Schreibtisch im Chefbüro gegenübersaßen. »Ist Nigel Mills sauer wegen der *Glorious-Gardens*-Fotos?«

»Ganz im Gegenteil, er war hellauf begeistert. Genau das, was er wollte.«

»Hat er erwähnt, *welche* Bilder ihm gefallen?«

»Ach, Sie meinen, Sie oder das Gemüse? Keine Bange, natürlich beides. Wenn ich Patrick auch manchmal umbringen könnte – er hat immer Recht. Nein, es geht um etwas anderes, Madeleine. Sie sollen wissen, wie zufrieden ich mit Ihnen bin. In diesen letzten Wochen haben Sie hart und zielstrebig gearbeitet und ihr Organisationstalent bewiesen. Außerdem besitzen Sie noch eine andere Gabe, die man – glauben Sie mir – höchst selten findet, nämlich Kreativität. Sie spüren sofort, was sich die Kunden wünschen. Deshalb vertraue ich Ihnen jetzt eigene Kunden an, die Sie in Zukunft betreuen werden. Selbstverständlich können Sie mich auch weiterhin um Rat fragen. Aber ich denke, Sie haben inzwischen genug Erfahrungen gesammelt, um die meisten Aufträge allein abzuwickeln.« Lächelnd beugte sich Eva vor. »Was halten Sie davon?«

Entzückt erwiderte Maddy das Lächeln. »Oh, das finde ich wundervoll, und ich verspreche Ihnen, noch härter zu arbeiten. Übrigens – ich wollte Sie um etwas bitten…« In plötzlicher Scheu zögerte sie.

»Ja?«, fragte Eva überrascht.

»Im April werde ich Chris heiraten, oder besser Christos. Er ist Londoner, stammt aber aus einer griechischen Familie. Und nun habe ich mir überlegt, ob Sie als meine *Koumbara* fungieren würden – das ist eine Art Gönnerin, irgendwas zwischen einer Brautjungfer und einer Patin. So hat's mir meine künftige Schwiegermutter erklärt.«

Evas normalerweise etwas kühle Miene nahm sichtlich weichere Züge an. »Wie nett von Ihnen! Natürlich übernehme ich diese Rolle sehr gern, und ich fühle mich geehrt. Ich war noch nie bei einer griechischen Hochzeit. Werden Sie da mit Geld beworfen?«

Lachend schüttelte Maddy den Kopf. »Das ist heutzutage nicht mehr üblich.«

»Dann machen wir's an Ihrem Junggesellinnenabend. Ziehen Sie einen langen, weiten Rock an, damit Sie all die Zehnpfundnoten auffangen können.«

Damit war Maddy entlassen. Seltsam – Eva hatte vermutet, zwischen Madeleine und Patrick Jamieson würde sich etwas anbahnen. Offenbar ein Irrtum – sehr gut… Patrick war zwar ein großartiger Mann, aber ziemlich kompliziert. Zudem schleppte er eine Last namens Layla mit sich herum, und die war etwa so umfangreich wie das gesamte Gepäck aus Joan Collins' Vergangenheit.

»Herzlichen Glückwunsch«, wisperte Lennie, als Maddy ins Hauptbüro zurückkehrte.

Wieso wusste sie's schon?

Danke, formten Maddys Lippen.

Doch die Heimlichtuerei war überflüssig.

»Ihr Gehalt hat Eva wohl kaum erhöht, Maddy«, bemerkte Natasha, ohne von ihrem Bildschirm aufzublicken.

»Nein, natürlich nicht. Wie Sie sich vielleicht entsinnen, bin ich noch nicht so lange hier.«

Natasha zog verächtlich eine perfekt gezupfte Augenbraue hoch, als wäre Maddy ein Dorftrottel, der sich freiwillig mit faulen Eiern bewerfen ließ.

Eine halbe Stunde später trat Eva neben Maddys Schreibtisch. »Nigel Mills hat gerade angerufen. Am Samstag in einer Woche will er das Gemüse-Cover bringen. Aber es steht noch nicht fest, welches Foto er nehmen wird. Darüber streitet er gerade mit seine Kollegen.«

Also würde Patrick wohl doch nicht Recht behalten.

Während Maddy zum Feierabend ihren Mantel anzog, überlegte sie wieder einmal, wie sie ihrer Schwester helfen sollte. Bels Zustand schien sich allmählich zu bessern. Zumindest waren in letzter Zeit keine würgenden Geräusche mehr aus dem Bad gedrungen. Oder, da sie von Maddys Verdacht wusste, sie erbrach sich nur noch tagsüber. Und die Trennung ihrer Eltern würde ihr bestimmt nicht gerade helfen. Andererseits sorgte die Familientragödie für klarere Verhältnisse: Das Adams-Haus war immer ein Minenfeld voller unausgesprochener Emotionen gewesen. Zumindest explodierten jetzt ein paar dieser Zeitbomben.

Doch die Erleichterung war verfrüht. Auf dem Weg zur Haustür blieb Maddy erschrocken stehen. Ihre Mutter und Belinda stritten so laut, dass man die schrillen Stimmen bis auf die Straße hörte. Unbemerkt betrat Maddy die Eingangshalle.

»Lüg mich nicht an!«, kreischte Penny. »Gestern lag eine volle Packung Abführmittel in dieser Dose. Und wo sind die vier Blaubeer-Muffins?«

Belinda, in ihrer üblichen formlosen Kleidung, das Haar zu einem adretten Ballerina-Knoten festgesteckt, zuckte die Achseln. »Wie zum Teufel soll ich das wissen?«

»Weil du sie gegessen hast!«, warf Penny ihr vor. War sie vom Zusammenbruch ihrer Ehe veranlasst worden, all die Behälter zu öffnen, die sie jahrelang fest verschlossen gehalten hatte?

»Vielleicht war ich hungrig!«, fauchte Belinda. »Ist das Essen in diesem Haus nur zur Dekoration da? Oder um deine Bridge-Gäste zu beeindrucken? Darfst nur du entscheiden, was wir essen? Vielleicht solltest du uns jeden Tag ein Lunchpaket geben und die restlichen Lebensmittel irgendwo verstecken. In Gedanken tust du das ohnehin. Du hasst alles, was mit Essen zusammenhängt. Denn es bedeutet Liebe und Wärme und Normalität. Und so was hat in *unserem* Haus nichts verloren.«

Penny wollte sich abwenden, doch das gestattete Belinda ihr nicht. Zum ersten Mal schien sie zu spüren, welche Macht sie über ihre Mutter hatte.

»Uns alle hast du unter Kontrolle. Nicht wahr, Mum?

Vielleicht war es das, was Dad nicht ertragen hat. Erinnerst du dich an mein erstes echtes Vortanzen? Ich hatte mir ein lila Trikot ausgesucht, das mir gut gefiel. Und du hast es in den Laden zurückgebracht und gegen ein schwarzes umgetauscht. Du hast behauptet, das würde professioneller aussehen. Aber was wusstest du schon vom Ballett? Um Himmels willen, Mum, ich war sechzehn, keine sechs! Du hast mich nicht einmal gefragt.«

Penny blinzelte, als wäre sie geschlagen worden. »Aber es ging doch nur um ein Trikot.«

»Nicht nur. Um alles. Nicht *ich* wurde in der National Ballet School aufgenommen, sondern *wir*. Das hörte ich aus deiner Stimme heraus, wenn du vor deinen Freundinnen mit mir angegeben hast.«

»Weil ich stolz auf dich war.«

»Aber du konntest dich einfach nicht raushalten. In alles musstest du dich einmischen.«

»Aber du hast dich nie beklagt, wenn ich dich zu all den Veranstaltungen gefahren habe. Endlose verdammte Ballettbewerbe in Essex und Cambridge und Gott weiß wo!«

»Damals war ich noch ein Kind, Mum. *Du* warst es, die das Ballett zu deinem Lebensinhalt gemacht hat. Für mich war's am Anfang nicht so wichtig. Sogar als ich schon zwanzig war, hast du meinen Alltag noch organisiert. Und das tust du nach wie vor. Ich bin nicht du, Mum, ich bin *ich*. Und ob's dir passt oder nicht, ich bin eine Versagerin, die ihren Job verloren hat und Fressorgien feiert, um alles wieder rauszukotzen.«

Einige Sekunden lang starrten Mutter und Tochter einander an. Maddy wünschte, Penny würde sich zu einer Geste entschließen, Belinda umarmen oder wenigstens eine Hand ausstrecken.

Aber nichts dergleichen geschah. Bel stürmte an ihrer Schwester vorbei die Treppe hinauf.

Wer brauchte ihre Hilfe am nötigsten? Sie fühlte sich hin und her gerissen. Sollte sie Bel nachlaufen oder bei ihrer Mutter bleiben?

Kraftlos sank Penny auf die unterste Stufe. Die blonde Schönheit, in der sie Belinda so sehr glich, dass sie oft für Schwestern gehalten wurden, fiel wie eine Maske von ihr ab.

»Und ich dachte, sie wäre ein glückliches Kind.« Ihre Stimme drohte zu brechen.

»Das war sie, Mum«, beteuerte Maddy sanft. »Ihre Welt stürzt ein, und sie glaubt, wenn sie isst und erbricht, kann sie wenigstens einen Teil ihrer Selbstkontrolle retten. Im Grunde liebt sie dich.«

»Wirklich? Und um mir das zu zeigen, hungert sie sich krank? Eine seltsame Methode. Es kommt mir eher wie ein Racheakt vor.«

»Vielleicht ist es das auch in gewisser Weise. Sie lässt ihre Schwierigkeiten an dir aus, weil du der einzige ruhende Pol in ihrem Leben bist, das Einzige, was ihr sicher erscheint.«

»*Sicher?*«, wiederholte Penny bitter. Plötzlich kehrte ihre alte innere Stärke zurück. »Ich gehe nach oben und mache ihr klar, was sie mir antut.«

Obwohl Maddy sich inbrünstig wünschte, sie könnten Bel von ihrer Essstörung befreien, spürte sie instinktiv, dass man ihre Schwester jetzt nicht behelligen durfte. »Nein, Mum. Sag ihr einfach nur, dass du sie liebst, und lass es dabei bewenden.«

Langsam stand Penny auf. Tränen hatten dunkelblaue Mascaraspuren über ihre Wangen gezogen. »Als Mutter habe ich ebenso versagt wie als Ehefrau.«

Da vergaß Maddy die unzähligen Situationen, in denen Penny sie grausam kritisiert und verspottet hatte. Jetzt war der Moment gekommen, wo die Mutter *sie* brauchte. »Du hast dein Bestes gegeben, Mum. Das weiß Bel.«

Penny starrte ins Leere, und die gewohnte Energie schien erneut aus ihrem Körper zu weichen.

Überwältigt von dem Bedürfnis, ihr Trost zu spenden und sie vor der Verzweiflung zu schützen, beteuerte Maddy: »Ich liebe dich, Mum.«

»Tatsächlich?« Penny blickte auf. »Nur der Himmel mag wissen, warum – wo ich doch nur Scheiße gebaut habe.«

Aus ihrem Mund klang das vulgäre Wort doppelt schockierend.

Maddy nahm den gebeugten Körper ihrer Mutter in die Arme. »Noch ist es nicht zu spät. Das stehen wir durch. Wart's ab.«

»Glaubst du das?« Penny schenkte ihr das traurigste Lächeln, das Maddy je zuvor gesehen hatte. »Ja, du hast schon immer positiv gedacht.«

Nun drückte Maddy sie noch fester an sich. Zum ersten Mal hatte Mum ihr ein Kompliment gemacht.

Immerhin ein Anfang…

Nach einer beinahe schlaflosen Nacht erwachte Maddy und überlegte wieder einmal, was zum Teufel sie tun sollte. Ihre Familie fiel auseinander. Voller Zorn dachte sie an ihren Vater. Sie hatte ihn stets vergöttert. Nur mit seiner Hilfe war es ihr gelungen, ein gewisses Selbstbewusstsein zu entwickeln. Aber vor seinen ehelichen Problemen hatte er sich stets gedrückt. Und jetzt war er einfach davongelaufen.

Sie hörte ihre Mutter die Treppe hinabsteigen, um mit der Hausarbeit zu beginnen, schon um halb acht. Hastig zog sich Maddy an und ging nach unten. Penny hatte den Staubsauger hervorgeholt. Nun stand sie mitten im Wohnzimmer und starrte auf die Düse, als wüsste sie nicht, was man damit machen musste. Ihre Hilflosigkeit erschreckte Maddy.

»Bitte, Mum, reiß dich zusammen. So schwierig das alles auch ist, wir werden drüber hinwegkommen. Bel zuliebe müssen wir alle unsere inneren Kräfte aufbieten und sie irgendwie aus diesem Teufelskreis herausholen.«

»Ja, ich weiß.« Mit großen Augen musterte Penny ihre Tochter und schien sie zum ersten Mal richtig wahrzunehmen. »Auf dich verlassen wir uns alle, Maddy. In dieser Familie bist du die Stärkste, und dir wird schon was einfallen.«

Maddys Herzschlag beschleunigte sich. War sie wirklich so stark?

Im Bus fasste sie einen Entschluss. Sie würde ihren Vater besuchen. Auch er musste sich um Belindas Problem kümmern. Das durfte er nicht einfach ignorieren, da draußen in seinem Schrebergarten oder in seinem neuen Leben.

Als Maddy das Büro betrat, saß Colette bereits an ihrem Schreibtisch. Lächelnd blickte sie auf. »Sie sind ja früh dran heute. Bevor Sie sich mit Ihren eigenen Kunden beschäftigen – erinnern Sie sich noch an die Ballettbilder, die Sie dem *Monitor* geschickt haben? Der Redakteur hat gefragt, ob's nichts Spektakuläreres gibt. Offenbar findet er die Bilder zu langweilig. Ich fürchte, ich habe falsche Hoffnungen in ihm geweckt. Nach allem, was ich gesagt habe, hat er eine Sensation erwartet. Sind Sie sicher, dass wir nichts Besseres haben?«

Maddy seufzte. Mit der Suche nach Ballettfotos hatte sie bereits mehrere Stunden verbracht.

Eine Tasse Kaffee in der Hand, ging sie in die Bibliothek. Es war sinnlos, Colin Browns Bildmaterial erneut zu sichten. Das hatte sie bereits gründlich getan.

Und dann dachte sie wieder an ihre Diplomarbeit. Sollte sie Eva fragen, ob sie die Fotos an den *Monitor* schicken durfte?

Sie kehrte zu ihrem Schreibtisch zurück, nahm den Aktenordner aus der Schublade und sah sich die Aufnahmen noch einmal an. Schwarzweiß, sehr ausdrucksstark, besonders ein Bild von Bel, die an der Stange trainierte. Statt die üblichen Degas-Impressionen zu imitieren, hielt diese Aufnahme die Erschöpfung und die Angst fest, die einer Tänzerin das Leben erschwerten. In dem schmalen, traurigen Gesicht glaubte man beinahe zu lesen, was diese junge Frau schon ahnte – wie kurz und mühsam ihre Kariere verlaufen mochte. Maddy fühlte sich bei dem Anblick an Will Powers Model-Fotos erinnert, die eine ähnliche Wirkung erzeugten.

Aber wie würde Eva reagieren, wenn Maddy ihre eigenen Fotos vermarktete?

Nachdenklich betrachtete sie das Foto. Ihre Schwester brauchte dringend etwas, was sie aus dem Teufelskreis ihres Selbsthasses herausriss und ihr ein wenig Selbstachtung zurückgab. Würde es ihr helfen, wenn ihr Porträt in einer Zeitung erschien?

Nach einem kurzen Blick über die Schulter nahm Maddy verstohlen das Foto und noch ein anderes aus dem Aktenordner und stempelte auf die Rückseiten: »Copyright Flash Agency.«

Darunter schrieb sie: »Honorar bitte an Colin Brown.« Dann schob sie die Aufnahmen in einen Umschlag aus Pappe und adressierte ihn an den Bildredakteur des *Monitor*. Gleich neben dem Eingang zum Büro hing ein Briefkasten, und Maddy rannte hinaus, bevor sie sich anders besinnen konnte.

Als sie sich weder an ihren Schreibtisch setzte, fragte Colette: »Hatten Sie Erfolg?«

»Oh – ja...« Maddy beugte sich über ihre Schublade und gab vor, etwas zu suchen. »Da waren doch noch ein paar brauchbare Fotos. Gerade habe ich sie abgeschickt.«

Colette blinzelte irritiert. »Ohne sie mir zu zeigen?«

»Verzeihen Sie – wie dumm von mir.«

»Holen Sie die Bilder aus dem Postfach zurück.«

»Eh – ich ...«, stotterte Maddy und hoffte, ihre Stimme würde nicht so schuldbewusst klingen, wie sie sich fühlte. »Da sind sie nicht mehr. Ich habe mir ein Sandwich geholt. Dabei bin ich am Briefkasten vorbeigekommen und habe sie eingeworfen. Ist das ein Problem?«

»Allerdings, Maddy«, bestätigte Colette verärgert. »Es passt mir nicht, wenn Fotos rausgehen, ohne dass ich sie gesehen habe.«

»Verzeihen Sie mir bitte, nächstes Mal werde ich dran denken.« Verdammt, jetzt hatte sie sich Colettes Wohlwollen verscherzt.

»Das würde ich Ihnen auch raten.«

Lennie schnitt eine ausdrucksvolle Grimasse voller Mitgefühl, die bekundete: *Blöde alte Kuh, was weiß sie schon?* Inständig hoffte Maddy, dass Colette nichts davon bemerkte.

Auf der Heimfahrt nahm sie einen großen Umweg in Kauf, um ihren Vater zu besuchen. Iris öffnete ihr die Tür, wie üblich die Fleisch gewordene Boheme. Aus dem französischen Haarknoten hingen lange schwarze Strähnen herab, allerdings wurde der weiße Haaransatz immer länger. Staub bedeckte die indianische Bluse.

»Entschuldigen Sie die Störung.« Wieder einmal versuchte Maddy, die Frau zu hassen, doch es gelang ihr nicht. Iris' warmherziger, unkonventioneller Ausstrahlung konnte man einfach nicht widerstehen. Diese Künstlerin und die penible Hausfrau Penny schienen von verschiedenen Planeten zu stammen. »Ist mein Vater da?«

»Leider nicht. Kommen Sie doch herein, trinken Sie was mit mir!« Sie führte Maddy in ihr Studio und schenkte ihr einen großzügigen Gin Tonic ein. »Möchten Sie Eis?«, fragte sie und lachte leise. »Unglücklicherweise habe ich die Eiswürfelschale benutzt, um Wasserfarben zu mischen.«

Dieses Angebot lehnte Maddy ab. Auf einen Drink, der

nach gebrannter Umbra schmeckte, wollte sie lieber verzichten. Wie sich herausstellte, arbeitete Iris gerade an der Skulptur einer wuchtigen Frauengestalt. Die Statue lag auf dem Rücken, die Beine gespreizt, offenbar in den Wehen.

»Dazu wurde ich in Ägypten inspiriert«, erklärte Iris. »Dort glaubt man, Nut, die Göttin der Nacht, würde den Mond verschlucken und jeden Tag die Sonne neu gebären.«

»Wie ermüdend«, meinte Maddy.

»Da haben Sie völlig Recht. Stellen Sie sich das mal vor, jeden Tag eine Niederkunft, dreihundertfünfundsechzig Mal im Jahr! Und Sie können drauf wetten, dass sich der verantwortliche Gott niemals blicken lässt.« Als Iris die schmerzliche Miene ihrer Besucherin sah, entschuldigte sie sich: »Tut mir Leid, das war nicht besonders taktvoll. Wie geht's denn Ihrer Mutter?«

»Ich fürchte, sie verliert bald die Nerven. Nicht nur wegen Dad. Gestern hatte sie einen heftigen Streit mit meiner Schwester, die an einer Essstörung leidet.«

»Weil sie sich der Kontrolle ihrer Mutter entziehen möchte, nehme ich an. Deshalb weigert sie sich zu essen. Die beiden stehen sich sehr nahe, nicht wahr? Das hat mir Ihr Dad einmal erzählt.«

»Ja, unglaublich nahe. Zumindest war's so – bis jetzt ...«

Iris ergriff ihren Meißel und hämmerte auf die Statue ein. Mit der Schutzbrille, die ihre Augen vor Steinsplittern bewahrte, sah sie aus wie ein außerirdisches Wesen, weit entfernt von den kleinen Problemen der Menschheit. »Offenbar sind Ihre Mum und Ihre Schwester zu eng miteinander verbunden, Maddy. Und das schadet ihnen. Ich finde es immer sehr bedauerlich, wenn Mütter die Schwestern ihrer Töchter spielen.«

Plötzlich ärgerte sich Maddy über Iris, die genauso auf ihre Skulptur einschlug wie auf das Familienleben der Adams'. »Dass Dad uns verlassen hat, war nicht besonders hilfreich.

Aus diesem Grund bin ich hier. Er muss sich um die Schwierigkeiten meiner Schwester Belinda kümmern. Damit wird Mum allein nicht fertig.«

»Daran geben Sie mir die Schuld, nicht wahr?«

»Teilweise. Aber Ihre Beziehung zu Dad kommt mir nicht so wichtig vor wie Bel. Sie sind alt, Iris, und sie ist jung.«

»Wie brutal sich das anhört...«

»Jedenfalls ist es so. Und deshalb brauchen wir Dads Hilfe.«

»Okay, ich sag's ihm. Übrigens, er ist ziemlich gekränkt wegen der Möbel im Vorgarten.«

»Seit der Trennung entdeckt Mum den heilsamen Effekt dramatischer Gesten. Und ich glaube, die tun ihr wirklich gut.«

Iris legte den Meißel beiseite. »Tut mir Leid, dass das alles passiert ist. Aber Gavin war so unglücklich.«

Herausfordernd schaute ihr Maddy in die Augen. »Dann hätte er sich beklagen sollen, statt Tag für Tag zu verschwinden und Gemüse zu züchten. Ich habe meinen Vater immer vergöttert...« Mühsam bezwang sie ihren Kummer und ihre Angst. »Jetzt nicht mehr. Seit er seinem Leben einfach davongelaufen ist, halte ich ihn für einen Feigling.«

Hinter ihr erklang ein Geräusch, und sie drehten sich um.

Mit aschfahlem Gesicht stand Gavin in der Tür des Studios.

»Hallo, Dad«, grüßte Maddy. Obwohl sie spürte, wie elend ihm zu Mute war, entschuldigte sie sich nicht für ihre harten Worte. »Du musst etwas unternehmen. Belinda ist ernsthaft krank, und wir alle brauchen dich.«

Zögernd trat er näher. Seine übliche rastlose Energie hatte sich anscheinend in innere Leere verwandelt. »Und was soll ich deiner Meinung nach machen?«

»Geh zu ihr. Sag ihr, wie sehr du sie liebst. Und du solltest Mum ausnahmsweise die schwierige Aufgabe erleichtern, ganz allein für Bel zu sorgen.«

Fast unmerklich nickte Iris ihm zu. Maddy erkannte voller Trauer, was für ein Schwächling er war. Sogar in dieser Situation musste ihm eine Frau zeigen, wie er sich verhalten sollte.

Und dann entschied Maddy: Wenn ich wirklich so stark bin, wie Mum behauptet, muss ich eben für uns alle stark sein.

Als sie eine Stunde später nach Hause kam, sah sie ihre Schwester vor dem Fernseher sitzen und fühlte sich ermutigt. In einem anderen Haushalt mochte das alltäglich sein. Aber in diesem war es ein beachtlicher Fortschritt, dass Bel etwas so Normales tat.

Dann entdeckte Maddy den seltsamen Abfall vor Belindas Füßen – leere Biskuit- und Eiscremepackungen und Bohnendosen. »Was soll das?«

Scheinbar ungerührt zuckte Belinda die Achseln. »Eine Botschaft von Mum. Das alles muss ich gestern gegessen haben. Wie lästig ich bin … Dieses ganze Zeug hat sie aus der Mülltonne geholt. Wahrscheinlich versucht sie mir damit mitzuteilen, dass sie mich durchschaut hat.«

Maddy setzte sich und gab vor, einen Abfallhaufen im Wohnzimmer nicht ungewöhnlich zu finden. Inmitten der ganzen Tragödie schien ihre Mutter irgendwo eigene Kräfte zu entwickeln.

»Übrigens, deine Freundin Jude hat angerufen«, erklärte Belinda. »Du sollst dich bei ihr melden.«

Das Telefon in der Hand, ging Maddy in die Küche. Ihr Magen knurrte, und sie hoffte, dass Belinda nicht alles aufgegessen hatte. Dann erschrak sie über diesen Gedanken. Warum eigentlich? Vielleicht hatten sie alle viel zu lange vorgegeben, nichts zu merken. Sie vergaß Jude und schlenderte ins Wohnzimmer zurück. »Ist noch was vom Abendessen übrig?«

Ihre Schwester versteifte sich. »Musst du so grausam sein?«

»Das bin ich nicht. Ich versuche nur die komische Seite unserer familiären Situation zu sehen.«

»Scheiße, Maddy, ich wäre so gern normal...«

»Und wer ist normal?«

Belinda brachte ein schwaches Lächeln zu Stande. »Vielleicht – Chris' Familie?«

»Ja«, bestätigte Maddy und lachte. »Vielleicht, wenn man seine Granny ausnimmt, die alte Hexe, und die Leidenschaft seines Dads für Autos und Billard.«

»Was für ein Glück du hast – einen solchen Mann zu heiraten...«

Schuldbewusst nickte Maddy. Viel zu lange hatte sie nicht an ihren Verlobten gedacht, mit all den Problemen beschäftigt. Wenigstens ist Freitag, sagte sie sich, und morgen Abend werde ich ihn sehen.

Am nächsten Tag wollte sie ausschlafen. Doch sie wurde von ihrem klingelnden Handy geweckt.

Gähnend schaute sie auf die Uhr. Halb neun. An einem Samstagmorgen.

Jude war am Apparat. »*O Gott, Maddy!*«, kreischte sie.

Bestürzt fuhr Maddy hoch, als stünde das Haus in Flammen. »Was ist los? Hast du den großen Preis gewonnen?«

»Nein«, schrie Jude, »aber du! Hast du die heutige *Daily World* schon gesehen? Wenn nicht, lauf los und kauf sie! Am besten gleich zehn Ausgaben! Da bist du drin, Maddy! Auf dem Titel des Gartenmagazins! Zwischen lauter Gemüse! Ganz London wird Kopf stehen!«

Maddy sprang aus dem Bett und zog ein altes T-Shirt über den Kopf, hüpfte umher und versuchte, nicht beide Beine gleichzeitig in ihre Jogginghose zu stecken. Offenbar hatte die *Glorious-Gardens*-Redaktion beschlossen, das Foto eine Woche früher als geplant zu bringen.

15

Maddy stürmte zum Zeitungshändler beim Clock Tower. Inständig hoffte sie, er hätte noch ein paar *Daily-World*-Exemplare übrig.

»Tut mir Leid, Liebes.« Der Zeitungshändler, ein alter Freund, hatte stets einen Sondervorrat an Flakes und Schokoriegeln für Maddy unter der Theke verwahrt, als sie noch bei FabSnaps angestellt war. »Alles ausverkauft... Moment mal, da ist noch eine *Daily World*. Das Titelblatt ist ein bisschen eingerissen, wenn's Ihnen nichts ausmacht. Dafür kriegen Sie diese Zeitung umsonst. Die ist weggegangen wie warme Semmeln. Wegen der Beilage mit dem Oben-ohne-Mädchen.« Er zog *Glorious Gardens* hervor und schnappte nach Luft. »Oh – verdammt noch mal...«, stammelte er, »das sind ja Sie! Irgendwie kam mir dieses Gesicht gleich so bekannt vor.«

Sie starrte auf das Cover. Also war Patricks Prophezeiung eingetroffen, und die Redaktion hatte sich nicht für das Stillleben entschieden, sondern für Maddy.

Wie gebannt musterte sie das Porträt, das ihren Blick erwiderte. Am meisten schockierte sie der Ausdruck ihrer Augen. Eindeutig provozierend...

Patrick hatte sie in verführerischer Pose eingefangen, den Kopf in den Nacken geworfen, die Lider halb gesenkt, die Lippen leicht geöffnet – eine unmissverständliche Einladung.

»Verdammt noch mal!«, wiederholte sie den Fluch des Zeitungshändlers.

Und noch etwas. Maddy spürte, wie ihre Wangen heiß wurden. Unter dem Gemüse sah ihr Körper splitternackt aus! Keine Spur von dem unansehnlichen Höschen! Dafür würde sie Patrick Jamieson umbringen!

Wie viele ihrer Bekannten würden heute das Titelblatt

sehen? Ihr Vater verabscheute Zeitungen. Würde Iris die *Daily World* kaufen? Mum sicher nicht. Aber eine ihrer Bridge-Freundinnen würde das Foto zweifellos entdecken und unverzüglich anrufen. Und Chris und seine Familie? Was würde er von einem Aktfoto seiner Verlobten halten? Sie hatte keine Ahnung. Alles war möglich, von *Hey, Jungs, schaut euch meine Braut an* bis zu *Was zum Teufel hast du dir dabei gedacht?*

Am Abend überraschte er Maddy damit, dass er das Cover irre lustig fand.

»Ist ja irre, Baby! Da liegst du mitten im Gemüse, obwohl du das gar nicht magst. Eine große Schüssel voller Chips ist dir doch viel lieber, nicht wahr?«

Aufmerksam beobachtete ihn Olimpia, denn er riss normalerweise nur Witze, wenn er sich unsicher fühlte.

Das Foto zeigte Maddy von ihrer attraktivsten Seite, und das müsste er ihr eigentlich sagen. Sie war ein rundliches Mädchen, zugegeben. Aber verfügte über jene goldene Ausstrahlung, die manche üppig gebauten Frauen besaßen – als lebte sie in einem Harem und ließe ihre Haut jeden Tag von Eunuchen einölen.

»O Darling, da siehst du einfach *wunderschön* aus«, versuchte Olimpia die Zurückhaltung ihres Sohnes wettzumachen. »Wie eine frisch gepflückte Blume.« Sie schaute sich das Titelblatt noch einmal an. »Und wie schlank du wirkst!«

Maddy kicherte. »Als man mir erklärt hat, Gemüse würde schlank machen, wusste ich nicht, dass man drunter liegen soll.«

»Was meinst du, Gran?«, fragte Olimpia ihre Mutter.

Mit zusammengekniffenen Augen studierte Ariadne das Foto. »Nur gut, dass die meisten unserer alten Freunde nicht mehr am Leben sind!«, schnaufte sie. Dann setzte sie ihre Brille auf und inspizierte das Dreieck aus Gemüse, das

Maddys unsichtbares Höschen verdeckte. »Also, diese Zucchini würde ich *danach* nicht mehr anrühren.«

Nachdem Chris sie heimgefahren hatte, beugte sie sich zu ihm hinüber und gab ihm einen Gutenachtkuss. »Danke, dass du so verständnisvoll wegen des Covers warst. Ich dachte schon, du würdest dich ärgern.«

»Tolles Foto. Wirklich.«

»Ich hatte Angst, ich würde wie eine Nutte aussehen.«

»Tust du ja auch – ein bisschen.«

Pikiert runzelte sie die Stirn.

»Wie eine Gemüsenutte.« Chris wandte sich zum Haus. »Ist das Bel da oben? Alles in Ordnung mit ihr?« Er zögerte kurz, und sein Gesicht nahm einen für ihn untypischen, nachdenklichen Ausdruck an. »Wenn ich du wäre, würde ich ihr das Titelbild nicht zeigen.«

Maddy schaute zum ersten Stock hinauf und entdeckte Belinda, die am Fenster ihres Schlafzimmers stand und ins Dunkle zu starren schien. »Warum nicht?«

»Dumme Frage! Wo sie doch glaubt, ihre Karriere würde den Bach runtergehen!«

Genau wie ihre Mahlzeiten, hätte Maddy beinahe gewitzelt. Gerade noch rechtzeitig besann sie sich eines Besseren. Was für ein boshafter Gedanke... Ihre Schwester litt an Bulimie, und sie machte sich darüber lustig. »Sicher hast du Recht, Chris. Du bist viel feinfühliger als ich. Manchmal benehme ich mich wie eine rücksichtslose Kuh.«

»Eine berühmte Kuh«, bemerkte er grinsend.

Wahrscheinlich habe ich das verdient, gestand sie sich ein.

Als sie die Tür aufschloss, herrschte tiefe Stille im Haus. Soviel sie wusste, verbrachte ihre Mutter den Abend bei einer Freundin.

»Hallo!«, rief sie. »Da bin ich wieder, Bel!«

Sie stellte ihre Tasche ab, in der sie die *Glorious-Gardens-*

Beilage sorgsam versteckt hatte, ging in die Küche und machte sich eine Tasse Tee.

Als sie die Küche verließ, stand ihre Schwester am Fuß der Treppe und presste die Zeitung an ihre Brust, das Gesicht vor Wut beängstigend verzerrt. »Was hast du dir bloß dabei gedacht, Maddy? Wie konntest du das Chris und seiner Familie antun? In ein paar Monaten werdet ihr heiraten! Offenbar interessierst du dich für deine Hochzeit genauso wie für einen Termin beim Zahnarzt. Und jetzt stürzt du ihn auch noch in so schreckliche Verlegenheit!« In Belin das blauen Augen funkelte heller Zorn, eine zerzauste blonde Strähne hing ihr in die Stirn. »Willst du, dass er dir den Laufpass gibt? Wenn ja, bist du auf dem besten Wege!«

Ein paar Sekunden lang war Maddy zu verblüfft, um zu antworten. »Niemand außer dir ist schockiert. Zufällig komme ich gerade von den Stephanides, und die haben sich kein bisschen aufgeregt. Nicht einmal Chris.«

»Das glaubst du, weil du ihn nicht wirklich kennst. Du hast ihn in seinem männlichen Stolz gekränkt. Aber er ist viel zu gutmütig, um dir zu sagen, was er wirklich empfindet. Wie sehr du ihn beleidigt hast, verschweigt er dir.«

»Unsinn, Bel«, erwiderte Maddy und versuchte sich zu beherrschen. »Ich habe ihm überhaupt nichts angetan.«

»Außer dass du dich und ihn lächerlich gemacht hast.«

»Was stört dich eigentlich daran? Mein unmoralisches Verhalten? Oder die verletzten Gefühle anderer Leute?«

»Und wie du auf diesem Foto aussiehst! Wie ein großer weißer Walfisch, fett und fleischig und wabbelig und widerwärtig.«

Entsetzt zuckte Maddy zurück, als hätte sie eine Ohrfeige bekommen. Die gnadenlose Wortwahl erschütterte sie nicht so sehr wie das Gift, das darin lag, und sie fragte sich beklommen, ob ihre Schwester sie hasste.

»Das hast du nur gemacht, um mir eins auszuwischen«,

warf Belinda ihr vor. »Weil ich immer die Hübschere war, das Mädchen, das man beachtet hat. Also musstest du endlich mal die Aufmerksamkeit auf dich lenken – gerade jetzt, wo du wusstest, dass es mich am härtesten treffen würde.«

Maddy traute ihren Ohren nicht. War Bel tatsächlich so besessen von sich selbst, dass sie so etwas glaubte?

Diesmal verlor Maddy die Geduld. Mit Vernunft konnte sie ihrer Schwester ohnehin nicht beikommen. »Großer Gott!«, fauchte. »Glaubst du ernsthaft, die ganze Welt dreht sich nur um dich und will dir wehtun? Wenn du mich fragst, du schaffst es geradezu meisterhaft, dir selber wehzutun. Dafür brauchst du deine Familie gar nicht.« Sie schob sich an Belinda vorbei und spürte wieder einmal die beängstigende Leichtigkeit ihres Körpers. »Jetzt gehe ich mit meinem Tee ins Bett.« Auf halber Höhe der Treppe drehte sie sich um. »Übrigens, was meine Figur betrifft, fühle ich mich normalerweise ziemlich beschissen. Aber heute war das anders. Offenbar ein Irrtum.«

In ihrem Zimmer stellte sie die Teetasse auf den Nachttisch und fiel ins Bett. Natürlich hatte ihre Schwester Recht, sie war ein fetter weißer Wal. Wie hatte sie jemals annehmen können, sie wäre schön.

Nach einer Weile drangen seltsame heulende Laute von unten herauf, wie das Geräusch eines Windstoßes, der ein Segel bläht. Maddy raste die Stufen hinab.

Weinend saß Belinda am Boden der Eingangshalle. Sie hatte das Titelblatt in winzige Fetzen zerrissen. »Tut mir Leid, Maddy«, entschuldigte sie sich zerknirscht, »ich war so furchtbar gemein zu dir.«

»Schon gut«, erwiderte Maddy besänftigend. Es war unmöglich, ihrer Schwester für längere Zeit böse zu sein. So elend sah sie aus – die Haut fahl, fast grau, die Fingernägel bläulich verfärbt, die Zähne fleckig, wo das zwanghaft Erbrochene den Schmelz angegriffen hatte.

Als Maddy ihr mit tröstlichen Worten verzieh, erkannte sie zum ersten Mal die Macht, die Belinda aus ihrer Schwäche zog und mit der sie ihre Familie manipulierte.

Am Montagmorgen bot ihr ein Mann in der U-Bahn einen Sitzplatz an. Das war unerhört. So was erlebte man in ihrem Alter nur, wenn man unmittelbar vor der Niederkunft stand. Und so fragte sich Maddy, ob er das Model auf dem Titel der Gartenbeilage erkannt hatte.

Sei nicht albern, ermahnte sie sich. Während der restlichen U-Bahn-Fahrt überlegte sie, wie sie Patrick Jamieson ermorden sollte, weil er ihren Slip wegretuschiert hatte. Wenn Chris und seine Familie die Hochzeit abblasen würden, weil sie splitternackt für ein Foto posiert hatte, wäre es einzig und allein seine Schuld.

Als sie den Eingang des Flash-Büros erreichte, hatte sie sich in ermutigenden Zorn hineingesteigert, der beim Anblick seines alten Saabs neue Nahrung bekam. Patricks Wagen okkupierte die ganz Breite des Gehsteigs, und er lehnte an der Tür.

Immerhin musste man ihm zubilligen, dass er etwas nervös aussah. »Bevor Sie mich erwürgen, muss ich Ihnen was sagen«, verteidigte er sich. »Dass Nigel Mills und sein Team dieses Foto aussuchen würden, konnte ich nicht wissen, weil ich ihnen ein anderes empfohlen hatte.«

»Und auf diesem anderen war mein Slip auch wegretuschiert, oder etwa nicht?«, fuhr sie ihn an. »Natürlich *wussten* Sie, dass ich niemals völlig nackt posieren würde. Deshalb haben Sie sich diesen gemeinen Trick ausgedacht. Wie soll ich Natasha und dem Rest der Welt gegenübertreten, nachdem ich meinen Arsch auf dem Titel einer Gartenbeilage zur Schau gestellt habe?«

»Vielleicht sehen's die Leute in der Agentur ja nicht.« Wenigstens besaß er genug Anstand, um leicht verlegen dreinzuschauen. »Ich meine – Natasha ist wohl kaum der Typ, der seine Arme bis zu den Ellbogen in Kompost vergräbt, oder?«

Inzwischen hatten sie den Empfangsraum betreten. Durch das große Fenster sah Maddy eine Versammlung rings um Natashas Schreibtisch, die das *Glorious-Gardens*-Heft in der Hand hielt.

»Okay.« Patrick folgte Maddys Blick und zuckte die Achseln. »Das tut mir wirklich Leid. Aber auf diesem Foto sehen Sie...«

»Umwerfend!«, schrie Lennie und riss die Glastür auf.

»Fantastisch!«, rief Colette über ihre Schulter.

»Wie ein praller, reifer Pfirsich«, ergänzte David.

»Fast nackt!« Eva war die Einzige, die sich zu entrüsten schien.

»Daran ist Patrick schuld!«, stieß Maddy hervor. »Ich hatte einen Slip an, und den hat er wegretuschiert.«

»Ganz dezent«, betonte Patrick.

»Wär's doch im richtigen Leben auch so!«, seufzte David.

»Hat nicht irgendein Star mal einen Fotografen für so etwas verklagt?«

»Meinst du, er hat jemandem die Unterhose ausgezogen, ohne ihn zu fragen?« Angewidert schüttelte Lennie den Kopf. »Klingt ziemlich mies.«

»Patrick!« Nie zuvor hatte Maddy ihre Chefin so frostig sprechen hören. »Daran gebe ich dir die Schuld. Gerade habe ich Maddy mit neuen Aufgaben betraut. Und jetzt müssen wir uns mit diesem Mist herumschlagen!«

»Betrachte es doch mal aus einem anderen Blickwinkel. Vielleicht ist das Maddys große Chance.«

»Sie ist kein Model. Zugegeben, sie sieht fantastisch aus und ist unglaublich fotogen. Aber du erinnerst dich sicher, was mit Olivia Browne passiert ist. Damals waren alle Leute von ihren üppigen Formen begeistert, heute ist das arme

Kind eine klapprige Bohnenstange. Oder Tamara Wilson. Ständig verkündet sie, Models sollten richtige, normale Frauen sein, und im nächsten Augenblick läuft sie zu einem chinesischen Guru, um zwanzig Pfund abzunehmen! Sobald diese Mädchen im Licht der Öffentlichkeit stehen, flippen sie aus.«

»Dass muss Maddy sicher nicht befürchten. Dafür ist sie viel zu robust veranlagt.«

»Am Anfang waren die anderen auch okay. Aber auf die Dauer hält das niemand durch.«

»Würden Sie bitte alle beide damit aufhören, von mir zu reden, als wäre ich nicht da?«, verlangte Maddy. »Und jetzt will ich einfach in Ruhe weiterarbeiten – und mir einreden, das alles wäre überhaupt nicht passiert!«

Seufzend zuckte Patrick die Achseln. »Dieses Foto wird Ihnen vielleicht zu einer brillanten Karriere verhelfen.«

»Nein, danke!«, zischte sie. »Von jetzt an werde ich das alles ignorieren.«

Sie eilte zu ihrem Schreibtisch, und Lennie folgte ihr grinsend. »Wenn Sie den Kopf in den Sand stecken, beschwören Sie gewisse Probleme herauf, Maddy. Dann wird Ihr Arsch ziemlich verwundbar.«

»Und das bei einem so großen Arsch«, murmelte Natasha.

Am nächsten Arbeitstag fand Maddy gerade wieder zur Normalität zurück, als Jade strahlend ins Büro stürmte. »Stell dir vor, Eva, das *Style Magazine* ist am Telefon! Die wollen wissen, wer das Model auf der *Glourios-Gardens*-Beilage ist!« Atemlos beugte sie sich über Maddys Schulter und wisperte: »Übrigens sind das nicht die Einzigen.«

»Sag ihnen, sie sollen sich zum Teufel scheren!«, befahl Eva in scharfem Ton. »Nur zu gern wird die geheimnisvolle junge Dame erstklassige, supercoole Fotografen für sämtliche Redaktionen buchen, aber sie zieht sich nie wieder aus!«

Sie warf einen bedeutsamen Blick auf die betreffende »junge Dame«, die geflissentlich auf ihren Bildschirm starrte.

Maddy erwartete einen jungen Fotografen, der hoffte, die Agentur würde ihn vertreten. Vor kurzem hatte er einen renommierten Preis gewonnen, und sie hatte ihm versprochen, seine Werke zu begutachten, bevor er in die Agentur käme. Seine Technik bestand aus ungewöhnlichen Nahaufnahmen in grellem Sonnenlicht, was den Bildern einen fast knalligen, indiskreten Ausdruck verlieh – sehr außergewöhnlich, allerdings auch ziemlich brutal. In diesem aufdringlichen Stil fotografiert, wirkten alle Gesichter irgendwie grotesk.

»Clever«, kommentierte eine Stimme hinter ihr, »aber widerlich.«

Maddy fuhr herum. Einen großen braunen Umschlag in der Hand, lehnte Patrick Jamieson an der Kaffeemaschine. »Der Mann macht Freaks aus den Leuten. Keine Sympathie, keine Menschlichkeit.«

Genau das fand auch Maddy. Doch das würde sie ihm nicht verraten. »Ein aufstrebendes Talent. Sehr attraktiv.« Dann bohrte sie ihm das Messer noch tiefer ins Herz und drehte es herum. »Ganz zu schweigen von seinem jugendlichen Alter.«

»Biest«, erwiderte Patrick zähneknirschend, aber anerkennend. »Er wird mit der Zeit noch widerlicher werden, nicht besser. Sie werden's sehen.«

»Neulich hat er einen großen Preis gewonnen.«

»Solche Auszeichnungen sagen mehr über die Jury als über die Empfänger aus.«

Maddy wusste zufällig, dass auch er mehrere Trophäen besaß. Doch die verwahrte er in einer Schublade, statt sie aufs Kaminsims zu stellen.

Patrick spähte nach allen Seiten, um sich zu vergewissern, dass niemand zuhörte. »Fotografieren Sie immer noch?«

»Dafür bin ich im Augenblick zu beschäftigt, weil ich ständig versuche, Stillleben zu verkörpern.«

Er überging diesen bissigen Kommentar. »Schade. Geben Sie's nicht auf. Sie sind wirklich talentiert. Und das sollten Sie nutzen.«

Maddy reckte ihr Kinn hoch und starrte direkt in die mundwasserblauen Augen. »Und ich dachte, Sie würden Möchtegern-Fotografinnen mit besonderem Vergnügen in die Pfanne hauen.«

»Aua.« Lachend schüttelte er den Kopf. »Eigentlich war ich der Hoffnung, mich dafür entschuldigt zu haben. Aber es war wohl unentschuldbar.«

»Genau wie Ihre Behauptung, manche Assistentinnen wären sich zu schade, um Büroklammern zu holen...«

Was sie ihm sonst noch vorwerfen wollte, blieb unausgesprochen, weil Jade ins Büro rannte.

»Tut mir Leid, wenn ich störe – da ist ein dringender Anruf für Maddy.«

»Wenn das noch ein verdammter Redakteur ist«, rief Eva übellaunig, »sag ihm, Madeleine sei nicht verfügbar!«

»Nein, Maddy, es ist Ihre Mum«, erklärte Jade besorgt. »Und ihre Stimme klang furchtbar aufgeregt. Wollen Sie den Anruf draußen in der Rezeption entgegennehmen?«

Maddy folgte ihr hinaus. Da ihre Mutter niemals im Büro anrief, musste es ernste Probleme geben.

»Hallo, Mum. Alles in Ordnung?«

»Gott sei Dank, Madeleine! Es geht um deine Schwester. Wenn ich dich auch nur ungern bei der Arbeit belästige – aber Belinda hat eine Überdosis Paracetamol und eine Schachtel Schlaftabletten geschluckt. Sie bringen sie gerade ins Middlesex County Hospital.«

16

Glücklicherweise erbot sich Patrick, Maddy zur Klinik zu fahren, und ignorierte den Strafzettel wegen Falschparkens, der unter einem Scheibenwischer steckte.

In panischer Angst machte Maddy sich immer wieder Vorwürfe: »Ich hätte merken müssen, wie sonderbar sie sich benahm. Wäre ich nicht wegen dieser verdammten Gartenbeilage so selbstgefällig gewesen, hätte ich's erkannt. Vorgestern Abend hat Belinda das Titelbild zerrissen.«

»Ist sie sonst auch so neidisch auf dich?«

Maddy dachte kurz nach. »Dazu hatte sie niemals einen Grund. Sie war immer erfolgreich. Seit ihrer frühen Kindheit ist sie eine besessene Tänzerin. Mit sechzehn ist sie an die National Ballet School gegangen, von wo sie direkt von einer Ballettkompanie engagiert wurde. Leider hat man ihr vor kurzem gekündigt. Ich glaube, sie hatte schon vorher Probleme mit dem Essen. Aber seitdem ist es wirklich ernst geworden.«

»Armes Kind... Ich habe einmal eine berühmte Tänzerin fotografiert, die Papiertaschentücher aß, wenn sie was zwischen den Zähnen brauchte.«

Maddy lächelte wehmütig. »Das würde ich meiner Schwester auch zutrauen. Der Choreograph von der blöden Tanztruppe hat ihr eingeredet, sie hätte Zellulitis. Die Kündigung hat ihr dann den Rest gegeben.«

»Hatte sie schon vorher Bulimie?«

»Keine Ahnung... Das ist es ja, was mich so quält – wir standen uns nie besonders nahe.«

»Offensichtlich sind Sie ein ganz anderer Typ als Ihre Schwester.«

»Erst in den letzten Monaten haben wir uns ein bisschen angefreundet. Seit ich wieder nach Hause gezogen bin, um für die Hochzeit zu sparen...« Hastig wandte sie ihr Gesicht von Patrick ab. Der Gedanke, dass Bel im Krankenhaus lag, trieb ihr Tränen in die Augen. »Und dass meine Eltern sich getrennt haben, war auch nicht wirklich hilfreich. Mum hat Bel immer angebetet, sie waren ein Herz und eine Seele. Beide blond, hübsch und zierlich. Dad und ich sind die groben Klötze.«

»Wahrscheinlich würde mir Ihr Dad gefallen. Was ist seit der Trennung passiert? Sehen Sie ihn noch?«

Um eine heftige Gefühlsaufwallung zu kontrollieren, biss sich Maddy auf die Lippen. Niemand – das erkannte sie erst jetzt – niemand, nicht einmal Chris, hatte sich nach ihrem Vater erkundigt und gefragt, wie sie zu ihm stand. »Nein, eigentlich nicht...«

»Warum ist er fortgegangen? Wegen einer anderen Frau?«

»Ja und nein. Meine Eltern waren schon sehr lange unglücklich. Aber ich glaube, Dads Begegnung mit Iris hat ihm den Anstoß gegeben, sein Leben zu ändern. Sonderbar – es war Scarlett, die meine Mutter darauf hingewiesen hat, dass da etwas nicht stimmen konnte.«

Bestürzt runzelte Patrick die Stirn. »Dieses Kind bekommt einfach viel zu viel mit. Also bin auch ich für diese Ereignisse verantwortlich, weil ich meine Tochter bei Ihnen habe wohnen lassen.«

Es war eine Feststellung, keine Frage. Und so übertrieben sein Schuldbekenntnis auch klang – sie fühlte sich seltsam getröstet.

»Wissen Sie, in welcher Abteilung Ihre Schwester liegt, Maddy?«

»Ja.«

Inzwischen hatten sie die Klinik erreicht. Zum Glück fand Patrick sofort einen Parkplatz. »Soll ich mitkommen? Oder hier draußen warten?«

»Müssen Sie nicht in die Agentur zurück?« Wie sie den

Flash-Akten entnommen hatte, war Patrick Jamiesons Zeit ziemlich teuer.

Er schüttelte den Kopf. »Heute arbeite ich in meinem Studio.«

Beim Gedanken an die Panik ihrer Mutter und Bels zu erwartender Beteuerung, mir ihr sei alles okay, begannen Maddys Nerven zu flattern. »Dann wäre ich Ihnen sehr dankbar, wenn Sie mitkommen könnten. Falls es Ihnen wirklich nichts ausmacht...«

»Ganz im Gegenteil, ich fühle mich geehrt.« Erstaunlich diskret, gemessen an seinem üblichen Verhalten, fügte er hinzu: »Da ich vermute, Sie möchten mit Ihrer Mutter und Belinda allein sein, setze ich mich in den Flur.«

Auf dem Weg vom Parkplatz zum Eingang der Klinik kamen sie an einem Pub vorbei.

Maddy merkte, wie Patrick hineinspähte. »Oder wollen Sie lieber da reingehen?«

»Noch bin ich nicht alkoholabhängig«, erwiderte er leicht gekränkt. »Die Londoner Kneipenwirte werden ganz bestimmt auch ohne mich überleben.«

»Also – ich persönlich könnte jetzt einen großen Gespritzten vertragen«, gestand sie lächelnd. »Ich fürchte, das wird ein anstrengender Nachmittag.«

Fünfzehn Minuten später kämpften sie sich mühsam durch ein Labyrinth aus Korridoren und verwirrenden Hinweisschildern, bis sie die Abteilung fanden, wo Bel untergebracht war.

»Ich hasse Krankenhäuser«, murmelte Patrick und drückte auf einen Liftknopf. »All dieses Elend und so viel hoffnungsloses Leid... Vor ein paar Jahren habe ich sechs Wochen im Northern Free verbracht.«

»O Gott, was hat Ihnen denn gefehlt?«

»Genau genommen habe ich da gearbeitet.«

Maddy versuchte ihre Überraschung zu verbergen. »Dass

Sie auch für solche Reportagen fotografieren, wusste ich gar nicht.«

»Dachten Sie, ich würde nur Models und Popstars knipsen und schöne Mädchen in Gemüse vergraben? Zufällig verfüge ich auch über ein soziales Gewissen«, fuhr er fort und schien Maddys Verlegenheit zu genießen. »Aber bitte erzählen Sie's niemandem weiter. Damals wurde ich von New Labour beauftragt, Fotos für eine Kampagne zu machen. Bedauerlicherweise bin ich dabei ziemlich wütend geworden, und das Projekt ist nicht ganz so ausgefallen, wie sie's erwartet hatten.«

»Sollten Sie dokumentieren, welch gute Arbeit die Partei leistet? Haben Sie stattdessen das Gegenteil demonstriert?«

»So ähnlich ... Ich glaube, da sind wir. Gehen Sie rein, ich warte hier draußen. Falls ich mich irgendwie nützlich machen kann, holen Sie mich.«

Lächelnd nickte sie ihm zu. »Danke, dass Sie mitgekommen sind.«

In seinen Augenwinkeln kräuselten sich Fältchen. »Nachdem Sie sich für mich ausgezogen haben, bin ich Ihnen ja wohl etwas schuldig.«

Maddy eilte zur Schwesternstation und fragte nach Miss Adams. Wenige Minuten später beugte sie sich über Belindas Bett.

Von Kissen gestützt, ohne die schützende lockere Kleidung, sah Belinda winzig aus, geschrumpft wie eine alte Frau. Umso größer wirkten ihre Augen in dem schmalen Gesicht, die aus dem Fenster starrten, mit einem Ausdruck abgrundtiefer Verzweiflung. Zitternd rieb sie sich die Arme, als stünde ihr Bett in einer arktischen Wildnis statt in einem gut geheizten Krankenhauszimmer.

Das blonde Haar, das sie immer so sorgsam gepflegt hatte, klebte strähnig am Schädel. Und die dürre Gestalt erinnerte ihre Schwester an eine dieser Handpuppen, die aus einem

Pappmachékopf und einem leeren Kleid ohne Körper bestanden.

In Maddys Augen brannten Tränen. Belinda war stets so selbstbewusst, anspruchsvoll und egoistisch gewesen. Kein einziges Mal hatte sie jene Minderwertigkeitskomplexe gezeigt, die sie selbst so oft plagten. Ihr Perfektionismus hatte ihr zu einer erstaunlichen eisernen Disziplin verholfen. Während Maddy auf dem Sofa gelegen und Schokoriegel gegessen hatte, hatte Belinda sich ihrem knochenharten Balletttraining gewidmet. Und jetzt lag sie da.

»Hallo, Bel.« Maddy neigte sich noch tiefer hinab und küsste sie. Krampfhaft suchte sie nach Worten. »Wie geht's dir? Wo ist Mum?«

»In der Cafeteria«, erwiderte Belinda und lächelte müde. »Da will sie sich Tee holen. Nun weiß sie, dass ich's überleben werde, und braucht selber eine Stärkung.«

Maddy rückte einen Stuhl neben das Bett, setzte sich und ergriff die Hand ihrer Schwester. »Was ist passiert?«, fragte sie sanft. »Ich weiß, du warst ziemlich niedergeschlagen.«

»Nur ein bisschen«, gab Belinda zu.

Schmerzliche Gewissensbisse quälten Maddy. Voller Angst hatte sie überlegt, wie Chris auf das Nacktfoto reagieren würde – und Bel war deshalb deprimiert genug gewesen, um sich mit Tabletten voll zu stopfen. Zu allem Überfluss hatte Maddy ihr auch noch vorgeworfen, sie würde die Familie manipulieren, und die Beherrschung verloren.

»Offenbar glaubt der Doktor, ich hätte es nicht ernst gemeint«, erklärte Belinda. »Er behauptet, es sei ein typischer Hilferuf gewesen.«

»War's das?«

»Quatsch! Er hat einen flüchtigen Blick auf mich geworfen und dann kurz und bündig ›Essstörung‹ diagnostiziert, als würde ich nur seine Zeit verschwenden, und mir empfohlen, mich zusammenzureißen und einen Big Mac zu verspeisen.«

»Gott sei Dank, Maddy, da bist du ja!« Penny kam herein, einen Pappbecher mit Tee in der Hand. »Tut mir Leid, dass es so lange gedauert hat. Aber die Warteschlange vor der Theke war endlos.«

Maddy stand auf und gab ihrer Mutter einen Kuss. Penny bevorzugte meist einen adretten Kleidungsstil – hellbraune Hosen mit messerscharfen Bügelfalten und cremefarbene Blusen mit Spitzenbesatz. Heute trug sie einen formlosen Jogginganzug, und das Haar hing wirr herab. In einem Mitleid erregenden Versuch, sich halbwegs schön zu machen, hatte sie Lippenstift aufgelegt. Am Rand des Bechers zeigten sich rote Flecken.

»Was sagt der Arzt?« Maddy umarmte sie liebevoll. »Mit Bel ist doch alles wieder okay?«

Penny bemühte sich um ein Lächeln und trug den Pappbecher zum Nachttisch. »Passt du ein paar Minuten auf meinen Tee auf, Belinda? Ich muss mit deiner Schwester reden.«

Dann umklammerte sie Maddys Arm und führte sie in den Korridor hinaus, wo Patrick geduldig auf einer Bank saß und eine alte Ausgabe der Autozeitschrift *What Car* las. Er hob den Kopf, war aber klug genug, um die Situation zu erfassen und zu schweigen.

»Zum Glück haben sie deiner Schwester gerade noch rechtzeitig den Magen ausgepumpt«, begann Penny. »Der Doktor meint, Belindas Problem wären nicht Depressionen, sondern sie hätte Bulimie. Die kann man hier nicht behandeln, sie braucht die Hilfe eines Psychiaters, der sich mit dieser Krankheit auskennt. Sie braucht entweder eine stationäre Therapie oder regelmäßige Termine bei einem Experten. Inzwischen habe ich herausgefunden, bei wem sie in den besten Händen wäre. Leider übernimmt diese Ärztin nur Privatpatienten, und das könnte teuer werden...«

»Hast du Dad verständigt? Vielleicht hat er sich und seine Familie privat versichert.«

»Wohl kaum«, schnaufte Penny verächtlich.

»O Mum!« Maddy runzelte bestürzt die Stirn. »Willst du etwa andeuten, du hättest ihn noch gar nicht informiert?«

»Was hat das alles mit ihm zu tun? Er ist uns davongelaufen.«

Offenbar war Penny fest entschlossen, ihrem harten Kurs treu zu bleiben. Und Bel würde diesem Beispiel vermutlich folgen, obwohl sie sich damit selber schadete.

»Bitte, Mum, du musst ihn anrufen!« Maddy nahm ihr Handy aus der Tasche. »Sofort!«

Nur widerstrebend wählte Penny die Nummer. Wie erwartet, meldete sich Iris.

»Ist Gavin zu sprechen?« Maddy beobachtete die Miene ihrer Mutter, die eisige Züge annahm. »Wären Sie so freundlich, ihm mitzuteilen, dass seine Tochter Belinda eine Überdosis Tabletten geschluckt hat, wenn er zurückkommt? Sie liegt im Middlesex County Hospital, Abteilung 6.«

»O Gott, Mum!«, protestierte Maddy, erschrocken über Pennys Grausamkeit. »Das war so unfair! Du hättest doch sagen können, dass sie wieder okay ist!

»Unfair?« Ruckartig reckte Penny das Kinn hoch. »Ich finde *ihn* unfair!«

»Wie viel würde diese Psychiaterin denn kosten?«

»Achtzig Pfund pro Sitzung. Und Belinda müsste mindestens zweimal pro Woche hingehen. Hast du eine Ahnung, woher wir das Geld nehmen sollen?«

Von Dad, wollte Maddy antworten. Stattdessen schlug sie vor: »Gehen wir wieder hinein.« Es war sinnlos zu streiten, solange Belinda sie jetzt brauchte. »Hast du irgendeinen Wunsch?«, fragte sie, als sie wieder neben dem Bett standen. Seltsam, dachte sie, so vieles, was man Krankenhauspatienten mitbringt, ist zum Essen – Schokolade, Obst, Biskuits... Sie beschloss, einen exquisiten Badezusatz zu kaufen. Belinda liebte ausgedehnte Schaumbäder.

»Vielleicht was zu lesen...«, murmelte ihre Schwester.

Maddy überließ es ihrer Mutter, Belindas Kissen aufzuschütteln, und ging auf die Suche nach dem Klinikladen.

»Kann ich Ihnen helfen?« Beinahe hätte sie vergessen, dass er mitgekommen war.

Er begleitete sie, und sie füllten einen Einkaufskorb mit Blumen, Zeitschriften und ein paar Bestsellern.

In der Halle trafen sie Gavin, der um weitere Jahre gealtert schien. Mit Iris' Hilfe versuchte er, sich in dem Wald aus Hinweisschildern zurecht zu finden.

»Gott sei Dank, Maddy!« Erleichtert eilte er zu seiner Tochter. »Ist Belinda über den Berg? Das ist alles meine Schuld, wenn ich nicht fortgegangen wäre...«

Er war kreidebleich und atmete stoßweise, als könnte er jeden Moment einen Herzanfall erleiden. Würde das Mum bekümmern, überlegte Maddy, oder freuen?

»Beruhige dich, Dad«, unterbrach sie ihn sanft. »Bel ist in Ordnung, den Umständen entsprechend.«

»Dem Himmel sei Dank!« Iris holte tief Atem. »Vor lauter Sorge ist Ihr Vater fast die Wände hochgegangen.«

»Darauf hat's Mum wahrscheinlich angelegt. Tut mir Leid, dass sie dich nicht früher verständigt hat, Dad.«

»Erzählen Sie uns doch, was passiert ist, Maddy«, bat Iris. »Ich habe Gavin erklärt, Belinda würde ihn vielleicht brauchen und dass er ihr nur helfen kann, wenn er einen klaren Kopf behält.«

Maddy spürte Iris' beruhigenden Einfluss. Sie war ganz offensichtlich der Typ Mensch, der umso ruhiger wurde, je dramatischer die Situation war.

»In letzter Zeit war Bel ziemlich deprimiert – vor allem, seit sie ihren Job bei der Balletttruppe verloren hat.«

»Das hätte ich merken müssen.« Gavin schien sich erneut aufzuregen. »Aber ich habe sie ja nur so selten gesehen.«

»Ein idiotischer Choreograph hat ihr eingeredet, sie wäre

zu dick. Und ich glaube, dadurch hat sie sich erst recht in die Bulimie hineingesteigert. Für Bel ist es wichtig, alles unter Kontrolle zu behalten.«

»Genauso wie für ihre Mutter«, warf Iris leise ein. »Arme Bel. Aber warum die Überdosis?«

»Wahrscheinlich, weil so viel zusammengekommen ist«, erwiderte Maddy. »Die Kündigung, das Gefühl, sie wäre zu dick, und Mum, die mit ihren eigenen Problemen beschäftigt...«

»...und ihr Vater, der davongelaufen ist«, ergänzte Gavin sichtlich zerknirscht.

Maddy zuckte die Achseln. »Ja, auch das. Nur einer von mehreren Faktoren.«

»Was sollen wir tun?«, seufzte Gavin hilflos.

»Natürlich muss sie die bestmögliche Behandlung bekommen«, meinte Iris. »Heutzutage weiß man viel mehr darüber als früher.«

»Und wer soll die Kosten übernehmen?«, fragte Gavin.

»Darin liegt das Problem, Dad«, entgegnete Maddy. »Bist du privat versichert?«

Er schüttelte den Kopf. »Damit war's vorbei, als ich in den Vorruhestand gegangen bin. Es gehörte zu den Bedingungen, die mir die Firma gestellt hat, weil sie die Hälfte der Beiträge bezahlt hatte. Natürlich hätte ich die Versicherung gern behalten. Aber das konnte ich mir nicht leisten. Ich nehme an, das war auch ein Fehler.«

»Mach dir nicht dauernd Vorwürfe, Gavin!«, mahnte Iris. In ihren schwarz umrandeten Augen funkelte liebevoller Ärger. »Deine Tochter braucht dich, keine verdammte Privatversicherung.«

»Immerhin wäre sie hilfreich«, bemerkte Maddy lächelnd.

»Ich könnte ein Bild verkaufen«, bot Iris ihr spontan an. »Meine Kinder haben sich inzwischen schon genug unter den Nagel gerissen.«

»Danke, aber das könnte Mum nicht ertragen.«

»Ich würde mich freuen, wenn ich Ihnen das Geld leihen dürfte«, mischte sich Patrick mit ruhiger Stimme ein.

Erst jetzt fiel Maddy ein, dass sie ihn überhaupt noch nicht vorgestellt hatte. »Oh, tut mir Leid, das ist Patrick Jamieson – ein Kollege von Flash. Mein Vater – und Iris, eine Bekannte.«

Freundlich nickte Iris ihm zu. »Ich kenne Ihren Namen. Haben Sie nicht die Krankenhausbilder für den Wahlkampf gemacht?«

»Ja«, bestätigte er. Weder Gavin noch Iris dachten daran, ihn zu fragen, was zum Teufel er hier zu suchen hatte.

»Vielen Dank für Ihr Angebot, Patrick«, sagte Maddy. »Aber das kann ich unmöglich annehmen. Wer weiß, wie lange die Therapie dauern wird! Die könnte ein paar Tausend Pfund kosten und...«

Sie verstummte, denn in diesem Augenblick kam Chris in die Halle. »Gerade habe ich's erfahren, Maddy! O Gott, wie geht's ihr?« Nie zuvor hatte sie ihn dermaßen erschüttert gesehen.

»Alles okay, Gott sei Dank. Sie haben ihr noch rechtzeitig den Magen ausgepumpt. Aber es war wohl gar nicht so schlimm, wie der Arzt anfangs dachte. Er meint sogar, sie wollte gar nicht sterben.«

»Arme Bel...« Da entdeckte er Patrick, der neben Maddy stand. »Ah, Sie sind doch der Typ mit dem alten Saab«, sagte er.

Definiert er alle Leute, die er kennen lernt, über ihre Autos, fragte sich Maddy. »Patrick ist ein Kollege. Als ich die schlechte Nachricht bekam, hat er mich hergefahren.«

»Ich habe bei euch zu Hause angerufen«, berichtete Chris. »Aber da war niemand. Als ich auf dem Anrufbeantworter die schreckliche Nachricht von deiner Mum gehört habe, wollten wir gerade einen Vertrag für einen Geländewagen unterschreiben. Ich hab alles stehen und liegen gelassen und hab mich sofort auf den Weg gemacht. Mein Vater konnte es kaum glauben.«

»Sicher weiß Bel deine Sorge zu schätzen.« Maddy fing Patricks Blick auf und unterdrückte ein Lächeln. »Gehen wir zu ihr?«

»Ich bleibe lieber hier unten«, verkündete Iris hastig.

»Ja, ich auch«, erklärte Patrick. »Das heißt – wenn ich warten soll, Maddy.«

»Bemühen Sie sich nicht«, antwortete Chris an ihrer Stelle. »Ich fahre sie nach Hause. Komm, Maddy, besuchen wir deine Schwester.«

»Wirklich rührend, nicht wahr?« Iris richtete einen umflorten Blick auf Patrick. »Wie besorgt Maddys Verlobter um ihre Schwester ist...«

Patrick musterte sie verwirrt. Was wollte sie damit andeuten?

»Gönnen wir uns einen Drink«, schlug sie vor, »lassen wir die Familie für eine halbe Stunde in Ruhe.«

»Was glauben Sie, warum Belinda die Überdosis genommen hat?«, erkundigte sich Patrick, als sie in der Weinbar um die Ecke saßen. »Hat das arme Mädchen es ernst gemeint?«

»Ist das nicht offensichtlich?«, erwiderte Iris müde. »Belinda hat versucht, ihre Familie zusammenzuhalten. Das dürfte auch der Grund sein, warum sie die Bulimie entwickelt hat. Solange alle auf Belindas Probleme achten müssen, werden sie sich vielleicht gezwungen fühlen, zusammenzubleiben – ganz egal, mit welchen Schwierigkeiten sie sich selbst herumschlagen. Ehepaare, die eine Scheidung planen, verzichten einer Statistik zufolge doppelt so oft darauf, wenn sie ein Kind mit Essstörungen haben.«

»Anscheinend sind Sie gut informiert.«

»Und außerdem spreche ich aus Erfahrung.« Iris lachte

heiser. »Meiner Tochter ist das auch passiert. Aber damit konnte sie meine Ehe nicht retten.«

»Wie geht's ihr jetzt?«

»Ausgezeichnet. Sie hat gelernt, ihren Zorn auf andere Art auszudrücken. Zum Beispiel schreit sie ihre Mitmenschen an. Hauptsächlich mich.«

Nun stimmte Patrick in das Gelächter ein. Iris' direkte Art gefiel ihm. Zweifellos das genaue Gegenteil von Maddys Mutter, dachte er. Die setzt sich vermutlich nicht gern mit unangenehmen Wahrheiten auseinander... Aber durfte er sich ein Urteil erlauben, nachdem er seine eigene Ehe in den Sand gesetzt und seine Tochter unglücklich gemacht hatte? »In Belindas Fall ist die Ehe ihrer Eltern wohl schon beendet.«

»Wollen Sie wetten?«

»Also glauben Sie, Ihr Freund wird zu seiner Familie zurückkehren?«

»Natürlich wird er das tun.« Jetzt klang Iris' Gelächter ein wenig hohl. »So ein herzensguter Mann... Wie sollte er seiner hübschen, talentierten Tochter widerstehen, die sich soeben das Leben nehmen wollte, um ihn bei der Stange zu halten?«

»Und wird das die Probleme lösen?« Patrick merkte, wie erstaunlich das Schicksal der Adams seinem eigenen glich.

»Selbstverständlich nicht. In ein paar Wochen ist alles wieder genauso schlimm wie eh und je.«

Er schaute auf seine Uhr. »Vielleicht sollten wir jetzt zurückgehen?« Obwohl er wusste, dass Maddys Verlobter sie heimbringen würde, wollte er feststellen, ob sie okay war.

»Sie mögen Maddy – nicht wahr?«, fragte Iris auf dem Weg zur Klinik.

»Ja, sie war sehr nett zu meiner Tochter Scarlett.«

»Oh, das erklärt natürlich alles«, meinte sie belustigt.

Einige Minuten später schauten sie ins Krankenzimmer,

wo sich Penny, Gavin, Chris und Maddy um das Bett versammelt hatten. In die Kissen gestützt, saß die Patientin darin – bleich, aber mit herausfordernder Miene.

Iris und Patrick nahmen auf der Bank im Korridor Platz.

»Meinetwegen musst du nicht zurückkommen, Dad.« Klar und deutlich drang Belindas Stimme durch die halb offene Tür. »Was ich brauche, hat nichts mit dir zu tun. Ich muss mich von Mum abnabeln.«

Penny, die mehrmals die ohnehin faltenlose Decke glatt gestrichen hatte, zuckte zurück, als wäre sie geschlagen worden.

»Tut mir Leid, Mum. Du bildest dir ein, du würdest mich verstehen und wir wären verwandte Seelen. Doch das stimmt nicht. Ich will nicht immer nur brav und ordentlich und manierlich sein. Wenn ich hier rauskomme, möchte ich irgendwas Drastisches machen.«

»Was meinst du? Eine Therapie anfangen?« Penny starrte auf ihre Hände hinab und wusste nicht, was sie von der neuen inneren Kraft ihrer Tochter halten sollte.

»Vielleicht.« Nach einer kurzen Pause fügte Belinda hinzu: »Ich will zu Dad ziehen.« Entschlossen zwang sie sich, die Verzweiflung in den Augen ihrer Mutter zu ignorieren. »Nur für eine kleine Weile. Bis ich mich besser fühle. Das heißt...« Sie wandte sich zu ihrem Vater. »Falls Dad mich haben will.«

17

»Meinst du wirklich, das wäre eine gute Idee, Bel?«, fragte Maddy leise.

»O ja.« Zum ersten Mal seit Wochen wirkte Belinda lebhaft und zuversichtlich. »Wenn ich's auch bedauere, Mum, ich muss einfach weg. Mit meinen siebenundzwanzig Jahren lebe ich immer noch daheim. Ich schlafe sogar im selben Zimmer, das ich schon mit sieben bewohnt habe. Alles tust du für mich. Ich weiß, welche Opfer du für mich gebracht und dass du die Ballettschule bezahlt hast – und so weiter. Dafür bin ich dir dankbar. Aber zu Hause ersticke ich. Bitte, versuch mich zu verstehen. Wenn ich noch länger bei dir bleibe, müsste ich bald in eine geschlossene Anstalt eingeliefert werden. Und das würde ich nicht überleben.« Die Augen übergroß in dem verhärmten Gesicht, tastete sie nach der Hand ihrer Mutter.

Während alle anderen die Szene hilflos beobachteten, schien eine halbe Ewigkeit zu verstreichen.

Schließlich wandte sich Penny wieder zu ihrer Tochter, die Miene wie versteinert. »Tu, was immer du richtig findest. Wirst du diese Psychiaterin konsultieren?«

»Natürlich.« Belinda begann zu weinen. »Tut mir Leid, Mum. Aber du hast ja noch Maddy.«

»Gewiss«, bestätigte Penny so gleichgültig, dass Patrick, der im Korridor lauschte, sie am liebsten geohrfeigt hätte. »Ja, ich habe immer noch Maddy.«

Hatte die verdammte Frau ihrer älteren Tochter nicht schon genug geschadet? Merkte sie nicht, was sie der *jüngeren* antat? Und dann stellte er sich eine schmerzliche Frage. Wurde Scarlett von ihrer Mutter so ähnlich behandelt, ohne den Beistand ihres Vaters?

Arme Belinda. Patrick erkannte, in welch ein klassisches Dilemma die Mutter sie stürzte. Einerseits erklärte sich Mrs. Adams bereit, sie ziehen zu lassen, andererseits weckte sie heftige Schuldgefühle in der Tochter und schwächte sie in ihrer Entschlusskraft. Kein Wunder, dass dieses bemitleidenswerte Mädchen unter Essstörungen litt... Musste sich Maddy nicht glücklich schätzen, weil sie der Gefahr entronnen war, den Lebensmittelpunkt ihrer Mutter zu bilden?

Patrick spähte durch die halb geöffnete Tür ins Krankenzimmer und sah Maddys kummervolle Augen. Offenbar freute sie sich kein bisschen, dass sie nicht der Liebling ihrer Mum war.

»Wenn deine Mutter nichts dagegen hat, werde ich den Arzt fragen, wann ich dich abholen darf, Bel«, versprach Gavin.

Nun verließen die Besucher den Raum. Etwas ungeschickt bemühten sie sich, einander nicht anzustoßen.

»Penny...«, begann Gavin.

»Schon gut«, unterbrach sie ihn. »Warum nimmst du dir nicht auch das Auto? Dann hättest du alles.« Mit diesen Worten kehrte sie ihm abrupt den Rücken und stolzierte davon.

»Es ist wohl besser, wenn ich Mum begleite, Chris«, murmelte Maddy.

»Okay, und ich fahre zum Geschäft zurück. Dort muss ich den Landrover-Deal unter Dach und Fach bringen.« Während sie hinter ihrer Mutter hereilte, wandte sich Chris etwas verwirrt zu Patrick. »Bel will von daheim ausziehen und bei ihrem Vater wohnen. Ist das eine gute Nachricht oder eine schlechte?«

Patrick umfasste seinen Arm, und sie folgten den anderen etwas langsamer. »Je nachdem – das hängt von den Standpunkten der einzelnen Beteiligten ab.« Was für Belinda vorteilhaft ist, könnte Maddy schaden, fügte er in Gedanken hinzu.

»Ach, die lieben Familien!«, seufzte Chris und schüttelte den Kopf. »Sind sie nicht wundervoll? Meine Verwandten sind alle total verrückt. Zu viel Ouzo, glaube ich... Was vor allem für meine Gran gilt.«

Patrick lachte. Wenn er Chris auch sehr sympathisch fand – er bezweifelte, dass der junge Mann die emotionalen Schwierigkeiten der Familie Adams verstand.

»Nehmen wir ein Taxi?«, fragte Penny vor dem Krankenhaus.

»Soll ich Sie nach Hause fahren?«, schlug Patrick vor. »Mehr oder weniger liegt's auf meinem Weg.«

So wie Brighton auf dem Weg nach London liegt, wenn man in Birmingham startet, dachte Maddy. Aber sie akzeptierte das Angebot und lächelte dankbar.

Ihre Mutter sah fast so zerbrechlich aus wie Bel – auch ohne die Belastung einer Magersucht.

»Maddy!«, rief Colette eines Morgens, noch bevor sie ihren Mantel auszog. »Haben Sie schon was vom *Monitor* gehört? Wegen der Ballettbilder?«

Erschrocken zuckte Maddy zusammen. In der ganzen Aufregung um Belinda, die vor ein paar Tagen aus der Klinik entlassen worden und zu Iris gezogen war, hatte sie die Fotos völlig vergessen.

»Seien Sie doch so nett und rufen Sie in der Redaktion an«, bat Colette. »Inzwischen hatten sie genug Zeit, um sich zu entscheiden.«

Ehe Maddy zum Telefon greifen konnte, klingelte es. Ihre Mutter war am Apparat. »Gerade hat die Psychiaterin angerufen, die deine Schwester behandeln soll. Nächste Woche würde Belinda einen Termin bekommen – nur als Privatpatientin. Und eine Sitzung kostet achtzig Pfund. Offenbar wird dein Vater uns nicht helfen.« Schon wieder diese Bitterkeit in Pennys leiser Stimme... An allem gab sie Gavin die Schuld – teilweise mit gutem Grund. »Was werden wir tun?«

»Natürlich geht Bel hin«, erwiderte Maddy, obwohl sie keine Ahnung hatte, wie sie die Therapie bezahlen würden. Von ihrem niedrigen Gehalt konnte sie nicht viel abzweigen. »Ich rede mit Dad und Iris. Vielleicht übernehmen sie einen Teil der Kosten.«

»Moment mal!« Beinahe hörte Maddy, wie ihre Mutter

sich versteifte. »Diese Frau darf keinen einzigen Penny für Belindas Behandlung beisteuern!«

»Okay.« Nach dem Telefonat saß Maddy gedankenverloren an ihrem Schreibtisch. Wie sollten sie hundertsechzig Pfund pro Woche auftreiben? Vielleicht konnten sie ein Zimmer vermieten. Aber wäre es nicht schrecklich, einen Fremden im Haus ertragen zu müssen – in dieser angespannten Atmosphäre? Chris würde ihnen helfen. Doch sie vermutete, ihre Mutter würde es hassen, ihn darum zu bitten. Auch ihrer Schwester wäre es unangenehm.

Schließlich verdrängte sie ihre Sorgen und wählte die Nummer der *Monitor*-Redaktion. Eine arrogante Sekretärin teilte ihr mit, ihr Boss würde es nicht schätzen, von aufdringlichen Fotoagenturen belästigt zu werden, die sich erkundigten, ob er ihre Bilder verwenden würde. Immerhin versprach sie, ihn danach zu fragen und zurückzurufen.

»Aufgeblasene Kuh«, murmelte Maddy.

»Aber, aber!«, tadelte eine Stimme an ihrer Seite. »So dürftest du nicht über Natasha reden.«

»Scarlett! Was machst du denn hier? Hast du keine Schule?«

»Weihnachtsferien, einen ganzen Monat lang – zu Mums Entsetzen. Sie hat mich beauftragt, Dad zu suchen. Vielleicht bringt er mir ein paar neue Poker-Tricks bei. Weißt du, wo er steckt?«

Maddy studierte die Notiztafel. »Tut mir Leid, im Augenblick arbeitet er nicht für uns.«

»Oh…« Scarlett schaute so unglücklich drein, dass Maddy einen Stuhl für sie zurechtrückte.

»Bleib hier und hilf uns! Sicher hätte Eva nichts dagegen, und du kannst wieder mal professionelle Erfahrungen sammeln.«

In diesem Moment läutete das Telefon auf Maddys Schreibtisch.

»Soll ich rangehen?«, fragte das Mädchen.

Maddy nickte.

»Hallo, Madeleine Adams' Apparat.« Das klang so »erwachsen«, dass Maddy unwillkürlich lächelte. Eine Zeit lang lauschte Scarlett. »Danke«, antwortete sie, dann legte sie auf. »Das war die Sekretärin des Bildredakteurs vom *Monitor*. Irgendwann in den nächsten Wochen wird er eins von den Fotos bringen, die du ihm geschickt hast.«

Maddys Herz begann schmerzhaft schnell zu schlagen. Was sie zunächst für eine gute Idee gehalten hatte, erschien ihr jetzt wie der reine Wahnsinn. Inständig hoffte sie, der Bildredakteur hätte eins von Colins Fotos ausgesucht.

Kurz entschlossen rief sie in der Redaktion an. »Verzeihen Sie, hier ist noch einmal Flash. Würden Sie mir sagen, welches Foto Ihr Chef verwenden wird? Darüber möchte ich den Fotografen informieren.«

»Also, das weiß ich wirklich nicht.« Die Stimme der Sekretärin klang erstaunt und irritiert. »Wahrscheinlich wird die Entscheidung erst kurz vor dem Termin getroffen.«

Fluchend legte Maddy auf.

»Bist du okay?«, fragte Scarlett.

»Klar.«

»Sind die Fotos meines Vaters in deinem Computer gespeichert?«

»Einige, damit die Kunden sie von unserer Website runterladen können.«

»Darf ich sie mal sehen?«

Während Scarlett in den nächsten zwanzig Minuten Patricks Fotos auf dem Bildschirm betrachtete, suchte Maddy ein paar Farbnegative für eine Zeitschrift.

»Ich wusste gar nicht, dass die Betreuung von Teenies zu Ihrem Job gehört, Madeleine«, bemerkte Natasha, als sie Scarlett vor Maddys Computer sitzen sah.

»Dazu würde ich mich nicht veranlasst fühlen, wenn Layla

etwas mehr an ihrer Tochter interessiert wäre«, fauchte Maddy. Über Mütter, die ihre Töchter zum Teufel wünschten, wusste sie Bescheid. Vielleicht verstand sie sich deshalb so gut mit Scarlett. Aber es war eigentlich gar nicht möglich, das geistreiche, amüsante Mädchen nicht ins Herz zu schließen.

»Haben Sie Eva gefragt, ob sie die Anwesenheit von Kids im Büro nicht stört?«

Ehe Maddy antworten konnte, öffnete die Chefin ihre Tür. »Würden Sie mal zu mir kommen, Madeleine?«

O Gott, dachte Maddy, und ihr Magen drohte sich umzudrehen. Hat sie was von den Ballettfotos gehört?

Wenigstens schien sich Eva nicht über Scarletts unerwarteten Besuch zu ärgern. »Hi, Kindchen!«, grüßte sie. Dann schaute sie auf den Bildschirm. »Willst du dem Fanclub deines Dads beitreten?«

Maddy starrte Natasha triumphierend an. *Da sehen Sie's,* besagte ihr Blick. Aber wie würde sich die boshafte Frau freuen, wenn sie wüsste, was ich verbrochen habe, dachte sie beklommen. Ist Eva schon informiert?

Widerstrebend folgte Maddy ihr ins Chefbüro.

»Setzen Sie sich, Madeleine«, bat Eva. »Was ich Ihnen jetzt mitteilen muss, fällt mir nicht leicht.«

Also wird sie mich feuern... Maddy fühlte die gefürchtete Kündigung wie einen Expresszug auf sich zurasen. Und sie war gewissermaßen ans Gleis gefesselt. »Das verstehe ich«, beteuerte sie. »Ich hätte es nicht tun dürfen. Wär's nicht um meine Schwester gegangen, hätte ich's niemals gewagt. Nicht, dass diese Erklärung mein Verhalten irgendwie entschuldigen würde...«

»Was zum Teufel faseln Sie da, Madeleine? Meinen Sie immer noch das Titelfoto von *Glorious Gardens*? Das verüble ich eher Patrick als Ihnen. Nein, ich möchte was anderes mit Ihnen besprechen.« Sichtlich verlegen fuhr Eva fort: »Gerade hat mich eine Redakteurin von *Crimson* angerufen – Sie wissen doch, das neue Modemagazin.«

Maddy las aus Prinzip keine Modezeitschriften, weil sie sich nicht beschissen fühlen wollte. Aber sie kannte das Magazin, das Eva meinte. Brandneu, glamourös und gnadenlos cool.

»Im Augenblick bereitet die Redaktion eine Story über die ›neue Schönheit‹ vor, und dafür sollen Sie posieren, Madeleine.«

Entgeistert schnappte Maddy nach Luft.

»Was ich davon halte, wissen Sie«, fügte Eva hinzu. »Ich habe Sie als Assistentin engagiert, und ich bin sehr zufrieden mit Ihrer Arbeit. Nun sorge ich mich um Ihr Seelenheil. Zweifellos ist das Angebot ausgesprochen schmeichelhaft, denn Sie sind wohl kaum der – eh – ›konventionelle‹ Modeltyp...«

Maddy schnitt eine Grimasse, die überhaupt nicht an ein Model erinnerte, und Eva nickte.

»Genau. Womöglich werden diese Leute Sie mit Haut und Haaren verschlingen und wieder ausspucken, wenn sie sich mit Ihnen langweilen. So zauberhaft Sie auch aussehen – Ihre üppige Figur wäre eine Novität, ein Neun-Tage-Wunder. Es sei denn, Sie nehmen genug ab, um in die übliche Model-Kategorie zu passen. Das würde ich Ihnen aber nicht empfehlen. Andererseits...« Eva unterbrach sich. Aufmerksam schaute sie Maddy an. »Sie sind ein vernünftiges Mädchen. Vielleicht schaffen Sie's, eine kurze Karriere zu machen und trotzdem einen klaren Kopf zu behalten. Und nun sollen Sie erfahren, warum ich Ihnen das alles sage – und warum ich der Redakteurin keinen Korb gab, was ich ursprünglich vorhatte. Die Frau bietet Ihnen eine geradezu unanständige Summe an.«

»Oh...« Maddys Atem stockte. »Wie viel?«

»Dreitausend Pfund.«

Blitzschnell rechnete sich Maddy aus, wie viele fünfzigminütige Therapien sie ihrer Schwester damit bezahlen könnte. »Gut, ich mach's«, verkündete sie, ohne auch nur eine Sekunde lang zu zögern.

»Sind Sie sicher?«

Maddy lachte. »Nun, ich würde es ertragen, mich frisieren und schminken und von einem Chauffeur herumkutschieren zu lassen, schöne Kleider zu tragen, die ich mir normalerweise niemals leisten könnte, und zu erleben, was den meisten Frauen nur in ihren Träumen vorschwebt. Ganz zu schweigen vom sagenhaften Honorar.«

»Wenn man's so ausdrückt, klingt's unwiderstehlich.« Eva zuckte die Achseln. »Aber als Ihre Arbeitgeberin und Freundin muss ich Sie auch auf die Schattenseiten hinweisen.«

»Die kann ich mir vorstellen. Der Fotograf wird mich hassen, alle Leute werden die Elefantenkuh in Designerkleidern auslachen. Und das Glück wird nur von kurzer Dauer sein.«

»In der Modewelt geht's ziemlich grausam zu.«

»Auch *das* weiß ich. Glauben Sie, ich würde einen Vorschuss kriegen?«

Evas Augen verengten sich. »Warum?«

Zögernd dachte Maddy nach. Sie könnte behaupten, sie würde gern eine Wohnung kaufen oder eine Urlaubsreise in die Karibik unternehmen. Aber sie fand ihre Chefin vertrauenswürdig. Immerhin hatte Evas Seele schon einige Narben abbekommen.

»Weil meine Schwester an einer Essstörung leidet«, sagte sie. »Gestern hat sie eine Überdosis Tabletten geschluckt, und nun soll sie von einer Psychiaterin behandelt werden, die man uns empfohlen hat. Aber die Frau ist so fabelhaft, dass die Sitzungen ein Vermögen kosten.«

»Hatten Sie nicht irgendwann erwähnt, Ihre Schwester sei Balletttänzerin?«

Maddy nickte.

»Mein Gott. Und deshalb haben Sie Probleme mit Ihrer Figur, nicht wahr?«

»Mit solchen Schwierigkeiten plagen sich viele Mitglieder des weiblichen Geschlechts herum.« Maddy erinnerte sich an eine Frau, die immer wie eine Amazone durchs Hallenbad marschierte und den Leuten ihre Hüftknochen gleichsam ins Gesicht hielt. Eines Tages hatte eine Schwimmerin verlangt: »Bitte, verschonen Sie uns mit Ihren Gebeinen, sonst kriegen wir Minderwertigkeitskomplexe.« Alle anderen Frauen hatten lachend applaudiert.

»Da wäre noch was«, unterbrach Eva ihre Gedanken. »Es betrifft den Fotografen.«

Schweren Herzens wappnete sich Maddy gegen die nächsten Worte. Wahrscheinlich engagierte *Crimson* einen exzentrischen Testino-Typen, der mit Madonna oder Gwyneth Paltrow zu arbeiten pflegte. Der würde ungeduldig durchs Studio stürmen und schreien: »Bringen wir die Farce hinter uns, okay?«

Stop. Stop. Stop. Stop. An so was durfte sie nicht denken.

»Ich wusste, Sie würden sich keinen heroinsüchtigen Twen wünschen, Madeleine. Deshalb schlug ich der Redakteurin Patrick vor.«

Über Maddys Rücken kroch ein sonderbares Prickeln. Schon wieder Patrick. Entwickelte sich das allmählich zur Gewohnheit?

»Zuerst hat sie sich dagegen gewehrt«, berichtete Eva. »Sie wollte den Auftrag einem widerwärtigen Kerl geben. Aber den habe ich ihr ausgeredet.«

»Wie denn?«, fragte Maddy beeindruckt.

»Ganz einfach«, erwiderte Eva lächelnd, »ich habe behauptet, Sie würden das Angebot nur annehmen, wenn Patrick sie knipst.«

Inständig hoffte Maddy, das würde er nicht herausfinden.

Er war nicht der Typ, der sich irgendjemandem aufzwingen ließ. Stattdessen zog er es vor, wenn ihn die Leute auf Knien um seine genialen Dienste anflehten.

»Tausend Dank, Eva. Und keine Bange, ich weiß, dass es nur ein einmaliges Ereignis ist.«

»Kluges Mädchen.«

»Und wann soll's passieren?«

»Schon bald, nehme ich an.«

Großartig, dachte Maddy. Desto früher würde sie die Gage erhalten. »Nochmals vielen Dank, Eva.«

Als sie ins Hauptbüro zurückkehrte, blickte Natasha von ihrem Bildschirm auf. Hatte sie das Gespräch belauscht? Trotz der geschlossenen Tür? Wohl kaum, sagte sich Maddy. Es sei denn, sie hat Radar-Ohren...

Falls sie gewisse Zweifel gehegt hatte, ob ihr Entschluss richtig war, wurden sie an diesem Abend bei einem Telefonat mit ihrer Freundin Jude zerstreut.

»Natürlich wirst du's machen!«, kreischte Jude. »Damit brichst du eine Lanze für sämtliche pralle Kurven. Statt mich Fettarsch zu nennen, werden die Leute mir erklären, ich würde sie an Maddy Adams erinnern.«

»Oh, herzlichen Dank!« Immer wieder redete sich Maddy tapfer ein, sie würde sich drauf freuen, einen modischen Rohrkrepierer zu spielen, eine Eintagsfliege im Rubensformat. Außerdem würde sie's ohnehin nur fürs Geld tun. Doch sie konnte ihre Bedenken nicht verscheuchen.

Die Gemüse-Episode hatte sie überrumpelt. Ohne zu ahnen, welches Schicksal sie erwarten würde, war sie in Patricks Studio aufgetaucht. Diesmal wusste sie genau, was auf sie zukam. Vor lauter Aufregung schlief sie schlecht, und sie brachte kaum einen Bissen hinunter. Und dann all die Hänseleien...

»Wirst du nachher noch mit uns reden?«, fragte Lennie.

Inzwischen hatte sich Maddy mit allen Kollegen außer Natasha angefreundet. »Oder bist du dir von jetzt an zu gut, um Sandwiches zu holen?«

»Natürlich nicht, verdammt noch mal!«, entgegnete Maddy.

Chris nervte sie sogar noch mehr. »Wird Eastfield die Modeszene nicht ein bisschen abwerten? Eigentlich dachte ich, alle Models würden in Penthouses wohnen und wären mit Millionären befreundet.«

»Hör mal«, zischte Maddy erbost, »ich mach's nur ein einziges Mal, um genug Geld für Bels Therapie zu verdienen.«

»Also wirst du dich nicht daran gewöhnen, in Luxuskarossen durch London chauffiert zu werden? Oder an das Getue der Visagisten?« Chris verzog das Gesicht, in einem erbärmlichen Versuch, wie ein Model dreinzuschauen.

Darüber musste Maddy lachen. »Offen gestanden, das Getue ist ganz angenehm. Aber ich bin viel zu vernünftig, um das alles ernst zu nehmen.«

Wenigstens von Patrick wurde sie ermutigt. Am Tag vor dem Shooting setzte er sich auf ihren Schreibtisch und empfahl ihr in geschäftsmäßigem Ton: »Betrachten Sie's einfach nur als Arbeit. Wie ein Tapezierer oder ein Installateur. Aber *Ihre* Werkzeuge sind Ihr Gesicht und Ihr Körper. Wenn Sie's so betrachten, werden Sie's nicht so persönlich nehmen. Wann soll das Auto Sie abholen? Halb acht wäre okay, weil ich um neun anfangen will.«

»In Ihrem Studio? Da würde die Autofahrt in der morgendlichen Rush-Hour mindestens fünfundvierzig Minuten dauern.«

Erstaunt hob Patrick die Brauen. »Haben es die *Crimson*-Leute nicht erwähnt? Die Session geht im Ritz über die Bühne. Die Story, für die ich Sie fotografiere, heißt: ›Stilvolle Verführung‹. Möge uns der Himmel beistehen...«

Mühsam schluckte Maddy. Noch nie hatte sie einen Fuß über die Schwelle des Ritz gesetzt. »Also gut, halb acht.«

Am nächsten Morgen ging sie zum Empfang des Ritz Hotels, fest überzeugt, man würde nur einen kurzen Blick auf ihren schäbigen Mantel werfen und sie wegschicken. Stattdessen lächelte die junge Empfangsdame und studierte ihre Reservierungsliste. Dann rief sie einen Pagen zu sich. »Würdest du Miss Adams nach oben führen?«

Pflichtschuldig folgte Maddy dem Jungen. Hier *roch* es sogar luxuriös – eine Schwindel erregende Mischung aus frischem Leinen, parfümierter Seife und dicken Teppichen. Schüchtern betrat sie eine atemberaubende Suite – Eau de Nil, helle Cremetöne, vergoldeter Stuck und ein riesiger weißer Rosenstrauß in einer überdimensionalen Vase. Ein junger Mann justierte die Scheinwerfer. Er zeigte ihr den Weg in ein geräumiges Badezimmer. Dort wurde sie von einem Friseur und einer Visagistin erwartet.

»Hi, ich bin Anthony«, stellte sich der Friseur vor. »Und das ist Liz. Die *Crimson*-Redaktion stellt sich eine lasterhafte Lady vor – irgendwas zwischen Scarlett O'Hara und Monica Lewinsky.«

»Solange ich niemandem einen blasen muss...«, bemerkte sie, schlüpfte in den Morgenmantel, den er ihr hinhielt, und setzte sich.

»Nicht nötig.«

Sie drehte sich um und sah Patrick hinter ihrem Stuhl stehen. Gerade noch rechtzeitig unterdrückte sie das Lächeln, das sie ihm schenken wollte. Von seinem gewohnten Charme war nichts zu spüren. Stattdessen sah er müde und reizbar aus.

»Okay, legen wir los?« Sein autoritärer Ton erinnerte sie an die mega-berühmten Fotografen, die sie fürchtete. »Das Konzept ist Scheiße, die Location das reinste Klischee. Aber wir sind nun mal hier, um zu arbeiten. Also tun wir's.«

Entsetzt wandten sich Anthony und Liz zu ihm. »Aber wir haben sie noch gar nicht frisiert und geschminkt.«

Patrick starrte Maddy an. »Hat sie's denn nicht selber gemacht?«

»Nein«, entgegnete Anthony ärgerlich. »Das hat sie *nicht* selber gemacht. So was erledigen Models normalerweise nicht, wie Sie sicher wissen, Mr. Jamieson.«

»Okay. Wo sind die Kleider?«

Beide zuckten die Achseln.

»Ian!«, schrie Patrick seinen bedauernswerten Assistenten an. »Wo sind die verdammten Fummel?«

»Was hat er denn?«, flüsterte Liz, nachdem Patrick im Nebenraum verschwunden war.

»Wahrscheinlich ist er verkatert.« Anthony zupfte an seiner Nase. »Fusel. Oder Koks. Wie auch immer – er sollte seine miese Laune nicht an uns auslassen.«

Maddy kämpfte mit den Tränen. Als Patrick zurückkehrte, senkte sie hastig die Wimpern. So ist das also, wenn man seine Sorgen im Alkohol ertränkt, dachte sie. Eben noch ist man der nette Typ, der unglückliche Mädchen nach einem Selbstmordversuch ihrer Schwestern zum Krankenhaus fährt – und im nächsten Moment verwandelt man sich in Blaubart auf endlosem Alka-Seltzer-Trip.

Zum Glück erschien in diesem Augenblick Sophie, die Redakteurin der Modezeitschrift, eine gigantische *Rigby-&-Peller*-Schachtel unter dem Arm.

Dramatisch presste Patrick seine Hände an die Schläfen. »Bloß keine verdammten Korsetts! Das hätte ich mir denken können. Maddy. Das Ritz. Natürlich, ohne Korsetts geht's nicht. Sind die Moderedakteurinnen wirklich so fantasielos? Haben wir das alles nicht schon hunderttausend Mal gesehen? Bestell mir ein Taxi!«, herrschte er den armen Ian an. »Und schick's dorthin.« Hektisch kritzelte er was auf einen Zettel und gab ihn dem Assistenten. »Sag dem Fahrer, er soll warten und dann zurückkommen.« Zu Liz gewandt, fügte er hinzu: »Sie soll ermattet aussehen, mit schwarz verschmierten Augen. So, als hätte sie gerade mit zehn Männern geschlafen.«

»Aber...«, versuchte Sophie zu protestieren.

»Sie haben mich wegen meiner fotografischen Talente engagiert«, stieß Patrick hervor. »Also lassen Sie mich bitte meinen Beruf ausüben!«

Resignierend zuckte Maddy die Achseln. Wenn er sich in dieser Stimmung befand, gab's nur eine einzige Möglichkeit – man musste warten, bis er die Komik der Situation erkannte.

Die Redakteurin erweckte den Eindruck, sie würde jeden Moment einen Nervenzusammenbruch erleiden. Also waren sie schon zu zweit.

Eine halbe Stunde später kehrte der Taxifahrer mit einer anderen Schachtel zurück, die ein ziemlich knalliges Logo aufwies.

Zu Maddys Entsetzen enthielt sie ein Korsett aus schwarzem Leder – und eine Peitsche.

»Mit diesem Ding musste ich am Empfang vorbeigehen«, klagte der Fahrer, »und da wurde ich ziemlich blöd angestarrt.«

Patrick gab ihm einen Fünfer – ein ziemlich üppiges Trinkgeld.

»Dafür schleppe ich auch noch die Ketten rein.« Der Mann sah sich um. »Suchen Sie Kunden? Ich kutschiere alle möglichen Typen durch die Gegend. Meistens sind's Touristen, die so was mögen.«

Maddy unterdrückte ein Kichern. Aber Patricks Miene wirkte wie versteinert. Worin lag sein Problem?

Mit sichtlich gemischten Gefühlen machte sich die Visagistin an die Arbeit. Als sie mit ihrem Werk zufrieden war, half ihr die Redakteurin, Maddy in das Korsett zu zwängen. Erstaunlicherweise saß es perfekt.

»Welch ein Glück!«, meinte Sophie. »Normalerweise kriegt man so was nur mit Talkumpuder hin.«

Maddy betrachtete ihr Spiegelbild. Nicht einmal ihre Mutter würde sie erkennen. Wahrscheinlich war das gut so.

»Wenn *Crimson* Korsetts will«, murmelte Patrick, »dann gebe ich ihnen verdammte Korsetts. Okay. Knien Sie sich aufs Bett, Maddy. Und bemühen Sie sich, halbwegs verführerisch dreinzuschauen, ja? Vergessen Sie, dass ich's bin, bilden Sie sich ein, ich wäre Johnny Depp oder sonst wer und irre scharf auf Sie. Aber ich darf nicht an Sie ran, weil Sie's mir verbieten.«

Maddy tat ihr Bestes. Das hatte ihr der Turnlehrer in der Schule empfohlen und verkündet, es sei die einzig wahre Methode, wenn man übers Pferd springen wollte und stattdessen darauf landete.

Einfach lächerlich, dachte sie. Aber was soll's, zum Teufel? Bald fauchte sie wie eine Tigerin mit prämenstruellen Symptomen.

»Sehr gut«, lobte Patrick. »Werfen Sie jetzt den Kopf in den Nacken, dann wieder nach vorn. Und schauen Sie direkt in die Kamera!«

»Bitte, Patrick – ich weiß nicht, ob ich mich wohl dabei fühle.«

»Kommen Sie schon, Maddy, seien Sie bloß nicht so verdammt zickig! Los... Reißen Sie die Augen auf! Noch weiter! Ja, so ist's okay.«

Der Auslöser klickte und klickte, bis Patrick den ganzen Film verschossen hatte.

»Sobald Sie sich entspannt und nicht mehr wie eine moralisch entrüstete Bibliothekarin dreingeschaut haben, waren Sie großartig«, gratulierte er Maddy. »Vielleicht liegt eine grandiose Zukunft vor Ihnen, als Model für einschlägige Magazine.«

»Aber nicht für *Crimson*«, seufzte Sophie. Was ihr Chef

dazu sagen würde, wusste sie nicht. Mehr oder weniger war's ein Porno-Shooting gewesen. Daran würde man natürlich *ihr* die Schuld geben.

Patrick animierte Maddy zu weiteren verführerischen Stellungen. Im Tempo eines Maschinengewehrs verknipste er noch einen Film. Und während sie an diesem Tag für ihn posierte, hatte sie tatsächlich das Gefühl, sie würde sich vor der Mündung einer Waffe bewegen.

»Gib mir die Leica mit dem Schwarzweißfilm!«, schrie er Ian an und knipste ein letztes Dutzend Bilder.

Natürlich wagte es Sophie nicht, zu betonen, ihr Boss habe ausschließlich Farbfotos bestellt. Sonst würde Patrick sie nur anfahren: *Wenn er's so wichtig nimmt – warum ist er dann nicht hier?*

»Okay«, murmelte er und ließ die Gegenlichtblende zuschnappen. »Alles fertig. Geht nach Hause, Leute.« Ohne sich zu bedanken, schlenderte er zur Minibar und nahm sich die halbe Champagnerflasche. Das drückende Schweigen ringsum erinnerte ihn an seine Manieren. »Sorry. Will irgendwer einen Drink?«

Wütend kletterte Maddy vom Bett. Sie fühlte sich gedemütigt und ausgenutzt. Was war bloß in Patrick gefahren? Sein unmögliches Verhalten erinnerte sie an den Männertyp, der ein Mädchen mit süßen Schmeicheleien ins Bett lockt und am nächsten Tag ohne ein einziges zärtliches Wort wieder rauswirft.

»Warum schaut ihr alle so verblüfft drein?«, fragte Patrick und breitete seine langen Beine über einem Art-deco-Sofa aus.

»Weil das Shooting den ganzen Tag dauern sollte«, versuchte Sophie zu erklären, »und weil wir erst etwa anderthalb Stunden hier sind.«

»Blödsinn! Beklagen Sie sich, weil ich zu den Fotografen gehöre, die Entschlüsse fassen können?«

Die Hände geballt, stapfte Maddy zu ihm. In ihrem schwarzen Lederkorsett sah sie aus wie das erotische Fantasiebild aller männlicher Teenager, was Patrick nicht entging. Für ein paar erwachsene Männer galt das sicher auch.

»Wollen Sie wissen, warum wir so überrascht sind?«, zischte sie. »Merken Sie nicht, wie beschissen Sie sich aufführen? Nur weil Sie verkatert sind, kommen Sie hier rein, beleidigen all die Leute und kommandieren sie herum, als wären Sie Cartier-Bresson. Tut mir Leid, dass ich's Ihnen so deutlich ins Gesicht schleudern muss, Patrick Jamieson. In nüchternem Zustand sind Sie wirklich talentiert, und andernfalls eher mittelmäßig.«

»Und Sie sind sicher bestens informiert, wie so ein Shooting ablaufen sollte, nicht wahr?« Lässig nahm er einen Schluck Champagner.

»Nein, in dieser Branche bin ich noch ein Neuling. Das wissen Sie genau. Und heute musste ich etwas zu viel Lehrgeld zahlen.«

»Arbeiten Sie doch wieder in einem Fotolabor, Maddy. Ich wette, das war furchtbar aufregend. Besonders an dem Tag, wo Sie irgendwem die falschen Bilder gegeben haben...«

Wie gern würde sie ihn erwürgen... Also hatte auch er den *Echo*-Artikel gelesen.

»Haben Sie Ihren unzähligen Drinks eine gespaltene Persönlichkeit zu verdanken, Patrick? Sie wissen sehr gut, warum ich das mache.«

Jetzt schien er sich an Belinda zu erinnern. »Verzeihen Sie«, nuschelte er, wirkte aber nicht besonders verlegen.

»Würden Sie mir jetzt aus dem Weg gehen? Ich will ins Bad und mich anziehen.«

So schnell wie möglich fuhr sie in ihre Kleider, packte ihre Sachen zusammen und vergaß, das schwarze Augen-Make-up zu entfernen.

»Vielleicht sollten Sie Ian den Film geben, bevor Sie die

ganze Minibar leer trinken«, empfahl sie Patrick, als sie das Badezimmer verließ. »Weiß der Himmel, wie viel die Suite pro Tag kostet! Und es wäre doch zu schade, das ganze Geld zu vergeuden.«

»Für dieses Ambiente hätte ich eine bessere Verwendung.« Sekundenlang hielten seine blauen Augen ihren Blick fest, und sie fragte sich, wie viel er eigentlich in seine Kehle geschüttet hatte.

Ruckartig hob sie das Kinn. »Lieber würde ich mit Hannibal Lecter ins Bett gehen.«

»Ja, der schwärmt wahrscheinlich auch für schwarze Lederkorsetts«, murmelte Sophie. »Keine Ahnung, was mein Chefredakteur von diesen Fotos halten wird... Genau genommen lautete das Konzept ›Stilvolle Verführung‹, nicht ›Sadomasochismus am Nachmittag‹.«

»Nun – ich danke Ihnen allen.« Seufzend ergriff Maddy ihre Handtasche und ging zur Tür. »Ich weiß Ihre Hilfe wirklich zu schätzen, denn Sie haben mir die Tortur etwas leichter gemacht. Im Gegensatz zu gewissen anderen Leuten...«

Krachend fiel die Tür hinter ihr ins Schloss. Sie stürmte durch die Halle, zur Piccadilly, und dann saß sie bereits im Bus Nummer 73, bevor sie merkte, warum alle Leute sie anstarrten. Weil sie immer noch zwei große, schwarz verschmierte Pandabärenaugen zur Schau trug. Sobald sie am Piccadilly Circus ausgestiegen war, rannte sie ins riesige Boots, wo sie einen Augen-Make-up-Entferner und Wattepads kaufte. »Hallo, Madam!« Eine aufgemotzte Verkäuferin in einem weißen Kittel kam auf sie zu. »Heute bieten wir kostenfreie Make-ups von Shiseido und Bobbi Brown an. Wäre das nichts für Sie?«

Maddy setzte sich und schloss die Augen. Wenn sie Glück hatte, würde man sie in ein menschliches Wesen zurückverwandeln. Wenigstens würde sie nicht mehr wie eine Transvestiten-Hure vom Bois de Boulogne ausschauen.

Inzwischen hämmerte es schmerzhaft in ihren Schläfen. Bevor sie den Laden verließ, entdeckte sie neben dem Drogerieregal ein paar Flaschen Fernet Branca und legte eine in ihren Einkaufskorb.

Als sie das Flash-Büro betrat, bemerkte Natasha: »Sie sind aber früh da. Hat's Probleme gegeben?«

»Keine – abgesehen von Patrick Jamiesons mieser Laune. Und dann hat er mich wie eine Zehn-Pfund-Hure ausstaffiert.«

»Ach, du meine Güte!« Natasha konnte ihr Entzücken kaum verbergen. »Darüber wird sich *Crimson* aber gar nicht freuen. Die wollten Laura Ashley, nicht Linda Lovelace, die berühmte Pornodarstellerin. Da sehen Sie, was einem blüht, wenn man sich mit Patrick Jamieson einlässt! Kaum zu glauben, wie lange die arme Layla das alles ertragen hat – eine wahre Märtyrerin! Aber sie hat ihn ja auch wirklich geliebt.«

»Ganz zu schweigen von seiner Kreditkarte«, ergänzte Colette, ohne von dem Auftragsformular aufzublicken, das sie gerade ausfüllte.

Entschlossen stürzte sich Maddy in die Arbeit, die auf ihrem Schreibtisch wartete. Während sie sich allmählich besser fühlte, läutete das Telefon.

»Hi, Maddy, ich bin's.« Wie konnte Patrick es wagen, sich einzubilden, sie würde mit ihm reden? »Bitte, legen Sie nicht auf. Ich rufe Sie an, um mich zu entschuldigen. Glauben Sie mir – für mein Benehmen gibt's einen guten Grund.«

»Und der wäre?«

»Das kann ich Ihnen nicht erzählen, solange Sie im Flash-Büro sitzen. Ich habe ein Minicar bestellt. In zehn Minuten werden Sie abgeholt. Sobald Sie in der Ritz-Suite eintreffen, erkläre ich Ihnen alles.«

»Warum sollte ich zu Ihnen kommen?«

»Weil Sie ein herzensgutes Mädchen und nicht nachtragend sind.« Nun entstand eine kurze Pause, bis er kleinlaut hinzufügte: »Und weil's mir ehrlich, ehrlich Leid tut.«

»Und weil Sie inzwischen halbwegs nüchtern sind?«

»Genau.«

Es war absoluter Wahnsinn, seinen Wunsch zu erfüllen.

»Okay. Aber es muss eine *fabelhafte* Story sein.«

»Das zu beurteilen überlasse ich Ihnen, Maddy.«

Eine halbe Stunde später klopfte sie an die Tür der Hotelsuite.

»Herein!«, rief Patrick. »Hören Sie«, begann er, sobald Maddy eingetreten war, »ich möchte Sie um Verzeihung bitten, weil ich mich wie ein Irrer benommen habe. Aber ich war so verdammt sauer. Natasha ließ durchblicken, *Crimson* habe gar nicht beabsichtigt, mich zu engagieren. Stattdessen wollten sie den Job einem japanischen Fotografen geben, der auf Geisha-Pornos spezialisiert ist. Aber Eva erklärte ihnen, sie müssten mich beauftragen. Oder der ganze Deal würde platzen. Ich war so furchtbar wütend.«

»Und besoffen.«

»Dazu kam es erst später. Vom Alkohol benebelt, schnappte ich völlig über und verkleidete Sie als Sadomaso-Flittchen.« Ein paar Sekunden lang lächelte er nostalgisch. »Sie haben wahnsinnig sexy ausgesehen, Maddy. Aber falsch. Zumindest passt dieser Stil nicht zum *Crimson*-Konzept. Ich weiß, wie wichtig das Shooting für Sie war. Und ich habe nicht mein Bestes getan. Also dachte ich, verdammt noch mal, wir haben die Suite. Und die Dessous.« Er zeigte auf die Schachtel mit den *Rigby-&-Peller*-Korsetts. »Um die noch mal zu kriegen, musste ich Sophie anrufen und eine Notlüge erzählen. Dann hat mir die Hoteldirektion ein paar zusätzliche Blumen besorgt.«

Maddy musterte das Bett. Ringsherum standen sechs weitere Vasen mit weißen Rosen.

»In den anderen Suiten sind nicht mehr viele übrig. Ziehen Sie das Kostüm an, Maddy, trinken Sie ein Glas Champagner, und ich schieße die Fotos, um die *Crimson* gebeten hat.«

Diesmal machte es Spaß. Kein Mädchen konnte sich eine romantischere Szenerie wünschen. Und Maddy schöpfte ihr Naturtalent bis zur Neige aus. Die Augen groß und lockend, sank sie in die Kissen, wand sich lachend umher und presste ihre Ellbogen seitlich an den Körper, um die Vertiefung zwischen ihren Brüsten zu betonen. Entschlossen übernahm *sie* das Kommando, *sie* stellte die Bedingungen. Und daran ließ sie keinen Zweifel.

»Jetzt verstehe ich die Bedeutung von Schlafzimmeraugen!«, bemerkte Patrick, als er den Fotoapparat beiseite legte. »In der Tat, Miss Madeleine Adams, Sie sind was ganz Besonderes.«

Errötend senkte sie die Lider. Ohne die Barriere der Kamera, die sie vor Patrick schützte, verlor sie die Nerven.

Er setzte sich zu ihr aufs Bett. Unter den biegsamen, von Satin verhüllten Korsettstützen pochte ihr Herz wie rasend. Wortlos beugte er sich vor und küsste sie. Heiße, elektrisierende Wellen durchfluteten ihre Adern.

Für einen kurzen Augenblick vergaß sie sich und erwiderte den Kuss, dann rückte sie ein wenig von Patrick ab. »Ich wette, das machst du mit allen Models«, murmelte sie, um einen sanften koketten Ton bemüht.

»O nein, Maddy«, versicherte er ernsthaft, »ganz sicher nicht.«

Und dann küssten sie sich wieder.

18

Maddy konnte nicht fassen, was sie getan hatte.

In Patricks Auto, auf der ganzen Fahrt zum Flash-Büro, starrte sie den vorbeiströmenden Straßenverkehr an.

Erleichtert atmete sie auf, als Patrick erklärte, er müsse unterwegs irgendwo was abliefern.

»Okay, hier steige ich in die U-Bahn«, entschied sie, ohne ihn anzuschauen.

»Bitte, Maddy.« Bevor sie aus dem Saab springen konnte, packte er ihr Handgelenk und drehte sie zu sich herum. »Was vorhin geschehen ist, tut mir sehr Leid. Ich weiß, du wirst bald heiraten. Das hätte ich nicht tun sollen.«

Ich auch nicht, platzte sie beinahe heraus. *Vor allem hätte ich's nicht genießen dürfen…*

»Vergessen wir's«, fügte er hinzu. »Es war nicht wichtig. Nur ein verrückter Moment.«

Mit aller Kraft warf sie den Wagenschlag zu. Ihn verkünden zu hören, es sei nicht wichtig gewesen – das fand sie aus unerfindlichen Gründen wichtiger als alles auf der Welt. Nun blieb ihr nur noch eins übrig, sie musste sich möglichst weit von ihm entfernen. In der U-Bahnstation rief sie Chris an.

»Hi, Baby…« Nachdem sie darauf bestanden hatte, an diesem Abend mit ihm essen zu gehen, klang seine Stimme leicht verwirrt. »Ist das nicht der Tag, an dem du dich immer mit Jude triffst – unter dem Motto ›Alle Männer sind Bastarde‹?«

»Heute will ich *dich* sehen.«

Nun entstand eine Pause – so kurz, dass es ihr gar nicht auffiel. »Also gut. Welches Restaurant?«

»Wie wär's mit dem Pub draußen am Fluss? Da gibt's auch Zimmer, und wir könnten übernachten.«

Chris lachte leise. »Morgen ist Mittwoch, und ich muss um neun Uhr ein neues Cabrio zu einem Kunden nach Essex bringen.«

»Wir werden ganz früh aufstehen, und ich sorge dafür, dass du dich nicht verspätest.«

»Okay.« Sie hörte die Überraschung aus seiner Antwort heraus. Oder war es eher ein Schock? »Komm doch um sechs zu mir.«

In bester Laune brachen sie auf, lachten fröhlich und hörten die Autofahrersendung im Capital Radio. Chris versuchte die Rundfunkstation anzurufen, und zu Maddys maßloser Freude kam er durch.

»Wo bist du, Chris?«, fragte der DJ.

»Ich fahre gerade mit meiner Verlobten aus London raus.«

»Nach Hause?«

»Nein, aufs Land. Da wollen wir eine romantische Nacht verbringen.«

»Wow, was für ein Glückspilz du bist! Wir alle werden an dich denken.«

»*Chriiiis!*«, gluckste Maddy. »Das hättest du ihm nicht erzählen müssen.«

Das Pub lag an der Themse, irgendwo in der Nähe von Windsor. Wegen der Rush-Hour dauerte es ziemlich lange, bis sie ihr Ziel erreichten.

Aber die Fahrt würde sich lohnen. Davon war Maddy fest überzeugt – vor allem, als das Haus aus dem Dunkel auftauchte, genauso wie in ihrer Erinnerung, diesmal mit märchenhaften Lichterketten geschmückt.

Ein kleiner Pier ragte ins Wasser, und sie bestand darauf, den Aperitif trotz der Kälte draußen zu trinken.

Stöhnend schüttelte Chris den Kopf. »Du bist total verrückt.«

»Nicht so verrückt wie du«, hänselte sie ihn. »Wer hat

denn ganz London von unserer romantischen Nacht erzählt?«

Sie aßen im Speiseraum. Dann holten sie leicht verlegen ihren Zimmerschlüssel. Doch der Wirt staunte kein bisschen über das mangelnde Gepäck. Maddy vermutete, dass sich des Öfteren Paare ganz plötzlich von der Aussicht auf idyllische Stunden und einige Flaschen Hauswein verleiten ließen.

Nachdem sie das Zimmer betreten hatten, dachte sie an das Korsett, das immer noch in ihrer Tasche steckte. Sicher wäre das eine nette Überraschung für Chris.

Zärtlich hauchte sie einen Kuss auf seine Lippen und verschwand im Bad. Das sensationelle Korsett betonte ihre Taille, die im Gegensatz zu den übrigen Rundungen verblüffend schmal war, und lenkte die Aufmerksamkeit auf die üppigen Brüste. Bei diesem Anblick fiel ihr ein altes Lied des Komikers Benny Hill ein, das von zwei überkochenden Klößen handelte. Genau richtig.

Lächelnd eilte sie ins Schlafzimmer zurück.

Chris lag nicht wie erwartet im Bett. Stattdessen stand er am Fenster und wandte ihr den Rücken zu.

»Hallo, großer Junge!«, begrüßte sie ihn, einen verlockenden, viel versprechenden Unterton in der Stimme.

Chris drehte sich um, und sie hoffte glutvolle, unkontrollierbare Lust in seinen Augen zu lesen. Zu ihrer Bestürzung brach er in lautes Gelächter aus.

Wortlos rannte sie ins Bad zurück und riss sich das verdammte Ding vom Leib. So krampfhaft sie auch versuchte, ihrem Verlobten zu grollen – sie war nur wütend auf sich selber.

Wofür hielt sie sich eigentlich? Für eine lasterhafte, exotische Verführerin? Und doch... An diesem Tag, in Patricks Armen, hatte sie sich für einen kurzen Moment genauso gefühlt.

Als sie in ihrem alten T-Shirt das Schlafzimmer betrat, lag Chris im Bett und hob einladend die Decke hoch.

Ausnahmsweise wollte er an ihren Brüsten nuckeln. Aber sie wehrte ihn ab. Würden die Männer jemals begreifen, dass Sex die falsche Methode war, um sich zu entschuldigen? Erst musste man um Verzeihung bitten, und *danach* war Sex okay.

Nun, vielleicht würden sie am Morgen alles wieder gutmachen.

Unglücklicherweise erwachten sie zu spät für leidenschaftliche Genüsse. In aller Eile mussten sie sich anziehen. Um die Enttäuschung zu mildern, erklärte Chris, er würde Maddy zum Büro fahren. Immerhin war das ein großer Umweg für ihn, und deshalb erkannte sie, dass er die verkorkste Nacht ernsthaft bedauerte. Trotzdem war sie deprimiert. Würde die Ehe so ähnlich verlaufen? Würde er, während sie von großen emotionalen Momenten träumte, bestenfalls Zerknirschung zeigen?

Welch ein bitterer Frust nach dem Höhenflug nur wenige Stunden davor... Komm bloß runter von deiner Wolke sieben, ermahnte sich Maddy. Du warst einfach nur scharf auf Patrick – sonst nichts. Dazu die elegante Ritz-Suite, die Reizwäsche, sein Interesse...

Nachdem Chris sie bei der Agentur abgesetzt hatte, kaufte sie einen Becher heiße Schokolade im Starbucks und beschloss, realistisch zu denken. Chris ist eben einfach nicht der Typ, der in deiner privaten Badedas-Werbung mitspielt, sagte sie sich. Wenn du von einem Mann träumst, der dich aufs Bett wirft und an deinen Korsettstangen zerrt, musst du Romane von Barbara Cartland kaufen. Im wirklichen Leben geht's anders zu...

Im Büro traf sie nur Natasha an, die gerade mit einem träumerischen Lächeln ein paar Kontaktabzüge studierte. Die legte sie hastig in die Schachtel zurück, als Maddy hereinkam.

»Ich nehme an, das Shooting gestern war erfolgreich«, murmelte Natasha, fast ein wenig schuldbewusst.

»Ja, ich denke schon.« Maddy vergaß, dass sie ihr erklärt hatte, auf Patricks Wunsch sei sie wie eine Nutte zurechtgemacht worden.

»Sehr gut. Hoffen wir, dass die Bilder der *Crimson*-Redaktion gefallen...«

Warum wirkte Natasha so verlegen? Was hatte sie sich vorhin angeschaut?

»Jetzt gehe ich über die Straße und trinke einen Espresso«, kündigte sie an. »Kann ich Ihnen was mitbringen?«

»Nein, danke.« Von diesem ungewohnten freundlichen Angebot ließ sich Maddy nicht täuschen.

Sobald sie allein war, rannte sie zu Natashas Schreibtisch hinüber, öffnete die Schachtel und starrte die Kontaktabzüge an. Sie selbst – im schwarzledernen Domina-Oufit. Kein Wunder, dass Natasha gegrinst hatte... Offenbar glaubte sie, Patrick würde diese Fotos an die *Crimson*-Redaktion schicken.

Nun füllte sich das Büro. David kultivierte wieder einmal einen Kater. Dann erschien Lennie in einem Micro-Mini und Sneakers, derzeit auf einem Zu-Fuß-zur-Arbeit-Trip, gefolgt von Jade mit einem großen Strauß Zimmercallas für die Rezeption. Und schließlich kam Eva herein, die nach ihrem Markenzeichen duftete, dem *Estée-Lauder*-Parfum *Prescriptives*.

Alle wollten wissen, wie das Shooting am Vortag gelaufen war. Letzten Endes klopfte Eva mit einem Löffel auf ihre Kaffeetasse. »Okay, Leute, zurück zur Normalität, wenn ich bitten darf.«

Eifriger denn je stürzte sich Maddy in die Arbeit, um den Kollegen – besonders der Chefin – zu beweisen, wegen ein paar Foto-Sessions wäre sie nicht auf den Diva-Olymp geklettert. So leicht ließe sie sich nicht korrumpieren.

Natasha schien auf eine Explosion in der *Crimson*-Redaktion zu warten. Das merkte ihr Maddy deutlich an.

Gegen Mittag tauchte Patrick auf. Bevor er in Evas Büro verschwand, rief er »Hi!« und lächelte allen Anwesenden zu, ohne Maddy seine besondere Aufmerksamkeit zu schenken. Sollte sie sich darüber ärgern oder erleichtert aufatmen? Wenn sie das bloß wüsste...

Energisch konzentrierte sie sich darauf, besonders beschäftigt zu wirken. Nachdem Patrick eine halbe Stunde mit der Chefin geschwatzt hatte, verließ er ihr Büro. Im selben Moment schrie Jade: »Eva, ein Anruf vom *Crimson*-Magazin!«

Um Natashas Lippen spielte ein Lächeln, das erwartungsvolle Freude bekundete.

»Hallo«, meldete sich Eva. »Wie gefallen Ihnen die Bilder? Oh, Sie sind hellauf begeistert?«

Beinahe war es komisch, mit anzusehen, wie sich Natashas Miene änderte.

»Genau das, was Sie wollten? Hast du's gehört, Patrick? Du bist ein Genie!«

»Natürlich«, bestätigte er.

Maddy fühlte sich allmählich wie Eliza in »My Fair Lady«, die ihr Bestes getan hatte und immer noch ignoriert wurde. Doch da schenkte Patrick ihr ein hinreißendes Lächeln. »Maddy ist nun mal eine Naturbegabung.«

»Eigentlich dachte ich, die *Crimson*-Redaktion würde die Fotos zu vulgär finden«, platzte Natasha heraus. »Dieses schwarze Leder – und die Peitsche...«

Als Patrick einen Blick mit Maddy wechselte, mussten beide ihren Lachreiz bekämpfen.

»Was zum Teufel meinst du, Natasha?«, fragte Eva. »Hast du den Verstand verloren? Die Bilder sind wunderschön und sehr geschmackvoll. Schau sie dir doch an!«

Sofort versammelten sich alle um den Schreibtisch im Chefbüro und studierten die Kontaktabzüge.

»O Gott, Maddy!«, rief David ehrfürchtig. »Sie sehen einfach sensationell aus. Unschuldig und wissend zugleich. Woran haben Sie gedacht? An Brad Pitt, der Ihre Zehen ableckt?«

»Nein – ob ich noch Zeit haben würde, eine Monatsfahrkarte zu kaufen.«

Patrick schrie vor Lachen. »Da seht ihr's! Niemand kann Maddy vorwerfen, der hohle Glamour in der Model-Branche würde ihr den Kopf verdrehen.«

»Übrigens«, versuchte Natasha wenigstens einen Teil ihrer Würde zu retten, »was ist mit dem Korsett passiert, das Sie sich geliehen haben, Madeleine? Das kostet fünfhundert Pfund. Und es war eindeutig eine Leihgabe.«

Maddy überlegte angestrengt, wie sie das elende Ding unbemerkt aus ihrer Tasche holen konnte. Doch sie war nicht schnell genug.

»Da ist es!« Lennie zog das belastende Beweisstück hervor und hielt es an ihren Körper. »Also hat's die unartige Maddy nach Hause geschmuggelt, um mit ihrem Verlobten erotische Spiele zu treiben.«

»Jedes Mädchen hat das Recht, praktische Erfahrungen zu sammeln«, bemerkte David. »Bald läuten die Hochzeitsglocken, nicht wahr?«

»In vier Monaten.« Maddy wünschte, ein gigantischer Krater würde sie verschlucken. Als sie Patricks Blick spürte, empfand sie das dringende Bedürfnis, ihm zu erklären, Chris habe sie ausgelacht. Deshalb sei nichts passiert. Aber warum sollte sich Patrick dafür interessieren?

Sie schaute ihn an. Aber er zuckte mit keiner Wimper.

»Da fällt mir ein, Patrick – ich wollte Sie was fragen.«

Ruckartig drehte sich Evas Kopf in seine Richtung.

Für ein paar Sekunden nahm sein Gesicht etwas sanftere Züge an. »Was denn?«

Maddy zögerte. Würden sie jetzt alle einen falschen Eindruck gewinnen?« »Nun ja – ich habe mir überlegt...«, stotterte sie. »Glauben Sie – Ihre Tochter würde eine meiner Brautjungfern spielen?«

Überrascht hob er die Brauen. »Das würde ihr sicher Spaß machen. Aber fragen Sie Scarlett doch selber. Heute Nachmittag kommt sie hierher. Und falls Natasha keine weitere Kritik an meiner Arbeit üben möchte, gehe ich jetzt meinen wundervollen Erfolg feiern.«

»Und alle anderen machen sich wieder an die Arbeit«, entschied Eva und schaute Patricks stocksteifem Rücken nach. Und sie beobachtete auch, wie Maddy ihn zu ignorieren vorgab und gleichzeitig einen verstohlenen Blick auf ihn warf.

So war das also. Ihre Ahnung hatte sie nicht getrogen.

Nicht nur Eva spürte die knisternde Spannung zwischen den beiden.

Etwas später ging Maddy in die winzige Küche, um ein Glas Wasser zu holen, und Natasha folgte ihr.

»Seien Sie versichert – von *Ihrer* Welt ist er meilenweit entfernt«, begann Natasha im Konversationston. »So viele Supermodels liegen ihm zu Füßen. Vielleicht hält er Sie im Augenblick für etwas Besonderes, mit Ihrer rührenden Naivität und Ihren lächerlichen Titten. Aber das wird nicht lange dauern. Es ist so ähnlich, als würde man Kaffee aus einem Plastikbecher trinken, wenn man an kostbares Porzellan gewöhnt ist.«

»Warum sind Sie eigentlich so ekelhaft?«, fragte Maddy und versuchte zu verbergen, wie gekränkt sie sich fühlte.

»Weil das meine Spezialität ist.« Natasha lächelte honigsüß. »Und um ehrlich zu sein – ich genieße es. Immer nur das Beste in den Menschen sehen – das langweilt mich zu Tode. Es amüsiert mich viel mehr, ihre schlimmsten Seiten zu entdecken.«

»Und was ist das Schlimmste, das Sie in Patrick Jamieson sehen?«

»Nicht die Sauferei. Darauf könnte er verzichten, wenn

er's wollte. Nein, ich habe was anderes erkannt – etwas viel Gefährlicheres. Patrick ist ein hoffnungsloser Romantiker. Im Augenblick glaubt er, Sie zu lieben, und hält sich für einen edlen, aufopferungsvollen Ritter. Das meint er auch ehrlich, eine Zeit lang schwelgt er in solchen Gefühlen. Aber sobald Sie in seinem Bett landen, ist's nach fünf Minuten vorbei. Das habe ich oft genug mit angesehen. Deshalb würde ich Ihnen empfehlen, seinem Charme zu widerstehen.«

»Wahrscheinlich wissen Sie's nicht, Natasha, aber nicht alle Menschen agieren aus taktischen Gründen. Nicht einmal im Traum würde ich mit Patrick schlafen, weil er keine Gefühle in mir weckt – und weil ich mit einem Mann verlobt bin, den ich liebe.«

»Dann ist's ja gut.« Sorgsam applizierte Natasha eine weitere Lippenstiftschicht auf ihrem ohnehin schon perfekt bemalten Mund. Als sie sich zu Maddy wandte, funkelte reine Bosheit in den schräg gestellten grauen Augen. »Also macht's Ihnen nichts aus, dass Layla ihn dazu überredet hat, wieder bei ihr einzuziehen? Die beiden wollen ihrer Beziehung eine zweite Chance geben.«

19

Mit einiger Mühe verhehlte Maddy ihr Entsetzen. Nicht, dass es mich persönlich stört, redete sie sich ein. Aber Layla hatte stets so zornig und verbittert gewirkt. War das eine geeignete Basis für eine Versöhnung?

»Wieso wissen Sie das?«, fragte sie gegen ihren Willen.

»Seit der Scheidung träumt Scarlett davon«, wich Natasha einer direkten Antwort aus. »Natürlich wünscht sich ein Kind beide Eltern – und *braucht* sie auch. Das hat Patrick endlich eingesehen.«

In Maddys Kopf begann sich alles zu drehen. Ja, das klang plausibel. Und es konnte nur eins bedeuten – Patrick hatte bei jenen glutvollen Küssen gewusst, er würde wieder mit Layla zusammenleben.

»Jetzt merken Sie sicher, wie abscheulich sich Patrick benimmt, wenn er seine alten Tricks an Ihnen ausprobiert«, fuhr Natasha fort. »Selbstverständlich werde ich Layla nichts davon erzählen. Falls sie sich wieder mit Patrick zerstreitet, würde es der armen kleinen Scarlett das Herz brechen. Allein schon beim Gedanken, ihr Daddy würde zurückkehren, platzt sie vor lauter Glück.«

Am liebsten hätte Maddy die selbstgefällige falsche Schlange geohrfeigt. Statt sich um das Wohl des Mädchens zu kümmern, hatte Natasha die »arme kleine Scarlett« stets wie eine ansteckende Krankheit behandelt.

»Sind Sie auch wirklich sicher, dass Sie richtig informiert sind?« Davon war Maddy noch immer nicht überzeugt.

»Fragen Sie Scarlett doch selber. Patrick hat gesagt, später würde sie herkommen.«

Aber Maddy brauchte keine Fragen zu stellen. Die Antwort stand Scarlett ins freudestrahlende Gesicht geschrieben, als sie ins Büro tänzelte und alle Anwesenden umarmte. Von Colette, Eva und Lennie wurden die Umarmungen erwidert, während David und Jade befangen zurückscheuten. Natasha pflanzte Küsse auf beide Wangen des Mädchens.

»Hat irgendjemand Dad gesehen?«, rief Scarlett fröhlich.

»Er hat verkündet, er will was feiern.« Viel sagend hob David die Brauen. Was es bedeutete, wenn Patrick was feierte, wussten sie alle.

»Okay.« Scarletts Heiterkeit ließ ein wenig nach. »Wo das stattfindet, muss mir niemand erzählen.«

Heller Zorn stieg in Maddy auf. Seiner Tochter zuliebe wollte er's noch einmal mit Layla versuchen. Doch das hinderte ihn nicht daran, sich zu betrinken und Scarlett zu nerven. »Ich gehe zu ihm und...«

»Nein, danke, Maddy«, fiel das Mädchen ihr ins Wort. »Ich bin alt genug, um ihn selber zu holen. Inzwischen kenne ich ihn.«

»Ja, gewiss, Liebes.« Offenbar hegte Eva die gleichen Bedenken wie Maddy. »Aber Madeleine könnte mir unterwegs eine Packung Silk-Cut-Zigaretten besorgen. Außerdem brauche ich deinen Beistand. Willst du mir helfen, Fotos für die neue Präsentationsmappe deines Dads auszusuchen?«

Erfreut folgte Scarlett ihr ins Chefbüro, während Maddy ihren Mantel anzog und Natashas *Ich-hab's-ja-gesagt*-Miene geflissentlich ignorierte.

Wie erwartet saß Patrick im Slug and Sausage an seinem Stammtisch. Eine Bloody Mary neben seinem Ellbogen, pokerte er mit Terence.

»Ja?«, fragte er, als wäre Maddy eine unwillkommene Störung.

»Deine Tochter ist da.«

»Warum kommt sie nicht zu mir?«

»Weil David ihr erklärt hat, du würdest hier ›feiern‹.«

»Und du hast befürchtet, ich wäre sternhagelvoll? Nicht einmal ich schaffe das in so kurzer Zeit.«

»Erst zwei Drinks«, bezeugte Terence.

»Doppelte, nehme ich an«, seufzte Maddy.

»Hängt deine Missbilligung mit vorstädtischen Moralbegriffen zusammen?« Angelegentlich studierte Patrick seine Hände. Dann lachte er spöttisch. »Willst du dich für eine beratende Tätigkeit bei den Anonymen Alkoholikern bewerben? Tut mir Leid, aber ich hasse diese Art von öffentlicher Seelenentblößung.«

»Ich auch. Begleitest du mich, oder soll ich Scarlett hierher schicken?«

»Habe ich den Fitnesstest bestanden? Darf ich meiner Tochter vor die Augen treten?«

Jetzt hatte Maddy die Nase voll. »Ich glaube, du wirst nicht umfallen, wenn du aufstehst. Aber das liegt wohl an deiner langjährigen Übung.«

Diesmal klang sein Gelächter eher verlegen als aggressiv. »Schon gut, ich komme.« Er erhob sich aus seinem Lehnstuhl und wirkte kein bisschen unsicher auf den Beinen. Ob das ein gutes Zeichen war oder ein schlechtes wusste Maddy nicht.

Sobald sie die relative Privatsphäre der Straße erreicht hatten, vermochte sie ihre Wut nicht länger zu bezähmen. »Wie konntest du es wagen! Mich zu küssen, obwohl du bereits wusstest, du würdest zu Layla zurückkehren!«

Abrupt blieb er stehen. »Hat Scarlett das erzählt?«

»Nein – Natasha. Deine Tochter musste ich gar nicht danach fragen. Sie strahlte vor Glück.«

Langsam ging er weiter. »Nachdem ich im Krankenhaus mitgekriegt hatte, was deine Mutter deiner bedauernswerten Schwester antut, ertrug ich's nicht mehr, Layla allein für Scarlett sorgen zu lassen. Sicher hast du gemerkt, wie verletzlich das Kind ist.«

Darauf gab Maddy keine Antwort.

Mit einem herausfordernden Grinsen fügte er hinzu: »Außerdem hast du meine Küsse erwidert.«

»Weil ich dachte, du wärst ungebunden.«

»Und du bist's *nicht*, oder?« Seine Stimme nahm einen harten Klang an. »Klar, das ist eine beschissene Entschuldigung... Jedenfalls konnte ich nicht anders. Du hattest dieses lachhafte Korsett an – und keine Ahnung, wie zauberhaft du warst, ein Vulkan voller Leidenschaft, der seinen Ausbruch herbeisehnt. Hoffentlich merkt das dein Verlobter...« Plötzlich blieb er wieder stehen. »Du hast das Korsett mit nach Hause genommen und für ihn angezogen, nicht wahr? Kurz nach unseren Küssen. Findest du das besonders tugendhaft?«

»Nein, aber Chris...«, begann sie und verstummte.

»Bitte, erspar mir die Einzelheiten«, fauchte Patrick.

Sie versuchte weiterzugehen, und er versperrte ihr den Weg. Sekundenlang glaubte sie, er würde sie wieder küssen. Das war zu viel. Wieso zum Teufel benahm er sich so unmöglich, wo doch klar war, dass wieder zu Layla ziehen würde?

Ohne zu überlegen, trat sie einen Schritt vor, grub ihren Bleistiftabsatz in die Spitze eines seiner teuren Kalbslederschuhe und entlockte ihm einen gellenden Schmerzensschrei.

Dann eilte sie davon und warf keinen einzigen Blick zurück.

Patrick hinkte hinter ihr her.

»Bist du okay?«, erkundigte sie sich notgedrungen, bevor sie den Flash-Eingang erreichten.

»So gut habe ich mich noch nie gefühlt«, behauptete er und versuchte, sein Gewicht auf den unverletzten Fuß zu verlagern.

Im Büro wurden sie von einer überglücklichen Scarlett erwartet. »Hi, Maddy!«, jubelte sie und hüpfte wie ein überdimensionales Hündchen umher. »Gerade hat Eva mir erzählt, du willst mich als Brautjungfer haben!«

Etwas unbehaglich hielt sich Eva im Hintergrund. »Verzeih mir, Maddy, ich dachte, du hättest ihr's schon gesagt.«

Inzwischen stand Maddy auch mit der Chefin auf vertrauterem Fuß. »Bist du dazu bereit, Scarlett?«, fragte sie lächelnd.

»Oh, das ist echt cool! Ich war noch nie eine Brautjungfer. Nicht mal meine Kusine hat mich drum gebeten. Wahrscheinlich, weil ich die süßen kleinen Blumenmädchen wie ein Schwerlaster niedergewalzt hätte... Du kommst doch auch zu Maddys Hochzeit, Dad? So was darfst du nicht versäumen.«

»Nun, ich...«, begann Patrick unsicher.

Fasziniert beobachtete Eva sein Mienenspiel. Dass er seine nonchalante Gelassenheit verlor, erlebte sie zum ersten Mal.

»Ich bin nicht eingeladen«, murmelte er.

»Keine Bange!«, betonte Maddy etwas zu herzlich. »Je mehr Gäste, desto lustiger geht's bei griechischen Hochzeiten zu. Sie alle sind hochwillkommen.«

»O Dad!«, kreischte Scarlett und fiel ihm um den Hals. In ihren Augen glänzte helle Freude. »Das ist so fabelhaft. Ihr seid wieder zusammen, du und Mum. Und ich bin eine Brautjungfer! Fast zu schön, um wahr zu sein!«

An diesem Abend stand Maddy wieder einmal hoffnungslos eingezwängt in der überfüllten U-Bahn. Aber ihre Gedanken waren frei und drehten sich unablässig um die Erkenntnisse dieses Tages. Patrick hatte sie geküsst, in der Gewissheit, dass er zu seiner schrecklich egoistischen, karrieregeilen Exfrau zurückkehren würde, die ihre Tochter durch lächerliche Reifen springen ließ, um ihre eigene Eitelkeit zu befriedigen. Scarletts wundervolle Charaktereigenschaften bemerkte ihre Mutter gar nicht.

Und deshalb wollte ihr Vater das Familienleben wieder aufnehmen – um das Mädchen vor Laylas schlimmsten Exzessen zu schützen. Maddy fühlte sich hin und her gerissen zwischen Zorn und widerwilligem Respekt, weil er sich Scarletts wegen zu diesem Schritt durchrang. War diese Opferbereitschaft nicht Liebe?

Daheim hatte Penny den Tisch für zwei Personen gedeckt und zu Maddys Überraschung mit einer Christrose aus dem Garten geschmückt. Neben den Bestecken lagen weiße Papierservietten.

»Wow, Mum, wie hübsch! Was gibt's denn zu essen?« Insgeheim hoffte Maddy auf ein Fertiggericht. Ihre Mutter war keine gute Köchin. Für ihre Haushaltsführung würde sie ein Diplom verdienen. Aber sogar tiefgefrorene Fischstäbchen stellten sie vor ernsthafte Probleme.

»Heute habe ich ein besonderes Rezept ausprobiert, Käsemakkaroni mit ein paar Zutaten, die ich im Kühlschrank fand.«

Maddy versuchte ihr Lächeln beizubehalten. Da sie den Inhalt des Kühlschrank kannte, konnte das alles Mögliche bedeuten, von grünlich schimmerndem Schinken bis zu faulenden Oliven, die ihr Verfallsdatum längst überschritten hatten.

Nach einigen Minuten setzten sie sich und begannen zu essen. Es war grauenhaft, und Maddy wollte sich nicht vorstellen, was den abscheulichen Geschmack verursachte. Sonst wäre ihr vielleicht übel geworden.

»Oh, verdammt, das ist ja grässlich!«, klagte Penny, spuckte den Bissen aus, und beide mussten lachen. »Machen wir eine Dose Nudelsauce auf und streichen wir sie auf Toastscheiben, das hast du immer gemocht.«

Seltsam – seit sie zu zweit waren, schienen sie einander näher zu kommen.

»Mum, du kennst doch die Samstagsbeilage, für die ich posiert habe? *Glorious Gardens*?«

»Ja. Wenn du mich fragst – da steckt eine sonderbare Idee dahinter... Dein Vater sagte immer, die Leute, die so was lesen, würden weder Blumen noch Gemüse züchten.«

»Mag sein... Jedenfalls hat ein anderer Chefredakteur das Titelbild gesehen und mich engagiert. Dafür kriege ich dreitausend Pfund.«

»Großer Gott! Warum?«

Verlegen zuckte Maddy die Achseln. »Mein Aussehen gefiel ihm. Offenbar unterscheide ich mich von den gängigen Models, und er will ungewöhnliche Fotos haben.«

»Oh, du bist sicher *hübsch*. Komisch, ich dachte immer, Belinda wäre die Schönheit in unserer Familie... Verzeih, das war gemein von mir. Neuerdings scheinst du aufzublühen wie eine Aprikosenblüte...« Penny unterbrach sich, als würde sie über die unerwartete Poesie ihrer eigenen Worte staunen. »Warum möchte sie mich verlassen, Madeleine?«

»Weil sie dich zu sehr liebt. Und sie muss dich weniger lieben. So viele Jahre hat sie damit verbracht, dich glücklich zu machen, damit du stolz auf sie bist.«

»Natürlich bin ich stolz auf sie. Und auf dich auch. Hast du eine Ausgabe von dieser Gartenbeilage?«

Widerstrebend holte Maddy das Heft aus ihrem Zimmer, und ihre Mutter studierte es eine Zeit lang, dann gab sie es zurück.

»Darauf siehst du nicht hübsch aus.«

Maddy senkte schweren Herzens den Kopf. Okay. Was hatte sie denn erwartet.

»Du siehst *wunderschön* aus.«

Um ihre Tränen zu verbergen, wandte sich Maddy hastig ab. Endlich nahm ihre Mutter Notiz von ihr. Sie ergriff die Papierserviette und wischte ihre Lider ab. »Und was am allerbesten ist – dank der *Crimson*-Redaktion kann Bel zu der Psychiaterin gehen, so oft sie will.«

Spontan beugte sich Penny über den Tisch hinweg und umfasste Maddys Hand. »Diese Psychiaterin... Wird sie Belinda gegen mich einnehmen?«

»Nein, sie wird sich bemühen, ihr zu helfen.« Maddy drückte die zarten Finger ihrer Mutter. »Mehr dürfen wir nicht erwarten.«

Am nächsten Samstag hatte Belinda einen Termin bei der Ärztin, die darauf bestand, dass sie von ihrer Familie begleitet wurde. Ihre Praxis lag in einer modernen Klinik in Euston.

Während Maddy mit ihrer Mutter hinfuhr, litt sie unter der gedrückten Stimmung.

Wortlos starrte Penny durch die Windschutzscheibe. Sie trug ihr bestes Kostüm, als würde sie eine Preisverleihung in der Schule besuchen. Rings um ihren Mund hatte sich der rosa Lippenstift in feinen Fältchen abgesetzt, und Maddy erkannte plötzlich, wie stark ihre Mutter in der letzten Zeit gealtert war.

»Mum, ich liebe dich«, versicherte sie, nachdem sie den Wagen geparkt hatte, und Penny schenkte ihr ein wehmütiges Lächeln.

Sie meldeten sich am Empfang des Krankenhauses und wurden gebeten, im Wartezimmer Platz zu nehmen, bis Belinda und Gavin eintreffen würden.

Beklommen senkte Maddy den Blick, um die Patienten nicht anzustarren. Einige waren offensichtlich schwer gestört. Eine Frau neigte sich ständig von einer Seite zur anderen, und ein Mann zupfte imaginäre Flusen von seinem Jackett.

»So wie diese Leute ist Belinda nicht«, wisperte Penny grimmig.

»Sicher nicht.« Und dann atmete Maddy erleichtert auf, weil ihr Vater und Belinda endlich eintrafen. »Hi, Bel, wie war die Fahrt?«, fragte sie in fröhlichem Ton und versuchte, ihrer Schwester die Sicht auf die Patientin zu versperren, die sich unablässig hin und her wiegte.

»Hallo, Penny«, grüßte Gavin unbehaglich. »Sind wir schon aufgerufen worden?«

»Noch nicht.« Voller Sorge musterte Maddy die eisige Miene ihrer Mutter.

In diesem Moment erschien eine große Frau, die etwas zerstreut wirkte und Maddy an einen gutmütigen Labrador erinnerte. »Hallo, ich bin Dr. Raynes. Die Familie Adams, bitte. Wenn Sie mitkommen würden...«

Sie betraten ein Sprechzimmer und setzten sich in fünf

Lehnstühle. Dazwischen standen zwei kleine Tische mit je einer Packung Papiertaschentücher, und Maddy fragte sich, ob sie im Honorar inbegriffen waren.

»Also«, begann Dr. Raynes, »ich weiß, wie schwierig das für Sie ist, Belinda. Aber würden Sie uns erzählen, wie alles anfing und was Sie damals empfanden?«

Einige Sekunden lang ließ Belinda den Kopf hängen, und ihr Gesicht verschwand hinter einem Vorhang aus blonden Haaren.

Um dieses Haar hatte Maddy sie in der Kindheit glühend beneidet und einmal sogar versucht, es mit einer großen Schere abzuschneiden. O Gott, dachte sie, gehört auch das zu den Ursachen für Bels Probleme?

»Es fing schon vor vielen Jahren an«, erklärte Belinda, und Maddy sah ihre Mutter zusammenzucken.

Offensichtlich hatte Penny angenommen, ihre Tochter würde erwidern, die Schwierigkeiten seien jüngeren Datums, vom Verlust ihres Jobs ausgelöst.

»In der Ballettschule erzählte uns die Lehrerin immer wieder von berühmten Ballerinen«, fuhr Belinda fort, »und betonte ständig, wie gertenschlank sie seien. ›Kein Gramm überflüssiges Fleisch‹, so lautete ihr Lieblingsspruch. Zunächst wurde mir dauernd schwindlig, als ich kaum noch etwas aß, und dann fühlte ich mich immer stärker.«

»Aber Sie haben diese Phase überwunden«, warf die Ärztin behutsam ein.

»Ja. Sonst wäre ich wahrscheinlich gestorben.« Belinda blickte lächelnd in die Runde.

»Und wann fing's wieder an?«

Aufmerksam hörte Penny zu.

»Als ich achtzehn war.« Jetzt starrte Belinda eindringlich in die Augen der Psychiaterin – vielleicht, weil sie kein Mitglied ihrer Familie anschauen wollte. »Damals begann ich, meine Mutter zu hassen.«

Bestürzt schnappte Penny nach Luft.

»Tag für Tag dieses Getue! ›Bring dein Zimmer in Ordnung. Räum das weg. Hast du deine Hausaufgaben gemacht? Hast du heute schon fürs Ballett trainiert? Bei dieser Prüfung hast du keine besonders gute Note bekommen, nicht wahr, Belinda?‹« Mit schmerzlicher Präzision ahmte Belinda den nörglerischen Tonfall ihrer Mutter nach. »Immer war sie da, unbarmherzig saß sie mir im Nacken...« Nach einer kurzen Pause fügte sie hinzu: »Und sie hasste es, dass ich hübsch war und langes blondes Haar hatte – dass ich den Männern allmählich auffiel. Ich sollte immer ein Kind bleiben. Für so ekelhafte Dinge wie Sex durfte ich mich nicht interessieren.«

Bedrückt musterte Maddy das aschfahle, unbewegte Gesicht ihrer Mutter.

»So dringend hätte ich die Hilfe meines Vaters gebraucht«, gestand Belinda. »Aber er war nie da.«

Aus Gavins Kehle rang sich ein leises Schluchzen. »O Bel, Liebes, wie sehr ich das alles bedauere...«

Doch sie hörte ihm kaum zu. »Hätte *sie* ihn nicht mit ihrer ewigen Nörgelei aus dem Haus getrieben, wäre er für mich da gewesen.«

»Nun sollten wir uns einen wichtigen Punkt vor Augen führen«, wandte Dr. Raynes mit ruhiger Stimme ein. »Mögen diese Emotionen auch extrem wirken – bei heranwachsenden Menschen sind sie völlig normal. Und Belinda hat anscheinend das Gefühl, sie wäre in der Pubertät stecken geblieben.«

Was sonst noch besprochen wurde, wusste Maddy später nicht mehr. Jedenfalls hatte sie den Eindruck gewonnen, eine Komplettbombardierung wäre vergleichsweise harmlos gewesen.

Dr. Raynes begleitete die Familie Adams hinaus. »Glauben Sie mir, die erste Sitzung ist immer am schlimmsten. Um die zu überstehen, braucht man beinahe eine gesonderte Therapie. Aber es hilft den meisten Patienten, sich alles von der Seele zu reden.«

Bevor sie die Klinik verließen, erklärte Belinda, sie müsse die Toilette benutzen. Ihre Eltern wechselten angstvolle Blicke und zauderten.

»Gut«, sagte Gavin schließlich. »Geh nur, Liebes.«

Während sie warteten, erkannte Maddy, dass ihre Mutter in der ganzen Zeit nur dagesessen kein einziges Wort gesagt hatte.

Schließlich ergriff ihr Vater die Initiative und umfasste Pennys Hände. Sie fühlten sich wie Stein an. Und ihr Gesicht war völlig ausdruckslos. »Bitte, Penny... Offenbar haben wir Bel enttäuscht. Aber jetzt bekommen wir eine zweite Chance.«

Pennys Stimme war kaum zu verstehen. »In all den Jahren habe ich nur für sie gelebt. Und sie hasste mich, Gavin.« In diesem übergroßen Leid schien sie den Zorn gegen ihren Ehemann zu vergessen.

Und Gavin – stets von Frauen unterjocht – drehte sie zu sich herum und zwang sie, ihn anzuschauen. »Das musst du aus einem anderen Blickwinkel betrachten. Würde sie sich selber hassen, wäre es noch schlimmer. Aber wenn sie dir oder mir die Schuld gibt, hilft es ihr zu genesen.«

Mutlos ließ Penny die Schultern hängen. »Ich dachte, sie wäre ein glückliches Kind. Und jetzt plagt mich mein verdammtes Gewissen.«

Für Maddy sah die Szene so aus, als würde die Mutter von einer unsichtbaren Strömung davongetrieben und der Vater versuchte, sie festzuhalten.

»Um uns geht es nicht, Liebes«, beschwor er seine Frau. »Wir haben viel versäumt. Nun müssen wir stark sein und alles für Belinda tun, damit sie ein neues Leben beginnen kann.«

Voller Mitleid beobachtete Maddy, wie sich ihre Eltern im stürmischen Meer des Daseins aneinander klammerten. Waren alle Feindseligkeiten verflogen?

Ein paar Minuten später ging Maddy mit Penny zum Auto. Erst jetzt dachte sie an den weiteren Verlauf des Tages. »Hör mal, Mum, heute Abend bin ich bei den Stephanides zum Essen eingeladen. Komm doch mit! Sicher würde sich Olimpia freuen.«

»Ach, ich weiß nicht, ich...«

»Natürlich wirst du mich begleiten«, entschied Maddy und beschloss, sie zu bemuttern, wenigstens für eine kleine Weile. Penny sah viel zu verloren aus, um für sich selber zu sorgen.

»Ah, Mrs. Adams, wie schön, Sie zu sehen!« Olimpia und Granny Ariadne schwirrten um Penny herum, boten ihr marinierten Feta und schwarze Oliven in gekräutertem Öl an. »Diese Boreks müssen Sie unbedingt probieren«, bestimmte Olimpia und reichte ihr eine dreieckige Teigtasche. »Eine berühmte Spezialität meiner Mutter.«

Ariadne strahlte über das ganze Gesicht. Ausnahmsweise hatte sie ihre Schürze abgelegt, am Abend trug sie ein dunkelgraues Kleid, mit winzigen Blümchen gemustert. Verglichen mit den voluminösen schwarzen Gewändern, die sie normalerweise umhüllten, wirke dieses Outfit fast frivol. Schon immer hatte es Maddy amüsiert, dass sich die alte Frau in einer englischen Vorstadt genauso kleidete wie auf einer staubigen, glühend heißen griechischen Insel.

»Bei der Hochzeit wollen wir ein paar Pasteten servieren«, verkündete Olimpia. »Glauben Sie, die Gäste werden sie zu exotisch finden?«

Penny schüttelte den Kopf. »So ähnliche Pasteten hat meine Mutter in Weston-super-Mare gebacken, allerdings mit Käse gefüllt.«

Zu Maddys Erleichterung war das Dinner ein Erfolg. Ihre Mutter sah nicht mehr so verzweifelt aus. Eifrig erörterte sie mit Olimpia und Ariadne die Sitzordnung.

»Tut mir Leid wegen neulich Abend«, flüsterte Chris und schenkte Maddy einen Ouzo ein. »Wenn du das Korsett nächstes Mal anziehst, werde ich mich wie ein brünstiges Rhinozeros auf dich stürzen.«

»Inzwischen ist's wieder im Laden gelandet, bei dem wir's geliehen haben. Dass es fünfhundert Pfund kostet, wusste ich gar nicht.«

»Dann ist's vielleicht gut, dass wir's nicht getrieben haben.«

»Für dich war's wahrscheinlich zu exquisit«, hänselte sie ihn. »Wäre ich in einem grellroten Nylonfummel von Ann Summers aufgetaucht, wärst du nicht mehr zu halten gewesen und hättest dich wahrscheinlich in einen zügellosen Sexgott verwandelt.«

»Pst!« Erschrocken wies Chris auf seine Mutter und seine Großmutter.

»Eigentlich dachte ich, Griechenland wäre die Heimat zügelloser Sexgötter. In ihrer Jugend ist Ariadne sicher ein paar Satyrn über den Weg gelaufen.«

»Nicht, dass sie Granddad irgendwas davon erzählt hätte ...«

»Warum sollte sie auch? Womöglich stammst du von einem Zentaur mit behaarten Schenkeln und einer Panflöte ab.«

»Jetzt bringst du die Gottheiten ein bisschen durcheinander, Mads.«

»Wenn das so ist, solltest du mich belehren«, schlug sie vor und klimperte verführerisch mit den Wimpern.

Belustigt zwinkerte er ihr zu. »Übrigens, Baby, ich habe nachgedacht. Meinst du, es wäre okay, wenn ich Bel besuche?«

Maddy zögerte, überrascht und gerührt. »Oh, das ist wirklich nett von dir. Ganz bestimmt würde sie sich freuen. Soll ich dir Iris' Telefonnummer geben?«

»Die habe ich schon. Und nun wollen wir uns mit einer kniffligen Frage beschäftigen. Wer macht unsere Hochzeitsfotos?«

»Keine Ahnung.« Aus unerfindlichen Gründen spürte sie, wie ihr das Blut in die Wangen stieg. »An wen hast du gedacht?«

Da grinste er, und seine dunklen Augen hielten ihren Blick fest. »Ob er verfügbar ist, weiß ich nicht. Aber ich würde mich für den Typ entscheiden, der dich mit dem Gemüse geknipst hat. Ein gewisses Talent kann man ihm nicht absprechen.«

Maddy unterdrückte ein Lächeln. So ließ sich einer der Londoner Topfotografen zweifellos beschreiben. Und weil Scarlett zu den Brautjungfern zählte, würde er den Auftrag schätzungsweise übernehmen. Oder würde es ihr was ausmachen, wenn Patrick Jamieson ihre Hochzeitsfotos schoss?

20

»Hi, Maddy, Eva sucht dich!«, wurde sie am Montagmorgen von Lennie begrüßt. »Und sie schaut verdammt gereizt drein«, fügte sie hinzu.

Sicher dreht sich's um die Ballettfotos, dachte Maddy. Warum war ich so dumm? Darin wird Eva einen Missbrauch meiner Position sehen, und das mit Recht... Oder hatte sie was anderes ausgefressen? Sie zerbrach sich den Kopf. Aber ihr fiel nichts ein, was den Zorn der Chefin erregen könnte. Lag ein überfälliges Arbeitspensum auf ihrem Schreibtisch?

Nein, der war ordentlich aufgeräumt und bestens organisiert, wie sie mit einem kurzen Blick feststellte.

Nach einem tiefen Atemzug klopfte sie an Evas Tür. »Du wolltest mich sehen? Alles okay?«

»Keineswegs. Eine ganz blöde Geschichte...« Die langen Beine angezogen, saß Eva auf ihrem Sofa. »Vorhin hat Sophie von *Crimson* noch mal angerufen.«

»O Scheiße... Probleme mit den Fotos?«

»Je nachdem, wie man's betrachtet. Vielleicht für mich. Nicht für dich. Sophie war zufrieden mit den Fotos. Das wussten wir bereits. Und ihr Boss ist ganz aus dem Häuschen vor lauter Begeisterung. Offenbar haben sie wochenlang nach einem ›etwas anderen‹ Model gesucht, und nun glaubt er, das hätten sie in dir gefunden. Jedenfalls sollst du für ein Cover posieren.« Als sie Maddys sprachlose Verwirrung bemerkte, lachte sie. »Ja, ich weiß. Eigentlich müsste ich's dir verbieten, und das würde ich auch erbarmungslos tun, wenn's *irgendeine* Zeitschrift wäre. Aber ein *Crimson*-Cover! Dafür würden richtige Models einen Mord begehen.«

Zunächst schwieg Maddy, weil ihr einfach die Worte fehlten.

Einerseits fühlte sie sich erfreut und geschmeichelt, andererseits fürchtete sie, einem solchen Job wäre sie nicht gewachsen.

»Also – ich weiß nicht, Eva... Mit meiner Schokoladensucht und Größe 44 werde ich wohl kaum eine tolle Model-Karriere starten. Ich esse nun mal viel zu gern. Außerdem passe ich nicht in die normalen Kleider. Für mich müssten die *Crimson*-Leute eigens welche anfertigen lassen.«

Gleichmütig zuckte Eva die Achseln. »Das ist *ihr* Problem. Immerhin hast du ein Hirn im Kopf, und du wirst dem Glamour nicht verfallen, was ich großartig finde. Vielleicht solltest du eine Zeit lang mit dem Strom schwimmen und den Auftrag für ein unerwartetes Weihnachtsgeschenk halten. So viel verdienst du bei Flash nicht mal in sechs Monaten. Und ein *Crimson*-Cover ist ein Riesendeal, zu gut, ums abzulehnen. Das erinnert mich an einen weiteren Punkt. Diesmal erlaube ich dir noch, das Angebot anzunehmen, wenn du's wirklich willst. Aber danach musst du entscheiden, ob du in der Model-Branche bleiben oder für mich arbeiten möchtest. Ich fürchte, wegen deiner Nebentätigkeit kriegen gewisse Leute schon jetzt einen dicken Hals.«

Auf wen sie anspielte, musste sie nicht erklären.

»Eins muss ich dir noch sagen. *Crimson* will Fabrizio Massimo engagieren.« Gespannt wartete Eva auf Maddys Reaktion.

»Meinst du *den* Fabrizio Massimo?«

»Soviel ich weiß, gibt's nur einen – dem Himmel sei Dank –, der die Models wie Dreck unter seinen Fußsohlen behandelt.«

»Und die schönsten Fotos im Universum macht.«

»Träume ich? Ist den *Crimson*-Typen klar, dass ich Madeleine Adams aus Eastfield bin, mit Kleidergröße 44? Und ist der Auftrag echt? Bist du sicher? Kein schlechter Scherz, raffiniert inszeniert, um mich als Volltrottel hinzustellen, wenn ich drauf reinfalle?«

»Keine Bange, alles astrein.«

»Hältst du es wirklich für ein Angebot, das ich annehmen muss?«

»Für mich ist's ein Ärgernis, Maddy, aber du hast keine Wahl. Sag Ja. Allein schon uns normalen Frauen zuliebe.«

Maddy war sich nicht sicher, ob Eva zur Kategorie normaler Frauen gehörte. Doch sie verstand, was diese Worte bedeuteten.

Während des restlichen Vormittags kniff sie immer wieder in ihren Arm, um sich zu beweisen, dass sie nicht träumte.

Natürlich dachte sie auch an Bel. Den ersten *Crimson*-Job hatte sie wegen des Geldes angenommen – oder sich zumindest eingeredet, das sei ihr Beweggrund. Denselben Vorwand durfte sie diesmal nicht mehr benutzen. Wie würde Belinda reagieren, wenn das Foto ihrer Schwester auf einem Titelblatt erschien? Wäre es ein weiterer Angriff auf ihr verletzliches Selbstvertrauen?

Wen sollte Maddy um Rat bitten?

Natürlich ihre beste Freundin Jude, die mit beiden Beinen auf dem Boden der realen Welt stand. Sie würde wissen, ob Maddy sich etwas vorgaukelte.

Im Hauptbüro, wo die Kollegen lauschen würden, konnte sie nicht mit ihrer Freundin telefonieren. Also musste sie bis zum Mittag waren. Während sie Schlange stand, um ein Sandwich zu kaufen, rief sie Jude auf ihrem Handy an.

»Sei mir nicht böse...« Jude forderte sie auf, die Info zu wiederholen. »Selbstverständlich will ich dich nicht beleidigen – aber erzählst du mir allen Ernstes, Fabrizio Massimo, der Lieblingsfotograf der Superstars, wird *dich*, Maddy Adams, für ein Cover ablichten? Bin ich auf einem anderen Planeten aufgewacht, wo man die Größe 36 ächtet und deren Trägerinnen zu Anonymen Unterernährten verbannt?«

Maddy stand immer noch in der Prêt-à-Manger-Warteschlange und begann zu kichern. Ganz eindeutig – Jude war hingerissen.

»Einfach brillant, Maddy! Später kannst du deinen Enkelkindern schildern, wie du fürs *Crimson*-Cover posiert hast, in Größe 44. Oder ist's ein Witz? Wirst du verarscht? Sollst du für eine Wraps-Reklame ausgenutzt werden? Oder wie diese fette Sado-Frau auf dem Poster?«

»Soviel ich weiß, schwebt der Redaktion ein üppiger Look vor. Und dem scheine ich zu entsprechen.«

»Nun, dann haben sich all die Kit Kats und Marsriegel nicht umsonst auf deinen Hüften festgesetzt. Falls du mich fragst – mach das, Mädchen. Selbst wenn meine ganze Slimmers-Paradise-Gruppe ihre Mitgliedskarten zerreißt und die nächstbeste Konditorei stürmt!«

»Und was ist mit Bel? Glaubst du, sie kriegt's in die falsche Kehle?«

»Nach allem, was ich von dir gehört habe, hängen ihre Probleme mit eurer Mum zusammen. Wenn man *die* für eine Zeitschrift fotografieren würde – das wäre gefährlich.«

Maddy ließ sich nur teilweise überzeugen. Vielleicht wäre es am besten, Belinda zu besuchen und herauszufinden, wie es ihr ging. Plötzlich sehnte sie sich nach ihrer Schwester, und sie wollte die alte Bel wiederhaben (obwohl die manchmal verdammt lästig gewesen war), statt dieser traurigen, lustlosen, gespenstischen Gestalt, die nur einen einzigen Ehrgeiz kannte: alles auszuspucken, was sie verspeist hatte.

Und so beschloss Maddy, sie würde nach der Arbeit zu Iris fahren. Als sie aus dem Bus stieg, erinnerte sie sich, dass Patrick Jamiesons Haus ganz in der Nähe lag, und gab der Versuchung nach vorbeizuschauen. An der Gartenpforte hing das Schild einer Immobilienagentur. ZU VERMIETEN. Natürlich, dachte sie, er wohnt wieder bei Layla. Wie dumm von mir …

Fünf Minuten später läutete sie an Iris' imposantem Portal. Welch ein ungewöhnliches Bauwerk, wie ein Gemäuer aus einem Horrorfilm … Vielleicht würde ein kopfloser Mönch die Tür öffnen.

In Wirklichkeit war es Iris in einem wallenden Kimono, die Maddy herzhaft umarmte. »Hallo, Liebes! Wie schön, dich wieder zu sehen!« Inzwischen waren sie sich viel näher gekommen, dank regelmäßiger Telefonate. »Verzeih mir, dass du ein paar Minuten warten musstest, ich war gerade im Bad«, erklärte sie und führte ihre Besucherin in die dunkle Halle. »Leider ist Gavin nicht da. Maurice und Dennis haben ihm endlich verziehen, was er seiner Familie antut, und ihn zu einer Diskussion über die Ausrottung des Fadenwurms eingeladen. Offenbar eine noble Geste... Möchtest du Belinda sehen? Ich hole sie.«

»Wie geht's euch dreien?«

Iris hob die Schultern. »Ganz gut, nehme ich an. Anfangs dachte ich, sie wäre nur hier eingezogen, um ihre Mutter zu ärgern, und würde höchstens eine Woche hier bleiben. Aber sobald sie merkte, dass ich sie in Ruhe lasse und nicht zum Essen dränge, blühte sie auf. Anscheinend hilft's ihr sogar, unter meinem Dach zu wohnen.«

»Erbricht sie immer noch?«

»Ja. Das ignoriere ich. Es genügt, wenn sie mit ihrer Therapeutin redet. Sicher braucht sie keine weitere autoritäre Frau in ihrem Leben.«

Maddy saß im exotischen Wohnzimmer vor dem knisternden Kaminfeuer und wartete auf Belinda. Als das Mädchen eintrat, gab sie Iris Recht – ihre Schwester sah tatsächlich besser aus.

»Hi, Bel!« Ein Instinkt empfahl ihr, keinen Kommentar über Belindas äußere Erscheinung abzugeben. Irgendwo hatte sie gelesen, Menschen mit Essstörungen würden sich selber nicht so beurteilen, wie sie auf andere Leute wirkten. Wenn man erwähnte, sie würden gut aussehen, glaubten sie, man würde sie dick finden. Damit machte man alles noch schlimmer. »Ich vermisse dich so! Allein mit Mum – das treibt mich zum Wahnsinn.«

»Kein Wunder... Wie kommt ihr mit den Hochzeitsplänen voran? Manchmal stellte ich mir deine Brautjungfern vor – Jude und Scarlett in strahlender Schönheit und ich dazwischen, ein armseliges Skelett.«

»Nicht, Bel... Bis dahin hast du noch viel Zeit.« Maddy bemerkte eine deutliche Veränderung an ihr. »Wie läuft die Therapie?«

»Recht gut. Dr. Raynes ist so nett zu mir.« Geistesabwesend betastete Belinda ihre Halskette aus hellblauen Glasperlen, in der Farbe ihrer Augen. In der Mitte jeder kleinen Kugel schimmerte ein rosa Punkt.

Es war eine hübsche Kette, sehr feminin, und sie passte zu Bel. Maddy konnte sich nicht mehr erinnern, wann sie zuletzt Schmuck getragen hatte. Und jetzt besann sich ihre Schwester anders. Sicher war das ein gutes Zeichen, oder? »Sehr schön. Normalerweise hältst du nichts von Halsketten.«

»Nicht viel... Es war ein Geschenk.« Errötend wandte sich Belinda ab. »Wie gefällt's dir bei Flash?«

»Ganz großartig! Übrigens, ich wollte dich was fragen. Ich weiß, es klingt verrückt, aber ich soll für eine Zeitschrift arbeiten.«

»Oh, fabelhaft! Als Fotografin?«

»Lach bitte nicht – als Model. Nur dieses eine Mal. Der Chefredakteur wünscht sich einen üppigen Typ, und er hat mich auf dem Gemüsefoto gesehen.«

»Ja, du warst schon immer üppig. ›Sex auf zwei Beinen‹ hat dich eine meiner Freundinnen genannt.«

»Das hast du mir nie erzählt.«

»Weil ich nicht wusste, ob's ein Kompliment ist. Jedenfalls hätte ich's gehasst, wenn *ich* so bezeichnet worden wäre...« Belinda schnitt eine komische Grimasse. »Also fürchtest du, deine Supermodel-Karriere könnte mich in neuen blindwütigen Selbsthass treiben und ich würde mit Iris' Dackel ums Hundefutter kämpfen?«

Erleichtert seufzte Maddy auf. Genauso wie die Halskette musste auch Bels schwarzer Humor ein gutes Omen sein. »So was Ähnliches...«

»Mach dir keine Sorgen. Mit dir hat diese ganze Misere nichts zu tun. Nur mit *mir*. Ich muss einfach aufhören, lieb und brav zu sein – Mums Stolz und Freude, während ich sie in Wirklichkeit umbringen möchte.«

Maddy empfand heißes Mitleid mit den beiden, die sich

sehr nahe gestanden und gleichzeitig so zerstörerisch aufeinander eingewirkt hatten. »Okay. Jetzt werde ich mich verabschieden. Mum braucht mich. Ohne dich und Dad hat sie's ziemlich schwer.«

Sofort verhärtete sich Belindas Miene. »Daran sollte sie sich selber die Schuld geben.«

Die ganze Zeit glaubte sie, ihr Bestes für dich zu tun, hätte Maddy beinahe geantwortet. Darauf verzichtete sie wohlweislich.

Mit untadeligem Timing erschien Iris im Wohnzimmer. Vielleicht hatte sie diskret vor der Tür gelauscht. »Ich begleite dich hinaus, Maddy.«

Während sie einem dunklen Korridor folgten, hatte Maddy das unheimliche Gefühl, sie würde jeden Moment durch eine geisterhafte Tür in eine andere Welt gelangen. »Was für ein erstaunliches Haus...«

»Ja«, stimmte Iris zu. »Allerdings nur eine Imitation. Mein Exmann wollte ein mittelalterliches Herrschaftshaus bewohnen, mit lächerlichen geschnitzten Balken, grinsenden Wasserspeiern und holzverkleideten Wänden. So etwas findet man innerhalb von zwanzig Autominuten rings um den Berkeley Square höchst selten. Deshalb hat er's bauen lassen, Ziegelstein um Ziegelstein. Das hat ein Vermögen gekostet. Trotzdem muss ich zugeben – ich liebe dieses Gemäuer. Aber gegen einen Burggraben habe ich mich mit aller Macht gewehrt.«

»Sicher sind Burggräben fürs Parken ziemlich unpraktisch.«

»Jack hatte einen Chauffeur«, schnaufte Iris etwas verächtlich.

»Fühlst du dich in diesem großen Haus nicht manchmal einsam?«

»Jetzt redest du wie meine Tochter. ›Wäre ein hübsches Reihenhäuschen mit zwei Zimmern, Vierundzwanzig-Stunden-Service und netten alten Nachbarn nicht viel gemütlicher?‹ Was sie in Wirklichkeit meint – zum Teufel mit dem Vierundzwanzig-Stunden-Service, ich will endlich dieses sündteure Luxushaus zwischen die Finger kriegen.« Iris lächelte teuflisch. »Seit ich deinen Dad kenne, ist sie ganz besonders sauer. Den nennt sie einen Gigolo, als ›Adrian der Tulpendieb‹ verkleidet.«

Maddy lachte. »Irgendwie kann ich mir Dad nicht als Gigolo vorstellen.«

»Nun, er hat seine starken Momente... Was hältst du von Belinda?«

»Allem Anschein nach wohnt sie sehr gern bei dir. Und ich finde, sie sieht viel besser aus.«

»Erzähl das bloß nicht deiner Mutter!«, mahnte Iris, und sie wechselten einen verständnisvollen Blick.

»Sie trägt sogar *Schmuck*, und das muss ein gutes Zeichen sein.«

»Ja, diese Kette hat ihr dein Verlobter mitgebracht.« Dazu gab Maddy keinen Kommentar ab, und Iris musterte sie mit schmalen Augen. Ihrem Scharfsinn schien nichts zu entgehen. »Das war sehr freundlich von ihm. Und so clever. Die Farbe der Glasperlen betont Belindas Augen. Plötzlich legt sie viel größeren Wert auf ihr Aussehen.«

»Wer weiß...«, bemerkte Maddy ironisch. »So viel Geld für die Seelenklempnerin – und vielleicht braucht Belinda einfach nur schöne Juwelen...« Hastig wechselte sie das Thema. »Darf ich dich um einen Rat bittern? Heute habe ich noch ein Angebot von der *Crimson*-Redaktion bekommen, für ein Titelfoto. Soll ich's annehmen?«

»Je nachdem, wie *du* darüber denkst. Genießt du dein neues Ego?«

»Eigentlich schon. Die Foto-Sessions waren viel amüsanter, als ich's erwartet hätte. Im Mittelpunkt der Aufmerksamkeit zu stehen, von Experten geschminkt und frisiert zu werden – das schmeichelt natürlich meiner Eitelkeit. Aber normalerweise bin ich nicht besonders glücklich über meine Figur.«

»Okay.« Iris' Stimme triefte vor Sarkasmus. »Dann bist du eindeutig zum Model geboren.«

Maddys Gelächter hallte von den Wänden wider. »Klar, es ist völlig verrückt! Und jetzt soll ich auch noch von Fabrizio Massimo fotografiert werden, der sogar Bohnenstangen einredet, sie müssten zwanzig Pfund abnehmen! Offen gestanden, ich habe eine Heidenangst davor. Hätte ich nicht das Gefühl, ich müsste irgendwas beweisen, würde ich wahrscheinlich Nein sagen.«

»Wenn du kneifst, würden Massimo und seinesgleichen triumphieren. In meiner Ehe mit Jack habe ich etwas sehr Wichtiges gelernt – es gibt einen Trick, mit dem man diesen Machos beikommen kann. Weil dich der Kerl fotografiert, übt er uneingeschränkte Macht über dich aus. Du bist nur das Objekt. Deshalb bildet er sich ein, du wärst ihm ausgeliefert. Aber du fotografierst doch selber, nicht wahr? Nimm doch deine eigene Kamera zur Session mit. Dank meiner künstlerischen Arbeit weiß ich, dass Iris Ingalls, die Bildhauerin, leidenschaftlich und dominant sein kann – während Iris Ingalls, die Hausfrau, ein hoffnungsloser Fußabstreifer war.«

»O Iris, du bist erstaunlich! Genau das werde ich tun. Ich werde Mr. Massimo zeigen, wie man sich fühlt, wenn man ausnahmsweise *vor* der Kamera steht.«

»Und der andere Fotograf?«, fragte Iris und öffnete die Haustür. »Der dich damals zum Krankenhaus gefahren hat. Zweifellos ein Adonis, wenn du mir den vorsintflutlichen Ausdruck verzeihst.«

»Patrick? O ja, er ist sehr attraktiv. Leider scheint er sich zum Alkoholiker zu entwickeln.«

»Tatsächlich? Als wir auf einen Drink in die Weinbar beim Krankenhaus gingen, war er sehr charmant. Das hatte *ich* vorgeschlagen, weil ich nach all der Aufregung um Belinda eine Stärkung brauchte. Und Patrick hat das Zeug keineswegs in sich hineingeschüttet, so wie die meisten Trinker in meinem Bekanntenkreis. Vielleicht fehlt ihm ganz einfach nur eine verständnisvolle Frau.«

»Zum Glück hat er eine, seine Ex. Soeben ist er zu ihr zurückgekehrt.«

»O Maddy, wie schade! Er hat mir ein bisschen was über sie erzählt. Und das klang grauenhaft.«

»Wenigstens freut sich Scarlett.«

»Lässt er sich *ihr* zuliebe wieder mit seiner geschiedenen Frau ein? So ein Dummkopf! Eigentlich müsste er wissen, dass sich Beziehungsprobleme nicht lösen lassen, wenn man nur das Wohl der Kinder berücksichtigt.«

»Scarlett sieht das sicher nicht so.«

»*Noch* nicht. Leider wird sie ihren Irrtum schon bald erkennen.«

Die Session mit Fabrizio Massimo sollte erst in zwei Wochen stattfinden. Dafür war Maddy dankbar, denn es bot ihr eine Gelegenheit, ein normales Leben zu führen und im Flash-Büro zu beweisen, der Job würde ihr nicht zu Kopf steigen.

»Wie ich sehe, versuchen Sie ein paar Pfund abzunehmen«, kommentierte Natasha bissig, als Maddy mit ihrem üblichen heißen Schokoladenbecher und einem Mandel-Croissant zu ihrem Schreibtisch ging.

Maddy zuckte die Achseln. Was dieses Thema betraf, hatte sie soeben im Starbucks einen Konflikt mit sich ausgetragen und entschieden, die *Crimson*-Leute müssten wissen, was ihnen blühte, weil sie Patricks Gemüsefotos kannten.

Auch Lennie warf einen Blick auf das Croissant. »Eins musst du bedenken, Maddy. Fabrizio mag nur *knochendürre* Models. Neulich hatte er Sugar Morrison heimgeschickt, weil ihr Gesicht angeblich gedunsen aussah.«

Sugar Morrison war ein Mega-Model, einem Gerücht zufolge verdiente sie zehntausend pro Tag.

»Und er hat Amy Greens Handtasche mit einem Klebeband verschlossen, weil ein Marsriegel drin war«, ergänzte David.

»Na und?«, erwiderte Maddy. »Entweder akzeptiert mich der grandiose Mr. Massimo so, wie ich nun mal bin, oder er lässt es bleiben.«

Während sie vor ihrem Computer saß, versuchte sie erfolglos, sich *nicht* vorzustellen, wie der sadistische Massimo mit ihr umgehen würde. Vermutlich würde er ihr eine Fettabsaugung vorschlagen, ein Facelifting, nach dem sie ihre Lachmuskeln nicht mehr bewegen könnte. Okay, der Widerling sollte sich gefälligst in Acht nehmen...

Glücklicherweise gab es in ihrem Leben auch noch banale Dinge, die ihre Aufmerksamkeit erforderten. Chris' Onkel, für die Hochzeitsautos zuständig, stritt mit Chris' Dad über die Frage, ob sie Rolls-Royces oder was Billigeres benutzen sollten. Nun drohte die Diskussion zu eskalieren und das Ausmaß einer korsischen Vendetta mit ein paar hundert Leichen anzunehmen.

Maddy fühlte sich versucht, den beiden zu empfehlen: *Verdammt noch mal, mietet doch einfach eine Minicar-Flotte...*

Wenigstens schien Penny ihren Kummer zu überwinden, und sie plante sogar einen Bridge-Abend.

Am Tag vor dem Foto-Shooting hatte Maddy mehr oder weniger den Zustand einer Zen-Gelassenheit erreicht. Da sie es nur wegen des Geldes tat und um Erfahrungen zu sammeln, würde es keine Rolle spielen, wenn's schief ging. *Ich werde so ruhig sein wie ein tiefer, dunkler Teich,* sagte sie sich in einem fort. *Ich werde so ruhig sein wie ein tiefer, dunkler Teich.*

Als sie herumfuhr, um nach dem klingelnden Telefon zu greifen, stieß sie ihren Kaffeebecher um, und die braune

Brühe, rann über den ganzen Schreibtisch. »Oh, Scheiße!«, kreischte sie.

»Schau den Tatsachen ins Auge«, empfahl ihr Lennie. »Nicht jeder ist der Typ des tiefen, dunklen Teichs.«

Patrick Jamieson schaute sich ein letztes Mal in seinem Haus in Wellstead Heath um, das er mühelos vermietet hatte. Neuerdings strahlte Wellstead ebenso den Glanz des neuen Geldes aus wie den verwegenen Reiz eines verarmten Künstlertums. So was liebten großstädtische Spitzenverdiener ganz besonders.

Aber sein Studio wollte er behalten, weil er einen Zufluchtsort suchte, wenn das Leben mit Layla zu anstrengend wurde. Und das kam ziemlich oft vor – was er auf die harte Tour gelernt hatte.

Während er seine erstaunlich kleine Reisetasche packte – nach seiner Ansicht mussten Fotografen stets mit leichtem Gepäck reisen –, überlegte er, warum er diesen Entschluss gefasst hatte. Die Rückkehr zu seiner Ex war äußerst riskant. Vielleicht wollte er die Selbstsucht wiedergutmachen, die er in der Vergangenheit an den Tag gelegt hatte. Da war er dauernd um die halbe Welt geflogen, von einem Job zum anderen. Und wahrscheinlich hatte er inmitten seines glamourösen Luxuslebens die qualvolle Leere der Einsamkeit erkannt. Zweifellos war Scarlett die beste seiner Errungenschaften. Er erinnerte sich an ihr Gesicht in jenem Moment, wo er ihr die Neuigkeiten erzählt hatte. Und plötzlich fand er seine Entscheidung gar nicht mehr so verrückt.

Den Riemen seiner Tasche über die Schulter geschlungen, bückte er sich, um den letzten Rest seiner Fotoausrüstung aufzuheben. Dabei fiel sein Blick auf einen Schwarzweißdruck – Cartier-Bressons Picknick am Ufer der Marne.

Ehe er's verhindern konnte, erschien Maddys Bild vor seinem geistigen Auge – so, wie sie vor all den Monaten hier gestanden hatte. Er streckte eine Hand aus, um das Bild von der Wand zu nehmen. Doch dann hielt er inne.

Wenn er wieder mit Layla zusammenleben wollte, dürfte er nicht zurückschauen.

Am Morgen des Shootings glich Maddys Selbstvertrauen einem Wackelpudding. Hätte sie bloß nicht so viele Geschichten über Fabrizio Massimo gehört, der Models zu Weinkrämpfen trieb und der unglückliche Assistenten zu einem dreitausend Meilen entfernten Laden scheuchte, weil er nur Filme benutzte, die dort verkauft wurden... Sogar Jack the Ripper genoss einen besseren Ruf.

Im Gegensatz zu *dieser* Session waren die beiden anderen ein Kinderspiel gewesen. Die *Glorious-Gardens*-Episode hatte Spaß gemacht. Und der Tag im Ritz hatte zwar nicht besonders gut begonnen, doch letzten Endes war alles okay gewesen. Viel zu okay... Als sie vor Fabrizios Studio stand und ihren ganzen Mut zusammennahm, glaubte sie, Patricks Lippen auf ihren zu spüren. Um die Erinnerung zu verbannen, musste sie sekundenlang die Augen schließen.

»Hängen Sie schönen Träumen nach?«, unterbrach eine vertraute Stimme ihre Gedanken. »Sind Sie letzte Nacht auf Ihre Kosten gekommen?« Es war Anthony, der Friseur, der ihr Haar im Ritz gestylt hatte. »Wie gut muss der Kerl im Bett gewesen sein! ... Glückliches Mädchen! Solche Gefühle habe ich längst vergessen.«

»Hallo, Ant. Gott sei Dank, ein bekanntes Gesicht.« Maddy ignorierte seine Anspielungen. Vielleicht würden die nächsten Stunden doch nicht so schrecklich verlaufen.

»Liz ist auch da, um Sie zu schminken, Maddy. Wenn wir uns zusammenkuscheln, kommt das Monster nicht an uns ran.«

»Großer Gott!« Maddy straffte die Schultern. »So schlimm kann er doch gar nicht sein.«

»Noch viel schlimmer«, flüsterte Anthony fröhlich und zog sie ins Studio. »Hallo, Mr. Massimo! Da sind wir, schon am frühen Morgen frisch und munter, und wir brennen darauf, für Sie zu schuften, was das Zeug hält.«

Für Fabrizio Massimo nicht früh genug. »Guten *Tag*«, erwiderte er pointiert. »Und Sie sind das Model, nehme ich an.«

Fabrizio musterte Maddy, und Maddy musterte Fabrizio. Irgendwie hatte sie sich einen schmalen, schlaksigen Mann in schwarzem Leder vorgestellt, mit dunkler Brille und eventuell einem Pferdeschwanz wie Karl Lagerfeld.

Aber Fabrizio Massimo war das gerade Gegenteil – winzig klein, mit Metallbrille, wie ein Universitätsprofessor in den 50er-Jahren. In seinem Tweedjackett, der dunklen Hose und dem Lambswool-Pullover mit V-Ausschnitt sah er genauso aus wie der Typ, der zurzeit von afrikanischen Politikern bevorzugt wurde.

»Billy wird Ihnen zeigen, wohin Sie gehen müssen«, verkündete er, trat zurück und gab den Blick auf einen schönen Jüngling frei, von oben bis unten in Jeansstoff gehüllt, mit blondem Brad-Pitt-Haar.

Pflichtbewusst folgten ihm Anthony und Maddy.

»Billy ist Fabrizios Assistent«, flüsterte Ant, »und vielleicht noch viel mehr… Also, Billy«, fuhr er mit etwas lauterer Stimme fort, »wer ist heute sonst noch da?«

»Die üblichen Leute. Haar, Make-up, die Moderedakteurin, ihre Assistentin, das Model, ich. So wie's Fabrizio gewöhnt ist.«

»Sehr gut. Welches Konzept, Billy?«

»Ich glaube, er denkt an Anita Ekberg in ›La Dolce Vita‹.«

»Aber die war blond«, wandte Maddy ein und versuchte sich an den Fellini-Film zu erinnern.

»Dann eben eine dunklere Version. Seien Sie nicht so pingelig.«

»Kommen Sie, Mädchen.« Anthony zeigte in einen Nebenraum des Studios, wo Liz bereits wartete. »Irgendwelche Instruktionen vom Maestro?«

»Vollbusig, lasziv«, antwortete Liz. »Schwarzer Eyeliner, in den Augenwinkeln hochgezogen.«

Anthony platzierte Maddy vor dem Spiegel und begann, ihr Haar auf dicke Wickler zu drehen. »Dann geben wir ihm, was er will.«

»Moment mal...« Um ihre Nerven zu beruhigen, wühlte Maddy in ihrer Handtasche und zog die winzige Kamera hervor, die sie gekauft hatte. »Sagen Sie ›Cheese‹.«

»Meinen Sie nicht dolce latte?«

Als das Make-up vollendet war und Anthony gerade die Wickler aus Maddys Haar nehmen wollte, erschien Fiona, die Modeassistentin, mit einem glitzernden, schulterfreien, eng geschnittenen schwarzen Kleid.

»Ich hoffe, da passe ich rein.« Die Augen zusammengekniffen, musterte Maddy das Kleid.

»Natürlich. Mit der Hilfe dieses Wunderdings.« Fiona brachte ein schwarzes Korsett mit Wonderbra zum Vorschein.

»Stellen Sie sich einfach vor, Sie wären eine Zahnpastatube, die in der Mitte zusammengequetscht wird.«

»Okay.« Von der Situationskomik beeindruckt, musste Maddy lachen. »Solange meine Titten nicht rausfallen...«

Mit vereinten Kräften stopften sie Maddy in das Kleid, und dann bewunderten alle ihren Busen – sogar sie selber.

»Wow!«, jubelte Liz. »Niemand wird Sie für ein Bügelbrett halten.«

»Und Sie sehen nicht einmal wie ein Transvestit aus«, meinte Ant.

»Ich glaube, das sollte ein Kompliment sein«, wisperte Fiona und führte Maddy aus der Garderobe.

»Vielleicht ist er so nett zu mir, weil ich kein richtiges Model bin.«

Im Studio begannen Maddys Nerven wieder zu flattern. Fabrizio hatte einen schneeweißen Hintergrund gewählt. Seltsam, dachte sie, Anita Ekberg auf einem Gletscher? Das einzige Requisit war ein hoher Barhocker. Ein paar Schritte entfernt stand ein Stativ. Bei diesem Anblick schluckte Maddy unbehaglich. Patrick hasste Stative, denn er behauptete, sie würden den Fotografen von seinem Model trennen.

Um sich zu beruhigen, erinnerte sie sich an Iris' Rat und holte wieder ihre kleine Kamera hervor.

Am anderen Ende des Studios stritten Fabrizio und Billy erbittert. Ob es um das Privatleben der beiden oder um die Qualität der Beleuchtung ging, konnte Maddy nicht feststellen. Sie knipste ein paar Bilder. Dann ließ sie die Kamera wieder in ihrer Handtasche verschwinden.

»Okay!«, rief Fabrizio. »Im Augenblick können wir nichts weiter tun, als das Shooting vorzubereiten – bis der Hund eintrifft. Irgendjemand...«, ein scharfer Blick drohte Billy zu erdolchen, »... hat vergessen, ihn für zehn Uhr zu bestellen.«

Welcher Hund? Maddy glaubte, sie hätte sich verhört. Soweit sie sich erinnerte, kamen in »La Dolce Vita« keine Hunde vor. Gewiss, in diesem Film ging's um die dekadente italienische Gesellschaft. Aber doch nicht *so* dekadent?

Schrilles Gebell wies auf die Ankunft eines riesigen schwarzweißen Dalmatiners hin, der sofort zu Fabrizio rannte und die Nase zwischen seine Schenkel steckte. »Sitz, blödes Vieh!«, schrie der Fotograf.

»Zumindest vorerst«, hauchte Billy.

Verstohlen holte Maddy ihre Kamera hervor und machte wieder ein paar Bilder. Allmählich machte ihr die Session Spaß, und sie gab Iris Recht. Mit der Macht, die ihr der kleine Apparat verlieh, fühlte sie sich viel tapferer.

Maddy erhielt den Befehl, auf dem Hocker Platz zu nehmen. Einige Minuten lang zupfte Fabrizio an ihrem Haar und ihrem Kleid herum. Der Dalmatiner musste sich zu ihren Füßen niederlassen.

Dann spähte Fabrizio durch seine Linse. »Nein, alles falsch. Sie braucht einen Hut. Groß und schwarz. Vielleicht mit Federn. In dem Stil, den eine Exnutte beim Begräbnis ihres 90-jährigen millionenschweren Ehemanns tragen würde.«

»Alles klar«, sagte Fiona mit schwacher Stimme.

»Was Elegantes. Eventuell Philip Treacy. Keine Surrey-Hochzeit. Verstanden?«

»Ich denke schon«, erwiderte Fiona. Glücklicherweise waren sie nicht allzu weit von Harvey Nichols entfernt, dem luxuriösen Lifestyle-Laden.

Während sie warteten, rutschte Maddy vom Hocker und machte noch einige Fotos. Ant unterhielt sich mit Liz, die ihre Make-up-Box in Ordnung brachte, der Hund versuchte ein paar Kabel durchzubeißen, und Fabrizios Assistent las *Hello*.

Eine halbe Stunde später kehrte Fiona mit sechs Hüten zurück, eine Leihgabe für diesen Tag. Maddy kletterte wieder auf den Hocker, und der Hund rollte sich davor zusammen. Nach einer Weile schlief er ein.

Vor den Augen eines immer reizbareren Fabrizio setzte sie einen Hut nach dem anderen auf. Endlich fanden sie einen, der ihm gefiel. Überdimensional, aus schlichtem schwarzem Stroh.

»Gut, fangen wir an.« Zu Liz gewandt, zischte er: »Sind Sie hier, um zu arbeiten oder um Ihre Lebensgeschichte zu erzählen?« Voller Ungeduld zeigte er auf Maddy. »Ihre Nase glänzt!«

Geschäftig eilte Liz herbei und bearbeitete Maddy mit einer Puderquaste. »Denken Sie einfach nur ans Geld«, wisperte sie.

Maddy nickte grinsend.

Nun erwachte der Hund, Billy machte ein Polaroid. Und dann noch eins. Schließlich war Fabrizio bereit.

»O Scheiße!«, jammerte die Modeassistentin. »Meine Chefin ist noch nicht da, weil sie dachte, es geht erst um zwölf los.«

»Offensichtlich irrt sie sich«, teilte Fabrizio ihr mit. »Wäre sie eben früher aus den Federn gekrochen... Sind alle bereit?« Prüfend starrte er Maddy an. »Schauen Sie direkt in die Kamera. Die Augen halb geschlossen, den Kopf im Nacken. Stellen Sie sich vor, mein Fotoapparat ist ein Mann, den Sie begehren. Und er steht vor Ihnen.«

Hinter ihnen öffnete sich eine Tür, und jemand kam herein. Vielleicht Fionas Chefin.

Maddy warf ihren Kopf in den Nacken und versuchte sich einen Mann vorzustellen – welchen? Prompt dachte sie an ein mundwasserblaues Augenpaar, nur ein kleines bisschen blutunterlaufen, und da wurde ihr bewusst, dass das Leben gefährlich, aber auch amüsant sein konnte.

»Gut. Das ist gut.«

Und da sah sie den Besitzer der blauen Augen schräg hinter Fabrizio stehen. Um herausfordernd zu wirken, richtete sie sich auf. Diesen Moment wählte der Hund, um die Flucht zu ergreifen. Eins seiner Beine verfing sich im Saum von Maddys Kleid, und er riss sie mit sich.

Schreiend stolperte sie vom Barhocker.

Fabrizios Arme schnellten empor. »Mit dieser Person kann ich nichts anfangen! Was für ein unmöglicher Look! Wie ein Nilpferd! Warum wird mir ein Model aufgehalst, das man im Zoo einsperren müsste?«

Das war zu viel für Maddy. So hart hatte sie mit sich gekämpft, um ihre Figur zu akzeptieren. Und der Gedanke an all die Mädchen, die sich wie Belinda krank hungerten, schürte ihren Zorn. Warum taten sie das? Um Männern von Fabrizios Kaliber zu gefallen – die noch dazu schwul waren.

Sie schob den Hund beiseite. Dann ging sie langsam auf Fabrizio zu. »Wissen Sie, mit wem *ich* nicht arbeiten will? Mit einem Typ von *Ihrer* Sorte, der Frauen weder *mag* noch respektiert, der sie wie Gegenstände behandelt, anschreit und demütigt. Und wenn eine Model-Karriere bedeutet, dass ich nie mehr was Köstliches essen darf, weil Sie mich andernfalls mit einem Nilpferd verwechseln, dann können Sie sich dieses Shooting – offen gestanden – sonst wohin stecken.«

Anscheinend wollte der Dalmatiner den verdatterten Fotografen trösten, denn er stürzte sich liebevoll auf dessen Bein.

Viel heftiger als nötig trat Fabrizio nach ihm. Während der Hund jaulte, schoss Maddy noch ein paar Fotos.

»Bye, bye, allerseits!«, verabschiedete sie sich. »Vermutlich war dies das Ende meiner Model-Ambitionen. Trotzdem vielen Dank.« Die Augen voller Tränen, die sie entschlossen hinunterschluckte, lief sie in den Umkleideraum.

Plötzlich war Patrick an ihrer Seite. »Wie ich sehe, strebst du in der Tat eine dauerhafte Karriere an. Cool, dass du Fabrizio geknipst hast! Nie zuvor habe ich ihn sprachlos gesehen. Soll ich dich irgendwohin fahren?«

Ohne seine Anwesenheit zu beachten, zwängte sie sich aus dem engen schwarzen Kleid. »Bring mich vor allem hier raus, möglichst schnell.«

»Wird gemacht. Also hat dir der spezielle Charme dieses Kerls missfallen.«

»Was machst du eigentlich in diesem Studio?«

»Als Eva mir erzählte, wer die Fotos macht, nahm ich an, es würde Ärger geben. Du bist eine so starke Frau. Und Fabrizio ist berühmt für seine Chauvi-Manieren.«

Eine Zeit lang schwieg sie. War sie eine starke Frau? Über ihren Rücken rann ein wohliges Prickeln. »Und da hast du gedacht, du müsstest herkommen und mich beschützen? Wie rührend...«

»Offensichtlich kannst du auf dich selber aufpassen. Und es war mir ein ganz besonderes Vergnügen, diese göttliche Szene mitzuerleben.«

»Ich glaube, hier sind wir nicht mehr allzu gern gesehen.« Inzwischen hatte Maddy sich umgezogen. Patrick folgte ihr aus der Garderobe.

»Fantastisch!«, flüsterte Anthony ihr zu. »So was hat dieses Ekel schon längst verdient.«

Patrick hielt ihr die Tür auf. Am anderen Ende des Studios klopfte Billy besänftigend auf Fabrizios Rücken.

»Bye, Leute!« Patrick winkte dem Team zu. Doch er musste noch eine Weile ausharren, denn in diesem Moment traf Sophie ein, die Moderedakteurin von *Crimson*.

»Hallo, Patrick«, begrüßte sie ihn und schaute sich verwundert um. Wahrscheinlich hatte sie eine andere Szenerie erwartet. »Das dürfte ein äußerst produktiver Morgen gewesen sein. Alles schon erledigt?«

Patrick lächelte liebenswürdig. »Nun, das hängt davon ab, bei wem Sie sich danach erkundigen.«

In seinem Auto, auf halbem Weg zur Flash-Agentur, erkannte Maddy, wie ungewöhnlich seine Ankunft im Studio gewirkt haben musste. Liz und Anthony und Sophie würden einander anstoßen und tuscheln: *He, was geht da vor?*

Und was genau ging da vor?

»Warum du dir das alles antust, begreife ich nicht«, sagte Patrick. »Ich dachte, du willst selber fotografieren. Stattdessen posierst du vor Sadisten wie Fabrizio, der allen Models das Rückgrat bricht. Das ist sogar sein Hobby.«

»Soll ich dir verraten, was *ich* dachte? Du würdest Möchtegernfotografinnen prinzipiell ablehnen.« Obwohl er den scherzhaften Unterton in Maddys Stimme zweifellos gehört hatte, warf er ihr einen ausdruckslosen Blick zu. Konnte er nur austeilen und nicht einstecken? »Übrigens will ich immer noch fotografieren.«

»Gut. Darf ich den heutigen Ereignissen entnehmen, dass du dich endgültig gegen eine Model-Karriere entschieden hast?«

»Mal sehen...«, entgegnete sie leichthin. »Allerdings – wenn ich bedenke, welche Fotografen die Model-Szene beherrschen, schwule Kerle, die ihr Bestes tun, um die Frauen lächerlich zu machen...«

»Entschuldige bitte, *ich* bin nicht schwul«, verbesserte er sie. »Zufällig mag ich Frauen.«

»Das habe ich gehört.«

»Biest.«

Errötend spürte sie wieder jenes seltsame Prickeln. Flirtete er mit ihr? Aber bei Fotografen war das sicher nur eine Technik, genauso wie die Wahl der Belichtungszeit.

»Um deine Frage zu beantworten, warum ich als Model arbeite...«, begann Maddy. »Erstens brauche ich – wie du bereits weißt – dringend Geld für die Therapie meiner Schwester.«

»Und zweitens?« Jetzt hielt der Wagen vor dem Flash-Eingang.

Maddy zögerte. »Vielleicht kannst du dir nicht vorstellen, wie das ist, ein dickes Mädchen zu sein – eine Witzfigur, mit der sich die Jungs nur abgeben, um an ihre Freundin ranzukommen. Und du ahnst nicht, welche Blicke ihr die Verkäuferinnen in den Modegeschäften zuwerfen. ›Diese Jeans kriegen Sie nie über Ihre Schenkel, meine Liebe.‹ Dauernd muss sie amüsant sein – das Einzige, was dicken Mädchen übrig bleibt. Und plötzlich taucht jemand auf und gibt ihr das Gefühl, sie wäre keine fette Kuh, sondern eine üppig gebaute, begehrenswerte Frau...« Sie unterbrach sich und schaute ihn an. »Dann deckt er sie mit Gemüse zu.«

»Ja, das verstehe ich. So was ist sicher verlockend.« Patrick neigte sich zu ihr, und sie glaubte, in seinen blauen Augen zu ertrinken.

Gerade noch rechtzeitig kam sie zur Besinnung. Jetzt, wo sie vor dem Flash-Büro parkten, musste sie das alberne Spiel ein für alle Mal beenden. Patrick Jamieson wohnte wieder bei seiner Ex. Außerdem war er ein Schürzenjäger. Von seiner drohenden Trunksucht ganz zu schweigen. Und wenn Chris auch nicht zu den Weltklasse-Fotografen zählte – er besaß ein gutes Herz und stammte aus einer liebenswerten Familie, die Maddy über die Schwierigkeiten in ihrer eigenen Verwandtschaft hinweghalf. In vier Monaten würden sie heiraten. Sie wusste, sie würde Patrick verletzen. Aber in absehbarer Zeit würde er merken, dass ihr Entschluss richtig war.

»Patrick...«, flüsterte sie und legte eine Hand auf seine Schulter. »Bitte, Patrick...« Seine Lippen nur wenige Zentimeter von ihren entfernt, hielt er inne. »Ich wollte dich was fragen. Würdest du die Fotos auf meiner Hochzeit machen? Und wenn du dazu bereit bist – möchtest du meine künftigen Schwiegereltern kennen lernen?«

21

»Hi!«, grüßte Lennie, als Maddy ins Büro stürmte. »Eigentlich dachte ich, heute würdest du den ganzen Tag wegbleiben, vom fabelhaften Fabrizio in den Himmel der Unsterblichkeit emporgehoben...« Sie schaute durch die Glaswand an der Front des Gebäudes zur Straße hinaus. »Und was ist mit Patrick los?«

Ohne einen Blick zurückzuwerfen, zwängte er seinen Saab in den Verkehrsstrom und ignorierte das wütende Gehupe hinter sich, die quietschenden Bremsen.

»Wahrscheinlich will er die Öffnungszeit seines Lieblingslokals nicht verpassen«, meinte Maddy.

»Ooooh, du bist gemein! Neuerdings scheint er kaum noch im Slug and Sausage rumzuhängen. Ist dir das nicht aufgefallen? Neulich war ich auf einen Drink da, und der Barkeeper fragte, was denn aus Patrick geworden sei? Seit er nicht mehr kommen würde, sei der Umsatz um die Hälfte gesunken.«

»So?« Maddy zuckte die Achseln. »Das habe ich gar nicht bemerkt.«

»Ebenso wenig wie deinen Ablagekorb für die Eingänge, der allmählich dem schiefen Turm von Pisa gleicht? Außerdem kriegst du so viele E-Mails, dass sie bald unser ganzes Computersystem verstopfen werden.«

»Ich weiß. Sorry. Deshalb bin ich ja hergekommen, statt vom Studio direkt nach Hause zu fahren. Damit ich das alles aufarbeiten kann.«

»Was ist passiert? Wir sind alle ganz grün vor Neid auf unser Aschenputtel, das zum Ball gegangen ist. Und jetzt kommt es zurück, obwohl noch längst nicht Mitternacht ist.«

Plötzlich füllten sich Maddys Augen mit Tränen. »Fabrizio nannte mich ein Nilpferd, und er sagte, mit jemandem, den man im Zoo einsperren müsste, könne er nicht arbeiten...«

»O Maddy, Scheiße! Wahrscheinlich wollte er nur sein Ego zurechtstutzen, so wie's die Regisseure mit ihren Schauspielern machen.«

»Nein, das war bitter ernst gemeint. Und er hat Recht. Diese ganze Idee ist wirklich blöd gewesen.«

»Wie schrecklich! Und dann bist du einfach weggelaufen? Das kann ich dir nicht verübeln.«

»Danke, du bist ein echter Kumpel.« Schlagartig besserte sich Maddys Laune. »Übrigens, ich habe ein großartiges Foto von ihm gemacht – als ein Hund, der für die Session gebucht war, an sein Bein gesprungen ist, mit eindeutig sexuellen Absichten. Dann sagte ich ihm, er soll sich das Shooting sonst wohin schieben.«

»Tatsächlich?«, rief Lennie verblüfft und begann zu kichern. »Heiliger Himmel, das hätte die Hälfte aller Londoner Models liebend gern getan.«

»Klar, aber sie dürfen es nicht, weil sie sonst nicht mehr arbeiten könnten. Und mir war's egal, denn ich wollte es von Anfang an nicht. Glaubst du, ich soll's Eva sagen?«

»Sicher wär's besser. Falls Fabrizio hier aufkreuzt und das Büro niederbrennt – mit lauter Fetzen, die er in After Shave getränkt hat.«

Als die anderen fragten, wie die Session gelaufen sei, antwortete Maddy lapidar, sei seien früher fertig geworden.

So leicht ließ sich Eva nicht hinters Licht führen. »Warum kommst du nicht zu mir und erzählst mir die Wahrheit?«

Beim Anblick ihrer Chefin scheiterte Maddys Versuch, forschen, fröhlichen Optimismus auszustrahlen. Eine Agentur wie Flash musste auf ihren Ruf achten. Und wenn eine Mitarbeiterin einen weltberühmten Fotografen beleidigte und zu allem Überfluss auch noch mitten in einer Session davonrannte, konnte sie einen irreparablen Schaden anrichten. Womöglich würde sie sogar eine Klage wegen Vertragsbruchs heraufbeschwören.

»Also?« Eva wies auf den Sessel vor ihrem Schreibtisch. »Was ist wirklich geschehen? Normalerweise sind Shootings nach drei Stunden nicht beendet. Bei Fabrizio schon gar nicht.«

»Bedauerlicherweise bin ich weggelaufen.«

»*Was?*«, stöhnte Eva verzweifelt. »Um Himmels willen, Maddy, was ist denn schief gegangen?«

»Er hat sich grässlich benommen.«

»Dafür wird er bezahlt. Auf diese Weise holt er das Beste aus den Models raus. Hör mal, der Mann ist ein berühmter Perfektionist!«

»Nein, ist er nicht, sondern ein ganz mieser Macho! Erst ließ er mich wie Anita Ekberg in ›La Dolce Vita‹ herausputzen. Das war okay. Aber weil ich unfähig war, eine durchgeknallte griechische Statue zu mimen, nannte er mich ein Nilpferd. Man müsse mich im Zoo einsperren, behauptete er. Und er könne nicht mit mir arbeiten.«

»Deshalb hast du die Flucht ergriffen? Was genau beweist das? Dir fehlt der nötige Mumm für den Model-Job, der ist nämlich verdammt hart. Die Mädchen müssen in Eiseskälte herumstehen und den Eindruck erwecken, sie würden sich amüsieren, zwei Nummern zu kleine Schuhe tragen und die Schultern straffen, wenn sie Grippe haben oder verkatert sind. Bei den Pariser Modeschauen schuften sie achtzehn Stunden am Stück. Deshalb verdienen sie so gut. Indem du abgehauen bist, hast du's allen gezeigt – du bist eine Amateurin, die das alles nicht verkraftet.«

»Genau. Das hätte ich vorher wissen müssen.«

»Unglaublich!« Evas Augen verengten sich, und ihre Stimme klang noch zorniger. »Lass dir mal was sagen – weißt du was? Models brauchen starke Persönlichkeiten. Ständig müssen sie ihre Positionen verteidigen.«

»Und ich habe meine verteidigt.«

»Indem du gekniffen hast? *Crimson* ist ein Risiko mit dir eingegangen. Also auch mit uns. Wenn Fabrizio uns verklagt... Das wäre sein gutes Recht.«

»Mach dir keine Sorgen, er wird's nicht tun.«

»Warum nicht?«

»Sonst würde ich ihm die Tierschützer an den Hals hetzen.« Maddy holte die kleine Digitalkamera aus der Tasche ihrer Jeans und schaltete sie ein. Im Display erschien eine deutliche Aufnahme von Fabrizio, der nach dem Dalmatiner trat. »So ähnlich hat er mich auch behandelt.«

Skeptisch zuckte Eva die Achseln. »Solche Schwierigkeiten kann ich nicht gebrauchen, Maddy. Ich leite eine respektable Agentur, die ausgezeichnete, tüchtige, disziplinierte Fotografen repräsentiert. Falls das nicht zu *deinen* Prioritäten zählt, müssen wir uns leider trennen.«

Schweigend nickte Maddy. Sie hatte nie beabsichtigt, so viel Ärger zu machen.

»Okay, das ist die letzte Warnung. Hätte ich auf Natasha gehört, wärst du längst rausgeflogen. Offenbar bin ich gutmütiger, als ich dachte. Ich wünsche mir harte Arbeit, Pünktlichkeit und keine weiteren Probleme. Hab ich mich klar ausgedrückt?«

»Völlig. Um mich zu verteidigen – normalerweise arbeite ich *sehr* hart. Fast jeden Morgen sitze ich an meinem Schreibtisch, *bevor* die anderen kommen.«

»Das weiß ich, Maddy. Deshalb habe ich Natashas Rat nicht befolgt. Aber nächstes Mal werde ich's tun.«

Maddy stand auf. Von jetzt an würde sie den Kopf einziehen und doppelt so viel arbeiten wie ihre Kollegen.

Zum ersten Mal verbrachte Maddy das Weihnachtsfest ohne ihren Vater und ihre Schwester. Am ersten Weihnachtstag war sie mit Penny bei der Familie ihres Verlobten eingeladen, und die Fröhlichkeit der Stephanides linderte den Kummer ein wenig.

Über zwei Monate verstrichen. Im Flash-Büro gab es keine Probleme mehr.

Eines Morgens besprach Maddy mit ihrer Chefin ein paar Buchungen.

»Da wäre noch etwas«, erinnerte sich Eva. »Vorhin hat der Bildredakteur vom *Monitor* angerufen. In der Montagsausgabe werden Colin Browns Ballettbilder erscheinen. Colin soll sich bei ihm melden.«

Schweren Herzens verließ Maddy das Chefbüro. Diese Ballettfotos hatte sie ganz vergessen. Immer mit der Ruhe, sagte sie sich. Du hast Colins Bilder an die Redaktion geschickt. Nur zwei waren von dir. Belindas Porträts. Sollte sich der Bildredakteur ausgerechnet für die beiden entschieden haben? Das wäre unwahrscheinlich.

Glücklicherweise war der nächste Tag ein Samstag. Maddy brauchte das Wochenende, um nachzudenken – und um zu beten, in der verzweifelten Hoffnung, *Monitor* würde Colins Fotos veröffentlichen.

Wie sich herausstellte, fand sie dazu reichlich Gelegenheit, denn an diesem Vormittag ging sie mit Chris in die Kirche. Dort sollten sie den Priester, der sie trauen würde, zu einem »informellen Gespräch« über die Bedeutung des Ehegelübdes treffen.

»Wow!«, hauchte Maddy und umklammerte Chris' Arm, nachdem er das Tor der griechisch-orthodoxen Kirche geöffnet hatte. »Ist ja riesig!«

»Nur Durchschnittsgröße«, erwiderte er bescheiden und zog ihre Hand zwischen seine Schenkel.

»Lass das!«, warnte sie ihn. Nervös schaute sie sich um. Hatte der Priester etwas bemerkt?

»Wenn alle meine Verwandten drin sind, wirkt die Kirche nicht mehr so groß. Außerdem findet die Zeremonie nur da vorn statt. Dort wird der Altartisch aufgestellt, um den wir herumtanzen.«

Maddy verdrehte die Augen. »Oh, das habe ich ganz vergessen. Irgendwie peinlich, nicht wahr?«

»Nein, völlig harmlos und ein Kinderspiel. So was machen alle griechischen Brautpaare. Die *Koumbaros* halten Girlanden mit Bändern hoch, und wir tanzen drunter hindurch. So ähnlich wie ein Maibaumtanz. Trink vorher ein paar Gläser Champagner, dann fällt's dir nicht schwer.«

»Bei meiner Hochzeit will ich aufrecht stehen.«

Nun kam der Priester aus der Sakristei. In seiner schwarzen Soutane sah er sehr imposant aus.

Erleichtert stellte Maddy fest, dass es ihn nicht zu interessieren schien, ob sie an Gott glaubte oder nicht.

»Nur auf einem Punkt muss ich bestehen«, erklärte er. »Die Kinder müssen im orthodoxen Glauben erzogen werden.«

»Natürlich«, versprach Chris. »Wir lassen sie alle in Ihrer Kirche taufen, Vater.« Aufmunternd drückte er Maddys Hand. Für ihn war das Leben schwarz und weiß. Vielleicht ist das der Grund, warum ich ihn liebe, überlegte Maddy.

Kinder. Darüber hatte sie sich noch keine Gedanken gemacht. Was für Eltern würden sie sein?

»Die Ehe ist eine lebenslange Verpflichtung«, fuhr der Priester fort, »die größte, die Sie jemals eingehen werden.« Unter buschigen schwarzen Brauen hefteten sich seine Augen in plötzlicher Intensität auf Maddys Gesicht. »Und das größte Übel der Neuzeit ist die Scheidung. Und so empfehle ich allen jungen Paaren: Vergesst das große Fest am Hochzeitstag, denkt an euer gemeinsames Leben. Seid ihr wirklich sicher?«

»Nun, Mads?« Chris wandte sich zu ihr, ausnahmsweise mit ernster Miene. »Bist du dir sicher?«

Sie spürte die beruhigende Kraft seiner Finger, dachte an den lautstarken, liebevollen Stephanides-Clan, zu dem sie bald gehören würde. Dieser Familie verdankte Chris seinen festen Bezug zur Realität. Was das betraf, hatte ihre eigene Familie versagt. Belinda war krank, die Eltern hatten sich getrennt. Und was bot ihr Chris? Sicherheit, ein Heim, Schwiegereltern, die sie mochte und respektierte, Kinder. Lauter Dinge, auf die es im Leben ankam.

Entschlossen verdrängte sie alle Gedanken, die sie vielleicht zögern ließen. »Ja, Chris, ich bin mir völlig sicher.«

Grinsend neigte er sich zu ihr und flüsterte ihr etwas ins Ohr. Voller Wohlwollen stellte sich der Priester vor, die jungen Leute würden einander unsterbliche Liebe und Treue schwören.

In Wirklichkeit hatte Chris gewispert: »Endlich ist's vorbei, jetzt gehen wir ins Pub.«

Vater Patros beobachtete das junge Paar, das durch den Mittelgang zum Tor ging. Die Braut kicherte. Habe ich versehentlich was Komisches gesagt, fragte er sich.

Zehn Minuten später saßen sie im Sun in Splendour.

Chris nippte an seinem Drink. »Wie fühlt sich Belinda?«

»Besser. Deine Halskette hat ihr offenbar geholfen.«

»Ach, das«, erwiderte er wegwerfend, als hätte er ihrer Schwester Plastikschmuck aus einem Spielzeugladen geschenkt.

Liebevoll musterte sie ihn. Manche Leute, ihr Vater inklusive, hielten ihn für oberflächlich. Charmant. Attraktiv. Ziemlich großspurig, mit etwa so viel Tiefgang wie ein Klinkenputzer. Aber sie irrten sich. Hinter all dem auffälligen Getue pochte ein gütiges Herz.

Ich liebe dich, formten Maddys Lippen.

»Das würde ich dir auch empfehlen«, entgegnete Chris. »Immerhin müssen wir's einander vor zweihundert Leuten versichern. Wollen wir heute Abend irgendwo parken und für unser Ehegelübde üben? Vor allem für den Teil ›Mit meinem Leib verehre ich dich‹.«

Lachend beugte sie sich zu ihm und küsste ihn. Nur noch vier Monate – dann würden sie in ihrem eigenen Bett liegen und sich lieben, so oft es ihnen gefiel.

Als sie nach Hause kam, war das Haus kalt und still. Sie nahm an, ihre Mutter wäre ausgegangen. Allmählich schien Penny ihr altes Leben wieder aufzunehmen, und das befreite Maddy von einem Teil ihrer Probleme.

Die Heizung war ausgeschaltet, und sie fühlte sich wie in einer Kaserne. Eigentlich wäre es eine nette Geste gewesen, wenn ihre Mutter für einladende Wärme gesorgt hätte, bevor sie weggegangen war. Sie holte Streichhölzer aus der Küche und ging ins Wohnzimmer.

»Hallo.« Eine Stimme aus der Finsternis nahm ihr den Atem. Bestürzt schaltete sie das Licht ein.

Penny saß in ihrem gewohnten Sessel vor dem kalten Kamin. Was war aus den vermeintlichen Fortschritten geworden? Das trostlose Gesicht ihrer Mutter erinnerte Maddy an einen geliebten, aller Möbel beraubten Raum.

»Was machst du hier im Dunklen, Mum? Hier ist es eiskalt. Jetzt werde ich erst mal Feuer machen.«

Schweigend starrte Penny vor sich hin, in aller Eile legte Maddy zusammengeknülltes Zeitungspapier, Anmach- und Brennholz in den Kamin.

»Wie gut du das kannst«, bemerkte Penny, anscheinend verblüfft über die Geschicklichkeit ihrer Tochter.

Maddy kauerte sich auf ihre Fersen. Noch ein Kompliment aus dem Mund ihrer Mutter... Wie seltsam...

»Wo hast du denn das gelernt? Damals bei den Pfadfinderinnen?«

»Nein, von dir. Jeden Freitagabend hast du Feuer gemacht. Dabei habe ich dir zugeschaut.«

Aus Pennys Kehle rang sich ein eigenartiger Laut, ein halber Seufzer, ein halbes Schluchzen. »Also habe ich dir auch was Gutes beigebracht.«

Die Verzweiflung, die in ihrer Stimme mitschwang, schockierte Maddy. Impulsiv beugte sie sich vor und ergriff die Hände ihrer Mutter. Wie zwei kalte Steine.

Plötzlich neigte sie Penny seitwärts aus ihrem Sessel und hob etwas vom Boden auf. »Das wollte ich deiner Schwester geben.« Es war ein Ballett-Pokal, den Belinda in der Schule gewonnen hatte. »An jenem Tag war ich so stolz auf sie. Wie reizend sie in dem Tutu aussah, das ich für sie genäht hatte... Schon damals nahm sie ihre äußere Erscheinung sehr wichtig. Ich dachte, wir wären uns ähnlich. Von ihrem Talent abgesehen. Sie konnte tanzen, und sie sollte ihr Leben nicht als Hausfrau verbringen, sondern wirklich was draus machen.«

»Das wird sie tun, Mum, sobald es ihr besser geht. Vielleicht nicht als Tänzerin.«

Penny starrte auf ihre Hände hinab, die scheinbar einem anderen Körper gehörten. »Heute habe ich ein Buch über Essstörungen gekauft.«

»Was?«, fragte Maddy. So etwas passte nicht zu Penny. Sie hasste Selbsthilfe-Bücher. Stets hatte sie geglaubt, der Instinkt einer Mutter wäre der beste Leitfaden.

»Darin steht, die Mutter eines magersüchtigen Mädchens würde zu einem ganz bestimmten Typ gehören. Sie ist intelligent, aber frustriert. Während sie ihre Tochter in übertriebenem Maß beschützt, vereinnahmt sie deren Leben und verwandelt es in ihr eigenes. Sie hasst Konflikte. Alles will sie unter Kontrolle haben. Sie wünscht sich eine perfekte Familie. Sämtliche Probleme kehrt sie unter den Teppich. Für sie zählt nur der äußere Schein.« Unglücklich senkte Penny den Kopf. »Das bin ich, Maddy!« Mit diesem schmerzlichen Ausruf brach sie fast das Herz ihrer Tochter. »Die ganze Zeit gab ich deinem Vater die Schuld an Bels Krankheit. Ich war mir so sicher, dass er die Verantwortung dafür trägt, weil er zu dieser Frau gezogen ist. Und jetzt erkenne ich, wer das Unheil in Wirklichkeit heraufbeschworen hat – *ich*!«

Von Mitleid überwältigt, nahm Maddy ihre Mutter in die Arme. »Noch ist es nicht zu spät, Mum. Für keinen von uns. Bel wird genesen, davon bin ich fest überzeugt.«

Einige Sekunden lang starrte Penny wortlos in die zuckenden Flammen, dann hob sie den Kopf. »Glaub mir, Maddy, ich liebe dich. Aber ich kann meine Gefühle nicht so zeigen wie du. Und ich glaube, damit habe ich deinen Vater aus dem Haus getrieben.«

Zärtlich streichelte Maddy das Haar ihrer Mutter. »Wir werden darüber hinwegkommen. Ganz bestimmt.«

»Glaubst du das?«

Pennys Skepsis bedrückte Maddy. Stets war ihre Mutter so sicher gewesen, in allen Dingen. Vielleicht *zu* sicher. Und nun wirkte sie völlig verloren.

»O ja«, beteuerte Maddy und verlieh ihrer Stimme eine Zuversicht, die sie nicht empfand. »Schon jetzt isst Bel etwas mehr...« Gerade noch rechtzeitig unterdrückte sie den Zusatz: *Das hat Iris gesagt.*

Und wenn jetzt etwas geschah, das einen Rückfall ihrer Schwester verursachte? Zum Beispiel ihr Foto als Ballerina, das in einer überregionalen Zeitung erschien? Warum zum Teufel habe ich's dem *Monitor* geschickt, warf sich Maddy vor. War das ein folgenschwerer Fehler?

In der Nacht zum Montag schlief sie schlecht, denn sie wusste, dass die Fotos am nächsten Morgen im *Monitor* erscheinen würden. Es war noch dunkel, als sie sich frierend und voller Sorge aufrichtete. Wenn sie doch mit jemandem reden könnte... Sollte sie Patrick Jamieson anrufen? Es würde ihn nicht stören, das spürte sie. Aber wieso kam sie auf solche Gedanken? Wahrscheinlich lag er mit Layla im Bett. Im Morgengrauen schlummerte sie ein.

Das Nächste, was sie wahrnahm, waren die Geräusche des Frühstücksrituals. Wie üblich brühte Penny Tee auf und röstete Toasts, bevor ihre Tochter das Haus verließ. Maddy würde viel lieber auf dem Weg zur Arbeit einen Becher Cappuccino und ein Croissant kaufen. Doch sie wusste, wie viel es ihrer Mutter bedeutete, sich nützlich zu fühlen.

Und so frühstückte sie pflichtbewusst am Küchentisch. »Was hast du heute vor, Mum?«

Ein Achselzucken kündigte einen Tag voll schmerzlicher Leere an.

»Warum unternimmst du nicht irgendwas, das dir Spaß macht? Geh schwimmen und danach in die Sauna. Dort würde die trockene Hitze deine Seele wärmen.«

Ein schwaches Lächeln erhellte Pennys verhärmtes Gesicht. »Was für ein liebes Mädchen du bist... Chris muss sich glücklich schätzen, weil er dich bekommen hat.«

In einem dicken Mantel eilte Maddy durch den grauen Morgen zur Bushaltestelle. Ein Mann, der zwei Reihen vor ihr in der Warteschlange stand, las den *Monitor*. Aber er konzentrierte sich hartnäckig auf die politischen Nachrichten.

Kurz entschlossen rannte Maddy zu ihrem alten Freund, dem Zeitungshändler. Der Laden lag nicht weit von der Eastfield Station entfernt. »Den *Monitor*, bitte«, sagte sie betont munter.

»Da, meine Liebe. Verdammt kalt, nicht wahr? Sicher wären Sie jetzt lieber auf Jamaika und würden Ihre Zehen in der Sonne braten lassen.«

»Wie Recht Sie haben...« Maddy nahm die Zeitung entgegen und legte das Geld auf den Ladentisch.

Glücklicherweise fand sie einen Sitzplatz im Bus, um diese Tageszeit sehr ungewöhnlich, und öffnete die Zeitung. Auf der ersten Feuilletonseite fand sie nichts. Sie blätterte weiter. Und da war es. Eine halbe Seite nahm es ein. Natürlich kein Foto von Colin Brown. Belindas blonde Schönheit starrte sie an, die Halsmuskeln konzentriert angespannt, die Arme anmutig ausgestreckt. Grazie und Schmerz. Schmerz und Grazie. Welch ein ausdrucksvolles Bild...

Sollte sie ihre Schwester anrufen und informieren oder nicht? Über diese Frage zerbrach sich Maddy während der ganzen Fahrt zum Covent Garden den Kopf, so gedankenverloren, dass sie beinahe vergaß, an ihrer U-Bahnstation auszusteigen.

Sobald sie das Büro betrat, rief Colette: »Hast du's gesehen, Maddy? Eine halbe Seite! Colin wird auf der Stelle einen Orgasmus kriegen!«

Obwohl es Maddys Foto war? Was zum Teufel sollte sie jetzt tun? Wenn sie Eva erzählte, sie habe zwei ihrer eigenen Aufnahmen an den *Monitor* geschickt, musste sie damit rechnen, dass sie gefeuert wurde. Um das vorauszusehen, kannte sie ihre Chefin gut genug. Eva würde ein solches Verhalten heimtückisch finden.

Außerdem würde Maddy den Bildredakteur, der das Foto ausgesucht hatte, in arge Verlegenheit bringen. Und so konnte sie nur hoffen, Colin würde das Honorar annehmen, ohne die Zeitung zu sehen. Seine Fotos, die sie der Redaktion geschickt hatte, waren alt. Möglicherweise hatte er sie vergessen. Er würde erst in ein oder zwei Monaten von seiner Reise zurückkehren. Und wenn sie ihm keinen Zeitungsausschnitt sandte, würde er's vielleicht nie erfahren. Eine weitere Alternative wäre die Behauptung, sie habe die zwei Porträts in seiner Akte gefunden und angenommen, sie würden von ihm stammen.

Nur eins durfte sie nicht verraten – dass es ihre Bilder waren.

»Ja, Colette, eine erstaunliche Aufnahme«, bemerkte sie vorsichtig.

Nun kam Eva ins Hauptbüro. »Herzlichen Glückwunsch, Maddy! Wie ich höre, hast du das Foto aufgespürt. Colette gestand mir, sie habe es aufgegeben, was Brauchbares zu suchen. Gut gemacht, meine Liebe. Colin wird sich wahnsinnig freuen. Allmählich mauserst du dich zu einer brillanten Agentin.«

Maddy musste in die Toilette flüchten und ihr Gesicht mit kaltem Wasser bespritzen. An diesem Morgen war eine ihrer Aufnahmen in einer überregionalen Zeitung erschienen! Und wie typisch für ihre Dummheit – sie durfte die Lorbeeren nicht einheimsen.

Als sie ins Büro zurückging, zeigte Eva die Zeitung gerade einem Neuankömmling. Voller Angst spürte Maddy, wie sich ihr Herzschlag beschleunigte. Patrick Jamieson lächelte ihr zu.

»Was für ein toller Erfolg für Colin!«, meinte Eva. »Und für Maddy auch. Sie hat das Foto dem *Monitor* verkauft, ihr erster großer Coup. Und weißt du, wo sie's gefunden hat? In einer alten Mappe. Da sieht man, was von der Computertechnologie zu halten ist.«

»Ja, der gute Colin...« Patricks Stimme triefte geradezu vor Ironie. Aufmerksam betrachtete er das Bild. Dann schienen seine blauen Augen Maddys Gesicht zu durchbohren. »Komisch – ganz anders als Colins üblicher Stil. Irgendwie ausdrucksstärker. Sehr gefühlvoll. Offenbar verbessert er sich auf seine alten Tage.«

»Nun, vielleicht versucht er, neue Wege zu gehen.« Maddy hielt seinem Blick stand. Sicher hatte sie sich den Sarkasmus nur eingebildet. Patrick konnte nicht wissen, dass sie nicht nur Colins Fotos, sondern auch zwei ihrer eigenen an die *Monitor*-Redaktion geschickt hatte.

»Mag sein... Aber was ich noch seltsamer finde...« Patrick unterbrach sich und strich die Zeitung glatt. »Irgendwie kommt mir das Mädchen bekannt vor.«

Krampfhaft schluckte Maddy. Patrick hatte Belinda im Krankenhaus gesehen – und natürlich wieder erkannt.

Um Halt zu suchen, umklammerte Maddy die Lehne ihres Schreibtischsessels. Aber Patrick hatte sich bereits gleichmütig zu Eva gewandt, als wäre sein Interesse an dem Thema erloschen. »Ich wollte meine Fotos von Belisha checken. Kannst du Maddy für eine kleine Weile entbehren? Es wäre nett, wenn sie die Kontaktabzüge raussuchen und ins Pub bringen würde. Da treffe ich jemanden vom *Lifetime*-Magazin. Der Typ hat sich irgendein verrücktes Projekt ausgedacht. Dafür will er mich anheuern.«

Was bildest du dir eigentlich ein, wäre Maddy fast herausgeplatzt. *Ich bin nicht dein gottverdammter Botendienst...*

»Okay«, sagte Eva.

»Danke.« Patrick musterte Maddy, und seine direkte Art verwirrte sie zusehends. Beinahe hatte sie das Gefühl, sie stünde ganz allein auf einer Bühne, im grellen Scheinwerferlicht. »Um zwölf herum. Das wäre großartig. Dann können wir die Fotos heute Nachmittag an die Redaktion schicken. Ich glaube, sie sind ziemlich gut geworden.«

An ihren Schreibtisch zurückgekehrt, erledigte Maddy ein paar dringende Telefonate. Ein oder zwei Mal bemerkte sie, dass Natasha sie mit boshaft funkelnden Augen beobachtete. Aber Bosheit gehörte zum normalen Mienenspiel dieser Frau.

Erst kurz vor zwölf schaute Maddy auf die Uhr.

»Wär's nicht an der Zeit, Patrick die Bilder zu bringen?«, betonte Natasha eine Minute nach zwölf.

»Gerade wollte ich rübergehen«, erwiderte Maddy. »Bis später, allerseits.«

»Lass dich nicht von Patrick zu einem Drink einladen«, mahnte David, als sie an seinem Schreibtisch vorbeiging. »Sonst überredet er dich zu einer Pokerpartie, und du verlierst ein halbes Vermögen.«

Maddy ergriff die hellgelbe Kodakbox mit den Kontaktabzügen und eilte damit zum Slug and Sausage. Wütend fragte sie sich, ob es Patricks Kräfte übersteigen würde, sein Zeug selber dorthin zu tragen. Versuchte er ihr unter die Nase zu reiben, dass sie zwar für ein paar Fotos posiert haben mochte, aber immer noch auf der untersten Stufe der Flash-Hierarchie stand?

Sie stieß die Tür des Pubs auf. Vielleicht hielt er schon seine Besprechung ab, dann könnte sie die Box einfach abliefern und sofort wieder verschwinden.

So viel Glück hatte sie nicht. Patrick saß in seinem gewohnten Ledersessel und las eine Zeitung.

»Hallo, Maddy!«, rief er und nahm seine Füße vom Sessel gegenüber. Galant stand er auf. »Darf ich dir was anbieten?«

»Um die Mittagszeit trinke ich keinen Alkohol«, entgegnete sie in einem tadelnden Ton, den sie nicht beabsichtigt hatte. »Nach einem Glas Wein fällt's mir schwer, klar zu denken.«

»Also muss ich dich mal abends dazu einladen.«

Maddy errötete. Wagte er's tatsächlich, mit ihr zu flirten? »Wie gefällt dir das erneuerte Eheleben?«, fragte sie bissig.

Fast unmerklich zuckte er zusammen. »Layla und ich sind nach wie vor geschieden. Aber es ist wundervoll. Ich bin sehr oft mit Scarlett zusammen, statt immer nur am Sonntag. Von meiner Ex sehe ich erstaunlich wenig«, fügte er hinzu, und der bittere Unterton in seiner Stimme entging ihr nicht. »Sie behandelt mich wie einen Babysitter. Wann immer ich daheim bin, ist sie weg. Wir gleichen Schiffen, die in der Nacht aneinander vorüberziehen, ohne zusammenzustoßen. Was ich unserem früheren gemeinsamen Dasein vorziehe... Und wie laufen deine Vorbereitungen für den großen Tag? Ein lustiger Tanz rings um den Altar, mit Blumen und Girlanden?«

»Das befürchte ich.«

»Wie pittoresk! Ich habe noch nie eine griechische Hochzeit fotografiert. Heften die Gäste immer noch Geldscheine ans Brautkleid?«

»Nein, sie legen kleine Geschenke und Schmuck aufs Ehebett.« Aus irgendeinem Grund konnte sie seinem Blick nicht standhalten.

»Also wirst du in der Hochzeitsnacht ein paar nette Überraschungen erleben?«

Statt zu antworten, stellte sie die Box auf den Tisch. »Jetzt muss ich wieder ins Büro...«

»Ich wäre durchaus fähig gewesen, meine Kontaktabzüge selber ins Pub mitzunehmen, Maddy«, unterbrach er sie. »Eigentlich müsstest du wissen, dass ich mit dir reden will.«

»Worüber?«

»Über das Foto in der Zeitung, von der Balletttänzerin.«

Schon wieder begann ihr Puls zu rasen.

»Das Bild passt nicht zu Colins Stil«, fuhr Patrick fort. »Dafür ist er viel zu konventionell. In dieser Aufnahme erkennt man Originalität und Talent. Und da wäre noch etwas.«

Maddy holte tief Atem.

»Das Mädchen sieht deiner Schwester täuschend ähnlich. Natürlich vor ihrer Krankheit.«

»Ja, ein erstaunlicher Zufall, nicht wahr?«, blufte Maddy. »Das Foto muss er in der National Ballet School aufgenommen haben, wo Bel ausgebildet wurde.«

»Dann gehört's wohl nicht zu dieser Serie?«

Zu Maddys Entsetzen zog er eine Kopie ihrer Diplomarbeit, mit der sie die Ausbildung am Technical College abgeschlossen hatte, aus seiner Aktentasche. Ihre Ballettbilder starrten sie an. »Wie zum Teufel bist du daran gekommen?«

»Iris hat sie mir geliehen. Als dein Vater zu ihr zog, nahm er die Kopien mit. Sie ist sehr stolz auf dein Talent. Deshalb bat sie mich, die Fotos mal anzuschauen, und sie wollte wissen, was ich davon halte. Sicher verstehst du jetzt, warum ich so erstaunt war, als eins dieser Bilder heute in der Zeitung erschien, unter Colin Browns Namen.«

Resignierend setzte sie sich. »Ich glaube, jetzt muss ich doch was trinken.«

»Wäre es nicht besser, du würdest Eva die Wahrheit sagen?«

»Unmöglich, Patrick. Sie ist ohnehin schon sauer auf mich, weil ich Fabrizio Massimo weggelaufen bin. Was wird sie denn tun, wenn sie erfährt, dass ich meine Fotos für Colin

Browns Werke ausgegeben und an den *Monitor* geschickt habe?«

»Zweifellos wird sie einen Tobsuchtsanfall kriegen. Und wie wirst du dich verhalten, wenn Colin anruft und sagt: ›Tolle Bilder, Eva, das Honorar war fantastisch. Da gibt's nur ein Problem – ich hab sie nicht gemacht.‹«

Maddy sank noch tiefer in ihren Sessel hinab. »So weit habe ich nicht gedacht. Er ist in Südafrika. Ich hatte gehofft, er würde es für eine Verwechslung halten, das Geld einstecken und kein Wort darüber verlieren.«

»Sehr moralisch.«

»Okay, ich erzähl's ihr. Sofort.«

Patrick hielt ihr ein Glas mit seinem Irish Whiskey hin. »Vorher solltest du dir Mut antrinken. Und dann lauf los.

Übrigens, Maddy...«

»Ja?«

»Diese Fotos sind verdammt gut.«

Freudestrahlend rang sie nach Luft. Patrick war ein strenger Kritiker. Um das zu wissen, hatte sie ihn oft genug über andere Fotografen urteilen hören. Und er fand *ihre* Arbeit gut. Sogar verdammt gut. Daran wollte sie sich während der Tortur klammern, die ihr jetzt bevorstand. Und es würde sie viel wirksamer ermutigen als eine ganze Flasche Whisky. Sie würde erklären, das seien Fotos von ihrer Schwester, und sie habe gehofft, die Veröffentlichung könnte sich günstig auf Bels angeknackstes Seelenleben auswirken. Sicher würde Eva sich ärgern. Aber letzten Endes würde sie Verständnis zeigen.

Von einer Tatsache abgesehen, über die Maddy nichts wusste.

Jemand anderer hatte Eva bereits informiert.

22

Sobald Maddy das Flash-Büro betrat, ahnte sie, dass irgendetwas nicht stimmte. Viel zu intensiv konzentrierten sich alle Kollegen auf ihre Bildschirme, drückendes Schweigen erfüllte den Raum.

Sie erwartete, Natasha triumphierend lächeln zu sehen. Doch die schien noch eifriger zu arbeiten als die anderen.

Schließlich war es Lennie, die Maddy zuflüsterte: »Colin Brown sitzt bei Eva im Büro. Heute Morgen ist er aus Südafrika zurückgekommen, und er hat einen *Monitor* am Flughafen gekauft. Da ist was gründlich in die Hose gegangen. Die Fotos, die du an die Redaktion geschickt hast, sind gar nicht von ihm. Jetzt will er dort anrufen und alles klarstellen. Er findet es furchtbar peinlich. Und er hat Eva gedroht, die Agentur zu wechseln...«

Abrupt verstummte Lennie, weil die Tür des Chefbüros aufschwang.

»Ah, Maddy!«, rief Eva. »Gut, dass du wieder da bist! Komm doch herein, wir brauchen deine Hilfe.«

Jetzt rückte der gefürchtete Augenblick der Wahrheit unaufhaltsam näher, und Maddy fühlte sich elend, als sie in den Sessel an der Seite des Fotografen sank. Der Mann musterte sie argwöhnisch.

»Also, das ist alles sehr merkwürdig, Maddy«, sagte Eva. »Colin schwört, er habe das Foto von der Balletttänzerin, das heute im *Monitor* erschienen ist, nicht gemacht.«

»Nein...« Maddy atmete tief durch. »Hat er nicht.«

»Das verstehe ich nicht. Wer zum Teufel hat's denn geschossen?«

Maddy zwang sich, Eva anzuschauen. »Ich. Und die Tänzerin ist meine Schwester. Dieses Foto und ein paar andere habe ich meiner Diplomarbeit in Fotografie beigelegt.«

Ungläubig starrte Eva sie an. »Moment mal – habe ich mich verhört? Oder hast du *absichtlich* deine eigenen Fotos an den *Monitor* geschickt und für Colins Werk ausgegeben?«

»Ja. Wahrscheinlich macht's keinen großen Unterschied – aber dafür hatte ich gute Gründe.«

»Sicher macht's keinen Unterschied – aber erklär mir trotzdem, warum du's getan hast.«

»Meine Schwester – die Ballerina auf dem Bild – war sehr krank, und sie nahm sogar eine Überdosis Tabletten. Deshalb glaubte ich, wenn sie ihr Foto in der Zeitung sieht, würde es ihr helfen, das Problem zu lösen, und vielleicht ihr Selbstvertrauen stärken.«

Jetzt erst mischte sich Colin Brown in das Gespräch ein. »Nun ja, Eva...«, begann er und zuckte die Achseln. »Ein allzu großer Schaden ist wohl kaum entstanden, außer der Verlegenheit, in die mich deine Mitarbeiterin bringt.«

Bedrückt schaute Maddy ihre Chefin an. Noch nie hatte sie Eva so wütend gesehen.

»Tut mir Leid, aber dieser Grund genügt mir nicht. Ich habe dir vertraut, Maddy. Bei deiner Einstellung hast du versichert, du würdest den Job nicht nutzen, um deine eigenen Ambitionen zu fördern. Genau das hast du jetzt getan. Zumindest gewinne ich diesen Eindruck. Ich habe dir sogar erlaubt zu modeln und den Zeitungsausschnitt ignoriert, der auf meinem Schreibtisch gelandet ist – dieser Artikel, in dem geschildert wird, warum du deinen letzten Job verloren hast.« Eva machte eine kurze Pause, um Atem zu schöpfen. »Und dann hatten wir auch noch diesen Ärger, weil du einen weltberühmten Fotografen beleidigt hast...«

»Verdammt noch mal!«, fiel Colin ihr ins Wort und vergaß seine eigenen Schwierigkeiten. »Wer war das?«

»Fabrizio Massimo.«

»*Fabrizio Massimo*! Jetzt nehme ich alles zurück, worüber ich mich vorhin beschwert habe. Fabrizio Massimo ist ein selbstherrliches kleines Arschloch. Und wenn diese junge Dame ihn beleidigt hat, halte ich sie für eine Heldin.«

»Entschuldige, bitte, Colin. Das ist kein Scherz. Bis jetzt habe ich mich so sehr um Maddy bemüht, und ihr Verhalten kränkt mich *persönlich*.« Immer noch erbost, stand Eva hinter ihrem Schreibtisch auf. »So sehr ich's auch bedauere, Maddy – was du getan hast, aus welchen Gründen auch immer, ist inakzeptabel. Ich muss dir kündigen. Pack deine Sachen zusammen. Sofort. Jade wird dir ein Taxi bestellen.«

Ohne zu protestieren, verließ Maddy das Chefbüro. Tränen verschleierten ihren Blick. An den *Echo*-Artikel hatte sie gar nicht mehr gedacht. Wie freundlich von Eva, ihn stillschweigend zu übergehen... Die ganze Zeit war die Chefin unglaublich nett zu ihr gewesen. Und Maddy hatte wieder einmal alles vermasselt.

Im Hauptbüro schauten alle zu, während sie ihre Sachen zusammensuchte.

»Wahrscheinlich wird sie sich anders besinnen«, versuchte Lennie sie zu trösten. »Du kennst doch Eva.«

Sorry, formten Davids Lippen am anderen Ende des Raums, und sein Gesicht verzog sich zu einer drastischen Mitleidsgrimasse, die eines Clowns würdig gewesen wäre.

»Wenigstens wurde dein grandioses Werk gedruckt«, wisperte Colette und legte zwei *Monitor*-Ausgaben auf Maddys Schreibtisch.

»Danke«, murmelte Maddy und stopfte sie in ihre Tasche.

»Wir werden dich vermissen«, beteuerte Jade. »Und wir hätten Blumen besorgt. Aber das alles ist so schnell gegangen.«

»Wie immer, wenn man gefeuert wird.« Tapfer versuchte Maddy zu lächeln. Verdammt wollte sie sein, wenn sie jetzt einen Nervenzusammenbruch erlitt. Vor Natashas Augen schon gar nicht. »So gern wie hier habe ich noch nirgendwo gearbeitet. Und ihr alle werdet mir fehlen.« Als sie Natashas Blick auffing, hätte sie fast hinzugefügt: *Nicht alle.*

In diesem Moment läutete es an der Haustür.

»Dein Taxi, Maddy.« Beinahe rang Jade die Hände vor lauter Verzweiflung. »Das geht auf die Rechnung von Flash«, erklärte sie tonlos.

»Okay. Bye, allerseits.« Bevor Maddy ihre Tasche ergreifen konnte, öffnete Eva die Tür des Chefbüros.

»Tut mir ehrlich Leid, Maddy. Aber ich sehe keine andere Möglichkeit.«

»Das weiß ich.« Lächelnd blickte Maddy in die Runde und zwang sich, stark zu bleiben, bis sie ins Taxi stieg. »Wenn ihr zufällig jemanden kennt, der einen Job für eine eins achtundsiebzig große, selbstzerstörerische Verrückte hätte, die weltberühmte Fotografen beleidigt – dafür bin ich genau die Richtige.«

Zu ihrer Überraschung schaute Eva fast genauso unglücklich drein, wie ihr selber zu Mute war. »Alles Gute, Maddy. Wir werden an dich denken. Ohne dich wird's hier viel ruhiger zugehen.«

Komisch, dachte Maddy, wie oft habe ich diese Worte schon gehört. Sie saß bereits im Taxi, als ihr bewusst wurde, dass sie keine Gelegenheit gefunden hatte, sich von Patrick zu verabschieden.

Nun, vielleicht war das sogar vorteilhaft. In gewissen Momenten hatte sie sich auf gefährliche Weise zu ihm hingezogen gefühlt. Und jetzt würde sie ihn nicht mehr sehen. Vielleicht sollte sie ihm schreiben und ihn bitten, die Hochzeitsfotos zu vergessen. Natürlich konnte Scarlett immer noch als Brautjungfer fungieren. Das blieb abzuwarten.

Wenigstens würde sie jetzt genug Zeit finden, um sich auf ihre Hochzeitspläne zu konzentrieren – eine pflichtbewusste Braut, die Chris und seiner Familie gefiel. Nur noch vier Monate... Die meisten ehemaligen Kollegen traten vor die Tür, um ihr nachzuwinken. Wider Willen hoffte Maddy, Patrick würde plötzlich um die Ecke biegen.

Aber das geschah nicht.

Während der Heimfahrt starrte sie aus dem Autofenster und zählte zusammen, wie oft sie sich im Lauf der Jahre ihre Chancen verdorben hatte. Musste sie immer wieder auf einen unsichtbaren Knopf drücken, wenn sich irgendwo verheißungsvolle Türen öffneten?

Als das Taxi in den Cherry Tree Drive bog, hatte sie ihren Kummer einigermaßen überwunden und redete sich (nicht besonders überzeugend) ein, jede Kündigung sei ein neuer Anfang. Nicht *alles* in ihrem Leben war traurig und hoffnungslos. Inzwischen verstand sie sich immer besser mit ihrer Mutter, Belinda machte gute Fortschritte. Im April würden Maddy und Chris heiraten, dann würde tatsächlich ein ganz neues Leben beginnen. Und vorhin gab sie Colette Recht – wenigstens war ihr Foto in einer überregionalen Zeitung erschienen.

Immerhin etwas...

»Würden Sie hier unterschreiben, Miss?«, bat der Taxifahrer.

»Ja, natürlich.« Maddy unterzeichnete die Quittung, verabschiedete sich und stieg aus.

»O Maddy!« Leichenblass und sichtlich verzweifelt stand ihre Mutter in der Haustür. »Gott sei Dank, dass du da bist! Gerade habe ich in deinem Büro angerufen. Dort hat man mir gesagt, du seist auf dem Heimweg.« Penny schien sich nicht zu wundern, weil ihre Tochter mitten am Tag in einem Taxi nach Hause kam. »Heute Vormittag hat Belinda einen Rückfall erlitten. In irgendeiner Zeitung wurde ein Foto von ihr gedruckt. Das hat Iris ihr gezeigt, und Bel begann hysterisch zu schluchzen. Nun befürchtet dein Vater, sie könnte wieder eine Überdosis nehmen, und er hat gesagt, wir sollen sofort hinfahren.«

23

Energisch versuchte Maddy die Angst zu missachten, die wie ein gnadenloser Schmerz in ihren Schläfen pulsierte, umklammerte das Lenkrad und konzentrierte sich auf die Fahrt zu Iris' Haus.

Ihre Mutter saß reglos und schweigend auf dem Beifahrersitz.

Vielleicht würde Belinda den Schock mittlerweile überwunden haben, den ihr der Anblick ihres Fotos in der Zeitung versetzt hatte. Maddy musste ihr so überzeugend wie möglich versichern, sie habe es nur gut mit ihr gemeint.

Aber Belinda war außer sich, keiner Vernunft zugänglich und gewiss nicht in der Stimmung, den Standpunkt ihrer Schwester auch nur zu überdenken. Stattdessen brach sie in hysterisches Geschrei aus.

»Warum hast du mir das angetan?«, kreischte sie, sobald Maddy mit Penny das Haus betrat, und stürmte zu ihr. »Wie konntest du dieses grauenhafte, hässliche Foto von mir veröffentlichen lassen, auf dem ich wie eine totale Versagerin aussehe? Noch dazu, ohne vorher mit mir drüber zu sprechen! Nur um deine eigene Karriere als so genannte Fotografin voranzutreiben!«

Sekundenlang glaubte Maddy, ihre wütende Schwester würde ihr an die Kehle springen.

»Und es ging ihr schon so gut...« Hilflos hob Iris die Schultern. »Ich dachte wirklich, sie wäre überm Berg. In letzter Zeit aß sie sogar mit uns. Ganz normal. Früher hat sie verstohlen was aus dem Kühlschrank genommen und ist damit in ihr Zimmer gegangen.«

Verzweifelt schaute Maddy in Bels verzerrtes Gesicht, wollte sich einfach nur irgendwo verstecken und weinen. Warum war sie so haarsträubend dumm gewesen? Wieso hatte sie sich eingebildet, das Foto im *Monitor* würde Belindas Genesungsprozess fördern? Und dieser verhängnisvolle Irrtum hatte sie auch noch den Job gekostet.

Iris wandte sich zu ihr. »Hoffentlich macht's dir nichts aus, Maddy. Ich habe deinen Verlobten angerufen, weil er so gut mit Belinda umgehen kann. Wenn es jemand schafft, das arme Mädchen zu beruhigen, dann nur er. Sonst müssen wir sie wahrscheinlich wieder ins Krankenhaus bringen. Wie auch immer – wir dürfen sie nicht allein lassen.«

Quietschende Reifen im Kies der Zufahrt wiesen auf Chris' Ankunft hin.

Maddy rannte zu ihm hinaus. »Gott sei Dank, dass du da bist, Chris. Es ist so schrecklich... Dieses Foto habe ich nur an die Zeitung geschickt, weil ich dachte, meine Schwester würde sich darüber freuen. Leider war's ein Reinfall. Bel dreht durch. Und ich wurde gefeuert, denn ich hatte es ohne die Erlaubnis meiner Chefin getan.«

»Beruhige dich, Maddy«, forderte Chris mit einer Autorität, die sie nie zuvor an ihm beobachtet hatte. »Jetzt musst du an *sie* denken, nicht an dich selber.«

Sie zuckte zurück, als hätte er sie geschlagen. Dann riss sie sich zusammen. Natürlich hatte er Recht.

»Wo ist sie?«, fragte er.

»Im Wohnzimmer«, antwortete sie tonlos und führte ihn ins Haus.

Welch ein bizarrer Anblick, dachte sie, meine ganze Familie in Iris' extravagantem Salon versammelt... Die Eltern saßen wie festgeklebt auf der Kante eines wuchtigen, mit Leopardenfell bezogenen Sofas, und Belinda lag auf einer Chaiselongue, immer noch wütend.

Trotz des hysterischen Anfalls fand Maddy, ihre Schwester würde erstaunlich gut aussehen. Die hohlen Wangen waren voller geworden. In den blauen Augen, die jetzt vor Zorn funkelten, lag nicht mehr jene hoffnungslose Verzweiflung wie einige Wochen zuvor. Und das Haar zeigte wieder den normalen blonden Schimmer.

»Hallo, Bel«, begann Chris. »Falls dich meine Meinung interessiert – das Foto ist fabelhaft. Das haben Mum und Gran auch gesagt. Darauf siehst du wie eine ernsthafte, hingebungsvolle Ballerttänzerin aus. Keine Spur von diesem ›Schwanensee‹-Firlefanz – sondern echte, herzbewegende Kunst.«

»Aber...« Bel richtete sich auf. Nahe daran, eine neue Schimpfkanonade auf Maddy abzufeuern, zögerte sie. »Sehe ich nicht wie eine Versagerin aus, wie eine arme Verrückte, von Wadenkrämpfen gequält?«

»Nein, Bel, wie ein richtiger Profi.« Chris griff in die Tasche seiner Lederjacke. »Schau mal, da habe ich was für dich. Vielleicht wird's dich aufheiterten.« Er reichte ihr ein Päckchen, in Seidenpapier gewickelt.

So entzückt wie eine Fünfjährige auf ihrer Geburtstagsparty, entfernte sie das Papier. »Ist das der Schal, den ich in diesem Modemagazin gesehen habe? Wie um alles in der Welt bist du dran gekommen?«

»In der Zeitschrift stand die Bezugsquelle. Da musste ich einfach nur anrufen, und der Schal wurde mir geschickt. Probier ihn doch an und lass dich bewundern!«

Belinda drapierte den muschelrosa Samtschal um ihren schlanken Hals, der ihre zarte blonde Schönheit hervorhob. Hingerissen lächelt sie. »Perfekt!«

»Verzeih mir, Bel«, bat Maddy und kniete neben ihr nieder. »Ich wollte dich nicht kränken. Das schwöre ich dir. Glaub mir, ich hab's nur getan, weil ich dachte, ich würde dich ermutigen.«

»Das ist dir misslungen«, erwidere Belinda und zupfte an einem Ende ihres neuen Schals. »Als ich dieses Bild sah, fühlte ich mich mehr denn je wie eine Versagerin – gepeinigt, halb verhungert, vom jahrelangen Training gezeichnet...«

»Vermisst du das Ballett immer noch?«, fragte Iris in sanftem Ton.

Penny warf ihr einen scharfen Blick zu. Selbstverständlich vermisste Belinda, wofür sie die ganze Zeit so hart gearbeitet hatte. Sonst wäre sie nicht in diesen beängstigenden Zustand geraten.

Nach kurzem Zaudern erklärte Belinda: »Nicht so sehr, wie ich's erwartet hätte.«

Maddy traute ihren Ohren nicht. Am liebsten hätte sie Bel geschüttelt. *Wenn ihr die Tanzkunst nicht fehlt – wozu dann das ganze verdammte Getue?*

»Jetzt haben wir dich ertappt«, hänselte Chris ihre Schwester. Seltsam, wenn er mit Belinda redete, schlug er stets den richtigen Ton an, was alle anderen offenbar nicht schafften. »Also ging's heute nur um deine Eitelkeit.«

»Auf Maddys Foto sehe ich so *grässlich* aus!«

Verständnislos runzelte Gavin die Stirn, und Maddy wechselte einen Blick mit ihrer Mutter. In hilfloser Verzweiflung schüttelten sie den Kopf.

»Ja, ich weiß«, murmelte Iris, während sie die beiden zur Haustür begleitete. »Nicht zu fassen, wie hysterisch sie war! Ich hatte schon befürchtet, sie würde sich die Pulsadern aufschneiden. Aber vielleicht sollten wir uns freuen, weil sie ihr Aussehen so wichtig nimmt. Das muss ein gutes Zeichen sein, ein Meilenstein auf dem Weg zur Genesung. Übrigens, Maddy – dein Verlobter behandelt sie genau auf die richtige Art.«

Maddys Augen strahlten vor Stolz. »Dem Himmel sei Dank für Chris.«

»Allerdings«, fügte Iris bissig hinzu, »nach dieser kleinen Szene gewinne ich den Eindruck, deine Schwester würde gar keine liebevolle Fürsorge brauchen, sondern vielmehr einen Tritt in den Hintern.«

Hätte Penny nicht neben Maddy gestanden, wäre sie Iris erleichtert um den Hals gefallen. Wie tröstlich, dachte sie, dass nicht nur *ich* so niederträchtige, allzu menschliche Bedürfnisse empfinde...

Wieder daheim, kochte ihre Mutter Spaghetti. »Nach dieser ganzen Aufregung musst du was essen, Maddy, und dich stärken. Immerhin hat dir deine Schwester eine Heidenangst eingejagt.«

Beim Dinner erzählte Maddy, dass sie ihren Job verloren hatte, und schilderte die näheren Umstände. Inzwischen war es elf Uhr geworden, und sie fühlte sich todmüde. »Wenn's dir nichts ausmacht, möchte ich jetzt ins Bett gehen.«

»Lass dir bloß nicht den Schlaf rauben!« Penny gab ihr einen Gutenachtkuss. »Was dieses Foto betrifft – du hast es gut gemeint. Das müsste jeder einsehen, sogar Belinda, wenn sie's wollte.«

Maddy kam sich wie eine Sünderin vor, der endlich Absolution erteilt wurde. Welch ein Wunder – die Mutter warf ihr nicht vor, dass sie Bels hysterischen Anfall verursacht hatte... »Danke, Mum, das weiß ich zu schätzen.«

»Und nun sag mir die Wahrheit. Bist du sehr traurig wegen deiner Kündigung?«

»O ja«, gab Maddy zu, und Pennys unerwartetes Mitleid trieb ihr Tränen in die Augen. »Ich habe so gern für Flash gearbeitet.«

»Armes Mädchen... Weißt du was? Morgen schauen wir uns einen ganz blöden Film an, und dann stopfen wir uns mit Pizza voll.«

Maddy biss auf ihre Lippen. Seit sie die Kindheit hinter sich hatte, war sie kein einziges Mal mit Mum im Kino gewesen. Und niemals, *niemals* hatte sich Penny Adams mit Pizza voll gestopft.

»Abgemacht«, stimmte sie zu und umarmte ihre Mutter. »Eindeutig das beste Angebot, das ich seit langem bekommen habe...«

»Durch wen sollen wir Maddy ersetzen, Eva?«, fragte Colette ein paar Tage später. »Immerhin hat sie uns eine ganze Menge Arbeit abgenommen. Und so viele Kunden wollen wissen, wo sie geblieben ist.«

»Hör auf!« Eva schmetterte ihren Filofax auf den Schreibtisch. »Ich weiß, was du im Schilde führst. Wahrscheinlich müssen wir wieder eine Stellenanzeige aufgeben. Verdammt lästig, nach so kurzer Zeit… Stell doch mal fest, ob eine der anderen Bewerberinnen von damals noch verfügbar ist.«

Auf Maddys ehemaligem Schreibtisch läutete das Telefon und betonte die tagelange Leere. Lennie nahm den Hörer ab. »Madeleine Adams' Apparat«, meldete sie sich pointiert.

»Hallo. Können Sie mir vielleicht helfen?«, bat eine Männerstimme. »Ich bin von der National Ballet Company, und ich suche eine junge Tänzerin. Letzte Woche ist ihr Bild im *Monitor* erschienen. Als ich die Redaktion anrief, erfuhr ich, ein gewisser Colin Brown habe das Foto gemacht. Kann ich ihn irgendwie erreichen? Seien Sie mir nicht böse, wenn ich Ihnen Unannehmlichkeiten bereite. Aber es ist wirklich wichtig.«

Hastig legte Lennie eine Hand über die Sprechmuschel. »Diese Ballerina auf dem Foto, das den ganzen Ärger heraufbeschworen hat – ist das nicht Maddys Schwester?«

David nickte.

»Leider kann ich Ihnen keine Telefonnummer geben, Sir«, entschuldigte sich Lennie, »weil der Fotograf gerade verreist ist. Aber ich werde versuchen, ihn aufzuspüren. Soll er Verbindung mit Ihnen aufnehmen?«

»Ja, bitte, das wäre großartig.«

»Würden Sie mir Ihre Telefonnummer geben?«

Nachdem sie die Nummer notiert hatte, legte sie kichernd auf. »Wen zum Teufel rufe ich jetzt an? Die Person, die das Foto geknipst hat? Oder die Person, die so dreist war, das Honorar einzustecken?«

Alle lachten mit ihr.

»Scheiße«, seufzte Lennie, als sie wieder an ihrem Schreibtisch saß. »Ohne Maddy ist's hier sterbenslangweilig. Ständig hat sie für Abwechslung gesorgt. Und jetzt gibt's nur noch eins – Arbeit, Arbeit, Arbeit.«

»Ruf sie doch an«, schlug Eva vor, »und erzähl ihr von dem Ballett-Typen.«

Hoffnungsvoll wandte sich Lennie zu ihr. »Darf ich sie hierher einladen? Zum Lunch?«

»Okay, da kann sie sich gleich ihre Papiere abholen – das Kündigungsschreiben und das Zeugnis.«

»Hat toll geklappt, Lennie«, murmelte David. »Wollen wir unserer Chefin zu ihrem Feingefühl gratulieren?«

Lennie wählte Madys Nummer, und Mrs. Adams kam an den Apparat. »Tut mir Leid, meine Tochter ist nicht da. Sie hilft ihrem Vater in seinem Schrebergarten, Dünger zu verstreuen – oder bei irgendeiner anderen widerwärtigen Tätigkeit.«

Erst am Ende des Tages erfuhr Maddy von dem Anruf.

Erschöpft und verschmutzt war sie nach Hause gekommen. Doch die Gartenarbeit hatte sie wenigstens vom Verlust ihres Jobs abgelenkt.

Außerdem zeigte sich ein Silberstreif am Horizont. Am letzten Abend hatte Jude ihr mitgeteilt, ein Freund von Mr. Wingate, ein Hochzeitsfotograf, würde eine Assistentin suchen. »Das Gehalt ist beschissen und der Mann ein Ekel. Jeden Samstag wickelt er drei Hochzeiten ab, und es ist ihm völlig egal, ob die Braut wie ein Pavian aussieht. Aber besser als gar nichts. Und du würdest fotografieren. Mehr oder weniger.«

Maddy hatte sich für die nächste Woche mit dem Hochzeitsfotografen verabredet. So öde der Job auch sein mochte – vielleicht würde sie was dazulernen und ihre Fähigkeiten verbessern.

»An deiner Stelle würde ich Lennie anrufen«, bemerkte ihre Mutter, nachdem sie von dem Telefonat berichtet hatte. Maddy zog gerade ihre schlammigen Stiefel aus. Zu ihrer Verblüffung verzog Penny keine Miene, obwohl es zweifellos besser gewesen wäre, sie vor der Haustür stehen zu lassen.

Hatte Eva sich anders besonnen? Maddys Puls beschleunigte sich, als sie die Flash-Nummer wählte. Hoffentlich war Lennie noch nicht nach Hause gegangen. Doch sie hatte Glück.

»Hi, Maddy!«, grüßte Lennie. »Wie läuft das Leben daheim? Stopfst du dich mit Marsriegeln voll, und siehst du jeden Abend ›Alarm im All‹? Glückliches Mädchen! Hast du Lust, uns am nächsten Mittwoch besuchen? Zum Lunch?«

Tapfer verdrängte Maddy ihre Enttäuschung. »Da habe ich leider keine Zeit, weil ich mit jemandem verabredet bin – wegen eines Jobs.« Würde sie's verkraften, Eva wiederzusehen und zu spüren, wie schmerzlich sie all die Kollegen vermisste?

»Okay, dann ein andermal. Eva hat gesagt, du solltest herkommen...«

Maddys Herz begann schneller zu schlagen. Doch sie musste die aufkeimende Hoffnung sofort begraben.

»...und deine Papiere holen. Aber ich habe aus einem anderen Grund bei dir angerufen. Von der Frage nach deinem Kalorienkonsum abgesehen. Heute hat sich jemand gemeldet, der deine Schwester sucht.«

»Wer?«

»Ein Mann von einer Balletttruppe, an den Namen erinnere ich mich nicht. Letzte Woche hat er dein Foto im *Monitor* gesehen, und jetzt will er diese Ballerina finden. Er hat gesagt, es sei dringend.«

Verwirrt sank Maddy aufs Sofa. War das jemand von der National Ballet Company gewesen? Und er suchte Bel? Das musste eine gute Nachricht sein. »Großartig! Gibst du mir seine Telefonnummer?«

Maddy kritzelte die Nummer auf einen Zettel und bedankte sich bei Lennie.

Sobald sie aufgelegt hatte, telefonierte sie mit Iris und bat sie, ihre Schwester an den Apparat zu holen. »Hallo, Bel, heute hat irgendein Typ von der National Ballet Company bei Flash angerufen und sich nach dir erkundigt.« Kaum fähig, ihre Aufregung zu meistern, fuhr sie fort: »Du sollst dich so bald wie möglich bei ihm melden.«

Am anderen Ende der Leitung entstand eine längere Pause. Dann gestand Belinda: »O Gott, Maddy, dazu fehlt mir der Mut. Vielleicht soll ich einfach nur das Zeug abholen, das ich in einem Spind zurückgelassen habe. Würdest *du* für mich anrufen?«

»Okay, wenn du's willst... Aber ich bezweifle, dass er dich nach so langer Zeit wegen irgendwelcher Sachen sprechen will, die du im Theater vergessen hast.«

Maddy wählte die Nummer der National Ballet Company und erfuhr, der Mann, der Belinda Adams suchen würde, sei bereits nach Hause gegangen. Also mussten sie sich alle bis zum nächsten Tag gedulden.

Erst um halb zwölf Uhr vormittags erreichte sie ihn. »Ich habe gehört, Sie möchten meine Schwester sprechen, Belinda Adams.«

»O ja!«, bestätigte er, hörbar erfreut. »Damals wurde Belinda von einem Choreographen gefeuert, den wir mittlerweile wegen seines unpassenden Verhaltens entlassen mussten. Jetzt würden wir Ihre Schwester gern wieder engagieren.«

Maddy unterdrückte einen Freudenschrei. Aber Bel zuliebe musste sie cool bleiben. »Das werde ich ihr sagen. In letzter Zeit ging es ihr nicht so gut.«

»Um Himmels willen, hoffentlich nichts Ernstes ...«

»Inzwischen ist sie auf dem Weg der Besserung.« Was zweifellos stimmt, dachte Maddy. Und die gute Neuigkeit würde ihr sicher Auftrieb geben. »Ich werde ihr sagen, sie soll sich bei Ihnen melden, okay?«

»Vielen Dank, das ist sehr nett von Ihnen.«

Jubelnd rannte Maddy in die Küche, packte ihre Mutter und tanzte mit ihr um den Tisch herum. »Also habe ich Bels Karriere doch nicht ruiniert, sondern vielleicht sogar gerettet! Fahren wir zu ihr? Sie wird so glücklich sein!«

Vor ein paar Monaten hätte sich Penny geweigert, einen Fuß in Iris' Haus zu setzen, wenn es nicht unumgänglich gewesen wäre. Und jetzt zog sie wortlos ihren Mantel an – ein Beweis für den nachhaltigen Einfluss, den Bels Krankheit auf sie ausgeübt hatte.

Belinda pflückte gerade Tulpen in Iris' Garten, um den Esstisch zu schmücken. In ihren Wangen zeigte sich ein rosiger Hauch, den sie dem frischen Märzwind verdankte. Beim Anblick ihrer Schwester, die so blühend aussah, vergaß Maddy ihre eigenen Probleme und umarmte sie, bis Bel die Luft wegblieb.

»Lass mich los!«, japste Bel und lachte. »Willst du mich erwürgen, nur weil's mir besser geht?«

»Großartige Neuigkeiten! Die Balletttruppe will dich wieder engagieren! Vor kurzem ist der Idiot rausgeflogen, der dich wegen deiner angeblichen Zellulitis fallen ließ.«

Zu Maddys Verblüffung brach Belinda in Tränen aus. Als sie zu schluchzen aufhörte, war die alte Angst in ihre Augen zurückgekehrt.

»Was ist denn los?«, fragte Maddy verzweifelt.

»Ehrlich gesagt«, würgte Belinda mühsam hervor, »ich hab die Tanzerei aufgegeben. Das Ballett ist wie ein Gefängnis. Mein ganzes Leben hat es beherrscht. Ich konnte nicht essen, kaum ein Glas Wein trinken. Wenn man müde oder verkatert zur Probe kommt, wird man wie ein Serienmörder behandelt. Und diese Schmerzen! Blutende Zehen, Krämpfe in den Waden! Und sobald man sich einen Knöchel verstaucht oder einen Muskel gezerrt oder ein Gramm Fett am Hintern hatte, war man erledigt. Ich war dabei, als unsere Primaballerina von der Bühne stürzte. Nur während des Trainings! Und das war's – Bingo – das Ende ihrer Karriere. Schon am nächsten Tag übernahm eine andere ihre Rolle.«

Erschocken lauschten Maddy und ihre Mutter dieser leidenschaftlichen Schmährede aufs Ballett, das Belinda früher so geliebt hatte.

»In diesen letzten Wochen«, fuhr Bel fort, »seit ich bei Iris wohne, habe ich erkannt, dass es auch ein anderes Leben gibt, in dem man ganz spontan tun kann, was einem gefällt. Und das macht mir richtig Spaß.«

Penny zuckte zusammen. Doch das bemerkte Belinda nicht, in ihre eigenen Gedanken versunken.

»Also willst du nicht mehr tanzen?«, fragte Maddy.

Da wandte sich Belinda zu ihrer Mutter. In fast demütigendem Ton beteuerte sie: »Ich weiß, wie wichtig meine Ballettkarriere für dich war, Mum. Vermutlich hat sie dir viel mehr bedeutet als mir. Wenn ich's aufgebe – kannst du mir jemals verzeihen?«

»Oh, mein Mädchen...« Beinahe brach Pennys Stimme, und der Kummer, den sie mühsam bezwungen hatte, überwältigte sie. »Ob du je wieder tanzt – das ist mir völlig egal. Solange du normal isst und ganz gesund wirst.«

Belinda legte die Tulpen beiseite, die sie gepflückt hatte, und rannte zu ihr. »Die ganze Zeit dachte ich, meine Karriere wäre dein Lebensinhalt. Dauernd hast du mich von einer Ballettaufführung zur anderen gefahren, die endlosen Tanzstunden bezahlt...«

»Nur weil ich annahm, es wäre dein größter Wunsch. Und

jetzt erzählst du mir, ich hätte all die Jahre im Bett bleiben und fernsehen können, statt jeden Sonntag zweihundert Meilen zu den verdammten Ballettwettbewerben zu fahren...«

»Moment mal, das hast du geliebt!«, witzelte Bel. »Jedenfalls warst du die Mutter, die im Publikum am lautesten geschrien hat.«

»Tatsächlich?« Penny lächelte schwach.

»Und jetzt will ich dich um was bitten, Mum. Darf ich wieder zu dir ziehen?«

Glücklich und erleichtert seufzte Penny auf. »Keine Kämpfe ums Essen?«

»Keine. Das verspreche ich dir hoch und heilig.«

»Nun, wenn das so ist – packen wir deine Sachen.«

24

Es war wundervoll, Belinda daheim zu wissen. Immer wieder nahm Penny sie in die Arme, als wollte sie sich vergewissern, dass die geliebte Tochter auch wirklich bei ihr wohnte.

Manchmal wirkte Belinda angespannt, und bei den Mahlzeiten schienen ihre Nerven zu flattern. Doch sie gab sich große Mühe. Und allmählich kam sie Maddy wie eine viel nettere Version der Schwester vor, die sie früher gekannt hatte.

»Nun weiß ich, was ich diese Woche gern machen würde, Maddy«, verkündete Bel eines Morgens. »Ich möchte mein Brautjungfernkleid anprobieren!«

»Was für eine gute Idee!«, meinte Maddy erfreut. Dann rief sie Scarlett und Jude an, damit auch sie feststellen konnten, ob ihnen die bestellten Kleider passten.

Am nächsten Samstagvormittag betraten sie zu viert die Wedding-Belles-Boutique in Eastfield.

»Oh, ich erinnere mich an sie«, sagte die arrogante Verkäuferin zu Maddy. »Die Braut, die das Catherine-Walker-Kleid zerfetzt hat... Aber habe ich Sie nicht noch woanders gesehen?«

»Wahrscheinlich in der *Daily World*«, erklärte Scarlett voller Stolz.

»Und ihr Foto wird schon bald auf einem *Crimson*-Cover prangen«, ergänzte Jude.

»Verdammt noch mal!«, entfuhr es der Verkäuferin. »Ich meine – großer Gott... Kommen Sie doch mit mir, ich suche die Kleider heraus, die Sie bestellt haben.«

Während Jude und Scarlett kichernd verschiedene Diademe auf ihre Köpfe stülpten, sah sich Maddy um und dachte an den hoch gewachsenen Mann mit den strahlend blauen Augen und dem ironischen Grinsen, der sie damals fotografiert und veranlasst hatte, das Brautkleid zu zerreißen.

»Warum lächelst du?« Jude stieß sie an und bat sie, den Reißverschluss ihres Kleids hochzuziehen. »Träumst du wieder mal von der Hochzeitsnacht?«

Errötend schwieg Maddy. Die Wahrheit war viel peinlicher.

»Schau doch«, riss die Freundin sie aus ihrer Fantasiewelt. »Drei kleine Mädchen in violettem Taft!«

Maddy drehte sich um. Beim Anblick ihrer drei Brautjungfern hielt sie den Atem an. Jede trug eine passende lavendelfarbene Stola über den dünnen, mit winzigen Blumen besetzten Trägern der schmal geschnittenen Kleider.

Da Bel so krank gewesen war, hatte sich Maddy gefragt, ob sie diesen Tag jemals erleben würde. Und da standen sie – unkonventionell herausgeputzt, aber hinreißend. »Ihr seht wundervoll aus!«

»Zum Glück haben wir dir deinen Plan ausgeredet, uns in

verschiedene Farben zu hüllen«, meinte Jude. »Sonst würde man uns für gemischte italienische Eiscreme halten.«

»Oh, dann würde ich Pistaziengrün tragen!«, rief Belinda. »Das hasse ich! Und dem Himmel sei Dank für diese Stolen! Wenigstens kann ich meine Knochen verstecken. Und ihr eure…« Abrupt verstummte sie, als sie das Fettnäpfchen bemerkte, in das sie fast getappt wäre.

»Rundungen!«, vollendeten die beiden anderen den Satz.

»Besten Dank, Miss Twiggy 2004!«, witzelte Jude.

Von Gefühlen überwältigt, musste Maddy sich abwenden. Wirklich und wahrhaftig, sie *erlebte* diesen Tag.

»Das wird sicher eine fröhliche Hochzeit«, prophezeite die Verkäuferin lächelnd. Diesmal schien sie den Titel der freundlichsten Verkäuferin des Jahres anzustreben. Da sie sich an Maddys finanzielle Schwierigkeiten vor einem halben Jahr erinnerte, bot sie ihr eine günstige Ratenzahlung an und gewährte ihr sogar einen großzügigen Rabatt, weil sie drei Kleider auf einmal kaufte.

Eine Stunde später stießen sie im Bouzy Onion auf die Braut an und verschlangen mehrere kalorienreiche Käse-Nachos. Bel allerdings nicht. Aber sie aß wenigstens zwei. Immerhin ein Fortschritt, dachte Maddy.

»Und wie überlebt die Flash-Agentur ohne mich, Scarlett?«, fragte sie möglichst beiläufig.

»Da bin ich mir nicht sicher.« Scarlett tauchte einen Nacho in die Salsa. »In letzter Zeit ist Dad oft unterwegs. Aber er hat erwähnt, nun würde eine gewisse Caroline an deinem Schreibtisch sitzen.«

Maddy war überrascht, weil es so wehtat. Also hatten sie die Lücke, die sie hinterlassen hatte, ziemlich schnell geschlossen. Wie albern, dass sie sich so wahnsinnig wichtig vorgekommen war, wenn sie mühelos durch die schicke, supercoole Caroline ersetzt wurde, die sie damals vor ihrem Bewerbungsgespräch kennen gelernt hatte…

»Und wie finden sich deine Mum und dein Dad in ihrer rekonstruierten Ehe zurecht, Scarlett?«, stellte Jude die Frage, die Maddy nicht auszusprechen wagte.

»Sie streiten nicht mehr«, erwiderte das Mädchen strahlend.

Natürlich spürte Maddy den prüfenden Blick ihrer Freundin. »Wie schön!«, sagte sie, um einen herzlichen Ton bemüht.

»Nun ja...« Scarletts Freude ließ sichtlich nach. »Eigentlich vertragen sie sich nur, weil sie niemals zur gleichen Zeit daheim sind. Jetzt, wo Dad wieder da ist, glaubt Mum, sie kann mit Natasha von einer Party zur anderen schwirren.«

»Geht dein Dad nicht mit?«

»Solche Partys verabscheut er aus tiefster Seele. Deshalb bleibt er bei mir zu Hause, und wir sehen Videos. Am liebsten mag ich ›Shrek‹. Diesen Akzent macht Dad einfach köstlich nach.«

Maddy malte sich aus, wie die beiden nebeneinander saßen und »Shrek« sahen, und das Fantasiebild erschien ihr unerträglich rührend. Genau das musste der Grund sein, warum Scarlett die Rückkehr ihres Vaters so inbrünstig herbeigesehnt hatte – weil sie ganz normal mit ihm beisammen sein wollte.

»Aber wir schwärmen auch für Horrorfilme«, unterbrach Scarlett diese wehmütigen Gedanken. »Je gruseliger, desto besser. Nach ›The Blair Witch Projekt‹ fürchtete sich Daddy so sehr, dass ich ihm im Bett ein romantisches Märchen vorlesen musste.«

Beinahe verschluckte sich Maddy an ihrem Champagner. Die Vorstellung, Patrick würde im Bett liegen und sich eine Gutenachtgeschichte vorlesen lassen – das verkrafteten ihre Nerven nicht.

»Nur mehr ein paar Wochen bis zum Junggesellinnenabend!«, konstatierte Jude. »Hoffentlich wird ein Stripper auftreten.«

Am nächsten Mittwoch traf sich Maddy wie vereinbart mit Mr. Wingates Freund Duggie, dem Hochzeitsfotografen.

Der kräftig gebaute Mann trug eine lächerliche Frisur mit Mittelscheitel und fuhr einen weißen Rolls-Royce, der bei manchen Fotos als Brautwagen fungierte. Drei Mal geschieden, betrachtete er alle Hochzeiten mit zynischer Verachtung. »Die armen Jungs sollten's vergessen oder schon vor der Heirat für den Scheidungsanwalt sparen. Haben Sie einen Führerschein?«

»Warum?«, fragte Maddy verwirrt. Sie hatte geglaubt, er würde sich für ihre fotografischen Fähigkeiten interessieren.

»Wenn ja und falls Sie sich außerdem in London auskennen, könnte ich jeden Samstag eine zusätzliche Hochzeit einplanen.«

Duggies System war bewundernswert. Wann immer es die Locations zuließen, fotografierte er die Hochzeit Nummer eins, während das Brautpaar Nummer zwei gerade das Ehegelübde ablegte. Wortgewandt redete er seinen Kunden ein französisches Frühstück statt einer Nachmittagshochzeit ein, um die Samstagvormittage möglichst lukrativ zu nutzen. »Alle verdammten Engländer wollen am Samstagnachmittag um halb vier heiraten. Schrecklich provinziell!«

Da Maddys Hochzeit am Samstagnachmittag um halb vier stattfinden sollte, schwieg sie wohlweislich.

Am Ende des Bewerbungsgesprächs kündigte Duggie an, er würde ihr wegen des Jobs Bescheid geben. Vermutlich fand er ihre Kenntnisse, die den Londoner Stadtplan betrafen, nicht besonders eindrucksvoll.

Sie schaute auf ihre Uhr. Kurz vor sechs. Wenn sie jetzt mit der U-Bahn zu ihrer Busstation fuhr, würde sie in die Rush-Hour geraten. Plötzlich erinnerte sie sich an Lennies Anruf. Eva wollte, dass sie ihre Papiere abholte, und das wäre eine günstige Gelegenheit. Um diese Zeit würden die meisten Mitarbeiter das Büro schon verlassen haben, und

Maddy musste nicht befürchten, der coolen Caroline zu begegnen.

Fünfzehn Minuten später erreichte sie die Meek Street. Bevor sie an der Tür des Flash-Büros läutete und auf den Öffner gedrückt wurde, spähte sie durch die Glaswand. Jade saß nicht mehr an der Rezeption.

Als Maddy die Tür zum Hauptbüro öffnete, sah sie nur noch Colette an ihrem Schreibtisch sitzen.

»Hallo, Maddy, freut mich, dich wieder zu sehen.«

»Hi. Ich glaube, Eva hat meine Papiere beisammen.«

»Jedenfalls habe ich gehört, wie sie das mit Dorrit besprach. Ich schau mal nach. Mach dir doch eine Tasse Tee, während du wartest. Du weißt ja, wo alles ist.«

Auf dem Weg zur winzigen Küche sah Maddy eine nervöse Natasha vor dem Spiegel stehen, der im Korridor hing.

Offenbar frischte ihre Intimfeindin gerade ihr Make-up auf. »In der Toilette ist die verdammte Glühbirne durchgebrannt«, klagte sie.

»Haben Sie was Nettes vor?« Maddy musterte Natashas schickes Outfit – ein tief ausgeschnittenes silbernes Top, eine grauseidene, weit ausgestellte Hose und ungewöhnlich hochhackige Patrick-Cox-Sandalen.

»Heute Abend gehe ich mit Layla zu einer Party. Die Präsentation der neuen Calgary-Juwelen. Da werden wir viele interessante Männer treffen, meint Layla. Genug für uns beide.«

Erbost über Layla, zischte Maddy: »Also planen die Jamiesons eine offene Ehe?«

Natasha trug eine letzte Schicht Lipgloss auf und wandte sich zum Büro. »Layla schon. Wie Patrick darüber denkt, weiß ich nicht.«

Maddy überlegte, ob Patrick das als Grundlage der Versöhnung akzeptierte. Für sie selbst kam eine solche Ehe nicht in Frage. Wenn sie mit Chris verheiratet war, würde sie ihm bedingungslos die Treue halten. Und dann entsann sie sich, wie oft sie träumerisch an Patrick dachte. Passte das zu einer treuen Braut?

Im Hauptbüro läutete das Telefon, und Maddy hörte Natashas schrille Stimme.

»Großartig!«, kreischte Natasha und knallte den Hörer auf die Gabel. »Besten Dank, Layla! Gerade hat sie mich in die Wüste geschickt! Weil sie wahrscheinlich ein besseres Angebot hat!« Wütend schlüpfte sie aus ihren High Heels, warf sie unter den Schreibtisch und zog abgewetzte Sneakers an. »Was soll ich jetzt mit diesem verdammten Abend anfangen?«

Maddy spielte mit dem Gedanken, ihr einen Drink im Slug and Sausage vorzuschlagen. Aber ihre Großzügigkeit hatte gewisse Grenzen. Natasha zündete sich eine Zigarette an und drehte sich zu Maddy um. »Nur zwischen uns beiden – ich glaube, in Layla und Patricks friedlichem Heim läuft's nicht so gut.«

Warum zum Teufel erzählt sie mir das, fragte sich Maddy. Normalerweise tat Natasha nichts ohne irgendwelche Hintergedanken.

»Bevor Patrick zu Layla zurückkehrte, hatte sie bereits einen ganz entzückenden 26-jährigen Jungen an Land gezogen«, fuhr Natasha fort. »Also hatte der arme Patrick keine Chance.«

»Aber ich dachte, *sie* wollte ihn zurückhaben.«

»Ja, das stimmt. An der Seite eines Ehemanns fühlt man sich sicherer. Es ist besser für den gesellschaftlichen Status.« Natasha lehnte sich an ihren Schreibtisch. »Natürlich wusste Layla, dass es Schwierigkeiten mit Patrick geben würde«, fügte sie beiläufig hinzu. »Deshalb zögert sie, ihn wieder zu heiraten. Weil er eine andere liebt, hat sie mir erklärt.«

Verblüfft zuckte Maddy zusammen. Was deutete Natasha an? Hatte Patrick vor seiner Rückkehr zu Layla eine Affäre angefangen? Verdammter Heuchler! Wie passte das zu seiner Sorge um Scarlett?

»Was ist eigentlich los mit Patrick?«, fauchte sie. »Offenbar habe ich ihn falsch verstanden. Ich dachte, er wollte seiner Tochter ein gesichertes Leben bieten.«

Natasha lachte spöttisch. »Fragen Sie ihn doch selber. Er sitzt in seiner Stammkneipe. Zweifellos wird er sich freuen, wenn Sie ihm moralische Vorschriften machen.«

In diesem Augenblick kam Colette zu Maddy und reichte ihr einen großen Umschlag.

Lächelnd griff Maddy danach. »Vielen Dank. Bye.«

»Bye, Maddy. Hoffentlich findest du bald einen neuen Job.« Erstaunt beobachtete Colette, wie Maddy die Richtung zum Slug and Sausage einschlug. »Was genau führst du im Schild, Natasha?«

»Patrick ist okay.« Lässig zuckte Natasha die Schultern und nahm ihre Handtasche vom Schreibtisch. »Im Gegensatz zu Layla hat er's ernst gemeint. Diese Frau verdient ihn nicht. Maddy ist bis über beide Ohren in ihn verknallt. Aber sie weiß nicht, dass er ihre Gefühle erwidert. Und da dachte ich, ich müsste den beiden eine Chance geben, das rauszufinden.«

»Mein Gott, Natasha Williams, die gute Fee!«

»Mal was anderes als die böse Hexe.«

»Da gibt's nur ein Problem«, betonte Colette. »Ich fürchte, Maddy hat missverstanden, was du ihr klar machen wolltest.«

»Meinst du?« Bekümmert runzelte Natasha die Stirn. »Typisch! Wenn ich ausnahmsweise mal was Gutes tun will, geht's schief.«

25

Maddy holte tief Luft. Soeben hatte sie von Natasha erfahren, Patrick würde schon die ganze Zeit eine andere lieben. Und das war eine gute Neuigkeit. Nicht für Scarlett, dachte sie. Aber für mich. Diesen wilden, heißen Zorn, den sie jetzt empfand, konnte sie gut gebrauchen, denn er würde ihre gefährlichen Tagträume, die sich um Patrick Jamieson drehten, endgültig verscheuchen. Dieser Schürzenjäger gab nur vor, die Menschen in seiner Nähe würden ihm was bedeuten, und er machte auf Teufel komm raus, was er wollte.

Zugegeben – Layla schien ihn zu provozieren. Wenn man Natasha glauben durfte, hatte sie ihn aus ziemlich niedrigen Beweggründen zurückgelockt. Aber wie soll das neue Familienleben funktionieren, wenn beide fremdgehen, fragte sich Maddy, von bitterer Enttäuschung erfasst.

Die einzige Emotion, die sie sich *nicht* eingestand, war rasende Eifersucht. Wer war diese Frau, mit der Patrick eine Affäre hatte? Irgendein Model? Nun, sein Job bot ihm ja auch eine reiche Auswahl. Was *das* betraf, hatte er's genauso gut wie ein Junge, der in einem Süßwarenladen eingesperrt war.

Als sie die Tür des Slug and Sausage öffnete, schlug ihr ohrenbetäubender Lärm entgegen, der ihr im Gegensatz zu der ruhigen Seitenstraße doppelt laut erschien. An der Theke standen die Leute, die sich nach der Arbeit einen Drink genehmigten, in Dreierreihen. Eng aneinander geschmiegt saßen Liebespaare in dunklen Ecken und hofften, die Bürokollegen würden sie nicht entdecken. Fröhliches Stimmengewirr und schallendes Gelächter, kokettes Gekicher und Zigarettenqualm erfüllten die Luft.

Von dieser Schwindel erregenden Five-o'Clock-Welt ausgeschlossen, empfand Maddy tiefe Verzweiflung, und sie erkannte wieder einmal, wie schmerzlich sie die Arbeit im Flash-Büro vermisste. Wenn sie den Job bei Duggie annahm, falls er ihr überhaupt angeboten wurde, würde sie wohl kaum so viel amüsanten Klatsch und Tratsch genießen wie bei der Flash-Agentur. Andererseits – wenn sie die Fotografie ernst nehmen wollte, musste sie akzeptieren, dass Fotografen Einzelgänger sein mussten. Das verlangte dieser Beruf. Man wartete ab und sah die Bedeutung hinter so vielen kleinen Dingen, die der Rest der Menschheit mehr oder weniger gedankenlos erlebte. Cartier-Bresson hätte auf der anderen Straßenseite eines Cafés gestanden, statt hineinzugehen und sich zu betrinken.

Und dann entdeckte sie ihn. Ganz allein saß er in seiner gewohnten Ecke und starrte auf eine Zeitung, ohne darin zu blättern.

Maddy bahnte sich einen Weg durch die Menge und blieb vor Patricks Tisch stehen. »Soll ich dir noch einen Drink bringen?«

Wie sie seiner Miene entnahm, hatte er bereits ziemlich viel getrunken. In seinem Blick las sie den festen Entschluss, seine Aufmerksamkeit auf sie zu konzentrieren. Die Schultern gestrafft, riss er sich zusammen. Seine Stimme klang erstaunlich klar. »Ja, ein Macallan wäre okay.«

Sie kämpfte sich zur Bar durch und bestellte zwei Macallans. »Schon seit fünf sitzt er da«, erklärte Terence, über die Theke gebeugt. »Und er trinkt einen Doppelten nach dem anderen. Deshalb dürfte mittlerweile ein kleiner Whisky genügen.«

»Danke.« Maddie trug die beiden Gläser in Patricks Ecke.

»Wie geht's deiner Schwester?«, fragte er und nahm seinen Mantel vom Stuhl gegenüber seinem Sessel.

»Gut.« Maddy setzte sich. »Sogar viel besser. Sie hat das Ballett aufgegeben und lässt sich zur Tanzlehrerin ausbilden. Inzwischen isst sie auch ein bisschen was.«

»Das freut mich. Dann hat dein ungeheuerliches Verbrechen, den *Monitor* zu beschummeln, wohl keine allzu schlimme Katastrophe hervorgerufen?«

»Von meiner Kündigung abgesehen, war's nicht so tragisch. Jemand von der Balletttruppe wollte Bel wieder einstellen. Doch sie lehnte das Angebot ab. Das war ein wichtiger Wendepunkt in ihrem Leben.«

»Also verdankt sie dir ihre Rettung. Hast du in letzter Zeit wieder mal einen berühmten Fotografen beleidigt?«

Beinahe hätte sie geantwortet: *Nein, aber genau das habe ich jetzt vor.* Trotz ihres Ärgers über Patrick musste sie lächeln. »Heute habe ich einen Widerling kennen gelernt, der's verdienen würde, einen Hochzeitsfotografen namens Duggie. Vielleicht wird er mich als Assistentin engagieren, wenn ich den Londoner Stadtplan möglichst schnell auswendig lerne.«

»Warum, zum Teufel?«

»Weil er jeden Samstag drei Hochzeiten knipst – vorausgesetzt, er kann die Leute dazu überreden, am Vormittag zu heiraten. Mit der Hilfe einer Assistentin, die den Weg von Dulwich nach Cockfosters im Rekordtempo findet, könnte er eine vierte Hochzeit einplanen.«

»Scheint ein cleverer Junge zu sein. Sicher wird er dir einiges beibringen.«

»Vor allem, den Stadtplan zu lesen. Ja, ich weiß. Aber ich hab mir überlegt, wenn ich's mit der Fotografie wirklich ernst meine, darf ich keine anderen Jobs annehmen, so verlockend sie auch wären.«

»Stimmt. Aber du würdest zweifellos was Besseres finden als Duggie.«

»Nicht jeder kann Magnum anrufen, die grandiose Pariser Bildagentur, und einen Promi-Namen fallen lassen.«

Da knallte Patrick sein Glas so vehement auf den Tisch, dass die Gäste in seiner Nähe zusammenzuckten. »Weißt du, wie ich angefangen habe? Mit sechzehn ging ich von der Schule ab, obwohl alle Leute dachten, ich würde die Kunstakademie besuchen. Stattdessen arbeitete ich in einem Fotostudio in Dagenham. Meine Freunde schnitten mich, denn sie hielten mich für einen Versager, und das war die schlimmste Zeit meines Lebens. Also erzähl mir nichts von glanzvollen Kontakten. Damals war Sid mein bester Kontakt, ein Vetter zweiten Grades, ein erfolgloser Paparazzo. Stundenlang hing er herum, wartete auf Joan Collins, und dann verpasste er sie, weil er sich in einer Bar voll laufen ließ. Als ich ihn bat, meine Karriere zu fördern, sagte er, ich sollte ihn kreuzweise und einen richtigen Beruf ergreifen.«

Maddy biss auf ihre Lippen, um ein Grinsen zu unterdrücken.

»Und wie laufen deine Hochzeitspläne?«, fragte er.

»Oh, sehr gut.«

»Wann ist's so weit?«

»In sechs Wochen.«

»Dann bist du in sechs Wochen... Wie heißt Chris mit Nachnamen?«

»Stephanides.«

»Mrs. Stephanides. Sehr griechisch. Und stell dir mal vor, du musst niemals auf ein neues Auto warten.« Patrick leerte sein Glas in einem Zug. Falls Terence nicht gelogen hatte, musste es ungefähr der zehnte Whisky gewesen sein. »Hör mal, Maddy, ich möchte dich was fragen. Ich weiß, ich habe versprochen, deine Hochzeitsfotos zu machen. Wärst du mir sehr böse, wenn ich kneife?«

»So bitter willst du deine Tochter enttäuschen? Auch für sie ist das ein großer Tag!« Plötzlich flammte Maddys Zorn wieder auf. »Und nach allem, was ich erfahren habe, ist das nicht der einzige Frust, den du ihr zumutest.«

Nun geriet er ebenfalls in Wut. »Wovon zum Teufel redest du?«

»Offenbar gibt es eine andere Frau in deinem Leben. Ich nehme an, wenn du Layla wieder heiratest, werdet ihr eine offene Ehe führen. Sehr modern. Aber vielleicht nicht besonders angenehm für Scarlett.«

»Weißt du eigentlich, wie selbstgefällig und moralinsauer das klingt, verehrte Braut? Ich vermute, *deine* Ehe wird vom Anfang bis zum Ende ein Bett voller Rosen bleiben.«

»Ja, wir lieben uns.« Zu ihrer Bestürzung hörte sie einen gewissen salbungsvollen Unterton aus ihrer eigenen Stimme heraus. »Zumindest werde ich mir keinen anderen suchen, solange ich mit Chris zusammenlebe – während *du's* mit solchen Dingen nicht so genau nimmst.«

»Danke für die Lektion. Das werde ich mir merken. Hoffentlich wirst du ein unvergessliches Hochzeitsfest feiern. Und keine Bange, ich finde einen anderen Fotografen für dich. Allein schon Scarlett zuliebe.«

Als er aufstand, stieß er gegen den Tisch und warf alle leeren Gläser um. Dann drängte er sich durch die Menschenmenge und verließ das Pub.

Maddy schaute ihm nach. Wegen der nervösen Anspannung und der überheizten Luft fühlte sie sich ganz schwach – und nicht zuletzt, weil sie einen Whisky getrunken hatte, ohne was zu essen. Ein paar Leute starrten sie fasziniert an. Langsam und vorsichtig stand sie auf, um in die Damentoilette zu fliehen und kaltes Wasser in ihr Gesicht zu spritzen.

Unterwegs wurde ihr der Weg versperrt.

Terence stand plötzlich vor ihr. »Was ist denn mit Patrick los?«

Nonchalant zuckte sie die Achseln. »Ich glaube, er ist wieder mal sternhagelvoll.«

»Bevor er *Ihnen* begegnet ist, hatte er die Sauferei schon fast aufgegeben. Ich hab ihn richtig bewundert. Die Anonymen Alkoholiker brauchte er gar nicht, nur seine Willenskraft. Dann verknallt er sich in Sie, aber Sie sind mit irgendeinem Griechen verlobt. Also kehrt Patrick zu seiner grauenhaften Ex zurück und landet Tag für Tag in meiner Kneipe. Sieht nach einer gottverdammten modernen Romanze aus!«

»Verzeihen Sie...« Maddys Gehirn begann auf Hochtouren zu arbeiten. Was zum Geier meinte er? Inständig sehnte sie sich nach kaltem Wasser, das ihr helfen würde, etwas klarer zu denken. »*Was* haben Sie gesagt?«

»Über seine Frau? Miese Hure.«

»Nein – über mich...« Jetzt klang Maddys Stimme nicht mehr so arrogant. »Dass er in mich verknallt ist...«

»Ach ja, seine Ex hat ihm erklärt, mit einem neuen Eheglück würde es wohl kaum klappen. Und zwar Ihretwegen. Natürlich vergisst die schöne Layla, den so genannten DJ zu erwähnen, mit dem sie's treibt, und gibt Ihnen die alleinige Schuld.«

Maddy fühlte sich nicht nur schwach, sie fror und schwitzte, und ihr wurde fast schwarz vor Augen.

Das hatte Natasha also mit der Behauptung gemeint, Layla würde eine zweite Ehe mit Patrick scheuen, weil er sich für eine andere interessiere. Und Maddy, eine verrückte, eifersüchtige Harpyie, hatte ihn soeben einer Affäre bezichtigt. In Wirklichkeit liebte er sie, Madeleine Adams, die bald einen Griechen heiraten würde.

Wie einen Schutzschild presste sie ihre Schultertasche an sich und stürmte durch das Gedränge zum Ausgang, rempelte unschuldige Leute an und ignorierte alle Vorwürfe.

»Autsch!«

»Passen Sie doch auf...«

Aber Patrick ließ sich nirgends blicken. Als sie die Straße entlanglief und nach ihm Ausschau hielt, ratterte ihr Herz wie ein außer Kontrolle geratener Flipper. Was es mehr oder weniger auch war.

Endlich sah sie ihn. An die Motorhaube seines Saabs gelehnt, suchte er in seinen Taschen den Autoschlüssel.

»Patrick!«, schrie sie. »Tut mir schrecklich Leid, was ich gesagt habe!«

Und dann – sie wusste nicht, wie – lag sie an seiner Brust, und er küsste sie, als wollte er sie nie mehr loslassen.

Nach einer Weile, mit übermenschlicher Anstrengung, löste er ihre Arme von seinem Hals und schob sie weg. »Hör auf, Maddy, das ist verrückt. Ich bin ein alter Trinker und Zyniker. Und du hast einen netten jungen Autoverkäufer erobert, der dir viele griechische Babys mit dunklen Augen schenken wird.« Sein Blick fiel auf ein Taxi, das gerade vorbeifuhr, und er hielt es an. »Dafür wirst du mich jetzt hassen. Aber ich treffe die richtige Entscheidung. Chris liebt dich. Und er sieht das Leben auf klare Weise, in Schwarz und Weiß, nicht grau – so wie ich. Außerdem besäuft er sich nicht, und er schleppt kein zentnerschweres emotionales Gepäck in eure Beziehung.« Er stieg in das Taxi, schloss hastig die Tür, damit Maddy nicht hineinspringen konnte, und öffnete das Seitenfenster. »Heirate ihn, genieße dein Glück – alles andere ist unwichtig.«

Das Taxi fuhr davon. Verloren und hilflos stand Maddy auf dem Gehsteig und fühlte sich unglaublich dumm.

In dieser Nacht lag sie schlaflos im Bett. In ihrer Fantasie spielte sie die Szene immer wieder nach. Wie lange liebte er sie schon? Natürlich, er hatte sie ein paar Mal geküsst. Und sie hatte die Küsse erwidert, aber geglaubt, so etwas würde zu der Glamour-Welt gehören, in die sie unversehens geraten war. Über das alles wunderte sie sich immer noch, bevor sie schließlich einschlummerte.

Als sie am nächsten Morgen erwachte, wusste sie wenigstens, dass sie Chris sehen musste. Jetzt brauchte sie diese schwarzweiße Sicherheit, die Patrick so treffend beschrieben hatte, den ansteckenden Optimismus, dem er die Zuneigung ihrer Eltern und ihrer Schwester verdankte – und seine eigene Gewissheit, sein Leben würde in reinem Glück verlaufen. Denn – hallo! – wie konnte Chris Stephanides was anderes passieren?

Es war erst kurz vor neun. Wenn sie sich beeilte, würde sie ihn daheim antreffen, ehe er zur Arbeit fuhr. Falls er nicht irgendwo ein Auto abliefern musste. Um das herauszufinden, könnte sie anrufen. Aber sie wollte lieber aus dem Bett springen und zu seinem Haus laufen. Sie würde ihn überraschen und unterwegs frische Croissants kaufen – oder die griechischen Käsepasteten, die es im Delikatessenladen gab. He, erinnerte sie sich, die mag er gar nicht so gern, die schmecken *dir*. Nun, sie würde trotzdem welche mitbringen.

Während sie die Straße hinabjoggte, war sie froh, dass sie einen warmen Trainingsanzug trug. Der Himmel leuchtete blassblau, der kalte Märzwind wehte ihr das Haar ins Gesicht. Wie Patrick betont hatte, würde sie im nächsten Monat Mrs. Stephanides heißen und ein ganz neues Leben beginnen. Am letzten Abend hatte sogar eine Nachricht von Chris auf dem Anrufbeantworter gewartet: Er habe ein Apartment gefunden, in das sie sofort einziehen könnten. Also würden sie nicht, wie ursprünglich geplant, erst mal bei seinen Eltern wohnen müssen.

Maddy zwang sich, die Gründe zusammenzuzählen, warum sie von Glück reden konnte. Jetzt, wo ihre Schwester ein Ziel vor Augen hatte und zur Tanzlehrerin ausgebildet wurde, ging es ihr immer besser. Mum hatte sich an die neue Situation gewöhnt und aufgehört, Gavin und »diese Frau« ständig zu verunglimpfen. Über eine Scheidung wurde nicht gesprochen, und das freute Maddy. Es sah so aus, als wäre es in Ordnung, wenn ihre Mutter *und* ihr Vater an der Hochzeit teilnehmen würden. Taktvoll wie eh und je, hatte Iris erklärt, sie würde nicht erscheinen. Aber Penny wünschte, auch Iris sollte an der Hochzeitstafel sitzen – ein eindeutiger Beweis, wie sehr sie sich zu ihrem Vorteil verändert hatte.

Lächelnd rannte Maddy am Clock Tower vorbei. Wie Chris ihr erzählt hatte, würde Granny Ariadne bei der Hochzeit ein violettes Outfit tragen, passend zu den Kleidern der Brautjungfern, und auf ihr geliebtes traditionelles Schwarz verzichten.

O ja, alles war völlig okay.

Auf der anderen Seite von Eastfield verabschiedete sich Olimpia so wie an jedem Tag von ihrem Sohn, einen großen Stapel perfekt gebügelter Hemden in der Hand. Dass sie ihn ein bisschen zu sehr verwöhnte, wusste sie. Wahrscheinlich ist das unfair gegenüber seiner Braut, dachte sie. Welche moderne junge Frau wollte sich schon stundenlang ans Bügelbrett ketten lassen und jede einzelne noch so winzige Falte gewissenhaft plätten? Keine. Und das war sicher gut so.

Als sie Chris nachwinkte, kam der Postbote mit einem großen Paket den Gartenweg herauf. In braunes Packpapier gewickelt und mehrfach verschnürt, erinnerte es Olimpia an ein Spinnennetz. Um zu wissen, woher das Paket stammte, brauchte sie den Stempel nicht zu sehen. Aus Griechenland. Diese Verschnürungstechnik war ihr vertraut. Wann immer Verwandte auf dem Heathrow-Flughafen ankamen, musste sie lachen. Selbst wenn sie brandneue Koffer besaßen, sie trugen stets ein kostbares, in braunes Papier gehülltes, kompliziert verschnürtes Paket bei sich.

So wie dieses, das erste Hochzeitsgeschenk. Olimpia legte die Hemden beiseite, nahm das Paket vom Postboten entgegen und schüttelte es, um festzustellen, ob etwas klirrte – ob auf der Reise irgendwas zerbrochen war. Doch sie hörte nichts, ein gutes Omen in Gestalt des ersten Geschenks.

Sie seufzte. Irgendwie hatte sie den Eindruck gewonnen, das Brautpaar würde alle guten Vorzeichen benötigen, die es nur kriegen konnte. Sie brachte das Paket ins Schlafzimmer ihres Sohnes und versuchte, das Gefühl zu verdrängen, zwischen Chris und Maddy wäre nicht alles so, wie es sein sollte. Wieder einmal redete sie sich ein, moderne Paare seien nun mal anders, die würden ihr eigenes Leben führen. Auf dem Weg zum Traualtar hatten Olimpia und ihr Mann einander kaum gekannt. Einerseits war das wundervoll und aufregend gewesen, andererseits eine gewaltige Nervenprobe. Aber Chris blickte seiner Hochzeit mit Maddy eher sachlich entgegen, so als würde er einfach nur ein neues Auto kaufen. Genau genommen interessierten ihn neue Autos sogar etwas mehr.

Natürlich mussten die beiden schon miteinander geschlafen haben, allerdings nicht in diesem Haus. Eine Sorge weniger – zumindest nichts, worüber sie sich aufregen mussten, weil sie schon wussten, was ihnen im Ehebett blühte...

Vielleicht lag dieses Phlegma in der männlichen Natur. Heutzutage verhielt sich Olimpias Mann Christos so ähnlich. Billard und Backgammon begeisterten ihn mehr als seine Frau. Aber müsste eine Ehe nicht mit einem Paukenschlag beginnen? Nun, vielleicht benahm sich Chris ein bisschen romantischer, wenn er mit Maddy allein war.

Olimpia legte das Paket neben Chris' Schreibtisch auf den Boden. Wie üblich fand sie in seinem Zimmer ein Chaos aus schmutzigen Kleidungsstücken, Zeitschriften und Teetassen vor. Zerknüllte Socken schmückten das ungemachte Bett. Also würde Maddy einen Schock erleiden.

Ja, ich habe ihn wirklich zu sehr verwöhnt, gestand sich Olimpia ein. Während sie die Schmutzwäsche einsammelte, entdeckte sie ein Foto von Maddy auf dem Schreibtisch. Lächelnd nahm sie es in die Hand. Wie seltsam, die Hälfte des Bilds war abgerissen worden – möglicherweise das Porträt einer anderen Person. Und Chris wollte nur seine Verlobte betrachten.

Sie legte das Foto auf den Schreibtisch zurück, und dabei fiel ihr die Brieftasche ihres Sohnes ins Auge. Würde er sie an diesem Tag nicht brauchen? Olimpia öffnete sie, um festzustellen, ob es die war, die er normalerweise benutzte, oder eine alte.

Verwundert musterte sie die Kreditkarten, die Zehn- und Zwanzigpfundnoten, die Mitgliedskarte vom Squash-Club. Nein, das war zweifellos die Brieftasche, die er immer noch verwendete. Während sie den Inhalt inspizierte, fiel er teilweise auf den Schreibtisch. Mit einem griechischen Fluch griff sie danach.

Und da sah sie es.

Noch ein Foto. Olimpias Atem stockte. Mit zitternden Fingern legte sie es neben Maddys Bild, und die zerrissenen Hälften passten genau zusammen.

Aber das Foto, das Chris in seine Brieftasche gesteckt hatte – weil er glaubte, dort würde es niemand finden –, zeigte nicht Maddy.

Sondern ihre Schwester Belinda.

Für Olimpia war es kein Schock. Schon die ganze Zeit hatte sie's geahnt und nicht wahrhaben wollen.

In Wirklichkeit liebte ihr Sohn Belinda, so wie er den verkrüppelten Hamster liebte, den verdammten Hasen, den er gerettet hatte, und seinen Freund George, den hoffnungslosen Versager. Chris war ein Mann, der hilfsbedürftige Geschöpfe beschützen musste.

Was zum Teufel sollte sie tun? Ihre Schwester anrufen? Oder vielleicht Penny und sie um Rat fragen? Bevor sie irgendetwas unternehmen konnte, läutete es an der Haustür, und sie hörte Maddys Ruf.

Blitzschnell schob Olimpia das Foto in die Brieftasche – nicht zwischen die Quittungen, wo es zuvor gesteckt hatte, sondern unter die Klarsichtfolie, für Zeitkarten bestimmt. Da war es deutlich zu sehen.

Es läutete wieder. Schuldbewusst fuhr Olimpia zusammen. Dann eilte sie nach unten.

Das dunkle Haar zerzaust, stand Maddy auf der Schwelle. »Hallo, Olimpia! Verzeih mir, dass ich so früh hier reinplatze. Aber ich muss dringend mit Chris reden. Da – ich habe griechische Pasteten mitgebracht.« Sie drückte eine Papiertüte in Olimpias Hand. »Ist er da?«

Ein paar Sekunden lang hoffte Olimpia, das Mädchen wäre gekommen, um die Hochzeit abzublasen.

Stattdessen lachte Maddy fröhlich. »Ich will ihm nur sagen, wie sehr ich ihn in den letzten Tagen vermisst habe.« Leicht verlegen zuckte sie die Achseln. »In deinen Ohren klingt das sicher verrückt.«

»Keineswegs. Leider hast du ihn verpasst. Er musste etwas früher ins Geschäft, wegen einer Besprechung mit einem Kunden. Ausnahmsweise ist es still im Haus. Heute Morgen hat meine Mutter beschlossen, in die Kirche zu gehen. Ich habe gerade guten griechischen Kaffee gekocht. Möchtest du eine Tasse?«

»Oh, das wäre wunderbar! Jetzt habe ich ja Zeit genug und kann mich dem süßen Nichtstun hingeben.«

»Suchst du dir einen neuen Job, oder wartest du bis nach der Hochzeit?« Olimpia fürchtete, ihre Frage würde ungefähr so aufrichtig klingen wie das Geständnis eines Schwindlers.

»Mehr oder weniger habe ich schon was in Aussicht. Aber ich werde wahrscheinlich erst wieder arbeiten, wenn Chris und ich von der Hochzeitsreise zurückkommen.« Maddy folgte Olimpia in die Küche, nahm eine Tasse mit starker schwarzer Brühe entgegen und nippte daran. »Himmlisch! Du musst mir unbedingt beibringen, wie man diesen Kaffee macht.«

»Mit Vergnügen. Wie geht's deiner Familie?«

»Danke, gut. Meine Eltern reden endlich wieder miteinander. Und Belinda fühlt sich immer besser.« Ohne den scharfen Blick zu bemerken, den Olimpia ihr zuwarf, fuhr Maddy fort: »Chris war wahnsinnig nett zu ihr. Stell dir vor, er hat ihr sogar eine Halskette geschenkt, die zu ihren Augen passt. Da interessierte sie sich zum ersten Mal seit Monaten wieder für ihr Aussehen. Ob ich das jemals gesagt habe, weiß ich nicht...« Sie machte eine Pause und rührte in ihrem Kaffee. »Jedenfalls könnte ich in keine warmherzigere Familie einheiraten als in eure.«

Das war zu viel für Olimpia. Hastig wandte sie sich ab und gab vor, die Zuckerdose zu suchen. Sie mochte Maddy. Aber sie kannte ihren Sohn. Seine Verlobte hatte nur eine einzige Sünde begangen. Aus der unsicheren Riesin, die er vor so vielen Jahren zum ersten Mal nach Hause gebracht hatte, war das selbstbewusste, reizvolle Mädchen geworden, das jetzt am Küchentisch saß. Diese neue Maddy war stärker und unabhängiger, voller Selbstvertrauen, mit klaren Vorstellungen, die ihre Zukunft betrafen.

In Olimpias Kindheit hatte die Religion eine etwas zu große, zweifellos übertriebene Rolle gespielt. Deshalb war sie nicht besonders fromm. Aber jetzt betete sie und flehte den Allmächtigen an, er möge ihr helfen, richtig zu handeln – statt einen Entschluss zu fassen, den sie ihr Leben lang bereuen würde.

»Würdest du mir einen Gefallen tun, Maddy-Darling? Chris hat seine Brieftasche oben auf dem Schreibtisch liegen lassen. Vorhin rief er an, und ich versprach ihm, ich würde sie in den Laden bringen. Könntest du sie holen?«

»Natürlich.« Maddy stieg die Treppe hinauf, und Olimpia schloss die Augen.

Jetzt muss das Schicksal entscheiden, ob sie die Brieftasche öffnen würde oder nicht, dachte sie beklommen.

Maddy schaute sich in Chris' Zimmer um. Normalerweise sah sie es nur, wenn alles ordentlich aufgeräumt worden war, offenbar von Olimpia.

Welch eine Herausforderung, überlegte sie lächelnd, mit feinem Mann zusammenzuleben, den seine Mutter so maßlos verwöhnt hat... Maddy betrachtete die sauberen Hemden, die sich auf dem Schreibtisch stapelten. Noch nie im Leben hatte sie ein Hemd gebügelt. In ihrer Familie war Belinda das Bügelgenie. Sie hasste es, wenn Kleider oder Blusen auch nur ganz winzige Fältchen aufwiesen, und sie zog nur untadelige, sorgsam geplättete Sachen an. Aber Maddy hob unbekümmert irgendwas vom Boden auf und fand, für einen weiteren Tag würde es schon noch genügen.

Sie beugte sich hinab und atmete den frischen Wäscheduft ein. Sicher würde Chris einen Schock erleiden, wenn er merkte, dass er sich in Zukunft selber um seine Hemden kümmern musste.

Nun entdeckte sie die Brieftasche auf dem Schreibtisch, direkt hinter dem Stapel, ergriff sie und öffnete sie automatisch, ohne sich zu fragen, ob sie ihrem Verlobten verbotenerweise nachspionierte.

Das Gesicht ihrer Schwester lächelte sie an – die alte Belinda, vor der Krankheit, strahlend schön, mit glänzendem blondem Haar.

Bei diesem Anblick fürchtete Maddy, die Beine würden sie nicht länger tragen. Kraftlos sank sie auf das ungemachte Bett und starrte die Brieftasche in ihrer Hand an.

Und dann, in schmerzlicher Klarheit, erkannte sie, was sie in der Tiefe ihres Unterbewusstseins bereits seit einiger Zeit vermutet hatte.

Belinda und Chris. Chris und Belinda.

Plötzlich reihten sich einzelne Momente, die in ihre Erinnerung zurückkehrten, folgerichtig aneinander. Chris' zärtliche Sorge um meine Schwester, seine häufigen Besuche in

Iris' Haus, Neuigkeiten über mich, die Bel ihm erzählt hat, bevor ich selber dazu gekommen bin, die Halskette, die zu ihren Augen passt – jener Wendepunkt, der die Genesung eingeleitet hat...

Von heißem Zorn gegen die beiden erfasst, schleuderte sie die Brieftasche zu Boden. Bel, scheinbar so abhängig von ihren Mitmenschen – und doch so einflussreich in ihrer Abhängigkeit...

Und Chris' Schwäche, die Unfähigkeit, seine wahren Gefühle einzugestehen, weil er den damit verbundenen Problemen ausweichen wollte...

Aber in der nächsten Sekunde wurde die Wut von einer anderen verwirrenden Emotion verdrängt – von Schwindel erregender Erleichterung. Sie glaubte auf einem Gipfel zu stehen, vor einem Abgrund, in den sie nicht gestürzt war. Stattdessen erwachte sie aus einem bösen Traum und merkte, dass ihr ein schreckliches Schicksal erspart blieb.

Sie hob die Brieftasche auf und steckte sie in die Tasche ihrer Jogginghose.

In der Küche wurde sie von Olimpia erwartet.

»Okay, ich habe Chris' Brieftasche gefunden«, verkündete sie mit einem gezwungenen Lächeln. »Macht's dir was aus, wenn ich sie selber ins Geschäft bringe?«

Olimpia hielt ihren Blick fest und versuchte, in ihren Augen zu lesen. Hatte Maddy das Foto gesehen und dieselben Schlüsse gezogen wie sie selber?

Tief bewegt drückte sie Maddys Hand. »Was für ein wundervolles Mädchen du bist...«

In Maddys Augen brannten Tränen. »Und du bist eine fabelhafte Mutter.«

Zu ihren Füßen begann der Hase an Maddys Schnürsenkeln zu knabbern.

»Zum Teufel mit diesem Biest!«, fluchte Olimpia. »Am liebsten würde ich's in einem Eintopf kochen!«

»Das wirst du nicht tun, weil Chris seinen Hasen liebt. Leb wohl, Olimpia.«

»Leb wohl, Maddy.«

In diesem Abschied lag eine Endgültigkeit, die beide verstanden.

Olimpia sah Maddy den Gartenweg zur Straße hinablaufen. Jetzt weiß ich, dass sie die Brieftasche geöffnet hat, sagte sie sich. Dann ging ihr ein neuer Gedanke durch den Sinn. Für eine Frau, die soeben herausgefunden hat, dass ihr Verlobter ihre Schwester liebt, wirkt sie nicht besonders verzweifelt.

Sobald Maddy aus ihrem Blickfeld verschwunden war, trat Olimpia ganz sanft nach dem Hasen. Dann hob sie ihn hoch und streichelte seine Ohren. »Gott helfe uns, wahrscheinlich kriegst du bald Gesellschaft von deiner Sorte. Noch ein hoffnungsloser Fall, für den Chris sorgen wird...«

Schwerfällig stieg sie die Treppe hinauf. Wie lange würde es dauern, bis sie das Geschenk nach Griechenland zurückschicken musste?

Chris schüttelte gerade die Hand eines verschwitzten Mannes, der einen glänzenden Anzug trug und nach Maddys Ansicht nicht allzu vertrauenswürdig aussah.

»Was für ein unerwartetes Vergnügen, Maddy!«, rief Chris strahlend. »Du kommst zur rechten Zeit. Gehen wir in die Weinbar hinüber, da können wir was feiern. Soeben habe ich Mr. Sakorian zwanzig neue Hecktüren für seine Gebrauchtwagen verkauft.«

Maddy schaute in seine Augen. »Sicher willst du deine Brieftasche wiederhaben.«

Die Stirn gerunzelt, tastete er seine Taschen ab. »Verdammt, ich habe gar nicht gemerkt, dass ich sie daheim liegen ließ.«

»Deine Mutter hat sie in deinem Zimmer gefunden.« Betont lässig hielt sie ihm die Brieftasche hin. »Und sie dachte, du wirst sie vielleicht brauchen.«

»Klar.« Grinsend zwinkerte er ihr zu und nahm die Brieftasche entgegen. »Jetzt, wo du zum großen Heer der Arbeitslosen gehörst, kann ich dir unmöglich erlauben, meinen Drink zu bezahlen.«

»Nettes Foto.« Mit einiger Mühe gelang es ihr, einen beiläufigen Ton anzuschlagen. »Hätte ich bloß nicht reingeschaut... Es heißt doch, wenn man in den Privatsachen anderer Leute herumstöbert, handelt man sich genau das ein, was man verdient.«

»Was meinst du?« Chris öffnete die Brieftasche. Erschrocken starrte er Belindas Foto an.

»Das hätte ich längst erraten müssen.« Im drückenden Schweigen, das nun entstanden war, hallten Maddys Worte wie ein hohles Echo wider. »Es gab so viele Anzeichen.«

Für ein paar Sekunden schloss er die Augen. »Wenn's dich auch nicht trösten wird, ich wollte nicht, dass es passiert.« Niedergeschlagen ließ er die Schultern hängen. »Und ich hab's ihr auch nicht gesagt.«

»Dafür danke ich dir. Übrigens, ich war auch kein Engel. Vielleicht ist's an der Zeit, für klare Verhältnisse zu sorgen. Vergiss den Drink, fahren wir zu mir nach Hause, und dann reden wir mit meiner Schwester.«

»Bist du sicher? Was die Hochzeit angeht...«

»Die wird nicht stattfinden. Das weiß deine Mutter schon. Und du sollest Belinda *wirklich* verraten, was du für sie empfindest.«

Unschlüssig starrte er vor sich hin. »Meinst du, das wird sie ertragen? Ich möchte sie nicht unter Druck setzen.«

»Glaub mir, Chris, du warst das beste Heilmittel, das sie sich wünschen konnte. Viel erfolgreicher als ihre Seelenklempnerin.«

Verlegen und beschämt schüttelte Chris den Kopf. »Was

für ein erstaunliches Mädchen du bist, Maddy... In dieser Situation hätte mich jede andere Frau an den Eiern aufgehängt.«

»Die wird Belinda noch brauchen. Außerdem, wie ich bereits angedeutet habe, ich bin nicht schuldlos.«

In unbehaglichem Schweigen fuhren sie zum Cherry Tree Drive. Schließlich schaltete Chris das Radio ein. Das »Test Match« aus Lahore wurde übertragen, und er hasste Kricket. Immer wieder betonte er, kein Grieche wäre jemals so dumm, einen Kricketschläger in die Hand zu nehmen. Trotzdem schaltete er den Apparat nicht aus.

Vor dem Elternhaus angekommen, stieg Maddy aus dem Auto. »Willst du allein mit ihr reden, oder soll ich dabei sein? Wenn ich dir helfen kann...«

Unsicher erwiderte er ihren fragenden Blick. »Ich glaube, es ist besser, wir bringen's gemeinsam hinter uns. Dann weiß Belinda, dass du uns nicht umbringen wirst.«

Als sie die Halle betraten, verstauten Belinda und Penny gerade ihre Yogasachen in Sporttaschen. Auch das war ein viel versprechender Fortschritt in der Mutter-Tochter-Beziehung – sie hatten beschlossen, gemeinsam an einem Yogakurs teilzunehmen.

»Packt die Matten noch nicht ein, wir müssen euch was erzählen«, kündigte Maddy an. Für eine Frau, deren Verlobung soeben geplatzt war, strahlte sie eine verblüffend gute Laune aus. »Vielleicht wollt ihr danach ein paar Entspannungsübungen machen.«

»Was zum Teufel führt ihr zwei im Schilde?«, fragte Bel. Beinahe war sie zur Normalität zurückgekehrt. Statt der gewohnten lockeren Kleidung trug sie sogar ein enges Top. Misstrauisch fügte sie hinzu: »Und warum seht ihr wie die Watergate-Spione aus, die einem Verhör dritten Grades unterzogen wurden?«

Hilflos wandte sich Chris zu Maddy.

»Also«, begann Maddy, »wir sind hierher gekommen, um euch was Wichtiges mitzuteilen. Soeben haben Chris und ich unsere Verlobung gelöst.«

»Die Verlobung gelöst!«, japste Penny. »Aber – ihr sollt doch in sechs Wochen heiraten! Alles ist vorbereitet! Von den Dolmades bis zu den Baklavas!«

»Das weiß ich.« Im Stillen hoffte Maddy, die Hochzeitsversicherung würde die Unkosten bezahlen, wenn alles abgeblasen wurde. »Und es tut uns wirklich Leid.«

»Aber – *warum?*«, kreischte Penny.

Maddy schaute Chris an. Aber er schwieg immer noch wie die Nymphe Echo, die ihre Stimme verloren hatte.

»Weil Chris gemerkt hat, dass er nicht mich, sondern eine andere liebt«, erklärte Maddy.

»*Waaas?*«, schrie ihre Mutter. Belinda hielt den Mund, das Gesicht feuerrot.

»Verzeih mir, Bel.« Endlich begann Chris zu sprechen. »Schon vor Monaten hätte ich dir gestehen sollen, was du mir bedeutest. Ich bin so ein Feigling. Aber die Hochzeit kam wie ein Expresszug auf mich zu, und ich schaffte es einfach nicht, aus dem Weg zu springen.«

Im Gegensatz zu Belinda war Penny kreidebleich geworden. »Also liebst du meine ältere?«

Chris nickte, und Bel biss auf ihre Lippen. Plötzlich leuchteten ihre Augen, als hätte jemand eine Lampe darin angeknipst.

»Und warum macht's dir nichts aus, Maddy?«, fragte Penny. »Wieso stampfst du nicht mit dem Fuß auf und wirfst deiner Schwester vor, sie sei ein hinterlistiges Biest? So wie damals bei den Pfadfinderinnen, als sie dir deine beste Freundin ausgespannt hat?«

»Nun, das ist so…«, fing Maddy an.

»Ganz einfach«, fiel Bel ihr ins Wort. »Da gibt es einen gewissen Patrick Jamieson, nach dem meine heuchlerische

Schwester verrückt ist, seit sie ihn zum ersten Mal gesehen hat.«

Maddy brach in lautes Gelächter aus.

»Wer? Patrick Jamieson?«, fragte Penny, verständlicherweise völlig verwirrt. »Ist das nicht Scarletts Vater?«

»Ja«, bestätigte Maddy.

»Ist er denn nicht zu seiner Exfrau zurückgekehrt?«

»Doch. Aber das funktioniert nicht. Weil er eine andere liebt. Und das hat seine Ex herausgefunden.«

»Jetzt begreife ich gar nichts mehr.« Penny zog die Brauen zusammen. »Das ist ja noch schlimmer als eine gottverdammte Seifenoper. Wen liebt Patrick? Und was hat das alles mit der aufgelösten Verlobung zu tun?«

»Denk mal ganz scharf nach, Mum.« Belinda lächelte so strahlend, dass ihre Schwester glaubte, sie würde vor lauter Glück platzen. »Weil Patrick in Maddy verliebt ist, wäre es sinnlos, wenn er seine Ex wieder heiraten würde.«

»Oh. Ah, ich verstehe.«

»Hast du's ihm schon gesagt, Maddy?«, fragte Bel. »Als du mit Chris Schluss gemacht hast?«

»Nein.« Maddys Heiterkeit ließ ein wenig nach. »Noch nicht.«

»Und worauf wartest du?« Bel holte ihr Handy aus der Yogatasche und drückte es in Maddys Hand.

Nach kurzem Zögern wählte Maddy die Nummer der Flash-Agentur, und Lennie meldete sich. »Ich weiß, das klingt etwas seltsam, Lennie. Aber ich muss unbedingt mit Patrick Jamieson sprechen. Ist er zufällig da?«

»Hi, Maddy. Nein, er ist daheim, am Busen seiner zerstrittenen Familie.« Belustigt hörte Maddy ein Grinsen aus Lennies Stimme heraus. »Mach dich endlich an ihn ran, Mädchen! Und vergiss nicht – wir alle halten dir die Daumen. Schon seit Monaten.«

Verwundert drückte Maddy auf die Aus-Taste des Handys.

Wusste denn das ganze Flash-Büro, was sie für Patrick empfand?

Und was sollte sie jetzt tun? Am Telefon wollte sie nicht mit Patrick reden. »Ich fahre zu ihm.«

»Wenn du willst, bringe ich dich zum Clock Tower«, bot Chris ihr an. »Da kannst du in ein Taxi steigen.«

Fünfzehn Minuten später war sie auf dem Weg nach St. John's Wood. Typisch für sie – beim wichtigsten Gespräch ihres Lebens würde sie einen schäbigen alten Jogginganzug tragen.

Während der ganzen Fahrt überlegte sie, was sie sagen würde, wenn er die Haustür öffnete.

Bedauerlicherweise war es Layla, die auf der Schwelle stand, in einer elegant geschnittenen weißen Hose und einem weißen Kaschmir-Cardigan, das blonde Haar zu einem etwas unordentlichen französischen Knoten hochgesteckt. Das hätte fabelhaft aussehen sollen. Aber zum Glück für Maddys Nerven glich Layla einer etwas derangierten Ivana Trump, mit einem Frappuccino auf dem Kopf.

»Er ist nicht da.« Vorsichtig wich Layla zurück, als wäre Maddys modisches Stilgefühl ansteckend.

»Hi, Maddy!«, schrie Scarlett. Ohne das Unbehagen ihrer Mutter zu beachten, stürmte sie wie ein verrückter Roter Setter die Treppe herab. »Suchst du Dad?«

»Viel Glück.« Spöttisch zuckte Layla die Achseln. »Falls Ihre Vorstellung von Prinz Charming einem trunksüchtigen Workaholic entspricht, der unmöglich treu sein kann – Bingo, dann haben Sie ihn gefunden.«

»Halt bloß den Mund!«, fauchte Scarlett ihre Mutter an. »Das ist er nicht, sondern ein liebevoller, großzügiger, wunderbarer Vater.«

»Und wir haben nicht den leisesten Schimmer, wo er steckt.« Mit einer unmissverständlichen Geste griff Layla nach der Türklinke.

»Hoffentlich findest du ihn, Maddy!«, rief Scarlett, bevor die Haustür ins Schloss fiel.

Maddy drückte auf die Tasten ihres Handys. Warum hatte sie nicht sofort daran gedacht? Das Slug and Sausage! Natürlich!

Um diese frühe Stunde dauerte es eine halbe Ewigkeit, bis Terence aus seiner Wohnung über dem Pub herunterkam und den Telefonhörer abnahm. Diesmal wusste nicht einmal er, wo Patrick war.

»Viel Glück!«, wünschte er ihr, bevor sie das Gespräch beendete. »Und ich gratuliere Ihnen ganz herzlich!«

Verdammt noch mal, wusste denn ganz London, was los war?

Im Oberstock des Hauses wurde ein Fenster geöffnet, und Scarlett beugte sich heraus. »Vielleicht ist er in seinem Studio. Das hat er behalten, weil er einen Zufluchtsort braucht, wenn Mum ihm auf die Nerven fällt.«

Als Maddy davonspurtete, schickte auch Scarlett ihr einen Glückwunsch nach.

Für eine letzte Taxifahrt würde ihr Geld gerade noch reichen.

»Zum Fitzdene Park, bitte. In Wellstead.«

Eine Viertelstunde später stieg sie aus dem Wagen.

»Hübsche Gegend«, bemerkte der Fahrer und musterte die eleganten Häuser. Dann wandte er sich zu Maddy, die auf dem Gehsteig stand, und inspizierte ihren Jogginganzug. »Sind Sie die Putzfrau?«

Maddy war froh, weil sie ihm dank ihrer leeren Börse kein Trinkgeld geben konnte. »Nein, ich bin nicht die Putzfrau, sondern eine Therapeutin für Zwangsarbeiter.«

»Klasse! Haben Sie eine Visitenkarte?«

»Nein, aber Sie finden mich in den Gelben Seiten.«

Mit langen Schritten eilte sie hinter das Cottage, pochte an die Tür des Studios und wartete. Noch nie im Leben war sie so aufgeregt gewesen. Bitte, Patrick, sei bloß da, flehte sie stumm.

Und wenn nicht? Was sollte sie dann machen?

Sie klopfte wieder. Noch immer keine Antwort. Ihre Nerven begannen zu flattern. Offenbar war er nicht hier.

Dann erinnerte sie sich an den Patio, wo er einmal Fotos für einen Kalender geknipst hatte. Efeu überwucherte die Mauer, und es fiel Maddy nicht schwer, darüber zu klettern. Bevor sie auf der anderen Seite hinuntersprang, schaute sie sich um.

Glücklicherweise wurde sie nicht von neugierigen Nachbarn beobachtet. Als sie auf die Klinke der Hintertür drückte, rauschte das Blut in ihren Ohren.

Gott sei Dank, die Tür war nicht versperrt. Sie betrat das Studio. Kein Patrick. Enttäuscht seufzte sie auf. War er gar nicht da? Hatte er vergessen, die Tür zu verschließen?

Oder arbeitete er in der Dunkelkammer? Sie lief zu der schmalen Tür und hämmerte dagegen.

»Verschwinden Sie!«, erklang eine ärgerliche Stimme. »Ich bin beschäftigt!«

Vor lauter Erleichterung fühlte sie sich ganz schwach in den Knien. »Deck zu, was du gerade entwickelst!«, befahl sie, so glücklich, dass sie ihn bedenkenlos herumkommandierte. »Weil ich jetzt reingehe!«

Ein paar Sekunden ließ sie ihm Zeit, ehe sie die Tür öffnete und in die Dunkelkammer huschte.

»Was zum Teufel...?« Im roten Licht glühten Patricks blaue Augen geisterhaft, wie bei einem erbosten Vampir. »Ach, du bist's. Musst du nicht deine Aussteuer kaufen?«

»Heutzutage kriegen Bräute keine Aussteuer mehr«, entgegnete Maddy lächelnd. »Außerdem brauche ich keine. Die Hochzeit wurde abgesagt, weil ich herausgefunden habe, dass der Bräutigam eine andere liebt.«

»Wen denn?«

»Die Schwester der Braut.«

»Oh...« Patrick starrte sie im Halbdunkel an. »Also hast du's endlich gemerkt?«

»Heißt das – du wusstest es schon?« Unglaublich, wie blind sie gewesen war... »Dann haben's wohl alle außer mir mitgekriegt.«

»Für eine Frau, die ihren Verlobten soeben an ihre Schwester verloren hat, bist du erstaunlich gelassen. Keine geschwisterliche Rivalität. Ich nehme an, Ödipus war unter vergleichbaren Umständen nicht so cool.«

»Vielleicht kann ich mir eine gewisse Großzügigkeit leisten.«

»So?« Patricks Tonfall verriet noch immer nicht, was in ihm vorging. »Und warum?«

»Weil auch die abservierte Braut jemand anderen liebt.«

»Ah...« Hörte sie wachsende Belustigung aus seiner Stimme heraus? »Und wer ist der Glückliche, den sie liebt?«

»Das bist du...«

Ehe sie nähere Erklärungen abzugeben vermochte, riss er sie in seine Arme und küsste sie so glutvoll, dass ihr beinahe die Sinne schwanden. Gehörte das zur Leidenschaft? Gefährlicher Sauerstoffmangel im Gehirn?

»Bedeutet das...«, flüsterte sie atemlos, als er den Kopf hob, »...dass der Mann, den ich liebe, meine heißen Gefühle erwidert?«

»Nun, diese Vermutung liegt nahe. Und was macht die Jobsuche? Willst du dich für den ekligen Duggie abrackern?«

»Nur wenn's unumgänglich ist.«

»Möchtest du meine Assistentin werden? Aber ich warne dich – im Gegensatz zu mir wäre Duggie ein geradezu traumhafter Arbeitgeber.«

Maddy überlegte keine Sekunde lang. »Oh, das wäre himmlisch! Nur für sechs Monate, bis ich genug gelernt habe, um meine eigene Karriere zu starten und...«

»Klar«, unterbrach er sie und drückte sie noch fester an sich. »Du guckst mir meine genialen Tricks ab, und dann wirfst du mich weg wie ein gebrauchtes Kondom?« Er küsste sie wieder. »Oder ziehst den Ruhm eines *Crimson*-Covergirls vor?«

»Nein, die ständige Hungerei würde ich nicht ertragen.«

Sie spürte, wie er den Reißverschluss ihrer Joggingjacke aufzog und seine Lippen auf ihren üppigen Busenansatz presste. »Sehr gut«, murmelte er. »Manche Leute behaupten, wer gern isst, hat auch Appetit auf andere Dinge.«

Maddys Finger ertasteten den Gürtel seiner Jeans und öffneten die Schnalle. »Damit könnten sie Recht haben.« Ein wildes Verlangen, das sie in Chris' Armen niemals empfunden hatte, erhitzte ihr Blut. »Probier's mal aus.«

Sofort nahm er sie beim Wort.

»Noch was ...« Maddy hielt seine Hand auf dem Weg nach unten fest. »Wenn ich mit einem Säufer zusammenleben soll, will ich doch hoffen, der Whisky wird seine Manneskraft nicht schwächen.«

»Biest ...« Nicht allzu sanft stieß er sie auf den rauen Boden der Dunkelkammer hinab.

Zufrieden spürte Maddy einen beruhigenden Druck an ihrem Bauch. Etwas Hartes, Schwellendes bedrängte sie, und sie umschloss es mit einer zärtlichen Hand, um es ans Ziel zu führen.

Und während sie ihrem ersten überwältigenden Höhepunkt entgegenstrebten, glaubte sie – was sie sich zweifellos nur einbildete –, ganz London applaudieren zu hören.

BLANVALET

Susan Elizabeth Phillips bei BLANVALET

Hinreißende Liebesgeschichten, sprühend vor
Witz und Charme - und wunderbar sexy!

35670

35339

35105

35298

BLANVALET

Cathy Kelly bei BLANVALET

Warmherzig, lebensnah und höchst unterhaltsam –
die Bestsellerautorin aus Irland.

35132

35178

35680

35678